Im Knaur Taschenbuch Verlag sind bereits folgende Bücher der Autorin erschienen:
Götterdämmerung
Venuswurf
Säulen der Ewigkeit
Im Schatten der Königin
Das Spiel der Nachtigall

Über die Autorin:
Tanja Kinkel, geboren 1969 in Bamberg, gewann bereits mit 18 Jahren ihre ersten Literaturpreise. Sie studierte in München Germanistik, Theater- und Kommunikationswissenschaft und promovierte über Aspekte von Feuchtwangers Auseinandersetzung mit dem Thema Macht. 1992 gründete sie die Kinderhilfsorganisation »Brot und Bücher e.V.«, um sich so aktiv für eine humanere Welt einzusetzen (mehr Informationen: www.brotundbuecher.de). Tanja Kinkels Romane wurden in mehr als ein Dutzend Sprachen übersetzt; sie spannen den Bogen von der Gründung Roms bis zum Amerika des 21. Jahrhunderts. Zu ihren bekanntesten Werken gehören »Die Löwin von Aquitanien« (1991), »Die Puppenspieler« (1993), »Mondlaub« (1995), »Die Schatten von La Rochelle« (1996), »Die Söhne der Wölfin« (2000), »Götterdämmerung« (2003), »Venuswurf« (2006), »Säulen der Ewigkeit« (2008), »Im Schatten der Königin« (2010) und »Das Spiel der Nachtigall« (2011).

TANJA KINKEL
Verführung

ROMAN

KNAUR TASCHENBUCH VERLAG

Besuchen Sie uns im Internet:
www.knaur.de

Originalausgabe Juli 2013
Knaur Taschenbuch
© 2013 Knaur Taschenbuch
Ein Unternehmen der Droemerschen Verlagsanstalt
Th. Knaur Nachf. GmbH & Co. KG, München.
Alle Rechte vorbehalten. Das Werk darf – auch teilweise –
nur mit Genehmigung des Verlags wiedergegeben werden.
Umschlaggestaltung: ZERO Werbeagentur, München
Umschlagabbildung: FinePic®, München
Satz: Adobe InDesign im Verlag
Druck und Bindung: CPI – Clausen & Bosse, Leck
Printed in Germany
ISBN 978-3-426-51287-6

2 4 5 3 1

PROLOG

Wie eine Symphonie in Marmor, so hatte der Erbonkel einmal geschwärmt, und so sieht Antonio Calori nun selbst die Palazzi am Canal Grande von seiner Gondel aus. Als Mailänder ist er an schöne, reiche Häuser gewöhnt, aber er muss zugeben, dass es den Palästen der Venezianer gelingt, gleichzeitig schön und graziös zu sein und miteinander zu harmonieren, obwohl sie doch gewiss genau wie in Mailand nicht gleichzeitig, sondern im Abstand von Jahren, Jahrzehnten, Jahrhunderten entstanden sind. In Mailand hat man den Eindruck, die Reichsten der Stadt wollten einander ständig in den Schatten stellen und scherten sich den Teufel, ob das Ergebnis zueinanderpasste; hier scheinen es die Patrizier und ihre Architekten irgendwie fertiggebracht zu haben, dass sich die weißen, roten, blassgrünen und gelben Fronten auf bezaubernde Weise ergänzen und wie einzelne Noten ein klingendes, singendes Ganzes formen. Je mehr er von dieser Stadt sieht, desto mehr versteht er, dass es so viele Fremde aus dem restlichen Europa hierherzieht, auch wenn man in Mailand klatscht, dass sich dies in erster Linie den schönen Venezianerinnen und ihrer losen Moral verdanke und nicht so sehr den herrlichen Bauten.

Bald verlassen sie den großen Kanal und gleiten durch einen der vielen Seitenkanäle. Er hat den Gondoliere vorab bezahlt, wie der Onkel es ihm geraten hat, und hofft, damit zu vermeiden, dass der Mann sie auf Umwege führt, um mehr Geld für mehr Zeit herauszuschlagen. Seiner Frau und seiner Tochter gehen immer noch die Augen über, obwohl die Palazzi nun, im schattigen Grün eines kleinen Kanals, mehr von Verfall gekennzeichnet zu sein scheinen. Weniger eine Symphonie als ein Trauermarsch, doch immer noch schön. Das Teatro di San Samuele, das ihr Ziel ist, prangt dagegen schon von weitem wie ein herausgeputztes Schmuckkästchen her. Aber es stinkt, das fällt ihm als Nächstes auf, als er mit seiner kleinen Familie das Theater betritt: verbranntes Öl und Kerzen, und vor allem der Schweiß zahlreicher Besucher, von denen ein Teil offenbar auch nicht gesonnen gewesen war, nach draußen zu gehen, um sich zu erleichtern.

Außerdem krähen Verkäufer ständig herum, die Orangen und Wein anbieten. Durch die Jubelrufe und Flüche von den Spieltischen im Foyer und den Applaus, das Gelächter und Pfeifen aus dem Zuschauerraum herrscht ein ohrenbetäubender Krach. Signore Calori ist nicht mehr der Jüngste, und wäre es an ihm, so würde er den Abend geruhsam mit einem Buch verbringen. Schließlich wird er bald seine Verwaltungsstelle an der Universität von Bologna antreten, und da gilt es, auf alles vorbereitet zu sein, sonst werden sich seine zukünftigen Kollegen, Professoren an der ältesten Universität Europas, gewiss lustig über ihn machen, den zugereisten Mailänder. Aber er hatte seiner jungen Frau versprochen, einmal mit ihr ins Theater zu gehen, ehe sie Venedig wieder verlassen. Sie hat es sich so sehr gewünscht. Außerdem ist er in der Stimmung, großzügig zu sein:

Gerade erst hat sie ihm mitgeteilt, dass sie erneut ein Kind erwartet. Einen Sohn nach der Tochter, dessen ist sich Signore Calori gewiss, einen Sohn, um den Namen Calori in der Welt fortzuführen. Doch wenn sie erst in Bologna eingetroffen sind, wird seine Gattin sich bald nicht mehr auf Gesellschaften blicken lassen können, wo Musik vorgeführt, getanzt und gespielt wird. Ein Abend in einem venezianischen Theater ist ihr deswegen mehr als nur zu gönnen.

Dennoch hat er ein Auge auf sie, während er sich mit ihr durch die Menge drängt. Viele der Venezianer scheinen ihm doch zu fingerfertig zu sein, und sie tragen fast alle Masken, obwohl es doch Oktober ist. »Bei uns in Venedig, Dottore«, hat der Herbergswirt ihm mitgeteilt, »herrscht das halbe Jahr über Karneval.« Unter einer solchen Maske lässt sich nicht erkennen, ob jemand ehrsam oder lüstern dreinschaut, ja, ob er Mann oder Frau ist. Es ist alles ein wenig beunruhigend für einen ehrsamen Mailänder, doch Calori hofft, dass die Venezianer sich trotzdem nicht zu viel bei seiner Lucia herausnehmen werden. Nicht nur, weil sie unübersehbar in seiner Begleitung ist, sondern auch, weil sie ihre kleine Tochter an der Hand führt. Deutlicher kann man gar nicht machen, dass es sich bei Lucia Calori um eine ehrbare Ehefrau handelt. Er hat schon gewusst, warum er darauf bestanden hat, das Kind mitzunehmen, statt es mit einer Kinderfrau in der Herberge zu lassen.

Seine kleine Tochter Angiola schaut sich mit Augen um, die so groß und geweitet sind wie die ihrer Mutter. Sie ist bereits sechs Jahre alt, was bedeutet, dass sie, anders als die Hälfte aller Geborenen, ihre Kindheit wohl überleben wird. Dottore Calori kann es sich deshalb gestatten, Zuneigung für sie zu entwickeln und Hoffnungen zu hegen. Sie hat eine rasche Auffassungsgabe, seine Angiola, plappert gerne drauflos und zeigt hierhin und dorthin. Einmal hat sie ihn schrecklich zum Lachen gebracht, als sie in Mailand einen österreichischen Soldaten imitierte, wie er mit wichtigem Gehabe durch die Gassen schritt, Tabak schnupfte und, nachdem er niesen musste, das deutsche Wort Gesundheit sagte, was Angiola garantiert nicht verstand und trotzdem richtig aussprach. Wenn sie klug ist, wird sie vielleicht Nonne werden. Ein Kind in der Kirche, das verschafft Ansehen, aber ihr zukünftiger Bruder wird natürlich im weltlichen Stand bleiben.

Angiola ist nicht das einzige Kind im Theater. Einige der kleinen Verkäufer, die Mandeln, Fächer und Orangen feilbieten, sind nicht älter als sie, und auch andere Familienväter scheinen ihren Nachwuchs mitgebracht zu haben. Zumindest nimmt Calori das an, bis ihm auffällt, dass ein hübsches Ding, das bestimmt nicht älter als elf Jahre alt sein kann und doch bereits Rot auf den Lippen und das Haar mit Schleifen hochgebunden und gepudert trägt, von dem Mann an seiner Seite höchst unväterlich am Hintern begrabscht wird. Er presst die Lippen zusammen und wendet sich hastig ab.

Mittlerweile haben er und seine Familie sich erfolgreich an den Spieltischen mit ihren klappernden Würfeln und den rauschenden Karten vorbeigedrängt, die Treppen zu den Rängen erklommen und die Loge gefunden, die ihnen der Herbergswirt bezeichnet hatte und für die sie bezahlt hatten. Eigentlich war er der Ansicht gewesen, dass weiterhin kein Geld aufzuwenden gewesen wäre, zumal der Herbergswirt ihnen unverschämterweise für seine zwei kleinen Räume eine halbe Zechine pro Woche berechnet hatte. Doch der Wegweiser, der Türaufschließer der Loge, ein weiterer, der weiche Polster bringt, der Nächste für sein Programm, jeder verlangt ein Trinkgeld, und wehe, es erscheint ihm nicht hoch genug. Ihre schimpfenden Stimmen vermischen sich, obwohl die Vorführung schon läuft, mit denen all der Bediensteten, welche Erfrischungen und Speisen in jeder nur denkbaren Form anbieten. Wie sich herausstellt, teilen sie die Loge mit einem Mann und zwei Damen, der sich als Bäcker bezeichnet und mit seiner Frau und deren Schwester da ist, auch wenn man nicht leicht unterscheiden kann, wen der Mann als Schwägerin und wen als Gattin behandelt. Andererseits dankt Calori dem Himmel, dass er die Loge nicht mit einer der vielen Kurtisanen teilen muss, die, wie man sich in Mailand erzählt, fast ein Fünftel der Stadtbevölkerung stellen.

»Zanetta spielt heute«, sagt die mutmaßliche Schwägerin mit atemlosem Kichern, »sie sieht phantastisch aus und singt großartig, man muss sie einfach gernhaben. Ist sie nicht wunderbar?«

Caloris eigene Gemahlin kämpft sichtlich damit, nicht zugeben zu wollen, dass sie keine Ahnung hat, wer »Zanetta« ist, jedoch für Auskünfte dankbar wäre, und weil er selbst in der Unwissenheit über irgendwelche venezianischen Komödiantinnen keine Schande sieht, erspart er ihr weiteren inneren Zwiespalt und fragt.

Zanetta, so stellt sich heraus, ist als singende Komödiantin schon so berühmt, dass sie gerade erst aus London zurückgekehrt ist, wo sie und die Truppe, die gerade eben die Bühne betritt, vor den Engländern gespielt haben, welche doch kein Wort der venezianischen Mundart verstehen. Ein Komödiendichter namens Goldoni habe eigens für sie ein Stück geschrieben, um sie wieder in Venedig willkommen zu heißen.

»Der edle Grimani wird's schon bezahlen«, kommentiert der Bäcker mit einem Grinsen, und seine Begleiterinnen schnalzen mit den Zungen und kichern erneut. Auf diese Weise erfährt Calori, dass dieses Theater sich im Besitz eines venezianischen Senators namens Grimani befindet. Venedig wird immer verwirrender. In Mailand weiß man, dass kaum jemand hochmütiger ist und sich für etwas bedeutend Besseres hält als ein venezianischer Patrizier. »Die glauben sogar, sie scheißen golden«, hatte Caloris bester Freund einmal drastisch, aber bestimmt nicht übertrieben festgestellt. Wie vereinbart sich so ein Selbstbild bloß damit, so etwas Gewöhnliches wie ein Theater zu unterhalten?

»Wie darf ich das verstehen?«

Der Bäcker wirft ihm einen Blick zu, als habe Calori gerade eine ungeheuer dumme Frage gestellt, halb Spott, halb Mitleid in seinen Augen. Caloris Gattin räuspert sich. Die beiden Begleiterinnen des Bäckers kichern nicht mehr, sie lachen. Calori wird heiß unter dem Kragen. Er ist ein zukünftiger Beamter der Universität von Bologna, zum Teufel, kein Bauerntölpel!

»Ein Theater bedeutet auch Einnahmen und kommt daher viel billiger, als Mätressen von Rang für seinen guten Ruf auszuführen. Außerdem sagt man den Grimanis nach, wenigstens einer von ihnen hätte der Zanetta ein Kind gemacht«, stellt der Bäcker ganz sachlich fest. Calori beginnt zu bereuen, dass er seine Frau und seine unschuldige Tochter hierhergebracht hat. Wenigstens macht Angiola den Eindruck, nicht im Geringsten zu verstehen, von was die Erwachsenen da gerade reden. Stattdessen starrt sie wie gebannt auf die Bühne, wo unter großem Applaus eine Frau mit silber glänzendem kurzem Kleid, das ihre Knöchel noch sehen lässt, sich unter die übrigen Darsteller mischt. Die Schauspielerin wirbelt umher, scherzt mit dem Mann im Harlekinkostüm, dann, als sie ein paar Zurufe aus dem Publikum bekommt, mit zweien der Männer, die aufgestanden waren, obwohl das doch gewiss nicht zum Stück gehört, und beginnt, ein Lied zu trällern, was die beifälligen Zurufe des Publikums immerhin so weit zum Schweigen bringt, dass man die Sängerin nun selbst auf den Rängen verstehen kann.

Calori lebt wahrlich nicht nur für die Verwaltung und die Bücher, er schätzt auch die Musik, und in Momenten außergewöhnlich guter Laune summt er selbst mal ein Liedchen. Deswegen ist er bereit zuzugeben, dass die Komödiantin da unten nicht nur schön aussieht, sondern auch eine recht gute Stimme hat. Aber er findet es doch übertrieben, dass seine kleine Tochter sie anstarrt, als wäre sie ein fleischgewordenes Wunder, zumal wenn sich jenes Weib das glitzernde Halsband garantiert nicht durch seine, wie er weiß, schlecht bezahlte Darstellerkunst, sondern bestimmt über die Gunst eines reichen Mannes verdient hat. Angiola ist noch zu jung, um ihr das jetzt zu erklären und ihr die Augen über die Schlechtigkeit in der Welt zu öffnen.

»Ist sie ein Engel?«, fragt Caloris kleine Tochter ehrfurchtsvoll, und ehe er seine Beherrschung verlieren kann, erwidert seine Gemahlin rasch: »Aber nein, mein Schatz, wie kommst du denn darauf?«

Angiola deutet in die Höhe, und erst jetzt fällt Calori auf, dass die Decke des Theaters bemalt ist, mit goldenen Sternen auf einem dunkelblauen Grund.

»Das ist doch der Himmel«, sagt Angiola ernsthaft, »und sie klingt so herrlich.«

»In den Himmel kommst du erst, wenn du tot bist, Kleine«, sagt die Bäckersfrau freundlich. »Hier wird nur so getan, als ob.« Sie deutet auf die Komödiantin, die sich mit dem Ende ihres Lieds dem Harlekin entzieht, ehe er ihr einen Kuss rauben kann, nicht jedoch, ohne ihn mit ihrem Fächer neckend auf die Schulter zu klopfen. »Und unsere Zanetta dort unten ist eine Frau gerade so wie wir und deine Mama. Sie hat auch Kinder, ganz wie du eins bist, vier oder fünf sogar.«

»Wie schafft sie das bei einer so schmalen Taille?«, fragt Caloris Gattin beeindruckt und hoffnungsvoll, die Hand auf ihren eigenen Leib legend, wo, wie ihr Mann hofft, nunmehr sein Sohn heranwächst. Plötzlich stellt er sich seine Lucia vor, wie sie im kurzen Kleid und einem ähnlich offenherzigen Ausschnitt unter den Blicken fremder Männer auf der Bühne herumwirbelt, und ist zutiefst entsetzt und, wie er sich gestehen muss, ein ganz klein wenig erregt, weil er so ein Bild schon einmal in einem seiner Träume erlebt hatte. Zumindest weist der Umstand, dass ihm die Hose gerade etwas eng wird, darauf hin. Er versucht, nicht an die gelegentlich geschlossenen Vorhänge der Logen und die Liegen darin zu denken, die er im Vorbeigehen gesehen hatte, verbunden mit eindeutigen Geräuschen.

Er hat nur deswegen den Weg über Venedig genommen, um einem Onkel, der bald dahinscheiden und ihn hoffentlich in seinem Testament bedenken wird, seine Aufwartung zu machen. Das ist geschehen, und nun wird die Familie Calori nach Bologna weiterziehen und dort das gleiche ehrsame Beamtenleben führen, wie sie es in Mailand getan hat. Seine Gattin wird dann eine der angesehenen Damen der Stadt werden, wie es sich gehört.

»Eine Frau und Mutter«, sagt Calori missbilligend, »sollte sich nicht so zeigen.«

Der Bäcker zuckt die Achseln. »Das findet ihr Gatte nicht. Und wen wundert's? Der Casanova ist als Schauspieler längst nicht so beliebt wie sie. Er ist nur bei der Truppe, weil sie so großen Erfolg hat. Sie ist's, die fast allein das Geld verdient.« Er kneift seine Schwägerin in die Wange und streckt gleichzeitig die andere Hand aus, um seiner Gemahlin den Hintern zu tätscheln. »Mir wär das auch recht. Vorige Woche hat sie durch ihre Geistesgegenwart sogar eine neue Komödie gerettet. Sie spielte eine Witwe. Die ganze Handlung war langweilig. Irgenwann rief jemand ihr zu: ›Für die Rolle hast du doch gar keine Erfahrung, Zanetta. Wie viele Ehemänner hast du denn schon gehabt?‹ Sie schrie zurück: ›Der Raum hier würde vielleicht gerade dafür reichen, um sie unterzubringen.‹ Dann lachte sie über die vielen *Ohs,* die aus dem Publikum kamen, und fügte unter dem gewaltig aufbrausenden Gelächter hinzu: ›Ach, du meintest meine eigenen Ehemänner; davon habe ich bisher nur einen.‹ Die Vorstellung war gerettet, aber so ist sie, unsere Zanetta.«

Genug ist genug, denkt Calori und teilt seiner Gattin mit, man habe morgen eine lange Reise vor sich und müsse sich daher für die Nacht zurückziehen. Auf der Bühne hat inzwischen ein Duell angefangen, das von den Zuschauern mit Warnrufen und Beifall begleitet wird.

»Aber …«

»Basta«, donnert er, obwohl er nicht umhinkann, ein gewisses Schuldbewusstsein zu empfinden, als Lucia nun große Tränen die Wangen herunterrollen. Sie ist eben noch sehr jung, seine Frau. Man muss Nachsicht mit ihr haben. Aber man darf sie auch nicht zu vielen schlechten Einflüssen aussetzen.

Wie gefährlich die schlechten Einflüsse sind, zeigt sich, als sein Blick seine Tochter sucht und sie nicht findet. Calori springt auf und besteht darauf, umgehend unter alle Stühle zu blicken, doch Angiola ist nicht mehr in der Loge.

* * *

Angiola ist fasziniert von dem Besuch in Venedig. Sie hat noch nie eine Stadt gesehen, wo die Straßen aus Wasser sind und nicht Kutschen, sondern Gondeln von Haus zu Haus benutzt werden. Die Gondelfahrt, den großen Kanal hinunter, war wie ein Vorbeigleiten an lauter Königsschlössern. Wenn einmal ein Fensterladen kurz zum Lüften geöffnet wurde, blitzte es wie Gold und Silber aus den Zimmern heraus. Schade, dass die Gondelfahrt dann so schnell zu Ende war. Sie hofft auf weitere und auf einen erneuten Besuch des Platzes, wo ihre Eltern mit ihr aus dem Schiff, das sie nach Venedig gebracht hatte, ausgestiegen waren; der Platz vor der großen Kathedrale, auf dem sich Menschen in prächtigen Kleidern tummelten, die häufig Masken trugen, genau wie die Theaterbesucher jetzt. Zu gerne hätte sie auch eine gehabt, denn so viele der Besucher hier bedecken damit ihr Gesicht oder doch zumindest die Augen. Was sie dann auf der Bühne sieht, sind Bilder wie aus einem der Märchen, die ihre Mama gelegentlich erzählt. Nur wäre es zu schön, auch alles zu verstehen, was bei dem vorhandenen Lärm aber unmöglich ist. Die Diskussion ihres Vaters mit dem Bäcker verschafft ihr überraschend die Gelegenheit, aus der Tür zu schlüpfen und sich einen Weg zur Bühne zu suchen. Bei den Sitzen ganz unten, bei den Musikern, hat sie einen Jungen erspäht und diesen um seinen Platz beneidet. Dort strebt sie hin. All die ausladenden Röcke und Überröcke, an denen sie sich vorbeidrängen muss, ersticken sie beinahe, doch sie erreicht ihr Ziel. Außer Atem lehnt sie sich an die vor der Bühne befindlichen Balustraden, als ihr einige Nussschalen auf den Kopf fallen. Mitleidig zieht der Junge sie zu sich, wo er, offenbar in einem toten Winkel für solche Attacken, den Platz eingenommen hat. Von dort bemerkt sie, dass es für die Leute hier unten nicht ungewöhnlich ist, von oben etwas abzubekommen. Ein nicht weit von ihr entfernt sitzender Mann hat wohl gerade etwas Feuchtes im Nacken gespürt und schimpft laut wie ein Marktschreier auf den Schuft, der seinen Kautabak einfach hinuntergespuckt hat. Wäre es für sie wichtig, Schimpfworte zu lernen, dann wäre hier der ideale Platz dafür.

»Ich heiße Angiola, und du?«, spricht sie den Jungen stattdessen an und wundert sich, als sie keine Antwort bekommt. Ihr Helfer schaut auf die Bühne, wo die Frau, welche als Zanetta bezeichnet wird, gerade mit einigen anderen Frauen tanzt. Erstaunlicherweise hat der Tanz zu mehr Stille im Haus geführt als die Lieder vorhin, um die zu hören sie eigentlich herabgekommen ist. Die Leute starren die Frauen an, vergessen teilweise sogar das Kauen und klatschen zum Ende des Tanzes so, wie Angiola es vorher bei den Sängern und Sängerinnen nie gehört hat.

Dem Jungen neben ihr muss ihr etwas fassungsloser Blick aufgefallen sein. »Die Leute kommen zum Schauen her, nicht zum Hören«, meint er, was ihr aber keine wirkliche Erklärung ist. Er kann also doch sprechen! Ein hagerer Junge, der nicht so viel älter als sie sein kann, mit komischen Augenbrauen und einer laufenden Nase; seine Stimme klingt etwas heiser. Vielleicht ist er erkältet. Auf jeden Fall sagt er nicht mehr, und auf der Bühne wird geredet, nicht mehr getanzt oder gesungen. Da Angiola nicht weiß, wann es wieder Gesangsdarbietungen gibt, schaut sie ins Publikum, und es wird ihr mit einem Schlag bewusst, dass ihre Eltern sich bestimmt Sorgen um sie machen. Sie dreht sich um, sucht mit ihren Augen die Loge zu finden, wo ihre Eltern sitzen, entdeckt aber weder den Platz noch ein ihr bekanntes Gesicht. Sie spürt ein Stechen in den Augen und zieht die Nase hoch, um nicht vor all den fremden Leuten in Tränen auszubrechen. Das erregt die Aufmerksamkeit des Jungen. Er macht ein weiteres Mal den Mund auf und sagt: »Komm, ich helfe dir, deine Eltern zu finden.«

Erleichtert erzählt sie ihm, dass sie bestimmt zwei Treppen hinuntergestiegen ist und oben die Loge schon finden würde. Sicherheitshalber packt sie ihn aber am Arm und lässt sich von ihm zu einer Tür ziehen, wo die Treppen beginnen.

Die Türen der Logen gleichen einander von außen wie ein Ei dem anderen. Nun ist sie sich nicht mehr sicher, wo sie hergekommen ist. »Dann probieren wir es einfach aus«, ist die Empfehlung des Jungen, und er drückt die nächstbeste Klinke herunter.

Angiola will schon hineingehen, als sie fast zu Eis erstarrt. Auf einer Bank kniet eine Nonne, zeigt einem hinter ihr stehenden Mann in einem Harlekin-Kostüm ihren nackten Hintern und lässt sich ihre Pobacken von ihm betasten. Dass beide Masken vor ihrem Gesicht haben, macht das Bild noch bizarrer.

»Aber wieso spielen die beiden hier Doktor?«, will sie wissen und zeigt damit, dass ihr so etwas unter Kindern nicht ganz fremd ist.

Der Junge schließt die Tür, obwohl sich die beiden Erwachsenen weder von ihren Blicken noch von ihrer Frage hatten stören lassen, und erwidert, ihr zugewandt: »Dummkopf, die spielen Liebeln, nicht Doktor.«

»Aber das war eine Nonne, und die beiden hatten Masken auf«, argumentiert sie, weil sie keinesfalls zugeben will, dass sie nicht weiß, wie das Spiel Liebeln geht.

»Das war bloß eine Frau im Nonnenkostüm, obwohl es hier in den Logen oft die Hälfte der Nonnen vom Kloster der Heiligen Jungfrau geben soll, sagt mein Vater. Aber die ziehen sich anders an. Und was die Masken betrifft, meine Mutter sagt, durch die Maske zeigt man ein Geheimnis und wird so immer umworben, weil jeden Mann das Geheimnisvolle reizt«, erklärt er ihr, als wäre es das Normalste von der Welt. Mit jedem Wort klingt seine Stimme weniger heiser und mehr, als wüsste er tatsächlich, wovon er redet, obwohl er doch nur wiederholt, was die Erwachsenen ihm erzählt haben. Der belehrende Tonfall macht das, entscheidet Angiola und merkt es sich, denn erwachsen klingen will sie auch, und der Junge kann höchstens acht Jahre alt sein, mehr nicht.

Seine Erklärungen ergeben für sie nicht viel Sinn, aber das gibt sie nicht zu. Andererseits ist sie von Natur aus neugierig, also fragt sie zurück, was er mit »reizen« meint. Ein einziges Wort kann man hinterfragen, ohne als dumm dazustehen, findet sie.

»Meine Mutter sagt«, fängt er wieder mit den gleichen Worten an, »wenn Menschen Masken tragen, seien sie sich sicher, über nichts erröten zu müssen, wären freier, und das würde Mann und Frau schneller zusammenführen als alle Begegnungen in der Kirche oder woanders. Außerdem wäre liebeln mit fremden

Kavalieren, die schnell wieder gehen, einfacher als mit bekannten Leuten.« Je länger der Satz wird, umso unsicherer wird nun aber seine Stimme, und er macht irgendwie doch den Eindruck, als verstünde er nicht mehr ganz genau, was er ihr da sagt.

Ehe Angiola hier einhaken kann, hören sie die schreiende Stimme ihres Vaters und darin ihren Namen.

*   *   *

»Meine Tochter!«, lamentiert Lucia auf dem Gang zwischen den Spieltischen, wo sie bisher vergeblich nach Angiola gesucht haben. Calori fragt sich, ob Gott ihm etwas über das Theater als solches und den Besuch desselben sagen will. Er könnte jetzt bereits im Bett liegen, ohne weitere Sorgen als die, ob die Flohstiche, die er sich hier in Venedig eingefangen hat, schlimmer sind als die aus Mailand. Dann stellt er sich vor, Angiola bliebe verschwunden, gerade jetzt, wo er sich daran gewöhnt hat, eine überlebende Tochter zu haben, und obwohl der Tod der meisten Kinder, die auf dieser Welt geboren werden, Gottes Wille ist, trifft ihn die Vorstellung unerwartet heftig. Als ein maskierter Galan es wagt, der weinenden Lucia ein Taschentuch anzubieten, nutzt Calori das, um seiner schlechten Stimmung Ausdruck zu verleihen, und zwar durch einen heftigen Stoß gegen die Brust des Frechlings.

»Halte dich von anständigen Frauen fern, Bube!«

Leider handelt es sich bei der Maske um einen kräftigen Mann und bei Calori um einen gesetzten Beamten von zweiundvierzig Jahren mit einem kleinen Bäuchlein, der gewohnt ist, Papiere zu bewegen, keine schweren Sachen, so dass die Angelegenheit nicht gut für ihn ausgehen kann. Der Mann stößt ihn ebenfalls, Calori wankt, stürzt zu Boden, und der Frechling sowie alle Umstehenden brechen in Gelächter aus.

»Heilige Mutter Anna, heiliger Josef«, schluchzt Lucia, während alles in Calori rast und brennt.

»Papa?«, piepst eine Stimme, und da steht sie, seine Tochter, mit einem Bengel an ihrer Seite. Calori ist zu erbittert, um erleichtert zu sein, und rappelt sich auf, wütend die helfenden Hände seiner Frau abwehrend.

»Der Junge hat Nasenbluten«, sagt Angiola, und in der Tat, Blut tropft aus der Nase des neben ihr stehenden Bengels.

»Das war ich nicht«, fügt sie hastig hinzu, wohl wegen Caloris düsterer Miene. »Die hat ganz von allein das Bluten angefangen.«

Der Junge bleibt stumm. Er hält nun eine Hand auf, wohl, um eine Belohnung zu empfangen. Als Calori grimmig nach seiner Börse tastet, stellt sich heraus, dass sie verschwunden ist. Genau wie der maskierte Mann, der erst Lucia ein Taschentuch angeboten und ihn dann zu Boden gestoßen hat.

Gott will Calori heute wirklich etwas über Theaterbesuche sagen, da ist er sich nun sicher.

»Dass ich dich wiederhabe, mein Schatz«, ruft Lucia aus, während Calori noch vergeblich auf dem Boden sucht, ob vielleicht irgendwo der Geldbeutel liegen könnte. Sie umarmt Angiola, die sich das Taschentuch schnappt, das ihre Mutter noch immer wie vergessen in der linken Hand hält, und es dem Jungen gegen die Nase drückt.

»Leg den Kopf zurück, dann wird es besser«, sagt sie dabei, und unter anderen Umständen wäre Calori ein wenig stolz, denn gerade dies hat er selbst erst vor zwei Tagen seinem Erbonkel beim nämlichen Leiden geraten. Offenbar hatte ihn seine kleine Tochter genau beobachtet und zugehört. Aber an diesem Unglücksabend ist er nicht in der Stimmung für väterlichen Stolz. Er will nur noch fort von hier, ehe sich weitere Katastrophen ereignen, und presst diese Worte heraus, während er Lucia und Angiola am Arm ergreift.

Der Junge macht eine enttäuschte Miene, und Calori richtet sich auf lautstarken Protest ein, wie der von allen anderen, die meinten, das Trinkgeld, das er hier im Theater gegeben hatte, habe nicht ausgereicht, aber der Kleine sagt nichts. Am Ende ist das Kind stumm. Nun, ihm kann es gleich sein. Calori drängt seine kleine Familie in Richtung Ausgang.

»Wie heißt du?«, ruft Angiola und zieht in die andere Richtung, als habe sie heute noch nicht genug mit ihrem Eigenwillen angerichtet. Der Junge erwidert nichts, sondern grinst und macht mit immer noch tropfender Nase und blutbeflecktem Taschentuch eine Verbeugung.

»Das ist Zanettas Ältester«, sagt ein Limonadenverkäufer, der zwischen den Spieltischen im Foyer hin und her eilt. »Ein Schwachkopf, der den Mund nicht aufkriegt.« Und an den Jungen gerichtet, fügt er hinzu: »Du solltest doch Wachs für die Ohren deines Vaters holen, Giacomo, was tust du noch hier?«

Der Junge zuckt die Achseln, dreht sich um und verschwindet in Richtung Treppenaufgang. Angiola ruft ihm »Addio, Giacomo« hinterher und lässt sich endlich mit ihrer Mutter aus dem Theater drängen.

Das, schwört sich Calori, war das letzte Mal, dass er und seine Familie ihre Zeit auch nur in der Nähe einer Bühne verbracht haben.

I

ANGIOLA

Der jüdische Bezirk lag nicht weit vom Universitätsviertel entfernt, aber die Gassen waren viel, viel enger, fand Angiola, während sie sich ihren Weg durch die Via dell' Inferno bahnte. Die Juden durften keine neuen Häuser bauen oder sich außerhalb des Ghettos Ebraico ansiedeln. Daher drängten sich mehr Menschen auf kleinem Raum als in jedem anderen Teil Bolognas. Nirgendwo gab es Arkaden, die vor Sonne und Regen schützten, wie sonst überall in der Stadt. Angiola war nicht groß für ihre fast dreizehn Jahre, und es fiel ihr nicht leicht, sich mit ihrer Bürde einen Weg durch die Menge zu bahnen. Ihre Mutter, die lieber gestorben wäre, als die Nachbarn wissen zu lassen, dass sie die Dienste eines jüdischen Pfandleihers in Anspruch nahm, der zu nur fünf Prozent lieh, hatte ihr einen viel größeren Korb gegeben, als nötig gewesen wäre, um den Atlasrock und die Samthose von Angiolas verstorbenem Vater darin zu verbergen. »Ich habe das gute Kind losgeschickt, um den Schwestern in San Giobbe Brot und Wein zu bringen«, hatte sie gezwitschert, als die neugierige Ceccha von nebenan sich zum Fenster hinauslehnte und ostentativ grüßte, während Angiola das Haus verließ. Ob die Nachbarin ihr das abgenommen hatte, blieb dahingestellt.

Als Frau eines Universitätsbeamten war Lucia Calori angesehen gewesen, und das wollte sie nicht aufgeben. Sie wollte auch Bologna nicht verlassen oder in einem anderen Stadtteil eine billigere Wohnung nehmen. Also blieb nur, Stück für Stück zu versetzen, möglichst ohne dass es jemand merkte, nachdem das erwartete Erbe des Onkels aus Venedig ausgeblieben war, und darauf zu hoffen, dass die Universität von Bologna nicht zu schnell versuchte, einen anderen Beamten in ihrem gemieteten Haus unterzubringen. Bis dahin musste sie nach ehrlichen Untermietern Ausschau halten. Der erste Mann, dem Angiolas Mutter zwei Zimmer vermietete, hatte sich zwar als reicher Weinhändler ausgegeben, war aber nach einem Monat verschwunden, ohne einen einzigen Soldi Miete bezahlt zu haben. Und das auch nicht, ohne die kostbare Taschenuhr von Angiolas Vater mitgehen zu lassen. Es war ein bitteres Lehrgeld dafür gewesen, unbekannten Mietern zu vertrauen.

Jetzt behauptete Angiolas Mutter natürlich, sie habe den angeblichen Weinhändler nie gemocht, doch Angiola wusste, dass dies nicht stimmte. Lucia hatte sich von dem Mann mehrfach trösten lassen, wenn der Gedanke an ihren Witwenstand sie in Tränen versetzte, und ihn wiederholt zum Essen eingeladen, nachdem sie ihre Tochter sehr früh ins Bett geschickt hatte. Deswegen hatte er die Uhr überhaupt stehlen können, da sie im Schlafzimmer in einer Schublade lag. Es war wohl so, dachte Angiola, dass man nicht unbedingt in einem Theater sein musste, um vorzugeben, jemand anderer zu sein, als man war. Wenn das der Vater gewusst hätte, dann hätte er ihr und der Mutter nicht ständig untersagt, den Straßenkomödianten zuzuschauen. Angiola vermisste ihren Papa, und wenn man die Mutter jetzt hörte, dann war der verstorbene Dottore Calori der beste aller Männer gewesen, ohne Fehl und Tadel, der Weib und Kind auf Händen getragen hatte. Aber das stimmte so nicht. Für jeden guten Tag, an dem der Vater sie in die Nase gezwickt und ihr von den Straßenverkäufern verzuckertes Mandelwerk mitgebracht hatte, hatte es auch einen schlechten gegeben. Dann warf er der Mutter vor, eine schlechte Hauswirtschafterin zu sein und durch ihre Tanzlust ihre ständigen Fehlgeburten verursacht zu haben, und versetzte seiner Tochter Ohrfeigen, nur weil er sie dabei ertappte, wie sie Lieder schmetterte, die sie irgendwo auf den Straßen gehört hatte, was oft genug vorkam.

Angiola blinzelte ein paar Tränen weg und hob eine Schulter, um sich die Nase abzuwischen. Wenn sie ihren Korb jetzt absetzte, um die Hände zu gebrauchen, würde er in der wogenden Menge gewiss gestohlen werden. Und sie brauchten das Geld, unbedingt.

Die Häuser im Ghetto waren genauso rot und gelb bemalt wie anderswo in Bologna, aber an vielen Türen erkannte sie Spählöcher, und das war ungewöhnlich. Die Leute hier mussten sehr misstrauisch sein. Auch die Tür des Hauses mit der Nummer, die ihre Mutter ihr eingeprägt hatte, besaß so ein Spähloch. Als sie den bronzenen Türöffner betätigte, um gegen das Holz der Pforte zu schlagen, glaubte Angiola bald zu spüren, wie sie jemand beobachtete.

»Worum geht es, meine Kleine?«, fragte eine männliche Stimme von drinnen. Angiola räusperte sich und gab zurück, sie komme auf den Rat von Moise, dem Apotheker. Sie hatte ihrer Mutter versprechen müssen, auf offener Straße auf keinen Fall den Namen Calori laut zu nennen, und der Apotheker, der oft genug mit ihrem Vater gesprochen hatte, war in der Tat derjenige gewesen, der Lucia die Pfandleihe empfohlen hatte.

Als sich die Tür öffnete, war der Mann dahinter keineswegs schwarzbärtig und unheimlich, wie sich Angiola einen jüdischen Pfandleiher vorgestellt hatte. Nein, der Mann vor ihr war rotblond und trug die Haare sogar gepudert, wie es der falsche Weinhändler auch getan hatte.

»Dann kommen Sie herein, Signorina«, sagte er freundlich.

In dem Zimmer, in das er sie führte, saß eine strickende Frau, und Angiola war der Ansicht, dass sie nun genug Vorsicht hatte walten lassen. Sie packte den schönen gelben Atlasrock aus, den sich der Vater an Festtagen übergeworfen hatte, und seine braunen Samthosen, die zwar etwas abgewetzt waren, aber dafür keine Flecken hatten.

»Ja«, sagte der Pfandleiher Giuseppe, »das kann ich für Ihre Mutter notfalls verkaufen, aber des altmodischen Schnittes wegen werden sich kaum mehr als dreißig Lira dafür erhandeln lassen.«

»Meine Mutter will dreieinhalb Zechinen dafür haben«, sagte Angiola empört, wobei sie die Zahl etwas höher ansetzte, weil sie wusste, dass in Bologna die Zechine nur siebzehn Lire hatte. Drei Zechinen, hatte Lucia gesagt. Aber Angiola hatte oft genug Leute auf dem Marktplatz beobachtet, um zu wissen, dass man niemals auf das erste Angebot eingehen durfte und immer einen höheren Preis nennen musste, als man letztlich erwartete.

»Das ist zu viel«, entgegnete Giuseppe kopfschüttelnd. »Niemand trägt mehr so weite Hosen.«

»Aber Dottore Moise hat gesagt, Sie wären gut in Ihrem Geschäft. Dreißig Lire könnten wir selbst bekommen«, behauptete Angiola und ahmte den falschen Weinhändler nach, wie er, das erste Mal um Miete gebeten, erklärte, die Nachbarin Ceccha habe ihm ein wesentlich günstigeres Angebot und drei Zimmer offeriert.

Die Mundwinkel des Pfandleihers zuckten. »Nun, vielleicht kann ich den Preis auf zweieinhalb Zechinen hochtreiben. Mit sehr viel Glück.«

»Mit Glück könnten Sie dreieinhalb bekommen«, beharrte Angiola. »Ohne Glück drei. Aber das ist ein venezianischer Atlasrock, und jeder weiß, dass die schönsten Moden immer aus Venedig kommen. Mein Papa hat ihn für viel, viel mehr Geld gekauft, das weiß ich bestimmt. Und er hat überhaupt nur zweihundertfünfzig Zechinen im Jahr verdient! Sich so einen feinen Atlasrock zu kaufen war ein großer Luxus für ihn!«

Am Ende versprach ihr der Pfandleiher drei Zechinen, und Angiola verließ glücklich das Haus. Inzwischen hatten sich die grauen Wolken am Himmel verdichtet, und als es zu regnen begann, konnte sie kaum noch den größeren der beiden gewaltig aussehenden Türme ausmachen, die man tagsüber im Ghetto selbst noch in der engsten Gasse erspähen konnte. Vielleicht sollte sie den Pfandleiher fragen, ob sie bei ihm warten könne, bis der Regen vorbei war. Aber sie wusste, dass ihre Mutter sich große Sorgen machte, sowohl des Geldes als auch Angiolas wegen. Erst heute früh hatte die Nachbarin gemeint, Angiola sei nun zu alt, um ohne Begleitung durch die Stadt zu laufen. Es verletze die Schicklichkeit. Lucias Einwand, ihre Tochter blute noch nicht und sei daher noch ein Kind, hatte nur ein Naserümpfen bei der Ceccha ausgelöst.

Also lief sie, so schnell es eben ging, und rutschte nur einmal aus. Ihr Kleid war aus Leinen, und der Schmutzfleck über dem Knie würde sich waschen lassen. So wie es regnete, war der Dreck bei ihrer Ankunft daheim bereits halb fortgespült, hoffte Angiola.

Als sie die zu den Hauptgebäuden der Universität führende Straße erreicht hatte, gab es auch wieder Arkaden an den Fassaden, aber es hatten sich so viele Leute dort untergestellt, dass es sich schneller auf den Straßen lief. Angiola wich einer vorbeifahrenden Kutsche aus und wäre beinahe an der Seitenstraße vorbeigelaufen, die zu ihrem Haus führte. Mittlerweile hingen ihr die Zöpfe wie nasse Taue über die Schultern, und sie fühlte sich wie eine dem Kanal entschlüpfte Ratte.

Sie bereitete sich darauf vor, sehr laut an die Tür pochen zu müssen, damit ihre Mutter sie bei dem prasselnden Regen überhaupt hörte, doch zu ihrer Überraschung stand eine der kleinen Sänften vor der Tür, wie sie in Bologna eigentlich nur die Patrizier benutzten. Die beiden Sänftenträger trugen nicht die Livree einer der großen Familien, was bedeutete, dass jemand sie gemietet haben musste. Außerdem war die Tür nur angelehnt.

Sie trat ein und stellte ihren leeren Korb ab. Dann zog sie ihre nassen Schuhe aus und war noch dabei, sie auf das Eisengestell zum Trocknen zu stellen, als ihre Mutter mit einem Fremden die Treppe herunterkam. Angiola blieb der Mund offen. Der Mann war sehr hoch gewachsen, größer als jeder andere, den sie bisher gesehen hatte, und wenn sonst große Männer lange Beine und einen kurzen Oberkörper hatten, so war bei diesem Mann auch ein langer Torso zu erkennen. Er wirkte sehr breit um die Schultern, wobei er sonst schlank gewachsen schien. Er trug einen eleganten roten Seidenrock, der denjenigen, den sie gerade beim Pfandleiher gelassen hatte, wirklich altmodisch aussehen ließ, und eine Perücke, was ebenfalls für Wohlstand sprach. Als er den Mund öffnete, erwartete sie seines großen Brustkorbs wegen unwillkürlich eine tiefe Stimme. So trafen seine ersten Worte sie völlig unvorbereitet, in einer Tonlage, die höher war als die ihrer Mutter.

»Aber wen haben wir denn da?«, fragte der Fremde und musterte sie.

»Das ist meine Tochter Angiola, Signore«, erklärte ihre Mutter hastig. »Es stört Sie doch gewiss nicht, in einem Haus mit einem Kind zu leben?«

Allmählich ahnte Angiola, um wen es sich handeln musste. Es hatte Gerüchte gegeben, dass einer der großen Kastratensänger nach Bologna kommen würde, Caffarelli, Appianino oder

Salimbeni, und die Oper lag nicht allzu weit von ihrem Haus entfernt. Aber wäre es nicht wahrscheinlicher, dass ein solcher Sänger bei einer der großen Familien der Stadt wohnen würde? Gewiss würden sie es sich als Ehre anrechnen, Zimmer in einem ihrer Palazzi zur Verfügung zu stellen. Sie wünschte, sie könnte sich in den Arm kneifen, um sicher zu sein, dass sie nicht träumte, aber das wagte sie nicht, jetzt, wo er sie betrachtete, der Fremde. Sein Kinn war bartlos und glatt, aber durchaus kräftig geformt, und seine Nase lang und gerade. In dem Halbdunkel des Treppenaufgangs kamen ihr seine Augen bald blau, bald schwarz vor. Mehr denn je fühlte sie sich wie eine halb ertrunkene Ratte aus einem Kanal, während er wie ein Prinz aus einer anderen Welt wirkte.

»Aber Signora Calori«, sagte er, »es handelt sich hier doch nicht um ein Kind, sondern um ein bezauberndes junges Fräulein.« Damit ergriff er Angiolas Hand und führte sie flüchtig an seine Lippen, ohne sie jedoch zu berühren.

»Es freut mich, Ihre Bekanntschaft zu machen, Signorina.« Mit einem Mal fühlte sie sich nicht mehr ärmlich und beschämt, obwohl sie barfuß war und ihr immer noch das Wasser aus den feuchten Kleidern tropfte. Sie sank in einen Knicks, wie sie es vor Jahren bei jener schönen Dame in Venedig gesehen hatte, unter einem gemalten Sternenhimmel und auf Brettern, wo jede Schäferin in Wirklichkeit eine verwunschene Prinzessin war.

»Auch ich bin hocherfreut«, erwiderte sie, weil es so in den Büchern mit Menschen aus besseren Kreisen stand, die sie und ihre Mutter hinter dem Rücken des Vaters gelesen hatten, der jedes Buch abgelehnt hatte, wenn es nur der Unterhaltung diente. Ganz konnte sie ihre Aufregung nicht verbergen, und ihre Stimme ging am Ende des Satzes in die Höhe, was ihre höfliche Erwiderung daher wie eine Frage nach seinem Namen klingen ließ.

Er lächelte. »Appianino, stehe Ihnen zu Diensten.«

Bei aller Aufregung darüber, eine Berühmtheit im Haus zu haben, hatte Angiolas Mutter ihre bitter erlernte Lektion nicht vergessen. Sie ließ sich vorab die Miete für zwei Monate bezahlen. Bei der Gelegenheit stellte sich heraus, dass der Sänger für das unglaubliche Honorar von 34 000 Bolognesischer Lire für ein halbes Jahr in die Stadt geholt worden war. So viel verdiente ein Professor in zehn Jahren. »Ich habe in Wien für den Kaiser gesungen«, sagte Appianino sachlich. »Um eine solche Ehre aufzugeben, muss ein entsprechendes Gehalt geboten werden.«

»Ich … wusste nicht, dass man als Sänger so gut bezahlt wird«, sagte Lucia Calori schwach.

»Wenn man sich einen Namen gemacht hat«, entgegnete Appianino, und ein Schatten legte sich über sein Gesicht. »Nur dann.«

Er kam genau wie Lucia und ihr verstorbener Gatte aus Mailand, aber das war auch alles, was ihre Herkunft gemeinsam hatte, wie Angiola bald herausfand. Seine Familie hieß natürlich nicht Appianino; er war als Giuseppe Appiani geboren worden, und als Lucia Calori höflich fragte, ob es sich vielleicht um die Appiani aus dem Bankwesen handele, lächelte er bitter und erwiderte: »Nein, Signora, das erste nennenswerte Geld, das meine Familie je verdient hat, verdankte sie meiner … Stimme.«

Lucia errötete und wechselte sofort das Thema. Als Angiola ihre Mutter später fragte, was denn schändlich daran sei, dass Appianino derjenige war, der seiner Familie zu Vermögen, Ruhm und Ehre verholfen habe, erklärte ihr die Mutter unter einigem Gestammel, dass viele arme Familien ihre Söhne regelrecht verkauften, angeblich an die viertausend Knaben im Jahr, in der Hoffnung, dass nach einer Kastration große Sänger aus ihnen würden, und wenn nicht das, wenn Stimme und Talent nicht dazu reichten, dann wenigstens Musiklehrer, was ebenfalls ein gesichertes Einkommen bedeutete. Wenn also Appianinos Familie kein Vermögen besessen habe, dann sei es gewiss, dass es sich bei ihm um einen solchen Fall handele.

»Wäre er nicht bei uns eingezogen, dann wären wir jetzt auch arm«, sagte Angiola. »Wenn ich ein Junge wäre, würden Sie mich dann kastrieren lassen, Mama?«

»Rede keinen Unsinn«, sagte Lucia indigniert und rauschte davon, um mit ihren nunmehr für kurze Zeit gesicherten Einkünften neue Handschuhe zu kaufen, feine, gegerbte Handschuhe aus dem zarten Leder der Haut eines ungeborenen, im Mutterleib gestorbenen Kalbs, auf die sie schon zu Lebzeiten ihres Gemahls ein Auge geworfen hatte, und echte Pomade. Die Zeit, in der sie Ziegenfett mit Wachs hatte mischen müssen, um zu sparen, war vorerst vorbei.

* * *

Angiola hörte Appianino gerne beim Üben zu. Zunächst tat sie das in der Erwartung, Lieder aus dem Theater zu hören, aber bald merkte sie, dass ein Sänger seine Stimme anders geschmeidig hielt. Er sang und hielt vielmehr einzelne Noten, als dass er zusammenhängende Lieder von sich gab. Es klang eher, dachte Angiola, wie das, was ein Vogel auf den Ästen tat, und hatte etwas Magisches an sich. In ihrem Zimmer versuchte sie, ebenfalls eine einzelne Note sehr lange zu halten, doch es stellte sich als unendlich schwieriger heraus, als sie es sich vorgestellt hatte. Es musste irgendein Geheimnis darin liegen. Schließlich fasste sie sich ein Herz und suchte Appianino in dem Zimmer auf, das er für seine Übungen in Beschlag genommen hatte. Diesmal küsste er ihr nicht die Hand, vielmehr war er ungehalten darüber, unterbrochen worden zu sein. Bis sie ihren Grund offenbarte. Er hob eine Augenbraue.

»Aber warum wollen Sie das wissen, Signorina? Was nützt es Ihnen?«

»Ich möchte es eben können.«

»Bei der Gesangskunst handelt es sich um keinen Zeitvertreib für Kinder«, sagte er abweisend. »Es handelt sich um mein Leben.«

Damit wandte er ihr den Rücken zu, setzte sich wieder an das Reisespinett, das er mitgebracht und in ihrem Haus aufgebaut hatte, schlug eine Taste und versuchte, den gleichen Ton zu treffen, sie ignorierend, als befände sie sich nicht mehr im Raum. Angiolas schüchterne Neugier verwandelte sich in etwas anderes, Heftiges, in Enttäuschung und Ärger. Dabei schmerzte ihr Bauch, etwas zog in ihrem Inneren, sie schwitzte, obwohl es eigentlich noch kühl war; sogar ihr Kopf tat weh, und sie wusste nicht genau, was sie wollte, nur, was sie nicht wollte, und das war, einfach so von ihm als Kind entlassen zu werden. Sie öffnete den Mund, um laut zu sagen: »Sie haben selbst bestätigt, dass ich kein Kind mehr bin«, holte dann tief Luft und stieß mit aller Kraft, zu der sie fähig war, den gleichen Ton wie er hervor.

Lächerlicherweise ging ihr bald die Luft aus. Sie spürte Schweißperlen am Rücken und auf der Stirn und kam sich nun doch kindisch vor. Appianino sang immer noch, aber er drehte ihr nicht länger den Rücken zu, sondern schaute sie an. Nicht höhnisch, aber auch nicht freundlich, sondern neugierig. Endlich ließ er seinen Ton verklingen und sagte: »Ein Sänger, mein Kind, singt aus dem Zwerchfell.«

»Was ist das Zwerchfell?«, fragte sie, kam sich dumm und unwissend vor und wusste nur, dass dieses Gefühl noch ärger werden würde, wenn sie nicht fragte.

Er machte ein paar Schritte auf sie zu und an ihr vorbei. Sie befürchtete schon, dass er die Tür öffnen würde, um sie hinauszuwerfen. Doch nein, er trat nur hinter sie.

»Heb die Arme«, sagte er. »Seitwärts.«

Angiola gehorchte, und er legte eine Hand auf ihren Bauch, die andere von hinten auf ihre Taille. Mit der vorderen übte er einen leichten Druck aus, und etwas in ihr, das verspannt war, löste sich.

»Hier«, sagte er. »Aber um richtig atmen und singen zu lernen, braucht man Jahre.«

Es war ein seltsames Gefühl, einen fremden Menschen so nahe bei sich zu spüren. Seit sie gelernt hatte, sich selbst anzukleiden, hatte das selbst ihre Mutter nicht mehr bei ihr getan.

»Wie viele Jahre?«

»Warum willst du das wissen?«, fragte er erneut und ließ sie abrupt wieder los, ohne jedoch von ihr wegzutreten. Seine Stimme, diese hohe, volltönende Stimme, die mühelos das gesamte Haus füllen konnte, wenn er wirklich sang, drang weiterhin von ganz nahe an ihr Ohr, und sie spürte seine Körperwärme. Es war beunruhigend und aufregend zugleich.

»Ich habe noch Jahre meiner Karriere vor mir, ehe ich zum Lehrer werden muss, wenn ich mir das überhaupt antue, und deine Mutter hat das Geld nicht, sich auch nur eine Stunde von mir leisten zu können, geschweige denn sieben Jahre gründlichen Unterricht, wie ich ihn hatte.«

Warum er sie jetzt auf einmal duzte, glaubte sie zu erraten: Es war ein weiterer Versuch, sie auf die Position eines Kindes zu verweisen.

»Ich werde keine sieben Jahre brauchen«, sagte sie störrisch. »Ich werde es schneller lernen.«

Er lachte, und es waren die ersten Laute, die sie von ihm hörte, die nicht melodiös klangen, sondern abgehackt und harsch.

»Du kannst doch noch nicht einmal Noten lesen.«

»Geschriebene Musik ist wie ein erzähltes Mittagessen«, entgegnete sie hastig, denn er hatte recht, aber sie dachte an die Komödiantin auf der Bühne in Venedig, die gewiss auch keine Noten hatte lesen können und doch stürmischen Beifall für ihre Darbietung geerntet hatte. »Ich will singen!«

Verächtlich verzog er den Mund. »Dann sing Jahrmarktslieder, das stört keinen. Schon morgen wirst du lieber lernen wollen, wie man sich gelbe Schleifen ins Haar bindet. Es ist die Laune eines Kindes, dem langweilig ist, nicht mehr.«

»War es das für Sie auch?«, fragte sie wütend zurück, ohne nachzudenken, und seine Hände mit den sehr großen, etwas zu langen Fingern legten sich blitzartig um ihre Kehle.

»Mich haben meine Brüder und mein Vater in einen Badetrog gezerrt und festgehalten, während ein Schlächter, der normalerweise Schweine kastrierte, sein Werk tat«, stieß er hervor, »weil ich der beste Sänger im Kirchenchor war. Ich hatte Glück, überhaupt zu überleben, denn mit elf Jahren war ich schon fast zu alt für den Eingriff. Und danach habe ich jeden Tag meines Lebens gesungen, damit es nicht umsonst war!«

Sie wollte sagen, dass es ihr leidtat, aber mit seinen Händen an ihrer Kehle konnte sie das nicht. Er schien sich auf einmal bewusst zu werden, was er gerade tat, denn er löste seinen Griff. Aber er war immer noch zornig und packte sie stattdessen an den Schultern, während es weiter aus ihm herausbrach.

»Lernen, du hast überhaupt keine Ahnung, was das heißt, zu lernen! Wenn man am Conservatorio di Sant'Onofrio in Neapel studiert, dann gibt es nichts anderes. Morgens eine Stunde schwierige Passagen, eine Stunde Musikliteratur, eine Stunde singen vor Spiegeln; am Nachmittag eine Stunde Musiktheorie, eine Stunde Improvisation und eine weitere Stunde Literatur, dazwischen an- und absteigende Halbtonleitern, irrwitzige Triller, unendlich lang zu haltende Noten, um das notwendige Atmen zu entwickeln. Und die Strafen, wenn du nicht gut genug bist …«

Plötzlich erfasste sie ein stechender Schmerz, der nichts mit ihrem Hals zu tun hatte, und sie krümmte sich. Er ließ sie los, und diesmal trat er zurück. Angiola drehte sich zu ihm um. Dabei spürte sie etwas Warmes zwischen ihren Beinen auf den Boden tropfen. Sie hatte nicht mehr in die Hose gemacht, seit sie ein Kleinkind gewesen war, und die Vorstellung, sich jetzt vor diesem Mann auf diese Weise zu demütigen, war unerträglich. Sie wollte auf ihr Zimmer rennen, und mit etwas Glück würde er nichts bemerken, wenn ihr ein würdevoller Abgang gelang.

»Ich will singen lernen, weil es nichts in diesem Leben gibt, was schöner für mich ist als der Klang Ihrer Stimme«, sagte sie leise und zwang sich, langsam und mit hocherhobenem Kopf aus dem Raum zu schreiten. Erst als sie die Tür hinter sich geschlossen hatte, gestattete sie sich, zu rennen, nach oben unter das Dach, wo sie ihre Schlafstätte hatte, aus ihrem Kleid zu schlüpfen und nach dem Schaden zu sehen.

Es war keine Pisse, die warm ihre Beine herunterrann. Es war Blut.

»Oh, mein Gott«, hörte sie Appianino entsetzt ausrufen, und sie sah, dass er ihr gefolgt sein musste. »Das wollte ich nicht.«

»Das waren Sie auch nicht«, antwortete Angiola ungnädig. Gerade jetzt und hier wollte sie ihn nicht sehen. »Das hat doch mit meinem Hals nichts zu tun. Ich habe meine Blutungen bekommen.« Sie wollte, dass er ging, und sehnte ihre Mutter herbei.

Appianino machte immer noch eine verschreckte Miene und starrte auf das Blut auf ihren Oberschenkeln. Es kam ihr in den Sinn, dass er vielleicht an das Blut auf seinen eigenen Beinen dachte, als man an ihm herumgeschnitten hatte, und ihr Ärger schwand. Ihre Mutter hatte gesagt, dass man die Kinder manchmal bereits mit sechs oder sieben Jahren kastrierte, spätestens jedoch, ehe den Knaben die Stimme brechen konnte.

Er musste entsetzliche Angst gehabt haben.

»Es ist schon gut«, setzte sie sanfter hinzu.

Sein Blick wanderte zu ihrem Gesicht. »Du – du hast völlig klar gesungen«, sagte er. »Kurz, aber klar. Da ist etwas in deiner

Kehle. Wir werden sehen, ob sich daraus mehr machen lässt. Wenn du nicht fleißig bist und mir nicht in allen Dingen gehorchst, dann ist jedoch Schluss damit. Und wenn mein Engagement hier zu Ende ist, reise ich ab.«

Wieder sank sie vor ihm in einen Knicks, doch diesmal meinte sie es nur halb ernst, halb war es etwas, das ihr half, nicht länger mit ihrem kurzen Unterrock vor ihm herumstehen zu müssen.

»Danke, mein höchst edler Herr.«

»Von nun an wirst du mich mit Maestro anreden«, versetzte er grimmig, doch mit irgendwie schuldbewusster Miene.

* * *

Giacomos Aufenthalt in Padua hatte endlich eine günstige Wendung genommen. Anstatt mit zehn älteren Jungen, die wie er die Rechtswissenschaft studieren sollten, in einem Raum schlafen zu müssen, hatte er bei einem seiner Lehrer, Dottore Gozzi, ein eigenes Zimmer. Die schönste Seite daran war, dass das Fenster auf den Hof und zu anderen Fenstern hinausging. Er hätte ohne große Anstrengung sogar in den ersten Raum hinübersteigen können. Hinzu kam, dass das Haus des Dottore ein Eckhaus mit zwei Flügeln war, und so konnte er in wenigen Spannen Abstand entfernt in einen weiteren Raum der Familie Gozzi blicken, was alles andere als uninteressant war.

Bettina, die jüngere Schwester seines Lehrers, lebte darin. Sie war höchstens fünfzehn, somit nur gut zwei Jahre älter als er, und der Schwarm aller Studenten, deren Nähe er gerade entkommen war. Im Gegensatz zu den anderen lebte er jedoch nun kaum zwei Armlängen weit von diesem Engel entfernt, der ihn anfänglich sogar noch badete und dabei manchmal, wie zufällig, sein Glied berührte. Seit diesen Berührungen hatte sich in seinem Körper etwas verändert, und er hatte Bettina nun manch schlaflose Nacht und Träume zu verdanken, die ihn mit klebrigen Spritzern in seinem Nachthemd aufwachen ließen.

Das Mädchen wusste nur zu genau, dass es schön war. Es hatte ganz dunkle Augen, die durch sein tiefschwarzes Haar noch unterstrichen wurden, einen cremigen Teint und kräftig geschwungene Lippen. Seine Figur konnte man nur als kurvig bezeichnen. Die Komplimente, welche es von allen Jungen dazu hörte, erzählte es aus purer Eitelkeit beim Essen seinem Bruder, obwohl es diesen damit von einer Verlegenheit in die andere stürzte, und das nicht nur, weil er sich der Nähe des jungen Giacomo dabei bewusst war.

»Ich muss dich verheiraten«, war die übliche Aussage Dottore Gozzis dazu. Dann ging man die in Frage kommenden Männer durch, die meist mindestens doppelt so alt wie Bettina waren. Das Mädchen quittierte diese Aussagen stets mit einem Augenrollen. Dabei waren Bettinas Aussichten auf eine gute Ehe durchaus begrenzt, seit sie um ein Haar mit einem der Studenten erwischt worden wäre und nur straflos davonkam, weil sie mit etwas Seifenschaum im Mund Besessenheit vortäuschte. Giacomo hatte sie die Seife hinterher ausspucken sehen, aber der Exorzist, den Dottore Gozzi bemüht hatte, war von Bettinas Teufelsbesessenheit überzeugt gewesen und hatte mit großem Zinnober eine Austreibung zelebriert. Danach konnte sich Dottore Gozzi sagen, dass der Teufel für die Anwesenheit seiner Schwester in den Armen eines Studenten verantwortlich gewesen war, aber es half ihm nicht dabei, Bettina zu verheiraten, und sie selbst zeigte auch keine Begeisterung für eine Eheschließung.

Der junge Giacomo konnte Bettina gut verstehen und hätte ohnehin lieber mehr von den Komplimenten gehört, um sie für sich variieren und einzigartig machen zu können. Denn das hatte er beim Abendessen mit den Geschwistern begriffen: Einzigartig mussten sie sein. Bettina fand alle langweilig, die sie schon kannte und anderweitig gehört hatte, und erachtete den aus ihrer Sicht einfallslosen Verehrer allein deswegen als nicht weniger langweilig.

»Eine schöne Frau braucht keine Komplimente, wenn sie Komplimente braucht, ist sie keine schöne Frau«, belehrte Gozzi seine Schwester gelegentlich.

Bettina ließ das nicht gelten. »Komplimente kann eine Frau nie genug hören, vor allem, wenn ein neues dabei ist, merk dir das.«

Wer die Ohren spitzte, war jedoch nicht ihr Bruder, sondern Giacomo, dem kein Wort entging. »Carlo hat gesagt, mein Gang, mein Haar, mein Gesicht sei einzigartig auf der Welt und mit dem keiner anderen Frau zu vergleichen«, berichtete sie einmal voll Vergnügen.

Giacomo fand das keineswegs einzigartig, weil es in dieser Form doch jedem Mädchen gesagt werden konnte. Er nahm sich vor, in seinem Leben auf die kleine Besonderheit zu achten, die jedes Mädchen hatte und von der es auch wusste. Diese kleine Einzigartigkeit würde er zum Gegenstand seiner Bewunderung und Komplimente machen. Schließlich war Beredsamkeit das einzige Gebiet, in dem er, dessen war er sich sicher, den Jurastudenten Carlo übertreffen konnte. Carlo Calucci, der mit seinen sechzehn Jahren fast schon ein Mann von Welt war und Bettina bestimmt mehr mit seiner bereits männlich tiefen Stimme, seinen strammen Schenkeln und seinem muskulösen Oberkörper als mit seinem Vokabular beeindruckte.

Und sich mit Carlo auf einen Streit einzulassen würde höchstens damit enden, dass ihn der ältere Junge grün und blau schlug. Nein, wenn Giacomo Bettina beweisen wollte, dass er größerer Aufmerksamkeit wert war als sämtliche älteren, größeren und stärkeren Studenten zusammen, dann musste er dafür seinen Verstand und seine Phantasie benutzen. Das übliche Süßholz über Bettinas Gang und Haar zu raspeln kam also nicht in Frage. Er zerbrach sich den Kopf bei der Suche nach einem Kompliment, das sie noch nicht erwähnt hatte und das dennoch auf sie zutraf. Die Erleuchtung kam ihm mitten in einer langweiligen Auslegung der noch langweiligeren Gesetze des Justinian. Er feilte noch ein wenig am Wortlaut und brachte es dann an, als er ihr später allein auf der Treppe begegnete: »Warum lächelst du heute so bezaubernd? Willst du mir deine schönen Zähne zeigen? Ich muss gestehen, ich habe bis heute keine schöneren gesehen.«

Zu seiner Befriedigung lösten diese Sätze wahrlich großes Staunen bei Bettina aus, die in ihm immer noch einen unschuldigen Jungen sah.

Wenige Tage später, an einem Abend, auf dem Weg zum Abendessen, als sich ihre Schultern leicht berührt hatten, wurde er deutlicher und unterstrich seine Worte mit Blicken, die feurig sein sollten, so wie er es auf den Theaterbühnen in Venedig beobachtet hatte.

»Du fühlst dich an, als wäre für dich die Liebe geboren worden oder als hättest du sie erfunden!«

Damit hatte er sie endgültig neugierig gemacht. Sie schaute ihn viel aufmerksamer an, als sie es sonst tat, und nahm offensichtlich zur Kenntnis, dass er dabei war, dem Kindsein zu entfliehen. Als sie an diesem Abend beide auf ihr Zimmer gingen, wo er schnell seine Kerze auslöschte, um so besser in das Zimmer von Bettina blicken zu können, hatte sie vergessen, den Vorhang zu schließen, durch dessen Spalt er bisher immer nur sehr wenig von ihrem Anblick hatte erhaschen können. Zudem stand nun ihre Lampe auf einem Tisch in der Mitte des Zimmers und nicht, wie sonst, auf der Kommode an der Wand. Nach einer Weile begann sie sich zu entkleiden und rollte, langsam, sehr langsam, ihre Strümpfe hinunter. Was sie Schritt für Schritt enthüllte, war jung und fest, ja drall, und so anders, als er es bei kurzen Blicken in Theaterlogen oder zu Hause bei seiner Mutter gesehen hatte.

Er hätte Stein und Bein geschworen, dass die Halbkugeln ihrer Brüste die Form der schönsten Glocken von San Marco hatten, wenn auch sicher deutlich kleiner, aber wie diese wippten sie bei jeder Bewegung auf und ab. Für einen Moment war sie völlig nackt, bis sie sich ein kurzes Unterhemd überzog. Giacomo geriet jedoch völlig außer sich, als sie sich plötzlich aus für ihn unerfindlichen Gründen bückte, vermutlich um etwas am Boden zu suchen. Dabei rutschte das Unterhemd weit über ihren Hintern hinauf, und zugleich fingen die gerade bewunderten Glocken das Läuten an, wobei sie gelegentlich aus dem Ausschnitt hervorlugten. Da kannte seine Hand kein Halten mehr, und er erleichterte sich bei diesem Anblick so schnell, dass er kaum sein Taschentuch fand, um aufzufangen, was da aus ihm herausspritzte. Aber nach dem Knopf, den Bettina suchte, oder was immer es war, wenn es überhaupt etwas gab, wurde noch eine ganze Weile geforscht, bis sie das Licht löschte und zu Bett ging. Es überraschte ihn, dass er es bis dahin erneut, dieses Mal viel langsamer und genussvoller, schaffte, sein wieder aufgerichtetes Glied zu befriedigen.

Dieses Spiel wiederholte sich von nun an immer wieder, und seine Komplimente wurden ebenfalls eindeutiger. Die letzte Nacht war für Giacomo besonders erfreulich verlaufen, und da Dottore Gozzi außer Haus war, traf er eine Entscheidung. Dem Tapferen gehörte die Welt. Wenn ein Mädchen so offensichtlich einen Jungen genauso sehr wollte wie dieser das Mädchen, dann sollte man nicht länger schauspielern, sondern tun, was getan werden musste.

Mutig trat Giacomo bei Bettina ein und sagte mit allem Mut, den er aufbringen konnte: »Die Zeit für Neckereien ist vorbei. Wir sollten nun wahrlich an ernsthaftere Genüsse denken.«

Er ging auf sie zu und wusste, wenn sie ihn jetzt auslachte, würde er sterben wollen. Bettina hatte eine Unterlippe, als wolle sie damit etwas auffangen, oder etwas beginnen. Ehe es ein

Gelächter werden konnte, küsste er sie mit allem, was nach seiner Vorstellung dazugehörte.

»Nicht schlecht für einen Knaben«, meinte sie, als er nach Luft schnappen musste, »kannst du noch mehr?« Das verstand er als Einladung und machte Anstalten, mit seinen Händen den Weg die Beine hinauf nach dem zu suchen, das für seine Blicke längst kein Geheimnis mehr war. Bettina hob die Hände an ihre Schultern, löste etwas, was er nicht sehen konnte, und das Kleid rutschte ihr bis zum Becken. Sie bewegte die Hüften hurtig, und es fiel zu Boden. Nun konnte er ihre Brüste ganz aus der Nähe sehen, die schön rund wie Paradiesäpfel oder kleine Melonen waren. Bettina war noch so jung, dass diese trotz der Größe nur leicht hingen und prall wie ein gutgefülltes Kissen waren. Er wollte sofort danach greifen.

»Eins nach dem andern, sonst ist es bei euch Männern immer gleich vorbei«, meinte sie lachend. Giacomo fühlte sich nicht gekränkt, denn er war sich nun sicher, dass es ein Lachen mit ihm, nicht über ihn war. Sie half ihm, sich aus seinen eigenen Kleidern zu befreien. Völlig nackt lagen sie kurz danach auf ihrem Bett, und er durfte ihren Körper erforschen. Gewiss würden jetzt selbst erfahrene Kavaliere alle Zurückhaltung fallenlassen? Er war gleichzeitig glücklich und immer noch sehr, sehr aufgeregt. Wenn er sich jetzt ungeschickt anstellte, dann konnte er gleich im Erdboden versinken oder Eremit werden. Ihm war aus den Blicken durch Türspalten im Theater und Erzählungen der anderen Jungen durchaus bekannt, wohin er sein unerprobtes Liebeswerkzeug nun stecken sollte und dass es dann darum ging, hin und her zu fahren. Doch obwohl alles an ihm hart war, und ihre Hände, das, was sie da von ihm gepackt hielt, auch nicht mehr abgeben wollten: Diesen Weg machte sie ihm noch nicht frei.

»Ich zeige dir, was du tun sollst, und du sagst mir dabei, was du tust und was du entdeckst, denn Bettgeflüster ist der beste

Weg, die Sprache der Liebe zu lernen«, murmelte sie. Sie begann, sich selbst zu streicheln, und da, wo sie gerade gewesen war, durfte er mit seinen Fingern und seinen Lippen, vom Kopf angefangen, über den Hals, ihre Brüste, wo zwischenzeitlich die Brustwarzen sich zu kleinen Türmen aufgerichtet hatten, ihren Bauch und ihr Geschlecht begrüßen. Obwohl sie sehr bald gurrte wie eine junge Katze, sich wohlig wand und zu keuchen begann, machte sie immer noch Gesten der Abwehr, weil es ihr sinnvoll erschien, sein Feuer noch mehr zu entfachen. Auch er keuchte und wollte endlich den Weg nehmen, von dem er so viel Geheimnisvolles gehört hatte.

Bettina musste aber schon erlebt haben, dass Jungen ohne Erfahrung dazu neigten, sehr schnell ihr Pulver zu verschießen, denn sie hielt seine Hände fest und sagte: »Nicht so schnell, Floh. Eine Frau ist wie ein Instrument, das ganz unterschiedlich gespielt werden kann, und das gilt auch für euch Männer.«

Sie rollte sich auf ihn, so dass er nun auf dem Rücken lag.

»Pass auf«, flüsterte sie, »ich zeig dir, wie. Machen wir Musik.« Sie begann ihn mit Haaren, Wimpern, Händen und ihren Brüsten am ganzen Körper zu streicheln, überall.

Er wusste zwar nicht, welches Instrument Bettina meinte, überließ sich aber ganz ihren Anweisungen. Nachdem sie ihre Reise an den Füßen beendet hatte, nahm sie sein Glied und führte, wie eine geübte Geigerin den Bogen, ihre Hand mit langsamen Bewegungen auf und nieder. Als er gerade dachte, da müsse noch mehr kommen, steckte sie, was sie gerade noch gehalten hatte, wie eine Blockflöte in ihren Mund. Das war nun eine Musik, die er ständig hätte hören können.

Was ihre Hände getan hatten, das kannte er zwar auch, doch dieses neue Spiel, die Wärme ihres Mundes, das Saugen, war für ihn zu viel, und es kam zu einer Explosion, wie er es selbst noch nie bei sich geschafft hatte.

Irgendwie hatte er sich das Liebemachen dennoch etwas anders vorgestellt, obwohl es bei Gott keine Enttäuschung gewesen war. Er wusste aber, dass es danach immer eine kleine Weile dauerte, bis sein Glied wieder hart wurde, und schaute sie etwas verzweifelt an.

Bettina lächelte. »Du hast doch gerade gesehen, dass du mehr als ein Instrument hast. Jetzt bist du an der Reihe. Mach alles für mich, was ich für dich getan habe.«

Da hatte sie recht, und es war nur gerecht. Dankbar begann Giacomo bei ihren Brustwarzen, ließ seine Zunge um sie spielen, saugte, glaubte auch schon wieder Stärke da zu fühlen, wo gerade noch Ruhe geherrscht hatte, als er von der Haustür her die Stimme Dottore Gozzis hörte.

Das durfte nicht wahr sein, aber schon hörte er erneut die Stimme des Dottore. Panisch sprang er aus dem Bett und hatte gerade noch Zeit genug, um durch die Fenster in sein Zimmer zu schlüpfen, seine Hose anzuziehen und sich ein Hemd überzuwerfen.

Schon stand der Dottore vor seiner Tür. »Ihre Mutter ist hier, Giacomo«, sagte Gozzi und wedelte aufgeregt mit dem Brief, den er in der Hand hielt. »Hier im Goldenen Ochsen ist sie abgestiegen und wünscht, Sie zu sehen, mein Sohn.«

Giacomo bemühte sich, ein möglichst gleichgültiges Gesicht zu machen, und das Buch, nach dem er schnell gegriffen hatte, betont langsam zuzuschlagen. Es kostete ihn alle Selbstbeherrschung, den Lehrer nicht wegen seiner Störung zu verfluchen und zugleich die Freude zu verstecken, die er trotz allem bei dieser Nachricht empfand. Ein Teil von ihm wollte sofort aufspringen, um zu seiner Mutter in den Goldenen Ochsen zu eilen.

Er hatte sie bestimmt drei Jahre nicht mehr gesehen, nicht, seit man sie nach St. Petersburg im fernen Russland engagiert hatte, doch nun schien dieses Engagement ausgelaufen, und sie war wieder hier. Diesmal, dachte er, würde alles anders werden. Er war bereits bei ihrer Abreise nicht mehr das stille, kränkliche Kind gewesen, das ihr peinlich gewesen sein musste. Seit seinem achten Lebensjahr war es mit ihm aufwärtsgegangen, und er hatte sogar lateinische Witze über Kuckuckskinder, die sie niemals verstehen würde, vor dem Senator Grimani und seinem Bruder, dem Abbate, von sich gegeben, wohl wissend, dass einer seiner Brüder durchaus das Kind einer dieser beiden Männer sein konnte. Dennoch hatten seine Scherze schallendes Gelächter ausgelöst. Sein so gezeigtes Lernvermögen, von dem seine Mutter selbstverständlich erfuhr, hatte diese veranlasst, auf die Großmutter zu hören und ihn in Padua in einer Schule unterzubringen, ehe sie nach Russland entschwand. Dabei hatte sie es jedoch so eilig gehabt, dass ihr sein Schrecken über den Dreck, die Wanzen, die abgemagerten Kinder auf engstem Raum, die man in die Schlafräume gepfercht hatte, überhaupt nicht aufgefallen war. Es war seine Großmutter gewesen, nicht seine Mutter, die ihm mit etwas Geld zu Hilfe gekommen war und darauf bestanden hatte, dass ihn Dottore Gozzi stattdessen in seinem eigenen Haus unterbrachte.

Bei dem Dottore hatte er auch gesellschaftliche Umgangsformen gelernt. Diesmal würde seine Mutter so stolz auf ihn sein, dass sie ihn garantiert an ihrer Seite würde behalten wollen. Wie es sich gehörte. Schließlich war er ihr ältester Sohn. Sie brauchte keinen anderen Beschützer. An Padua hing er nicht, auch wenn er mindestens noch ein Mal zu Bettina zurückkehren musste, um da fortzufahren, wo sie aufgehört hatten. Ansonsten wollte er nach Venedig zurück und dann die Welt sehen. Seine Mutter würde ihn mitnehmen, ganz gleich, wohin es sie als Nächstes verschlug, und er würde nicht mehr jeden Tag aufwachen, um in den gleichen Hinterhof zu starren, sondern in Winterpalästen von Petersburg speisen oder in den Ballsälen von Paris tanzen.

Nun ja, wenigstens die Gasthöfe und einige bedeutende Theater Europas würde er kennenlernen.

Er achtete darauf, sich vollständig anzukleiden, ehe er mit Dottore Gozzi dem Ruf seiner Mutter Folge leistete. Nicht nur eine Weste, auch einen Überrock und die Seidenstrümpfe unter den Pluderhosen, nicht die aus Wolle, obwohl er nur zwei Paar aus Seide besaß. Dazu eine Perücke, damit sie sah, dass er nun wirklich erwachsen und ein Mann von Welt geworden war. Er wünschte sich nur, sie wäre eine Stunde später gekommen; dann hätte er ihr auch mit dem Bewusstsein entgegentreten können, von Bettina alles über die Liebe gelernt zu haben. Später, sagte er sich, und bald: Bettina würde gewiss seinen Abschied versüßen wollen. Der Gedanke war Freude und Verlust zugleich.

Er konnte das Parfüm seiner Mutter schon auf dem Gang des Gasthauses riechen; unter Hunderten würde er es wiedererkennen. Dottore Gozzi räusperte sich und klopfte. Wer öffnete, war einer von Giacomos Brüdern, Giovanni. Die Mutter kam also aus Venedig und hatte Giovanni zuvor bei der Großmutter abgeholt. Warum aber nur Giovanni, und nicht auch Francesco, Faustina, Maria-Maddalena und das unerträgliche kleine Balg Gaetano, das nach dem Tod des Vaters geboren war und immer noch ständig greinte?

»Giacomo«, rief seine Mutter, und ihre Stimme klang noch genauso, wie er sie in Erinnerung hatte. Sie saß auf einem Schemel und puderte sich die Wangen. Nur Komödiantinnen und Huren trugen tagsüber Rot, das wusste er inzwischen, aber er fand, dass es eine dumme Regelung war. Schließlich sollte man sich als Mann zu allen Tages- und Nachtzeiten die Haare pudern, und auch das Gesicht. Seine Mutter allerdings wechselte auch ihre Haarfarbe stetig und unbekümmert; doch was sie auch immer wählte, es stand ihr. Heute trug sie eine schwarze Perücke und ein silberfarbenes Kleid, und ein alberner kleiner Teil von ihm, der sich weigerte, erwachsen zu werden, fand, dass sie wie eine Märchenprinzessin aussah.

Er war inzwischen deutlich größer als sie, hatte einen Scherz als Gruß vorbereitet, um seine Weltläufigkeit zu beweisen, aber er kam nicht dazu, ihn auszusprechen. Sie erhob sich, fasste ihn an den Schultern, zog ihn kurz an sich und hielt ihn dann auf Abstand, um ihn zu betrachten. Missbilligend schnalzte sie mit der Zunge.

»Mein Schatz, du kannst keine blonde Perücke tragen bei deiner braunen Haut. Das sieht ja grässlich aus. Dottore, Sie werden umgehend einen Perückenmacher kommen lassen, damit wir das ändern. Machen Sie sich keine Sorgen wegen der Kosten, das wird mein Abschiedsgeschenk.«

»Abschieds…«, wiederholte Giacomo betäubt und konnte das Wort nicht beenden. »Abschieds…« Ihre Augenbrauen zogen sich zusammen.

»Ich will doch nicht hoffen, dass mein kleiner Dummkopf einen Rückfall erlitten hat«, sagte sie, noch immer an Dottore Gozzi gewandt, »und all die Briefe über seine Fortschritte bloße Schwindelei waren. Dafür, dass er herumstottert, bezahle ich Sie nicht, mein Guter.«

Gozzi versicherte feurig, dass Giacomo zu den besten Schülern gehörte, die er je unterrichtet habe, und jetzt schon über die justinianische Gesetzgebung debattieren könne, wozu andere erst mit achtzehn Jahren in der Lage seien.

»Sie brauchen nicht zu übertreiben, Dottore. Machen Sie aus ihm einen Mann, der sich allein durchs Leben schlagen kann, mehr erwarte ich nicht. Sein Vater, Gott hab ihn selig, hat auf der Bühne sein Bestes gegeben, aber es war bei allem guten Willen eben nicht sehr viel, und Giacomo gerät nach ihm, deswegen kann ich dem Impressario auch nicht zumuten, ihn in der Truppe zu beschäftigen.«

»Ich will auch kein Schauspieler werden!«, sagte Giacomo und entdeckte, dass ihm der Zorn seine Redekraft zurückgab. »Komödianten sind nicht besser als Gesindel.«

In dem plötzlichen Schweigen, das eintrat, hörte man den kleinen Giovanni schniefen. »Mama will mich nach Dresden mitnehmen!«, stieß er hervor und brach in Tränen aus. »Ich will aber bei der Großmutter bleiben!«

Giacomo wusste nicht, wen er in diesem Moment mehr hasste, seine Mutter oder seinen kleinen Bruder.

»Signora ...«, begann Dottore Gozzi verlegen. Sie winkte ab.

»Mutter zu sein«, sagte sie unumwunden, »war nie meine Lieblingsrolle. Aber die Natur hat es nun einmal so eingerichtet und mir fünf Kinder gegeben.« Sie sah Giacomo an. »Hör mir zu, mein Sohn. Du wirst nie ein Mann von Stand sein, aber wenn du als Komödiant gut genug bist, dann kannst du eine große Anzahl von Menschen glauben lassen, du wärest einer. Ob du nun als Rechtsverdreher reüssierst oder Geistlicher wirst, wie das deiner Großmutter vorschwebt, du wirst immer Menschen beeindrucken müssen, und nur, wenn dir das einigermaßen gelingt, wirst du in deinem Gewerbe nicht untergehen. Die erfolgreichsten Menschen waren zu allen Zeiten und in den meisten Fällen immer solche mit der größten Beredsamkeit. Daran solltest du arbeiten. Das ist alles an Rat, was ich dir mitgeben kann.«

Er schwieg und fühlte sich beinahe wieder wie das Kind in jenen ersten acht Jahren, die er sich mit allen Kräften bemühte zu vergessen, das Kind, von dem jeder erwartet hatte, dass es starb, und das jeder für dumm hielt, weil es sich weigerte zu sprechen. Das Kind, dem die Mischung aus sehnsüchtigem Verlangen nach seiner Mutter und aus Groll, weil für sie der Applaus und die Bewunderung der Massen wichtiger waren als er, die Kehle zuschnürte. Damals war er stumm geblieben, weil er sie zwingen wollte, ihn nach dem Warum zu fragen. Er wollte sie zwingen, Zeit für ihn zu haben, um ihn zum Sprechen zu verlocken. Aber sie hatte es nie getan. Beredsamkeit? Kein Student Paduas war so wortgewandt wie er, und er hätte es ihr beweisen können, aber wozu? Sie konnte es doch offenbar kaum erwarten, ihn ein weiteres Mal zurückzulassen.

Das ist mir gleich, sagte sich Giacomo, während etwas Verräterisches in seinen Augen brannte. *Gleich, gleich, gleich.* Er war kein Kind mehr, das hatte Bettina ihm gerade gezeigt, und er hatte sich vorgenommen, nicht mehr nur der Verführte, sondern der Verführer zu sein. Dafür würde er beredsam werden, wie es die Zanetta soeben gesagt hatte.

Der Blick seiner Mutter wanderte wieder zu seinem Lehrer, und sie schnalzte ein weiteres Mal mit der Zunge.

»Sie haben immer noch nicht nach einem Perückenmacher geschickt, Dottore.«

* * *

Eine gefällige Stimme zu haben, so lautete eine weitverbreitete Meinung, gereiche einer Frau zur Zier. Zu mehr war die weibliche Stimme in Städten wie Bologna, die zum Kirchenstaat gehörten, allerdings nichts nütze, denn seit mehr als hundert Jahren hatte die Kirche die Weisung des Apostels Paulus, das Weib solle im Haus Gottes schweigen, in den Kirchenchören umgesetzt. Sehr bald war aus einem Verbot von weiblichen Stimmen in den Chören auch ein Verbot von Sängerinnen bei jeglichen öffentlichen Darbietungen geworden. Daher dachte sich Lucia Calori nichts weiter dabei, als sie herausfand, dass der große Appianino ihre Tochter im Singen unterrichtete, als dass er damit Angiolas Heiratsaussichten hob, ohne sie gleichzeitig zu schädigen. Ein gewöhnlicher Mann wäre für ein Mädchen, das nunmehr gebärfähig war, als Lehrer nicht passend gewesen. Von einem Kastraten stand dagegen nichts zu befürchten.

Das glaubte sie so lange, bis sie gewahr wurde, dass sich die Flut von parfümierten Briefen, die an Appianino gerichtet in ihr Haus flatterten, ebenso wie die plötzlichen Einladungen, die sie von Kreisen erhielt, die sie früher nie beachtet hatten, ausschließlich dem Umstand verdankten, dass eine beträchtliche Anzahl von Bologneserinnen mehr im Sinn hatte, als nur seiner göttlichen Stimme zu lauschen. Und Appianino verbrachte keineswegs jede Nacht, in der er nicht sang, in Lucias Haus.

»Signora Calori«, sagte ein Professor für Medizin zu ihr, dessen plötzliches Interesse, so hoffte Lucia, eher auf ihren Witwenstand als auf irgendwelche Hausgäste zurückzuführen war, »ich weiß natürlich, dass Ihre Tugend über jeden Verdacht erhaben ist, aber es kann nicht leicht sein, unter einem Dach mit einem schamlosen Kapaun zu leben. Nicht auszudenken, was Ihr Gatte gesagt hätte! Natürlich, die Not zwingt einen zu so manchem, aber ich will doch hoffen, dass er es nicht wagt, Ihre Lage auszunutzen.«

Sie beeilte sich, das tadellose Verhalten Appianinos ihr gegenüber zu beschwören, und fügte beunruhigt hinzu, gewiss sei doch seine Natur selbst Schutz genug vor jeglichem Fehltritt.

Professore Falier hüstelte. Er gehörte zu den angesehensten Mitgliedern der Fakultät und war dabei noch ein wenig jünger, als es ihr verstorbener Gatte gewesen war. Halb schuldbewusst, halb hoffnungsvoll befand sie, dass der Professor mit seiner stattlichen Figur, die so gar nicht der eines vertrockneten Gelehrten glich, auch besser aussah. »Bei einem solchen, hm, Eingriff legt zunächst ein Schnitt die Kanäle frei, die zu den Hoden führen, dann wird der Samenleiter herausgezogen und durchtrennt. Das sorgt für Unfruchtbarkeit und natürlich für die Stimme, die der Zweck der ganzen Unternehmung ist, da die Stimmbänder nicht mehr wachsen. Aber der Eingriff vernichtet nicht völlig den Trieb zur Liebe. Außerdem ejakuliert ein Kastrat nicht, kann dadurch keine Kinder zeugen und er soll ihm«, er hüstelte erneut, »länger stehen. Und dann, und ich würde nicht wagen, so direkt zu sein, wenn Sie nicht eine glückliche Ehezeit erlebt hätten, gibt es wahrlich mehr als einen Weg, um das schöne Geschlecht glücklich zu machen. Sie wissen schon, was ich meine!«

»Gewiss«, flüsterte sie und wusste nicht, ob sie sich über seine Offenheit freute oder sie verstörend finden sollte. In jedem Fall war es erfrischend anders, nach all den Jahren, in denen ihr Gatte nicht einmal in der Lage war, sie zu fragen, ob sie gerade ihre Tage hatte, ohne sich in umständlichen Umschreibungen zu ergehen. Andererseits war Faliers Erklärung alles andere als beruhigend, was ihre Tochter und den Kastraten betraf. In Erinnerung an ihren Mann und einige Erfahrungen mit Männern, die sie nach seinem Tod getröstet hatten, sagte sie sich, dass man Angiola wohl eher früher als später verheiraten sollte. Wenn sie erst eine zweite Ehe für sich selbst arrangiert hatte.

Es gab Wochen, in denen Angiola die Vokale I und E hasste. Sie verstand nicht, warum es so viel schwerer sein sollte, diese zu singen, als sie ganz normal auszusprechen. Dann wieder fragte sie sich, ob alle Gesangsübungen nur die Rache dafür sein sollten, dass sie Appianino überhaupt um Unterricht gebeten hatte. Vielleicht aber war es für ihn auch ein Zeitvertreib wie der einer Katze, die endlos mit der hilflosen Maus spielte.

Aber dann gab es Momente, in denen sie wusste, dass ihr die klare Artikulation gelungen war. Einmal geleitete Appianino sie durch das Portico di San Luca, den längsten Arkadengang in Bologna, der erst vor zwei Jahren vollendet worden war. Er erstreckte sich von der Porta Saragozza über zweieinhalb Meilen bis zum Santuario della Madonna di San Luca, hatte sechshundertsechsundsechzig Bogen. Trotz der ständigen kleinen Treppenaufgänge, wenn Straßen kreuzten, forderte Appianino sie auf, das einfache Thema, das er ihr zu Beginn ihres Spaziergangs vorgab, zu variieren, bis sie alle sechshundertsechsundsechzig Bogen hinter sich gelassen hatten.

»Die Kunst eines Sängers«, sagte Appianino, »liegt in der Verzierung, der Improvisation, der *fioriture,* zu seinen Liedern. Musik lässt sich nun einmal nicht nach ihren Noten messen. Die Komponisten geben uns nur eine einfache Skizze vor. Sängen wir nichts anderes, und alle dasselbe, so wäre das Ergebnis für die Zuhörer leblos und langweilig. Der Grund, warum der Kaiser mich nach Wien geholt hat, warum der große Farinelli in London zum Gott erklärt wurde und warum bei einem Streit zwischen Sänger und Komponist noch jedes Mal der Sänger gewonnen hat, ist der, dass jeder Vortrag eines wahren Künstlers einzigartig ist und nicht wiederholbar. Niemand weiß vorher, welche Kadenzen wir verwenden werden. Je mehr Unerwartetes in eine Kadenz gebracht wird, desto schöner ist sie, aber perfekt erst, wenn man nichts mehr weglassen kann.«

Wie sich das eben Gehörte damit vereinbaren ließ, dass er sie immer tadelte, wenn sie nicht den rechten Ton traf, sei es bei ihrem Gesang oder auf seinem Spinett, das wusste sie nicht. Was machte nun einen wahren Künstler aus: nach Vorschrift zu singen oder nach seinem eigenen Gutdünken Töne zu erschaffen?

»Über zweieinhalb Meilen hinweg? Treppauf, treppab?«

»Ich kann es.«

Sie haben Jahre in einem Konservatorium in Neapel bei dem berühmtesten Gesangslehrer Europas hinter sich, dachte Angiola rebellisch, aber sie hatte einmal damit geprahlt, seine Kunst lernen zu können, und in weit kürzerer Zeit als er, deswegen kamen solche Einwände jetzt nicht in Frage.

»Dann singen Sie auf dem Hinweg, Maestro«, sagte sie stattdessen keck, »und wenn es Ihnen wirklich gelingt, werde ich es auf dem Rückweg tun.«

Das brachte ihn zum Lachen, und obwohl er grummelte, »es hilft dir nicht, wenn ich tue, was du tun sollst«, nahm er sie beim Wort. Eine Arie, das wusste sie inzwischen, bestand auf dem Notenblatt aus drei Teilen, und der dritte, der geschrieben wie eine Wiederholung des ersten wirkte, war der Teil, bei dem ein Sänger seine Kunst beweisen musste. Sie glaubte Appianino, dass er etwa seine Lieblingsarie aus der Oper *Cesare in Egitto*, mit der er in Mailand triumphiert hatte, ohne weiteres über einen beträchtlichen Zeitraum ausdehnen konnte, vielleicht sogar eine Viertelstunde lang, doch gewiss nicht bis zum Santuario.

Er nahm drei Sätze und eine einfache Melodie, warf sie in die Höhe wie ein Jahrmarktskünstler seine Bälle und spielte mit ihnen, schnell, langsam, wirbelnd, werbend, und bereits an der ersten der fünfzehn Kapellen, die es zwischen dem Tor und dem Ziel gab, hatte sich eine Traube von Menschen gebildet, die ihnen folgte. Angiola war selbst zu gefesselt, um auf die Zuhörer zu achten. Wenn sie ihm zuhörte, dann war ihr, als ob alles, was an ihrem Leben seltsam und ungewiss war, keine Bedeutung mehr hatte. Ihr Körper, der sich täglich mehr zu verändern schien, ihre Mutter, die ihr entweder merkwürdige Fragen stellte oder überhaupt keine Zeit mehr für sie hatte, ja, selbst die Damen, die ihr manchmal Botschaften für Appianino in die eine und Zuckerwerk in die andere Hand drückten, was sie mehr verärgerte, als gerechtfertigt war, alles schien in Bewegung, wenn er sang. Alles ergab auf einmal einen Sinn und destillierte ihre Gefühle von einem merkwürdigen Durcheinander zu reiner Schönheit, wie ein Bergbach, der zu einem Wasserfall wird.

Dabei war Appianino sonst keineswegs ein überirdisches Wesen. Er kratzte sich, schneuzte sich und benutzte seinen Nachttopf wie andere Menschen auch, und wenn er über den zweiten Kastraten im Theater schimpfte, der es gewagt hatte, vier statt der vorgeschriebenen drei Arien für sich zu verlangen, war Neid erkennbar. Gab es gar Kritiker, dann behauptete er, anders als von großen Künstlern habe er noch nie ein Denkmal oder ein Bild eines solchen gesehen, und hielt sich in Fragen des Gesangs ohnehin für unfehlbar. Er konnte also genauso eifersüchtig und kleinlich sein, wie sie sich selbst manchmal vorkam, wenn sie ihn umgeben von Fackelträgern und Bewunderern in seinem prächtigen Kostüm mit dem üppigen Federhut zur Oper eilen sah.

Bei ihr war der Grund für diese Gefühle nicht nur, dass Angiola sich wünschte, er würde mehr Zeit mit ihr und weniger mit seinen Bewunderern verbringen. Sie wusste vielmehr, welch ein Glück sie hatte, dass er aus einer Laune heraus überhaupt Zeit mit ihr verbrachte und ihrer Mutter keine Bezahlung dafür abverlangte. Nein, es kam noch etwas anderes hinzu: Sie wünschte sich manchmal, sie selbst könnte Appianino sein.

Er war reich, und er hatte sein Geld selbst erworben; es war ihm nicht geschenkt worden. Er hatte die Welt gesehen. Er wurde bewundert und geliebt, wohin er kam. Und wenn es hier und da ein paar ältere Bürger und ein paar Gassenjungen gab, die ihm hinterherpfiffen und etwas von »Kapaun!« und »unnatürlich« schrien, was tat das schon? In der Oper waren die Schreie ganz anders: »Lang lebe das Messer, das gepriesene Messer«, schrien sich die schönsten Frauen ihre Stimmbänder in der Hoffnung wund, ihm aufzufallen. Er hatte die Schönheit selbst in seiner Kehle. Auch wenn er eines Tages alt sein würde und nicht mehr der große, schneidige Mann, dem jene Damen mit den Gedanken an das Messer und dem Zuckerwerk für sie hinterherseufzten, seine Stimme würde er behalten.

Ihr eigenes Gesicht überzog sich mittlerweile allmonatlich mit Pickeln. Ihre widerspenstigen schwarzen Locken ließen sich auch mit viel Öl nicht glätten, und obwohl sie mittlerweile eine Perücke tragen durfte, schien immer ein Stück ihres wirklichen Haares hervorzuschauen. Ihre Wangen waren ihr zu pausbäckig, und ihre Nase, statt sich wie die seine schön und gerade zu halten, strebte mit einem kleinen Stups in die Höhe. Einmal, als er ein Frauenkostüm trug und sich für die Rolle zurechtmachte, dachte Angiola, dass sie im Vergleich wie ein Gassenjunge wirkte, der sich in Frauenkleider verirrt hatte. Und selbst wenn sie aus alldem herauswuchs, wenn sie einmal zierlich und adrett wie ihre Mutter wirken würde, so erwartete sie doch nichts anderes, als mit einem jener alten Professoren von der Universität verheiratet zu werden, die ihre Mutter jetzt auf einmal wieder einluden, nachdem sie nach dem Tod des Vaters jede finanzielle Hilfe versagt hatten. Gutherzige Menschen gab es hier in der Stadt immer nur, solange man sie nicht um etwas bitten musste, war ihre traurige Erkenntnis gewesen. Sie würde Bologna auch nie verlassen und von Glück reden können, wenn ihr zukünftiger Gemahl selbst ein Ohr für Musik hatte und es ihr, anders als ihr Vater, gestattete, die Oper zu besuchen.

Sie lief neben Appianino her und wünschte sich mehr und mehr, in seiner Haut zu stecken und mit seiner Stimme zu singen, auf der Bühne zu stehen, den Beifall der Besucher zu bekommen, berauscht zu sein von dem Respekt und der Anerkennung der Bewunderer.

An jenem Tag gelang ihr auf dem Rückweg nur ein Bruchteil von dem, was er geleistet hatte, und die Menge, die Appianino zugehört hatte, schmolz sehr schnell dahin. Aber sie beschloss, den gleichen Gang von nun an jeden Tag zu machen, alleine, bis sie gut genug war, um es ihm erneut vorzuführen.

Teils, weil sie weniger auffallen würde, teils wegen ihrer geheimen Sehnsucht, einmal so wie Appianino zu sein, suchte sie sich Kniebundhosen, ein Hemd und ein Wams ihres Vaters aus, die ihre Mutter noch nicht versetzt hatte, und sorgte mit Abnähern und einem Gürtel dafür, dass alles einigermaßen passte.

Dann band Angiola ihr Haar zu einem Zopf zusammen, wie die ärmeren Männer, die keine Perücken trugen, und stellte fest, dass sie zwar ganz und gar nicht wie ein jüngerer, eleganter Appianino aussah, sondern mehr wie ein Gassenjunge in Wohltätigkeitskleidern, aber auch nicht als Mädchen zu erkennen war, und darauf kam es ihr an.

Einmal begegnete ihr Appianino, der gerade von einer seiner Einladungen zurückkehrte, auf der Straße, noch ehe sie sich im Haus umkleiden konnte. Er stutzte und lachte. Angiola wurde feuerrot.

»Willst du wirklich als Junge durchgehen?«, fragte er, nachdem er sich wieder beruhigt hatte. »Fang damit an, bei deinem Vortrag nicht so ernst auszusehen. Was wir von der Sonne lernen können, ist, dass sie strahlt, wenn sie erscheint. Halte es ebenso. Außerdem genügt es nicht, Hosen zu tragen. Männer gehen anders als Frauen. Das ist das Erste, was wir lernen, wenn wir weibliche Rollen einstudieren.«

»Ich würde Sie niemals für eine Frau halten, Maestro, und ich habe Sie oft genug im Kostüm gesehen«, entgegnete Angiola spitz. Damit schien sie ihn bei seiner Eitelkeit gepackt zu haben, wie er sie bei der ihren.

»Aber nicht auf der Bühne, dort ist alles anders. Ob Mann oder Frau, da ist Natürlichkeit das Wichtigste und die schwierigste Pose, die man einnehmen kann. Die wahre Kunst bleibt, diese harte Arbeit für das Vollkommene vor allen Blicken verborgen zu halten, sonst wäre Natürlichkeit nicht wirklich glaubhaft«, sagte er. Damit sie begriff, wovon er sprach, lud er sie, ihre Mutter und Professore Falier, der inzwischen fast zu einem Dauerbesucher ihres Hauses geworden war, zu einer Vorstellung der Oper *Eumene* ein und bezahlte dafür. Ihre Mutter war überglücklich und stürzte sich in neue Schulden, um für sich und Angiola neue Kleider schneidern zu lassen. Der erste Teil des Abends war für Angiola unangenehm, denn Professore Falier tätschelte ihr wiederholt die Hand, wohl, um sich bei ihrer Mutter einzuschmeicheln; seine eigene Hand war jedoch heute sehr feucht. Dann begann die Vorstellung, und die Menschen, die nicht mit Karten oder Würfeln spielten, wurden ruhig genug, damit man dem Geschehen auf der Bühne folgen konnte. Angiola wusste, dass Appianino für gewöhnlich die Heldenrollen sang und nur noch in Ausnahmefällen die Frauenrollen, da er sich bereits den dreißig näherte und diese in der Regel von den jüngeren Kastraten gesungen wurden. Aber heute Abend war er die Heldin, nicht der Held, trug statt eines riesigen Federhuts eine kunstvoll aufgetürmte Perücke und das rotgoldene Kleid, in dem sie ihn schon einmal gesehen hatte. In der Tat bewegte er sich anders, als er es in Hosen tat, dachte Angiola erstaunt. Dann begann er zu singen, und sie sah, dass er sich auch anders in Positur stellte. Held oder Heldin, in jedem Fall sang er zum Publikum hin, nicht zu den anderen Darstellern, aber als Frau hielt er die Arme ausgebreitet, wie um jemanden einzuladen, statt sie in die Hüften zu stemmen, wie sonst. Angiolas Mutter seufzte andächtig.

»Ich muss zugeben, wenn ich nicht wüsste …«, murmelte Falier. Dabei streckte er schon wieder die Hand aus, aber diesmal war Angiola schneller und hob den Fächer, den sie heute zum ersten Mal tragen durfte.

Die Regeln für die Arienverteilung in einer Oper, hatte ihr Appianino erklärt, waren sehr streng. Jeder der drei Hauptfiguren musste fünf Arien singen, zwei im ersten Akt, zwei im zweiten und eine im dritten. Der Zweite Kastrat durfte nur drei Arien bekommen, und alle weiteren Darsteller nur eine oder allerhöchstens zwei. Zwei Arien gleicher Art durften niemals direkt aufeinanderfolgen, also keine zwei dramatischen Arien, keine zwei Bravourarien, keine zwei halbernsten Arien, und auch keine gehäuften Menuette oder Rondi. Was die leidenschaftlichen Arien betraf, so waren sie ausschließlich das Privileg der Sänger der drei Hauptfiguren.

»Aber was«, hatte Angiola gefragt, »wenn ein Sänger leidenschaftliche Verzierungen improvisiert? Wenn er ohnehin nur eine Arie für sich hat, dann liegt es doch nahe, daraus das Beste zu machen, was er kann.«

»Nicht, wenn er danach sofort seine Stellung verliert. Es gibt unzählige Kastraten, die nie ein Engagement bekommen, meine Kleine. Jemand, der gegen die Regeln verstößt, kann umgehend ersetzt werden.«

Wenn man die Lieder einzeln studierte, dann kam einem das alles sehr streng vor, aber jetzt, wo sie alles hintereinander hörte, fügte es sich auf wundersame Weise zu einem harmonischen Ganzen, obwohl es ständig unterbrochen wurde, wenn Appianino und die anderen Sänger nach dem Vortrag ihrer Arien den Applaus des Publikums entgegennahmen. Als sie das erste Mal selbst applaudierte, hatte Angiola vergessen, dass sie noch ihren Fächer in den Händen hielt, und er fiel ihr zu Boden. Sie bückte sich und bemerkte, dass es Professore Falier während der Vorstellung irgendwann gelungen sein musste, eine seiner Hände unter die Röcke ihrer Mutter und zwischen deren Beine zu schieben. Als Angiola sich rasch und betreten wieder aufrichtete, sah sie, dass ihre Mutter mit halb geöffneten Lippen und Schweißperlen auf der Stirn dasaß.

Nach der Vorstellung beschloss Angiola zu Hause, in Appianinos Räumen auf ihn zu warten, um ihm zu sagen, dass er wirklich wie eine Frau gewirkt hatte. Sie fühlte sich aufgewühlt und wie eine Wespe im Wespennest. Wenn sie nicht an die Musik dachte, dann daran, dass sie Professore Falier nicht ausstehen konnte, aber wusste, dass es besser für ihre Mutter und sie sein würde, wenn die Mutter sich wieder verheiratete, denn Appianino würde nicht für immer in Bologna bleiben. Der Gedanke daran, dass er zu seinem nächsten Engagement reisen würde, tat weh, und nicht, das musste sie zugeben, wegen der Miete. Dann kamen ihr widersinnigerweise die Damen in den Sinn, die ihr Zettel für Appianino in die Hand drückten, und sie stellte sich unwillkürlich vor, wie diese Damen ihm in die heute so einladend geöffneten Arme sanken. Oder ihm zwischen die Beine griffen, wie Falier das bei ihrer Mutter getan hatte, während er mit der anderen Hand versucht hatte, Angiola zu begrabschen. Irgendwie musste sie sich Luft machen, also begann sie, auf und ab zu gehen, und versuchte, das genauso zu tun, wie sie Männer hatte schreiten sehen. Früher, als sie noch kleiner gewesen war, hatte sie eine Zeitlang fast jeden nachgeahmt, der ihr über den Weg gelaufen war.

Sie zog einen nicht vorhandenen Federhut, um sich zu verbeugen, reckte das Kinn und wölbte das Becken ein wenig nach vorne. Ja. Ihre Haltung sah jetzt mehr wie die eines Knaben aus, obwohl das seltsam wirkte, jetzt, wo sie wieder ein Kleid trug. Dann stellte sie sich vor, wie ein junger Galan wohl den Arm der schönen Dame nehmen würde, die Appianino heute Abend gewesen war. Sie schob ihre linke Hand durch einen nicht vorhandenen Ellbogen. Nein, der Herr *bot* der Dame seinen Arm; sie war es, die ihn ergriff.

»Signorina«, sagte Angiola und versuchte, ihre Stimme zu senken, »Signorina, ich bin Ihr Sklave.«

Das war ein Satz aus einer der Arien, aber gesprochen statt gesungen hatte er nicht den gleichen Klang. Sie wünschte sich, sie trüge Hosen, dann würde sich die Illusion vielleicht eher einstellen.

Obwohl es inzwischen sehr spät geworden war, machte Appianino immer noch keine Anstalten, zu erscheinen. Von der Straße unten drang Lärm herauf, aber das war häufig der Fall und musste nicht bedeuten, dass er sich ihrem Haus näherte. Wahrscheinlich verbrachte er die Nacht in einem Palazzo der Stadtpatrizier, dachte Angiola und wusste nicht, warum die Vorstellung sie so wütend machte. Sie streckte ihre Hand aus und stellte sich vor, wie Appianino sie bei ihrer ersten Begegnung an sich gezogen und ihre Hand an seinen Mund geführt hatte.

Wie sein Atem ihre Haut erwärmt hatte. Doch anders als in Wirklichkeit geschehen, malte sie sich aus, wie seine Lippen tatsächlich ihre Hand berührten. Wie er ihre Finger küsste. Dann ihr Handgelenk. Wie er ihren Unterarm nahm und mit seiner Zunge leicht neckend über ihre Haut fuhr, ehe er einen wirklichen, festen Kuss darauf presste, sie fast biss ...

Die Tür öffnete sich, und Angiola, ihre Hand gegen den eigenen Mund gepresst, wurde von der Wirklichkeit eingeholt.

Er stand im Türrahmen, in Männerkleidung, doch seine Haltung war immer noch die einer Frau.

»Was tust du hier?«, fragte er leise.

All ihre vorbereiteten Reden waren ihr entfleucht. »*Fioriture*«, flüsterte sie, weil es das erste Wort war, das ihr einfiel, und noch während es ihre Lippen verließ, schien es immer passender zu werden. Verzierungen. Improvisation.

Er schloss die Tür hinter sich, und sie machte einen Schritt auf ihn zu, einen weiteren, und ehe sie es sich versah, hatte sie ihn erreicht. Sie roch das Jasmin seiner Haarpomade und ein fremdes Parfüm. Vielleicht war es das, was ihr den Mut gab, sich auf die Zehenspitzen zu stellen, ihre Arme um seinen Hals zu legen und ihn ungelenk und heftig auf den Mund zu küssen.

Sein Mund war härter, als sie es erwartet hatte, und schmeckte ein wenig nach Wein und Nougat. Er stieß sie nicht zurück. Nach einem Moment des Zögerns erwiderte er ihren Kuss, und sie fühlte sich, als sei es ihr gelungen, das hohe C genauso lange zu halten wie er. In diesem Moment schien alles möglich. Dann löste er sich von ihr.

»Du bist noch zu jung«, sagte er heiser.

»Es gibt Tausende Mädchen, die in meinem Alter schon verheiratet sind«, sagte Angiola, was übertrieben war. Sie wusste nur von zweien, und von diesen auch nur, weil sie in der gleichen Straße lebten. Außerdem war eine von beiden nur verlobt. Aber auch das galt.

Sein Daumen strich über ihre Wangen, glitt sachte über ihre Lippen und unter ihr Kinn.

»In deinem Alter wusste ich schon alles, was es über Körper zu wissen gibt«, murmelte er. »Und deswegen sage ich, du bist zu jung.«

»Aber ...«

»Hübsche kleine Jungen sind so gefragt wie hübsche kleine Mädchen.«

Sie wollte ihn sich nicht als kleinen Jungen vorstellen.

»Du hast zugegeben, dass du mich hübsch findest!«, stieß sie triumphierend hervor.

Der Laut, der aus ihm drang, war halb Stöhnen, halb Lachen.

»Weil du mich an mich selbst erinnerst«, sagte er, und nun war es an ihr, halb geschmeichelt wegen des Lobs und halb aufgebracht wegen seiner Eitelkeit zu sein.

»Du brauchst dich nicht wegen meiner Mutter zu sorgen«, sagte Angiola, obwohl ihr das erst jetzt klarwurde. »Sie ist noch einmal fortgegangen. Ich glaube, sie schläft heute auch nicht alleine.«

Der Gedanke an ihre Mutter und Professore Falier war nicht schöner geworden, seit er ihr das erste Mal gekommen war, und sie zog unwillkürlich eine Grimasse, während sie sich auf die Lippen biss. Seine Arme legten sich um sie.

»Dann bleib«, sagte er.

Er tat in jenen ersten Nächten nicht mehr, als sie zu küssen und ein wenig zu streicheln, nur Schultern, Arme und ein- oder zweimal die kleinen Knospen, die erst noch Brüste werden wollten; seine eigenen waren stärker ausgeprägt. Es war schön, aber Angiola wusste, dass es noch unendlich mehr gab, und der Gedanke war angsterregend und eine Herausforderung zugleich, vor allem, weil sie ahnte, dass seine erwachsenen Verehrerinnen viel, viel mehr mit ihm taten.

Was den Gesang betraf, war er so streng wie eh und je, aber das machte sein seltenes Lob umso befriedigender, und sie spürte, wie das ständige Üben ihren Stimmumfang vergrößerte.

»Ich habe schlechtere Stimmen als deine in den Konservatorien gehört«, sagte er eines Tages, »und auf der Bühne in Neapel.«

»Von Jungen in meinem Alter?«

»Von erwachsenen Frauen«, sagte er belustigt, »aber lass es dir nicht zu Kopf steigen. Man soll sich immer nur an den Besten messen, nicht an den Schlechteren.«

»Von Frauen? Aber ich dachte, Frauen dürfen an Opern nicht …«

»Nicht innerhalb des Kirchenstaates. Und da noch nicht einmal auf den Komödienbühnen. Aber Neapel gehört zum Königreich beider Sizilien. Dort wie auch in Venedig, Turin und Florenz gibt es immer schon Erste Sängerinnen genauso wie Erste Kastraten.«

Das war ein neuer Gedanke. Unwillkürlich überlegte sie, wie es wäre, an seiner Seite zu singen. Selbst eines jener prächtigen Kostüme zu tragen, die so schwer waren, dass der tägliche Lauf unter den Kolonnaden zum Santuario ihr gut zustattenkommen würde. Sie stellte sich vor, wie ihrer beider Stimmen sich zu einem Duett vereinigten. Als wüsste er, was sie dachte, verschattete sich seine Miene.

»Die Erste Sängerin«, sagte er, »ist der natürliche Feind des Ersten Sängers, weil sie beide um die Gunst des Publikums werben, selbst, wenn sie Liebende spielen.«

»Hast du mir nicht einmal gesagt, alle Gegner seien Lehrer, die uns nichts kosten?«

»Ja«, entgegnete er, ohne auf ihren scherzhaften Ton einzugehen, »aber deswegen bleiben sie immer noch Gegner.«

»Ich würde nie deine Feindin sein wollen«, versicherte sie hastig. »Ich möchte wie du sein.«

»Nein«, sagte er unerwartet kalt, »das willst du nicht, und das kannst du nicht. Du wirst heiraten und ein Kind nach dem anderen zur Welt bringen, wie die Natur es für dich eingerichtet hat.«

»Wenn du ich sein könntest, würdest du so etwas auch nicht wollen«, sagte sie anklagend. »Du wolltest nie mehr Giuseppa Appiani sein, wenn du der große Appianino sein könntest, nur um Kinder statt Musik um dich zu haben.«

»Das werde ich nie mit Sicherheit wissen, weil ich diese Wahl nie hatte«, sagte er und weigerte sich, weiter darüber zu sprechen. Doch in dieser Nacht war er wohl zornig genug, um zum ersten Mal etwas von ihr zu fordern, etwas, das über Küsse und Umarmungen hinausging. Bis zu diesem Zeitpunkt hatte sie ihn nie völlig nackt gesehen oder gespürt; nur seinen Oberkörper. Nun zog er auch seine Hosen aus. Sie starrte auf sein Glied, das frei von Haar war, während ihre eigene Scham mittlerweile von dichtem Flaum bedeckt war. Angiola hatte Hunde sich auf der Straße paaren sehen; sie wusste, wie ein männliches Geschlechtsteil bei einem Tier aussah. Aber einen Mann, diesen Mann so zu sehen, war trotzdem Schrecken und Faszination zugleich.

»Das wollen sie als Erstes sehen«, sagte er leise und scharf. »Die Damen, die Herren. Den Kern des Monstrums. Wie groß, wie klein. Sind denn nun noch Hoden da oder nicht? Kann man ihn noch in die Höhe treiben oder nicht?« Die Bitterkeit, die mit jedem Wort mehr in seiner Stimme brannte, gleich einer Säure, die bisher in einem sicheren Gefäß bewahrt worden war und sich nun durch die schöne Hülle fraß. Wie lange hatte das, was da aus Appianino herausbrach, in ihm gebrodelt, ohne sich je Luft machen zu dürfen? »Du steigst zu ihnen in die Kutsche«, fuhr er fort, »und manchmal greifen sie dir schon zwischen die Beine, ehe du dich gesetzt hast. Und damit würdest du tauschen wollen? Du kleine Närrin! Dann nimm es in die Hand, genau wie sie es tun. Jetzt gleich.«

Es erinnerte sie daran, wie sie sich als Kind die Knie aufgeschlagen und ihre Mutter wütend angezischt hatte, während diese die Wunde auswusch und verband, denn wenn Angiola zugegeben hätte, wie weh es tat, dann hätte sie weinen müssen. Ihre Mutter hatte sie trotzdem durchschaut und einen Kuss auf ihr Knie gedrückt, als der Verband fertig war.

Angiola nahm das Glied nicht in die Hand. Stattdessen kniete sie nieder, nahm ihren Mut zusammen und presste einen Kuss darauf. Sie spürte, wie Appianino zitterte.

»Es tut mir leid«, sagte er mit gebrochener Stimme und zog sie zu sich empor. »Meine Liebste, es tut mir so leid.«

* * *

Lucia Calori erwartete den Heiratsantrag Faliers täglich, fast stündlich, hatte sich ein halbes Dutzend Antworten zurechtgelegt, die von gelassen und würdevoll bis zu freudig und dankbar reichten, und hatte sie so oft geprobt, dass sie bereits zur Hälfte die vorbereitete Erwiderung gegeben hatte, ehe ihr ins Bewusstsein drang, was der Professor wirklich gesagt hatte.

»… eine Freude und …« Ihre Stimme verklang abrupt. »Ich – verzeihen Sie, liebster Freund – es kam so überraschend – können Sie bitte noch einmal wiederholen, damit ich sicher bin, Sie nicht missverstanden zu haben …«

»Ich möchte Sie um die Hand Ihrer Tochter Angiola bitten, liebste Freundin«, sagte Falier ruhig und mit der größten Selbstverständlichkeit. Lucias Mund wölbte sich zu einem stummen O, während sie innerlich verzweifelt flehte, aus diesem Alptraum zu erwachen.

»Ein liebreizendes Mädchen und schüchtern, wie sich das für eine Jungfrau geziemt«, sagte Falier. »Wenn ich nur daran denke, wie sie mich kaum ihre Hand berühren ließ! Sie haben Ihr Kind wirklich gut erzogen, teuerste Freundin. Ganz, wie es sich gehört. Natürlich, das versteht sich, werde ich auch Ihnen ein Heim bieten.« Er zwinkerte ihr zu. »Wir werden als glückliche Familie unter einem Dach leben.«

Das Schlimmste war, dachte Lucia verzweifelt, dass sie darauf hätte gefasst sein müssen. War nicht auch ihr verstorbener Gemahl um viele Jahre älter gewesen, als ihre Eltern diese Ehe für sie arrangierten? Und natürlich wollte Falier eine Jungfrau. Ganz gleich, mit wem sie sich die Zeit vor und nach der Ehe vertrieben, alle Männer wollten eine jungfräuliche Gemahlin. Die Enttäuschung und Galle, die sie erfüllten, brachten sie beinahe um.

Sie stellte sich vor, wie sie ihn zurückwies. Wie er dann dank seines Einflusses dafür sorgte, dass man sie nicht mehr in den Kreisen Bolognas empfing, auf die es ihr ankam. Wie sie sich verzweifelt um Mieter bemühte, wenn der Kastrat erst einmal abgereist war, und erneut auf jüdische Pfandleiher angewiesen war, bis auch diese ihr kein Geld mehr leihen würden, weil es nichts mehr zu verpfänden gab. Es würde anfangen damit, dass sie sich die Haare selbst schneiden und brennen musste, und damit enden, dass sie sich als Putzmacherin oder Nähfrau verdingte und noch Glück hatte, wenn sie Kunden fand. Entweder man gehörte dem reichen Bürgertum an, oder man war eine Bettlerin, so war es doch.

Lucia hatte davon geträumt, Frau Professore Falier zu sein. Der sorgenfreien Zukunft und seines schönen Hauses wegen, ja, aber auch, weil sie sich selbst noch zu jung fühlte, um den Rest ihres Lebens im Witwenkleid und in einem kalten Bett zu verbringen. Sie war bei Angiolas Geburt nur ein Jahr älter als ihre Tochter jetzt gewesen. Sie war gesund und war sicher, noch Jahrzehnte zu leben, wenn Gott keine Seuche in die Stadt schickte. Jahrzehnte voller Ärmlichkeit und allein, wie es jetzt aussah. Und Angiola? Ohne Mitgift würde ihr kaum ein zweiter Mann von Faliers Ansehen und Stand einen Heiratsantrag machen.

Falier lächelte, beugte sich vor und legte ihr mit der größten Vertraulichkeit die Hand auf das Knie.

»Teuerste Freundin«, wiederholte er, »zwischen uns wird sich nichts ändern. Sehen Sie nun, dass ich nur das Beste will für Sie und Ihre Tochter?«

Ein Teil von Lucia wollte empört aufstehen und ihm ins Gesicht schlagen. Aber ein anderer Teil verspürte zu ihrer Scham auch etwas wie Erleichterung. Er hatte also nicht geheuchelt, als er ihr auf jede erdenkliche Weise zu verstehen gab, dass er sie begehrenswert fand. Sie war nicht die Einzige, die jene Begegnungen genossen hatte, vor, während und nachdem sie sich geliebt hatten. Es machte die Erniedrigung, zugunsten ihrer eigenen Tochter beiseitegeschoben zu werden, wenigstens etwas wett.

Natürlich war es unerhört, was er da vorschlug, aber war es wirklich so schlecht? Ihre Zukunft und die Angiolas würden gesichert sein, nicht ganz auf die Weise, wie sie sich das erträumt hatte, aber gesichert. Außerdem bedeutete sein »zwischen uns wird sich nichts ändern« doch gewiss, dass er Angiola nur dem Namen nach heiraten und ein paar Jahre warten wollte. Angiola würde daher nicht nur ein gesichertes Leben, sondern noch eine längere Mädchenzeit haben.

Und ihr eigenes Bett würde inzwischen nicht leer sein.

Als er eine Stunde später ging, hatte sie ihm die Hand ihrer Tochter so gut wie versprochen.

*　*　*

Ein versiegelter Brief aus Venedig an Appianino konnte viele Bedeutungen haben, doch Angiola war sich sicher, dass es sich dabei um sein nächstes Engagement handelte. Er hatte nun fast ein Jahr lang in Bologna gelebt, länger, als es ursprünglich geplant war, und er hatte ihr immer gesagt, dass Venedig und

Neapel für einen Sänger außerhalb des Kirchenstaats die besten und angesehensten Möglichkeiten boten.

Es tat trotzdem weh.

Sie war versucht, den Brief zu verstecken. Wer auch immer in Venedig an ihn geschrieben hatte, würde erzürnt über eine ausbleibende Antwort sein und sein Angebot vielleicht nicht wiederholen. Ohne ein konkretes Angebot würde Appianino Bologna aber gewiss nicht verlassen.

Doch nein, das durfte sie nicht tun. Und nicht, weil es eine Lüge war. Sie belog ihre Mutter wegen Appianino mittlerweile recht häufig, die nicht gemerkt hatte, wie sie immer deutlichere weibliche Formen bekam und ihre Pickel verlor. Sich bei ihren Singübungen als Junge zu verkleiden außerhalb des Karnevals bedeutete ja schon, alle Menschen zu belügen, die ihr begegneten. Also nahm sie es mit dem neunten Gebot schon längst nicht mehr so genau, obwohl sie bis ans andere Ende der Stadt lief, um in einer Kirche zu beichten, wo die Priester weder sie noch ihre Mutter kennen konnten. Aber sie konnte nie vergessen, wie ihr Appianino gesagt hatte, seine Stimme sei ihm sein Leben. Wenn sie ihm Schaden zufügte, wo es um die Musik ging, dann würde sie etwas Heiliges zwischen ihnen beiden zerstören.

Dann wieder stellte sie sich vor, ohne ihn und die Musik leben zu müssen, und auch das brach ihr das Herz.

Sie war so unglücklich, dass sie nicht merkte, dass ihre Mutter bereits eine geraume Weile mit dem Mittagsmahl fertig war und trotzdem keine Anstalten machte, den Tisch aufzuheben. Erst, als Lucia sich räusperte, hob Angiola den Kopf und sah, dass ihre Mutter sie stumm betrachtete. Am Vortag hatte Professore Falier ein weiteres Mal in ihrem Haus seine Aufwartung gemacht, und wenn Angiola es recht bedachte, dann war ihre Mutter seither sehr still gewesen.

»Was ist Ihnen, Mama?«

Lucia räusperte sich ein weiteres Mal, und Angiola schloss mit sinkendem Herzen, dass der Professor sich wohl endlich erklärt haben musste.

»Du weißt, dass ich immer nur dein Bestes will, mein Schatz.«

»Gewiss«, sagte Angiola, ohne zu zögern, und entschied, dass dieser Tag eindeutig dem Unglück geweiht war. Appianino würde Bologna verlassen, und sie erhielt Falier als Stiefvater. Nun, zumindest konnte nichts Schlimmeres mehr passieren.

»Professore Falier hat um deine Hand angehalten.«

Der offenkundige Versprecher war so absurd, dass Angiola aus ihrer schlechten Stimmung herausgerissen wurde und lachte. Das Gesicht ihrer Mutter verzog sich, und Angiola prustete noch einmal.

»Um Ihre Hand, Mama, das weiß ich schon, aber Sie müssen zugeben, dass es komisch war, wie Sie sich gerade versprochen haben. Nun, es …«

»Professore Falier«, wiederholte ihre Mutter in einem schärferen Tonfall und unmissverständlich, »hat um *deine* Hand angehalten.«

Die Empörung und das Mitleid mit ihrer Mutter, welches Angiola erfasste, erstickten sie beinahe. Sie sprang auf, lief um den Tisch herum und umarmte ihre Mutter heftig.

»Er war Ihrer nie würdig, Mama.«

»Ich habe ihm zu verstehen gegeben, dass du gerne die Seine werden wirst«, sagte Lucia steinern.

Das konnte nur ein böser Scherz sein. Aber ihre Mutter scherzte nicht auf diese Art. Ihr Humor war nie bösartig gewesen. Natürlich hatte Angiola erwartet, irgendwann mit einem gesetzten Bürger verheiratet zu werden, genau wie das bei ihrem Vater und ihrer Mutter gewesen war. Doch Falier hatte ihrer Mutter nicht nur den Hof gemacht, er hatte sich auch in den Genuss ihres Körpers versetzt, das wusste Angiola nur zu genau. Damit war es völlig unmöglich geworden, dass dieser

Mann in Angiola etwas anderes als die Stieftochter sah, gewiss war es so. Nur hegte er offenbar völlig andere Gedanken. Hatte sie wohl schon gehegt, als sie damals gemeinsam in der Oper gewesen waren, während er mit einer Hand ihre Mutter liebkost hatte.

Angiola wurde schlecht.

Sie blickte zu ihrer Mutter und verstand nicht, wie Lucia auf ein solches Ansinnen eingehen konnte. Musste sie Falier nicht hassen? Wie konnte sie wollen, ihre Tochter ihrem eigenen Verehrer ins Bett zu legen? Gewiss, sie waren nicht reich, aber es musste andere Männer als Professore Falier geben.

»Du weißt, dass ich nur dein Bestes will«, wiederholte Lucia. »Und ich hoffe doch, dass auch du nur das Beste für mich wünschst.«

»Wie kann es Ihr Bestes sein, dabei zuzusehen, wie der Mann, den Sie lieben, mich heiratet?«, brach es aus Angiola heraus. Die Wangen ihrer Mutter röteten sich, und sie schaute Angiola nicht in die Augen, als sie antwortete.

»Auch er will nur dein Bestes«, sagte sie hastig. »Und es macht mich glücklich, dich in guten Händen zu wissen.«

Es klang edel und selbstlos, aber genauso hatte die Mutter geklungen, wenn sie Angiolas Vater versicherte, sie habe sich kein teures neues Spitzenhemd schneidern lassen, obwohl die Rechnung vom Schneider noch vor Ende des Monats ins Haus flattern würde. Ihre Mutter log, und das machte alles noch verstörender, denn Angiola konnte sich nicht vorstellen, was sonst der Grund dafür sein konnte, dass Lucia den Professor nicht umgehend abgewiesen hatte.

»Wenn du deine Überraschung erst verwunden hast, mein Liebling«, sagte Lucia sanft, »dann wirst du sehen, dass letztendlich eine solche Partie ein Glück für dich ist. Professore Falier ist willens, zu übersehen, dass du keine nennenswerte Mitgift haben wirst, und wenn mich nicht alles täuscht, dann wird er sogar so großzügig sein, deine Aussteuer zu bezahlen. Du wirst eine wunderschöne Braut sein, bestimmt.«

Wenn sie jetzt den Mund öffnete, dachte Angiola, dann würde sie schreien, laut schreien und nicht aufhören zu schreien. Also blieb sie stumm und hörte sich die immer unehrlicher klingenden Erklärungen ihrer Mutter an. Schließlich verließ Angiola, immer noch schweigend, das Zimmer. Bis Appianino zurückkehrte, vergingen drei endlose Stunden. Als sie ihn bat, umgehend mit ihr die Kapelle von Santa Cecilia zu besuchen, weil sie völlig vergessen habe, dass heute Abend dort eine Messe von Vivaldi gesungen würde, folgte er ihr wortlos, obwohl er wusste, dass sie dergleichen nie vergessen hätte. Die Kapelle lag in unmittelbarer Nähe des Universitätshauptgebäudes und rühmte sich des schönsten Kirchenchors von Bologna, also akzeptierte ihre Mutter die Erklärung für den späten Ausgang ohne Zögern. Vielleicht war es ihrer Mutter von nun an auch gleichgültig, wo und wie sie ihre Abende verbrachte, solange sie nur Professore Falier heiratete. Nein, das war ungerecht, so dachte ihre Mutter gewiss nicht. Oder doch?

In der Abenddämmerung schienen ihr die beiden großen Türme, die als einzige von all den Geschlechtertürmen Bolognas noch standen, wie zwei höhnisch zum Fluch emporgereckte Finger hinaufzuragen. Angiola lief tatsächlich auf die Cäcilienkapelle zu, und Appianino stellte keine Fragen, bis sie dort saßen, wo an diesem Abend keine Messe gesungen wurde, sondern nur ein paar alte Frauen ihre Ave-Marias beteten.

»Du musst mich nach Venedig mitnehmen!«, sagte Angiola ohne weitere Einleitung. Sie war viel zu aufgewühlt, um irgendeine Erklärung hinzuzufügen. Er hob eine Augenbraue.

»Ich wüsste nicht, dass ich nach Venedig …«

»Es ist ein Brief gekommen. Aber eigentlich ist es gleichgültig, ob Venedig oder anderswo. Nimm mich nur mit. So bald wie möglich!«

»Angiola«, sagte Appianino behutsam, »du weißt doch, dass es unmöglich ist. Ich kann dich nicht heiraten. Das ist Kastraten verboten, und nicht nur innerhalb des Kirchenstaates. Sogar die Lutheraner in den deutschen Ländern haben ein Gesetz dagegen. Wir dürfen noch nicht einmal mit einer Frau zusammenleben, wenn es sich nicht um eine Verwandte handelt.«

»Das hat dich hier nicht davon abgehalten, mit einem Dutzend Patrizierinnen herumzuschäkern und mich in dein Bett zu lassen«, sagte Angiola, und er ergriff ihre Hände.

»Was ist geschehen?«, fragte er ruhig. Unter Würgen kam die Geschichte von Falier und ihrer Mutter aus ihr heraus wie halbverdautes Essen.

Er legte einen Arm um ihre Schultern und hielt sie fest, während sie endlich der Versuchung nachgab, in Tränen ausbrach und sogar den Verdacht gegen ihre Mutter aussprach, den sie bisher unterdrückt hatte, jedes Mal.

»Tränen reinigen das Herz. Sie sind fast immer Medizin. Niemals können sie Schande sein, weder für eine Frau noch für einen Mann«, sagte er ruhig.

»Ich glaube – ich glaube, sie will ihn noch immer, und sie denkt, wenn wir erst alle zusammenleben, dann will er sie auch wieder.«

»Es sollte mich nicht wundern, wenn er ihr das versprochen hat«, sagte Appianino, ohne sonderlich überrascht zu klingen.

»Aber ich bin ihre Tochter!«, protestierte Angiola, und diesmal entgegnete er nichts. Er sah sie nur an, und es fiel ihr wieder ein, dass ihn seine Eltern verkauft hatten, als er noch jünger als sie gewesen war, und gewiss ebenfalls versichert hatten, es geschehe zum Wohl seiner Zukunft statt zum Wohl ihrer eigenen Gier.

»Nimm mich als deine Schülerin mit«, sagte sie flehentlich. »In Venedig können wir gemeinsam auf der Bühne singen, ist es nicht so?«

»Du bist noch nicht gut genug dafür«, sagte er brutal. »Du musst noch länger ausgebildet werden, noch mindestens zwei Jahre, vielleicht sogar drei.«

»Das werde ich nie bekommen, wenn ich den Liebhaber meiner Mutter heirate«, gab sie zurück und verbat sich, weiter zu weinen. Sie musste ihn überzeugen, und das konnte ihr nur mit der Wahrheit gelingen. »Wenn du mich hier zurücklässt, dann ist es, als ob du mir die Zunge herausschneidest und mir meine Stimme wegnimmst. Als ob du mich verkrüppelst.«

So, wie man dich verkrüppelt hat, aber ohne den Lohn, setzte sie stillschweigend hinzu. Sie musste es nicht laut aussprechen, an seinem Zusammenzucken erkannte sie, dass er wusste, was sie meinte. Es war ein gemeiner Schlag, aber es ging um ihr Leben. Wenn sie ihm schwor, nicht ohne ihn sein zu können, würde er ihr nicht glauben. Er würde ihr sagen, was er schon einmal gesagt hatte, dass sie noch sehr jung war und sich noch oft verlieben würde, dass jeder junge und schwärmerische Mensch meine, die erste Liebe sei für immer, und es danach doch anders lernte. Aber sich auf das zu berufen, was ihm heilig war, die Musik, die sein Leben erst lebenswert machte, das war etwas anderes, dieses Argument musste er verstehen. Er hatte einmal behauptet, dass er sich selbst in ihr sah. Nun, dann konnte er ihre Argumente nicht ignorieren und sie in ein frühes Grab legen lassen.

Es herrschte Stille zwischen ihnen, die so groß war, dass sie sogar das leise Murmeln der alten Frauen drei Reihen vor ihnen hörte, die ihren Rosenkranz beteten. Doch er ließ ihre Schultern nicht los. Endlich sagte er: »Wenn du wirklich deine Stimme zu deinem Leben machen willst, dann musst du dir im Klaren darüber sein, dass wir Sänger gerade in unseren Anfangsjahren und ganz gewiss dann, wenn wir unsere Glanzzeit überschritten haben, auf Gönner angewiesen sind. Dir ist jetzt *ein* Mann zuwider. Was wirst du tun, wenn deine Karriere von

einem anderen abhängt, der Falier im Vergleich wie einen Aus-
bund an Tugend und Liebenswürdigkeit erscheinen lässt, aber
ungleich mächtiger im Musikgewerbe ist? Und danach der
Nächste? Und dann der Nächste *und* seine Frau?«

Das wird nicht geschehen, weil du bei mir sein wirst, dachte sie
mit der Überzeugung ihrer Jugend, aber sie wusste, dass es die
falsche Antwort wäre.

»Ich werde tun, was ich muss, um singen zu können«, entgegnete sie stattdessen und versuchte, es so überzeugend zu sagen,
wie er sang, wenn er als Caesar Cleopatra unsterbliche Liebe
schwor.

»Ich kann dich nicht als meine Schülerin mitnehmen«, sagte er
abrupt, und sie glaubte, sie sei gescheitert. Betäubung begann
sich wie Frost in ihrem Körper auszudehnen. »Aber ... als meinen Schüler.«

Ihr Kopf schnellte in die Höhe. »Wie meinst du das?«

»Zwei Kastraten«, sagte er langsam, »dürfen zusammenleben.
Niemand wird das beanstanden. Sogar Gönner werden nicht
eifersüchtig sein.« Seine Mundwinkel senkten sich in einem
bitteren, auch sich selbst geltenden Hohn. »Was können
schließlich zwei Kapaune miteinander tun?«

Sie sah es vor sich, ein gemeinsames Leben, Seite an Seite, auf
der Bühne und im Leben. Es war zu schön, um wahr zu sein,
und es würde wahr werden!

Mit seiner gewohnten Manier, alles, auch das, was er selbst vorschlug, gleichzeitig in Frage zu stellen, fügte er hinzu: »Sag
nicht sofort ja. Frage dich erst, ob du wirklich bereit bist, Jahre
deines Lebens den Kastraten zu spielen. Es mag sehr wohl sein,
dass du in ein paar Jahren als Frau wirst leben wollen und dir
viel mehr wünschen wirst als das, was ich dir geben kann. Außerdem gilt immer noch, was ich vorhin gesagt habe. Du bist
noch lange nicht so weit für einen öffentlichen Auftritt und
brauchst mehr Unterricht. Wenn du als Kastrat durchgehen

willst und vom Kontraalt über den Mezzosopran bis hin zum Sopran singen musst, gilt das doppelt. Unsere Partien sind ungleich schwieriger als die der Sängerinnen.«

»Aber du glaubst, dass ich es schaffen kann«, stellte sie fest, und das war das schönste Kompliment, das er ihr je gemacht hatte; das hieß, dass er wirklich ihre Stimme für ebenbürtig hielt, wenn sie erst ausgereift war. »Du glaubst«, wiederholte sie und sang es zur Melodie von Händels berühmtester Arie, *Ombra mai fù,* die zu Appianinos Glanzstücken bei Salonkonzerten gehörte. »Du glaubst, so zart und schön ...«

Er lächelte, und sie fügte einen Triller hinzu.

»So klinge ich nicht.«

»Aber ich«, sagte sie atemlos. »Und ich improvisiere. *Fioriture.*«

Wie sich herausstellte, barg der Brief aus Venedig tatsächlich das Angebot eines Engagements, doch nicht eines Engagements in Venedig. Der Brief war lediglich von dort weitergeleitet worden und stammte ursprünglich aus Dresden. Der Kurfürst von Sachsen und König von Polen war geradezu vernarrt in italienische Künstler und zudem bestrebt, zu beweisen, dass der sächsische Hof an Glanz nicht nur dem des verfeindeten Nachbarn Preußens, sondern sogar dem kaiserlichen Hof Wiens gleichkam. Deswegen wünschte er sich nun einen Kastraten, der bereits vom Kaiser für gut befunden worden war. Das Gehalt, das geboten wurde, war fürstlich.

»Davon kann ich dir einen Lehrer bezahlen«, sagte Appianino, »und die Familie, die du brauchen wirst.«

»Die Familie?«

»Angiola«, sagte er sehr ernst, »es wird nicht damit getan sein, Hosen zu tragen. Außerdem mag es sehr wohl sein, dass Falier verärgert genug ist, um uns Häscher hinterherzuhetzen, die dich zurückbringen sollen. Schließlich liegt so eine Vermutung sehr nahe, wenn wir gleichzeitig die Stadt verlassen. Deswegen werden wir uns zunächst trennen, und ich werde dir ein völlig neues Leben verschaffen, einen neuen Namen und eine Familie, die schwören wird, dass es sich bei dir um ihren Sohn und Bruder handelt. Du wirst lange genug mit ihnen leben, dass sogar Nachbarn deine Identität beschwören können. Wer mir dann nachreisen und bei mir in Dresden eintreffen wird, wird nicht Angiola Calori sein, sondern ein Kastrat aus Rimini.«

Die Aussicht darauf, Wochen, Monate, vielleicht sogar ein Jahr getrennt von ihm unter lauter Fremden zu verbringen, behagte ihr gar nicht, aber es war auf jeden Fall besser, als Professore Falier zu heiraten. Außerdem konnte sie nicht umhin, sich vorzustellen, wie ein anderer Musiklehrer, der sie für einen Jungen hielt und nicht durch ständige Engagements abgelenkt war, ihre Ausbildung vielleicht noch schneller vorantrieb, so dass sie Appianino überraschen würde, wenn sie in Dresden einträfe. Nein, es würde eine ganz andere Trennung sein als diejenige, die sie befürchtet hatte: Appianino für immer zu verlieren, und mit ihm jede Aussicht auf ein Leben mit der Musik. Während ihre Mutter sie für einen warmen Platz für sich selbst in Faliers Bett verschacherte, würde ihre Trennung nur das Vorspiel zu einem Leben sein, von dem sie bisher höchstens zu träumen gewagt hatte, ohne wirklich darauf hoffen zu können.

»Was ist das für eine Familie in Rimini?«, fragte Angiola, weil ihr in den Sinn kam, dass er sie eigentlich sehr schnell aus dem Hut gezaubert hatte. Konnte es sein, dass er schon länger über eine Möglichkeit nachgedacht hatte, wie sie ihr Leben mit ihm und als Sängerin verbringen konnte, und es nur nicht hatte zugeben wollen? Der Gedanke machte sie unsicher, aber gleichzeitig auch unendlich glücklich.

»In meinem letzten Jahr am Konservatorium in Neapel hatte ich einen kleinen Schützling, der inzwischen in deinem Alter wäre«, sagte Appianino. »Vor zwei Wochen kam ein Brief, dass er gestorben sei, sehr plötzlich. Seine Mutter bat mich um Geld.«

»Und sie wird mich als ihren Sohn ausgeben, einfach so?«

»Wie ich schon sagte: Sie braucht Geld«, erwiderte Appianino in seiner von Zynismus gefärbten Sachlichkeit. »Sie hat noch mehr Kinder zu versorgen, einen Sohn und zwei Mädchen. Sie hat sogar angedeutet, dass sie ihren Kleinen auch kastrieren lassen wird, wenn ich ihr nicht helfe. Obwohl er überhaupt keine nennenswerte Stimme besitzt, wie mir sein Bruder einmal sagte.«

Angiola unterdrückte ein Schaudern und die Frage, ob er wirklich glaubte, dass eine solche Frau eine gute Ersatzmutter für sie wäre, doch es war, als läse er ihre Gedanken.

»Solange wir Bologna noch nicht verlassen haben, so lange kannst du es dir überlegen«, sagte er.

»Sie wird mich tun lassen, was ich will? Gesang studieren und dir dann nach Dresden folgen?«

»Sonst bekommt sie kein Geld mehr von mir«, bestätigte er.

»Wenn man auf sonst nichts vertrauen kann, dann immer noch auf die menschliche Gier.«

Sie wollte nicken und blasiert wie eine Dame der Gesellschaft wirken, aber stattdessen entschlüpfte ihr: »Ich vertraue *dir*.«

»Das solltest du nicht«, entgegnete Appianino traurig. »Wenn ich wirklich vertrauenswürdig wäre, dann hätte ich mich dir gegenüber nie anders als ein Lehrer verhalten. Wenn du erst älter bist, wirst du verstehen, was ich meine, und für dann hoffe ich nur, dass du mich nicht hasst.«

*　*　*

»Das hast du nun davon, dass du die Rechte nicht studieren wolltest!«, sagte Giacomos Bruder Francesco und bog sich vor Lachen, was dem Grad von Mitgefühl entsprach, das man in der Familie Casanova füreinander hegte, die Großmutter ausgenommen. Francesco hatte gut reden: Er studierte, was er hochtrabend »Theaterarchitektur« nannte, was hieß, dass er der Lehrling von Bühnenbildnern war, und sein höchster Ehrgeiz war, vom Bepinseln von Kulissen zum Maler von wirklichen Gemälden aufzusteigen.

Giacomo war fest entschlossen, etwas Besseres zu werden. Was genau, das wusste er immer noch nicht, da sein erster Wunsch, Arzt zu werden, von allen Erwachsenen, die meinten, mitreden zu dürfen, sofort abgelehnt worden war. Das unerträglich trockene Jura-Studium verabscheute er jedoch von Anfang an, und deswegen hatte er im letzten Jahr alle Register seiner Überredungskunst gezogen und seine Großmutter überzeugt, sich beim Abbate Grimani für ihn einzusetzen. Dieser war, aus Gründen, die nie jemand genauer erklärt hatte, in Abwesenheit ihrer Mutter und nach dem Tod ihres Vaters der Vormund der Kinder Zanettas geworden. Der Abbate empfahl ihm kurzerhand die geistliche Laufbahn. Wobei »die Empfehlung« in Form eines Ultimatums betreffs der finanziellen Unterstützung kam, und die Großmutter hatte nicht erst weinen und an die drei jüngeren Geschwister erinnern müssen, die anders als Giovanni, der Glückspilz, nicht mit der Mutter gegangen waren, um Giacomo klarzumachen, worauf diese Erpressung hinauslief.

Giacomo war nicht dumm. Selbst der miserabelste Geistliche war nie ohne Auskommen, und jemand wie er, der Verstand und Ausdrucksfähigkeit besaß, würde in der Lage sein, Karriere innerhalb der Kirche zu machen. Und war dabei immer höher angesehen als jeder Komödiant.

Also hatte er zugestimmt, zumal nichts von Dauer sein musste, solange er die ewigen Gelübde nicht abgelegt hatte. Hinzu kam, dass ein angehender Abbate anders als ein angehender Jurist auch Zeit für andere Dinge hatte. Für Gesellschaften. Und Glücksspiele. Und die sehr schöne Tänzerin im Palazzo des Senators Malipiero.

Den Senator kennenzulernen war ein Glücksfall gewesen, aus dem Giacomo etwas gemacht hatte. Malipieros Palazzo grenzte an die Calle della Comedia, wo Giacomo dieser Tage in der alten Wohnung seiner Eltern mit Francesco lebte. Den alten Herrn plagten die Gicht, seine Zahnlosigkeit, sein Gewicht, sein Alter von über siebzig Jahren und der Umstand, dass es ihm peinlich war, wie langsam er mittlerweile aß. Früher hatte der Senator gerne Gesellschaften gegeben, aber er schämte sich, der Einzige zu sein, der noch kaute und würgte, während der Rest der Gäste auf ihn wartete.

»Euer Exzellenz«, sagte Giacomo, »dann laden Sie eben nur Gäste ein, die für zwei essen, und das Problem ist gelöst!«

Malipiero schnaufte beeindruckt, tätschelte Giacomo den Kopf und nannte ihn einen guten Jungen. Dann runzelte er erneut die Stirn.

»Doch wo finde ich die?«

»Das ist allerdings heikel, denn Ihre Exzellenz müssten Ihre Gäste ausprobieren; und nachdem Sie die gewünschten gefunden haben, diese dann für Ihre Zwecke erhalten.«

Der Senator zog die gewünschte Schlussfolgerung und fragte den Abbate, ob Giacomo zu seinen Tischgesellschaften kommen dürfe. Danach wurde er täglich eingeladen, und obwohl er jung genug war, um wirklich immer hungrig für zwei zu sein, war das Beste an den Gesellschaften eindeutig der Glaube des Senators, man müsse das Auge ebenso wie den Gaumen erfreuen. Er hielt sich eine Tänzerin, die Tochter eines Gondoliere, und war obendrein noch in die Tochter des Mannes vergafft, der die ehemalige Theatertruppe von Giacomos Mutter leitete. Giacomo fand diese Teresa ebenfalls sehr schön, hielt sie aber für herzlos, weil sie immer nur mit ihrer Mutter erschien und die Mutter nie den Anstand hatte, sich bei diesen Mahlzeiten irgendwann diskret zurückzuziehen.

»Du bist grausam«, sagte er mit der Vertrautheit von Schauspielerkindern zu Teresa. Sie lachte.

»Zu dir oder dem Senator?«

»Er würde dich heiraten«, entgegnete Giacomo, was es ihm ersparte, sein eigenes Interesse zu leugnen.

»Das würde er nicht. Seine Familie steht im Goldenen Buch von Venedig, und Patrizier dürfen nicht unterhalb ihres Standes heiraten, sonst haben ihre Kinder überhaupt keinen Status mehr. Er redet nur von Ehe, um mich zu beeindrucken, aber sobald er sein Vergnügen gehabt hat, wird es damit zu Ende sein. Und was für ein Vergnügen soll das schon werden, bei seiner Breite und der Gicht! Er wird seinen Unersetzlichen wahrscheinlich gar nicht mehr finden unter all den Fettwülsten und mir dann die Schuld daran geben, wenn sich das gute Stück nicht mehr recken kann. Nein danke. Ich will nur regelmäßig diese außergewöhnlich guten Mahlzeiten von ihm, mehr nicht. Ich angele mir einen von den Prinzen oder Großfürsten, die nur unseretwegen zuhauf nach Venedig kommen, wie du weißt.« Sie warf ihm einen spöttischen Blick zu. »Und sag nicht, dass du um die Freude seiner Gesellschaft willen kommst.«

Er hätte einwenden können, dass er den alten Mann inzwischen aufrichtig gernhatte, aber natürlich würde er sich bei Malipiero nicht blicken lassen, wenn der Greis ein armer alter Bettler statt ein venezianischer Senator gewesen wäre, und das wussten sie beide. *Nun,* dachte Giacomo, *ich würde ihm regelmäßig Almosen geben, wenn er ein Bettler wäre und ich ein Senator. Das auf jeden Fall.*

Vorerst war er allerdings nur ein kleiner Abbate, der sich weigerte, sich wie ein solcher zu kleiden. Der Priester, Don Tosello, der von Abbate Grimani beauftragt worden war, Giacomo ein geistlicher Betreuer zu sein, tadelte ihn täglich mehr. Besonders, seit Don Tosello wusste, dass zwei seiner drei Nichten, welche das Ospedale della Pietà besuchten, sich schön machten, wenn sie hörten, Giacomo würde für eine weitere geistliche Lektion erwartet.

»Ist das Pomade in Ihren Haaren? Sie werden noch exkommuniziert werden, wenn Sie so weitermachen, mein Sohn! *Clericus qui nutrit comam, anathema sit!*«

»Wenn der Geistliche, der sein Haar pflegt, verdammt ist«, wiederholte Giacomo unbeeindruckt das lateinische Sprichwort in der venezianischen Mundart, »dann hat das niemand unserem Freund, dem hochwürdigen Abbate Grimani, verraten. Der gebraucht nämlich viermal so viel Pomade und Puder, wie ich es tue. Und mein Lehrer in Padua, auch ein Abbate, Dottore Gozzi, ist ein Freund des Moschus, während ich nur Jasmin verwende, was viel billiger ist und die Kirche daher nicht so viel kostet.«

»Hier geht es nicht um einen Disput«, grollte der Priester, ohne auf Giacomos Argumente einzugehen. »Ich will keine Geiststreicheleien hören, sondern Gehorsam sehen! Benehmen Sie sich fortan, wie es einem Mann Gottes gebührt. Als Ihr Vater in Christo befehle ich es Ihnen!«

Giacomo verbeugte sich, doch als die Augen des Mannes bereits triumphierend aufleuchteten, erklärte er mit gespielter Demut: »Wenn ich in Schmutz und Unsauberkeit leben wollte, wäre ich Kapuziner geworden und kein Abbate. Deswegen muss ich meiner Berufung und all den guten Beispielen folgen, die andere Väter in Christo mir geben!«

Je mehr Don Tosello ihn gereizt hatte, umso häufiger war er zum Ospedale gegangen, dem Haus, wo der große Vivaldi noch im letzten Jahr gelehrt hatte. Das Ospedale war wie ähnliche andere Institutionen in Venedig vor hundert Jahren als ein Heim für Waisen und Findelkinder gestiftet worden. Zwischenzeitlich diente es aber mehr dazu, den unehelichen Kindern reicher Bürger und der Verwandtschaft von Priestern eine Ausbildung zu geben. Der wichtigste Teil dabei war Musik. Aber auch ein Genie wie Vivaldi hatte nicht verhindern können, dass dieses Heim bei den Aufführungen zu einem Ziel aller Lüstlinge der Stadt wurde. Die etwa vierzig jungen Mädchen, welche Orgeln, Flöten, Celli und Geigen in einem weißen Kleid, ähnlich dem von Nonnen, spielten, boten mit ihren kleinen Blumensträußchen hinter den Ohren dabei einen wahrhaft ergötzlichen Anblick.

Angela, Nannetta und Martina, die Nichten des Pfarrers Tosello, gehörten zu dieser Gemeinschaft halbreifer, reifer und überreifer Mädchen, die ihre Geheimnisse miteinander teilten, aber alle um eines, ihre Zukunft in der Stadt, kämpften. Angela, für die sich Giacomo zuerst interessierte, tat das, indem sie sich von allem und jedem abschirmte. Sie ignorierte ihn, ganz gleich, was er tat, und er musste die Erfahrung machen, dass ein Mädchen manchmal wirklich »nein« meinte, wenn es »nein« sagte. Es war eine bittere Lehre, und er nahm sich vor, sich künftig von wirklich spröden Frauen fernzuhalten. Das war Zeitverschwendung. Ihre älteren Schwestern dagegen waren zum Glück anders. Völlig anders!

Sein Zusammenleben mit anderen Jungen in Padua war entschieden langweiliger gewesen als das, was Nannetta und Martina von ihrer Schule erzählten. Offenbar lernten die Mädchen so viele Köstlichkeiten voneinander, so viel über ihre Körper, dass es ihren zukünftigen Liebhabern an nichts fehlen würde. Überdies konnten sie durch ihre Musik und den Unterricht, den man ihnen zuteilwerden ließ, selbst bei den Standhaften mit ihrer Redefähigkeit, ihren Stimmen und ihren Instrumenten Entzücken hervorrufen.

Giacomo, der Musik über alles liebte und den zuerst die Möglichkeit, dort mehr als einem Sinn Genugtuung zu verschaffen, in das Ospedale geführt hatte, war von dem Pragmatismus der beiden Mädchen überrascht und beeindruckt. Martina erklärte ihm die Ziele der Schwestern und fragte geradeheraus, mit wie vielen Frauen er schon das Bett geteilt habe, weil es ihnen um gute Weisung ginge. Nur ein Narr hätte daraufhin zugegeben, lediglich von einem einzigen Mädchen, und das nur unvollständig, in die Liebe eingeführt worden zu sein. Also zog er ein geheimnisvolles Gesicht und verkündete, derselbe Grundsatz, der ihm nicht erlaube zu lügen, verbiete ihm, in diesem Punkt die Wahrheit zu sagen. Erfreulicherweise zogen die Schwestern daraus den Schluss, er habe schon so viele Frauen beglückt, dass er sie gar nicht alle aufzählen konnte, und wirkten entsprechend beeindruckt, während sie ihm ihre eigenen Wünsche offenbarten. Nannetta wollte irgendwann einen Grafen heiraten, und da Ehemänner nur auf die Geliebten ihrer Geliebten eifersüchtig waren, nicht auf die ihrer Ehefrauen, wollte sie mit ihm alles lernen, was nötig war, um eine gute Geliebte zu werden. Martina hatte das Ziel, zunächst Nonne und dann einmal Äbtissin zu werden, da Nonnen, im Gegensatz zu den Kurtisanen, die hohe Steuerabgaben leisten mussten, zumindest in venezianischen Klöstern kaum überwacht wurden und ihren Liebesabenteuern steuerlos und frei nachgehen konnten. Beide betrachteten die gemeinsamen Schritte in die Welt der Erwachsenen als gute Grundlage für ihre Lebensträume. In Giacomo sahen sie jemanden, der genauso viel zu verlieren hatte wie sie und sie daher nicht an ihren Onkel verraten konnte.

Bei ihrem ersten Zusammensein hatte es ihn überrascht, dass die beiden Schwestern nicht eifersüchtig aufeinander waren. Er wusste, dass er niemals in der Lage wäre, ein Mädchen mit seinem Bruder Francesco zu teilen, oder mit Giovanni, von dem Quengler Gaetano ganz zu schweigen, deswegen erfüllte ihn diese geschwisterliche Solidarität mit einer gleichzeitig dankbaren und neidischen Verwunderung. Während er von einer zur anderen wechselte, hatten sie sich zu Anfang bei den Liebesspielen mit ihm nicht angeschaut. Je öfter sie aber die Stunden miteinander teilten, die sie eigentlich für die Übungen mit ihren Musikinstrumenten hätten nutzen sollen, änderte sich ihr

Verhalten von Mal zu Mal, und bald nutzten sie die natürlichen Pausen, die er brauchte, um sich gegenseitig Aufmerksamkeiten zu schenken.

Sie hatten ihn anfänglich lediglich gebeten, das Zeichen seines Triumphes in einem Taschentuch aufzufangen, denn keine von beiden wollte eine Schwangerschaft riskieren. Nachdem er ihnen Bettinas Lösung beschrieben hatte, der sie gerne huldigten, hatten sie wohl bei ihren Freundinnen weitere Erkundigungen eingezogen und ihn dann auf einen weiteren Eingang verwiesen, der ihre Ehre schützte. Wäre es nach ihm gegangen, hätte dieses Arrangement ewig währen können. Es war jede herablassende, missbilligende Lektion durch Don Tosello wert, und sogar, gelegentlich durch den Abbate Grimani höchstselbst zusammengestaucht zu werden, wenn sein nomineller Vormund sich dazu herabließ, Giacomos Fortschritte sehen zu wollen.

Hin und wieder fragte er sich, ob der Abbate Grimani mehr als sein Vater in Christo war. Sein Onkel, beispielsweise. Er kannte den Klatsch über seine Mutter und den Senator Michele Grimani, den Bruder des Abbate. Nur wies besagter Klatsch bedauerlicherweise auf seinen jüngsten Bruder, das brüllende Balg Gaetano, oder höchstens noch auf seinen Bruder Giovanni als dessen Sprössling hin, die beide nicht nach dem Aussehen des Vaters gekommen waren, aber auch nicht der Mutter glichen, so wie er. Aber das durfte nicht sein. Wenn jemand es verdient hatte, einer der vornehmsten Familien Venedigs zu entspringen, die nicht weniger als drei Dogen gestellt hatte, dann Giacomo. Aber eigentlich wollte er auch das nicht. Sein gesetzlicher Vater war ein freundlicher Mann gewesen, der sich mehr Zeit für seine Kinder genommen hatte, als Nannetta es je getan hatte. Von ihm stammte auch der Spruch: »Edel sein ist immer mehr, als adlig sein von Eltern her«, was Giacomo bisher immer wieder von seinen Zweifeln abgebracht hatte. Trotzdem, es war schwer, sich nicht hin und wieder gewisse Fragen zu stellen.

Wenn er nicht ein von Grund auf optimistischer Mensch gewesen wäre, hätte die Nachricht, die Nannetta brachte, ihn bewogen, Venedig fluchtartig zu verlassen. Angela, die jüngere Schwester der beiden, hatte Don Tosello von den Sünden ihrer Schwestern berichtet, die ihr gegenüber nicht verschwiegen genug gewesen waren. Giacomo fand das ausgesprochen hinterhältig von Angela, erst ihn abblitzen zu lassen und dann ihren Schwestern die Liebesfreuden nicht zu gönnen. Aber er konnte es sich nicht leisten, empört zu sein, nicht, wenn Don Tosello das Ohr des Abbate Grimani hatte und der wiederum Giacomos Unterhalt bezahlte. Zum Glück hatten die Nichten Don Tosellos Mutterwitz bewiesen und darauf bestanden, ihrem Onkel umgehend zu beichten, weil ihr Vater, der aus Sizilien stammte, von der ganzen Angelegenheit nichts erfahren durfte. Der Mann weigerte sich auch nach zwanzig Jahren in Venedig noch stur und steif, sich den hiesigen Sitten anzupassen und alle Mädchen, die in die Ehe gingen, ohne vorher schwanger geworden zu sein, als unberührt anzusehen: Er hatte gedroht, seine Töchter in ein Kloster seiner Heimat zu schicken, wenn ihm böses Gerede über sie zu Ohren kam. Doch nun war Don Tosello an das Beichtgeheimnis gebunden und durfte nichts von all dem, was er erfahren hatte, weitererzählen. Nannetta schwor, weder sie noch Martina hätte von Verführung gesprochen oder die Schuld auf Giacomo geschoben, ehe sie eiligen Schrittes nach Hause rannte.

Was Giacomos christlicher Mentor als Nächstes tat, hätte er bei einem ehelichen Spross der Familie Grimani nie gewagt. Er überredete die Großmutter, ihn frühmorgens in Giacomos Zimmer zu lassen, und schnitt ihm im Schlaf alle Haare ab, die er erreichen konnte. Sein Bruder war gewiss schon wach, als es geschah, und tat doch nichts, um es zu verhindern. Stattdessen wartete er, bis der Priester wieder fort war, und brach dann in lautes Gelächter aus, von dem Giacomo erwachte.

»Das hast du nun davon!«

Francesco war noch damit beschäftigt, sich auf die Schenkel zu schlagen und die Tränen aus den Augen zu wischen, als Giacomo bereits wütend in seine Kleider schlüpfte, nach Francescos Perücke griff und aus dem Haus rannte.

Natürlich war Giacomo eitel und stolz auf sein Haar, das füllig wie das seiner Mutter war, und darauf, keine Perücke nötig zu haben. Nun musste er auf Wochen mit einer herumlaufen, die noch dazu schlecht saß, weil sie die seines jüngeren Bruders war, des gemeinen Verräters und Neidhammels. Der Pfarrer hingegen konnte sich eins ins Fäustchen lachen und sinnen, wie er sonst noch rächen konnte, was ihm, unter dem Beichtgeheimnis, anvertraut worden war. Es war unerträglich!

Aber auch er würde Rache nehmen, und die nahm ihren Anfang mit einem Besuch im Palazzo Grimani.

»Don Michele empfängt keine unangemeldeten Gäste«, sagte der Majordomus mit scheelem Blick auf sein Haupt, »und schon gar keine Komödianten.«

»Dann muss er wahrlich über wundersame Fähigkeiten verfügen, denn immerhin besitzt er ein Theater, und man möchte meinen, dass er hin und wieder mit den Menschen spricht, die darinnen arbeiten«, gab Giacomo schlagfertig zurück. »Doch Don Michele wollte ich gar nicht mit meiner Gegenwart behelligen. Sein Bruder, der Abbate Alvise Grimani, ist mein Vormund, und ihm möchte ich meine Reverenz erweisen.«

»Ich werde Seine Exzellenz davon in Kenntnis setzen«, entgegnete der Majordomus ungnädig. »Warten Sie hier.«

»Hier« war der Innenhof des Palazzo. Giacomo fand, bis in den ersten Salon hätte man ihn schon auf Treu und Glauben vorlassen können. Es musste die verwünschte, schlechtsitzende Perücke sein.

Schließlich durfte er einem Lakai die Treppe hoch folgen, die so sehr mit weißem Stuck verziert war, dass man das Gefühl hatte, über eine Zuckertorte zu laufen. Er musste nicht in dem großen Salon für Bittsteller warten, sondern wurde in das zweite Zimmer vorgelassen, dessen Decke als wunderschöner Wald ausgemalt war, voll frischem grünem Laub und bunten Vögeln, die so fein gestaltet waren, dass sogar die einzelnen Federn deutlich zu erkennen waren. Giacomo hatte seinen Bruder Francesco als Lehrling an Baumblättern für die Bühnenbilder herumpinseln sehen. Daher wusste er, wie lange so etwas dauerte. Die Grimani mussten entweder einen Maler sehr lange oder ihn und seine gesamte Werkstatt sehr gut bezahlt haben, um jeden Raum in einem eigenen Stil und als ausgesuchtes Kunstwerk gestalten zu lassen.

Die abgewetzten Stofftapeten in dem besten Raum seiner elterlichen Wohnung kamen ihm in den Sinn. Dennoch hatten sein Bruder und er Glück, dass ihre Mutter oder einer der Grimani, als einer ihrer ehemaligen Liebhaber, weiterhin die Miete für diese Räume zahlte.

»Giacomo! Was muss ich hören«, sagte der Abbate Grimani, als er den Raum betrat. Die Hoffnung, dass seine säuerliche Miene Mitleid mit Giacomos misshandeltem Haupt ausdrücken sollte, schwand bereits mit seinen nächsten Worten.

»Statt der Theologie widmest du dich so sehr der Welt, dass der gute Pfarrer von San Samuele dich züchtigen musste!«

Davon hatte Giacomo dem Haushofmeister nichts berichtet – er wäre lieber im Boden versunken. Der Abbate Grimani hatte also bereits mit dem übelwollenden Priester gesprochen und war offenbar bereit, dessen Partei zu ergreifen. Sollte Don Tosello am Ende doch das Beichtgeheimnis gebrochen haben? Einen Moment lang war Giacomo versucht, über die Ungerechtigkeit der Welt in Tränen auszubrechen. Dann kam ihm ein jäher Einfall. Er holte tief Luft und bemühte sich seinerseits um eine Miene von gekränkter Unschuld.

»Euer Gnaden«, sagte er, »weit davon entfernt, die Theologie zu vernachlässigen, habe ich seit langer Zeit an meiner ersten Predigt gearbeitet! Ich hatte gehofft, sie in San Samuele halten zu dürfen, wo es doch meine Pfarrkirche ist, unsere Pfarrkirche, die Kirche, in der ich getauft und so in die Gemeinschaft unserer heiligen Mutter Kirche aufgenommen wurde. Aber statt mich zu ermutigen, hat der Pfarrer, der doch mein Mentor sein sollte, mich absichtlich so grausam entstellt, dass ich nicht auf eine Kanzel gehen kann, ohne die Gemeinde in Gelächter ausbrechen zu sehen, und so unsere heilige Mutter Kirche zum Gespött mache. Hochwürden, können Sie sich vorstellen, was für ein Gefühl es ist, so lange auf einen so großen Augenblick hinzuarbeiten und dann derart erniedrigt zu werden?«

Der Abbate runzelte die Stirn. »Davon, dass du eine Predigt vorbereitet hast, wusste ich ja gar nichts«, sagte er misstrauisch. »Das hat Don Tosello nicht erwähnt.«

»Es sollte eine Überraschung werden, für Sie. Er hat es wohl absichtlich vergessen«, sagte Giacomo und borgte sich den Augenaufschlag aus, mit dem seine Mutter in ihrer Rolle als *Emilia Oder Die Verfolgte Tugend* so viel Erfolg gehabt hatte.

»Hm. Das … hm. Wenn das wahr ist, dann hat Don Tosello dich vielleicht zu streng behandelt.«

Offenbar hatte Don Tosello sich doch an das Beichtgeheimnis gehalten und nur allgemein über Giacomos Weltlichkeit gezetert. Doch jetzt war nicht der Moment, einen erleichterten Seufzer von sich zu geben.

»Ich kann nicht in einer Perücke predigen«, sagte Giacomo mit seiner bekümmertsten Miene. »Das entspräche nicht dem Geist hoher Spiritualität. Doch was soll ich nur tun?«

Eine Stunde später war er wieder zu Hause, wo seine Großmutter inzwischen Tintenfische vom Markt zubereiten ließ und Francesco immer noch herumlungerte.

»Ich dachte, du musst heute bei deinem Lehrmeister im Theater sein.«

»Jemand hat meine Perücke gestohlen«, sagte Francesco bedeutungsvoll, als achte überhaupt jemand darauf, wie er aussah, wenn er im Theater die Bühnenbilder bekleckste. »Und, hat unser Vormund dir auch gesagt, dass es dir nur recht geschah?«

»Nein«, sagte Giacomo so erhaben wie möglich. »Er hat versprochen, zu meiner ersten Predigt in San Samuele zu kommen. Da ich für diese die Kirche würdig vertreten muss, wird er mir außerdem einen geschickten Friseur bezahlen und diese Ausgabe dem Täter bei seiner nächsten Zuwendung abziehen.« Dann brach sein Versuch, den älteren Bruder herauszukehren, zusammen, und er fügte triumphierend hinzu: »Was sagst du jetzt?«

»Welche Predigt?«, fragte Francesco und legte damit seinen Finger auf den wunden Punkt.

»Die, die ich innerhalb der nächsten vierundzwanzig Stunden schreiben muss«, gestand Giacomo ein. Endlich zeigte sein Bruder so etwas wie Respekt.

»Und kannst du …?«

»Eine Predigt zu halten ist auch nichts anderes, als geistreich zu sprechen und Leute zu beeindrucken«, sagte Giacomo und dachte mit der alten Mischung aus Groll und Bewunderung an seine Mutter. »Und wenn ich das nicht kann, dann verdiene ich eine Glatze, aber da, wo die Tonsur eigentlich hingehört.«

Er hatte nicht die Absicht, viel Zeit über Bibelstellen zu vergeuden, wie das jeder andere Prediger tat. Niemand konnte sagen, ob ein Friseur sein Aussehen wirklich retten würde, also musste Giacomo, statt darauf zu hoffen, unauffällig zu sein, in die entgegengesetzte Richtung gehen und in jeder Beziehung außergewöhnlich wirken. Das war ohnehin ein verheißungsvoller klingendes Ziel. Also suchte er sich ein Zitat von Horaz aus und schrieb sich die Finger heiß. Zwischendurch kam eine Botschaft aus der Pfarrei, die besagte, dass Don Tosello die Predigt, die so unerwartet von seiner Kanzel gehalten werden würde, doch vorher zu hören wünsche, um sicher zu sein, dass auch keine Ketzereien darin enthalten waren. Also galt es, eine Zweitfassung zu erstellen, die vor Mahnungen der Kirchenväter an die Sünder nur so wimmelte und mit der eigentlichen Predigt nur den Titel gemeinsam hatte: »Verführung«. Giacomo probierte sie an seiner Großmutter aus, die zwar keines der lateinischen Zitate verstand, aber doch gebührend beeindruckt wirkte, ihm mit dem Rosenkranz in der Hand zuhörte und immer wieder »du guter Junge!« rief. Sie hatte seinerzeit sehr darunter gelitten, dass ihre Tochter Komödiantin geworden war, und den Sohn dieser Tochter auf dem Weg zum würdigen Beruf des Pfarrers zu sehen war nun Balsam für ihr Herz. Giacomo versuchte, nicht daran zu denken, wie sie wohl reagieren würde, wenn sie erst herausfand, dass er mitnichten die Absicht hatte, lange Abbate zu bleiben.

Don Tosello, so stellte sich heraus, war nicht alleine in seinem Pfarrhaus. Er hatte seine Schwester bei sich, die Mutter von Angela, Nannetta und Martina, welche ihn aber nicht erbost betrachtete. Das Beichtgeheimnis schien ihr gegenüber gewahrt worden zu sein. Es war nicht leicht, sich bei ihrem Anblick auf scharfe Worte über die Bosheit von Pfarrern zu konzentrieren, welche gebeichtete Sünden weiteren beteiligten Sündern nicht vergeben wollten. Aber wenn er herumstotterte, dann würde Don Tosello einen guten Grund haben, ihn nicht predigen zu lassen, also gelang es Giacomo, bei der Sache zu bleiben.

»Das, äh, ist zum Teil durchaus schön gesagt«, kommentierte der Pfarrer von San Samuele, als Giacomo schließlich endete, denn er hatte alle Drohungen zusammengefasst, die je ein Apostel oder Kirchenmann gegen Gläubige ausgestoßen hatte. »Man merkt, dass Sie in Padua studiert haben. Aber … wird das nicht etwas viel Verwirrung stiften. Ich habe das Gefühl, Sie haben nicht eine Mahnung ausgelassen! Mein Sohn, da wäre es doch besser, Sie trügen eine ordentliche Predigt vor. Ich kann Ihnen diejenige, die ich für den Sonntag vorbereitet hatte, überlassen. Darin geht es um die Verführung unschuldiger Kinder. Niemand braucht je zu erfahren, dass sie nicht von Ihnen stammt, ich verspreche es Ihnen.«

Ha, dachte Giacomo. Das Angebot, überhaupt noch in seiner Kirche predigen zu dürfen, egal zu welchem Thema, hätte Don Tosello nie gemacht, wenn der Abbate Grimani das nicht eindeutig gefordert hätte. Der Pfarrer stand unter höherem Druck und konnte ihm den Auftritt gar nicht verbieten. Rache war manchmal doch ein süßes Gericht, und wenn Don Tosello glaubte, Giacomo zwingen zu können, diese Predigt gegen sich selbst zu richten, dann irrte er sehr. Schließlich waren Nannetta und Martina beide älter als Giacomo; und Angela, die hinterhältige Schlange, genauso alt wie er. Als unschuldige Kinder konnte man also keinen von ihnen bezeichnen.

»Ich danke Ihnen, hochwürdigster Vater, aber ich will eigenes Geisteserzeugnis geben, oder gar nichts!«, sagte er laut und schaute aus den Augenwinkeln zu der Schwester des Pfarrers, die beeindruckt schien. Wie hatte er nur glauben können, das Leben sei schlimm? Das Leben war wunderbar und voller Möglichkeiten für einen findigen Mann, der sich von böswilligen, modefeindlichen Pfaffen nicht einschüchtern ließ.

»Diese Predigt werden Sie in meiner Kirche so aber nicht halten!«, war der letzte Versuch Don Tosellos, den Auftritt des jungen Abbate in seiner Kirche zu verhindern.

»Darüber müssen Sie mit dem Abbate Grimani sprechen. Und mit Seiner Exzellenz, Senator Malipiero, der mich ebenfalls zu hören wünscht. Unterdessen werde ich die Predigt dem Zensor unterbreiten. Sollte dieser Eure Einwände teilen, nun, dann werde ich sie eben drucken lassen müssen.«

»Drucken?«, ächzte Don Tosello, offenbar kein Freund von Büchern, selbst wenn sie von der Staatszensur nicht missbilligt wurden.

»Mit einer Widmung nur an Euch«, nickte Giacomo, verbeugte sich und verließ das Pfarrhaus, nicht ohne der Mutter seiner beiden Geliebten die Hand geküsst zu haben. Er hatte den nächsten Kanal noch nicht erreicht, als ihn der Pfarrer einholte.
»Gehen Sie nicht zum Zensor. Ich genehmige die Predigt. Ändern Sie nur den Leitsatz. Verführung, ohne irgendwelche Zusätze. Sie müssen doch einsehen – das Wort kann missverstanden werden!«

»Aber hochwürdigster Vater, ich habe Sie selbst ähnliche Begriffe verwenden hören. Die Gläubigen werden froh sein, die Stimmen der Bibel zu hören, da bin ich sicher.«
Don Tosello hob beide Hände, wie um sich die Haare zu raufen. Dann ließ er sie wieder sinken.

»Würden Sie«, fragte er langsam, »auch so predigen, wenn Sie noch im Besitz all Ihrer Haare wären?« Erneut vermied er jeden Hinweis auf seine Nichten.

»Hochwürdigster Vater, wie könnte ich nicht? Zu predigen ist meine Berufung.«

»Tun Sie mir einen Gefallen«, meinte der Senator später, als Giacomo wieder bei ihm speiste, »und flechten Sie eine Versöhnungsgeste ein. Sie triumphieren ohnehin, aber das hilft Don Tosello, sein Gesicht zu wahren.«

»Und warum sollte ich ihm dabei helfen wollen?«

»Weil ein Edelmann niemanden tritt, der am Boden liegt, und Versöhnungsbereitschaft am Ende eines Streits zeigt«, entgegnete Malipiero ernst. Dazu hätte Giacomo manches sagen können, allem voran, dass er eine Menge Edelleute ihre Gegner hatte verhöhnen sehen. Zudem er selbst ohnehin kein Edelmann war. Aber zum einen hatte Giacomo den Senator tatsächlich gern, zum anderen überlegte er, dass er vielleicht selbst Nachsicht gebrauchen könnte, sollte die Predigt nicht so verlaufen, wie er sich das nun erhoffte. Wenn er jetzt boshaft war, dann würde ihm Malipiero in einem solchen Fall nicht mehr zur Seite stehen. Also willigte er ein, sein Konzept zu ergänzen.

Am Morgen seines Auftritts hatte er eine Kehle, die so ausgedörrt war wie sonnengetrocknetes Heu. Die Kräutergetränke, die seine Großmutter ihm, wie sie schwor, nach einem Rezept ihrer Hexenbekannten aus Murano zubereitete, halfen nichts. Aber als er auf der Kanzel stand und den Mund öffnete, mit extravagant kurzgeschnittenem Haar, über einem Meer erwartungsvoll erhobener Gesichter, unter denen er auch Nannetta, Martina und ihre Mitschülerinnen aus dem Ospedale erkannte, wusste er, dass sein Glücksspiel gelingen würde. So musste seine Mutter sich fühlen, wenn sie auf der Bühne stand, dachte er und war doch froh, dass sie hier und heute nicht da war. Er brauchte sie nicht, sagte sich Giacomo. Er hatte sie nie gebraucht, wiederholte er sich ein Mal zu oft.

Von der Kanzel begann er mit den Mahnungen, die er Don Tosello vorgelegt hatte, und sah, wie betroffen die Gemeinde auf den ersten Satz bereits reagierte. Dann aber ergänzte er, was nicht in seinem vorgelegten Konzept enthalten war. »Doch hat nicht selbst der Kirchenvater Augustinus, der diese harten Worte über Erbsünde und Fegefeuer sprach, laut seinen eigenen Erinnerungen inbrünstig gebetet: *Herr, gib mir Keuschheit und Enthaltsamkeit – aber doch nicht jetzt!*« Giacomo machte eine kurze Pause, während derer die Gesichter der Kirchgänger sich erhellten und entspannten. »Wer wollte sich nicht den heiligen Augustinus für seine Gebete zum Vorbild nehmen«, fügte er unschuldig hinzu, und ein höchst befriedigendes Glucksen kam auf.

Mit Schwung ging er zu der Aussage Jesu über, der Sabbat sei für den Menschen da und nicht der Mensch für den Sabbat, und schloss gleich die Geschichte über die Ehebrecherin an. »Wer von euch ohne Sünde ist, der werfe den ersten Stein!«, zitierte er Christus, und die Mienen der Kirchgänger wurden gelassen und glücklich. Nun nahmen sie ihm sogar den alten Heiden Horaz ab, den er unter die Kirchenväter geschmuggelt hatte.

Später berichteten ihm die Ministranten mit großen Augen, dass sie nicht weniger als dreißig Zechinen eingesammelt hätten, was wohl nur möglich war, weil sich ein paar Grimani und natürlich Seine Exzellenz, Senator Malipiero, und seine reichen Freunde in der Gemeinde befunden hatten. Aber nicht nur Geld war ihnen zugesteckt worden, sondern auch Dutzende kleiner parfümierter Briefchen.

»Und das in meiner Kirche«, jammerte Don Tosello.

»Keine Sorge. Sie sind nicht für Euch.«

»Sie glauben wohl, mein Sohn, Sie könnten sich jetzt alles erlauben, wie?«

»Ich weiß es nicht«, erwiderte Giacomo zu seiner Überraschung ehrlich und mit geradem Blick zu den Tauben, die ihnen vom Gebälk zusahen. Wie hieß es doch so schön: Sie säen nicht, sie ernten nicht, und der himmlische Vater ernährt sie doch. Vor allem in Venedig. Er grinste. »Aber ich freue mich schon darauf, es herauszufinden!«

*　*　*

Signora Lanti war äußerlich das genaue Gegenteil von Angiolas Mutter: dick, wo diese auf ihre Figur geachtet hatte, im bescheidenen schwarzen Witwenkleid, wo Lucia noch vor dem Ende des Trauerjahres und zur Zeit großer finanzieller Nöte Mittel und Wege gefunden hatte, elegant zu wirken. Signora

Lanti hielt häufig einen Rosenkranz in der Hand, womit Lucia zwar am Sonntag in die Kirche gegangen war, aber ansonsten wahrlich nicht die Gewohnheit hatte, die Heiligen anzuflehen. Immerhin war sie wie Angiola dunkelhaarig und schwarzäugig, was eine Verwandtschaft nicht gleich auf den ersten Blick unwahrscheinlich erscheinen ließ. »Mein geliebter Sohn!«, rief sie aus, kaum, dass Angiola an Appianinos Seite die Pension in Rimini betrat, mit der Signora Lanti ihrer Familie ein Auskommen sicherte. »Willkommen!«, und sie presste Angiola an ihren großen, prallen Busen.

Die letzte Frau, die Angiola umarmt hatte, war ihre Mutter gewesen, und auch diese Umarmung hatte zur Lüge gedient, um Angiola ihre Entscheidung für Falier zu erleichtern. Sie fragte sich, ob es ihr möglich sein würde, je wieder einer Mutter zu vertrauen.

Signora Lanti hatte ihren Kindern nichts von dem erzählt, was Appianino ihr geschrieben hatte. Keiner von ihnen hatte nennenswerte Erinnerungen an den älteren Bruder, der bereits mit fünf Jahren die Familie verlassen hatte, und als Signora Lanti ihnen berichtete, die grausame Nachricht von Bellinos Tod habe sich als Fehlmeldung erwiesen, da gab es auch bei den Geschwistern keine Zweifel an dieser Behauptung.

Bellino. Das war der Kastratenname, den der tote Junge sich gewählt hatte und jetzt der Angiolas war. Bellino.

Die Mädchen, Cecilia und Marina, liefen zu ihr und drückten ihr Küsse auf die Wangen. Der ältere Bruder, Petronio, der nur ein Jahr jünger als sie selbst war, lächelte und umarmte sie kurz. danach flüsterte er ihr ins Ohr: »Wenn du nicht überlebt hättest, wäre ich jetzt selbst drangewesen, also danke ich Gott für deine Gesundheit, *Bruder!*« Sie hatte nie überlebende Geschwister gehabt, und es war seltsam, Kinder in den Armen zu halten, auch wenn die vor ihr stehenden schon recht groß waren, kurz nachdem sie sich endgültig entschieden hatte, nie welche zu bekommen, denn wie sollte sie das, wenn sie als Kastrat gelten wollte? Aber gewiss würde sie auch nie Kinder wollen. Sie fühlte sich auch nach dem Jahr mit Appianino immer noch nicht ganz erwachsen.

»Wenn dein Busen größer wird«, hatte Appianino ihr auf der Reise geraten, »dann ist das etwas, was du mit vielen unserer Art gemeinsam hast, und du kannst es als normal erklären, statt dir immer nur feste Binden umzuwickeln. Aber du brauchst etwas, um dich gegen Griffe in die Hose abzusichern, falls jemand dein Geschlecht bezweifelt.«

»Aber tun die Leute das denn? Einfach so, ohne einen vorher zu warnen? Wenn man sie gar nicht dazu ermutigt?«

Sobald sie die Frage ausgesprochen hatte, hätte sie sich auf die Zunge beißen wollen, denn sie erinnerte sich nur zu genau, was er ihr einmal über seine Gönner erzählt hatte und wie sich viele von ihnen verhielten, wenn er zu ihnen in die Kutsche stieg.

»Ständig«, sagte er und zeigte ihr das Instrument, mit dem sie künftig solche Neugierigen würde abwehren können. Das Teil war ein wenig größer als sein eigenes Glied, wenn es schlaff war, mit einer Haut aus Leder und gefüllt mit dem gleichen Klebgummi, der es mit ihrem Körper verbinden sollte. Sie musste sich die Schamhaare rasieren, damit es ohne Probleme haften konnte, und kam sich zuerst gleichzeitig nackt und bedrängt vor. Gummi und Leder erwärmten sich schnell, aber es war ein Fremdkörper, ständig an ihre intimste Stelle gepresst, und es würde wohl eine Weile dauern, bis sie das Ding in ihren Hosen einfach ignorieren konnte. Immerhin half es ihr dabei, nie zu vergessen, dass sie sich stets anders bewegen musste, als sie es früher getan hatte, in Röcken.

Appianino reiste noch am gleichen Tag weiter, damit mögliche Verfolger ihn nicht mit Angiola Calori in Verbindung brachten. Sie hatte sich fest vorgenommen, beim Abschied würdig und gelassen zu sein, und das war sie auch. Als aber die Postkutsche mit ihm darin losfuhr, war die Aussicht, ihn mindestens ein Jahr nicht mehr zu sehen, auf einmal ganz und gar unerträglich, und sie rannte der Kutsche hinterher, mit der Freiheit ihrer rocklosen Beine. »Giuseppe«, rief sie. So hatte sie ihn nie genannt, hatte nie den Namen benutzt, auf den er getauft worden war, den Namen, den er getragen hatte, ehe man ihn kastrierte. Er streckte die Hand aus der Kutsche, und sie ergriff sie, ein, zwei, drei Herzschläge lang, während ihr das Herz bis in den Hals pochte. Dann wurde die Kutsche schneller, ihre Finger lösten sich aus den seinen, und er war fort.

Ihr neuer Musiklehrer war ebenfalls ein Kastrat, ein wirklicher, einer von denen, bei denen es nie zu einer Karriere bei der großen Oper gereicht hatte. Er betreute den Kirchenchor und unterrichtete einige der reicheren Bürger und die Sprösslinge des lokalen Adels, deren Eltern ein paar Grundkenntnisse auf den verschiedensten Instrumenten für Empfänge und stille Abende für passend hielten. »Solche Kastraten«, hatte Appianino gesagt, »sind immer bestrebt, ein Talent zu entdecken, das ihre Existenz doch noch rechtfertigt. Er wird hart zu dir sein, aber er wird nur dein Bestes wollen, in seinem eigenen Interesse. Wenn du ihn täuschen kannst, dann kannst du alle täuschen.«
»Und wieso kannte er den echten Bellino nicht?«
»Weil der echte Bellino immer noch auf dem Konservatorium in Neapel war, als er starb, und seine Familie früher in Ancona gelebt hat.«
Melani war hochgewachsen wie Appianino, doch wesentlich umfangreicher. »Dick oder hager, mein Junge«, sagte er zynisch, als er Angiolas Blick bemerkte, »auf diese zwei Arten gibt es uns, wenn wir die dreißig einmal überschritten haben. Es wird auch dich erwischen, wenn du so alt wie ich wirst, warte es nur ab.«

Er schlug ihr auf die Finger, wenn sie das Klavier nicht richtig spielte, weil sie nur Appianinos Reisespinett gewohnt war. Sie lernte, dass es für Kastraten üblich und wichtig war, wenigstens ein Instrument fehlerlos zu spielen, denn diese Fähigkeit blieb, unabhängig von der Macht ihrer Stimme. Daher lehrte er sie auch, auf der Orgel zu spielen, und es half ihr sehr, dass sie das Spinett fast perfekt beherrschte. Er ließ sie Atemübungen machen, wie es Appianino auch getan hatte. Doch anders als dieser schlug er sie ins Gesicht, wenn sie nicht richtig intonierte.

»Sind das Tränen in deinen Augen?«, fragte er, misstrauisch und höhnisch zugleich.

»Nein«, erwiderte sie mit zusammengebissenen Zähnen.

»Ich glaube nicht, dass ich härter schlage, als man es auf den Konservatorien zu tun pflegt. Oder hat sich das seit meiner Zeit so sehr geändert?«

Sie hatte geglaubt, der musikalische Teil ihres neuen Lebens würde leicht sein und das Zusammenleben mit ihrer neuen »Familie« schwer, aber zunächst war es genau umgekehrt. Ihre neue »Mutter« hatte kein Geld für Dienstboten, kochte selber, was sie sehr gut beherrschte, und es war überraschend tröstend, nach ein paar harten Stunden mit Melani daheim dampfend warme Makkaroni vorzufinden. Petronio, ihr neuer Bruder, behauptete, als kleines Kind habe sie immer wie ein Edelmann fechten lernen wollen und gerne mit Stöcken gespielt. Da Fechtszenen in manchen Stücken vorkamen, ließ sie sich darauf ein, mit Stöcken und Ästen aufeinander einzuschlagen, und es machte ihr sogar Spaß. Er war sehr wendig und gelenkig. Außerdem tanzten er und die kleine Marina leidenschaftlich gerne, und sie stellte fest, dass es unendlich mehr als die Menuette gab, die ihr ihre Mutter beigebracht hatte und die auch in Opern vorkamen.

Die Nächte fielen ihr dagegen sehr schwer, nicht nur wegen Appianinos Abwesenheit, sondern auch wegen der ihrer Mutter.

Sie redete sich ein, dass ihre Mutter sie bestimmt nicht vermisste, sondern weiterhin glücklich in den Armen des widerwärtigen Falier lag. Aber Angiola hatte ihr ganzes bisheriges Leben mit ihrer Mutter verbracht, und erst jetzt merkte sie, wie selbstverständlich sie das hingenommen hatte. Selbst an Tagen, an denen sie und die Mutter kaum sprachen, war doch eine kurze Umarmung, ein Kuss, ein Lächeln Teil ihres Daseins gewesen. Wenn sie in dem fremden Bett nicht schlafen konnte, kamen ihr Ängste, die sie in Bologna nie geplagt hatten. Was, wenn Falier ihrer Mutter grollte und ihr das Leben zur Hölle machte, statt sein Verhältnis mit ihr weiterzuführen? Was, wenn ihre Mutter keine Untermieter mehr fand und niemanden mehr, der ihr Geld lieh? Hatte sie ihre Mutter zur Bettlerin gemacht?

Sie hat mich an Falier verraten, sagte sich Angiola, aber in den Nächten voller Einsamkeit und wenig Schlaf half das immer weniger gegen die Erinnerungen an Lucia, wie sie Angiola während der Röteln pflegte und dabei ein weiteres Kind verlor, wie sie einander trösteten, wenn der Vater auf sie beide zornig war, oder die Begeisterung teilten, mit der sie zum ersten Mal gefrorenes Eis verspeisten.

Zurückzugehen in ihr altes Leben kam nicht in Frage. Aber sie wünschte sich, sie könnte wenigstens schreiben, um zu erfahren, ob es ihrer Mutter gutging.

Angiola war unsicher, welche Vorstellung schlimmer war: dass ihre Mutter sich vor Sorge verzehrte oder dass Lucia insgeheim sogar erleichtert war, Angiola los zu sein.

»Schmeckt dir die Suppe nicht, mein Junge?«, fragte Signora Lanti – *Mama, nenne sie Mama, ganz gleich, wie das sticht!* – bekümmert.

»Sie ist köstlich. Ich – ich vermisse nur meine Lehrer am Konservatorium. Nicht, dass Signore Melani kein guter Maestro ist«, setzte Angiola hastig hinzu, »es ist nur so, dass ich so lange mit diesen Lehrern gelebt habe.«

Sie wusste nicht, wie viel Appianino Signora Lanti von ihrem wahren Hintergrund erzählt hatte, und sie brachte es noch nicht über sich, der Frau etwas so Persönliches anzuvertrauen. Ein Teil von ihr wollte wie ein kleines Kind in Tränen ausbrechen und rufen »meine Mutter, ich will meine Mama zurückhaben!«, und es war weniger ihr tatsächliches Alter, das sie schützte, als die Erinnerung an Faliers Hände. Die Lucia von früher war es, die sie zurückhaben wollte, nicht Faliers Mätresse: die Mutter ihrer Kindheit, deren Liebe so selbstverständlich gewesen war wie die Luft zum Atmen. Sie holte tief Luft und würgte den Tränenkloß in ihrer Kehle hinunter. Bellino um irgendwelche Lehrer weinen zu lassen würde kaum glaubhaft sein. Zu ihrer Überraschung nickte Signora Lanti jedoch langsam, und ihre Augen in dem breiten Gesicht schauten, als verstünden sie genau, was Angiola wirklich meinte.

»Es tut weh«, sagte sie ernst. »Das Alte verlassen. Im Neuen leben. Selbst, wenn man es sich wünscht. Als ich meinen Beppo, Gott hab ihn selig, geheiratet habe, ging es mir genauso.« Nach einer unmerklichen Pause fügte sie hinzu: »Aber jetzt bist du wieder bei uns, mein Sohn. Denk immer daran, du bist nicht allein.«

Tagsüber nicht an ihre Mutter zu denken fiel ihr leichter.

Nach einem Jahr erst bot Melani ihr an, im Kirchenchor eine Solopartie zu übernehmen und ihn gelegentlich beim Spielen der Orgel zu ersetzen. »Diese Banausen hier«, sagte er naserümpfend, »merken den Unterschied zu einem wahren Organisten ohnehin nicht.«

Er mochte sagen, was er wollte, das Ave-Maria singen zu dürfen war ihr erster öffentlicher Auftritt, selbst wenn man sie genauso wenig wie den Rest des Chores in der Kirche sehen würde. Sie konnte ihre überschäumende Freude über die Darbietung nicht unterdrücken und teilte es jedem Mitglied der Familie Lanti mit, die sich gebührend beeindruckt zeigten und schworen, all ihre Freunde dazu zu bringen, zu diesem Gottesdienst und keinem anderen zu gehen. Cecilia, die Ältere, pflückte ihr am Tag vorher sogar Blumen.

»Sängern schenkt man Sträuße, nicht wahr?«, fragte sie, und Angiola war gerührt. Es war schön, Geschwister zu haben, dachte sie. Dann wurde ihr jäh bewusst, dass sie auch die Lantis für immer verlassen würde, wenn Appianino sie erst zu sich holte. Der Gedanke traf sie zu ihrer eigenen Überraschung wie ein kalter Guss, nachdem sie gerade erst Platz in einer großen Familie gefunden hatte.

Als sie mit dem Rest des Chores auf der Empore im hinteren Teil der Kirche stand und die kleineren Jungen miteinander tuscheln hörte, bis Melani sich stirnrunzelnd räusperte und bedeutungsvoll auf den Rohrstock an seiner Seite blickte, erkannte Angiola die Bedeutung dieses Augenblicks: Genau, um das zu verhindern, was sie gerade im Begriff stand zu tun, eine weibliche Stimme im Haus Gottes zu hören, war mit der Kastration von Jungen für die Kirche begonnen worden. Es war ein Gedanke, der sie gleichzeitig verstörte und rebellisch stimmte. Bologna hatte sie bereits gelehrt, dass es einen großen Unterschied ausmachte, ob jemand ein berühmter Kastrat wie Appianino war, dessen Können bewundert wurde, oder ein Niemand, der gerade erwachsen wurde. Appianino waren die Menschen hinterhergelaufen, weil sie ihn verehrten. Ihr gingen gelegentlich Gassenjungen nach, um sich über sie lustig zu machen, »Kapaun! Kapaun!« zu schreien oder sich bedeutungsvoll ans Gemächt zu greifen und »Wo sind deine Eier, du Krüppel!« zu höhnen. Das Gleiche galt auch für Melani. Kein Wunder, dass er nur mit seinem Rohrstock aus dem Haus ging.

Sie hatte keinen Rohrstock. Aber sie hatte ihre Stimme, ihre Stimme, die allmählich zu dem Instrument wurde, von dem sie geträumt hatte. Als sie Melanis Einsatzzeichen sah, sprach sie

ein stummes Gebet zur heiligen Cäcilia, Schutzpatronin der
Musiker und Sänger, und hob ihre Stimme, um die Mutter
Gottes zu preisen. Je länger sie sang, hell, hoch und zugleich
voluminös, und ihre Töne kamen bei diesem ersten Auftritt aus
der größten Tiefe ihrer Seele, spürte selbst sie auf der Empore
das unbeschreibliche Atmen der Kirchenbesucher, die aufstanden, sich umdrehten und sehen wollten, wer die in dieser Kirche bisher nicht gehörten Töne von sich gab. Der Pfarrer wartete mit seinem Hüsteln, um die Gläubigen zum Kern der Messe zurückzuholen, Gott sei es gedankt, bis sie zum Ende kam,
denn auch er schien ergriffen zu sein. Sie hatte das Lied an
diesem Tag in ihrer Seele geboren, und es war in den Herzen
der Gläubigen angekommen. Das hatte sie erträumt und es war
geschehen, und Angiola wusste, es konnte wieder geschehen,
immer wieder.

Es gab ein Festmahl an jenem Tag, und obwohl Melani, der die
Einladung zum Essen ablehnte, zuerst geknurrt hatte, »das
Lob von hundert Narren wiegt nicht«, bat er sie dann, sich am
nächsten Sonntag gleichermaßen nützlich zu machen. Ehe er
sie gehen ließ, händigte er ihr einen Brief aus.

»Ich habe ihn schon seit zwei Wochen, aber ich wollte dir den
Tag nicht verderben«, war keine gute Vorbereitung auf erfreu-
liche Nachrichten. Was in dem Brief von Appianino an Melani
stand, war alles andere als Glückwünsche zu ihrem ersten öffentlichen Auftritt. Er schrieb ihr, Händel hätte aus London
geschrieben und ihn gebeten, dorthin zu kommen; er füge eine
Anweisung für Melani und die Lantis bei und fühle sich weiter
an sein Versprechen gebunden; sie müsse nur verstehen, dass es
noch ein Jahr dauern könne, bis er wieder in Italien sei oder sie
zu sich rufen könne.

* * *

Was hatte ihn nur bewogen, dem Bischof von Martirano nach Kalabrien zu folgen? Oh, er wusste es nur zu gut. Giacomo hatte es aus Dankbarkeit für seine Mutter getan, die ihm die Stelle vermittelt hatte. Trotz bester Vorsätze machten ihn die Beweise, dass sie sich noch an seine Existenz erinnerte, immer wieder glücklich. Und er tat es für seine Großmutter, die nicht mehr bei bester Gesundheit war und den nächsten Frühling nicht mehr erleben würde. Sie in dem Glauben sterben zu lassen, ihr ältester Enkel sei drauf und dran, eine respektable kirchliche Karriere zu machen, schien eine Kleinigkeit gemessen daran, dass sie ihm nach dem Tod seines Vaters die einzige uneingeschränkte und stetige Liebe seiner Kindheit hatte zuteilwerden lassen. Schließlich hatte er noch sein ganzes Leben vor sich, um seinen eigenen Wünschen nachzugehen. Was ihn in dieser abgelegenen Region jedoch erwartete, das hatte er in seinen schlimmsten Träumen nicht vermutet.

Dabei hatte der Bischof ihm voller Vertrauen auf das Urteil seiner Mutter Zanetta sogar den Einzug seiner Einkünfte anvertraut, wenn man in diesem Zusammenhang überhaupt von Einkünften sprechen konnte. Das Bistum konnte im Jahr maximal 300 Zechinen einbringen. Eine Summe, die er selbst schon an einem Abend am Spieltisch beim Pharo gewonnen, aber leider in den folgenden Wochen auch wieder verloren hatte.

Dabei waren die Pfarreien der Region mit ihrer Kollekte zu seinem großen Erstaunen ihrem Bischof gegenüber weitestgehend ehrlich. Bei seinen Reisen zu den einzelnen Kirchen war Giacomo überall als Stellvertreter des Bischofs mit großen Ehren empfangen worden. Die Leute wollten wegen der ihnen durch seinen Besuch erwiesenen Ehre sogar häufig bei ihm beichten, etwas, was er als einfacher Abbate ohne ewige Gelübde überhaupt nicht abnehmen durfte. Seine Proteste legte man aber als übertriebene Bescheidenheit aus, und irgendwann gab er es auf, die Sache richtigzustellen. Seine Neugier, was die eine oder andere Maid zu berichten wusste, hatte zu dieser Entscheidung sicher beigetragen. Nur waren es meist die Alten, die zu ihm kamen, Menschen, die keine schwere Arbeit auf den Feldern mehr zu leisten imstande waren. In ihre Beichte floss die von ihnen empfundene Schande ein, bei der Kollekte keinen einzigen Soldo geleistet zu haben, weil es einfach kein Geld im Haus ihrer Familie gab. Nach solchen Bekenntnissen war er beschämt und fühlte sich unangenehm an die eigene Sterblichkeit erinnert. Würde auch er einmal ein zahnloser alter Mann sein, der nichts Sündigeres mehr tun konnte, als auf seine Gicht und den bösen Nachbarn zu schimpfen?

Wenn er im tiefen Süden des Landes auch auf andere Sinnesfreuden für Augen und Ohren gehofft hatte, weil einige der jungen Mädchen mit ihren kohlrabenschwarzen Augen, ihren überaus drallen Formen ihm durchaus anziehend erschienen, so hatten selbst diese nichts wirklich Interessantes zu beichten, da ihre Brüder, Väter oder Vettern mit eifersüchtigen Mienen sie auf Schritt und Tritt verfolgten, um sicherzustellen, sie als Jungfrau ihrem Mann bei der Hochzeit übergeben zu können.

Seiner letzten Hoffnung auf aufregende weibliche Wesen machte die einzige Schöne, die den Weg in sein Bett gefunden hatte, den Garaus mit der Frage: »Ist's recht so, Signor Abbate«, als sie ihre Beine für ihn öffnete. Dann doch lieber Enthaltsamkeit!

Seit diesem Tag gab er sich keine Mühe mehr, dem Bischof gegenüber den Eindruck zu erwecken, als fühle er sich wohl in seiner Aufgabe.

Der hatte ein zu gutes Herz oder zu angenehme Erinnerungen an Giacomos Mutter, als dass er auf Dauer übersehen konnte, dass ein junger Mann, der sich Hoffnung machte, in der Kirche Karriere zu machen, eine andere Umgebung dafür brauchte.

»Ich schreibe Ihnen eine Empfehlung für den Kardinal Acquaviva, einem alten Studienfreund von mir, der Sie in Rom bestimmt unter seine Fittiche nehmen wird«, eröffnete er dem im
gleichen Augenblick überglücklich werdenden Giacomo und
empfing dafür einen so dankbaren Blick, dass er, hätte er diesen
zu Geld machen können, frei von allen Geldproblemen gewesen wäre.

Die Postkutsche nach Neapel gehörte Giacomo ganz allein,
aber die Aufregung, endlich Rom erleben zu dürfen, ließ seine
Gedanken ständig im Kreis herumlaufen, so dass er die land-
schaftliche Schönheit, die sich von Salerno über Sorrent bis
Neapel von Meile zu Meile immer noch steigerte, nicht wür-
digte, so groß war seine Spannung, so vielseitig waren die
Pläne, in denen er sich bereits in wenigen Jahren als Bischof, ja
vielleicht sogar als Kardinal sah.

All diese Perspektiven verloren in Neapel jegliche Priorität, als
am Morgen in der dortigen Poststation aus zwei Sänften ein
älterer Herr mit zwei wunderschönen Frauen stieg, in Kleidern, welche es durchaus erlaubten, allen Linien ihrer vollende-
ten Körper zu folgen, und Anstalten machten, seine Postkutsche zu besteigen.

Giacomo war schon eingestiegen, verließ die Kutsche jedoch sofort wieder, um sich vorzustellen, sein Reiseziel anzugeben, die
Damen zu begrüßen und seine Hilfe anzubieten, die Stufen der
Kutsche zu erklimmen. Die Ältere hatte gewelltes Haar, von der
Art, wie es Tizian gern verewigt hatte, was ihm als Venezianer
sofort gefiel. Ihre dunklen Augenbrauen waren köstlich gewölbt,
die fast schwarzen Augen bedurften keiner Kohle, um ihre Wirkung zu unterstützen, und eine atemberaubende Figur vervoll-
kommnete die Erscheinung. Sie warf einen langen Blick auf ihn,
nahm den dargebotenen Arm dankbar an und entschädigte ihn
so ein wenig für die lange Zeit, in der er schöne Frauen in schönen Kleidern nur in seinen Träumen erlebt hatte. Es machte ihn

schon überglücklich, als er bei dieser Gelegenheit einen kurzen Blick auf ihre Fesseln werfen konnte. Die Jüngere, welche vom Erscheinungsbild ihrer Begleiterin in nichts nachstand, bemerkte wohl die Begeisterung in seinem Blick und schnitt ihm eine leichte Grimasse, konnte aber nicht verhindern, dass auch sie fesselnde Teile ihrer Beine entblößte. Die Stufen zur Kutsche begünstigte nun einmal den unten stehenden Mann, und Giacomo vermutete schon des längeren, dass Kutschen eigens für solche Offenbarungen konstruiert worden waren.

Der ältere Herr, welcher der Großvater der jungen Frauen hätte sein können, hatte sich sehr über das gute Benehmen des Venezianers gefreut, der die beiden Sitze in Fahrtrichtung für die Damen frei gemacht hatte. Er stellte sich als ein Advokat aus Neapel vor und erzählte seinem neuen Reisegefährten, mit dem er nun zwei bis drei Tage die Kutsche teilen würde, er sei mit seiner Gemahlin, Donna Lukrezia, und seiner Schwägerin Rosanna auch auf dem Weg nach Rom.

Giacomo war dem Himmel dankbar, endlich wieder mit Frauen von Schönheit und Anmut zusammen zu sein, und machte bereits auf den ersten Meilen den Versuch, diese durch ein unterhaltsames Geplauder mit dem Advokaten in das Gespräch mit einzubeziehen, was ihm bei dessen Frau, die ihm direkt gegenübersaß, auch gelang. Donna Lukrezia war für ihn ein Rätsel. Sie war deutlich älter als ihre Schwester Rosanna, die er auf fünfzehn oder sechzehn Jahre schätzte, und möglicherweise auch älter als er selbst, doch höchstens um ein Jahr. Ihrem Gatten begegnete sie mit äußerster Liebenswürdigkeit, obwohl er sich nicht vorstellen konnte, dass eine junge Frau einem so viel älteren Mann außer Respekt noch Liebe schenken konnte. Wieder fragte er sich, wie schon bei den alten Bauern in Kalabrien, ob er seiner eigenen Zukunft ins Auge schaute. Würde er eines Tages der alte Mann mit einer viel jüngeren Frau sein, der sich einreden konnte, dass sie ihn nicht um seines Standes oder

Geldes willen begehrte? Bei der Schönheit gerade dieser Frau war das eigentlich keine so üble Aussicht, vor allem, wenn man sie mit dem Leben der Bauern in Kalabrien verglich, und er fand den Advokaten sowohl klug als auch von angenehmer Umgangsart. Doch mit der Grausamkeit seiner Jugend weigerte er sich, zu glauben, die schöne Lukrezia könne ihrem Gemahl ernsthaft in Liebe verbunden sein.

Die Straße, auf der sie gen Rom fuhren, war aufgrund von heftigen Regenfällen während der letzten Tage in einem noch erbärmlicheren Zustand, als sie es unter normalen Umständen schon gewesen wäre. Auf dem bisherigen Weg hatte das zu manchem Fluch geführt. Jetzt freute er sich über jedes größere Loch, weil er so in den Genuss kam, unter Donna Lukrezias Kleid köstliche Bewegungen eines wahrlich nicht klein geratenen Busens wahrzunehmen. Nur ihr wundervolles Gesicht, ihre tiefschwarzen Augen, abgeschirmt von langen Wimpern, veranlasste ihn, wieder aufzublicken, um festzustellen, dass die Dame auch seine Blicke suchte. Umso besser, schließlich wollte er sie kennenlernen, nicht nur anstarren wie ein Bauer. Dem Advokaten schienen die Blicke zwischen dem Fahrgast und seiner Frau nicht aufzufallen. Der alte Herr war seiner Heimatstadt offensichtlich sehr zugetan und genoss sichtlich den Ausblick durch das Kutschenfenster auf den an diesem Tag in klarem Licht immer wieder auftauchenden Vesuv, als hätte er nicht sein ganzes Leben bereits Zeit gehabt, sich an dessen Anblick zu erfreuen.

»Wir haben derzeit einige deutsche und englische Gelehrte in Neapel«, sagte er zu Giacomo, »die darauf schwören, dass sich in den verschiedenen Ablagerungen der Vulkane der Schlüssel zur Entstehung der Erde verbirgt.« Etwas verspätet setzte er leicht beunruhigt hinzu: »Natürlich bin ich ein guter Christ, Signor Abbate, ich will nichts gegen die Lehren der Kirche gesagt haben.«

»Oh, ich bin sicher, unser Abbate ist neuen Theorien gegenüber offen«, versetzte Lukrezia trocken. Falls sich eine Doppelbedeutung in ihrer Aussage versteckte, blieb sie ihrem Mann verborgen, der von nun an glücklich mit Giacomo die neuesten Theorien über die Erdschichten erörterte. Für solche Prüfungen, dachte Giacomo, brauchte der Mensch Selbstdisziplin. Immerhin ließen sich in Beschreibungen von Bergen und Seen ein paar Metaphern und Komplimente für geneigte Ohren einflechten. Schließlich waren die meisten Naturerscheinungen weiblich!

Im Gegensatz zu dem Advokaten entging Rosanna keineswegs, dass die Blicke ihres neuen Reisegefährten keinen Moment den Landschaften außerhalb der Kutsche folgten. An den geographischen Darlegungen ihres Schwagers beteiligte sie sich nicht, bis auf die spitze Bemerkung, mit einem Fortschreiten der Naturwissenschaften könne es gewiss nichts werden, solange sich manche Männer nur für bewegliche Hügel interessierten.

»Meine Liebe, ich habe Ihnen doch schon einmal gesagt, dass die Geschichten über ganze Palmeninseln auf Walrücken nur Märchen sind«, entgegnete der Advokat milde. Giacomo, der nicht vergessen hatte, welchen Ärger es für ihn bei Nannetta und Martina um ein Haar bedeutet hätte, eine Schwester gegen sich zu haben, versuchte daraufhin, Rosanna etwas mehr in das Gespräch einzubeziehen und auch ihr ein wenig den Hof zu machen, doch vergeblich. Sie zog es vor, sich schmollend in ihre Ecke der Postkutsche zurückzulehnen.

»Meine Schwester ist ein wenig aus dem Gleichgewicht dieser Tage«, meinte Lukrezia lächelnd. »Wir werden in Rom die Eltern ihres Verlobten treffen, um die Ausrichtung ihrer Hochzeit zu planen.«

Giacomo hörte an diesem Tag nur das, was er hören wollte, und war sicher, sie wollte ihm damit auch bedeuten, ihre Schwester in Ruhe zu lassen und sich nur ihr, Lukrezia, zu widmen. Zumindest konnte sie seine Person nicht abstoßend finden, sonst wäre sie wie Rosanna in Schweigen versunken, was selbst ihm als Ablehnung erschienen wäre.

Am frühen Abend kam eine Nachricht, die auf Giacomo wie ein Wink des Himmels wirkte. Sie hatten die Poststation erreicht, wo sie übernachten wollten, und hörten von dem dortigen Posthalter, dass die Straße in einem engen Tal vor ihnen durch die Regengüsse total verschüttet sei und die herbeigeholten Bauern sicher noch zwei Tage, vielleicht drei brauchen würden, um den Weg wieder befahrbar zu machen. Sie müssten am nächsten Tag umkehren oder bei ihm warten, bis sie weiter nach Rom fahren könnten.

Der Advokat beriet sich mit seinen Damen. Donna Lukrezia war dafür, zu bleiben, ihre Schwester für die Rückreise. Giacomo hielt ihnen vor, dass sie dadurch zwei Tage verlören, einen für den Rückweg, einen weiteren für die erneute Anreise bis zur Poststation. Das gab den Ausschlag.

Es stellte sich heraus, dass nur zwei Zimmer in der Posthalterei für die besseren Personen zur Verfügung standen. Der Advokat machte Giacomo den Vorschlag, dass er ein Zimmer mit ihm nehmen solle, da so ein Zimmer für die beiden Damen frei würde. Gerne willigte Giacomo ein. Auf diese Weise war seine Angebetete von ihrem Mann getrennt, alles Weitere würde sich ergeben.

Das gemeinsame Abendessen verlief ähnlich unterhaltend wie die Reise. Der Advokat wurde diesmal allerdings sehr schnell müde, entschuldigte sich ständig für sein kaum noch unterdrücktes Gähnen, seine Schwägerin schwieg und ignorierte völlig das Redegefecht, welches sich ihre Schwester mit Giacomo unter ständigem Lachen lieferte.

Ein einziges Mal lockte das Gespräch sie doch aus der Reserve, als Giacomo nach Rosannas Verlobtem fragte. Ehe Donna Lukrezia erklären konnte, um wen es sich handelte, fuhr Rosanna selbst dazwischen und sagte: »Bitte lassen Sie Ihre lange Nase aus unseren Angelegenheiten heraus, die gehen Sie nichts an.« Das riss den Advokaten aus seiner Schläfrigkeit, und er schnalzte missbilligend mit der Zunge. Ehe der Mann seine junge Schwägerin ermahnen konnte, beschloss Giacomo, das Stichwort zu nutzen, das ihm da unversehens geliefert worden war.

»In Venedig sagt man, eine lange Nase ließe auch sonst auf Größe schließen, und in der Liebe und im Krieg würde immer der gewinnen, der über die längsten Waffen verfüge«, antwortete er verschmitzt.

Rosanna blieb der Mund offen. Lukrezia hob eine ihrer eleganten Augenbrauen. »Und ich dachte, im Krieg siege Ausdauer und Kampftechnik über bloße Waffenprahlerei. Aber was weiß ich schon, als einfaches Weib.«

»Keine Frau ist je einfach«, sagte Giacomo, der in dieser Minute beschloss, dass sie eine Göttin auf Erden war, »und mir selbst scheint, für einen Erfolg ist immer beides nötig. Eine Waffe ohne Raffinesse und Ausdauer zu führen ist so wertlos, wie über Ausdauer und Technik zu verfügen, aber nicht mehr im Besitz von Waffen zu sein ... wenn man etwas gewinnen will, versteht sich.«

Wenn ihrem Gatten die Doppeldeutigkeit des Wortwechsels aufgefallen war, so ließ er sich das nicht anmerken. Stattdessen meinte er, als ob er sich verpflichtet fühle, zu dem Gespräch wieder etwas beizusteuern: »Sie sind noch sehr jung, Signor Abbate. In meinem Alter wissen Sie, dass der Krieg zwar durch die neuen, längeren Kanonen gewonnen wird, aber auch, dass für alte Generäle nichts süßer ist, als die alten Schlachten im Geiste immer wieder durchzufechten. Warten Sie es nur ab. Ihnen wird es eines Tages nicht anders ergehen.«

Rosanna, die wegen des von ihr eingebrachten Stichworts sichtlich wütend auf sich selbst und das Verhalten ihrer Begleiter war, stand auf, meinte, sie sei müde und gehe zu Bett. Sie forderte ihre Schwester auf, sie zu begleiten. Donna Lukrezia bewies Geistesgegenwart. Sie würde sicher noch eine Stunde brauchen, um einzuschlafen, und der Esstisch hier sei doch ein wunderbar geselliger Ort, meinte sie und teilte so Giacomo mit, was er wissen musste. Danach gab sie ihrem Mann einen Kuss auf die Wange und folgte ihrer jüngeren Schwester.

Der Advokat erklärte bald darauf, auch er würde zu Bett gehen, weil er in der Kutsche kein Auge habe zumachen können.

»Wollen Sie mich begleiten, Signor Abbate?«

»Ich werde noch kurz mit dem Postmeister sprechen, um zu hören, was uns die nächsten Tage erwartet«, antwortete Giacomo und wünschte eine gute Nacht. »Ich werde dann folgen und mich ganz leise verhalten, das verspreche ich Ihnen.«

Mit einer müden Geste winkte der Advokat ab.

»Das brauchen Sie nicht, mein junger Freund. Wenn ich schlafe, bringt mich kein Gewitter mehr dazu, aufzuwachen, egal, wie heftig es ist, darauf können Sie sich verlassen.«

Giacomo war mehr als glücklich über diese Antwort und begab sich zum Postmeister, den er mit zwei äußerst dreckig aussehenden Leuten antraf, die von der verschütteten Straße gekommen sein mussten. Ob es Nachricht gebe, wann die Straße wieder frei sei, fragte er die Männer.

»Oh, ich bin sicher, dass wir die Straße bis morgen Nachmittag frei bekommen.«

Da Giacomo es unter den neuen Umständen überhaupt nicht mehr eilig hatte, nach Rom zu kommen, versprach er dem Postmeister, in Gegenwart der beiden anderen Männer, den dort Arbeitenden pro Tag eine halbe Zechine zu überlassen.

Der Postmeister wollte schon antworten, schwieg aber dann ob dieser offensichtlichen Dummheit, die nicht zu schnellerer, sondern garantiert zu langsamerer Arbeit führen würde. Seine Gedanken standen ihm auf der Stirn geschrieben. So ein venezianischer Schnösel aus dem Norden, musste er glauben, war eben einfältig und nicht so bauernschlau wie die Leute aus dem Süden. Das verschmitzte Grinsen auf den Gesichtern der beiden Leute aus dem Ort zeigte, dass sie genau das Gleiche dachten.

Giacomo sah es und wusste, dass er gewonnen hatte, zumindest Zeit, von der er sich das erhoffte, wovon er den ganzen Tag über geträumt hatte, seit die beiden Frauen aus ihren Sänften gestiegen waren. Die Ära seines kalabrischen Zwangszölibats war endgültig vorüber.

Die von Donna Lukrezia genannte Stunde war kaum vergangen, als sie durch die Tür des inzwischen völlig leeren Speisezimmers, das lediglich durch den Mond erleuchtet war, eintrat, bekleidet nur mit einem Nachthemd und einem Morgenrock, sich vor ihn auf den Tisch setzte, wo Casanova auf sie wartete.

Es wurde ihm plötzlich bewusst, dass er all seine bisherigen Erfahrungen mit Mädchen geteilt hatte. Lukrezia dagegen war eine voll erblühte Frau. Es war nur zu hoffen, dass sie ihn als erwachsenen Mann wahrnahm, als einen Kavalier mit Erfahrung. Als solcher versuchte er nun, mit einer geistreichen Bemerkung aufzuwarten, um ihr zu zeigen, dass er ihrer würdig war.

»Was würden Sie tun, wenn Sie irgendwo wären, wo Sie keiner kennt? Wenn Sie handeln könnten, ohne je Konsequenzen befürchten zu müssen?«, begann er und war durchaus neugierig auf ihre Antwort.

»Das sage ich Ihnen nicht. Aber ich hoffe doch, dass Sie bald damit beginnen.«

Damit gab sie der Natur alle Schönheit zurück, die lästige Hüllen bisher verschleiert hatten. Das war eindeutig. Eigentlich war die Sprache ein Teil der Liebe für ihn, doch als verheiratete Frau, die sich im Gegensatz zu ihm bei diesem Treffen in echte Gefahr begab, war es an ihr, die Regeln aufzustellen.

Also ließ er seinen Körper für sich sprechen, mit all dem, was er seit jenem unterbrochenen Morgen mit Bettina gelernt hatte, und fragte sich, warum Geographen so versessen darauf waren, Erdschichten zu erkunden, wo das größte Rätsel der Natur doch der Zusammenklang zweier Körper war, immer wieder anders, immer wieder neu. Die Luft um sie schien ihm immer noch voll von den Spannungen des Gewitters, das vorhin niedergegangen war, und aus jeder Pore ihrer Haut sprühten ihm Funken entgegen. Die Nacht verbarg sie, und sie vertrauten sich, bis auf die unvermeidlichen Seufzer, schweigend ihrem Schutz an.

Erst nachdem sie bis zur völligen Erschöpfung alles genossen hatten, was glühende Leidenschaft jungen kräftigen Liebenden an süßen Freuden geben konnte, fanden sie wieder zu Worten. Wie um sich zu rechtfertigen, sagte Lukrezia ihm: »Mein Mann ist krank«, und ehe sie mehr dazu sagen konnte, unterbrach er sie: »Wie kann ein Mann bei Ihnen krank sein. Ist er schon tot?«

»Er ist nicht tot. Er zeigt nur kein Leben mehr«, seufzte sie.

Giacomo schloss sie in seine Arme, zärtlich, wie es das Ruhen der ersten Leidenschaft gebot.

Die etwas abgestorbene Glut, die zu dieser Zärtlichkeit geführt hatte, wurde dadurch jedoch erneut entfacht, so dass sie sich aus seinen Armen wand, umdrehte, sich mit ihrem Oberkörper auf den Tisch legte und ihm zwei Backen zu sehen bot, die der überwältigenden Schönheit ihres Busens in nichts nachstanden. Wie lange musste sie schon einen Mann vermisst haben? Aber was bedeutete ihm das heute? Nichts. Er hatte sich augenblicklich und aus ganzem Herzen bereits im ersten Moment ihres Treffens in sie verliebt und erhoffte sich das auch für sich von ihr. Die letzten Stunden der Nacht wurden dann von anderen Gesetzen der Natur geschrieben, die nicht von Zärtlichkeit und Hingabe bestimmt waren.

Am nächsten Morgen musste er sich den Spott des Advokaten anhören, als dieser ihn kurz vor Mittag weckte und von »Schwächeln« bei den jungen Leuten sprach. Er berichtete, dass keine Chance bestünde auf ein Weiterkommen an diesem Tag. Was Giacomo beim Mittagessen auffiel, war, dass nicht nur Donna Lukrezia, sondern auch ihre Schwester unausgeschlafen aussah, wofür er nur bei der Älteren eine gute Erklärung hatte.

Rosanna begegnete ihm auch an diesem Tag unfreundlich, und er hätte es zu gerne auf Eifersucht zurückgeführt, würde das doch seiner Eitelkeit schmeicheln. Donna Lukrezia erzählte ihm bei einem Spaziergang, den sie um das Haus des Posthalters alleine machen konnten, dass die jüngere Schwester ihr heftige Vorwürfe gemacht habe, als sie zurück ins Bett gekommen war, über Anstand und Moral.

»In ihrem Alter nimmt man diese Dinge eben noch sehr ernst«, sagte sie in einem Gemisch aus Zuneigung und Spott, und er wusste einen Moment lang nicht, ob sie von Rosanna oder ihm selbst sprach. Als ahnte sie, was er dachte, fügte sie mit einem Lächeln hinzu: »Es sei denn, man stammt aus Venedig, mein Freund, wie Sie.«

Es entging ihm keineswegs, dass sie ihn damit immer noch auf eine Stufe mit ihrer jüngeren Schwester stellte, trotz der unterschiedlichen Ansichten.

»In diesem Alter glaubt man, man wisse alles besser, könne alles besser. In dem meines Gatten weiß man vor allem, was man nicht mehr kann. Und in dem meinigen fängt man an, zu verstehen, dass man weder alles weiß noch alles kann. Aber«, endete sie mit einem Augenzwinkern, »man versucht auch, zu entdecken, was einem bisher alles entgangen ist.«

Mit einem schmollenden Mädchen verglichen zu werden, ganz gleich, auf welche subtile Weise, war etwas, das Giacomo nicht auf sich sitzenlassen konnte. Proteste und ein Pochen auf männliche Reife würden ihm jedoch nichts nützen. Also beschloss er, ihr auf andere Weise zu zeigen, dass sie unrecht hatte.

»Ich bin vielleicht zu jung, um den Sokrates zu spielen, aber sein Ausspruch ›ich weiß, dass ich nichts weiß‹ könnte trotzdem auch meiner sein. Ich würde es nur so formulieren: Ich weiß, dass ich noch eine Menge lernen kann – von Ihnen, meine teuerste Lukrezia!«

Damit hatte er sie in der Tat gewonnen. Aus ihrem leicht überlegenen Lächeln wurde ein überraschtes und entzücktes Lachen. Sie küsste ihn und flüsterte ihm ins Ohr, sie könne sich keinen gelehrigeren Schüler wünschen.

Die nächsten beiden Nächte verliefen nicht viel anders als ihre erste Begegnung auf dem Tisch des Speiseraums. Lukrezia hatte einen offenbar lange ungestillten Appetit, und sie genoss es, sie beide bis zur Erschöpfung zu treiben. Einmal glaubten sie sich ertappt, als sie schnaufende Laute durch die Wände hörten, doch wie sich herausstellte, handelte es sich um ein Igelpaar, das sich unter dem Fenster tummelte und ebenfalls aneinander ergötzte. Als sie im Morgengrauen voneinander ließen, hörten sie immer noch die gleichen schnaufenden Laute, und Giacomo borgte sich Lukrezias hochgezogene Augenbraue aus.

»Igel, die Menschen an Ausdauer übertreffen? Ich weiß nicht, ob ich das als persönliche Herausforderung auffassen soll«, sagte er, und Lukrezia ließ sich lachend gegen seine Schultern fallen. Dann jedoch platzte sie mit einer Nachricht heraus, die alles andere als belustigend war.

»Meine Schwester droht damit, alles meinem Mann zu erzählen, und will ihm sogar berichten, dass ich bisher keine halbe Nacht das Bett neben ihr benutzt habe.«

Er hatte die Nachricht, dass die Straße mindestens noch zwei Tage blockiert sein würde, mit einem inneren Jubilieren vernommen und sofort dem Postmeister das Geld für die ersten drei Tage ausgehändigt. Diese Nachricht trübte seine Freude über die gewonnene Zeit sehr. Er hatte nichts gegen den Advokaten. Manchmal fragte er sich sogar, ob der Mann absichtlich ein Auge zudrückte, im wortwörtlichen Sinn. Aber wenn Rosanna ihre Schwester dem Schwager gegenüber laut beschuldigte, dann würde dies selbst dem duldsamsten Ehemann nicht mehr möglich sein.

»Wird sie denn gleich …«

»Nein. Nur, wenn ich noch eine Nacht mit Ihnen verbringe.«

Der Tag verfloss wie die vorangegangenen mit Spaziergängen, ausgiebigen Mahlzeiten und gelegentlichen Wortgefechten, nur dass Lukrezia diesmal stets ein wenig abgelenkt wirkte. Rosanna zog ihren Schwager nie zu einem Gespräch zur Seite, aber sie ließ Lukrezia auch nie alleine, was Giacomo, der manchmal nicht anders konnte, als in einer gefährlichen Lage noch etwas Öl ins Feuer zu gießen, zu einer Bemerkung veranlasste.

»Donna Rosanna, es verdreht mir natürlich den Kopf, wie sehr Sie meine Gegenwart suchen, aber ich will hoffen, dass Ihr Verlobter nicht zur Eifersucht neigt.«

Sie errötete und warf ihm einen Blick zu, der hätte töten können, während ihr empörtes Aufatmen dafür sorgte, dass ihr Busen sich rascher hob und senkte. Auf ihre Weise war sie sehr reizvoll; in ein, zwei Jahren würde sie Lukrezia durchaus das Wasser reichen können, ohne jedoch die ruhige Eleganz ihrer Schwester zu besitzen.

»Mein Verlobter ist ein Mann von Ehre. Nicht wie Sie!«, stieß Rosanna hervor, aber sie rührte sich nicht vom Fleck. Lukrezias Blicke wanderten von Giacomo zu Rosanna. Später, als der Wirt sie zum Abendessen hineinrief, flüsterte sie Giacomo zu:

»Ich habe eine Lösung, aber es kommt auf Sie an, mein Freund, ob wir diese Lösung in die Tat umsetzen können.«

»Solange diese Lösung nicht darin besteht, mich für immer aus Ihrer Gegenwart zu verbannen ...«

»Rosanna ist meine Schwester und wird mich nie verraten, wenn sie meine Komplizin ist«, sagte Lukrezia mit sehr ernster Miene, ohne damit auf seine Aussage einzugehen.

»Und wie wollen Sie das erreichen?«, fragte er verblüfft.

»Besuchen Sie mich heute Nacht in unserem Bett. Wenn sie neben uns liegt, kann und wird sie nicht zu meinem Mann gehen und uns verraten. Es ist ein Unterschied, aufgrund einer Vermutung zu klatschen, als seine eigene Schwester ihrem Mann auszuliefern, der seine Pflichten ihr gegenüber seit Jahren nicht mehr erfüllen kann. Dass dieser Mann vielleicht anders denkt, denken könnte, aber sein Gesicht zu wahren hat, das will sie leider nicht glauben. Außerdem ...« Lukrezia zögerte. »Außerdem scheint mir, sie hegte keinen halb so großen Groll, wenn Sie ihr im Grunde nicht auch gefielen.«

Giacomo war erst verblüfft über so viel weibliche Logik, litt aber nicht wirklich bei dem Gedanken, dass sie recht haben könnte. Schließlich würde er zwei schöne Frauen im Bett haben. Nur zu gut konnte er sich noch an die beiden Schwestern Nannetta und Martina erinnern, und der Gedanke an die beiden stimmte ihn immer beschwingt und zärtlich zugleich. Sie hatten zu dritt ihre ersten Schritte in die Welt der Erwachsenen unternommen und hatten alle drei so viel voneinander gelernt.

Als er, nachdem der Advokat eingeschlafen war, die Tür zum Schlafzimmer der Frauen öffnete, sich zu Lukrezia ins Bett legte, als wäre es das Natürlichste von der Welt, und sie flüsternd zärtliche Liebesworte austauschten, begann für ihn eine Nacht voller Spannung auf den Ausgang. Rosanna, die ihnen den Rücken zugewandt hatte, stellte sich zunächst schlafend, als würde sie die Geräusche, die von dem neben ihr liegenden Liebespaar unvermeidlich kommen mussten, nicht hören.

Lukrezia schien sich jedoch vorgenommen zu haben, ihre Schwester durch ein Gespräch zwischen ihr und Giacomo zu überzeugen.

»Was ist schlimmer, zu lieben und zu verlieren oder nie geliebt zu haben?«, wollte sie wissen, und Giacomo antwortete aus tiefster Überzeugung, er würde immer Liebe und Verlust vorziehen.

»Ich dachte früher anders, aber jetzt nicht mehr«, murmelte Lukrezia. Gerade laut genug, dass ihre Schwester alles verstehen musste, fragte sie ihn weiter, wie ehrlich eine vernachlässigte junge Frau seiner Meinung nach Dritten gegenüber in Liebesdingen sein dürfe.

»Keine Frau darf alles verraten, was sie weiß, aber jede vernünftige Frau sollte anderen gegenüber lieber zugeben, sie sündige, als es abzustreiten, weil ihr ohnehin niemand glaubt. Ein Ehemann, der selbst noch ein Quentchen Vernunft hat, wird das ähnlich sehen.«

»Sagt der Unverheiratete«, gab Lukrezia zurück und verstärkte die Neckerei, indem sie ihn einerseits zu streicheln begann und andererseits in bitterernstem Ton weiter mit ihm debattierte.

»Ich habe natürlich volles Vertrauen darin, dass Sie die Vernunft und Gelassenheit selbst verkörpern, wenn Sie erst an der Reihe sind, betrogen zu werden, mein Herz. Verraten Sie mir, als Mann, der Männer versteht, was würden Sie selbst von Ihrer Gattin zu hören wünschen, fänden Sie diese in den Armen eines Liebhabers?«

Er hob seinen Kopf von ihrem Bauch.

»Ich wollte mich nur überzeugen, ob du wirklich einzigartig bist«, gab er in seinem harmlosesten Tonfall zurück. *»Alles hier geschieht doch nur für dich!«*

Ihr lang anhaltendes, kaum mehr zu unterdrückendes Lachen auf diese Antwort fand ihr Echo in ihm. Er schickte seine Hand aus, sie an ihren empfindlichsten Stellen zu streicheln, und sie antwortete schnell auf gleiche Art und Weise dort, wo seine Kraft unzertrennlich mit seinen Gefühlen verbunden war.

Es kostete ihn einiges, langsam vorzugehen, denn die Nähe der ebenfalls kaum bekleideten Rosanna war dazu angetan, seine innere Spannung noch zu steigern. Aber er war fest entschlossen, Lukrezia heute alle Zärtlichkeit zu schenken, derer er fähig war, um so ihrer Schwester die Schönheiten der Liebe und nicht nur ihre animalischen Leidenschaften vorzuführen.

Der Weg, den seine Lippen von ihrem Mund über ihre Brüste zu ihrem Bauch und den runden Hüften führte, löste Seufzer um Seufzer aus, die sich steigerten, je mehr er nach seinen liebkosenden Lippen auch Wimpern und Zunge ins Spiel brachte. Die neben ihnen liegende Schwester tat ihm fast leid. Die Qualen, die sie nun schon seit geraumer Zeit erleiden musste, hätten die Schöpfer der Hölle bestimmt in ihr Repertoire aufgenommen, wäre so eine Situation in ihrer Vorstellungskraft gelegen.

Rosanna hatte mit ihrem Alter seit Jahren bestimmt schon viel über die Gier der Männer gehört, wenn die Geschichten von Nannetta und Martina auch für Mädchen aus dem Süden galten. Aber Erzählungen waren eine Angelegenheit und das Entzücken einer Frau zu erleben, die für sich ganz allein die Zärtlichkeiten genoss, welche ein verliebter Mann ihr schenken konnte, eine andere. Der Verlobte, von dem Rosanna nicht hatte erzählen wollen, war laut Lukrezia ein reicher römischer Bankier, dessen Alter seinem Vermögen entsprach und dem das Mädchen erst zweimal in ihrem Leben begegnet war; das genügte gewiss nicht, um sich gegenseitig kennenzulernen.

Lukrezias linke Hand hatte sich irgendwann unkontrolliert in das Hemd ihrer Schwester verkrallt und so Giacomo unwissentlich einen Hintern enthüllt, für den der Doge Venedig aufgegeben hätte. Trotz dieser Ablenkung spielte er beständig mit seinen Händen, seinen Haaren, seiner Zunge sein Liebesspiel auf Lukrezias Körper weiter, kaum dass der letzte Höhepunkt für sie gekommen war. Ihre Seufzer, ihr Stöhnen wurden immer lauter. Als ihre Schreie, selbst für seine Überzeugung, ihr Mann hätte einen sehr tiefen Schlaf, zu laut zu werden begannen und abrupt erstickten, blickte er hoch und sah, dass Rosanna ihrer Schwester mit einer Hand den Mund bedeckte und mit einem Blick, der keinen Widerwillen mehr ausdrückte, zu ihm hinuntersah. Es dauerte aber noch eine Weile, bis sie sich entschied, das Schweigen zu brechen.

»Sie haben meiner Schwester empfohlen, was sie sagen soll, wenn ihr Mann sie ertappt, und es hat sehr überzeugend geklungen. Was soll aber eine Braut ihrem Mann sagen, wenn sie ihm beichten muss, dass sie keine Jungfrau mehr ist?«

»Sagen Sie ihm, Sie können sich nicht denken, was Sie von einer Jungfrau unterscheidet. Die Blume wird durchaus nicht allen Mädchen gewährt, und jeder Mann ist dumm, sollte er wegen ihres Fehlens seine Frau dann weniger begehren.«

Sie dachte nicht länger nach, wollte das augenscheinlich auch nicht, sondern zog mit einer einzigen Bewegung ihr Hemd über den Kopf, gab ihren jungfräulichen Körper zur Gänze seinen Augen frei und flüsterte: »Dann lassen Sie uns herausfinden, ob Sie einer Frau noch etwas bieten können, wenn sie schon alle Ihre Fertigkeiten gesehen hat!«

* * *

Das zweite Jahr bei den Lantis war schneller vergangen, als Angiola befürchtet hatte. Melani hatte immer wieder für sie kleine Engagements bei Festen in der Umgebung arrangiert, wenn er auch weiterhin wie ein Sklavenhalter ihre ganze Zeit mit seinem Unterricht belegte. Sie hatte kaum noch Muße für ihre Familie und verbrachte die meisten Stunden bei ihrem Lehrer. Es war an einem Sonntagmittag, als Petronio sie fragte, ob sie Lust habe, mit ihm schwimmen zu gehen. Um ein Haar wäre sie zusammengezuckt, aber obwohl sie ihr instinktives Erschrecken gerade noch verstecken konnte, spürte sie, wie ihr Pulsschlag sich beschleunigte. Zuerst wollte sie wahrheitsgemäß eingestehen, dass sie nicht schwimmen konnte. Dann aber fiel ihr ein, dass Bellino es möglicherweise gelernt hatte; schließlich lagen sowohl Rimini als auch Ancona und Neapel am Meer. Also antwortete sie mit einer anderen Wahrheit, sie fühle sich mit ihrer Verstümmelung nicht wohl dabei, sich in der Gegenwart anderer derart zu entblößen.

»Ein paar von uns behalten ihre Hosen an«, sagte Petronio fröhlich.

»Lass Bellino in Ruhe und iss deinen Fisch auf«, wies ihn seine Mutter an.

Später folgte ihr Petronio aufs Zimmer. »Wenn dir einer dumm kommt, dann kämpfen wir eben mit dem«, sagte er. »Du bist gar nicht so schlecht mit dem Stock.«

»Es war heute wieder ein so schöner Tag für mich, und wenn sich Leute über mich lustig machen, während ich im Wasser herumplatsche, dann ist er das nicht mehr.«

Petronio schwieg. Er hatte lockige schwarze Haare und konnte wirklich als ihr Bruder durchgehen. Sie fragte sich, ob sie ihm glich, wenn sie schlechter Laune war, so wie er jetzt, wenn er die Unterlippe leicht vorwölbte und die Augenbrauen zusammenzog.

»Du träumst, wenn du denkst, dein Appianino holt dich nach«, verkündete er plötzlich. »Der hat doch inzwischen längst ein Dutzend getroffen, die dich bei ihm ersetzen.«

Diese Möglichkeit war ihr noch gar nicht in den Sinn gekommen, und auf einmal fragte sie sich, warum nicht. Schließlich hatte sie in Bologna selbst erlebt, wie sich Frauen und Männer Appianino an den Hals warfen. Frauen und Männer mit Geld und Ansehen, keine Mädchen, die er als Kastrat verkleiden und für die er auch noch Geld ausgeben musste.

Doch nein. Er liebte sie. Natürlich hatte er das nie gesagt, nicht in genau diesen Worten, aber gemeint hatte er es mit jeder Geste und allem, was er für sie getan hatte. Und es gab etwas, das nur sie ihm geben konnte.

»Kein anderer kann ihm meine Stimme ersetzen«, sagte Angiola selbstbewusst. »Wir werden zusammen auf der Bühne stehen, er und ich, und die Welt erobern.«

Petronio lachte. »Bellino, du hast heute bei der Morgenmesse wirklich köstlich geklungen, das stimmt. Aber die Menschen erobert man nicht mit Musik. Da gibt's doch nur zwei Dinge, die jeder von jedem will: Geld und Schwänze. Oder Ärsche. Oder ...«

Sie unterbrach ihn, weil sie das Wort nicht hören wollte. »Du hast doch keine Ahnung, wovon du redest«, sagte sie mit der Überlegenheit des einen Jahres, das zwischen ihnen lag, und ihrer Liebe zu Appianino.

»Doch, das habe ich. Du glaubst wohl, du bist der Einzige, der hier durch deinen Appianino Geld für Mama anbringt, aber das bist du nicht.«

Angiola starrte ihn an. »Wie meinst du das?«, fragte sie verdutzt.

»Die haben dir auf dem Konservatorium wohl Augen und Ohren verklebt. Hör zu, manchmal wollen die Gäste, die hier absteigen, etwas mehr als Makkaroni oder eine warme Wasserflasche, und Mama kann da meist nicht mehr aushelfen. Aber ich schon.«

Er konnte das unmöglich so meinen, wie es sich anhörte.

»Du meinst, du hilfst als Knecht aus, mit dem Gepäck oder putzt ihnen die Schuhe ...«, begann sie und hörte den flehenden Unterton in ihrer Stimme.

»Ich putze ihnen den Schwanz, mit meiner Zunge«, sagte er offen. »Seit dem letzten Jahr schon. Nicht allen, aber denen, die Geschmack daran haben.«

»Und deine Mutter weiß das?«, fragte Angiola fassungslos.

Er stieß sie mit dem Ellbogen in die Seite. »Sie ist auch deine Mutter, und die Jungfernschaft von Cecilia hat sie auch schon verkauft«, sagte er. »Was meinst du denn, wer das Geld von den Gästen dafür bekommt? Außerdem, jetzt, wo der Vater schon so lange tot ist, da bin ich der Mann in der Familie, und ein Mann ernährt seine Familie, so ist das eben.«

»Nein, so ist das nicht«, sagte Angiola, sprang auf und suchte nach Signora Lanti, die sie beim Abwasch fand, fröhlich mit Cecilia und Marina plaudernd. »Mama«, sagte Angiola mit gepresster Stimme, »ich muss mit Ihnen sprechen. Alleine.«

»Dann hilf uns beim Abtrocknen, dann geht es schneller«, versetzte Signora Lanti gutmütig. Warum nur benahm sie sich weiterhin wie ein liebenswerter Mensch, wenn sie gleichzeitig ihre Kinder verkaufte? Warum war sie nicht wie die Hexen in den Märchen, wie in dem, das sie ihren Töchtern gerade erst erzählt hatte, als Angiola in die Küche gestürmt war?

Vielleicht hatte Petronio alles erfunden. Vielleicht war er einfach nur ein aufschneiderischer Junge, der mit Dingen prahlte, die er von anderen Jungen gehört hatte, ohne zu begreifen, wie ungeheuerlich sie waren.

Aber hatte ihr Appianino nicht gesagt, dass er Signora Lanti ausgesucht hatte, weil sie Geld brauchte? Dass sie und »mein verstorbener Beppo, die gute Seele« ihren ältesten Sohn hatten kastrieren lassen, bewies doch schon, dass sie ihre Kinder durchaus als Einkunftsmöglichkeit sah, ganz gleich, wie liebevoll sie sich ihnen gegenüber verhielt.

Bestand ein Unterschied darin, dachte Angiola, während sie erbittert mit einem Handtuch Geschirr abrieb, ob man seine Kinder in eine Ehe an einen Professor verkaufte, in dessen Bett man selbst zu sein hoffte, oder sie Fremden in einer Herberge anbot?

Doch, da war ein Unterschied. Sie durfte ihrer Mutter nicht unrecht tun. Ihrer wahren Mutter. Eine Ehe mit Falier, ganz gleich, was für ein Widerling er war, hätte Angiola für ihr Leben – oder wenigstens Faliers Leben – versorgt, und sie wäre in den Augen der Gesellschaft angesehen gewesen. Was Signora Lanti mit Petronio und den Mädchen tat, machte sie zu jemandem, der bei strengen Gesetzeshütern körperlich bestraft und, selbst wenn dies nicht geschah, von jedermann verachtet werden konnte. Eine Ehe war ein Sakrament, Hurerei eine Sünde.

Sie war jedoch nicht mit Appianino verheiratet. Sie konnte es nie sein. War also alles, was sie miteinander getan hatten, dann nicht auch Hurerei?

Bis die Teller getrocknet und die Mädchen aus der Küche geschickt worden waren, hatten sich Angiolas Entrüstung und Verwirrung keineswegs gelegt. Sie wollte Signora Lanti anschreien, aber würde das diese dazu bringen, ihr Verhalten zu ändern? Es war noch nicht einmal so, dass Angiola ihr damit drohen konnte, sie bei den Obrigkeiten zu denunzieren. Nicht, wenn doch Angiola erst heute wieder auf der Empore der Kirche selbst ein Verbrechen begangen hatte und jeden Tag ein weiteres beging, an dem sie sich als Kastrat ausgab und sang, wo sie nicht singen durfte. Wenn Signora Lanti ihren Mädchen fürsorglich die Nase putzen und gleichzeitig ihren Sohn oder die noch jüngeren Mädchen einem Gast auf sein Zimmer schicken konnte, dann war sie auch in der Lage, Angiola anzuzeigen, wenn sie in ihr mehr eine Bedrohung statt eine Einkunftsquelle erblickte.

Wenn Appianino nach ihr schickte, dachte Angiola, dann konnte sie Petronio und die beiden Mädchen mit sich nehmen. Genügte sein Geld und das, was sie bald selbst verdienen würde, um eine regelrechte Familie zu ernähren? Gewiss. Aber was würde er dazu sagen?

Was, wenn er sein Geld noch mit weiteren Fremden teilen musste, von seiner eigenen Familie im fernen Mailand ganz zu schweigen. Er stand nicht mehr im Schriftverkehr mit denen, so viel wusste sie aus Bologna, aber vielleicht schickte er ihnen trotzdem noch Geld.

»Was kann ich für dich tun, mein Liebling?«

»Wenn ich öfter mit dem Kirchenchor singen kann«, sagte Angiola, »dann bestimmt bald auch auf öffentlichen Konzerten. Und ich werde Geld verdienen. Ich – ich weiß, dass der Maestro Ihnen Geld vorgestreckt hat, Mama, aber ich will mich mit meinen Möglichkeiten gerne an den Haushaltskosten beteiligen.«

»Du guter Junge!«, sagte Signora Lanti gerührt.

»Wenn meine Geschwister dann nichts anderes mehr tun, als den Gästen ihr Gepäck zu tragen und die Zimmer sauber zu machen«, sagte Angiola und bemühte sich, fest und unnachgiebig zu klingen.

Signora Lanti warf ihr einen langen Blick zu und seufzte.

»Komm mit mir«, sagte sie und führte Angiola in ihr Zimmer, holte einen Schlüssel aus ihrem Kleid hervor, den sie um den Hals trug, und sperrte die kleine Truhe auf, die dort stand. Dann nahm sie etwas heraus, das wie ein aufgebrochener Brief aussah.

Sie ahnte Schlimmes, und sie musste an den Brief denken, den Melani ihr vor über einem Jahr ausgehändigt hatte. Gab es bei Appianino erneut eine Verzögerung seiner Rückkehr? Ein Engagement in Spanien, wohin sie ihm wieder nicht folgen konnte? Wollte Appianino vielleicht sogar eine endgültige Trennung und hatte nicht den Mut, es ihr persönlich zu sagen?

»Er kam bereits letzte Woche«, erklärte Signora Lanti. »Ich wollte es dir nur nicht sagen, wo du doch mit Melani gerade ganz schwierige Stücke probst. Außerdem kann ich nicht sehr gut lesen, aber ich glaube schon, da steht, dass Gott den guten, lieben Maestro zu sich geholt hat. Es liegt noch ein zweiter Brief dabei, für dich, aber den habe ich natürlich nicht geöffnet«, setzte sie tugendhaft hinzu.

Bei dem geöffneten Brief handelte es sich um eine Bitte, das beiliegende Schreiben an ihren Sohn Tomaso Lanti, genannt Bellino, weiterzuleiten; der Patient des unterzeichnenden Arztes habe ihn diktiert, soweit er dazu im Delirium seiner Krankheit noch fähig gewesen sei. Zwei Tage später sei er verstorben. Die Buchstaben tanzten vor ihren Augen. Sie hielt den ungeöffneten zweiten Brief in den Händen und hörte Signora Lanti wie aus weiter Ferne bemerken: »Der Herr gibt, der Herr nimmt. Als mein guter Beppo von uns ging, hat es mir auch das Herz gebrochen. Aber glaub mir, mein Täubchen, das Leben geht weiter, auch wenn es jetzt nicht so aussieht.«

Zur Vesper kamen längst nicht so viele Leute in die Kirche, wie im Morgengottesdienst gewesen waren, und natürlich gab es keinen Chor. Melani fand sie neben der Orgel kauernd, als er eintrat, um sie für die Gemeinde zu spielen.

»Was um alles in der Welt machst du hier? Jetzt brauche ich dich doch nicht.«

»Appianino ist tot«, sagte sie. Ihre Augen waren trocken. Sie wartete schon die ganze Zeit darauf, dass endlich die Tränen kamen, wie nach dem Tod ihres Vaters, aber alles, was sie empfand, war eine unendliche Taubheit. Es war nicht Trauer oder Verzweiflung, sondern die Abwesenheit jedes Gefühls, das sie erschreckte. Deswegen war sie hier. Wenn ihr Melani auf die Finger schlug, spürte sie wenigstens etwas.

»Grundgütiger«, sagte er und setzte sich neben sie. »Bist du sicher? Klatsch kann sich irren.«

»Ich habe einen Brief«, murmelte sie. Sie hatte ihn noch nicht gelesen. Wenn sie ihn öffnete, wenn sie las, was auch immer Appianino diktiert hatte, dann würde es endgültige Wirklichkeit. Melani bekreuzigte sich.

»Gott sei seiner Seele gnädig. Er hätte einer von den ganz Großen werden können, ein zweiter Farinelli.«

»Er war ein erster Appianino, und er war einer der ganz Großen!«, begehrte sie auf und fragte sich, ob der winzige Funken Empörung inmitten der tauben Gräue in ihrem Inneren Gefühl war. Dann wurde ihr bewusst, dass sie »war« gesagt hatte, und sie presste sich die Hand auf den Mund.

»Er war gut«, sagte Melani friedfertiger, als sie ihn je erlebt hatte, »besser, als ich je hätte sein können. Aber ganz oben war er noch nicht.«

Sie legte den Kopf auf ihre hochgezogenen Knie und sagte: »Sie sind ja nur eifersüchtig.«

Statt wütend zu werden und mit dem Rohrstock nach ihr zu schlagen, blies Melani die Backen auf, seufzte und sagte: »Das war ich. Aber jetzt? Glaub mir, niemand, der seinen Verstand noch beisammen hat, beneidet die Toten.« Er klopfte sich auf seinen Bauch. »Und es könnte mir schlechter gehen.«

»Ich wünschte, ich wäre tot«, sagte Angiola, aber sie sagte es so leidenschaftslos, wie um den Satz auszuprobieren; er war nicht wirklicher als alles andere, was heute geschehen war, von dem Moment an, als die Welt ein weiteres Mal unter ihr zusammenstürzte. Doch so tonlos sie auch gesprochen hatte, es genügte, um Melani wieder in sein altes Selbst zu verwandeln. Er rückte von ihr weg und versetzte ihr mit der flachen Hand einen harten Schlag ins Gesicht.

»Jugend ist keine Entschuldigung, um derart dumm daherzureden! Zur Persönlichkeit reift man nur in den Tälern des Lebens, nicht durch Erfolg«, zischte er. »Mir ist gleich, wie sehr du für ihn geschwärmt hast. Du bist gesund, du musst dir nicht den Kopf zerbrechen, wo dein nächstes Brot herkommt, und du hast Gold in der Kehle. Dafür dankt man Gott auf den Knien, statt sich im Selbstmitleid zu suhlen wie ein Schwein in seinem Kot!«

Sie spürte, wie etwas in ihren Augen stach und brannte, und als die erste Träne ihre Wange herunterrollte, war sie so erleichtert, dass sie Melani umarmte. Jetzt musste es besser werden. Nach den Tränen wurde es immer besser. War es nicht so?

Er war überrascht, aber er stieß sie nicht zurück und strich ihr ein-, zweimal über den Kopf. Erst dann sagte er: »Die Vesper beginnt, und man bezahlt mich hier immer noch dafür, dass ich die Orgel spiele.«

Sie ließ ihn los, und er knurrte. »Beim Aufstehen helfen könntest du mir schon. Es ist nicht so leicht für unsereiner!«

Während ihr die Tränen weiter über das Gesicht strömten, sprang sie auf und hielt ihm beide Hände entgegen, um ihn in die Höhe zu ziehen. Er war sehr viel schwerer als sie, und es fiel ihr nicht leicht, aber schließlich standen sie beide heftig atmend auf den Beinen, und er strich ihr ein weiteres Mal über den Kopf, ehe er sich an die Orgel setzte.

Erst nachdem er die ersten beiden Lieder für die Gemeinde gespielt hatte und der Pfarrer mit den Responsorien begann, fragte Angiola leise: »Halten Sie meine Stimme wirklich für Gold?«

»Du weißt, dass es so ist«, sagte Melani ärgerlich. »Alle würden, wenn sie könnten, dir das Gold aus deiner Kehle stehlen. Seit ich dich das erste Mal singen gehört habe, bin ich so eifersüchtig, dass ich schreien könnte, und Neid ist die aufrichtigste Form der Anerkennung. Wenn du den Raum betrittst, geht für alle Menschen die Sonne auf, schon bevor du singst, und das ist ganz selten. Deine Stimme hat jetzt schon die Leichtigkeit einer Frau, sie hat Glanz, den Schmelz eines Jungen, doch dabei die Kraft und den Umfang eines Mannes. Ich habe niemals vorher und seither so viel Verführung bei einem jungen Sänger gehört. Du *wirst* es bis an die Spitze schaffen, und wenn ich dich dahin prügeln muss. Weißt du, warum ich Appianino nicht zu den Größten zähle? Weil seine Stimme zwar bezaubert hat, aber nicht mehr. Er hat immer noch etwas in sich zurückgehalten. Eine Stimme, die alles gibt, kann Menschen in den Wahnsinn treiben oder die Wahnsinnigen in die Gesundheit zurückholen, und man hat das Gefühl, Gott selbst hält den Atem an, um sie zu hören. Und du hast sie.«

Die Menschen erobert man nicht mit Musik. Da gibt's doch nur zwei Dinge, die jeder von jedem will: Geld und Schwänze, hatte Petronio mit seiner Jungenstimme gesagt, die einen Monat nach ihrer Ankunft in Rimini in den Stimmbruch geraten war und ihn so ein für alle Mal vor einer Kastration bewahrte. Petronio und seine Schwestern, die trotzdem verkauft worden waren, nur auf andere Weise. Hatte er recht, und das Leben bestand wirklich nur aus Geld und Fleisch, oder hatte Melani recht, und es gab etwas Größeres in den Menschen, etwas, das Musik erschuf und dem Dasein einen Sinn verlieh?

Appianinos Stimme, als er auf dem Weg durch die Arkaden bis ins Santuario kunstvolle Verzierungen zu einer Grundmelodie improvisierte, war noch so lebendig in ihr wie damals, als sie ihn zum ersten Mal gehört hatte, und es war ein Wunder für sie gewesen. Aber sie würde ihn nie wieder hören. Wenn ihre Stimme wirklich die von Melani prophezeite Höhe erreichte, dann würde er es nie erfahren, würde sich seine Stimme nie mit der ihren vereinigen.

Sie hörte den Pfarrer unten aus den Psalmen zitieren, und etwas packte sie, das nicht nur Tränen waren.

»Wenn ich ein Requiem für Appianino bestelle und für ihn dabei singe, *wird* Gott den Atem anhalten.«

»Mmmm«, brummte Melani. »Totenmessen kosten Geld. Er hat für dich bezahlt, das weißt du, Unterhalt bei deiner Familie und Lehrgeld bei mir für ein Jahr, dann wieder für ein Jahr, und erneut für weitere zwölf Monate. Aber die gehen auch irgendwann zu Ende. Wie also willst du eine Messe eigens für Appianino bezahlen?«

»Ich dachte, ich habe Gold in der Kehle«, entgegnete Angiola, und der Funke, der vorhin in ihr geschwelt hatte, wurde ein wenig stärker. Melani hatte recht. Der Tag würde seinen Lauf nehmen, ob sie aufstand oder nicht, das Leben ging immer weiter, auch für sie.

»Wenn Sie bereit sind, mich zum Erfolg zu prügeln, dann können Sie mir auch Geld für ein Requiem vorstrecken. Und mir mehr Auftritte verschaffen. Und mir etwas von dem Gehalt abgeben, das man Ihnen bezahlt, wenn ich an Ihrer Stelle die Orgel spiele oder weitere Solopartien singe.«

»Werde nicht unverschämt, Bellino«, sagte Melani, doch Zufriedenheit lag in seiner Stimme und sprach aus der Wucht, mit der er sich in das nächste Lied auf der Orgel stürzte.

Bellino, dachte sie. Es war das erste Mal, dass sie den Namen hörte, ohne ihn als Teil einer Lüge zu verstehen. Angiolas Hoffnungen und Liebe waren ihr genommen worden, aber Bellino war noch da, und Bellino hatte nur einen Lehrer verloren, keinen Geliebten. Bellino war kein dummes kleines Mädchen, das die Menschen nicht verstand, sondern wie Appianino, wie Melani ein Kastrat, der bereits wusste, wie die Menschen waren, und der dem Leben trotzdem Schönheit abrang. Wenn sie das Requiem sang, würde sie nicht nur Appianino beerdigen, sondern auch Angiola.

Von nun an würde sie Bellino nicht nur spielen, sondern Bellino sein.

II

BELLINO

Der Aschermittwoch fand die meisten Bewohner Anconas, die am Vortag den Karneval noch ausgelassen verabschiedet hatten, mit Kopfschmerzen in ihren Betten. Das Bett in Bellinos Zimmer im besten Gasthaus vor Ort war bequem und sauber genug, dass sie liebend gerne der Mehrheit gefolgt wäre, doch sie hatte ein weiteres Engagement. Der Theaterbesitzer, der sie für die Karnevalszeit engagiert hatte, war nicht bereit gewesen, mehr als fünfzig römische Taler pro Tag zu zahlen, was gerade einmal einer Zechine entsprach. Er erwartete jedoch, dass sie an jedem Tag und zu jeder Vorstellung ein anderes Kostüm trug und jedes auch selbst bezahlte. Das war teuer bei ihren Frauenrollen, die sie ihres Alters, aber mehr noch ihres guten Aussehens wegen immer wieder bekam. Sie hatte Petronio und Marina mitgenommen, da der Karneval ihnen die Gelegenheit bot, als Tänzer aufzutreten, doch das bisschen Geld, das die beiden damit verdienten, hatte bei ihnen fast nicht für die Kostüme gereicht, die auch von ihnen gefordert worden waren. Zudem musste Bellino für drei Zimmer

127

bezahlen, denn Cecilia und ihre Mutter waren nicht gewillt gewesen, zurückzubleiben.

Der Februarmorgen war kalt genug, um die oberste Wasserschicht in der Schüssel auf ihrem Tisch gefrieren zu lassen. Bellino zog eine Grimasse und drückte die Eisschicht entzwei; dann tauchte sie die Hände ein und bespritzte sich das Gesicht. Zum Wachwerden taugte die Kälte immerhin. Sie reinigte sich rasch und begann, sich anzukleiden. Das Gesicht, das ihr im Spiegel entgegenblickte, wirkte ein wenig abgespannt. Sie war während des Karnevals nicht viel zum Essen gekommen. Selbst ihre langen Wimpern konnten die Müdigkeit in ihren Augen kaum verdecken. Die Pausbacken ihrer Kinderzeit waren letztes Jahr schon in die Wangen einer Frau übergegangen, ohne ihre Grübchen zu verlieren. An der Stupsnase, die sich leicht kräuselte, wenn sie lachte, ließ sich aber nichts ändern. Ihr schwarzes Haar war gerade lange genug, um für einen modisch kurzen Zopf zu reichen, und ließ sich bei Bedarf immer noch gut unter einer Perücke verbergen. Sie bändigte ihre Locken mit Pomade und zog sich den dunkelbraunen Rock und die schwarzen Kniehosen an, die ihr für den Aschermittwoch passend erschienen.

Der junge Mann im Spiegel sah alt genug aus, um es mit der Welt aufzunehmen, selbst wenn er gestern dem Wein etwas zugesprochen hatte. Sie wünschte sich nur, sie könnte den Federhut tragen, den sie für ihre Opernrollen benutzte; er ließ sie größer und kräftiger erscheinen und war breit genug, um ihr Schatten zu spenden. Heute Morgen schien die Sonne so hell vom wolkenlosen Himmel, dass es unmöglich war, nicht die Augen zusammenzukneifen und sich ins Bett zurück zu wünschen.

Doch es war nötig gewesen, das Angebot, in der Kathedrale zu dem morgendlichen Bußgottesdienst zu singen, anzunehmen. Einen Moment lang war sie versucht, ihr frühmorgendliches

Elend mit Cecilia und Marina zu teilen und sie ebenfalls aus dem warmen Bett zu scheuchen, in dem sie mit ihrer Mutter im nächsten Raum schliefen, aber sie war dafür nicht herzlos genug. Petronio dagegen hatte einen dröhnenden Kopf durchaus verdient, nachdem er gestern Rotwein über das schönste ihrer neuen Kostüme geschüttet hatte. Sie schlich zu seinem Zimmer, um niemanden sonst zu wecken, öffnete die Tür so leise wie möglich, um sie dann knallend wieder ins Schloss fallen zu lassen.

Nicht ein, sondern zwei Köpfe fuhren in dem Bett vor ihr in die Höhe. Natürlich war er nicht alleine. Sie hätte es sich denken können.

»Zum Henker ...«, quengelte eine Stimme, die so verschnupft und verwöhnt klang, dass sie nur einem der hiesigen Aristokraten gehören konnte. Petronio stöhnte nur und ließ sich wieder auf sein Kissen fallen.

»Petronio, ich brauche jemanden, der mich in die Kirche begleitet«, sagte Bellino mitleidlos.

»Du brauchst einen Knebel in den Mund«, klang es undeutlich aus dem Kissen.

»Oh Gott, ist es schon Zeit für den Bußgottesdienst? Mein Schwiegervater hat gesagt, dass wir dieses Jahr hingehen müssen«, stöhnte der Mann neben Petronio. »Du kleiner Schurke, du hast doch versprochen, mich rechtzeitig zu wecken!«

Am Ende mussten sie ihm beide in sein verknittertes prächtiges Gewand vom gestrigen Ball helfen. Dann hastete er davon, während Petronio in seine Hosen schlüpfte.

»Schau mich nicht so an«, sagte er zu ihr. »Tanzen bringt nun einmal nichts ein, außer Gönnern. Du hättest auch mehr als fünfzig Taler bekommen, wenn du dem Theaterbesitzer einen geblasen hättest.«

»Ich bin wählerischer«, gab sie zurück. »Außerdem gilt die Leidenschaft des Theaterbesitzers nur Frauen, und das weißt du deshalb so genau, weil du versucht hast, aus ihm ebenfalls etwas

Geld herauszuholen. Er hat mir deswegen Vorwürfe gemacht. Der Ausdruck »unerhörte Frechheit« fiel. Er hat sogar versucht, deswegen mein Gehalt nachträglich herunterzuhandeln.«

»Siehst du, deswegen hättest du ihm einen blasen sollen.«

Sie gab es auf und verließ den Raum. Er rannte ihr hinterher. »Bellino, warte doch«, sagte er. »Ein Primo Uomo geht nicht alleine aus. Ich gehe mit dir.«

»Um ein Erster Kastrat zu sein, bräuchte ich ein Engagement an einer guten Oper, um endlich die Arien singen zu können, die auffallen, und nicht nur die, welche schmückendes Beiwerk sind. Dann hätten wir keine Geldsorgen mehr«, sagte sie, aber sie beschleunigte ihren Schritt nicht, obwohl die Zeit knapp wurde, denn er hatte recht, was eine Begleitung betraf. Ein junger, gut gekleideter Mann, der alleine ausging und dazu noch zierlich wie eine Frau gebaut war, bat geradezu darum, ausgeraubt zu werden, selbst an Vormittagen, an denen die Mehrzahl der Diebe wohl ebenso ihren Rausch ausschlief wie diejenigen Bürger, die nicht von Frömmigkeit oder der Angst, als nicht fromm genug zu gelten, in die Kirchen getrieben wurden.

Die Anzahl der Armen in allen Städten, durch die sie kamen, schien mit jedem Jahr im gleichen Umfang wie bei den Dieben zu wachsen. Der ständige Krieg zwischen Österreichern und Spaniern wurde nun schon seit Jahren in italienischen Landen ausgefochten, eigentlich überall außerhalb des Kirchenstaats, so dass sich die Städte innerhalb des Kirchenstaats immer mehr füllten.

Bellino verstand nicht, warum die Österreicher und Spanier nicht in ihren eigenen Ländern kämpfen konnten. Petronio hatte sogar damit geliebäugelt, sich der einen oder anderen Armee anzuschließen, allein, weil dafür guter Sold versprochen wurde, aber seine Mutter war darüber so entsetzt gewesen, dass er die Idee wieder fallengelassen hatte. Insgeheim war Bellino erleichtert gewesen, dass es für Mama Lanti eine Grenze gab, die sie nicht überschreiten wollte. Natürlich galt der Soldatenberuf als ehrenhaft, während die Hurerei das schlimmste aller Gewerbe genannt wurde, aber als Soldat konnte man sterben, und wofür? Für irgendwelche Könige, die man nie zu sehen bekam, zumal sie noch nicht einmal die gleiche Sprache sprachen?

»Du bist nicht Manns genug, um das zu verstehen«, hatte Petronio beleidigt zu ihr gesagt, aber er war doch verdächtig schnell bereit gewesen, seine Soldatenidee wieder aufzugeben, als seine Mutter zu weinen anfing. Anfangs wollte er noch wissen, ob sie ihn nicht für mutig genug hielt, aber das war nur ein Rückzugsgefecht. Sie machte es ihm leicht, sein Gesicht zu wahren, und erklärte: »Du hast den Mut eines Löwen. Das ist für einen Offizier ein lässlicher Fehler, für einen Soldaten ist es aber zumeist ein tödlicher.« Den Grund sah er dann ein.

Bellino war sich bei Petronio nie wirklich sicher, ob er sie bei diesen gelegentlichen Sticheleien hänselte, weil sie ein Eunuch war oder weil er die Wahrheit kannte und sie als Mädchen betrachtete. Er hatte keinen anderen Namen als »Bellino« gebraucht und sich nie anders als ihr Bruder benommen, aber von allen Geschwistern war er derjenige, der am ehesten Erinnerungen an den ersten Bellino haben mochte.

Manchmal vergaß sie selbst, dass es einen Bellino vor ihr gegeben hatte. Für die Weihnachtszeit hätte es ein Engagement in Bologna für sie gegeben, ein Angebot, auf das Melani, der es vermittelt hatte, sehr stolz gewesen war, doch sie hatte Blut und Wasser geschwitzt und abgelehnt, ohne es ihm mit mehr als traurigen Erinnerungen an Appianino zu erklären und der Furcht, sich vor seinem Publikum mit ihm nicht messen zu können.

»Aber du wirst nicht als Erster Kastrat singen, sondern als junger Anfänger, was heißt, dass du nur die zweitwichtigste weibliche Rolle bekommst, du undankbarer junger Spund! Jeder weiß, dass junge Kastraten noch nicht so gut sind wie ein Mann über zwanzig, deswegen gibt man ihnen ja die Frauenrollen, also wäre das kein Vergleich!«

Sie stellte sich vor, wie ihre Mutter – wie Angiolas Mutter – im Publikum saß, zusammen mit Falier, und wie Bellino entdeckt, entkleidet und gestäupt wurde, um nie wieder ein Engagement irgendwo zu bekommen, und blieb störrisch. Seither war Melani so wütend auf sie, dass er sich weigerte, ihr weitere Engagements zu besorgen. Für den Karneval nach Ancona engagiert worden zu sein hatte sie allein dem Umstand zu verdanken, dass der Theaterbesitzer sie in Rimini gehört hatte.

An Orten wie Ancona fiel es ihr dagegen leicht, nur Bellino zu sein. Während sie mit Petronio zur Kathedrale spazierte, fuhren mehrere Kutschen an ihnen vorbei, und ein paar der Stadtpatrizier waren sich nicht zu schade, Bellino zu grüßen. Bellino grüßte zurück, grüßte sogar die Damen mit einem einschmeichelnden Lächeln, die Hand kurz auf das Herz gepresst. Bellino hatte während des Karnevals ein paar Liebesbriefe bekommen, die nicht von männlichen Zuhörern stammten, und es war für sie mittlerweile nicht mehr verstörend, sondern ein Tribut an Bellinos Wirklichkeit. Wenn die Damen ihr feurige Blicke zuwarfen, von Sehnsucht nach dem Unerreichbaren getrieben, zahlte sich das, unter glücklichen Umständen, manchmal auch in einem weiteren Engagement aus. Am Vortag hatte sie noch mit einer Contessa aus Pesaro getanzt, die versprochen hatte, sie nach dem Osterfest für ein paar Konzerte zu sich einzuladen. Diese Contessa gehörte nach ihren gestrigen Aussagen auch zu denen, die früh genug aufstanden, um sich ein Aschekreuz auf die Stirn zeichnen zu lassen und Bellino dazu singen zu hören.

»Wenn die dich in ihr Bett einlädt«, sagte Petronio, als die Contessa sich aus einer vorbeifahrenden Kutsche hinauslehnte und Bellino eine Kusshand zuwarf, »dann meint sie bestimmt uns beide.«

»Nein, das tut sie nicht, außerdem ist sie gerade jetzt gewiss nicht müde.«

»Wer nur ins Bett geht, weil er müde ist, verdient keines, sagt Mutter, und die muss es wissen.«

»Ich muss nicht ihre reichhaltige Erfahrung teilen!«

»Du könntest es wenigstens einmal probieren, bei dieser Contessa. Schau, wir wissen doch beide, dass es Dinge gibt, die ich tun kann und die du nicht tun kannst, weder für Damen noch für Herren … als Kastrat. Da ist dir so eine Dame bestimmt dankbar, wenn du jemanden mitbringst, der …«

»Weißt du, was eine Dame, die einem Kastraten schöne Augen macht, ganz bestimmt nicht will?«, fragte Bellino scharf. »Kinder. Und die könnte sie von dir kriegen, wenn du das für sie tust, worauf du so stolz bist.«

»Worauf ich mit Recht stolz bin, du Spielverderber«, sagte Petronio und stieß sie mit dem Ellbogen in die Rippen, aber er schmollte nicht. Überhaupt war er nie nachtragend, wenn er in einer Stichelei den Kürzeren zog, was einer der Gründe war, warum sie ihn sehr gernhatte. Sie hatte es aufgegeben, zu hoffen, dass er aufhörte, seinen Körper zu verkaufen, aber wenigstens verdiente er dieser Tage auch etwas Geld mit dem Tanzen. Selbst Marina hatte damit angefangen, die wichtigsten Schritte zu lernen. Cecilia dagegen übte Laute und Flöte zu spielen und machte auch auf dem Spinett erste Fortschritte. Abgesehen von allem anderen gab das ihr das Gefühl, dass alle Geschwister Lanti es schaffen könnten, als Künstler zu überleben, statt irgendwo in einer Gasse mit hochgeschlagenem Rock zu stehen, weil sie sich nicht anders zu ernähren wussten.

Sie hing an ihnen allen. Nach Appianinos Tod hatte sie geglaubt, gar nichts mehr zu empfinden, aber wie sich herausstellte, hatten Melani und Mama Lanti in einem recht behalten:

Die Zeit machte einen Unterschied, und es gab mehr als eine Weise, zu lieben. Manchmal wachte sie immer noch auf, fragte sich in der Benommenheit des Halbschlafs, ob wohl heute der Brief einträfe, mit dem Appianino sie zu sich riefe, und fühlte die Trauer wie Steine ihr Herz beschweren, wenn ihr wieder einfiel, dass er tot war. Manchmal hörte sie ein Lied, dachte »ich wünschte, ich hätte es mit Appianino teilen können«, und ihre Augen brannten von den ungeweinten Tränen. Doch inzwischen konnte es genauso geschehen, dass sie sich an einen geteilten Scherz erinnerte und lächelte oder dass Tage, Wochen gar vergingen, in denen ihr Leben zu sehr einem Wirbelwind glich, um an ihn zu denken, was sie früher für unmöglich gehalten hatte.

Sie hatte sich jedoch nie wieder verliebt. Wie auch? Hin und wieder hatte sie sich den Hof machen lassen und gelegentlich Blicke und mit Männern wie Frauen manchmal sogar Küsse ausgetauscht, doch nicht mehr. Das verlangte schon der gesunde Menschenverstand, denn mehr zu geben hieße, dem oder der Entsprechenden das Geheimnis anzuvertrauen, das sie um Bellinos Leben bringen konnte. So sehr vertraute sie niemandem, und schon gar nicht Theaterleuten oder gelangweilten Aristokraten, denen der Sinn nur nach ein wenig Zeitvertreib stand.

Die Familie war etwas anderes. Sie trug dazu bei, dass man Bellinos Geschichte glaubte, wie Appianino prophezeit hatte, aber die Lantis waren auch Menschen, die sie brauchten, ohne mehr von ihr zu fordern, als sie geben wollte, und das war ein gutes Gefühl. Und sie hielten die Einsamkeit von ihr fern; ob sie sich nun mit ihnen freute und tanzte, oder Sorgen um die Zukunft machte, oder wütend auf sie war, Bellino war ein Teil von ihnen, und damit nicht allein.

»Wenn du während der Messe einschläfst, werde ich hinterher nicht auf dich warten«, warnte sie Petronio, doch der lachte.

»Wer schläft, sündigt nicht, wer aber vorher sündigt, schläft nachher viel besser, wie du heute Morgen wieder gesehen hast.«

»Untersteh dich!«, drohte sie ihm.

»Bellino, Teuerster, als ob jemand schlafen *könnte,* wenn du singst.«

»Ich werde jetzt nicht fragen, ob du das als Kompliment oder Kritik meinst.«

»Und damit hast du mich gerade gefragt, gib es zu!«

Sie schnitten einander Grimassen, und Bellino verschwand in Richtung des Chorgestühls, während Petronio sich für seine Verhältnisse gesittet unter die übrigen Kirchgänger mischte. Da sie beide etwas spät waren, gab es für ihn keine Möglichkeit mehr, einen Sitzplatz zu finden, und er stand zwischen den übrigen Spätankömmlingen. Es überraschte sie nicht, ihn in Begleitung eines anderen Mannes zu finden, als sie ihn nach der Messe wieder traf, doch was sie überraschte, war, dass dieser Mann nicht wie einer von Petronios üblichen »Gönnern« wirkte. Überrock und Hosen waren schwarz und schlicht, und nur ein dünner Goldbesatz am Rand des Rocks wies darauf hin, dass dies kein Ausdruck von Armut, sondern Eleganz war. Auch trug der Herr keine Perücke, wohl aber Bart und Schnurrbart, und beides war so graumeliert wie sein Haupthaar. Unter seinen rechten Arm hatte er einen Hut geklemmt, den er schwenkte, als sie zu ihnen trat, jedoch nicht aufsetzte, weil sich dies innerhalb einer Kirche nicht gehörte.

»Mein Bruder Bellino, der Sänger, dessen klangvolle Stimme Sie gerade so bewundert haben«, sagte Petronio hilfsbereit. »Bellino, dies ist Don Sancho Pico.«

»Aus dem schönen Kastilien«, setzte der Fremde mit einem deutlichen Akzent, doch in fließendem Italienisch neapolitanischer Prägung, hinzu. »Ich habe die Ehre, die Armee Seiner katholischen Majestät zu verpflegen, die der Graf Gages unter dem Befehl des Generalissimus, des Herzogs von Modena, kommandiert. Ich war nur darauf gefasst, meine Seele zu reinigen und die Fastenzeit zu beginnen, doch dann hat Ihre Stimme, mein Herr, jeden Versuch völlig zunichtegemacht, nur an die Jämmerlichkeiten dieser Welt zu denken und nicht an das Schöne.«

»Nun, niemand hat je behauptet, dass man seine Seele nicht durch das Schöne reinigen kann«, sagte sie und verbeugte sich ihrerseits. »Es freut mich, Ihre Bekanntschaft zu machen, Don Sancho.«

»Don Sancho ist im falschen Gasthof abgestiegen«, sagte Petronio. »Ich habe ihm bereits mitgeteilt, dass der unsrige viel besser geführt ist, und angeboten, ihm bei der Umsiedelung zu helfen.«

Da er das ohne Augenzwinkern oder anzüglichen Tonfall sagte, konnte sie ihrerseits keinen Ärger zeigen, aber sie fand, dass Petronio viel riskierte, wenn er einen Aschermittwochsgottesdienst dazu missbrauchte, nach neuen Gönnern zu suchen.

»Don Sancho hat doch gewiss eigene Diener«, sagte Bellino daher sanft, aber unmissverständlich. Petronio warf ihr einen gereizten Blick zu, doch Don Sancho lachte.

»Gewiss habe ich die. Jetzt, wo der Krieg vorbei ist und unsere Truppen nur noch den Frieden sichern müssen, sucht so mancher Soldat eine neue Stelle, und ich habe bereits zwei in meine Dienste genommen. Aber für etwas Hilfe wäre ich trotzdem dankbar, wenn denn der Wirt in Ihrem Gasthof überhaupt noch freie Zimmer hat.«

»Heute reisen bereits ein paar Karnevalsgäste ab«, sagte Petronio schnell.

»Sie noch nicht?«, fragte Don Sancho.

Sie hatten nicht genügend Reisegeld für die gesamte Familie beisammen. Bellino würde erst ein paar ihrer Kostüme wieder verkaufen müssen, doch mit dem Ende des Karnevals würde es nur schlechte Preise dafür geben. Davon sprach sie jedoch nicht, sondern lenkte das Gespräch auf andere Themen.

»Nein«, sagte sie nur. »Ist denn der Friede wirklich dauerhaft? Verzeihen Sie die Frage, aber der Krieg währt nun schon so lange, und es hat so viele Waffenstillstände gegeben, von denen wir hörten …«

»Die Habsburger haben ihre Ansprüche auf Neapel endgültig aufgegeben, das kann ich Ihnen versichern. Sie haben genügend Probleme damit, die übrigen deutschen Fürsten dazu zu bringen, eine Frau auf dem Kaiserthron zu akzeptieren, und die Preußen davon abzuhalten, sich ganz Schlesien einzuverleiben.«

»Dann ist Neapel also wieder spanisch.«

»Neapel ist ein eigenes Königreich mit einer spanischen Herrscherfamilie und unter spanischem Schutz«, sagte Don Sancho geschmeidig. »Da wir jahrzehntelang eine italienische Königin in Spanien gehabt haben, finde ich das nur gerecht.«

»Die Neapolitaner sind gewiss glücklich, dass nicht mehr um ihre Stadt gekämpft wird«, sagte Bellino, ohne auf die Aussage einzugehen, ob sie die spanische Herrschaft gerecht oder ungerecht fand. Sie verstand nun, was Petronio im Sinn gehabt hatte, als er ihr den Mann vorstellte, und es ging dabei nicht um ein paar weitere Münzen für sich. Als Heeresversorger hatte er sicherlich Geld und Einfluss – Einfluss in Neapel, der Stadt mit den berühmtesten Musikmeistern und einer der gerühmtesten Opern der Welt. Sie hatte Petronio unrecht getan und nahm sich vor, das bei nächster Gelegenheit wiedergutzumachen.

»Da nun die Fastenzeit begonnen hat«, sagte sie, »kann ich Sie nicht zu einem großen Abendessen einladen, wie Sie es gewohnt sein müssen, Don Sancho, aber Musik ist die Speise, an der sich selbst der heilige Franziskus erfreut hat, und ich werde gerne für Sie singen, wenn Sie Ihren Umzug erst beendet haben.«

»Mein Herr«, sagte Don Sancho und lächelte Bellino an, »auch außerhalb der Fastenzeit könnten Sie mir mit keinem Genuss eine größere Freude bereiten.«

Am Nachmittag des Aschermittwochs herrschte in der Tat ein ständiges Kommen und Gehen im Gasthof. Der Wirt war so taktvoll, weder Mama Lanti noch Bellino zu fragen, wann sie abreisen wollten, obwohl sie ursprünglich angegeben hatten, nur für den Karneval zu bleiben; vielleicht war er aber auch einfach nur mit all den anderen Gästen beschäftigt. Über die Ankunft des kastilischen Heeresversorgers war er mehr als glücklich, zumal, als er hörte, dass er diesen Gast seinem ärgsten Rivalen weggeschnappt hatte.

»Don Sancho wird mit uns zu Abend essen«, sagte Bellino und wurde sofort darauf hingewiesen, dass mit der einsetzenden Fastenzeit nur von der Kirche genehmigte Speisen zur Verfügung stünden.

»Das weiß ich. Wir sind alle gute Christen«, versicherte sie dem Wirt hastig. Da Ancona zum Kirchenstaat gehörte, würde er sich bei einem offenen Bruch der Fastenregeln Ärger mit dem Gesetz einhandeln, und den konnte er so wenig gebrauchen wie die Familie Lanti. Ganz zu schweigen davon, dass ihnen eine Beschränkung auf Fische in einer Hafenstadt dabei half, Geld zu sparen, während ein unfastenmäßiges Fleischmahl mit üppigen Sahnesoßen viel mehr gekostet hätte, dachte Bellino. Wenn sie Glück hatten, würde Don Sancho die Rechnung für das Mahl übernehmen, aber darauf durfte man nicht bauen.

Mama Lanti war von der Aussicht, den kastilischen Heeresversorger zu empfangen, begeistert.

»Meine verstorbene Mutter, Gott hab sie selig, hat immer zu mir gesagt, dass Heeresversorger die besten Ehemänner sind«, sagte sie bedeutungsvoll. »Nie ohne Beschäftigung, immer mit vollen Taschen, und man muss bei ihnen niemals hungern.«

»Ich bin sicher, dass Don Sancho in seinem Alter bereits erwachsene Kinder hat, und eine Ehefrau sicherlich auch«, sagte Bellino nüchtern. »Und Cecilia und Marina sind noch zu jung für Ehepläne.«

Sie fügte nicht hinzu, dass selbst bei einem jungen Don Sancho und einer älteren Cecilia der Gedanke, dass ein kastilischer Adliger eine Tänzerin oder Musikantin aus Rimini heiratete, ganz und gar unmöglich war. Das wussten sie beide, unausgesprochen.

Mama Lanti warf ihr einen schrägen Blick zu. »Nur weil ein guter Ehemann ein guter Versorger ist, heißt es nicht, dass ein guter Versorger ein Ehemann sein muss.«

Sie sind trotzdem noch zu jung, dachte Bellino, aber sie wusste, dass sie mit diesen Argumenten bei Mama Lanti nicht weit kam, und bei den Mädchen auch nicht, die sich an Petronio ein Beispiel nahmen. Also sagte sie stattdessen etwas, das sie für wirkungsvoller hielt.

»Don Sancho scheint mir ein frommer Herr zu sein, und wie man hört, nehmen es die Spanier viel, viel genauer mit der Ehe. Ich kann mir sehr wohl vorstellen, dass er denjenigen, die ihn dazu verleiten wollen, eine Tracht Prügel verabreicht und kein Geld.«

Mama Lanti tätschelte ihr die Hand. »Nun sei doch nicht so, mein Junge. Ein Mann, der treu ist, muss noch geboren werden. Aber wir werden dir den Spanier schon überlassen; Petronio hat schon gesagt, dass es ihm nur um meinen schönen Singvogel geht.«

Um was auch immer es Don Sancho ging, als er sich der versammelten Familie in den gleichen schlichten schwarzen Kleidern präsentierte, die er zum Kirchgang getragen hatte, schien es, als bliebe sein Ziel ihm vorerst vom Schicksal noch verwehrt. Aus einem der Zimmer über ihnen kam ein fürchterlicher Krach. Ein Gast, den Lauten, die durch den Holzboden drangen, nach zu schließen, jung und männlich, lieferte sich einen feurigen Streit mit dem armen Wirt, und es gab keine Anzeichen, dass er bald damit aufhören wollte.

»... Dummkopf ...«

»... bitte Sie, sich einen anderen Gasthof zu suchen ...«

»... unerhört! ... Gastlichkeit ... Papst ... Essen ...«

»Ich glaube, da passt es jemandem nicht, dass es keine Fleischspeisen in der Fastenzeit gibt«, sagte Mama Lanti. »Den Ich-habe-aber-Hunger-Tonfall von Knaben erkenne ich überall.«

»Nun, wenn er es sich leisten kann, in diesem Gasthof abzusteigen, dann kann der Herr kein Knabe mehr sein«, sagte Don Sancho verärgert. »So ein Verhalten ist eine Zumutung, sowohl für den Wirt als auch für die übrigen Gäste. Ich werde mir das nicht länger bieten lassen. Entschuldigen Sie mich einen Moment, meine Damen, meine Herren.«

Damit erhob er sich und stapfte entschlossenen Schrittes zur Tür.

»Glaubt ihr, er fordert den Gast dort oben zum Duell?«, fragte Marina großäugig. »Ich habe gehört, dass die Spanier ständig Leute zu Duellen fordern.«

»Das glaube ich nicht. Ich habe nicht genau hingeschaut, aber ich meine, der Herr, der dort oben eingezogen ist, hat den Rock eines Abbate getragen«, gab Petronio zurück.

Cecilia sprang ihrer Schwester bei. »Das heißt aber noch lange nicht, dass er auch einer ist! Im Karneval habe ich Dutzende von Abbates gesehen, die die Leute abgeküsst oder verprügelt haben. Den Rock kann jeder anziehen, der ihn kauft. Ich glaube, es gibt ein Duell!«

»Hoffentlich nicht«, sagte Bellino. »Wenn Don Sancho verliert, gibt es so schnell bestimmt nicht wieder jemanden mit guten Verbindungen nach Neapel.«

»Immer gibst du Petronio recht«, murrte Marina, obwohl das Unsinn war, doch die beiden Schwestern steckten die Köpfe zusammen und tuschelten, während Mama Lanti besorgt dreinschaute.

»Meinst du wirklich? Petronio, vielleicht solltest du auch nach oben gehen und Don Sancho beistehen.«

»Mama, Don Sancho hat sein Leben bei der Armee verbracht, und ich habe nie mehr in den Händen gehalten als einen Stock«, protestierte Petronio.

»Aber …!«

»Niemand braucht irgendjemandem beizustehen. Don Sancho scheint sehr gut allein zurechtzukommen«, unterbrach Bellino.

»Hört doch, es ist ruhig geworden.«

In dem jähen Schweigen konnten sie in der Tat alle nur noch eine Stimme durch die Decke hören, und das war die Don Sanchos.

»… während in Ancona die Fastenspeisen viel besser sind. Sie haben unrecht, dass Sie den Wirt dazu zwingen wollen. Sie haben unrecht, dass Sie den Wirt Dummkopf nennen, denn das ist eine Unverschämtheit, die sich kein Mensch in seinem eigenen Haus gefallen lassen muss. Und schlussendlich haben Sie unrecht, weil Sie einen solchen Lärm machen, der alle anderen Gäste stört!«

»Was für ein Mann«, seufzte Mama Lanti andächtig, und diesmal war Bellino insgeheim geneigt, ihr zuzustimmen. Sie war in der Vergangenheit oft genug von Lehrern zusammengestaucht worden, aber Don Sanchos knappe, würdevolle Rede war genauso effektiv wie Melanis Wutausbrüche, ohne dass er sein Gesicht auch nur im Geringsten dabei verlor.

Nach einer kurzen Stille drang von oben ein Laut zu ihnen, mit dem keiner von ihnen gerechnet hatte. Der andere Mann lachte. »Gerne, mein Herr, gebe ich alles Unrecht zu, dessen Sie mich beschuldigt haben. Aber es regnet, es ist spät, ich bin müde und habe guten Appetit; mit anderen Worten: Ich habe ganz und gar keine Lust, mir ein anderes Quartier zu suchen.

Wollen Sie mir denn vielleicht ein Abendessen geben, da der Wirt es mir verweigert?«, hörten sie ihn sagen.

»Oh nein«, sagte Mama Lanti empört. »Du nimmst uns nicht den Gast weg, du Vielfraß!«

»Schschh«, machte Bellino und legte ihren Finger auf den Mund. Man konnte den Wortwechsel nur dann klar verstehen, wenn niemand sonst sprach.

»... bin ein guter Christ und faste, aber ich werde den Wirt besänftigen, und wenn Sie möchten und gute Musik schätzen, können Sie uns Gesellschaft leisten.«

»Der Mann ist zu höflich für sein eigenes Wohl«, murrte Mama Lanti, doch Petronio grinste. Es lag auf einmal ein Funkeln in seinem Blick, das Bellino bekannt vorkam.

»Warum die Katze-sieht-die-Maus-Miene?«, fragte sie ihn leise.

»Ich habe den Abbate flüchtig gesehen«, gab er zurück. »Der schaut gar nicht einmal schlecht aus.«

»Ganz gleich, wie er aussieht, ich wäre dir dankbar, wenn du dich zurückhalten würdest, bis der Abend vorbei ist. Mir ist es ernst, ich habe wirklich gehört, dass Spanier strengere Moralvorstellungen haben als hierzulande üblich, und ich möchte Don Sancho mit meiner Stimme beeindrucken, nicht mit meiner Familie abschrecken.«

»Wer hat dir denn Don Sancho vorgestellt, ha?«, gab er zurück, doch er drückte ihr die Hand und versprach, ihr den Gefallen zu tun.

Als Don Sancho mit seinem neuen Gast eintrat, saß Bellino bereits am Klavier, das nicht ihr, sondern dem Gasthofsbesitzer gehörte und das immer wieder neu gestimmt werden musste, weil sie nicht die Einzige war, die es benutzte. Sie war noch beschäftigt, das A zu erproben, als Don Sanchos Begleiter, offenbar nicht gesonnen zu warten, bis er vorgestellt wurde, mit einer Tenorstimme und einem leicht venezianischen Akzent fröhlich erklärte: »Meine Damen, werte Herren, ich muss um Entschuldigung bitten, wenn mein Streit mit dem Wirt vorhin bis zu Ihnen vorgedrungen ist. Don Sancho hat mir als ein wahrer Christ sofort die Absolution erteilt und statt der Buße gleich die Seligkeit versprochen, in Ihrer bezaubernden Gegenwart Musik genießen zu dürfen. Da aber ein solcher Segen von Ihnen und nicht von ihm erteilt wird, möchte ich zumindest mein mea culpa am richtigen Ort aussprechen.«

Auf diese unterhaltende und leicht blasphemische Einführung hin dachte Bellino: Da hört sich jemand wirklich gerne reden. Erst dann blickte sie von der Tastatur auf.

Der junge Mann, der Mama Lanti gerade die Hand küsste, wirkte nur zwei, höchstens drei Jahre älter als Bellino selbst, wobei er fast einen Kopf größer war als sie alle. Er trug in der Tat den Rock eines Abbate, doch sonst war wenig Kirchliches an ihm. Sein volles, dunkles Haar war nach der neuesten Mode frisiert, und die Seidenhosen, die er trug, lagen eng genug an, um zu zeigen, dass er mit seinen langen Beinen und dem festen Hintern solche Schnitte nicht zu fürchten brauchte. Er hatte eine lange römische Nase und hohe Wangenknochen, aber seine Augenbrauen waren unregelmäßig, die eine ein wenig höher als die andere, was seinem Gesicht einen ständig fragenden Ausdruck verlieh. Am bemerkenswertesten waren jedoch seine Augen, die ihr zunächst haselnussbraun erschienen, dann, als er sich von ihrer Mutter zu ihr wandte und daher etwas mehr ins Licht trat, eher grünlich. Sie hatte diese Augenbrauen und die Augen, die je nach Lichteinfall ihre Farbe wechselten, schon einmal gesehen, dachte Bellino, vor langer, langer Zeit. Zuerst glaubte sie, es müsse sich um einen Bekannten aus Bologna handeln, und ihr wurde kalt, aber dann half ihr die Erinnerung wieder auf die Sprünge. Der meist stumme Junge aus dem Theater mit dem blauen, sternenübersäten Deckengemälde und der Kolumbine, die mit

ihrem Singen und Scherzen das Publikum in ihren Bann geschlagen hatte, als Angiola Calori zum ersten und zum letzten
Mal gemeinsam mit ihren Eltern in einem Theater gewesen
war.

Angiola Calori ist tot, dachte Bellino und hoffte, dass sein Gedächtnis schlechter war als ihres. Wenn Cecilia, Marina und Petronio sie als ihren Bruder akzeptierten, dann gab es keinen
Grund, warum dieser Mann ein kleines Mädchen, dem er einmal in seinem Leben begegnet war, mit einem erwachsenen
Kastraten in Verbindung bringen sollte. Das sagte ihr der Verstand, aber das hohle Gefühl in ihrem Magen, der schnellere
Pulsschlag entsprang der kaum besiegbaren Furcht, dass er den
Mund öffnen und fragen würde, ob sie nicht das Mädchen war,
das sich in einem venezianischen Theater verlaufen hatte. Sie
zwang ihren Mund, das freundliche Lächeln für Fremde zu formen.

»Mein Sohn Bellino«, sagte Mama Lanti hilfsbereit.

»Giacomo Casanova«, stellte er sich ihr vor. »Sekretär des Kardinals Acquaviva und in seinem Auftrag unterwegs nach Konstantinopel.«

»Für einen Kardinal arbeiten Sie?«, wiederholte Mama Lanti
entzückt. »Ja, so ein feiner Herr. Setzen Sie sich doch zu uns.«
Bellino wäre am liebsten im Boden versunken. Wenn Mama
Lanti einmal eine Geldquelle gewittert hatte, dann gab es meistens kein Halten. Dabei konnte es sehr wohl sein, dass sie die
Dinge schlimmer statt besser machte. Don Sancho war derjenige, der wichtig war, der Mann, der ihnen allen helfen konnte,
ein Mann von Adel, der Geld und Beziehungen hatte. Wohingegen dieser angebliche Kardinalssekretär auf der Durchreise
bisher nur bewiesen hatte, dass er armen Wirten die Hölle
heißmachen und dann die Dinge so drehen konnte, dass er
dafür zu einem geselligen Abend eingeladen wurde. Als ruhiger, hilfreicher Knabe hatte er ihr besser gefallen. Auf gar kei-

nen Fall durfte Don Sancho den Eindruck gewinnen, als ob er nun, da ein zweiter Gast vorhanden war, nicht mehr so beachtet wurde und alle nur noch für den gutaussehenden Neuankömmling schwärmten.

»Wenn Sie im Dienst eines Kardinals stehen«, sagte Bellino daher kühl, »dann wundert es mich, dass Sie ein so schlechter Kleriker sind, dass Sie noch nicht einmal die Fastenzeit einhalten. Das bringen sogar wir gewöhnlichen Christen fertig.«

»Wozu steht man im Dienst der Kirche, wenn nicht, um Ausnahmen für sich herauszuhandeln?«, fragte Giacomo Casanova reuelos zurück. »Der Papst hat mir einen Dispens für die Fastenzeit erteilt.«

»Den hätten Sie sich schriftlich geben lassen sollen«, sagte Don Sancho milde, »statt von dem armen Wirt zu fordern, dass er Ihnen blindlings vertraut.«

»Habe ich kein vertrauenswürdiges Gesicht? Ich bin entsetzt, zutiefst erschüttert, am Rande eines Nervenzusammenbruchs und kann nur davor bewahrt werden, wenn mir hier umgehend jeder im Raum sofort das Gegenteil versichert.«

Wider Willen spürte Bellino, wie ihre Mundwinkel zuckten. Auf jeden Fall hatte er Sinn für Humor und war auch in der Lage, sich über sich selbst lustig zu machen. Marina und Cecilia nahmen seine Aussage wörtlich und beeilten sich, seiner Aufforderung Folge zu leisten.

»Don Sancho, gibt es eine Art von Liedern, die Sie bevorzugen?«, fragte Bellino den Kastilier, denn der Abend sollte nicht dazu dienen, dass jedermanns Aufmerksamkeit auf venezianische Kardinalssekretäre statt auf sie gerichtet war. »Ich würde Ihnen gerne eine Freude machen.«

Don Sancho, so stellte sich heraus, hielt Melodien, bei denen man das Herz singen hörte, für das Wesen der Musik. Er liebte neapolitanische Volkslieder und besonders die Arie *Son qual nave* aus der Oper *Artaserse,* die für Farinelli, den derzeit berühmtesten lebenden Kastraten, geschrieben worden war. Farinelli, der sich inzwischen von der Bühne zurückgezogen hatte und nur noch für den spanischen König sang. Bellino wurde bewusst, dass Don Sancho diese Arie möglicherweise von Farinelli selbst gehört hatte, und ihre Knie wurden weich. Es war eine Herausforderung, so ein Wunsch, und die Gefahr, dass sie sich dabei blamierte, war sehr groß. Selbst wenn es ihr gelingen sollte, eine gute Leistung zu erbringen, würde die Erinnerung an einen Auftritt Farinellis in Don Sanchos Geist einen solch riesigen Schatten werfen, dass sie schlimmstenfalls darin ertrank. Eine gute Erinnerung war meist verführerischer und schöner als jede Gegenwart, selbst, wenn sie nicht von dem größten lebenden Sänger geschaffen worden war.

Aber das Handtuch werfen und sich weigern, *Son qual nave* zu singen, und um einen anderen Liederwunsch bitten, das ging nicht. Das wäre feige, das hieße, Don Sancho zu beweisen, dass sie einer Empfehlung nach Neapel nicht würdig wäre. Bellino schloss kurz die Augen. Dann begann sie mit einem neapolitanischen Lied, um sich einzustimmen. Es war die Art von Lied, welches sie während des Karnevals Dutzende Male gesungen hatte, weil sie gefragt waren und selbst den ärmeren unter den Zuhörern gut bekannt und daher mitgesummt werden konnten. Es war auch die beste Art, um durch die Freude am Vortrag an Sicherheit zu gewinnen, und sie spürte, wie Don Sancho ihr erfreut lauschte. Er schien wirklich ein wahrer Liebhaber der Musik zu sein, denn er hielt die Augen geschlossen und bewegte den Kopf ganz sachte im Takt. Cecilia und Marina allerdings konnten es nicht lassen, dem Abbate schöne Augen zu machen, und obwohl sie sich sagte, dass sie im gleichen Alter für Appianino geschwärmt und kaum etwas als ihn im Kopf gehabt hatte, schlich sich Ärger in Bellinos Freude. Appianino war eben nicht nur ein schöner Mann gewesen, sondern vor allem ein nahezu einmaliger

146

Sänger. Cecilia beharrte doch immer darauf, dass Bellino ihr Vorbild war und sie ihretwegen – seinetwegen – Musikerin werden wollte, auch Sängerin, zumindest außerhalb des Kirchenstaats. Da sollte Cecilias Aufmerksamkeit doch eigentlich ihr gelten.

Der Teufel ritt sie, und Bellino sang als Nächstes ein venezianisches Lied, eine freche kleine Ballade über eine Dienerin, die ihren alten Geizkragen von einem Herrn dazu überredet, sie zu heiraten, um seiner Verwandtschaft, die schon auf sein Erbe lauert, eins auszuwischen. Einer der enttäuschten Verwandten war ein heuchlerischer Abbate, der den Geizhals schon halb ins Totenbett gebetet hatte, und sie schaute bei ihrem Vortrag dabei direkt auf den Venezianer. Er schien sich keineswegs getroffen zu fühlen, aber er schenkte den beiden Schwestern keine Beachtung mehr, sondern blickte zu ihr, mit einem Lächeln um die Lippen, leicht vorgelehnt und das Kinn in eine Hand gestützt. Dabei betrachtete er sie, als könne er durch ihre Verkleidung hindurchsehen.

Was er nicht konnte, sagte sich Bellino, doch ihr wurde trotzdem warm. Sie war es mittlerweile gewohnt, von einigen Zuhörern nicht nur bewundert, sondern auch begehrt zu werden, und das war ganz und gar kein schlechtes, sondern ein gutes Gefühl, auch weil sie wusste, dass diese Männer und Frauen in die Illusion vernarrt waren, die sie ihnen gab. In ihr Geschöpf, das sie zum Leben erweckt hatte. Sie selbst sah keiner, und so gehörte sie immer nur sich. Es war dem nicht unähnlich und oft ein Teil des Gefühls, das sie erfasste, wenn sie spürte, dass sie ein Publikum mit ihrer Stimme erreichte: Sie bot einen Teil von sich dar und wurde dafür bewundert, weil man das, was sie geschaffen hatte, den Kastraten Bellino, als schön empfand.

Das Mädchen Angiola Calori war nur von dem widerwärtigen Liebhaber ihrer Mutter begehrt worden, und von Appianino, dessen Tod ihr das Herz gebrochen hatte. Der Kastrat Bellino dagegen war selbst in der Lage, Herzen zu brechen, und blieb dabei unerreichbar. Das war besser. Viel besser. Sie wollte nie wieder Angiola sein, und auch keine Frau, außer auf der Bühne, wo sie ein Mann war, der in manchen Rollen vorgab, eine Frau zu sein. Sie wollte sich nicht wieder verlieben, weder als Frau noch als Mann. In wen denn auch? Gewiss in niemanden, der nur wahrnahm, was sie vorgab zu sein, und das traf bisher noch auf jeden zu. Dieser Casanova war auch nicht anders. Sie hatte nur seine Selbstgefälligkeit etwas erschüttern wollen, und gut, das war ihr gelungen. Nun war es Zeit, den Sprung in das kalte Wasser zu wagen und sich *Son qual nave* vorzunehmen.

»Cecilia«, sagte sie zu der älteren Lanti-Schwester, »du kannst mich begleiten.«

Cecilia, die eben noch geschmollt hatte, weil der Abbate sie nicht mehr beachtete, strahlte, sprang auf und tauschte mit Bellino den Platz am Piano. Dabei war Bellinos Wahl auch Strategie; es fiel ihr leichter, eine solche Arie zu singen, wenn sie sich nicht gleichzeitig auf das Spielen eines Instrumentes konzentrieren musste. Wenn sie dabei auf und ab gehen konnte. »Eine Kofferarie«, hatte Appianino zu ihr gesagt und dabei den Ausdruck gebraucht, unter dem diese für das Stimmvermögen von Sängern maßgeschneiderten Arien bekannt waren, »will nicht nur mit der Stimme vorgetragen werden, sondern mit dem ganzen Körper. Sie will gelebt werden!«

Sie hatte die Rolle des Arbace noch nie auf der Bühne gehabt, doch das Libretto für *Artaserse* war das beliebteste, das der große Dichter Metastasio je verfasst hatte, und war bisher schon von fast vierzig Komponisten vertont worden. Zweifellos würden es noch mehr werden. Also kannte Bellino den Inhalt in- und auswendig. Wenn ihr jetzt etwas helfen würde, dann, nicht an den großen Farinelli zu denken, und wie er diese Arie wohl gesungen haben mochte, und schon gar nicht in Erinnerung an den Vortrag ihres Appianino. Nein, sie musste nur an Arbace denken, Arbace *sein,* dessen Vater den Vater seiner Geliebten getötet hat und nun plante, auch Arbaces besten Freund zu töten.

»Son qual nave«, sang Bellino, und ihr Körper zitterte unter der Last, »ich bin wie ein Schiff, das zwischen den Klippen hin und her geworfen wird ...«

Arbace war nicht nur hin- und hergerissen. Arbace fühlte sich von seinem Vater verraten und doch unfähig, die Wahrheit zu sagen. Ein Teil von Arbace wollte nur mit seiner Geliebten glücklich sein, und ein Teil fragte sich zornig, wann die Lügen endlich ein Ende haben würden.

Sie ließ die kauernde Haltung hinter sich und reckte sich der Welt entgegen, die ohne Betrug nicht hingenommen werden wollte und Verrat zum Grundprinzip machte. Ihre Stimme wand sich und schmiegte Kadenz an Kadenz, und wenn Cecilia nicht immer mit der Begleitung nachkam, so hörte das an diesem Abend niemand. Don Sancho hatte die Augen längst wieder geöffnet und betrachtete sie wie gebannt. Der Welt ungeeignetster Abbate hatte die Heringe, die ihm der Wirt zu guter Letzt dann doch noch gebracht hatte, um ihm ein fastengerechtes Abendessen zu bieten, nicht angerührt. Stattdessen klatschte er wie ein Besessener. Von diesem Moment an hatte sie den Abend ganz in ihrer Hand.

Bellino hätte tanzen mögen. Don Sancho hatte gewiss viele der großen Kastratensänger erlebt, und wenn Casanova wirklich aus dem Haushalt eines römischen Kardinals kam, dann war er sogar mit jenen vertraut, die für würdig befunden wurden, im Petersdom selbst zu singen. Beide zu fesseln, zu überzeugen, zu verzaubern, wenn man gegen solche Erinnerungen antreten musste, das war wirklich etwas, auf das sie stolz sein konnte. Sie hatte den richtigen Weg gewählt. Was war schon ein wenig Un-

bequemlichkeit in den Hosen und der Verzicht darauf, sich je
nackt zeigen zu können, gegen die Möglichkeit, die Welt mit
ihrer Stimme zu erobern!

Als Bellino, glücklich und triumphierend, den Kastilier und
den Venezianer verabschiedet hatte, stellte sie allerdings fest,
dass ihre Familie unterschiedliche Ansichten darüber hegte, wie
man denn nun weiter vorgehen sollte.

»Don Sancho hat gesagt, dass er morgen früh nach Sinigaglia
abreisen muss, und hat kein Wort darüber verloren, dass er
dich nach Neapel empfehlen wird«, sagte Mama Lanti missbilligend. »Es mag ja sein, dass er von deinem Gesang hingerissen
war, aber bezahlt hat sich das bisher noch nicht für uns gemacht. Der Abbate, der scheint mir von einer anderen Natur
zu sein.«

»Wenn er überhaupt ein Abbate ist«, sagte Bellino. »Mir
kommt die Geschichte mit der päpstlichen Erlaubnis, die Fastenzeit unterbrechen zu dürfen, und der geheimen Mission
nach Konstantinopel immer noch sehr unwahrscheinlich vor.«
Sie verschwieg, dass sie ihn als kleinen Jungen in einem Theater
in Venedig gesehen hatte. Dieses Ereignis hatte für Bellino
nicht stattgefunden. Mama Lanti könnte sie es trotzdem erzählen, wenn die Geschwister nicht dabei waren, doch sie stellte
fest, dass sie diese Erinnerung Angiolas für sich behalten wollte. Es war ein magischer Tag für sie gewesen, ihr erster in einem
Theater; für das Kind, das sie damals gewesen war, war es ein
Märchenreich gewesen, und der fremde Junge, der ihr hinein-
und heraushalf, als sie zu ihren Eltern zurückwollte, hatte da-
zugehört. Mama Lanti davon zu berichten hätte ein Stück
Zauber aus ihrer Kindheit zu etwas Alltäglichem gemacht. Alles in ihr sträubte sich. Stattdessen fuhr sie fort: »Don Sancho
hat aber auch gesagt, dass er bereits übermorgen Abend wieder
hier sein wird. Dann braucht er doch nichts weiter anzukündigen!«

»Ein kluger Mann hat seine Stiefel unter zwei Betten«, sagte Mama Lanti unbeeindruckt. Es war ein echtes Sprichwort, aber Bellino argwöhnte, dass Mama Lanti es wörtlich meinte.

»Ich mag den Abbate auch lieber«, verkündete Marina, was niemanden überraschte. »Don Sancho ist so alt, der sinkt ja bald ins Grab!«

Don Sancho erschien Bellino wie ein rüstiger Vierziger, der bei seinem gesicherten Auskommen noch gute zwanzig, dreißig Jahre vor sich haben mochte. Soweit sie das hatte erkennen können, verfügte er noch über die meisten seiner Zähne, was ein gutes Zeichen war. »Du bist so jung«, sagte Bellino belustigt zu Marina und erinnerte sich plötzlich, wie Appianino dasselbe zu ihr gesagt hatte. Damals hatte sie nicht begriffen, was er meinte. Es versetzte ihr einen kleinen Stich.

»Als Heeresverpfleger arbeitet Don Sancho für andere, obwohl er es bestimmt nicht nötig hat, so wie er wirkt«, sagte sie nachdenklich. »Wie viele Männer von Adel gibt es wohl, die mehren, was sie geerbt haben, statt es durchzubringen? Ich finde das bemerkenswert.«

»Vielleicht hat er einen Sekretär wie den Abbate, der die ganze Arbeit für ihn erledigt«, wandte Cecilia ein, und Marina zog eine Grimasse.

»Mir ist es egal, wer die Arbeit macht, und er kann sein Geld gerne durchbringen, wenn er es für uns ausgibt. Aber so langweilig, wie er ausschaut, tut er das bestimmt nicht!«

»Große Herren können eigentlich nie genug Dienerschaft haben«, kommentierte ihre Mutter hoffnungsvoll.

»Don Sancho«, stellte Petronio fest, »hat eigene Diener.« An Bellino gewandt, fuhr er fort: »Ich habe dir ja versprechen müssen, dass ich mich ihm gegenüber wie ein braver Junge aufführe. Aber der Abbate ist ohne Diener hier eingetroffen, also wäre ich dir wirklich dankbar, Bruderherz, wenn du dich morgen bei ihm dafür einsetzt, dass er mich für die

Dauer seines Aufenthalts hier in Ancona als Lohnknecht nimmt.«

»Du guter Junge«, sagte Mama Lanti beifällig und verabschiedete sich für die Nacht mit schallenden Küssen, während sie Marina und Cecilia mit sich zog. Bellino seufzte.

»Als Lohnknecht, hm?«

»Wenn er meine anderen Dienste auch annimmt, dann hast du noch mehr Grund, mir dankbar zu sein«, sagte Petronio und zwinkerte ihr zu.

»Warum?«, fragte sie und fühlte sich unverständlicherweise wie ein Kind, das man mit dem Finger in den Süßigkeiten ertappt hatte.

»Weil wir dann wissen, dass er für Männer zu haben ist«, sagte Petronio. »Schau, ich bin nicht blind. So, wie er dich angestarrt hat heute Abend, will er auf jeden Fall etwas von dir. Deswegen sollst du dich für mich bei ihm einsetzen. Und im Gegensatz zu dem Spanier glaube ich nicht, dass der Abbate auf deine Stimme aus ist. Aber manche Männer vernarren sich in Kastraten, weil sie in ihnen eine Frau sehen, und manche, weil sie einfach nur einen Mann wollen, aber nicht bereit sind, das zuzugeben. Es wäre doch gut, zu wissen, zu welcher Sorte er gehört, oder?«

»Hm«, sagte sie, hielt sich die Hand vor den Mund und tat so, als gähne sie erschöpft. »Lass uns zu Bett gehen.«

»Versprich mir, dass du ihn meinetwegen fragst. Du weißt, dass wir *beide* neugierig auf das Ergebnis sind.«

Es lag ihr auf der Zunge, das zu leugnen. Warum sollte es sie kümmern, ob dieser Casanova Frauen, Männer oder Schafe bevorzugte?

Aber manchmal hatte er sie heute Abend angesehen, als wüsste er, wer sie war. Als sähe er mehr als das, was sie allen anderen darbot. Und er war ein Teil von Angiolas magischem Tag gewesen. Ihm hier zu begegnen war wie ein unerwartetes Bindeglied zwischen Vergangenheit und Gegenwart, zwischen Angiola und Bellino.

»Ich verspreche es«, hörte sie sich erwidern.

Es ist nicht, weil ich irgendetwas von ihm will, sagte sich Bellino. *Außer vielleicht, herauszufinden, ob er sich nicht doch an mich erinnert und nur darauf wartet, mich bloßzustellen. Mag sein, dass er einfach Don Sanchos wegen nichts gesagt hat. Aber wenn wir alleine sind, was dann?*

Im Übrigen war er nur ein junger Mann wie andere auch, da war sie sich sicher. Und wenn er mit Petronio ins Bett ging, nun, dann bewies das erst recht, wie wenig vertrauenswürdig er war. Konstantinopel! Ein päpstlicher Dispens! Da gab es Opernlibretti, die mit wahrscheinlicheren Geschichten aufwarteten.

Sie schlüpfte in ihr Nachthemd und hielt inne. Das Gummiteil klebte noch immer an seinem Platz. Für den Auftritt in der hiesigen Kathedrale war sie von einem älteren Vertreter des Bischofs auf ihre Männlichkeit hin geprüft worden, durch einen kurzen, hastigen und verschämten Griff, der nicht weiter als mit einer Hand auf ihren Hosenbeutel ging. Da hatte die Contessa aus Pesaro während des Karnevals schon kräftiger zugegriffen, sich allerdings auch damit abgefunden, als Bellino etwas von der Tragödie seines Lebens murmelte, die auch durch die Schönheit der allergnädigsten Contessa nicht in die Höhe getrieben werden konnte, und sich mit ein paar Küssen auf den Nacken zufriedengegeben.

Mit ihren Brüsten und dem künstlichen Glied sah Bellino aus wie ein Zwischending aus Mann und Frau, eine Hälfte von beidem. Welchen Teil der angebliche Abbate Casanova wohl wollte, fragte sie sich und dann, verwundert, warum sie das überhaupt kümmerte. Er war nur ein Durchreisender und sehr wahrscheinlich ein Lügner. Doch selbst wenn er das nicht war, wenn er wirklich für einen Kardinal arbeitete, dann gab es nichts, was er für sie tun konnte, nicht, wenn er sich auf dem Weg zu den Türken befand. Gab es bei den Türken in Konstantinopel etwa Opern? Nein, die gab es nicht. In Rom gab es natürlich nicht nur Opern, sondern auch die Möglichkeit, für Kardinäle und den Papst selbst zu singen, aber dort fanden mit Sicherheit gründlichere Kontrollen statt, als das in den Provinzstädten des Kirchenstaats der Fall war. Nein, das durfte sie nicht riskieren. Nach Rom würde sie erst gehen, wenn sie sich bereits einen so großen Namen gemacht hatte, dass es niemand wagen würde, sie anzufassen. Damit war klar, dass der Venezianer nichts für sie tun konnte, selbst, wenn er mit jedem bisher geäußerten Wort die Wahrheit gesprochen hatte. Also konnte er ihr gleichgültig sein.

Völlig gleichgültig.

Zu ihrer Verärgerung wollte der Schlaf nicht kommen. Stattdessen dachte sie an die verstohlenen Nächte mit Appianino, damals, als sie noch ein Mädchen und Angiola gewesen war. Die Erinnerung tat nicht mehr ganz so weh wie früher, auch, weil sich Appianinos Tod nicht mehr ständig dazwischendrängte. Wie aufgeregt war sie damals gewesen, gleichzeitig voll Sehnsucht und Furcht; wie gewiss, noch kein anderer Mensch könne je so empfunden haben. *So jung,* hörte sie Appianinos geliebte Stimme sagen, und mit einem Mal erfasste sie Zorn, auf ihn und auf das Schicksal. Warum hatte er sterben müssen! Warum hatte er ihr erst gezeigt, was es bedeutete, zu lieben, sich hinzugeben, selbst zu begehren, und sie dann alleingelassen! Noch ehe er starb, hatte er sie verlassen, hatte sie erst zu einem Ebenbild seiner selbst gemacht und sie dann in einer Welt zurückgelassen, in der es gar niemanden mehr geben konnte, der sie so liebte, wie er es getan hatte. Es war, als hätte er sie in einen Turm gesperrt und den Schlüssel fortgeworfen. Das waren verbotene Gedanken, und sie schämte sich. Aber in dieser Nacht ließen sie sich nicht verdrängen. Es war, als geisterten all die erinnerten Liebkosungen von einst über ihren Körper, und es dauerte noch lange, bis sie endlich einschlafen konnte.

Am nächsten Morgen trug sie ihre hellblaue Weste und die dunkelblauen Hosen, was immer noch angemessen zur Fastenzeit schien, und band sich das Haar zurück, ohne Pomade zu benutzen. Er brauchte nicht den Eindruck zu bekommen, dass sie Wert darauf legte, ihm zu gefallen. Petronio, dessen Haar nur so glänzte, zog sie am Zopf.

»Der Junge vom Lande, wie? Na ja, es gibt auch Männer, die darauf aus sind ...«

»Willst du eine Stelle oder nicht?«, fragte sie und zwickte ihn in den Arm, damit er den Mund hielt. Sie klopfte, und als die Stimme Giacomo Casanovas »Herein!« rief, öffnete sie die Tür und schlenderte auf ihre männlichste Art und Weise hinein. Er war bereits angezogen, lag jedoch auf dem Bett, die Hände hinter dem Kopf verkreuzt, und betrachtete sie erfreut.

»Guten Morgen, Signor Abbate.«

»Es ist ein mehr als guter Morgen, Bellino, wenn er Sie zu mir bringt.«

Sie brauchte sich nicht umzudrehen, um zu wissen, dass Petronio hinter ihrem Rücken feixte.

»Wenn ich Sie richtig verstanden habe, werden Sie noch ein paar Tage bleiben, ehe Sie nach ... war es Kairo? ... weiterreisen«, sagte sie, obwohl sie genau wusste, welche Stadt er genannt hatte.

»Konstantinopel. *Oh lass mich deine Rundungen liebkosen, mein liebster Bosporus,* kennen Sie das Gedicht?«

Sie verneinte, und sein Lächeln vertiefte sich. »Kein Wunder. Ich habe es gerade erfunden.«

»Zum Dichter reicht es bei Ihnen leider nicht. Bleiben Sie Abbate«, gab sie zurück, ehe sie es sich versah, und hätte sich gleich danach am liebsten auf die Zunge gebissen. Schließlich wollte sie etwas von ihm.

»Dichtende Kleriker haben Tradition«, sagte er, immer noch, ohne die geringsten Anstalten zu machen, sich aus seinem Bett zu erheben, oder damit aufzuhören, seine Blicke an ihrem Körper auf und nieder wandern zu lassen. »Denken Sie an Kardinal Bembo, der seine schönsten Sonette für Lucrezia Borgia geschrieben hat. Oder an Abaelard und Héloise.«

Sie hatte von keinem dieser Leute je gehört. Bellinos Bildung stammte zum größeren Teil aus den Romanen, die Angiolas Mutter gelesen hatte, diversen Opernlibretti und dem, was sie von Appianino und Melani aufgeschnappt hatte. Sie hatte Appianino immer sehr beneidet, wenn er von dem erzählte, was er in Neapel neben der Musik noch alles aus den vielen Büchern, die er lesen konnte, gelernt hatte. »Du hast Anmut und einen natürlichen Verstand«, hatte dieser darauf zu ihr gesagt und hinzugefügt: »Der kann fast jeden Grad von Bildung ersetzen, wogegen keine Bildung je den natürlichen Verstand vertreten könnte, so wie viele Bücher nicht gute ersetzen.« Diese Aussage war ein wichtiger Baustein ihres Selbstvertrauens geworden. Außerdem hatte sie Übung darin, Wissenslücken mit Scherzen zu überspielen.

»Muss ich das? In der Fastenzeit? Da denkt man ohnehin schon zu viel an die Kirche und ihre Kleriker«, entgegnete sie mit gespieltem Bedauern, und er lachte.

»Da haben Sie recht, Bellino.«

Hinter ihr räusperte sich Petronio. »Signore Abbate«, sagte sie eilig und mit einem Hauch von Reue, weil sie sich hatte ablenken lassen, »ist es Ihnen möglich, meinen Bruder Petronio für die Dauer Ihres Aufenthalts als Ihren Lohndiener zu nehmen? Er ist flink und geschickt, und Sie brauchen nicht darauf zu warten, bis der Wirt jemanden für Sie findet.«

»Aber mit dem größten Vergnügen«, sagte er sofort und warf ihrem Bruder eine Münze zu. »Petronio, dein erster Auftrag lautet, Kaffee für mich und deine gesamte Familie zu besorgen.«

Das war großzügig von ihm, und daher schickte es sich für sie nicht, gemeinsam mit Petronio sein Zimmer zu verlassen, ohne ihm vorher dafür zu danken. Allerdings fragte Bellino sich sofort, ob sie die richtige Entscheidung getroffen hatte, als Casanova sich endlich und sehr geschwind aufsetzte, sowie Petronio den Raum verlassen hatte, und auf das Bett neben sich klopfte.

»Aber setzen Sie sich doch, Bellino.«

»Ich bin noch nicht so alt und gebrechlich, dass meine Beine so frühmorgens unter mir zusammenbrechen, danke«, gab sie zurück, doch lächelte dabei. Ihrer Erfahrung nach akzeptierten die meisten Menschen eine Ablehnung eher, wenn sie von einer freundlichen Miene begleitet wurde.

»Und es sind ausgesprochen reizvolle Beine. Aber, um ganz offen zu sein, nicht eben männliche. Bellino, ich weiß nicht, mit welchen gutgläubigen Narren Sie es bisher zu tun hatten, aber mir ist es offensichtlich, dass Sie in Wirklichkeit ...«

Er sprach nicht zu Ende, und sie wurde einer Antwort enthoben, als erneut geklopft wurde, und Cecilia und Marina in sein Zimmer stürmten. Es verschaffte ihr eine Atempause, in der sie feststellte, dass sie weniger Angst wegen einer möglichen Entdeckung als Ärger und Empörung über seine Selbstgewissheit, nein, Selbstgefälligkeit empfand. »Nur gutgläubige Narren«? Sie hatte *alles* darangesetzt, Angiola zu Bellino zu machen. Wenn er sie für eine Frau hielt, dann keineswegs, weil er so klug war, sondern nur, weil er nicht zugeben wollte, einen Kastraten anziehend zu finden!

»Petronio hat uns erzählt, dass Sie uns Kaffee spendieren«, sagte Marina atemlos, »da wollten wir uns sofort bedanken, wie es sich gehört.«

Sie trugen beide Kleider, die da, wo es ihnen darauf ankam, nur teilweise zugeschnürt waren, und der angebliche Abbate warf Bellino einen amüsierten Blick zu, ehe er aufstand und beide

Mädchen mit einem Handkuss willkommen hieß. Cecilia ließ sich danach, ohne lange zu überlegen, auf sein Bett fallen.

»Dürfen wir den Kaffee hier bei Ihnen einnehmen? Mama ging es in der Nacht nicht gut, und deswegen stinkt es in unserem Zimmer.«

»Das Wort nein und ich waren noch nie Freunde.«

Das möchte ich wetten, dachte Bellino. Seine Bemerkung wegen ihrer Beine hatte sie beunruhigt, und sie wollte herausfinden, ob aus ihm nur männliche Selbstgefälligkeit sprach oder ob er sich am Ende doch an ihre erste Begegnung erinnerte. Außerdem wollte sie Cecilia und Marina nicht mit ihm allein lassen. Doch letztlich würden die Mädchen tun, was sie wollten, vor allem, wenn es das war, was ihre Mutter von ihnen erwartete. Aber auch nach mehr als drei Jahren mit den Lantis konnte sie das nicht als selbstverständlich hinnehmen. Wenigstens sollten die Mädchen noch einmal daran erinnert werden, dass es keine Pflicht war.

Petronio kam mit dem Kaffee zurück, und zu ihrer Erleichterung bat Casanova auch ihn, zu bleiben, doch Petronio schüttelte den Kopf und gab vor, unbedingt nach seiner armen alten Mutter sehen zu müssen. Hinter Casanovas Rücken schnitt Bellino ihm eine Grimasse und bedeutete ihm, er solle bleiben.

»Es sind noch sechzehn Paoli von der Zechine übrig, die Sie mir für den Kaffee gegeben haben«, sagte Petronio und hielt die Münzen in seinen Händen. Der junge Abbate machte eine wegwerfende Bewegung.

»Oh, behalte das Geld.«

»Sie sind die Großzügigkeit selbst, mein Herr«, sagte Petronio, weil der Kaffee nur einen Bruchteil gekostet hatte und sein Anteil nun größer war als sein Lohn für einen Monat. Er beugte sich vor und küsste sein Gegenüber zart auf die Lippen. Es war bei weitem nicht das erste Mal, dass Bellino ihn dergleichen hatte tun sehen, und sie begriff selbst nicht, warum der Anblick dieses Mal in ihr etwas auslöste, das sie sich nicht erklären konnte. Bei Cecilias und Marinas Kokettiererei mit dem spendablen Venezianer war sie gereizt und fühlte sich als Beschützerin. Auch was Petronio hier tat, machte sie nicht wütend. Vielleicht, weil Petronio wusste, was er tat, während Cecilia und Marina sie manchmal an sich selbst vor ein paar Jahren erinnerten. Sie fragte sich, ob Appianino sie am Ende auch so gesehen hatte, kindisch in allem außer ihrem Körper. Petronio dagegen war die Gegenwart, ihre Gegenwart, und sie hatte viel von Bellinos Körpersprache nach der seinen geformt, weil er ihr bestes Modell gewesen war. Außerdem war sie wirklich neugierig, wie Casanova reagieren würde, während der Anblick von ihm und ihren Schwestern keinerlei Überraschungen bergen konnte. Vielleicht hatte die Faszination, die sie auf einmal ergriff, aber auch einen ganz anderen Grund. Der Venezianer war vielleicht ein Lügner und viel zu sehr von sich selbst überzeugt, aber er war kein übergewichtiger Advokat, der Petronio ein paar Münzen in die Hand drückte, sondern, das musste sie zugeben, sah wirklich gut aus. Auf einmal verstand sie, warum ihr ein paar der Tänzerinnen, die auf den gleichen Karnevalsveranstaltungen wie sie gewesen waren, erzählt hatten, dass manche Männer zwei Frauen dafür bezahlten, miteinander vor ihren Augen das Bett zu teilen. Zwei gutaussehende Männer zusammen, der Anblick hätte sie …

Der Kuss dauerte nicht lang. Der Venezianer zog sich zurück und sagte kopfschüttelnd: »Mein Freund, das ist nicht nötig. Ich weiß die Absicht zu würdigen, aber ich habe die Neigungen nicht, die Sie bei mir vermuten, und kann sie daher auch nicht genießen.«

»So ist das Leben«, sagte Petronio philosophisch, zwinkerte Bellino zu und empfahl sich. Cecilia und Marina kicherten und stupsten einander an.

»Sie haben die Neigungen nicht?«, fragte Bellino mit hochgezogenen Augenbrauen, während sie ihre Kaffeetasse von ihm entgegennahm.

»Ganz und gar nicht. Was meinen Sie, warum ich Rom verlassen musste? Als Mann, der Männer liebt, ist man dort entschieden im Vorteil, doch ich mag keine Spiele, bei denen fast alle anderen besser dastehen als ich.«

Das brachte ihm erneut das Gekichere von Cecilia und Marina ein, doch Bellino dachte ganz plötzlich: *Warte nur.* In diesem Moment entschied sie, ihn in sich verliebt zu machen, und zwar nicht in sie als eine Frau, sondern in sie als einen Mann. Er war so selbstsicher, so überzeugt von seiner Wirkung auf andere, dass er es einfach verdiente, einmal in seinen Überzeugungen erschüttert zu werden. Sie begab sich damit in Gefahr, entdeckt zu werden, aber sie hatte ja nicht die Absicht, ihn zu erhören. Nein, sie würde ihn dazu bekommen, einzugestehen, dass er einen Mann begehrte, und nicht nur einen Mann, sondern einen Mann, auf den andere Männer, wenn sie nicht gerade seine Sangeskunst bewunderten, als verschnittenen Krüppel herabblickten: einen Kastraten.

»Und ich dachte«, entgegnete sie und schlug ein Bein über das andere, »Sie haben in Rom so reüssiert, dass der Papst selbst Ihnen Sonderdispense gab und Kardinal – welcher war es noch gleich? – Ihnen geheime Missionen für den Vatikan nach Konstantinopel anvertraut. Das bekommt man doch nicht ohne irgendwelche Gegenleistungen, oder?«

»Ausnahmen bestätigen die Regel«, sagte er ungerührt.

»Sie meinen, Sie machen Ausnahmen?«, fragte sie unschuldig.

»Ich bin die Ausnahme«, versetzte er und schenkte ihr etwas Kaffee nach. »Immer.«

»Sie sehen mich zutiefst geknickt, Signore Abbate. Ich hatte gehofft, selbst die Ausnahme zu sein, von Ihrer Abneigung gegen Männer, aber ach, Ihre Neigungen sind eben gewöhnlicherer Art.« Sie stand auf. »Entschuldigen Sie mich. Es gibt heute Vormittag noch einige Dinge für mich zu erledigen, aber ich hoffe doch, dass Sie und Ihre Einzigartigkeit heute Mittag noch etwas Zeit für meine Familie und mich finden.«

Die beiden Mädchen lauschten mit halb geöffneten Mündern, als handele es sich bei dem Gespräch zwischen Bellino und Casanova um eine weitere Gesangsdarbietung. »Marina«, fügte Bellino hinzu, »ich brauche deine Hilfe beim Tragen.«

Sehr unwillig rappelte sich Marina auf. »Aber …«

»Wir sehen uns alle beim Mittagessen«, verkündete Bellino in ihrem besten deklamatorischen Stil, der für persische Könige, die jemanden ins Exil schickten, geübt worden war, und führte Marina aus dem Zimmer hinaus, höchst zufrieden, dass der Venezianer um eine Entgegnung verlegen gewesen war.

»Du bist gemein«, sagte Marina zu ihr, während sie die Treppe zu Bellinos Zimmer ein Stockwerk tiefer gingen. »Und geizig. Lass uns alle doch etwas an dem Abbate verdienen. Mama sagt, so wie der mit dem Geld um sich wirft, muss er viel davon haben.«

»Das glaube ich so sehr, wie ich an seine geheime Mission nach Konstantinopel glaube«, sagte Bellino bestimmt und sperrte ihr Zimmer auf. »Außerdem brauche ich dich wirklich zum Tragen. Wir müssen zwei von meinen Kostümen verkaufen, um hier ohne Schulden abreisen zu können. Hast du das vergessen?«

»Aber Don Sancho will doch morgen Abend wiederkommen. Selbst, wenn du dem Abbate kein Geld zutraust, Don Sancho hat doch bestimmt welches, dieser alte Kerl.«

»Hoffe auf alle, vertraue niemandem, und zahle deine Rechnungen selbst, ehe der Wirt dir die Behörden auf den Hals hetzt«, sagte Bellino und drückte Marina den Korb mit den Kostümen in den Arm.

»Der ist aber schwer!«

»Natürlich ist er schwer. Aber erstens werden wir ihn zu zweit tragen, und zweitens erzählst du immer, du seist kräftiger als Cecilia, obwohl sie die Ältere ist.«

»Aber Petronio kann doch …«

»Petronio muss sich zur Verfügung halten, schließlich hat ihn der Abbate als Diener angestellt. Da kann er keine Ausflüge mit uns unternehmen. Avanti!«

»Du bist gemein«, wiederholte Marina noch einmal, dann gab sie nach und begleitete Bellino mit den Kostümen zum Pfandleiher. Wie zu erwarten gewesen war, bekamen sie längst keinen so guten Preis wie den, welchen Bellino ursprünglich bezahlt hatte, doch es würde genügen, um in Ancona alle Rechnungen zu begleichen, und ließ ihr immer noch ihr Honorar für die Bußmesse.

»Wenn ich einmal einen Gönner gefunden habe«, sagte Marina, »einen wirklich reichen, dann werde ich nie irgendwelche Kostüme zurückgeben müssen. Im Gegenteil, er wird mir immer schöne neue Kleider kaufen. Farinelli singt für den König von Spanien. Kannst du nicht auch einen König auftreiben, Bellino?«

»Farinelli ist vorher überall in Europa aufgetreten, sonst hätte der König von Spanien überhaupt nie von ihm gehört. Der Ruhm kommt zuerst und vor dem Ruhm die Arbeit. In meinem Alter hat Farinelli noch Frauenrollen in Rom gesungen. Engagements zu finden und möglichst überall aufzutreten, das ist es, was zählt, Marina.«

»Du hast aber das Engagement in Bologna abgelehnt, und Signore Melani ist deswegen fuchsteufelswild«, sagte Marina, die manchmal sehr scharfsinnig sein konnte, wenn sie nicht herumalberte. »Und der Abbate, der hat auch nichts mit Auftritten zu tun, aber du hast ihn vorhin dazu bekommen, mit uns auch noch zu Mittag zu essen.«

Bellino nahm sich das Privileg des älteren Bruders und sagte nur geheimnisvoll: »Ich habe meine Gründe.«

Als sie in den Gasthof zurückkehrten, fanden sie Mama Lanti in einem für sie seltenen Zustand moralischen Dilemmas. Einerseits war Mama Lanti dem jungen Venezianer noch mehr gewogen als am Vortag, was damit zusammenhing, dass er ihr nach dem Frühstück seine Aufwartung gemacht und einen Goldquadrupel geschenkt hatte; andererseits hatte er von ihr dafür hören wollen, dass Bellino kein Kastrat, sondern ein verkleidetes Mädchen war.

»Was für ein Unsinn«, sagte Bellino wütend und unterdrückte einen jäh aufflammenden Anflug von Panik. Darauf, dass er ihre Familie bestechen würde, um sie bloßzustellen, wäre sie nie gekommen. Sie biss sich auf die Lippen und fragte sich, ob sie ihn unterschätzt hatte. Hastig schickte sie Marina fort, um nach ihrer Schwester zu sehen, und fragte Mama Lanti, als sie alleine waren: »Du hast doch nicht …«

»Wo denkst du hin? Der müsste mir schon wesentlich mehr bezahlen, als du in deinem ganzen Leben als Kastratensänger noch verdienen kannst, und so viel Geld hat der junge Mann garantiert auch wieder nicht. Aber es ist schon ein Jammer. Die meisten Herren, die so schnell mit der Münze bei der Hand sind, findet man eher in meinem Alter und mit meinem Körperumfang. Außerdem wäre es nur gerecht, wenn er *irgendetwas* für seine Geldausgaben bekommt.«

Sie hatten noch nie offen über die Art, wie Mama Lanti ihre Kinder darbot, geredet, doch Bellino fand, dass dies der richtige Augenblick war. Sie fasste sich ein Herz und fragte leise: »Hast du deswegen Cecilia und Marina zu ihm geschickt?«

Mama Lanti räusperte sich. »Nun, der junge Mann scheint ein Auge für alles zu haben, was schön ist, und meine Mädchen sind ganz reizend.«

»Mama«, sagte Bellino so behutsam wie möglich, »du liebst deine Kinder. Ich weiß das. Ich würde nie etwas anderes behaupten. Und ich weiß, dass wir alle Geld beitragen müssen.

Aber ich verstehe nicht, wie du ... Marina und Cecilia sind noch so jung. Willst du sie nicht beschützen? Ein wenig jedenfalls noch?«

Es hatte seine Gründe, warum Mama Lanti keine Pension mehr in Rimini betrieb. Solange es nur Petronio gewesen war, den sie zu ihren Gästen geschickt hatte, kamen von keiner Seite Vorwürfe. Als aber Cecilia anfing, einen Busen zu entwickeln, hatte Melani irgendwann zu Bellino gesagt, sie solle ihrer Mutter ausrichten, dass man sie demnächst wegen Kuppelei belangen würde. Danach war Mama Lanti darauf verfallen, Bellino zu drängen, bei jedem Engagement in einer anderen Stadt die gesamte Familie mitzunehmen.

Mama Lanti setzte sich auf. »Sprich mir nicht von beschützen«, sagte sie, und ihr Gesicht, das sonst immer gutmütig wirkte, war hart wie ein Fels. »Meine Mutter, die war eine Amme von Ammen. Weißt du, was das ist? Da gibt eine reiche Dame ihr Kind zu einer Amme. Die Amme hat nicht genug Milch für mehr als ein Kind, nicht, wenn sie will, dass es durchkommt und nicht zu der Hälfte aller Kinder gehört, die sterben, bevor sie das erste Jahr vollendet haben. Daher gibt sie ihr eigenes Kind weiter an eine noch ärmere, preisgünstigere Amme. Die hat aber schon fast gar keine eigene Milch mehr, weil sie selbst kaum noch Fleisch auf den Rippen hat, und deren eigene Kinder, die sterben ihr weg wie die Fliegen. Wenn sie das aber zugibt, dann bekommt sie überhaupt kein Geld mehr, um mit ihren Kindern zu überleben. Meine Mutter, die hat immer vier Kinder gleichzeitig angenommen, wenn sie ein Kind zur Welt gebracht hatte. Und natürlich hat sie keine Milch für alle gehabt. Sie hat Brotkrumen in Suppe getunkt und die Kinder damit gefüttert, und wenn sie das Zeug wieder rausgespuckt haben, dann hat sie ihnen den Brei von den Lippen abgeputzt und mit dem Finger wieder reingesteckt, damit er unten blieb. Doch sie sind meist gestorben, die armen Würmer, einer nach dem anderen. Wieso ich nicht tot bin, das weiß ich bis heute nicht. Aber das weiß ich, dass ich meine Milch immer für meine Kinder behalten habe. Mein Beppo, der hat schon mal gefragt, ob wir nicht noch etwas mehr Geld verdienen wollen, wo ich doch immer die Brüste voll Milch hatte, aber ich habe gesagt, nein, meine Kinder, die werden ordentlich gefüttert. Ich geh mit den reichen Kerlen ins Bett, Beppo, das schon, aber meine Kinder, die behalte ich.«

Angiola Calori hatte eine Amme gehabt. Ihr Vater hatte darauf bestanden, weil er schließlich Beamter an einer Universität war und es sich für seine Frau nicht gehörte, selbst zu stillen. Bellino konnte sich nicht mehr daran erinnern, was aus dem Kind der Amme geworden war, und mit jedem Wort von Mama Lanti stellte sie sich unwillkürlich vor, wie ihr Überleben ein anderes Kind das Leben gekostet hatte. Sie versuchte sich den massigen, selbstbewussten Berg von einer Frau neben sich als klapperdürres, halb verhungertes Kind vorzustellen, das seine Geschwister und viele der anderen Kinder sterben sah, und konnte es nicht, und doch erkannte sie, dass dieses Kind immer noch in Mama Lanti steckte und jede ihrer Handlungen bestimmte.

»Natürlich beschütze ich meine Kinder!«, sprach Mama Lanti ruhig. »Sag mir, was soll aus ihnen sonst werden, ohne Mitgift? Bauernmägde? Dann holen sich die Herren und ihre Knechte ohnehin umsonst bei ihnen, was sie wollen, und dazu müssten die Mädchen siebzig Stunden in der Woche arbeiten und hätten Glück, wenn sie auch nur fünf Tage im Jahr frei bekommen. Für Stadtmägde ist es nicht anders, nur sind es da der Herr, der Haushofmeister und die älteren Lakaien, in dieser Reihenfolge, und der Lohn reicht kaum für ihr Überleben. Wenn sie selbst Kinder bekommen, dann sterben die Würmer wahrscheinlich sofort. Fortlaufen nützt einem dann auch nichts, denn dein bisschen Lohn bekommst du erst nach einem

Jahr, aber das Lachen, das verlernst du schon nach einem Monat. Beschützen? Ich beschütze sie vor der Armut. Vor dem Verhungern! Das ist das Einzige, was zählt. Vor allem stirbt man nicht an der Sünde und hat oft genug sogar Spaß dabei. Das weißt du selbst.«

Der Wirt brachte die gebratenen Kastanien, die der Venezianer für den Mittag bestellt hatte, gefolgt von Petronio mit einer Weinflasche, ihrem Gastgeber, Cecilia und Marina. Sofort wurde Mama Lantis Miene wieder weich. »Willkommen, Signore Abbate, willkommen!«

»Ich dachte mir, Zypernwein passt am besten zu Maroni«, sagte der Venezianer. »Und der gute Wirt versicherte mir, dass beides in der Fastenzeit erlaubt ist.«

»Als Abbate wissen Sie das nicht selbst?«, fragte Bellino mit gespielter Überraschung. Gerade jetzt konnte sie ein Wortgefecht gut gebrauchen, um sich von den Bildern abzulenken, die Mama Lanti heraufbeschworen hatte.

»Ich fürchte, mein theologisches Urteil wird hier nie etwas gelten, nach der Art, wie ich mich eingeführt habe«, entgegnete er. Eines musste man ihm lassen, er war schlagfertig.

»Ein guter Ruf kann wiederhergestellt werden, und Sie haben den Lärm von gestern Abend mehr als wettgemacht«, sagte sie daher, ohne lügen zu müssen. »Aber meine Mutter hat mir erzählt, dass Sie mich für eine Lügnerin halten, und das betrübt mich wirklich sehr.«

Er war immer noch nicht verlegen. »Teuerste – teuerster Bellino, das lässt sich doch schnell klären.« Schon wieder verteilte er Münzen unter der Familie Lanti und bat sie ohne Umschweife, ihn mit Bellino allein zu lassen. »Nur kurz«, setzte er hinzu. »Schließlich warten heiße Kastanien auf uns alle.«

Der Einzige, der einen Moment zögerte, war Petronio, doch auch er folgte schließlich den anderen. Es kam ihr in den Sinn, dass keiner von ihnen wissen konnte, ob Giacomo Casanova ein gewalttätiger Mann war. Er kam ihr nicht so vor, aber sie wusste es genauso wenig, wie es die Familie Lanti wissen konnte, die sie doch zu einer der ihren gemacht hatte. Waren ein paar Münzen wirklich alles, was nötig war, um über drei Jahre Miteinander zu vergessen?

Nein, das war ungerecht. Mama Lanti hatte ihr Geheimnis bewahrt, ganz gleich, was Casanova ihr geboten hatte, und was auch immer die Geschwister über sie wussten, oder nicht wussten, keiner von ihnen hatte offenbar dem Venezianer gegenüber von ihr anders denn als Bruder gesprochen.

»Ich weiß nicht, was Sie sich erhoffen, mein Herr«, sagte Bellino, »aber ich kann Ihnen nichts anderes bieten als das, was Sie sehen, wenn Sie in den Spiegel blicken. Ich bin ein Mann wie Sie, wenn man von meiner Operation einmal absieht.«

»Bellino, ich bin überzeugt davon, dass Sie anders gebaut sind als ich. Meine Liebe, Sie sind ein Mädchen!«

»Ich bin Mann und Kastrat. Sie haben doch von meiner Mutter gehört, dass ich untersucht worden bin, ehe ich das erste Mal in einer Kirche auftreten durfte, und auch danach immer wieder.«

»Lassen Sie sich auch von mir untersuchen? Ich gebe Ihnen eine Dublone.«

»Nur um ein Körperteil zu sehen, dessen Anblick Sie zur Genüge kennen und zu dem es Sie angeblich nicht zieht? Mein lieber Signore Abbate, ich glaube, Sie haben gelogen, was Ihre Neigungen betrifft. Mir scheint, Sie suchen nur nach einer Entschuldigung, um sich sagen zu können, dass Sie eine Frau wollen, während Sie sich nach einem Mann sehnen, aber dafür bin ich mir zu schade.«

Sie schritt an ihm vorbei, öffnete die Tür und rief die Lantis zurück. »Wir haben alles geklärt«, sagte sie strahlend. »Zeit für die Kastanien!«

»Hexe«, flüsterte ihr Casanova zu, aber er protestierte nicht, sondern begann stattdessen wieder damit, Marina und Cecilia zu necken, indem er ihnen die Kastanien zwischen die Lippen schob und sie bei jedem Stück bat, diese abzulecken, weil angeblich immer ein kleiner Rest auf dem so schwungvoll geformten zartroten Eingang klebte und beschrieb, was sie ihm zu sehen boten, mit ernsten und durchaus sachkundigen Worten, was Zunge und Lippen betraf. So revanchierte er sich für die erhaltene Abfuhr.

Doch der Zypernwein war wirklich köstlich und passte genau dazu. Da es schon wieder begonnen hatte zu regnen, war es ein mehr als angenehmes Gefühl, im Warmen zu sitzen und sich den Magen zu füllen.

»Wie sind Sie zum Dienst in der Kirche gekommen, Signore Abbate?«, fragte Bellino, halb, weil sie es wirklich wissen wollte, und halb, weil sie ihm immer noch nicht glaubte, dass er überhaupt in kirchlichen Diensten stand, und darauf wartete, dass er sich in eine Lüge verstrickte. Wenn er darauf bestand, in ihr eine Lügnerin zu sehen, dann konnte sie ihm diesen Gefallen erwidern, und sie freute sich darauf, dabei erfolgreicher zu sein. »Haben Ihre Eltern Sie etwa dazu bestimmt?«

»Meine Großmutter. Mein Vater starb, ehe er mich überhaupt zu etwas bestimmen konnte, und meine Mutter … reist viel.« Sie erinnerte sich an die Frau mit ihrem glitzernden Kostüm, die alle Blicke auf sich gezogen hatte.

»Und in die Fußstapfen Ihrer Eltern wollten Sie nicht treten?«

»Eine gute Frage«, sagte Casanova mit ausdrucksloser Miene. »Sie setzt voraus, dass meine Eltern nicht Teil des Klerus sind. Wie können Sie da sicher sein, Bellino?«

Weil Angiola Calori wusste, dass sie Komödianten waren, aber das konnte Bellino ihm nicht sagen.

»Da gibt es bei uns in Venedig die tragischsten Geschichten«, fuhr er fort, sich für sein Thema erwärmend. »Es heißt, dass ein Viertel der großen Geschlechter im Goldenen Buch der Stadt ihren Anfang bei den Bastarden von Priestern nahm, die nicht anerkannt werden konnten. Und in Rom ist es ganz bestimmt nicht anders.«

Sie riss die Augen auf. »Haben Sie uns nicht berichtet, dass man in Rom nur Männer liebt?«

Petronio, der gerade Zypernwein nachschenkte, verschluckte sich und goss um eine Haaresbreite den Wein neben das Glas.

»Ich habe auch gesagt, dass zu jeder Regel Ausnahmen existieren«, entgegnete der Venezianer ruhig.

»Wie könnte ich das vergessen. Aber sagen Sie, war es wirklich Ihr eigener Wunsch, Abbate zu werden?«

»Als Kind wollte ich einmal Arzt werden, weil mein Vater wegen eines Pfuschers vorzeitig gehen musste, aber das ist Jahre und andere Berufswünsche her«, sagte er, was keine direkte Antwort auf ihre Frage war, und erst jetzt fiel ihr auf, dass er das Gespräch damit auch erfolgreich von seinen Eltern weggelenkt hatte, ohne verraten zu haben, welchen Standes sie eigentlich waren. Er mochte sich den Anschein geben, als hätte er nichts als sein Vergnügen im Kopf, und vielleicht war das auch das Wichtigste für ihn, aber sie durfte nicht den Fehler begehen, ihn deswegen für dumm oder leicht lenkbar zu halten.

»Und Sie, Bellino«, fragte nun er, »war es wirklich Ihr eigener Wunsch … Kastrat zu werden?«

Das war ein mehr als geschickter Hieb, und natürlich war es ihr unmöglich, die Frage ehrlich zu beantworten. Für einen Moment fragte sie sich, was eigentlich ihre ehrliche Antwort wäre. Natürlich hatte sie wie Appianino sein und mit ihm leben wollen. Aber ihr Körper war der einer Frau, und so hatte sie keinen Teil dieses Körpers aufgeben müssen, um als Erwachsene so zu singen wie ein besonders begabter Knabe, was doch einen Kastraten ausmachte. Es war nicht dasselbe.

Sie erinnerte sich daran, was ihr Appianino erzählt hatte, von dem Trog mit heißem Wasser, von seinen Brüdern und seinem Vater, die ihn festgehalten hatten. Der tote Junge, der vor ihr ihren Namen getragen hatte, musste auch durch all das gegangen sein.

»Es war mein ureigenster Wunsch, zu singen«, gab sie zurück, was ebenso eine Antwort und doch keine Antwort war, genau wie seine eigene Entgegnung. Er hob sein Glas und prostete ihr zu.

»Aber was sind denn das für trübsinnige Gespräche«, mischte sich Mama Lanti tadelnd ein, die ganz gewiss keinen Wert darauf legte, an die Umstände zu denken, unter denen ihr ältester Sohn Kastrat geworden war. »Signore Abbate, haben Sie je Pfand gespielt?«

»Und ob. Ich lebe fürs Pfandspiel, könnte man sagen.«

»Oder vom Pfänden?«, rutschte es Bellino heraus, aber sie sagte es nicht laut genug, als dass er darauf etwas hätte erwidern müssen. Außerdem saß sie selbst im Glashaus, gemessen an der Art, wie sie heute Morgen ihre Kostüme versetzt hatte.

»In Venedig«, sagte er und fixierte sie, »pfänden wir aber keine Taschentücher oder Schnupftabakdosen. Das ist langweilig. In Venedig pfänden wir Küsse.«

»Das klingt famos«, sagte Marina prompt, und Cecilia klatschte begeistert in die Hände.

»Aber Signore Abbate«, sagte Bellino so geknickt wie möglich, »angesichts dessen, was Sie erst vor ein paar Stunden zu Petronio gesagt haben, müssen mein Bruder und ich uns jetzt ausgeschlossen vorkommen, wenn wir unseren Gast nicht in den Zustand versetzen wollen, ein Pfand anzunehmen, zu dem er keine Neigung verspürt.«

Er protestierte nicht noch einmal, sie sei ein Mädchen. Stattdessen fragte er sofort zurück: »Sind Sie denn so sicher, dass Sie verlieren, Bellino?«

»Ganz und gar nicht!«

Petronio schenkte ihr Wein nach, beugte sich dabei vor und flüsterte ihr ins Ohr: »Ich habe dich noch nie so erlebt. Pass auf.«

Beim Pfänderspiel, wie es Bellino kannte, musste man einen Begriff erraten, und falls man das nicht konnte, ein Pfand geben. So, wie es an diesem Tag gespielt wurde, war es mehr oder weniger eine Entschuldigung für Cecilia und Marina, sich küssen zu lassen. Sie gaben sich nicht die geringste Mühe, irgendetwas zu erraten. Im Gegenteil. Dass Casanova bei jedem der Küsse das jeweilige Mädchen mit dem Rücken zu ihr drehte und Bellino dabei anschaute, machte es für Bellino zudem nicht angenehmer. Sie wünschte sich, Don Sancho wäre bereits zurückgekehrt, dann hätte sie mit ihm plaudern und so ihre Gleichgültigkeit gegenüber diesem kindischen Versuch, ihre Eifersucht zu erregen, demonstrieren können. Ehe die Reihe an Bellino kam, trat der Wirt mit einem Brief für sie ein. Als sie die vertrauten Schriftzüge sah, verbesserte sich ihre Laune sofort. »Von Melani«, sagte sie und überflog das Schreiben hastig. »Er hat mir endlich die Sache mit Bologna vergeben«, sagte sie erleichtert zu Mama Lanti. »Und mir ein Engagement in Rimini verschafft. Bis Ostern, und danach bin ich ohnehin in Pesaro engagiert. Wir können also abreisen, sobald Don Sancho zurückgekehrt ist. Schließlich möchte ich mich höflich von ihm verabschieden.«

»So eilig haben Sie es?«, fragte Casanova und hatte die Stirn, leicht gekränkt zu wirken, obwohl noch etwas von dem Rot, das sich Marina immer, ohne zu fragen, bei Bellino ausborgte, an seinen Mundwinkeln klebte.

»Wenn die Musik ruft, kennt Bellino eben kein Halten«, sagte Petronio ein wenig schadenfroh. Da ein neues Engagement auch bedeutete, dass ihr nicht mehr viel Zeit mit dem Venezianer blieb, und sie immer noch vorhatte, ihn zu dem Geständnis zu bewegen, dass er sie als Mann begehrenswert fand, nicht als Frau, beschloss sie, wieder etwas freundlicher zu ihm zu sein.

»Sie haben mir noch keinen Begriff aufgegeben, werter Abbate.«

»Ich wünschte, Sie würden mich Giacomo nennen. Ich nenne Sie schließlich Bellino und nicht Herr Singvogel.«

»Ich bin kein Vogel und natürlich voller Vertrauen darauf, dass Sie ein Abbate sind, also lässt sich das kaum vergleichen.«

»Und ich dachte schon, Sie würden endlich zugeben, kein Herr zu sein.«

»Nicht mehr und nicht weniger ein Herr als Sie«, sagte Bellino sanft und dachte an seine Schauspielereltern. Sie fragte sich, ob er hier wohl das Geld seiner Mutter ausgab, ob er von ihren Einkünften lebte, so, wie die Lantis inzwischen zum größeren Teil von den ihren. Wenn sie einmal Kinder hatte, dann würden sie hoffentlich bessergestellt sein, als irgendwo den Abbate spielen zu müssen.

Für einen Moment hatte sie vergessen, dass sie nie Kinder haben würde. Nicht haben konnte, weil Bellino keine haben durfte, und das war ein Glück. Warum hatte sie überhaupt gerade daran gedacht? Sie wollte doch überhaupt keine Kinder!

»Dann raten Sie«, sagte Casanova und stand auf, um, wie es den Regeln entsprach, den Begriff darzustellen.

Für Cecilia und Marina war er ein Hahn und ein Kater gewesen, was keine von beiden erriet, obwohl doch der Venezianer als Gockel nahelag, wie Bellino bissig gedacht hatte. Aber sie wusste, dass er es ihr nicht so lächerlich einfach machen würde. Daher wunderte es sie, dass er die Zeigefinger zu beiden Seiten des Kopfes in die Höhe reckte, um Hörner anzuzeigen. Das schien noch einfacher, als der Hahn zu sein.

»Ein Stier, Signore Abbate, wirklich?«

»Aber nicht doch«, sagte er fröhlich. Die Geschwister schauten zu Bellino, die beiden Mädchen eindeutig schadenfroh. »Damit schulden Sie mir bereits ein Pfand, aber ich sammle. Raten Sie weiter.«

Dann ein gehörnter Ehemann; so ein Wortspiel sähe ihm ähnlich, dachte sie, aber es könnte auch der Teufel sein. Sie beschloss, von ihrem Recht auf leitende Fragen Gebrauch zu machen, wodurch sie sich kein weiteres Pfand vergab.

»Sind Sie Mensch oder gefallener Engel?«

»Sehen Sie, ich wusste, dass Sie mich das eines Tages fragen würden«, gab er zurück, und sie musste lächeln. »Eines von beiden zur Hälfte und eines ganz und gar nicht.«

»Sie würden natürlich nie den Begriff einfach ändern, um zu gewinnen?«

Er legte die Hand aufs Herz. »Lügen zwischen uns, Bellino? Nie. Ich bin genauso ehrlich, wie Sie es sind.«

Es war wirklich nicht ganz einfach, sich auf das Gewinnen zu konzentrieren, wenn er gleichzeitig ihre eigenen Waffen gegen sie benutzte, und das auf durchaus einnehmende Art. Aber sie hatte noch andere Waffen. Bellino stand auf und ging zu ihm.

»Ich schulde niemandem gerne etwas«, murmelte sie, als sie vor ihm stand. »Kann ich nicht mein Pfand abzahlen, während ich weiterrate?«

»Das hieße, Sie aller Vorteile zu berauben. Sie wären zu abgelenkt.«

»Lassen wir es darauf ankommen«, sagte sie, denn so gut, wie er sich offenbar einbildete, konnte er bestimmt nicht küssen. Wenn er davon ausging, sie sei ein Mädchen, hielt er sie vielleicht sogar für eine unerfahrene Jungfrau, die sie nicht war. Gockel, dachte sie und wartete darauf, dass er sie küsste, wie er es bei Marina und Cecilia getan hatte. Sie musste für einen Augenblick die Augen geschlossen haben, denn, obwohl er sie an sich zog, küsste er sie nicht. Stattdessen ließ er seinen Zeigefinger in den Ausschnitt ihres Spitzenjabots wandern und verfolgte damit den Ansatz ihrer Brüste, deren Spitzen sich aufrichteten. »Bellino«, flüsterte er ihr ins Ohr, während sich ihr Pulsschlag gegen ihren Willen beschleunigte, »an der beispiellosen Schönheit ihrer Brüste, die seufzen, weil sie in ein so enges Gefängnis eingesperrt sind, sich vergrößern, weil sie gestreichelt werden, erkenne ich zweifellos, dass Sie ein vollendet schönes Weib sind!«

»Dies ist ein Mangel, den ich mit allen meinesgleichen teile«, gab sie zurück und konnte nicht verhindern, dass ihre Stimme, der sie sonst jeden Klang abgewann, den sie wollte, ein wenig heiser wurde. Seit Appianino hatte es Anbeter und Küsse gegeben, gelegentlich auch Griffe wie den der Contessa aus Pesaro, aber niemand hatte sie so gestreichelt. Niemandem hätte sie es gestattet. Was hatte sie sich nur dabei gedacht!

»Nein, es ist die höchste Vollkommenheit aller Ihresgleichen. Bellino, glauben Sie mir, ich bin Kenner genug, um den hässlichen Busen eines Kastraten von dem einer schönen Frau unterscheiden zu können, und …«

Sie machte sich mit einem Ruck von ihm los. »Wie wollen Sie da Kenner sein«, sagte sie heftig, »ohne auch nur mit einem Kastraten geschlafen zu haben, wozu Sie doch angeblich keine Neigung besitzen? Der Begriff, den Sie verkörpern, liegt auf der Hand: Es ist ein Satyr!«

Damit drehte sie sich um und verließ das Zimmer; sie war mittlerweile oft genug auf der Bühne gestanden, um den Moment für einen wirksamen Abgang zu erkennen und nicht zu verpassen.

In Ancona gab es nichts Vergleichbares zu Bolognas Arkaden, doch genügend Möglichkeiten, ausgiebige Spaziergänge zu unternehmen, und nun, da der Regen wieder aufgehört hatte, schien ihr das eine gute Möglichkeit, gleichzeitig ihre Gesangsübungen zu machen und sich dabei körperlich zu erschöpfen. Unter anderen Umständen hätte sie Petronio mitgenommen, doch solange er als Lohndiener verpflichtet war, ging das nicht. Sie musste alleine gehen und darauf hoffen, dass singende Kastraten eher Verehrer als Diebe anzogen.

Leider ließen sich der angeberische Venezianer und seine streichelnden Hände auch durch Gewaltmärsche und langgezogene Vokale nicht einfach beiseiteschieben. Sie verstand nicht, warum ihre Konzentration sie hier im Stich ließ; Musik nahm ihre Aufmerksamkeit sonst immer völlig in Anspruch. Der Mann war eindeutig schlecht für sie, dachte Bellino wütend, und sie verstand nicht, weswegen. Es war schließlich nicht so, dass irgendetwas an ihm eindrucksvoll war. Zugegeben, er sah gut aus, doch das traf auf Dutzende Gecken zu, die ihr den Hof gemacht hatten. Und er war schlagfertig, schön und hatte Sinn für Humor, der durchaus auch auf seine eigenen Kosten gehen konnte; das hob ihn immerhin unter besagten Gecken deutlich hervor. Vergleichen mit einem echten Talent, wie Appianinos Stimme, ließ es sich trotzdem nicht. Appianino war es wert gewesen, sich in ihn zu verlieben; jede Frau, jeder Mann von Gefühl und Verstand hätte dasselbe getan. Umgekehrt hatte Appianino sie auch geliebt, dessen war sie sich immer noch sicher, ganz gleich, was Petronio vor der Nachricht von Appianinos Tod über Langeweile und Zeitvertreib gesagt hatte. Appianino hatte in ihr etwas gesehen, was er nicht in jedem anderen beliebigen Mädchen in der gleichen Lage gesehen hatte. Es war auch nicht so, dass er trotz seiner Beliebtheit alleine gewesen war und das erste beste Wesen ausnutzte, für das er kein apartes Spielzeug, sondern ein Meister war. So war es nicht: Appianino hatte sie geliebt, und sie würde nie einen anderen lieben. Basta. Dieser Giacomo Casanova aus Venedig dagegen bewies ja gerade mit ihren Schwestern, dass es ihm genügte, wenn ein Wesen weiblich war, um hinter ihm her zu sein. Ein Mann, der da verkehrte, wo kein Widerstand zu ewarten war, sollte sich nun wirklich nicht für unwiderstehlich halten, da kam unausstehlich der Wahrheit schon deutlich näher. Er konnte sich auch gar nicht ernsthaft verlieben mit so einer Einstellung. Weil er viel zu selbstsicher und stolz auf seine Männlichkeit und Verführungskräfte war und es verdiente, herauszufinden, dass er sich auf beides nicht immer verlassen konnte, war der einzige Grund, sich mit ihm abzugeben. Nur deswegen.

Eine Kutsche rollte an ihr vorbei, und sie wich gerade noch rechtzeitig aus. Zu ihrer Überraschung rief eine weibliche Stimme: »Halt, halt!«, und die Kutsche kam ein Stück vor ihr zum Stehen. Bellino ging ein paar Schritte weiter und erkannte den Kopf, der sich ihr durch das Kutschenfenster entgegenstreckte. Es handelte sich um die Contessa aus Pesaro, mit der sie während des Karnevals getanzt hatte und die ihr ein Engagement nach dem Osterfest versprochen hatte.

»Bellino«, sagte die Contessa erfreut, »dass ich Sie noch einmal treffe! Obwohl ich Sie tadeln muss, Sie Böser. Ich sagte Ihnen doch, dass ich die Stadt gleich nach dem Karneval wieder verlasse. Da hätte ich geglaubt, dass Sie bei mir vorsprächen, um sich von mir zu verabschieden.« Sie klopfte einladend neben sich. »Nun begleiten Sie mich doch wenigstens bis zur Stadtgrenze.«

Warum nicht, dachte Bellino. Die Contessa hatte nicht den geringsten Zweifel, dass es sich bei Bellino um einen Kastraten handelte. Also bestand in Gegenwart der Contessa auch keine Gefahr, sich wie eine Frau zu fühlen. Sie würde wieder ganz Bellino werden, wie Bellino sein sollte: ein Mann. Natürlich wusste sie, dass die Contessa durchaus gewisse Erwartungen hatte, selbst bei einer so kurzen Kutschfahrt, aber das kam ihr gerade recht. Wenn ein Mann zu sein bedeutete, wie Petronio und der fingerfertige Casanova allzeit bereit zu sein, sich dem oder der Nächstbesten an den Hals zu werfen, gut, das konnte sie auch, zumal die Contessa nicht weiter gehen würde, als Bellino es ihr gestattete. Sie würde diejenige sein, welche die Macht hatte, alles zu bestimmen. Und ihr verräterischer Körper würde wieder ihr gehören.

»Donna Giulia«, erklärte Bellino, nachdem ihr der Name der Contessa gerade noch rechtzeitig eingefallen war, »Sie sehen mich überwältigt.«

»Noch nicht«, sagte die Contessa lächelnd, während Bellino in die Kutsche kletterte und sich der Dame gegenübersetzte. Donna Giulia war nicht allein; ihre Zofe reiste mit ihr, und natürlich saß ihr Lakai neben dem Kutscher auf dem Kutschbock. Keine große Dame war jemals allein.

Die Zofe war in Bellinos Alter und starrte zur anderen Seite der Kutsche hinaus. Giulia dagegen war eine Frau, deutlich über dreißig; ihre natürliche Haarfarbe ließ sich höchstens erraten, da sie genau wie während der vergangenen Karnevalstage eine kunstvolle und sehr modische Perücke trug. Ihr dicht gepudertes Gesicht war ein wenig verlebt, doch immer noch sehr hübsch, und zeigte längst nicht die Falten, die eine Frau niederen Standes im gleichen Alter hatte. Auch ihre Figur, die in ihrem gelben und ganz und gar nicht fastenmäßigen Reisekleid gut zur Geltung kam, war die einer Frau, die nie in ihrem Leben ein Kind hatte stillen müssen, obwohl die Contessa einen Sohn und zwei Töchter erwähnt hatte. Bellino dachte an Mama Lantis Worte über Ammen von Ammen, und der Ärger auf sich selbst und Casanova fand eine neue Richtung. Es half ihr, nichts als berechnend zu sein.

»Donna Giulia, ich habe Sie nicht mehr aufgesucht, weil ich befürchten musste, was eben eingetreten ist: Ihr bloßer Anblick hat mich schwachgemacht.«

Es dauerte einen Moment, bis Bellino bewusst wurde, dass sie diesen Satz in einem leicht venezianischen Akzent gesprochen hatte und Casanovas Tonfall imitierte. Nun, warum nicht? Sie hatte immer gerne Menschen imitiert, auch, als sie noch Angiola gewesen war. Früher einmal hatte sie sich gewünscht, Appianino zu sein. Sie wünschte sich keineswegs, Casanova zu sein, aber sie konnte es, was nur bewies, wie alltäglich er war. Casanova für die Contessa sein? Natürlich konnte sie das.

Sie ergriff die Hand der Contessa, die ihr erfreut entgegenlächelte, und küsste einen Finger nach dem anderen. Die kleine

Zofe neben der Contessa rührte sich nicht und schaute immer noch in die andere Richtung, obwohl die Contessa einen zufrieden klingenden kleinen Seufzer ausstieß. Ein Opernbesuch fiel Bellino ein, Angiola, die sich bückte, und auf diese Weise sah, dass Falier seine Hand unter die Röcke ihrer Mutter geschoben hatte. Aber das war Angiola gewesen, und Angiola war tot.

»Ich habe nicht zu hoffen gewagt ...«

»Aber ich hatte Ihnen doch Grund zur Hoffnung gegeben«, sagte die Contessa. Die Kutsche fuhr über ein Schlagloch, und Bellino ließ ihre Hand los.

»Meinesgleichen hütet sich, Hoffnungen mit Wirklichkeit zu verwechseln«, sagte sie, und nun war sie nicht Casanova, sondern Appianino, bitter und zu einem schwärmerischen Kind sprechend. Es war geschehen, ehe sie es sich versah.

»Oh, ich bin ganz und gar wirklich«, murmelte die Contessa.

»Und wir haben nicht mehr viel Zeit, mein Schöner, wenn ich Sie nicht nach Pesaro mitnehmen soll. Also ...«

Sie schlug ihre Röcke hoch. Bellino, die mit Küssen auf den Nacken und die Brüste gerechnet hatte, aber nicht mehr, zumal die Contessa beim Tanzen schon ihren Griff getan und geseufzt hatte: »Er kann sich wirklich nicht mehr regen, nicht wahr? Was für ein Jammer!«, war einen Moment sprachlos, dann sagte sie:

»Donna Giulia, Sie wissen doch ...«

»Dass Sie mit Ihrem Mund sehr geschickt sind und jahrelange Übung gehabt haben, Ihre Zunge in alle möglichen Stellungen zu bringen«, sagte die Contessa. Leichte Ungeduld mischte sich in ihre Stimme. »Oder sollte ich mich irren? Das wäre ein Jammer. Dann müsste ich nämlich einen anderen Sänger nach Pesaro holen.«

Ihr erster Impuls war es, zu sagen, »bedauerlicherweise müssen Sie das«, und die Kutsche sofort zu verlassen. Wenn das Engagement in Pesaro ausfiel, dann würde es andere geben. Gewiss würde es das. Vielleicht sogar Neapel, wenn Don Sancho wirklich so von ihrer Stimme beeindruckt war, wie es den Anschein hatte, und über die Verbindungen verfügte, die man bei seinem Amt unterstellen durfte.

Aber es konnte eben auch sein, dass Don Sancho es sich anders überlegte und erst gar nicht nach Ancona zurückkehrte. Und es konnte sein, dass die Oper in Rimini ihr immer noch den gleichen Hungerlohn zahlte wie das letzte Mal, weil der Impresario wusste, dass sie eine Familie zu ernähren hatte und damit keinen starken Rückhalt, um härter zu verhandeln.

Es konnte sein, dass Donna Giulia über eine Zurückweisung so verärgert sein würde, dass sie sich nicht damit zufriedengab, Bellino aus der Kutsche zu werfen. Sie konnte ihren Freunden und Verwandten, die ebenfalls Sänger engagierten, wer weiß was erzählen. Sie war eine Contessa. Wenn eine Contessa es wollte, dann konnte sie sogar jemanden wie Bellino von ihren Bediensteten verprügeln lassen, und niemand würde ihr zu Hilfe eilen. Sie konnte sogar behaupten, Bellino habe sie bedrängt, und ihn von den Behörden bestrafen lassen, nach den Privilegien, derer sie sich aus Gewohnheit, Nachsicht und Kastengeist erfreute.

Vor nicht einer Viertelstunde hatte Bellino noch geglaubt, in dieser Lage die Macht zu haben. Wie hatte sie nur so töricht sein können?

»Giulia meines Herzens«, sagte sie hastig. »Sie gestatten mir mehr, als ich mir zu träumen erlaubte, denn sehen Sie, noch nie habe ich mich einer Dame so nahe gefühlt. Doch ach, das ist gleichzeitig ein Hindernis! Welche Übung meine Zunge auch immer hat, diese war nicht dabei, und wenn ich in einer fahrenden Kutsche meinen ersten Versuch beginne, dann fürchte ich sehr, Sie zu verletzen, Sie, meine Angebetete. Und das würde ich mir nie verzeihen! Die Furcht wiederum lähmt mich, und so ...«

»Anhalten!«, rief die Contessa ihrem Kutscher zu. Nur jahrelange Selbstdisziplin verhinderte, dass Bellino einen Seufzer der Erleichterung ausstieß. Einen Herzschlag später zeigte sich, dass dieser ohnehin verfrüht gewesen wäre.

»Das ist sehr rücksichtsvoll von Ihnen gedacht«, gurrte die Contessa, »und es ist gar zu reizend, einen schönen ... Jüngling ... wie Sie in diese Freuden der Liebe einführen zu können.«

»In Pesaro ...«, begann Bellino.

»Nein, hier«, entgegnete die Contessa mit Stahl unter dem Gurren. Sie hatte noch immer ihre Röcke hochgeschlagen, und nun stützte sie sich auf den Ellbogen ab und winkte Bellino mit gebogenem Finger zu. »Davon habe ich geträumt, seit ich Sie singen hörte, mein Held.« Mit der größten Unbekümmertheit begann sie, detaillierte Anweisungen zu geben.

Bellino hatte im strengen Wortsinn nicht gelogen. Keiner Dame, sondern Appianino war sie auf diese Weise nahe gewesen. Er hatte sie gelehrt, Hände, Lippen und Zunge zu gebrauchen, weil er das Gleiche bei ihr tat, und genau deswegen war es ihr nie in den Sinn gekommen, dass jemand anderes dergleichen von ihr erwarten würde. Es war etwas, das zwischen ihr und Appianino geschehen war, und nur zwischen ihnen, etwas, das sie mit Liebe in Verbindung brachte, nicht mit den gelegentlichen Küssen und dem neugierigen Griff, den man Gönnern gestattete. *Dumm,* sagte Bellino sich, *dumm, dumm, dumm, selbst Cecilia und Marina sind in dieser Hinsicht klüger, und ich habe auf sie herabgesehen.*

Nun war sie einmal in dieser Lage, und es blieben ihr nur drei Möglichkeiten: das Weite zu suchen und die Rache der Contessa in Kauf zu nehmen, der Contessa den Gefallen zu tun und das Ganze so schnell wie möglich hinter sich zu bringen, und sich hinterher wie die machtlose Törin vorzukommen, die sie war – oder doch noch zu versuchen, das zu tun, was sie sich ursprünglich vorgenommen hatte. Diejenige zu sein, die in dieser Lage die Macht besaß. Derjenige, nicht *die*jenige. Die Contessa war nicht mit einem verängstigten jungen Mädchen hier, sondern mit einem Mann, von dem sie geträumt hatte. Die Contessa würde diejenige sein, die ihre Beherrschung verlor, und das, ohne zu wissen, wer ihr in Wirklichkeit dazu verhalf.

»Giulia«, sagte Bellino, kniete auf dem Boden der Kutsche vor ihr nieder, legte ihr zwei Finger auf den Mund und holte sich den herrischen Ton der Perserkönige zurück. »Lassen Sie mich einfach improvisieren. Sich von Schönheit zu neuen Verzierungen anregen zu lassen ist mein Beruf.«

Die Lippen unter ihrer Handfläche bewegten sich, aber nur, um sich zu schließen. Als die Contessa das nächste Mal den Mund öffnete, war es, um Schreie des Entzückens auszustoßen.

Sich von dem Wirt im Februar einen Trog mit heißem Wasser bringen zu lassen war keine Kleinigkeit. Er murmelte etwas von unbezahlten Rechnungen.

»Der Abbate hat unsere letzten Mahlzeiten bezahlt, und für die Zimmer während des Karnevals kann ich Sie gleich auszahlen«, sagte Bellino. »Wenn Sie das heiße Wasser gebracht haben.«

»Nur, damit Sie es wissen, der Abbate will morgen abreisen, also rechnen Sie nicht damit, dass er noch mehr Mahlzeiten für Sie und Ihre Familie begleicht. Oder gar die Zimmer.«

»Ich habe genügend Geld hier«, sagte sie, und er brachte ihr endlich das Verlangte, nicht, ohne sofort das Geld für alles bisher Geleistete entgegenzunehmen. Als er verschwand, verriegelte sie die Tür und zog sich aus. Dann schrubbte sie jedes bisschen Haut, das sie erreichte.

Es war keine schreckliche Erfahrung gewesen, ganz und gar nicht. Melaris Angewohnheit, sie mit dem Rohrstock auf die Finger zu schlagen, bis sie ihre Instrumente beherrschte, und diese Instrumente dann mit geschwollenen Fingern spielen zu müssen, das war schmerzhaft gewesen; das, was sie gerade mit der Contessa getan hatte, ganz und gar nicht. Es hatte ihr sogar eine gewisse Befriedigung bereitet, weil die Contessa wirklich auf dem harten Kutschsitz gelegen und nach Luft geschnappt hatte wie ein Fisch, immer nur »oh Gott, oh Gott« wiederholend. Wenn sie ganz ehrlich sich gegenüber war, dann hatte sie den Teil danach sogar genossen, denn als sie aufhören wollte, hatte die Contessa sie bestürmt, sie solle weitermachen, um des Himmels willen. Als sie dennoch Anstalten gemacht hatte, die Kutsche zu verlassen, war es die Contessa gewesen, die auf die Knie gegangen war und sie angefleht hatte, noch ein Mal, und erst dann war Bellino dazu bereit gewesen, ihrer Hoffnung für das Engagement in Pesaro gedenkend. Aber sie fühlte sich am ganzen Körper klebrig, weil sie nichts, aber auch gar nichts für die Contessa empfunden hatte, und es war nicht nur ihr eigener Schweiß. Vor allem anderen wollte sie den Geruch der Contessa an ihren Händen und auf ihrem Gesicht loswerden.

Als sie wieder sauber war und selbst nicht mehr in der Lage, noch irgendetwas zu riechen, legte sie nach kurzem Zögern wieder das Gummiteil an, ehe sie in ihr Nachthemd schlüpfte. Dann zog sie ihre Schuhe an und hoffte, dass Petronio heute Abend rechtschaffen müde von seinen Dienerpflichten in seinem Zimmer sein würde, und das ohne Begleitung. Es war vermutlich genauso dumm wie ihr ganzes Verhalten an diesem Tag, aber sie konnte jetzt nicht alleine sein.

Petronios Tür war nicht verschlossen. Als sie in seine Kammer schlüpfte, war er tatsächlich dort, und ohne Begleitung. Er schlief noch nicht, sondern übte ein paar Tanzschritte.

»Bellino?«

»Es tut mir leid«, sagte sie, und ohne recht zu wissen, warum, brach sie in Tränen aus.

»Was denn?«, fragte er einigermaßen verblüfft.

»Dass ich mich für etwas Besseres gehalten habe«, sagte sie und fuhr sich mit dem Handrücken über ihr Gesicht, um die lächerlichen Tränen abzuwischen. »Das bin ich nicht. Ich habe auf euch andere herabgesehen und bin mir als heilige Beschützerin vorgekommen, und nun schau mich an.«

Er strich ihr das Haar aus dem Gesicht. »Wer war's denn?«, fragte er, offenbar sofort erfassend, worauf sie sich bezog. »Der Abbate kann's nicht gewesen sein, der versucht gerade, Cecilia während ihres Liebesspiels dazu zu bringen, ihm zu sagen, dass du ein Mädchen bist, und der Kastilier kommt erst morgen zurück.«

»Die Contessa aus Pesaro.«

Petronio lachte. »Siehst du, ich hab dir gleich gesagt, dass du es so einrichten sollst, dass wir zu dritt sind. Dann hättest du nicht die ganze Arbeit alleine tun müssen.«

»Und ich hab dir gesagt, dass sie kein Kind will«, gab Bellino heftig zurück. Sie spürte einen Anflug von Empörung, denn sie fand, dass er sie wegen ihres Geständnisses eigentlich hätte bedauern und ihr versichern sollen, dass sie sich nicht herablassend ihm gegenüber benommen hatte. Aber dies war Petronio, der noch nie etwas Schlechtes darin gesehen hatte, reicheren Leuten zu Willen zu sein.

»War es sehr anstrengend mit der Contessa? Ich meine, wo du doch nicht ...« Er machte eine eindeutige Hüftbewegung, und sie rollte die Augen gen Himmel.

»Du hast keine Ahnung, was ich kann oder nicht kann. Und wenn du es wirklich genau wissen willst, das Schlimmste war, dass mir jetzt noch die Knie weh tun und ich mir fast den Hals verrenkt habe, weil wir die ganze Zeit in einer fürchterlich unbequemen Kutsche waren. Ich habe ihr gerade noch ausreden können, es im Fahren zu tun, sonst wäre ich am Ende mit meiner Zunge noch steckengeblieben! Das ist nicht komisch«, fügte sie hinzu, weil Petronio von Gesichtszuckungen zu offenem

183

Gelächter übergegangen war und mittlerweile selbst schenkel-schlagend auf dem Boden saß.

»Doch«, sagte er mit Lachtränen in den Augen, »das ist es.«
Ungebeten kam das Bild der japsenden Contessa mit ihren *OhGottohGottohGott*-Rufen zurück, und Bellino spürte eine Blase unangebrachter Heiterkeit in sich aufsteigen. Petronios Feixen half dabei nicht, und ehe sie es sich versah, drang das erste Glucksen aus ihrer Kehle, fremd und kindisch, gefolgt von einem ausgewachsenen Kichern. Am Ende saß sie neben ihm auf dem Boden.

»Weißt du, in den Romanen, die ich früher gelesen habe, schwören Brüder empört Rache, wenn sie erfahren, dass jemand Hand an ihre Schwester gelegt hat«, sagte sie, als sie wieder zu Atem kam.

»Nun, du bist nicht meine *Schwester,* und bei Cecilia ist es auch schon viel zu spät«, gab er leise zurück. In dem Halbdunkel seiner Kammer konnte sie seinen Gesichtsausdruck nicht ausmachen. Der Moment hing zwischen ihnen in der Luft, und all das Unausgesprochene lag ihr auf der Zunge. Dann schluckte sie es hinunter.

»Und du bist der Ältere«, fügte Petronio hinzu.

»Das bin ich«, sagte sie und machte sich daran, wieder aufzustehen, als er ihr eine Hand auf die Schultern legte.

»Darf ich dir trotzdem einen Rat geben?«

Sie nickte, und dabei streifte ihre Wange seine Hand.

»Tu es mit jemandem, den du magst«, sagte er. »Das macht viel mehr Spaß und ist nützlich als Erinnerung, wenn die nächste Contessa auftaucht. Außerdem habe ich den Eindruck, dass der Abbate etwas von der Sache versteht, und das ist auch nicht selbstverständlich.«

»Und was sagt dir, dass ich den Abbate mag?«

Er stand auf und zog sie nach sich. »Du bewegst deine Hüften anders beim Gehen, schlägst die Beine übereinander, wenn er da ist, und ihr habt euch aufgeführt wie zwei Hähne beim Balzen heute Mittag.«

»Der einzige Gockel hier ist er«, sagte sie aufgebracht, und Petronio zwickte sie in die Nase.

»Überleg es dir, aber nicht zu lange.«

Auf dem Flur begegnete sie Cecilia, die mit einer Kerze in der Hand und mit einem Hemd, das mehr ent- als verhüllte, schon wieder auf dem Weg zum Zimmer des Venezianers war. Cecilia blieb stehen und sagte verlegen: »Er ist eben ein sehr netter Herr, der Abbate.«

»Zweifellos«, sagte Bellino und fragte sich einmal mehr, ob das Geld, mit dem Casanova hier um sich warf, seiner Mutter gehörte, seinem angeblichen Brotherrn, dem Kardinal, oder der Kirche. Aber sie hatte ihre Empörung für heute aufgebraucht, Petronios Worte schwirrten ihr im Kopf herum. Sie hatte ihr Vorhaben, aufzupassen, durchaus nicht vergessen, wusste aber auch, dass Verbieten junge Mädchen wie Cecilia und Marina eher noch lüsterner nach Liebesdingen machen würde, selbst wenn sie nicht durch ihre Mutter genötigt wurden, Kapital aus ihrem Körper zu schlagen. Einmal hatte sie Cecilia vor dem Zimmer eines Pensionsgastes abgefangen, nur um »aber es gefällt mir, und du bist nur neidisch!« zu hören, und sie bezweifelte, dass Cecilia heute etwas anderes sagen würde. Man konnte also genauso gut springen, wenn man ohnehin auf einer Klippe stand, dachte Bellino.

»Cecilia, wenn du den Abbate siehst, dann frag ihn, ob er seine Abreise noch um einen Tag verschieben kann. Dann breche ich ohnehin auch nach Rimini auf, und wir können genauso gut gemeinsam reisen.«

Der nächste Morgen war frei von Wolken, als hätte sich der Himmel den Glanz eines Kirchengemäldes übergezogen. Diesmal gab es keinen spendierten Kaffee, doch Cecilia kam mit einer Miene wie ein Kätzchen, das Sahne geleckt hatte, in Bellinos Zimmer und verkündete, der Abbate habe in der Tat seine Abreise um einen Tag verschoben. Am heutigen Abend lade er alle zu Ehren von Don Sanchos Rückkehr zu einem gemeinsamen Essen ein, und er würde Bellino mit Freuden auf der Reise begleiten, wenn Bellino ihm vorher das gewünschte Vergnügen machte, eindeutig zu klären, welchen Geschlechtes er sei.

»Wir werden sehen«, gab Bellino zurück.

»Du fragst gar nicht, wie meine Nacht war«, sagte Cecilia und schob ihre Unterlippe ein wenig enttäuscht nach vorne. »Marina war so wütend, da ich die ganze Nacht bei ihm war und drei Dublonen für Mama bekommen habe, dass sie mir Wasser ins Gesicht geschüttet hat.«

Bellino zuckte die Achseln. »Warum sollte ich dir Wasser ins Gesicht schütten? Du bist wahrlich alt genug, um dich alleine zu waschen.«

»Und du bist ein Spielverderber!«, rief Cecilia. »Es ist höchst ungerecht, wie Mama dich immer bevorzugt. Sie hat mir bereits gesagt, dass wir dich nicht nach Rimini begleiten dürfen, sondern so tun sollen, als ob es hier noch Dinge zu erledigen gäbe, damit du allein mit dem Abbate sein kannst.«

Da sie am gestrigen Abend auch ihr Haar gewaschen hatte, war es heute Morgen schwer zu bändigen gewesen, und Bellino hatte beschlossen, eine Perücke zu tragen. Das Weiß des Perückenhaars ließ ihr Gesicht älter aussehen. Ob sie dadurch mehr einem schönen Jungen oder einer Frau glich, war schwer für sie zu sagen, aber auf jeden Fall glich sie keinem kindlichen Mädchen mehr, wie Cecilia und Marina es noch waren.

»Bist du denn verliebt in ihn?«, hörte sie sich fragen.

Jetzt war es Cecilia, die die Achseln zuckte.

»Ich mag ihn. Und es wäre wirklich nett, jemanden länger für sich zu haben, aber er ist ja deinetwegen geblieben, sonst wäre er schon fort, und wir würden auch schon packen. Wenn er wirklich keine Knaben mag, dann wird er dir aber die Reise über ein langes Gesicht ziehen, das kann ich dir sagen. Er schwört nämlich darauf, dass du ein Mädchen bist, und ich konnte mit meinem Hintern machen, was ich wollte, und ich verstehe mich da auf einiges, er fing immer wieder von dir an.«

»Nun, er wird mich nicht aus der Kutsche werfen, da ich selbst für meine Reise bezahle«, entgegnete Bellino und streckte Cecilia versöhnlich die Hand entgegen. »Üben wir heute gemeinsam?«

»Damit du dadurch noch herausstreichen kannst, dass du viel besser singst, als ich je werde spielen können?«, fragte Cecilia aufrührerisch.

»Du spielst noch nicht so lange, wie ich singe, und du machst deine Sache sehr gut«, antwortete Bellino und hätte nicht sagen können, warum sie Cecilia gleichzeitig trösten wollte und in ihrem Inneren über sie verärgert war. Sie erinnerte sich, wie sie sich in der Nacht bei Petronio dafür entschuldigt hatte, sich für etwas Besseres gehalten und auf die Familie herabgeschaut zu haben. Petronio hatte nicht geleugnet, dass dies sein Eindruck war, oder ihr versichert, dass keiner sie für herablassend hielt.

»Ich würde mich wirklich freuen, wenn du heute mit mir übst.«

»Heute Nachmittag«, entschied Cecilia und gähnte ostentativ. »Jetzt bin ich zu müde.«

Giacomo Casanova wirkte völlig ausgeruht, als sie ihm in der Wirtsstube begegnete, was Bellino argwöhnen ließ, dass Cecilia ihre Müdigkeit absichtlich übertrieben hatte.

»Eine Wahrheit zum Morgen, Bellino?«

»Eine Einladung zum Spaziergang«, entgegnete sie. »Der Tag ist noch lang. Und ich würde wirklich gerne spazieren gehen, jetzt, wo die Sonne endlich scheint. Es sei denn«, fügte sie mit einer leichten Spitze hinzu, »Sie fühlen sich zu entkräftet?«

»Sehen Sie, ein weiterer Beweis, dass Sie eine Frau sein müssen. Einen Mann durch eine Anspielung auf mangelnde Kräfte zum Einsatz derselben herauszufordern ist eine überaus weibliche Taktik.«

»Man sagt den Frauen auch nach, dass sie nie auf eine Frage das antworten, was der Fragesteller eigentlich erfahren will, aber wissen Sie, Signore Abbate, ich habe noch nie einen Menschen kennengelernt, der diese Kunst so gut beherrscht wie Sie. Woher will ich eigentlich wissen, dass *Sie* keine Frau sind?«

Damit war es ihr gelungen, ihn zu verblüffen. Einen Moment lang starrte er sie an, dann lachte er und bot ihr den Arm.

»Ich würde erwidern, dass ich Ihnen das gerne bewiese, aber da Sie mir den Beweis des gleichen Umstands immer noch vorenthalten, werden wir es wohl vorerst bei einem Spaziergang bewenden lassen. Was halten Sie davon, wenn wir uns den Hafen anschauen?«

Davon hielt sie sehr viel. Seereisen kamen für sie nicht in Frage. Bei Landreisen ihr Geheimnis zu wahren war eine Sache und wurde durch die Lantis erleichtert, auf einem Schiff ohne Fluchtmöglichkeit auf engem Raum unter Dutzenden Männern, die lange keine Frau gehabt hatten und bestimmt einen Kapaun mit Brüsten gerne als Ersatz genommen hätten, eine wesentlich gefährlichere. Zugleich faszinierte sie das Meer, seit sie es zum ersten Mal gesehen hatte, und manchmal stellte sie sich vor, wie es wäre, auf einem Schiff der Sonne entgegenzusegeln.

»Können wir auch ein paar Schiffe besichtigen?«, fragte sie sofort.

»Gerne«, sagte er und klang schon wieder leicht verblüfft, obwohl sie es diesmal gar nicht beabsichtigt hatte. Sie hakte sich bei ihm ein, wie man es unter Männern tat, statt ihre Hand auf seinen Unterarm zu legen, und stellte aus der Nähe fest, dass er sich ausgiebig gewaschen haben musste, da er nicht im mindesten nach Schweiß oder Cecilia roch. Zweifellos erfasste er die Bedeutung ihrer Geste, doch er bestand nicht darauf, sie als Frau zu führen.

»Wann sind Sie zum ersten Mal mit einem Schiff gefahren? Nicht mit einer Gondel, mit einem richtigen Schiff.«

»Das weiß ich nicht«, sagte der Venezianer. »Ich kann Ihnen meine früheste Erinnerung an eine Schifffahrt beschreiben, aber das ist nicht dasselbe. Ich habe nämlich keine Erinnerungen, die vor mein achtes oder neuntes Jahr zurückreichen, aber da meine Eltern immer wieder das Festland besuchten, gab es mit Sicherheit frühere Schifffahrten.«

Wenn er die Wahrheit sprach, hatte er ihr damit auch erklärt, dass er keine Erinnerung an das Kind Angiola Calori hatte, und sie brauchte diese sehr kleine Sorge überhaupt nicht mehr zu hegen. Widersinnigerweise versetzte ihr das dennoch einen feinen, aber unleugbaren Stich.

»Wirklich nicht? Das erscheint mir recht spät. Ich habe ein paar recht lebhafte Erinnerungen aus der Zeit, als ich fünf oder sechs war, und auch ein paar, die weiter zurückreichen, in mein drittes oder viertes Jahr hinein, obwohl ich mir bei manchen nicht sicher bin, ob sie echte Erinnerungen sind oder etwas, das mir meine Mutter oft genug erzählt hat.«

»Ich war acht Jahre alt, als meine Großmutter mich zu einer Hexe nach Murano brachte, um mich vom Nasenbluten zu kurieren«, sagte er, ohne sie anzuschauen. »Da haben Sie meine erste Schifffahrt und meine erste Erinnerung, beides in einem. Vor dieser Angelegenheit muss ich ein ausgesprochen langweiliges Kind gewesen sein, ständig krank und sich weigernd, mit irgendjemandem zu sprechen. Kein Wunder, dass meine Eltern dachten, ich würde nicht überleben. Nach Murano änderte sich das alles, also könnte man mit Fug und Recht sagen, dass ich dem Meer und ein wenig der weiblichen Magie mein Leben verdanke.«

Sie dachte an den Jungen im Theater, der ihr gar nicht kränklich vorgekommen war. Es wurde ihr erneut bewusst, dass sie an diesem Tag ihren Eltern gänzlich hätte verlorengehen können, wenn er sie nicht begleitet hätte. Ohne ihn wäre sie vielleicht am Ende der Vorstellung mit den Massen hinausgeschwemmt worden, unfähig, die Eltern wiederzufinden. Wenn sie in einen Kanal gefallen wäre, dann wäre sie ertrunken, da sie nun einmal nicht schwimmen konnte. Wenn nicht, dann wäre sie vermutlich ein Bettelkind geworden. Sie rief sich zur Ordnung. Ihre Phantasie war mal wieder dabei, mit ihr durchzugehen.

Über jene Ereignisse konnte sie mit ihm ohnehin nicht sprechen. Stattdessen sagte sie mit einer Wärme, die dem Kind von damals galt: »Ich kann mir nicht vorstellen, dass Sie je langweilig gewesen sind, Giacomo.«

»Nun, zu irgendetwas müssen die Jahre des Studiums in Padua nütze gewesen sein«, gab er zurück und wich einer Pfütze aus, in der sich durch den kalten Regen der letzten Tage viel Dreck und Wasser gesammelt hatte. Vielleicht galt sein Ausweichen weniger der Sorge um seine Schuhe als der Möglichkeit, ihr dadurch noch etwas näher zu kommen, während sie die Straße entlanggingen. »Aber wenn Sie mich fragen, dann habe ich mehr von der jungen Schwester meines Lehrers gelernt als von dem Lehrer. Und von den Nichten meines Mentors. Und von den Schwestern der …«

»Sie müssen mir nicht alle Ihre Verflossenen aufzählen, um mich zu beeindrucken«, wehrte sie ab, und das Gefühl der Wärme wich der Irritation, die sie mit seiner Gegenwart verband. »Das tut mein Bruder Petronio gelegentlich auch, und es beweist nur, dass unsichere junge Männer das Angeben vor anderen jungen Männern genauso genießen wie das, was sie vielleicht getan haben.«

Er lachte. »Also, da tun Sie mir unrecht. Und nicht, weil Sie mir immer noch unterstellen, dass ich Ihnen den jungen Mann abkaufe. Ich erkenne immer das Geschlecht, die Frau, ohne die wir Männer alle nur die unglücklichsten Tiere auf Erden wären. Aber die Fähigkeit zur Liebe unterscheidet uns von ihnen. Gott sei es gedankt.«

»Und woran …«

»Nicht, dass Sie jetzt glauben, ich wolle ausweichen, wenn ich nicht konkret werde. Es sind aber die tausend kleinen Züge, die zur Anmut führen, die man nicht beschreiben kann.«

»Anmut hat man jedem Kastratensänger, der auch nur einigermaßen berühmt geworden ist, nachgesagt«, gab sie skeptisch zurück und dachte daran, wie Appianino ihr erzählt hatte, was man die Knaben an den Konservatorien in Neapel alles tun ließ, um sie dazu zu bringen, sich auf der Bühne »anmutig« zu bewegen. Für männliche Tänzer wie Petronio galt dasselbe. Als er mit dem Tanzen begann, war er wiederholt wegen mangelnder Anmut verprügelt worden; jetzt dagegen konnte ihm niemand mehr dergleichen nachsagen.

»Außerdem«, fuhr Giacomo Casanova fort, der offenbar nur hörte, was er hören wollte, »entdecke ich jeden Moment an Ihren Augen, Lippen, Händen, Ihren Bewegungen einen sinnlichen Reiz, und meine Augen, meine Gefühle können da nicht lügen.«

Oh, er hatte es wirklich verdient, dass sie sich für ihn als Mann herausstellte. Sie hatte sich in den letzten Jahren des Öfteren gewünscht, ihre Verkleidung wäre Wirklichkeit, aus den unterschiedlichsten Gründen, angefangen damit, dass es ihr die Freiheit verschaffen würde, im Sommer nackt im Meer zu schwimmen, und damit endend, dass manche für den Stimmumfang von Kastraten geschriebene Partien zunächst wie unerklimmbare Berge schienen und sie unendlich viel Energie kosteten, um sie dennoch zu meistern. Aber gerade hier und heute hätte sie wenigstens einen Auftritt und eine gute Mahlzeit darum gegeben, nur um ihm auf diese unerträgliche

Selbstsicherheit hin ohne Lügen beweisen zu können, dass er sich irrte.

»Ihre Phantasie geht mit Ihnen durch«, sagte sie so fest wie möglich, was gemessen an der Art, wie seine Mundwinkel sich kräuselten, offenbar nicht fest genug war.

»Immer. Wozu ist die menschliche Phantasie da, wenn man sie beschränkt? Ich kann in der Tat durch meine Phantasie unsichtbare Dinge sehen, an Ihnen, an mir, an uns. Ich kann meine Phantasie verführen zur Liebe, Leidenschaft, zur Lust, egal wohin. Das Paradies, das uns für später versprochen wird, ist nichts dagegen. Ich würde meiner Phantasie aber nie Gewalt antun, anders als Sie mir das jetzt unterstellen. Sie wird nur von echter Inspiration beflügelt. Ich würde Sie gerne mitnehmen in diese Welt der Liebe.«

»Wäre ich eine Frau, würde ich bei Ihrer Beredsamkeit vielleicht schwachwerden, aber so?«

»Glauben Sie mir, jede Frau, so schwach sie auch sein mag, ist durch das Gefühl, das sie einflößt, stärker als der stärkste Mann.«

Was für ein Unsinn, dachte Bellino und war mit einem Mal froh, doch kein Mann zu sein, denn dergleichen konnte nur ein Mann von sich geben. Ein Mann, den noch nie jemand gezwungen hatte, einem anderen zu Willen zu sein, wie es täglich so vielen Frauen geschah. Wie es ihr geschehen wäre, hätte sie Bologna nicht mit Appianino verlassen. Sie müsste jetzt Falier zu Willen sein und ihn ihren Herrn und Gebieter nennen. Sie sah ihn an, diesen Mann, der vorgab, etwas von Frauen zu verstehen, und fragte sich, ob er sich je die Mühe gemacht hatte, sich in eine Frau hineinzuversetzen. Gewiss nicht!

»Wenn es sich auch nur im Entferntesten so verhielte, wie Sie behaupten, dann wäre die Welt eine andere. Stattdessen sind alle ihre Gesetze von Männern für Männer geschaffen«, sagte sie unwillig und ohne nachzudenken. An dem Blitzen in seinen

Augen erkannte sie eine Sekunde zu spät, dass sie ihm in die Falle gelaufen war.

»Und als Mann stört Sie das? Bellino, Bellino, ein weniger vertrauensseliger Mensch als ich würde jetzt sagen: gesprochen wie eine Frau.«

Also hatte er sie mit all dem Gerede über unfehlbar erkennbare Reize nur auf das verbale Glatteis locken wollen. Sie war gleichzeitig beeindruckt und ein wenig wütend auf sich selbst, nicht nur, weil sie sich hatte provozieren lassen, sondern auch, weil sie sich einen Moment lang, gegen ihren Willen, wünschte, er würde tatsächlich meinen, was er über sie gesagt hatte. Hastig versuchte sie, wieder Boden unter den Füßen zu gewinnen.

»Wir Kastraten sind zwar als Männer geboren, aber werden von Ihresgleichen, die dem Messer entgangen sind, nicht für voll genommen, wie Sie mir ja selbst ständig beweisen. Daher fällt es mir leicht, auch an die Lage von Frauen zu denken, die in dieser Welt nun wirklich nicht an der Macht sind, sondern sich tagaus, tagein nach dem Willen der Männer richten müssen, ganz gleich, wer im Schlafzimmer die Oberhand hat. Sie werden doch nicht behaupten wollen, dass der Wettkampf im Bett das Alpha und Omega unserer Welt darstellt?«

»Sie haben recht, was das Spiel zwischen Mann und Frau betrifft«, erwiderte er vergnügt, »und es sind bestimmt nicht die schlechtesten Erlebnisse, bei denen man die Frauen ausschließlich durch Blicke verführt und mit Blicken besessen hat, aber nicht jeder ist zum Heiligen bestimmt.«

Damit hatte er schon wieder das umgangen, wogegen er kein gutes Argument besitzen konnte. Ob er nun ein Lügner war oder ein miserabler Kleriker, als Wortfechter war er eindeutig der Beste, der Bellino je begegnet war, und sie musste zugeben, dass ihr die Auseinandersetzung mit ihm Freude bereitete. Ganz gleich, wie sehr er im Unrecht war.

»Die Gefahr, dass jemand Sie je mit einem Heiligen verwechselt, besteht bestimmt nicht, Abbate. Aber wenn Sie sich tatsächlich zukünftig auf Blicke beschränken, wird man Sie noch als Vorbild der Moral seligsprechen.«

Er machte eine wegwerfende Geste.

»Moral ist für mich, wonach man sich gut fühlt, Unmoral, wonach man sich schlecht fühlt, und schlecht habe ich mich durch die Liebe noch nie gefühlt, oder erst, wenn ich eine Kur machen musste, weil ich mich angesteckt hatte. So ist das Natürliche für mich auch nie anstößig, sonst wäre es ja nicht natürlich, wie die Liebe und die Lust.«

Wenn sie nicht alles trog, hatte er sich gerade eine Blöße gegeben, und sie schlug sofort zu.

»Unmoral könnte man auch Ihre Neigung nennen, für sich selbst ständig Ausnahmen zu fordern. Sie machen also einen Unterschied zwischen Liebe und Lust?«

»Das eine gehört zum anderen«, entgegnete er ungerührt.

»Und als Lust bezeichnen Sie …«

»Lust ist, was unser Wesen lieber erfahren als nicht erfahren möchte. Dazu gehört gutes Essen genauso wie guter Wein, die Kunst, die Musen, liebe Freunde, die uns die Seele halten. Lust ist dabei zur Liebe so unverzichtbar wie der Schlaf zum Leben, und sie ist der Moment, in dem Mann und Frau wirklich eins sind.«

»Und wie wollen Sie beurteilen, dass die Frau, die Sie in Ihren Armen halten, Ihnen dabei nicht etwas vormacht?«, platzte sie heraus.

»Warum sollte sie das?«, fragte er zurück.

Sie konnte nicht widerstehen. »Glauben Sie mir, ich weiß Ihre Großzügigkeit meiner Familie gegenüber zu schätzen, aber drei Dublonen sind schon ein gutes Argument.«

Seine natürlich gewölbte Augenbraue kletterte noch etwas höher. »Ich wusste doch, dass Sie eifersüchtig sind«, sagte er zufrieden. Ihr lag gerade die scharfe Erwiderung auf der Zunge, dass er überhaupt nichts von ihr wusste, als eine Kutsche an ihnen vorbeifuhr. Unwillkürlich erstarrte sie. Die Kutsche hielt nicht an, und Bellino entspannte sich wieder. So eng nebeneinander, wie sie gingen, die Arme ineinander verhakt, war es unmöglich, dass er davon nichts gemerkt hatte. Aber diesmal überraschte er sie vollständig, denn er verzichtete auf jegliche Frage oder einen Kommentar.

Wenn sie ihm von der Contessa erzählte, war er imstande zu lachen und wünschte sich höchstens, dabei gewesen zu sein, wie Petronio es getan hatte. Außerdem prahlte sie nicht mit intimen Erlebnissen. Sie war kein – sie war kein solcher Mann.

»Ancona war in den Zeiten der Römer der Venus geweiht, wussten Sie das?«, fragte er im Plauderton. »Es gibt ein Gedicht von Catull, das sie als Schutzgöttin des Ortes preist. Sie sehen, die Umstände sind auf meiner Seite, denn Venus kann sich über mangelnde Anbetung meinerseits ganz bestimmt nicht beklagen.«

»Und das von einem Abbate. Dass Sie es nicht mit Armut, Enthaltsamkeit und Keuschheit halten, wusste ich, aber wenn Sie nun auch noch Heidengötter verehren, dann frage ich mich, wofür die Kirche Sie eigentlich bezahlt.«

»Geheimverhandlungen mit den Türken, das sagte ich doch«, gab er mit todernster Miene zurück und brachte sie ein weiteres Mal zum Lächeln. Vielleicht war das sein Talent; man befand sich gerne in seiner Gesellschaft, auch wenn man gelegentlich zornig auf ihn wurde, doch es war unmöglich, sich mit ihm zu langweilen.

Da sie mittlerweile das eigentliche Hafengebiet erreicht hatten, war der Geruch nach Fisch und Salz durchdringend. Leiterwagen mit Handelswaren drängten sich an ihnen vorbei, und oft sah man auf Säcken das Wappen von Ancona, mit den überkreuzten Schlüsseln unter der päpstlichen Mitra, die verrieten, dass die Stadt zum Kirchenstaat gehörte.

»Dann besteht eigentlich kein Grund für Sie, nicht hier ein Schiff zu nehmen«, sagte Bellino, »und in Konstantinopel Ihre Mission zu erfüllen. Muss ich mich schuldig fühlen, weil ich Sie nun bis Rimini auf dem Land festhalte?«

»Wenn ich ja sage, werden Sie mir dann Ihre Weiblichkeit gestehen?«

»Warum ist es Ihnen denn so wichtig«, fragte sie in aufrichtiger Neugier, »in mir eine Frau zu sehen? Geht es Ihnen nur um das Rechthaben? Oder meinen Sie, dass Sie weniger ein Mann sind, wenn Sie sich eingestehen müssen, mit einem anderen Mann ins Bett gehen zu wollen? Ist Ihnen das wirklich vorher noch nie geschehen?«

»Oh, ich war schon einmal im Bett eines anderen Mannes«, sagte er. »Genauer gesagt, in dem eines anderen Jungen, als mein Vormund darauf bestand, mich in ein Seminar zu stecken, obwohl ich bereits von der Kanzel gepredigt hatte. Es war eine höchst effektive Methode, um umgehend aus dem Seminar hinausgeworfen zu werden und meinen Vormund davon zu überzeugen, mich endlich meinen eigenen Weg gehen zu lassen. Es war die keuscheste Nacht, seit ich meiner Kindheit entkommen bin. Und da ich mich auch nach einer solchen Erfahrung nicht zu Männern hingezogen fühle, müssen Sie eine Frau sein.«

»Ich weiß nicht, was man Sie in diesem Seminar gelehrt hat, aber Logik kann es nicht gewesen sein«, gab sie zurück und beschirmte ihre Augen, um zu sehen, was für Schiffe im Hafen lagen. Eines davon zeigte die venezianische Flagge, den Löwen von San Marco, der golden auf rotem Grund prangte; das andere die türkische.

»So ein Ereignis beweist doch nur, dass dieser eine Junge für Sie nicht reizvoll war. Es sagt nichts über alle anderen Männer auf dieser Welt aus. Sie fühlen sich doch auch nicht zu allen Frauen hingezogen, oder?«

Er schwieg, und sie schaute, wegen seiner Größe, unvermeidlich zu ihm auf. In der Morgensonne sah man das Puder und die Pomade in seinem Haar glitzern, das dunkel wie ihres war, doch glatt statt lockig. Er schien überhaupt nicht gerne Perücken zu tragen und hatte das bei seinem kräftigen Schopf auch nicht nötig. Seine Augen kamen ihr heute eher grün vor, doch das lag auch daran, dass er einen olivfarbenen Rock und grüne Hosen gewählt hatte. Er hatte nie weniger einem Abbate geglichen als in diesem Augenblick, da er die Stille zwischen ihnen sich ausdehnen ließ, ohne sie als Erster zu brechen und ohne die Augen niederzuschlagen. Warum auch? Es erinnerte sie an die Trillerübungen, die sie machte, um ihre Arien gebührend verzieren zu können; je länger man einen Ton anhielt, desto mehr war es möglich, die Erwartungen der Zuhörer zu wecken und noch weiter zu steigern.

»Jede Frau?«, fragte sie schließlich, sich eingestehend, dass sie diese Runde verloren hatte. »Wirklich jede?«

»Nicht jede im gleichen Maß«, gab er zu. »Beispielsweise glaube ich, Sie könnten mich mit Ihrer Mutter alleine lassen, ohne einen Angriff auf deren Tugend befürchten zu müssen. Aber wenn wir gemeinsam auf einer einsamen Insel gestrandet wären und es niemand anderen außer uns dort gäbe, dann könnte sich das ändern. Ihre Mutter hat ein angenehmes Lachen, und auch wenn ihre Figur, nun, ausladend ist, so gibt es bei jedem Schwimmer nach einer langen Flaute Momente, wo er sich Wellen statt eine glatte Oberfläche wünscht, anstatt vor Langeweile umzukommen.«

»Frauen sind keine Wassertropfen im Meer. Sie sind Menschen, und wenn Sie wirklich jede wollen, dann wollen Sie doch eher keine, weil Sie sich gar nicht die Mühe machen, sie unterscheiden zu lernen.«

»Gesprochen«, sagte er hinterhältig, »wie eine in ihren Gefühlen verletzte Frau, wofür ich mich gern bei Ihnen entschuldige. Aber Sie hatten gefragt, Bellino.«

Sie spürte, wie ihr das Blut in die Wangen stieg.

»Gesprochen wie ein Mann, der selbst Erfahrungen mit Frauen hat. Nur, weil ich durch eine Operation anders gemacht wurde als Sie, heißt das noch lange nicht, dass ich eine Frau nicht glücklich machen kann.«

»Wenn das wahr wäre«, entgegnete er langsam, »und ich sage nicht, dass ich Ihnen auch nur einen Moment lang glaube, dann könnten Sie unsere Erfahrungen dabei doch keineswegs miteinander vergleichen.«

Wie es schien, hatte sie mit ihrer Bemerkung einen Treffer erzielt, auch wenn er es noch nicht zugab, und Bellino hakte nach.

»Und warum nicht? Ich habe geliebt. Sie haben geliebt. Das behaupten Sie jedenfalls. Ich habe Frauen in Ekstase gebracht. Das beanspruchen Sie ebenfalls für sich. Was lässt sich daran nicht vergleichen?«

Das Beste war, dass sie diesmal gar nicht lügen musste, denn an keiner Stelle gab sie an, die Frau geliebt zu haben, die sie zur Ekstase gebracht hatte. Anscheinend klang sie auch überzeugend genug, denn er runzelte die Stirn und hörte sich nicht ganz so selbstgewiss an wie sonst, als er erwiderte: »Ohne nackte Tatsachen, die Sie mir nicht gewähren wollen, steht hier Behauptung gegen Behauptung, fürchte ich. Aber wie wäre es mit einer Wette? Wir besichtigen jetzt die Schiffe, wie abgemacht, und machen beide der ersten Frau, die uns danach über den Weg läuft, den Hof. Sie werden erleben, dass diese Frau, ganz gleich, um wen es sich handelt, in Ihnen instinktiv das Weib erspüren wird und in mir den Mann, und mich daher Ihnen vorzieht.«

Offensichtlich rechnete er nicht mit Frauen, die wie Petronio waren und ihr eigenes Geschlecht bevorzugten, aber leider konnte Bellino hier nicht wirklich mit mehreren Erfahrungen prahlen. Sie vermutete, dass die Contessa entsetzt wäre, wenn sie wüsste, dass ihr gestern kein Kastrat zu Diensten gewesen war. Der Gedanke verschaffte ihr eine leicht gehässige Befriedigung, weil die Frau so offen gefordert statt gebeten und sogar ihr Engagement zu einer Bedingung gemacht hatte. In jedem Fall jedoch bewies die Begegnung mit der Contessa, dass Bellino sehr wohl in der Lage war, von einer Frau als begehrenswerter Mann wahrgenommen zu werden, und sie erinnerte sich daran, wie in Bologna so manche Dame ihre Verehrer zugunsten von Appianino hatte stehenlassen.

»Die Wette gilt«, sagte sie daher und bereute es bereits einen Moment später, denn seine vergnügte Miene glich eindeutig der von Petronio, als er ihr das Kartenspiel Pharo beigebracht und bei der Gelegenheit die Bedingungen zu seinen Gunsten verändert hatte, wie sie später herausfand, weil er so fast immer die Bank hielt, und die konnte nicht verlieren. Casanova schien sich seines Vorteils so sicher, dass am Ende mehr als sein gutes Aussehen und seine Redegewandtheit der Grund dafür sein mussten.

Er schlug vor, zuerst das venezianische Schiff zu besuchen.

»Haben Sie denn Bekannte dort?«, fragte Bellino misstrauisch.

»Wer weiß? Venedig ist in manchen Dingen nur ein Dorf. Aber ich glaube nicht. Ich höre allerdings immer gerne Neuigkeiten von daheim.«

Sie ließen sich zu dem Schiff rudern, was nicht lange dauerte. Es war ein eigenartiges Gefühl, endlich wieder in einem Boot zu sitzen, obwohl es doch ganz anders war als die Gondeln damals in Venedig, und Bellino versuchte vergeblich, ihre Aufregung zu verstecken.

»Es wäre schön, wenn meine Gesellschaft Sie so zum Strahlen gebracht hätte, aber mir scheint doch, dass unser Ziel dafür verantwortlich sein könnte. Ist das etwa Ihre erste Bootsfahrt?«

»Wenn es eine frühere gab, dann kann ich mich daran so wenig erinnern wie Sie sich an Ihre frühe Kindheit«, gab Bellino zurück, weil sie keinen Hinweis auf ihren Aufenthalt in Venedig geben wollte, und wünschte sich, keine Perücke zu tragen, um die leichte Brise, die trotz der schützenden Landzunge von Ancona bis zum Hafen wehte, in ihren Haaren zu spüren. Als sie am Schiff anlegten und an Bord kletterten, ließ Casanova sie zuerst gehen, und so war auch sie diejenige, die zuerst mit der Schiffswache sprach. Als der Mann ihre Stimme hörte, veränderte sich seine Miene. Sein Blick wanderte von ihrem Gesicht zu ihren Hosen und zurück.

»Ein Kapaun, wie?«, fragte er und spie zur Seite. »Armes Schwein.«

»Ich bin Sänger«, entgegnete sie so würdevoll wie möglich, »und es ergeht mir dabei sehr gut.«

Hinter ihr rief Casanova dem Matrosen etwas zu, was Bellino nicht verstand und ein venezianischer Dialekt sein musste. Der Mann schüttelte den Kopf und trat zurück, um ihr mehr Raum zu geben. Bei dem Schiff handelte es sich um eine Schebecke, wie Casanova ihr erklärte; deswegen sprangen nur Bug und Heck weit über das Wasser hoch. Es hatte drei Masten, die ihr nun, da sie an Bord stand, viel größer als vom Ufer aus vorkamen. Da das Schiff ankerte, waren die Segel gerefft, bis auf eines, das auf dem Boden des Decks lag, wo es ausgebessert wurde, und sie konnte sehen, dass es nicht viereckig, sondern dreieckig war.

»Das nennt man lateinische Segel«, sagte Casanova, der ihren Blick bemerkt hatte. »Sehr beliebt bei Piraten, weil es die Geschwindigkeit erhöht.«

»Wir fahren für Don Antonio Tadducci und sind ein anständiges Schiff«, sagte der Matrose gekränkt. »Wenn du an Bord gekommen bist, um uns zu beleidigen, kannst du gleich wieder gehen, Laffe.«

»Mein junger Freund hier war noch nie auf einem Handelsschiff«, meinte Casanova beruhigend. »Venezianische Schiffe sind die besten der Welt, deswegen wollte ich ihn über euer

Schiff mit der Seefahrt bekannt machen. Don Antonio Tadducci, sagst du? Ich glaube, ich kenne seinen Vetter Giovanni. Ein wirklich guter Freund von mir.«

»Der steckt derzeit in den Bleikammern«, gab der Mann misstrauisch zurück. »Damit hat aber Don Antonio nichts zu tun. Don Antonio ist ein anständiger Kaufmann. Du bist wohl ein Spitzel der Staatsinquisition, wie?«

»Ganz bestimmt nicht.«

»Dann kauf was, oder verschwinde wieder mit dem Kapaun. Verschnittene an Bord bringen Unglück, genau wie Frauen. Wenn ich bei der nächsten Fahrt meine Eier verliere, weiß ich, wer Schuld hat.«

»Eure Legehenne?«, rutschte es Bellino heraus, ehe sie sich zurückhalten konnte. Damit war der Besuch des venezianischen Schiffs beendet, ehe sie überhaupt die Waren dort zu Gesicht bekamen.

»Das tut mir leid«, sagte Casanova, als sie sich wieder in ihrem gemieteten Ruderboot befanden. »Ich hätte daran denken sollen, dass in Venedig jeder jeden verdächtigt, für die Staatsinquisition zu arbeiten, wenn man ihnen nur den geringsten Anlass dafür gibt. Und da natürlich auch jeder jeden betrügt, wo er nur kann, gibt es immer etwas zu befürchten. Offenbar bin ich schon zu lange von zu Hause fort!«

»Nun, vielleicht lässt man diesen Giovanni Tadducci wieder laufen, und es war alles nur ein Missverständnis.«
Er zuckte die Achseln.

»Ich dachte, er sei ein wirklich guter Freund?«, fragte Bellino, und der Venezianer schenkte ihr ein kleines Lächeln.

»Um ganz offen zu sein: Ich wusste noch nicht einmal, dass es ihn gibt. Aber jede Familie hat ein Mitglied namens Giovanni, darauf kann man eigentlich immer wetten. ›Ich kenne Vetter Giovanni‹ ist deshalb die einfachste und sicherste aller Einführungen heutzutage.«

Sie legte die Hand aufs Herz. »Signore Abbate, ich bin entsetzt. Eine Lüge, von Ihnen? Nie hätte ich das für möglich gehalten.«

»Unter Gleichgesinnten fühlt man sich eben gelegentlich zu Geständnissen veranlasst«, sagte er vergnügt und bot ihr an, als Nächstes das türkische Schiff zu besuchen.

»Nun, zumindest werden die Matrosen dort keine Vorbehalte gegen Kastraten haben«, sagte Bellino und versuchte, weltmännisch zu klingen und ihre Aufregung herunterzuspielen. An Bord eines türkischen Schiffes hätte sie alleine erst recht nicht zu gehen gewagt, obwohl sie ungeheuer neugierig war, seit sie mit Melani die Oper *Theodora* einstudiert hatte, mit all den Arien über das schöne Konstantinopel, das Juwel des Bosporus, und sicher nicht deswegen, weil er behauptete, diese sagenumwobene Stadt tatsächlich aufsuchen zu wollen. »Wenn bei denen Eunuchen sogar Minister werden können.«

»Das können sie bei uns auch, wenn die Geschichten aus Spanien über Farinelli und seinen Einfluss am Königshof stimmen. Sehen Sie etwa Ihre Zukunft in der Politik, Bellino?«

»Nein«, entgegnete sie, »dazu bin ich zu eitel. Nur für einen einzigen Zuhörer singen, auch wenn er König von Spanien wäre? Niemals! Außerdem darf er angeblich nur sechs Lieder vortragen, immer die gleichen. Ich möchte von so vielen wie möglich gehört und weiß Gott nicht so eingeschränkt in meinem Vortrag werden.«

Beinahe hätte sie hinzugefügt, dass er gerade zum ersten Mal ohne Widerspruch akzeptiert hatte, dass sie ein Kastrat war, aber hielt die Bemerkung im letzten Moment zurück. Er würde es ohnehin wieder zurücknehmen. Außerdem hatte sie ihn auf dem Weg zum Hafen zum ersten Mal Giacomo genannt, ohne darauf zu achten, und auch er hatte es nicht triumphierend kommentiert.

Das türkische Schiff war um einiges größer als das venezianische. Als der Fischer, dessen Ruderboot sie benutzten, nach oben rief, er bringe Besuch zur Besichtigung und möglichem Warenkauf, stellte sich heraus, dass der Eigentümer auch der Kapitän war, ein türkischer Kaufmann aus Saloniki. Zu ihrer großen Überraschung sah sie sogar eine eindeutig weibliche Gestalt neben ihm stehen, die griechische Tracht trug und ihr schwarzes Haar nur mit einem dünnen Schleier bedeckt hielt. Neben Bellino hielt sich Casanova mit einem Mal sehr gerade, und Bellino spürte, wie ihr Misstrauen zurückkehrte. Bei dem venezianischen Schiff hatte sie damit gerechnet, dass er alte Bekannte dort hatte, doch das war nicht der Fall gewesen. In der Türkei war er laut seinen eigenen Behauptungen noch nicht gewesen. Er konnte hier an Bord eigentlich niemanden kennen, geschweige denn gewusst haben, dass sie auf einem türkischen Schiff eine Frau antreffen würden.

Eine Wette war eine Wette, gewiss. Aber es wäre selbstmörderisch, einer Sklavin vor ihrem Eigentümer den Hof zu machen, und hastig flüsterte Bellino genau das Casanova ins Ohr. »Ausreden, Ausreden«, gab er zurück, aber ganz im Gegensatz zu seinem sonstigen Verhalten ließ er mit keinem Zeichen auch nur erkennen, dass er die Frau an der Seite des Türken überhaupt bemerkte, während er den Mann formvollendet begrüßte. Dabei zeigte das weiße Kleid, das nur an den Ärmeln und am Rocksaum bunt bestickt war, dass sie eine gute Figur hatte, und der perlenbesetzte Ledergürtel, den sie trug, betonte die schlanke Taille über den leicht ausladenden Hüften noch. Sie schien Bellino kaum älter als sie selbst zu sein, und sie hätte gerne mehr von ihrem Gesicht gesehen, doch über ihre Augen ließ sich nichts sagen, da sie den Blick fest auf den Boden gerichtet hielt.

Der türkische Kapitän trug einen grauweißen Bart, doch keinen Turban, den sich Bellino mit ihren nur durch Opern und Geschichten erlangten Kenntnissen immer zu allen Muslimen gedacht hatte. Sein Gesicht war braungebrannt, zerfurcht wie altes Leder. Die Weste war nicht anders als die eines reichen Bologneser Bürgers; nur die Pluderhosen hatten einen durchaus fremdartigen Schritt. Er sprach ein ausgezeichnetes Italienisch, als er anbot, dem »Schützling des Senators Malipiero«, als der sich Casanova vorstellte, die Waren in seiner Kajüte zu zeigen, die er nicht den Markthallen von Ancona habe anvertrauen wollen, weil sie zu ausgesucht und edel wären.

Wir sind hier also kein Kardinalssekretär in geheimer Mission mehr, wie?, dachte Bellino und legte sich in Gedanken schon ein paar Bemerkungen darüber zurecht, während sie sich fast den Hals verrenkte, um so viel wie möglich von dem Schiff zu sehen. Wenn die venezianische Schebecke ein betriebsamer, aber dünner Straßenverkäufer gewesen war, so erinnerte sie das türkische Schiff an eine behäbige Marktfrau, die auf ihrem Korb saß und ihre Waren feilbot. Der Bug lag tief, und die wuchtige Breite glich einer vom Wind aufgeblähten Schürze. Die wenigen Matrosen, die sie auf Deck sehen konnte, waren nicht anders gekleidet als auf dem anderen Schiff; bis auf die Griechin war auch keine weitere Frau unter ihnen. In der Kajüte, in die sie der Kapitän führte, befanden sich eine kleine Öllampe, mit grünem Glas umrundet, und mehrere kleine Teppiche, die sehr viel feiner geknüpft schienen als diejenigen, die Bellino je gesehen hatte.

»Fassen Sie nur in den Flor dieser Teppiche«, sagte er zu Casanova und Bellino. »Teppiche, die ich verkaufe, sind nicht spröde und trocken, oh nein. Sie sind aus ordentlich fetter Wolle gemacht und brechen auch dann nicht, wenn man sie zwirbelt.«

Obwohl sie nicht das Geld hatte, um etwas zu kaufen, und bezweifelte, dass Casanova dergleichen plante, kniete Bellino nieder und ließ ihre Finger in die angepriesenen Teppiche sinken. Da heller Tag war, hatte der Türke die Öllampe nicht entzündet, und das Licht in der Kajüte, das durch das vergitterte Fenster drang, war dämmrig; das Rot und Blau der verwende-

204

ten Farben war trotzdem kräftig genug, um die Schönheit der Muster zu offenbaren, und die Fasern unter ihren Händen waren in der Tat weich und nachgiebig genug, um in ihr den Wunsch zu erwecken, barfuß über sie zu gehen.

»Ich muss Ihnen gestehen, dass ich hier bin, um ein Geschenk für eine Frau zu kaufen«, sagte Casanova. »Leider fürchte ich, dass ein Teppich da nicht das richtige wäre.«

»Frauen verstehen nicht viel von Teppichen«, stimmte der Kapitän zu. »Aber ich habe Schmuck! Schmuck und Öle, Düfte ...«

»... von denen wir Männer wiederum nicht so viel verstehen«, unterbrach ihn Casanova. »Wie wäre es, wenn wir Ihre Gattin fragen, welche von Ihren zweifellos wunderbaren Waren ihr denn zusagen würden?«

Gattin?, dachte Bellino. Sie hatte geglaubt, dass es sich um eine Sklavin handelte. Doch vielleicht war Casanova einfach nur höflich, genau, wie man einem Mann auch nie unterstellte, seine Geliebte auszuführen, wenn man ihn in weiblicher Gesellschaft traf, ganz gleich, wie offensichtlich das war.

Der Kapitän sagte etwas zu der Griechin, die lächelte und in der gleichen Sprache antwortete. Daraufhin nickte er und meinte, er sei gleich wieder mit den bezeichneten Juwelen zurück, die einer Königin würdig wären. Zum ersten Mal kamen Bellino Zweifel, und sie fragte sich, ob Casanova möglicherweise doch genau der war, als der er sich ausgab. Geld für Mahlzeiten und einen Diener war eine Sache, genügend Geld, um teuren Schmuck zu kaufen, eine andere. Es hatte immer gute pekunäre Gründe, warum Bellino genau wie die meisten Sänger, bis auf die großen, gefeierten Berühmtheiten wie Appianino, zu ihren Kostümen nur Ketten aus Glasperlen getragen hatte.

Es gab jedoch keine Zeit, um herauszufinden, ob es für sie einen Unterschied machte, ob Giacomo Casanova ein begabter

Lügner oder ein echter Kardinalssekretär und Senatorenvertrauter mit unerschöpflichen finanziellen Mitteln war. Sowie die Schritte des Türken verklungen waren, stürzte sich die Griechin auf Casanova und rief auf Italienisch: »Der Augenblick des Glücks ist da!«

Bellino blieb der Mund offen, während Casanova, der gegen die Wand der Kajüte lehnte, an seiner Hose nestelte und die Griechin ihr Kleid hochzog, ohne sich im Geringsten an Bellinos Gegenwart zu stören. Es erinnerte sie an die Contessa, die sich auch nicht um ihre Zofe gekümmert hatte, aber die Zofe hatte während der ganzen Zeit dankenswerterweise in die andere Richtung geschaut. Casanova dagegen blickte direkt zu Bellino, während die Griechin ihre Arme um seinen Hals und die Beine um seine Hüften schlang, mit einer Gelenkigkeit, die eine geübte Tänzerin verriet. Er schaute zu ihr, während seine Hände zum Hintern der Frau glitten, ihn anhoben und ihre rhythmischen Bewegungen unterstützten. Er schaute zu Bellino, während er den Hals der Griechin küsste und sie ihren Kopf auf und nieder warf.

Ihre Haut zog sich zusammen. Sie spürte ihren Mund trocken werden. In ihrem Inneren brannte es. Warum tat er das? Um eine Wette zu gewinnen? Um ihr zu zeigen, dass er jede Frau haben konnte und was sie verpasste? Um im Gegenteil zu zeigen, dass er ihr mittlerweile glaubte, ein Mann zu sein, und sich bei einer anderen Frau schadlos hielt? Und was musste sich diese andere Frau dabei denken? Die Griechin war in einer ganz anderen Lage als die Contessa. Eine Giulia de Monti aus Pesaro konnte in ihrer Kutsche tun, was sie wollte, weil sie von Adel war, mit einem Adligen verheiratet, der sein Erbe bei aller Anstrengung nicht verprassen konnte, wie sich die Leute erzählten. Die Contessa war umgeben von Menschen, die von ihr abhängig und nicht in der Lage waren, ihr zu schaden. Ob aber die Griechin nun die Ehefrau oder die Sklavin des türkischen

Kapitäns war, sie riskierte doch gewiss im besten Fall Prügel und im schlimmsten Fall, wie ihr Appianino einmal über die Türken erzählt hatte, in einen Sack eingenäht und ertränkt zu werden. Wofür? Für ein kurzes Vergnügen, wortwörtlich zwischen Tür und Angel? Konnte ihr das so wichtig sein?

Bellino hatte Appianino geliebt. Sie wäre ihm überallhin gefolgt, wenn er sie nur mitgenommen hätte. Aber ihr Leben riskiert, nur für einen kurzen Moment der Ekstase mit ihm, das hätte sie gewiss nicht, obwohl sie damals jünger und kindischer gewesen war als jetzt und sich mit ihm für unsterblich gehalten hatte.

Ein Schauer glitt über ihre Haut, und erst jetzt bemerkte sie, dass sie zitterte.

Schritte näherten sich der Tür. Die Griechin löste sich schnell und mit einem tiefen Seufzer von Casanova. Sie glättete ihr Kleid. Sie stand so vor ihm, dass man ihn vom Eingang aus nicht unmittelbar sehen konnte, was ihm die Gelegenheit gab, seine Hose in Ordnung zu bringen, während die Tür sich bereits öffnete.

»Mein Schatzkästlein für die lieben Gäste«, strahlte der Kapitän.

»Oh, da bin ich jetzt wirklich gespannt!«, rief Bellino hastig und stürzte zu ihm, teils aus Furcht, der Kapitän würde merken, was gerade vor sich gegangen war, wenn man ihm ausreichend Zeit gab, sich umzusehen, teils, weil sie auf diese Weise etwas anderes tun konnte, als wie angewurzelt herumzustehen und sich zu fragen, was sie gerade beobachtet hatte und warum.

Der Kapitän hatte sie vorher noch nicht laut sprechen hören, doch jetzt glitt die gleiche leichte Grimasse über sein Gesicht, wie sie der venezianische Seemann gezeigt hatte. Wenigstens spie er nicht aus.

»Aber gerne doch«, sagte er stattdessen höflich, klappte den Deckel des Kästchens zurück, das er hielt, und zeigte eine Reihe von Silberkettchen, die Bellino bei ihrer Kostümerfahrung nur angemalte Bronze und buntes Glas zu sein schienen, und ein paar Fläschchen, in denen mutmaßlich die versprochenen Öle und Düfte steckten. »Die Pforte selbst schmückt die Perlen ihres Harems mit keinem schöneren Schmuck«, sagte der Türke.

Bellino hatte keine Ahnung, wen er mit »die Pforte« meinte, da es nicht so klang, als spräche er von einer Tür, aber sie erkannte Aufschneiderei, wenn sie dergleichen hörte. Eigentlich geschähe es Casanova recht, wenn sie ihn für seine wenigen Momente Vergnügen Unsummen für falschen Tand zahlen ließe. Andererseits würde er ihr zweifellos unter die Nase reiben, dass er gerade eine Wette gewonnen hatte, sowie sie das Schiff verließen, und sie versuchte nicht daran zu denken, was er fordern mochte, denn sie hatte es versäumt, das vorher mit ihm zu klären. Gerade jetzt glaubte er bestimmt, dass er die Oberhand hatte. Wie auch nicht, wo diese Griechin noch nicht einmal ein Wort, eine Geste benötigt hatte, um sich ihm hinzugeben? Wenn Bellino auch nur die geringste Missbilligung äußerte, dann würde er dies entweder als Beweis dafür nehmen, dass sie eine Frau, oder dafür, dass sie eifersüchtig war. Oder für beides. Niemals würde er ihre Bemerkung als völlig vernünftige Irritation darüber ansehen, dass er sein Leben und das der Griechin auf eine so dumme Weise riskiert hatte, von Bellinos Leben als Zeugin – als Zeugen – ganz zu schweigen. Sie war ganz gewiss nicht eifersüchtig und von diesem Gockelgehabe alles andere als beeindruckt. Es bewies ihr nur erneut, wie völlig unvernünftig es wäre, sich mit ihm einzulassen. Aber das würde er ihr nicht glauben. Sogar der Umstand, dass ihr mittlerweile Schweißperlen auf der Stirn standen, was einzig und allein daran lag, dass es bei vier Menschen in einer kleinen Kajüte warm geworden war, würde in seinen Augen gegen sie zeugen und seine Eitelkeit nur füttern.

Daher, dachte Bellino, schuldete sie es sich, ein für alle Mal klarzustellen, dass er sie mit diesem tierähnlichen Gevögele weder um ihren Verstand noch um ihre Selbstbeherrschung gebracht hatte.

»Dann werden die Perlen des Harems bald neuen Schmuck verlangen«, sagte sie betont lässig zu dem Kapitän, nahm eine der Ketten auf und rieb an dem Anhänger. »Es sei denn, ihr Herz schlägt immer nur für Bronze.«

»Übelste Verleumdung«, knurrte der Türke, doch schaute ihr dabei nicht in die Augen. An Casanova gewandt, fuhr er fort: »Mein Herr, Euer Eunuch will nur den Preis drücken. Ist das eines Handels unter Männern würdig?«

»Mein Eunuch ist die Wahrhaftigkeit selbst«, sagte Casanova, dem noch nicht einmal mehr der Atem schneller ging, mit deutlicher Belustigung in seiner Stimme. »Üble Nachrede liegt ihm fern. Ist es nicht so, Bellino?‹«

»Die Pforte selbst kennt mich als ehrlichen Händler und weiß meine Dienste zu nutzen!«, donnerte der Türke.

»Die Pforte« stand offenbar für eine höhere Institution oder eine Person mit hohem Posten, wenn »die Pforte« sogar einen Harem besaß. Damit ließ sich arbeiten. »Meine Dame«, sagte Bellino und wandte sich an die Griechin, von einer ganzen Reihe von Gefühlen getrieben, die sie jetzt nicht auseinandersortieren wollte, »macht es Ihnen nicht auch Sorgen, dass Ihr Gatte in Gefahr ist, sein Gesicht«, hier machte sie eine Pause, »vor der Pforte zu verlieren? Nicht auszudenken, was mit ihm und Ihnen geschähe, wenn sich herausstellt, dass irgendein Schurke in seinem Eigentum gewütet hat und vielleicht Echtes gegen Falsches vertauscht wurde. Kaum auszudenken, wenn Fremdes jetzt in seinem Schatzkästchen liegt, ohne ihm Nutzen zu bringen.«

Die Griechin blickte sie zum ersten Mal direkt an. Ihre Lippen waren leicht angeschwollen und ihr Schleier auf dem Haar etwas verrutscht, aber ihre Augen waren klar.

»Alles, was das Herz erfreut, hat seinen Nutzen«, entgegnete sie mit einer leicht heiser klingenden Stimme. »Ganz gleich, für wie kurze Zeit diese Freude auch bemessen sein mag. Aber ich will gerne zugeben, dass nicht jeder das zu würdigen weiß.«

Bellino fehlten die Worte. Es war daher Glück, dass der türkische Kapitän beunruhigter als seine Griechin über die Aussicht war, als Händler mit falschem Schmuck ertappt zu werden, ob nun von Ausländern oder »der Pforte«.

»Falls Sie sich diesen ausgesucht edlen Schmuck nicht leisten können«, sagte er zu Casanova, »bin ich unter Umständen bereit, für Sie, mein guter Freund, ein wenig den Preis nachzulassen. Nur gestatten Sie es Ihrem Eunuchen nicht länger, meinen guten Namen zu beschmutzen und das Herz meiner armen Haidee zu beunruhigen.«

Das gab Bellino ihren Wortschatz zurück. »Ich bin nicht sein Eunuch«, sagte sie so erhaben wie möglich. »Er ist mein Begleiter. Schließlich kann ein Sänger, dessen Stimme Fürsten und Heilige erfreut, nicht allein durch die Gegend kutschieren.«

»Und er ist ein wirklich gestrenger Herr«, fiel Casanova ein. »Ich fürchte, er wird mir nicht gestatten, so viel Geld für Ihren wunderschönen Schmuck zu zahlen, den Ihre Stücke zweifellos wert sind. Wie viel Nachlass schwebt Ihnen denn vor?«

Der Kapitän machte eine Bemerkung zu seiner Griechin, die daraufhin auf eine der Ketten, ein Armband und ein Fläschchen deutete und meinte, dieser Duft in Verbindung mit dem Schmuck sei das, von dem sie selbst träumen würde, der freundliche Besucher habe schließlich nach ihrem Geschmack wählen wollen, und all das sei gewiss fünfzig Zechinen wert.

Es war noch nicht sehr lange her, dass der gute Rock und die Samthose von Angiolas Vater drei Zechinen gebracht hatten und ihr das als gelungener Handel erschienen war. Fünfzig Zechinen hatten Angiola und ihre Mutter noch nicht einmal für ein Jahr Miete für das gesamte Haus in Bologna zahlen müssen. Aber Angiola war tot. Immerhin brauchte Bellino bei ihrer Empörung jetzt nicht zu heucheln.

»Zwanzig Zechinen sind noch zu viel für diesen Kupfertand«, sagte sie und verschränkte die Arme vor der Brust. Casanova machte ein betrübtes Gesicht.

»Ein Mann, der um all seine Leidenschaft gebracht wurde, ein Mann, der Lust und Erlösung nicht erkennt, selbst wenn sie vor ihm steht, und nur mit dem Kopf denkt, statt seinen Gefühlen zu vertrauen, kann nun einmal Schönheit nicht gebührend würdigen«, sagte er vertraulich zu dem Türken und der Griechin. »Was soll ich da machen?«

Wenn sie alleine gewesen wären, hätte Bellino für sein Überleben nicht garantieren können. Der Tod durch den Strang wäre noch zu gut für ihn, dachte sie zornig.

»Nicht für einen Verschnittenen arbeiten wäre ein Anfang«, brummte der Kapitän. »Ich würde mich zu dergleichen nie herablassen.«

»Dann müssen die Gerüchte, die besagen, der derzeitige Großwesir sei ein Eunuch, gemeine Lügen sein«, meinte Casanova, »da ich nie an Eurem Wort zweifeln würde, mit der Pforte selbst zu handeln.«

Der Kapitän machte ein Gesicht, als habe er Zahnschmerzen, und meinte, er sei unter großem Verlust seiner Selbstachtung bereit, nur vierzig Zechinen in Betracht zu ziehen. Am Ende verließen sie das Schiff dann mit der Kette, dem Armband, dem Fläschchen und hatten zweiundzwanzig Zechinen gezahlt.

»Das Glas stammt aus Murano«, sagte Casanova zufrieden, als sie wieder auf ihrem Boot waren und zum Kai zurückruderten, »da kenne ich mich aus. Gemessen daran, was die Glasbläser aus Murano für ihre Stücke verlangen, haben wir allein deswegen einen guten Handel abgeschlossen. Ich danke Ihnen, Bellino.«

Sie war nicht in der Stimmung, sich danken zu lassen.

Jetzt, wo sie sich nicht mehr mit dem Handel beschäftigen konnte, kehrte das Bild von ihm mit der Griechin zurück, und es machte sie immer zorniger. Ganz gewiss hatte er die Griechin und den Kapitän schon früher gekannt, hatte gewusst, dass sie an Bord sein würde, und hatte nur deswegen so rasch eingewilligt, als sie nach einer Besichtigung der Schiffe gefragt hatte. Alles, um vor ihren Augen zu beweisen, was für ein unwiderstehlicher Hengst er doch war. Es wäre ihm recht geschehen, wenn der Türke ihn ertappt hätte!

»Ich danke *Ihnen* für den Eindruck, den Sie mir auf diesem Schiff von Ihrem Charakter gegeben haben«, entgegnete sie spitz.

Er lachte. »Nun, wir hatten eine Wette abgeschlossen. Mein Charakter ist der eines Wettgewinners.«

»Und das, was der armen Griechin hätte geschehen können, das kümmerte Sie nicht?«

»Da muss ich Ihnen ein Geständnis machen. Der Gedanke an die Griechin verursacht mir in der Tat höchsten Kummer«, sagte er und machte ein zerknirschtes Gesicht.

»Wirklich?«

»Wirklich. Wir waren nämlich nicht ganz an das Ziel unserer Wünsche gelangt, sie und ich, als ihr Besitzer so plötzlich zurückkehrte, und es stimmt mich doch traurig, dass sie so viel gewagt hat und dafür nur eine unvollständige Befriedigung erhielt.«

Sie war versucht, sich vorzubeugen und ihn in das dreckige Hafenwasser zu stoßen. Aber am Ende würde er sie mit sich ziehen, und sie konnte nicht schwimmen.

»Die Arme«, sagte Bellino mit steinernem Gesicht.

»Ihre christliche Mitleidensbereitschaft ehrt Sie«, gab er vergnügt zurück, und sie verschränkte die Arme wieder ineinander, um der Versuchung zum Stoß nicht im letzten Moment nachzugeben. Leider waren sie inzwischen am Kai angekommen, und sie musste aufstehen, um wieder an Land zu steigen, was ein Öffnen der Arme und ein Maximum an Selbstdisziplin nötig machte, während Casanova sich die Zeit nahm, erst noch mit dem Fischer zu plaudern, ehe er ihn bezahlte.

Diesmal hakte sich Bellino nicht bei ihrem Begleiter ein, sondern stapfte geradewegs drauflos.

»Bellino, kennen Sie die Geschichte von dem Fuchs und den sauren Trauben? Wenn Sie sich einem Vergnügen versagen, dann ist es doch Ihrer nicht würdig, einer anderen Frau zu grollen, wenn diese sich dieses Vergnügen leistet. Zumal, wenn diese Frau sonst auf einen alten Mann angewiesen ist, dessen Neigungen sich seit fünf Jahren auf die Freuden des Zuschauens beschränken, wie man mir versichert hat.«

»Was heißt hier ›andere *Frau*‹? Das glauben auch nur Sie. Außerdem sieht es so aus, als wussten Sie, was uns dort erwartete!«

»Das habe ich damit nicht gesagt!«, meinte er, ohne auf den ersten Teil ihrer Frage einzugehen. Von Füchsen und Trauben hatte Bellino noch nicht gehört, aber es war unmissverständlich, worauf er hinauswollte. Sie wusste, dass er ihr nur zu gerne wieder unterstellen würde, sie sei eifersüchtig.

»Ich grolle niemandem«, sagte sie deshalb heftig. »Und ich versage mir nichts. Ich meine aber doch, dass eine Frau, wenn sie aufrichtig ist, nicht gleich dem ersten Antrieb nachgeben sollte wie ein Tier, und genauso wenig ein Mann. Diese Griechin hat sich in mehr als eine Gefahr begeben. Sie konnte nicht wissen, ob Sie sich ebenso stark zu ihr hingezogen fühlen wie sie sich zu Ihnen. Was, wenn Sie sie zurückgewiesen hätten? Dann hätte sie ihr Leben riskiert und nichts als eine Demütigung erhalten. Sie ist sehr hübsch, und alles ist gutgegangen, aber es hätte uns alle den Hals kosten können statt zweiundzwanzig Zechinen für etwas bemaltes Kupfer. Der Kapitän hätte Sie erwischen und dann seine Leute rufen können.«

Sie wartete darauf, dass er nun doch zugab, die Griechin schon vorher gekannt zu haben, und das als Grund dafür offenbarte, warum die Frau sich seiner so sicher sein konnte, oder dass er zumindest eingestand, unverantwortlich leichtsinnig gewesen zu sein. Doch Casanova tat nichts dergleichen. Stattdessen nahm er ihren Arm, was sie zwang, stehen zu bleiben.

»Ausgesprochen schönes Kupfer«, sagte er. »Und Glas aus Murano. Ich wollte den Schmuck eigentlich Ihnen schenken, denn Sie können ihn tragen, weil er nie in Konkurrenz zu Ihrer Schönheit stünde. Die Farben passen zu Ihnen, und Sie tragen schließlich oft genug Frauenkostüme, oder nicht?«

Es lag ihr auf der Zunge, zu sagen, sie könne sich ihren eigenen falschen Schmuck kaufen und pfeife auf seine falschen Schmeicheleien. Aber das würde ihn nur in seinen Eifersuchtsvorwürfen bestätigen. Also trat sie stattdessen näher an ihn heran, so nahe, dass sie seinen Atem auf ihrem Gesicht spürte.

»Wenn ich heute Abend für Don Sancho ein Frauenkostüm trage«, sagte sie leise, »fühlen Sie sich dann besser, eine Frau zu sehen und doch zu wissen, dass Sie einen Mann begehren, oder werden Sie sich wieder meinen kindlichen Schwestern zuwenden, um sich zu bestätigen, was für ein unwiderstehlicher Mann Sie für Frauen sind?«

Diesmal hatte sie ihn nicht nur getroffen, sondern wütend gemacht.

»Das kann ich mir gleich bestätigen«, sagte er, »als meinen Wettgewinn«, und griff ihr mit seiner freien Hand ohne weitere Vorwarnung zwischen die Beine. Sie rührte sich nicht, und er fand, was schon andere vor ihm gefunden hatten. Wie ein Kind, das sich verbrannt hatte, zog er beide Hände hastig zurück und ließ sie los.

»Ich hatte Sie gewarnt«, sagte Bellino ruhig, ohne eine Miene zu verziehen. »Außerdem hat unsere Wette gelautet, die erste Frau *nach* den Schiffen. Sie haben sich etwas herausgenommen, worauf Sie keinen Anspruch hatten.«

Innerlich war sie leider ganz und gar nicht so gelassen, wie sie ihm gegenüber sein wollte, doch sie war glücklich, dass ihr der genaue Wortlaut der Wette wieder eingefallen war. Angesichts seines verstörten Gesichtsausdrucks empfand sie den Triumph, den sie erwartet hatte, gewiss, aber gleichzeitig flüsterte eine verräterische Stimme in ihr: *Was, wenn das alles nun beendet ist? Was, wenn er wirklich nie einen Mann begehren kann?*

Das sollte sie nicht weiter kümmern. Wenn er sie nun nicht mehr begehrenswert fand, nun, dann würde er eben nicht eingestehen, sich auch zu einem Mann hingezogen zu fühlen, und ein, zwei Tage früher als erwartet wieder aus ihrem Leben verschwinden. Was tat das schon? Hatte er ihr nicht gerade wieder gute Gründe gegeben, warum sie das sogar begrüßen sollte?

Die Contessa fiel ihr wieder ein und ihre schmerzenden Knie auf dem Kutschboden. Würde das nun ihre Zukunft sein? Menschen zu Willen zu sein, die genügend Macht über sie besaßen, um dergleichen zu verlangen, und dabei höchstens die schale Befriedigung zu empfinden, diese Macht auf die Größe von japsenden Fischen reduzieren zu können?

Petronio hatte gut reden, wie viel besser es sei, hin und wieder mit jemandem ins Bett zu gehen, der einem gefiel. Petronio hatte kein Geheimnis zu verbergen.

Petronio hätte vermutlich das Gleiche wie die Griechin getan, wenn er einen Mann wirklich wollte, zum Teufel mit der Gefahr. Machte das einen tiergleich oder erst wirklich zu einer Vollblut-Frau, zu einem Vollblut-Mann?

Ich bin kein Mann, ich bin keine Frau, ich bin ein Kastrat, sagte sich Bellino, aber sie hatte nie weniger überzeugend in ihrem eigenen Kopf geklungen.

»Sie hatten mich gewarnt, Sie haben recht«, entgegnete Casanova nun fast tonlos.

Während des restlichen Rückwegs zum Gasthof sprach er nicht mehr mit ihr, und der Triumph, auf den sie sich so gefreut hatte, zerrann mehr und mehr.

Cecilia war in besserer Stimmung und wartete bereits mit ihrer Laute auf Bellino, damit sie gemeinsam üben konnten. Sich augenblicklich in die Musik zu versenken half, als könne sie ihre Gedanken wie Kostüme abstreifen oder ohne nass zu werden durch das größte Meer schwimmen. Alles um sie war ihr vertrautes Element, und wenn sie mit einer Kadenz nicht zufrieden war, dann war es möglich, sie zu wiederholen, bis eine Variante erklang, die ihr das Gefühl gab, über den Wolken zu schweben.

»Warum«, fragte Cecilia, »schreibst du dir nicht die besten Improvisationen auf, die, bei denen die Zuhörer wirklich verrückt wurden, und singst immer wieder genau diese?«

»Wenn du dich erst einmal daran gewöhnst, alles, was du ständig verändern solltest, wie einen Brei im Mund herumzukauen, dann wirst du trocken und unfruchtbar und zum Sklaven deines Gedächtnisses.«

Einst hatte sie Appianino das Gleiche gefragt und ebendiese Antwort bekommen. Damals hatte sie nicht verstanden, was er meinte, und gefragt, ob man komplizierte Dinge nicht auch einfacher erläutern konnte. Wie Appianino bei ihr sah sie jetzt bei Cecilia ein Stirnrunzeln.

»Es ist, wie wenn man Schreiben lernt«, sagte Bellino, um es mit ihren Worten zu erklären. »Du kannst immer die gleichen großen Buchstaben hintereinandermalen, die du zuerst lernst, und das Ergebnis wirst du lesen können, aber es dauert lange, so zu schreiben, und es liest sich linkisch und stolpernd. Oder du kannst eine Schreibschrift mit großen und kleinen Buchsta ben verwenden, dazu Kommas und den Punkt. Dann fließt das Geschriebene nur so dahin, und du selbst und jedermann kommt auf Anhieb damit zurecht.«

»Bei dir vielleicht«, entgegnete Cecilia mit einer Grimasse. »Ich kann meinen Namen schreiben und die Noten lesen, die du mir beigebracht hast, und das reicht mir. Schau, Bellino, glaubst du denn wirklich, dass es etwas ausmacht, wenn du in Ancona ein Lied auf genau die gleiche Art singst, wie du es schon in Rimini gesungen hast? Erstens sind ohnehin andere Leute dabei, und zweitens denkt die Hälfte der Zuhörer nicht daran, wie schön du singst, sondern daran, wie sie dich in ihr Bett bringen können.«

»Das tun sie nicht«, protestierte Bellino und wünschte einen Herzschlag später, sie würde dabei nicht wie ein Kind bei einer Zankerei klingen. Als Erwachsene hatte sie die Aufgabe, Cecilia ein Vorbild zu sein. »Es ist gleich, was sie denken«, fügte sie also so gemessen wie möglich hinzu. »Darauf, was ich denke, kommt es an, und ich denke, dass ich jedes Mal gut sein muss. Ein Sänger, der nicht improvisieren kann, ist niemals gut.«

Cecilia zog eine Grimasse. »Und einer Musikerin, die hässlich ist, der hört niemand zu. Es mag ja sein, dass du noch singen kannst, wenn du alt und fett bist, und dann immer noch die Leute in deine Konzerte rennen, obwohl sie nicht mehr mit dir ins Bett gehen wollen. Aber ich singe nur leidlich, und auf Laute und Klavier bin ich bestenfalls mittelmäßig. Dafür bin ich hübsch. Und jetzt sag mir ehrlich, womit soll ich mir mehr Mühe geben? Den Menschen mit etwas zu gefallen, das andere viel besser können, oder mit etwas, worin ich wirklich gut bin?«

Ohne zu lügen, konnte Bellino nicht vorgeben, dass Cecilia als Musikerin hervorragend war, doch sie konnte ehrlich sagen: »Dein Spiel macht mir Freude, Cecilia. Und du bist noch so jung. Du kannst noch viel, viel besser werden. Ganz bestimmt aber wirst du älter. Unsere Mutter war gewiss auch einmal eine schöne Frau.«

»Eine schöne Frau, die viel Spaß hatte in ihrem Leben«, sagte Cecilia störrisch. »Und einen guten Mann gekriegt hat. Wenn du nichts tust, als toll zu singen, und dann zurückschaust, dann haben doch alle anderen Leute Spaß gehabt, nur du nicht.«

Bellino öffnete den Mund, um eine scharfe Bemerkung darüber zu machen, dass Mama Lanti, ganz gleich, wie viel Spaß sie im Leben gehabt hatte, derzeit auf die wie auch immer erworbenen Einkünfte ihrer Kinder angewiesen war, aber nach der Episode mit der Contessa fühlte sie sich nicht mehr berechtigt zu solchen Kommentaren. Außerdem würde das für Cecilia ohnehin keinen Unterschied machen.

»Was, wenn Singen mein Vergnügen ist?«

»Dann haben sie dir wirklich etwas zu viel abgeschnitten«, sagte Cecilia kopfschüttelnd.

»Spürst du denn gar nichts, wenn du spielst?«

»Ich mag es, wenn die Leute mir applaudieren«, erklärte Cecilia. »Das ist schön. Wenn sie genau so klatschen würden dafür, dass ich einen netten Mann küsse, dann würde ich allerdings nur noch das tun. Wenn ich ganz ehrlich bin, das Letzte sogar ohne Applaus!« Sie musste wohl Bellinos Gefühle an ihrer Miene abgelesen haben, denn sie fügte hinzu: »Und nun sei mal ehrlich – wenn du alles Geld der Welt hättest und entweder Appianino in deinen Armen oder die Bühne in Neapel haben könntest, aber nicht beides, was würdest du wählen?«

Sie schloss den Mund, um sich in ihre Würde als älterer Bruder zu begeben. Um es glaubwürdiger zu machen und eine wirklich ehrliche Antwort zu geben, versuchte sie sogar, sich an besonders schöne Augenblicke mit Appianino zu erinnern. Das Erste, was ihr einfiel, waren ihre Spaziergänge durch Bologna, doch wenn sie versuchte, sich an die Nächte zu erinnern, dann kamen Bilder, die sie nicht gewollt hatte: die Contessa in der

Kutsche, die Griechin mit Casanova heute auf dem Schiff, den Kopf zurückgeworfen, alles für wenige Minuten Genuss. Sie hörte Appianino sagen: »Meine Liebste, es tut mir leid«, und als sie versuchte, sich daran zu erinnern, wie es sich angefühlt hatte, ihn zu küssen, waren Schmerz und Freude, die früher so gegenwärtig gewesen waren, zu ihrem Entsetzen blasser geworden, wie ein ehemals parfümierter Brief, der nur noch einen schwachen Hauch seines Dufts mit sich trug.

»Siehst du«, sagte Cecilia triumphierend, ihr Zögern missverstehend.

»Wenn ich alles Geld der Welt hätte«, sagte Bellino und nahm ihre Zuflucht in Schlagfertigkeit, was ihr gestattete, am eigentlichen Kern der Frage vorbei zu antworten, »dann könnte ich mich in die Oper von Neapel einkaufen und sicherstellen, dass sie mir dort alle guten Rollen geben. Aber ich könnte Appianino trotzdem nicht mehr zum Leben erwecken. Also ist das keine gute Frage. Es sind keine gleichen Möglichkeiten, die du mir anbietest.«

Cecilia legte den Kopf schräg. »Was, wenn du dich hier und heute in jemanden verliebst, in einen reichen Gönner, und der will dich ganz für sich alleine? So wie der König von Spanien Farinelli?«

»Das habe ich schon beantwortet, als wir für Don Sancho und den Abbate gesungen haben. Ich würde nie nur für einen Menschen singen wollen, sondern immer nur für viele.«

»Da war aber nur von Gönnern die Rede, nicht von Liebe«, sagte Cecilia ärgerlich aufmerksam. »Ich meine nicht jemanden, von dem du nur Geld willst. Jemand, den du wirklich willst. Ganz und gar. Mit Haut und Haaren. Was, wenn der dich nur will, wenn du das Singen seinlässt?«

Die Erinnerung an Appianino war keine Antwort auf diese Frage, selbst, wenn Bellino nicht gerade entdeckt hätte, dass sie zu verblassen begann. Er und die Musik waren untrennbar miteinander verwoben gewesen, und sie hatte sich in beides verliebt, nicht nur in eines von beiden. Diesmal entzog sie sich der Frage, indem sie sich in eine Gegenfrage flüchtete.

»Gibt es denn jemanden, den du so willst?«, fragte sie leise.

»Cecilia, du weißt, dass der Abbate sich nur die Zeit vertrieben hat, nicht wahr? Das ist kein Mann, für den man mehr als Dankbarkeit empfindet.« *Er ist von einer Nacht mit dir zu der Griechin auf dem Boot gegangen, und wenn er nicht mein Gummiglied gefühlt hätte, dann würde er jetzt noch versuchen, mit mir ins Bett zu gehen,* fügte sie stillschweigend hinzu. Es gab keinen Grund dafür, das laut auszusprechen. Wenn Cecilia sich in eine Schwärmerei verrannt hatte, dann würde ihr dergleichen nur zusätzlich weh tun.

Cecilia legte ihre Laute nieder. »Und wenn es so wäre?«, um gleich darauf traurig hinzuzufügen: »Aber er will nur dich.«

»Woher willst du das wissen?«

»Er sagte: *Liebe kann schweigend beginnen, aber nur im Gespräch wird sie überleben,* und damit waren deine geistreichen Sprüche gemeint, deine Schlagfertigkeit, das weiß ich genau.«

»Jede Frau kann für einen Mann geistreich erscheinen, du musst nur über ihn reden.«

Cecilia ließ sie damit nicht durchkommen, mit dieser altvertrauten Aussage. »Du weißt, dass es nicht darum geht, einen Mann für eine Nacht zu beeindrucken, das kann ich auch, dafür bedarf es nicht der Sprache. Es geht aber um viele Nächte. Und Tage, und die sind viel länger als die Nächte im Bett.«

»Dann ernsthaft. Du weißt, dass alle Männer keine Frau heiraten wollen, die unzählige Affären gehabt hat, auch wenn sie nach ihrer Eheschließung dann verheiratete Frauen bevorzugen, weil sie sich bei denen keine Sorgen über Schwangerschaften machen müssen. So ist nun einmal das Leben.«

»Soll ich ihm deshalb jetzt als Spröde gegenübertreten?«

»Wenn er deinen ganzen Körper bereits kennt, ist es dafür zu spät. Das wäre, wie wenn du aus dem Grab heraus den Arzt rufst. Aber bei dem nächsten Mann, der dir gefällt, würde sich das schon lohnen, wenn du mehr von ihm willst als etwas Spaß und ein paar Münzen.«

»Wer weiß, ob der nächste Mann so gut ausschaut wie der Abbate«, sagte Cecilia seufzend. »Rosen ohne Dornen gibt es nicht. Aber wenn wieder einer kommt, der so groß und stattlich ist, so lustig, und der sich so gut darauf versteht, einen glücklich zu machen, dann weiß ich nicht, ob ich keusch bleiben kann. Außerdem meint er, wer eine Geliebte sucht ohne Fehler, bleibt ohne Geliebte, und wer will schon ohne Gefährtin sein.«

»Sehr tapfer gesprochen von einem, dem sein Stand eine hervorragende Ausrede bietet, um seinen Worten keine Taten folgen zu lassen, denn als Abbate darf er ohnehin nie mit einer Frau zusammenleben. Wenn er denn wirklich ein Abbate ist. Der Mann gibt mir immer mehr Ursache, seine Gesellschaft unerträglich zu finden.«

»Warum hast du ihn dann eingeladen, mit dir nach Rimini zu fahren?«

»Weil er es verdient hat, wenigstens ein Mal etwas nicht zu bekommen, was er will«, platzte Bellino heraus und wusste gleichzeitig, dass sie sich nie weniger wie eine gute, erwachsene Lehrerin – wie ein Lehrer und Mentor für die Jüngere angehört hatte.

»Ich gehe zu Marina«, sagte Cecilia verärgert. »Die gibt wenigstens zu, dass sie ihn will, auch wenn sie es mir erneut unter die Nase reiben wird, dass er diese Nacht mit ihr verbringt.«

Petronio fand sie dabei, für die morgige Reise zu packen.

»Wenn ich du wäre, würde ich das Kostüm noch draußen lassen«, sagte er und wies auf das einzige Kleid, das sie nicht zurückgegeben oder versetzt hatte. Melani hatte weder geschrieben, ob sie für eine Männer- oder Frauenrolle engagiert worden war, noch, ob der Impresario ihr ein Kostüm stellen würde. Also hatte sie das hübscheste Frauenkleid behalten. »Der Spanier ist zurück, und wir werden wieder mit ihnen beiden zu Abend essen. Der Wirt sagt, dass Don Sancho sein eigenes Silbergeschirr mitgebracht und gebeten hat, dass es heute benutzt würde.«

»Und weswegen soll ich mich dazu als Frau kleiden?«

»Nun«, erwiderte Petronio betont beiläufig, »du willst doch Eindruck auf Don Sancho machen, damit er dich nach Neapel empfiehlt, oder nicht? Und du siehst gut aus – als Frau.«

Bellino verbat sich, auf diese letzte Feststellung einzugehen.

»Don Sancho hatte bei meinem letzten Vortrag meist die Augen geschlossen«, sagte sie stattdessen. »Wenn ihn etwas beeindruckte, dann meine Stimme.«

»Und den Venezianer wird das Kleid und deine Schönheit verrückt machen«, sagte Petronio und grinste. »Wo er doch jetzt endlich glaubt, dass du ein Mann bist, dem Drei-Tage-Regenwetter-Gesicht nach zu urteilen, mit dem er von eurem Ausflug zurückgekommen ist.«

Sie war offenbar ein schrecklicher Mensch, denn diese Feststellung hob ihre Stimmung viel mehr, als sie es vor sich selbst rechtfertigen konnte.

»Wenn dem so ist«, sagte sie und erwiderte sein Lächeln. Dann wurde sie erneut ernst.

»Petronio, hast du je jemanden gehabt, den du so sehr wolltest, dass du für fünf Minuten mit ihm dein Leben riskiert hättest?«

Er schüttelte den Kopf. »Ich habe allerdings auch nie fünf Jahre keusch leben müssen und keinen Mann anfassen dürfen, dann einen kennengelernt, der wochenlang nicht mehr tun konnte, als mit mir zu reden und meine Hand zu halten, weil er sich gerade in einem Hospital von einer gewissen Krankheit erholte, dann diesen Mann verloren, gerade, als wir endlich mehr hätten tun können, um ihn dann nach ein paar Monaten unverhofft wiederzusehen.«

Schon nach dem ersten Satz legte sie das Kleid zur Seite, zu dem er ihr geraten hatte, und hörte ihm mit wachsender Verwunderung zu.

»Das sind sehr viele Wenns, und sie klingen ganz und gar nicht wie geraten«, sagte sie misstrauisch.

»Weil ich Ohren habe und weil ein gewisser Abbate einem gewissen Kastilier von einer gewissen Griechin erzählt hat, die ihm heute erneut begegnet ist«, gab Petronio zurück. »Offenbar, um klarzustellen, dass er sich nach wie vor nur von Frauen angezogen fühlt. Weil der Kastilier nämlich eine Bemerkung über ihn und einen uns beiden gut bekannten Kastraten gemacht hat.«

»Ich habe *gewusst,* dass er die Griechin schon länger kennen muss!«, stieß Bellino hervor und umarmte Petronio.

»Wenn ich einen Rat hinzufügen darf«, sagte dieser und imitierte ihren Bologneser Tonfall überraschend gut. »›*Wenn du deinen Körper glücklich machst, wohnt deine Seele noch lieber darin, aber bedenke auch, das ist kein Mann, für den man mehr als Dankbarkeit empfindet.*‹ Cecilia hat sich bei mir beschwert, weißt du.«

»Ich habe nur versucht, ihr zu helfen. Außerdem stimmt es. Und bevor du etwas sagst, ich bin nicht in ihn verliebt. Allerhöchstens bin ich etwas neugierig.«

»*Sehr* neugierig«, sagte er und zwickte sie in die Nase. Sie schlug seine Hand zur Seite.

»Möglicherweise etwas mehr als ein wenig neugierig«, sagte sie. »Aber keine Sorge. Schließlich schwört er ja nach dem, was du erzählst, immer noch Stein auf Bein, dass ihm die entsprechenden Neigungen fehlen, und jetzt, wo er mich als Mann sieht, wird er mich bestimmt in Ruhe lassen.«

»Sagte der Kastrat in der Hoffnung, dass ihm widersprochen würde«, antwortete Petronio. »Zieh das Kleid an und finde heraus, wie er das verkraftet.«

Petronio hatte nicht übertrieben: Der Tisch in Don Sanchos Zimmer war in der Tat mit Silbergeschirr angerichtet, und zwei seiner Lakaien, die bei seinem letzten Besuch in Ancona abwesend gewesen waren, warteten in voller Uniform ihm und seinen Gästen auf. Wenn ihn Bellinos Anblick in einem roten Frauenkleid verblüffte, dann ließ der Kastilier das nicht erkennen. Er begrüßte Cecilia und Marina mit Handküssen und verbeugte sich vor Bellino, die Mama Lanti wegen einer plötzlichen Unpässlichkeit entschuldigte.

»Teure Freunde, ich hatte gehofft, Sie noch einmal als meine Gäste begrüßen zu dürfen. Es macht mich glücklich, dass meine Hoffnung wahr geworden ist.«

»Wir wären doch nie abgereist, ohne Sie noch einmal gesehen zu haben«, sagte Bellino herzlich.

»Werden Sie wieder für uns singen?«

»Mit Vergnügen.«

Es war ein eigenartiges Gefühl, nach Jahren ohne den Schutz einer Bühne oder eines Kostümballs wieder in einem Kleid zu gehen, zu stehen und zu sitzen. Sie musste ihre Röcke anders raffen als einen männlichen Überrock, um sich zu setzen, als Don Sanchos Lakai ihr einen Stuhl zurechtrückte. Da ihr Brustausschnitt nicht, wie bei einem männlichen Spitzenhemd, bedeckt war, war es ihr fast komisch, wie der erste Blick sowohl der Lakaien als auch Don Sanchos auf einmal nicht mehr ihrem Gesicht, sondern ihren Brüsten galt, ganz gleich, wohin sie als Nächstes dann schauten.

Das hatte sie bisher noch nicht in ihr eigenes Verhalten eingebaut, wenn sie Männerkleidung trug. Vielleicht sollte sie das tun. Andererseits musste das Gleiche nicht für Kastraten gelten.

Melani war Cecilia und Marina mehrfach begegnet, ohne ihnen als Erstes auf den Busen zu schauen.

Es kam ihr in den Sinn, dass Casanova, der sich noch nicht im Raum befand, am Ende genau wie Mama Lanti Unwohlsein vorschützen könnte und sie sich dann genauso gut in Hosen hätte an den Tisch setzen können. Ihr Haar war unter ihrer Perücke streng zusammengebunden, und es mussten wohl die schmerzenden Haarwurzeln sein, die ihr einen Stich bei diesem Gedanken gaben.

»Ich weiß nicht, ob Sie Ihr Weg auch nach Rimini und Pesaro führen wird«, sagte sie zu Don Sancho, »aber das sind meine nächsten Ziele, und da können Sie mich in der Oper hören. Oder ziehen Sie konzertante Aufführungen vor?«

Er strich sich über den Schnurrbart. »Das Problem mit der Oper in diesem Land ist doch, dass man manchmal die Sänger kaum versteht. Es herrscht ein ständiges Kommen und Gehen im Publikum, in der Vorhalle wird Pharo gespielt, und wenn dann noch die Anhänger verschiedener Sänger miteinander streiten, ist der Krach geradezu infernalisch. Bei uns in Spanien würde das nie geduldet.«

»Ah, aber hat man in Spanien denn überhaupt Komponisten und Sänger, die sich zu hören lohnt?«, fragte Casanovas Stimme vom Zimmereingang her. »Nichts für ungut, mein Freund, aber Ihre Heimat, so scheint mir, spezialisiert sich darauf, die Welt zu beherrschen, und bringt Krieger und Heilige hervor, oder gelegentlich auch Kriegerheilige, wie den Gründer des Jesuitenordens. Wohingegen alles, was die Welt verschönt, aus den italienischen Staaten kommt.« Er betrat den Raum, Petronio hinter sich, und begrüßte wie Don Sancho Marina und Cecilia mit einem Handkuss, ehe er sich vor Bellino verbeugte. Seine Verbeugung fiel allerdings sehr knapp aus. »Alle Gäste hier im Raum beweisen meine Worte, würde ich sagen«, schloss er, und sie konnte an seiner Miene nicht erkennen, ob er feindselig oder versöhnlich gestimmt war.

»Wir Spanier haben mit Cervantes den größten aller Schriftsteller hervorgebracht«, nahm Don Sancho die Herausforderung sofort auf, »und mit Calderon den größten aller Dramatiker. Außerdem will ich behaupten, dass unsere Welteroberungszeiten vorbei sind. Damit sind Sie widerlegt.«

Bellino hatte weder von Cervantes etwas gelesen noch ein Stück von Calderon gesehen, und ganz gleich, ob Spanien seine größten Zeiten schon hinter sich hatte oder nicht, offenbar waren die Spanier noch mächtig genug, um hierzulande mit Österreichern und Franzosen Krieg zu führen. Wenn sie aber das sagte, dann würde es so klingen, als unterstütze sie Casanova gegen Don Sancho, und das wollte sie nicht. Nichts zu sagen und wie Cecilia und Marina sich gegenseitig mit den Ellbogen anzustoßen oder mit den Lidern zu klimpern war auch keine Lösung, wenn sie Eindruck auf Don Sancho machen wollte. Immerhin brachte der Gedanke an die Kriege auf italienischem Boden sie auf einen Einfall.

»Wäre ein Franzose hier, so würde er gewiss erklären, dass Sie alle beide unrecht haben, meine Herren«, sagte sie. »Richten wir uns nicht alle mehr und mehr nach der französischen Mode? Solange ich denken kann, ist das schon so. Und die Franzosen sind es, mit denen Ihre Heimat, Don Sancho, immer wieder die Waffen kreuzt, also kann man ihren Anspruch darauf, die Welt sowohl zu verschönern als auch beherrschen zu wollen, nicht bestreiten.«

»Das ist wahr«, stimmte Don Sancho zu, »und mit einem zumindest haben sie uns beschenkt, das ich nicht missen möchte.« Er schnipste mit den Fingern und wies seine Lakaien an, seinen Gästen einzuschenken.

»Nicht moussierender Champagner«, fügte er hinzu, und Casanova lachte.

»Nicht dass ich Ihnen hinsichtlich dieser Göttergabe nicht zustimme, Don Sancho, aber verstößt das nicht gegen die Fastenauflagen?«

»Keineswegs. Champagner mag kein Wasser sein, aber es ist auch kein Bier oder roter Wein«, gab Don Sancho würdevoll zurück. »Außerdem wurde er irgendwie bei den Vorschriften übersehen. Im Übrigen habe ich das Abendmahl eigens darauf abgestimmt, zu beweisen, dass man auch innerhalb der Fastenauflagen köstlich speisen kann. Sie werden Muschelgerichte feinster Art kosten und dazu weiße Trüffel.«

»Trüffel!«, rief Bellino begeistert, ehe sie sich wieder darauf besann, dass sie heute Abend mysteriös und zurückhaltend sein wollte. Aber es war schwer, denn Trüffel hatte sie in ihrem Leben noch nicht sehr häufig essen können.

»*Ich* freue mich auf die Muscheln«, fiel Cecilia ein und schaute zu Casanova. »Muscheln sind viel besser als zerriebene Pilze, nicht wahr!«

»Als Kenner kann ich beschwören, dass der Gaumen von beiden entzückt wird«, sagte Don Sancho. »Ich habe den Wirt auch angewiesen, dem Rezept zu folgen, das mir der Koch des nunmehrigen Königs von Neapel gegeben hat. Ausgelöste Jakobsmuscheln, eine feingehackte Schalotte, eine sehr feingehackte Knoblauchzehe, ein weißer, sehr zarter Stengel Stangensellerie, das in Röllchen geschnittene Weiße einer Porreestange, drei Esslöffel gehackte Petersilie und fünfzig Gramm Butter auf vierhundert Gramm Muscheln. Dazu Salz und Pfeffer, versteht sich.«

»Man sieht, warum Sie der Heeresversorger sind«, murmelte Casanova.

Bellino konnte sich nicht vorstellen, dass einfachen Soldaten eine solche Verpflegung zuteilwurde, und an Petronios kurzer Grimasse erkannte sie, dass er etwas Ähnliches dachte. Schließlich hatte er kurze Zeit mit dem Gedanken gespielt, Soldat zu werden. Wenn er das getan und überlebt hätte, dann hätte er dennoch nie einen Posten wie den Don Sanchos erlangen können, nicht als Mann einfachen Standes ohne Familie mit Geld und Titel. War es da ein Wunder, wenn er und Cecilia und Marina nicht einsahen, warum sie sich plagen sollten, wenn einen harte Arbeit doch nicht weiter brachte als der eigene Körper, nicht, solange man von niederer Geburt war?

Für Kastratensänger ist es anders, hielt sich Bellino hastig vor Augen. *Unsere Stimme gibt uns den Schlüssel, die Welt zu erobern, ganz gleich, wie niedrig wir geboren sind. Farinelli hat es bewiesen. Eines Tages werde ich so reich sein, dass ich jeden Tag Gäste zu so einem Essen mit Silberbesteck laden kann, und ich werde es durch meine Stimme und mein Können erreicht haben.*

Der Gedanke besänftigte sie nicht. Sie wusste selbst nicht, warum etwas, das sie eigentlich immer als selbstverständlich hingenommen hatte, die Ungleichheit der Welt, die Art, in der Aristokraten wie die Contessa oder Don Sancho je nach Laune entweder ausbeuterisch oder großzügig sein konnten, nicht aufgrund eigenen Verdienstes, eigenen Fleißes, eigenen Verstands, sondern nur, weil sie als Adlige geboren waren, sie auf einmal störte. Aber so war es. Mama Lanti, welche nie eine Schule besuchen konnte, hatte vor einiger Zeit etwas dazu gesagt: »Wenn du den Charakter eines Menschen erkennen willst, gib ihm Macht«, aber wer hatte dabei bisher bestanden? Allerlei ungeformte Gedanken bewegten sich in ihr und verflochten sich mit ihren verworrenen Gefühlen. Und es half ihr bei alldem nicht weiter, sich zu fragen, ob sie sich wirklich wünschte, von Giacomo Casanova als Mann behandelt zu werden, oder eine Fortsetzung seines Werbens begrüßt hätte.

»Das klingt in der Tat köstlich«, sagte sie laut und ließ sich von dem unausgegorenen Mischmasch in ihrem Inneren leiten. »Um sich gebührend zu bedanken, müssen wir eigentlich mehr tun, als nur für Sie zu musizieren. Wie wäre es mit einer rein italienischen Kunstdarbietung, die unsere Welt verschönt, wirklich nirgendwo sonst zu finden ist und an der nicht nur ich und meine Geschwister, sondern auch Signore Abbate teilnehmen kann?«

Don Sanchos graumelierte Augenbrauen schossen in die Höhe. »Eine solche Kunst gibt es?«

»Fragen Sie den Abbate«, sagte Bellino unergründlich. Es war eine Probe seines Verstandes und eine Stichelei in einem; eigentlich sähe es Casanova ähnlich, eine Anzüglichkeit zu vermuten oder ihre Worte zu einer solchen zu machen. Seit dem abrupten Ende ihres Spaziergangs hatte er nicht mehr direkt mit ihr gesprochen, und sie wollte wissen, woran sie mit ihm war. Und sie hatte wirklich etwas Bestimmtes im Sinn.

»Ich sollte beleidigt sein, dass Sie mich nicht für fähig halten, mich an einer musikalischen Darbietung zu beteiligen«, meinte Casanova langsam und musterte sie. Er hatte noch immer seine ausdruckslose Miene aufgesetzt. »Glauben Sie nicht, dass ich ein Instrument spielen könnte?«

»Es käme mir nie in den Sinn, Ihnen zu unterstellen, dass Sie etwas nicht anpacken, wenn es sich Ihnen anbietet«, entgegnete sie und setzte eine Kunstpause, wie sie bei einem Rezitativ üblich war. Hinter Casanovas Rücken hob Petronio einen Daumen in die Höhe. »Aber ob Sie ein Instrument *gut* spielen würden oder in Ihrer Hast nur Misstöne hervorbrächten … das weiß ich wirklich nicht zu sagen.«

In der plötzlich eintretenden Stille war das Knarzen der sich öffnenden Tür deutlich zu hören. Der Wirt und Don Sanchos Lakaien trugen die Teller mit den Muscheln herein, dazu die Trüffel, um sie über die Gerichte zu reiben, und Weißbrot, das er neben jeden der Teller legte.

»Kein Instrument ist so erhaben wie die Schönheit der menschlichen Stimme, aber *wenn* ich ein Instrument spiele«, sagte Casanova und rückte ein wenig zur Seite, um dem Wirt für das

229

Reiben der Trüffel Raum zu geben, »dann bin ich gut darin. Es würde mich durchaus interessieren, wenn ich Vivaldis Jahreszeiten spiele und seine Vögel zwitschern lasse, ob ich das länger durchhalte als Sie mit Ihrer Stimme.«

»Wenn Sie Trompete spielen würden, nähme ich die Wette an. Bei einer Geige ist das aber ein ungerechter Vorschlag, da er Ihnen vielleicht einen steifen Arm, mir aber einen schmerzenden Hals einbringt, und Sie ernähren sich nicht von Ihrem Arm, während ich von meinem Hals lebe. Daher verzichte ich lieber darauf, Ihre Fertigkeiten zu überprüfen.«

»Aber Sie haben ja deutlich zum Ausdruck gebracht, Bellino, dass Sie eine Beteiligung meinerseits wünschen.«

»An einer musikalischen Darbietung ja, aber nicht wieder ein Solostück, was Sie so lieben«, gab sie zurück. »Weil Musik für mich etwas ist, das ich so ernst wie den Atem zum Leben nehme. Aber ich denke doch, dass wir auch gemeinsam etwas weniger Ernstes tun können.«

Jetzt warf Petronio beide Hände in die Höhe, was entweder hieß, dass er aus ihrem Vorgehen nicht klug wurde oder dass es ihn begeisterte. Casanova lehnte sich zurück.

»Die italienischste aller Künste.«

»In der Tat.«

»Ah, aber unser Italien birgt so viele unterschiedliche Seelen in seiner Brust. Wir Venezianer schätzen es ganz und gar nicht, mit Sizilianern in einen Topf geworfen zu werden, was auch immer die Florentiner sich einbilden, hervorgebracht zu haben, stammt wahrscheinlich doch aus Venedig, und was nun gar Bologna angeht ...«

»In Bologna hätten wir schon längst mit dem Muschelessen anfangen dürfen«, warf Marina ein. »In Rimini auch.«

»Bologna die Gelehrte hatte schon eine Universität, als es in Venedig noch kaum Schulen gab«, erwiderte Bellino, sie ignorierend, »aber ich will gerne zugeben, dass die Kunst, die ich

230

meine, in Venedig ein wenig besser praktiziert wird als sonst irgendwo. Obwohl ich bisher nicht viel davon habe beobachten können.«

»Wirklich?«

»Wirklich.«

Seine Lippen formten lautlos das Wort »Hexe«, und dann grinste er.

»Dann weiß ich Ihr Vertrauen in meine Fähigkeiten umso mehr zu schätzen, Bellino.«

»Darf ich endlich erfahren, um welche Kunst es geht?«, erkundigte sich Don Sancho, der mittlerweile doch etwas irritiert wirkte.

»Die Commedia dell'Arte, Don Sancho«, sagte Casanova. Cecilia, die gerade noch verstohlen Brotkügelchen gedreht hatte, hob den Kopf und klatschte in die Hände. Marinas Schmollmiene heiterte sich jäh auf. Petronio pfiff durch die Zähne, und Bellino brach in Gelächter aus.

»Ich bitte um eine Erklärung«, sagte Don Sancho etwas steif. Ein Hauch von Beunruhigung streifte Bellino. Sie hatte ihn nicht verärgern wollen.

»Jeder liebt die Commedia dell'Arte«, sagte sie. »Gewiss haben Sie schon ein paar Figuren auf den Straßen gesehen. Arlecchino, Brighella, Colombina, Paggliachio, Dottore, Pantalone … sie werden überall gespielt, im Theater und auf den Marktplätzen. Es ist genau festgelegt, wie sie sein müssen, doch es geht nur darum, zu improvisieren.« Sie schaute von ihm zu Casanova und wieder zurück. »Das ist die italienischste aller Künste. *Commedia improvvisa. Fioriture.*«

»Ich will Colombina sein«, sagte Marina sofort, als sich ein begreifendes Lächeln in Don Sanchos Gesicht breitmachte.

»Bitte. Ich bin schneller und kräftiger als Cecilia. Cecilia überlegt noch, wenn ich schon eine Antwort habe. Und es sollte immer das schönste Mädchen im Raum sein«, schloss sie mit

einem herausfordernden Blick auf Bellino in ihrem Frauenkostüm.

Oh, keine Sorge, dachte sie. Ihr ging es darum, Don Sancho ihre
Wandlungsfähigkeit vor Augen zu führen, und es waren die Rollen, in denen man so richtig aus sich herausgehen konnte, die
komischen Alten und Tolpatsche, die das ermöglichten, nicht
die hübsche Heldin. »Ich bin Dottore«, entschied sie. »Aber gerade, weil du schneller bist, musst du Brighella sein, Marinetta.
Brighella zettelt doch immer alles an! Cecilia ist Columbina.«
»Und der Abbate ist Arlecchino?«, fragte Cecilia erfreut.
»Nicht doch. Petronio spielt Arlecchino. Als Venezianer muss
der Abbate Pantalone sein«, gab Bellino zurück, und das Beste
war, dass sich niemand der Logik dieses Arguments verschlie-
ßen konnte, denn Pantalone, der geizige alte Kaufmann, kam
immer aus Venedig.
»Da sehen Sie, wie man uns in den übrigen italienischen Städten verleumdet«, sagte Casanova zu Don Sancho. »Ich schwöre, dass es der reine Neid ist.«
»Ich kann es gar nicht erwarten, Sie als alten Geizhals zu sehen«, gab Don Sancho zurück, der sich offenbar vom Geist der
Commedia anstecken ließ. Bellino gestattete sich ein erleichtertes kleines Ausatmen.
»Nach den Muscheln«, sagte sie. »Sonst dreht mir Marina als
Brighella den Hals um.«
Sich den Muscheln zu widmen ließ zunächst eine zufriedene
kleine Stille eintreten, bis Casanova in Bellinos Richtung mur-
melte: »Wissen Sie, ich könnte mich herausreden und behaup-
ten, dass ich ein zu großer Goldoni-Anhänger bin, um mitzu-
machen.«
Es war eine Anspielung auf den Streit zwischen Goldoni und
Gozzi, den beiden großen venezianischen Komödienautoren.
Melani, der auf Improvisation schwor, und nicht nur in der
Musik, hatte sich sehr erbost darüber geäußert, dass sich jetzt

»so ein eingebildeter venezianischer Advokat«, womit er Goldoni meinte, darauf versteifte, die Commedia dell'Arte neu erfinden zu müssen, mit einem festgeschriebenen Text und Schauspielern, die nur sagten, was in ihrer Rolle stand. Wenn das wirklich Schule machte, befürchtete Melani, dann ging es mit der Schauspielkunst gewiss den Bach hinunter, und die Gesangskunst würde folgen.

»Dann hätten Sie bereits improvisiert«, erwiderte sie leise.

»Eine Lüge im Pantalone-Stil noch dazu, denn ich kann mir nicht vorstellen, dass Sie irgendeiner Überzeugung so sehr anhängen, um bei etwas, was alle lieben, nicht mitzumachen.«

»Vielleicht schätzen Sie mich falsch ein.«

»Vielleicht«, gab sie zu, nahm seinen Satz auf, wie sie es bei einem Gesangsvortrag getan hätte, und modulierte ihn durch das Höhersteigen ihrer Stimme in eine Frage. »Schätze ich Sie falsch ein?«

»Wenn ich Ihnen verrate«, sagte er auf einmal, und jegliche Heiterkeit verschwand aus seinem Gesicht, »dass ich einmal geschworen hatte, alles zu werden, nur kein Komödiant, und die Bühne für alles verantwortlich gemacht habe, was ich nicht haben konnte, würden Sie mir das glauben?«

Unwillkürlich stand der stumme Junge vor ihren Augen, und seine schöne Mutter, die unter gemalten Sternen eine ganze Stadt in ihren Bann schlug.

»Ich würde Ihnen glauben, dass es einmal so war«, sagte sie, sich vom Spiel zur Behutsamkeit und wieder zurück tastend, »aber nicht, dass es immer noch so ist.«

»Warten wir bis nach den Austern, um es herauszufinden.«

Der salzige, süffige Geschmack der Austern rundete das Essen ab, und Don Sancho schwor, er werde dieses Gasthaus jedem Reisenden empfehlen. Den Champagner hatte er allerdings selbst mitgebracht, genau wie einen süßen spanischen Wein, den er Peralta nannte.

»Misstrauen gegen italienische Reben?«, fragte Casanova.

»Nicht doch«, protestierte Don Sancho, doch dann überraschte er Bellino, denn er fügte hinzu: »Wären wir in Neapel, dann stünden die Dinge allerdings anders. Der König ist nun schon ein paar Jahre an der Macht, aber der dortige Adel hat die hässliche Angewohnheit, uns Auswärtigen übelzunehmen, wenn ihnen einige ihrer Privilegien fortgenommen werden. Die Art, wie ein neapolitanischer Adliger etwas übelnimmt, äußert sich hin und wieder durch ein paar fatale Tropfen in einem sonst hervorragenden Getränk.«

»Dann lassen Sie sich eben von denen nicht den Wein mischen«, sagte Cecilia arglos. Marina stieß sie in die Seite und flüsterte ihr etwas ins Ohr. Cecilias Augen wurden rund. »Gift, wirklich?«

»Mir nicht den Wein verderben zu lassen ist der Grund, warum ich stets meine eigenen Vorräte mitführe«, sagte Don Sancho milde.

»Umso mehr wissen wir Ihr Vertrauen zu schätzen«, meinte Bellino. Es war mehr eine Frage als eine Feststellung. Sie konnte sich nicht vorstellen, dass Don Sancho so etwas nur erwähnt hatte, um die Unterhaltung voranzutreiben, wusste aber andererseits keinen Grund, warum er die Rede auf Gift bringen sollte im Zusammenhang mit ihr, den Geschwistern oder Casanova.

»Meine Philosphie ist, Vertrauen zu schenken, bis ich eines Besseren belehrt werde, oder vielmehr eines Schlechteren«, gab Don Sancho fröhlich zurück, »und des Weiteren ist es meine Überzeugung, dass Menschen, die selbst ihre Geheimnisse haben, die besten Geheimnisträger sind.«

Es war gut, dass Bellino gerade nichts trank, denn sie hätte sich verschluckt. Bisher hatte Don Sancho durch nichts erkennen lassen, dass er ihr nicht glaubte, genau der Kastrat zu sein, als den sie sich ausgab. Oder spielte er vielleicht auf Casanova an und bezweifelte dessen Geschichte vom Abbate und Kardinalssekretär genau, wie sie es getan hatte?

Verstohlen schaute sie in Casanovas Richtung und sah, dass er sich ein wenig gerader gesetzt hatte und seinerseits ihren Blick mit einer erhobenen Augenbraue erwiderte.

»Ein Hoch auf Ihr Vertrauen in die Menschheit!«, sagte Bellino, denn peinliche Stille war das Letzte, was sie sich jetzt wünschte, hob ihr Glas und ließ sich noch etwas Champagner einschenken.

»Müssen Sie es eigentlich oft in Neapel auf die Probe stellen?«

»Öfter, als mir lieb ist, aber nicht so oft, dass es mir meine Ämter verleidet. Oder die Stadt. Waren Sie schon einmal dort, Bellino?«

Endlich, dachte Bellino und versuchte, nicht zu glücklich darüber zu klingen, dass es ihr gelungen war, das Gespräch in die von ihr erhoffte Richtung zu lenken. »Leider noch nicht. Aber ich träume davon, einmal dort aufzutreten.«

Die Hand, die nicht das Glas hielt, lag auf ihrem Schoß unter dem Tischrand und war fest zusammengepresst. Bitte, flehte sie in Gedanken, *bitte, bitte, bitte ...*

»Und ich dachte, Sie seien in Neapel ausgebildet worden, von Kindheit auf«, sagte Casanova in einem Ton gespielter Verwunderung. Sie hätte ihn umbringen können, und danach sich selbst. Wie war so ein Schnitzer nur möglich? Sie hatte noch nicht einmal genügend Wein getrunken, um es auf den Alkohol zu schieben. »Genau wie all die großen Kastratensänger – Farinelli, Caffarelli, Salimbeni, Appianino ... war das am Ende nicht so?«

»Ich gestehe. Sie haben mich ertappt.«

»Das wusste ...«, begann er in dem selbstzufriedenen Tonfall einer Katze, welche gerade die Schale einer anderen Katze ausgeschleckt hatte.

»Bei einer Übertreibung«, unterbrach sie ihn steinern. »Ich bin in Mailand ausgebildet worden, nicht in Neapel. Aber das

Conservatorio in Neapel ist, wie Sie sehr richtig bemerken, das angesehenste von allen. Die Menschen hören einem eher zu und bezahlen einem ein höheres Gehalt, wenn man behauptet, dort ausgebildet worden zu sein.«

Sie vermied es, zu Petronio, Cecilia oder Marina zu blicken, die alle drei wussten, dass Bellino in Neapel ausgebildet worden war, und schaute stattdessen zu Don Sancho, der aufmerksam lauschte, ohne wirklich überrascht oder gar zweifelnd zu wirken. War sie denn von allen guten Geistern verlassen gewesen? Er musste etwas wissen oder ahnen, da sie nie mit ihm über die Stadt gesprochen hatte, die sie als Kastratensänger vorgab, über Jahre bewohnt zu haben. Wie dumm, wie einfältig war sie gewesen. Aber ein Zurück gab es nicht. Wenn einem die Gegenwart nicht gefiel, musste man sie eben anders gestalten. Mit dem Gefühl, von einer Klippe zu springen, ließ sie ihr Gesicht das von Orpheus sein, der die Götter der Unterwelt um die Rückgabe seiner Liebsten bat, in vier Vertonungen, die sie bereits gesungen hatte.

»Finden Sie mein Können und meine Stimme dieser Behauptung unwürdig, Don Sancho?«

Die Mundwinkel des eleganten Spaniers zuckten.

»Keineswegs. Und ich freue mich schon, beides noch oft zu erleben.«

Daraufhin trank sie ihr Glas aus, damit sie nicht laut und erleichtert aufseufzte, doch noch ehe sie nachhaken und fragen konnte, ob er beides denn in Neapel erleben wolle, sagte Marina quengelig: »Ist es jetzt Zeit für die Commedia?«

»Ich dachte, die hätte schon längst angefangen«, sagte Casanova harmlos.

»Dass Sie schon in die Rolle geschlüpft sind, merkt man«, kommentierte Bellino und entschied, dass es plump wäre, noch einmal nach Neapel zu fragen. Und die Commedia dell'Arte war eine ideale Möglichkeit, ihren Gefühlen Luft zu machen, ohne sich etwas zu vergeben.

Der Dottore war immer ein alter Wichtigtuer, der ständig zu viel redete und den Leuten alle möglichen Krankheiten andichtete, und da sein bevorzugtes Opfer für eingebildete Krankheiten der Pantalone war, hatte Bellino durch diese Rolle jede Entschuldigung, um unter dem Vorwand der Untersuchung dem Venezianer die Haare und Ohren langzuziehen. Sogar Schienbeintritte wären erlaubt gewesen, aber leider sabotierte Casanova ihren Racheplan. Als sie seinen Kopf nach hinten zog, unter dem Vorwand, seinen Rachen zu inspizieren, flüsterte er: »Ich wusste, dass Sie es nicht abwarten können, Ihre Hände an mich zu legen.«

»Der Patient ist im Delirium«, verkündete Bellino laut, doch von nun an hielt sie sich mit den Berührungen zurück.

Petronio und die Mädchen fanden schnell in ihre Rollen. Jeder von ihnen hatte Hunderte von Arlecchinos, Brighellas und Columbinas erlebt, und wenngleich kaum einer der Scherze, die sie machten, von ihnen selbst stammte, waren sie doch witzig und logisch aneinandergereiht, und Don Sancho genoss die Angelegenheit genug, um wiederholt laut zu lachen und in die Hände zu klatschen. Was den Venezianer betraf, so hatte er entweder noch mehr Pantalones gesehen als sie und kannte entsprechend mehr Witzmomente, oder er konnte nicht nur im Leben gut improvisieren. Er hätte sie vorhin um ihre Chance auf Neapel bringen können, also war Bellino rechtschaffen zornig auf ihn, doch nach ein paar Boshaftigkeiten des Dottore und Casanovas hinterlistiger Unterstellung, sie würde das Spiel zur Erfüllung eigener Sehnsüchte benutzen, konnte sie ihrem Ärger nicht mehr völlig freien Lauf lassen. Letztendlich war alles gutgegangen, und Don Sancho hatte eindeutig irgendetwas im Sinn, was sie betraf.

Sie fragte sich, was Petronio und die Mädchen von ihr dachten. Bestand die Möglichkeit, dass sie glaubten, ihre Mutter habe gelogen hinsichtlich der Stadt, in die Bellino geschickt worden war? Vielleicht. Hoffentlich. Nein, bestimmt nicht.

»Arlecchino, du musst alle Liebe aufgeben, wenn du deine gefährliche Krankheit überleben willst, und Columbina zu mir in Behandlung geben«, sagte sie, und Petronio-als-Arlecchino nannte sie einen gemeinen Lügner.

Am Ende entkamen Arlecchino und Columbina den beiden Alten, und Brighella wurde in Columbinas Kleidern, verkörpert durch einen Umhang, aus Versehen Pantalone anvertraut; Don Sancho wischte sich die Lachtränen aus den Augen und applaudierte so heftig, dass der Wirt glaubte, er sei gerufen worden, und den Raum betrat. Bellino nutzte die Gelegenheit, um ihn zu bitten, ihr das Reisespinett zu bringen. Cecilia war noch außer Atem, und wenn sie heute bei der Laute etwas verpatzte, dann würde es Bellino aus dem Konzept bringen. Ehe sie nicht mit allen Lantis unter vier Augen gesprochen hatte, würde sie glauben, dass es als Strafe für ihre Lügen gedacht war.

Besser, all dem noch eine Weile aus dem Weg zu gehen.

Also begleitete sie sich selber und wählte eine Arie, in der sie ein Mann war, keine Frau: Aeneas, der Dido erklärt, warum er sie verlassen muss. Bedauern und Entschlusskraft in Töne zu zwingen, sperrte alles andere aus. Aber das half nur, bis sie mit dem Lied fertig war und glaubte, jede Sekunde in Stille verklingen zu hören, bis Don Sancho und Casanova applaudierten, gefolgt von Cecilia, Marina und Petronio. Taten die Mädchen das heute nur pflichtgemäß? Schaute Petronio enttäuscht? Oder bildete sie sich das alles nur ein?

Don Sancho jedenfalls war bester Stimmung, und darauf kam es an, beruhigte sich Bellino. Cecilia erklärte, sie sei müde, Marina dagegen konterte sofort, sie sei sehr wach und hätte noch große Lust auf eine Nachspeise, doch bitte sie ebenfalls um Entschuldigung, denn sie wolle sich jetzt zurückziehen. Dabei warf sie Casanova einen bedeutungsvollen Blick zu, ehe sie mit ihrer Schwester hinauslief.

»Als alter Geizhals aus Venedig muss ich meinen Knochen wohl ebenfalls Ruhe gönnen«, meinte Casanova, verabschiedete sich von Don Sancho und überraschte Bellino damit, dass er ihr die Hand küsste.

»Ein Tribut an Ihre Verkleidung. Ich wünschte, ich wäre nicht gezwungen, Ihnen zu glauben, Bellino, ich wünschte es wirklich.«

»Es ist nur Ihr Drang, recht zu behalten, der Sie plagt, denn sonst hätten Sie weniger Schwierigkeiten mit einer Wahrheit, die nicht die Ihre ist«, gab sie leichthin zurück, als führten sie nur eine Salonplauderei. »Aber es ist nun einmal so, dass die Rechthaberei, nicht die Gier nach Geld, Essen, Wein oder Fleisch, das stärkste aller Laster ist. Wer will schon nicht immer das letzte Wort behalten?«

»Ich würde ja protestieren, dass Sie der Menschheit unrecht tun«, sagte Casanova, »doch ich will auch immer das letzte Wort behalten, da haben Sie recht.«

Damit verließ auch er Don Sanchos Zimmer, gefolgt von Petronio.

»Trotz allem ein reizender junger Mann«, sagte Don Sancho. »Möchten Sie noch etwas Wein, ehe Sie sich ebenfalls zurückziehen, Bellino? Einmal angebrochen, verliert der Champagner seinen Reiz, wenn man ihn zu lange stehen lässt.«

»Gerne.«

Sie wusste nicht, was sie erwartete. Er hatte ihr bisher auf keine Weise den Hof gemacht, aber niemand konnte wirklich in die Seele eines anderen blicken. Es war gewiss zu viel verlangt, darauf zu vertrauen, dass Don Sancho nichts anderes war als das, was er zu sein schien: ein Mann, der die Musik und schöne Stimmen liebte und für seine Großzügigkeit nicht mehr als den bestmöglichen Kunstgenuss haben wollte.

Der Champagner war kühl und anfeuernd zugleich. Oder vielleicht rührte ihre gute Stimmung von dem Gefühl der Leichtigkeit, die sie jedes Mal in sich spürte, wenn sie mit ihrer Stimme ihre Zuhörer erreicht hatte.

»Wohin wird Sie Ihr Weg als Nächstes führen, Don Sancho?«

»Nicht nach Rimini, leider«, erwiderte er bedauernd. Er schenkte sich selbst ebenfalls nach, dann fragte er: »Wie stellen Sie sich eigentlich Ihre Zukunft vor, Bellino?«

Sofort spannte sich alles in ihr. Das war es, jetzt musste kommen, worauf sie gewartet hatte. Was war besser, eine geistreiche Antwort oder eine ehrliche? Oder eine gelogene, bescheidene? Vielleicht war es der Wein in ihren Adern oder der Umstand, dass heute Abend bereits eine ihrer Lügen offenbar geworden war, denn sie gab ehrlich zurück: »Auf der Bühne. Immer auf der Bühne. Aber nicht irgendeiner. Ich möchte in Neapel singen, das meinte ich vorhin ernst, und später einmal in Venedig und allen Ländern Europas. In Wien, vor der Kaiserin, wie Salimbeni und Appianino. In Sachsen, wie Sorlisi. In London, wo sie Farinelli zum Gott erklärt haben.«

Don Sancho staffelte seine Finger ineinander und lehnte sich nach vorne.

»Und was noch?«

Sie wollte ihre – Angiola Caloris – Mutter wiedersehen, herausfinden, was aus ihr geworden war, und sich mit ihr versöhnen. Nach den Jahren mit Mama Lanti sah sie nun manches anders. Doch das war nichts, was sie Don Sancho erzählen konnte oder wollte, selbst wenn er in ihr Geheimnis eingeweiht gewesen wäre. Es war zu persönlich. Don Sancho schien es jedoch um etwas ganz anderes zu gehen.

»Don Sancho, Sie wissen doch, dass es uns Kastraten verboten ist, zu heiraten«, sagte Bellino zurückhaltend. »Oder glauben Sie, wie es der Abbate getan hat, dass ich kein Kastrat bin? Er ist nicht mehr dieser Meinung, und dafür gibt es einen Grund.«

»Oh, der Abbate scheint mir einer jener Männer zu sein, die die Hoffnung, die Welt könnte doch so sein, wie sie die Welt sich wünschen, nie ganz aufgeben«, entgegnete Don Sancho trocken, »aber darum geht es mir ganz und gar nicht. Sehen Sie, mein lieber Bellino, mir ist es gleich, ob Sie Mann, Frau oder ein Drittes sind. Das ist Ihre Angelegenheit und die Ihres Beichtvaters, falls Sie einen haben. Was ich jedoch wirklich fesselnd finde, neben Ihrer Stimme, versteht sich, ist, dass Sie sich glaubwürdig als beides ausgeben können, Mann oder Frau. Das findet man ganz selten.«

Sie wünschte sich unwillkürlich, sie könnte um noch ein Glas Champagner bitten, aber das hieße, eine Schwäche einzugestehen, und Bellino wollte auf alles vorbereitet erscheinen.

»Ist das so?«

Don Sancho schnalzte bedauernd mit der Zunge. »Leider. Die meisten Menschen bestehen zu sehr darauf, entweder das eine oder das andere zu sein, selbst die Kastraten. Dabei gibt es Dinge, die nur ein Mann in Erfahrung bringen kann, und andere Dinge, die nur eine Frau in Erfahrung bringen wird. Außerdem kann nur ein ganz geringer Kreis von Personen unauffällig von Ort zu Ort, von Hof zu Hof reisen. Und nichts ist in unserer Welt kostbarer als Informationen. Jemand, der sich zwischen beiden Welten bewegen kann – eine solche Person könnte, immer vorausgesetzt, sie wüsste, wem sie solche Informationen anvertrauen sollte, unschätzbar sein.«

Langsam begann sich ein Bild für Bellino abzuzeichnen, und es war nicht das, mit dem sie gerechnet hatte. Aber es ließ sie seine Geschichte über Gifte verstehen und seine Bemerkung über Geheimnisse. Spione und Zuträger waren in Opern und in der Commedia dell'Arte immer sinistre Figuren, aber sie tauchten ständig darin auf.

Sie dachte daran, wie der venezianische Matrose Angst davor gehabt hatte, Casanova könnte für die Staatsinquisition von Venedig arbeiten.

Wozu ein Heeresverpfleger Spione brauchte, die Mann und Frau zugleich sein konnten, war für sie auf den ersten Blick nicht zu erkennen, aber Don Sanchos Amt mochte sehr wohl nur eine Maske für weit mehr sein, ganz wie ihr eigenes Äußeres. Wenn er die Wahrheit über Gifte und die alten Familien in Neapel gesagt hatte, dann war es allerdings höchst gefährlich, für ihn zu arbeiten. Und wie sah das Leben eines Spions überhaupt aus? Man hörte Geheimnisse und gab sie weiter? Was für Geheimnisse? Und was geschah mit den Menschen, die Geheimnisse hatten? Wenn ihr eigenes Geheimnis im Kirchenstaat offenbar wurde, dann musste sie günstigstenfalls nur mit dem Ende aller Auftrittsmöglichkeiten dort rechnen. Angenommen, sie entdeckte ein solches Geheimnis bei einer anderen Person und verriet es, so wäre sie imstande, das Leben eines Menschen zu ruinieren.

Sie öffnete den Mund, um höflich, aber bestimmt abzulehnen, und schloss ihn wieder. Don Sancho hatte ihr kein Ultimatum gestellt. Er hatte nicht versucht, sie zu erpressen. Er war bisher nichts als höflich und zuvorkommend gewesen. Daher verdiente er mehr als ein sofortiges Nein. Sie konnte sich zumindest den Anschein geben, als dächte sie über sein Angebot nach.

»Unschätzbar?«, wiederholte sie also vorsichtig. »Dabei hatte ich den Eindruck, dass in unserer Welt alles schätzbar ist. Vor allem, wenn es um Unterhalt und Entgelt für Gefahren geht und das Wandern zwischen Welten sich doch so anhört, als ob es mit sehr viel Reisekosten verbunden ist. Ich kann nur wiederholen, Don Sancho, Sie geben einem das Vertrauen in die Menschheit zurück.«

Mit einem kleinen genügsamen Lächeln entgegnete er: »Nun, über Reisekosten ... und andere Kosten ... ließe sich gewiss reden.«

»Das hat mir der hiesige Impresario auch versichert, bevor er mich meine Kostüme selbst zahlen ließ«, sagte Bellino, ehe sie sich zurückhalten konnte. Es war nicht nur ein Scherz. Die wenigsten Theaterbesitzer kamen für Kostüme auf, aber der von Ancona hatte es eigentlich versprochen, nur um sein Wort zu brechen, und er hatte sich sehr bitten lassen, bis er wenigstens für die Postkutsche zahlte.

»Da sehen Sie, dass man sich auf die Theaterwelt allein eben nicht verlassen kann«, versetzte Don Sancho sofort geschmeidig.

»Das mag sein, aber ihr gehört nun einmal mein Herz«, sagte Bellino sehr ernst und ließ das Geplänkel für den einen Moment fallen. »Ganz gleich, ob meine Träume alle wahr werden oder nicht, ein Leben, in dem die Musik nicht an erster Stelle kommt, wäre für mich nicht lebenswert.«

Und die Liebe?, fragte Cecilias Stimme in ihr. Hast du die Liebe aufgegeben?

Ich bin nicht mehr wie du, antwortete Bellino ihr in Gedanken, wie sie es laut nicht vermocht hatte. *Ich bin kein blauäugiges Mädchen mehr, das nicht versteht, wie die Menschen einander verlassen können – durch den Tod oder weil sie etwas finden, das ihnen wichtiger ist, oder aus Langeweile. Die Musik wird mich niemals verlassen.*

»Sie könnten Ihre Stimme verlieren«, sagte Don Sancho, als läse er ihre Gedanken. »Das ist sogar sehr wahrscheinlich. Wenn Sie nicht jung sterben, was wir nicht hoffen wollen, dann werden Sie irgendwann gebrechlich werden und nicht mehr mit der Lungenkraft Ihrer Jugend die Tonleitern erklimmen. Ganz zu schweigen davon, dass ein Publikum, verzeihen Sie mir die Offenheit, sich immer gerne am Anblick der Jugend weidet und selten an dem der Menschen in meinem Alter, die daran erinnern, dass auch sie sterblich sind.«

Damit hatte er natürlich recht. Aber sie war noch keine zwanzig Jahre alt. Dreißig zu sein lag schon in gewaltiger Ferne. Vierzig, fünfzig, gar sechzig, das schien biblisch. Es war schwer, sich in einen Körper hineinzudenken, der sie durch den Verfall ihrer Stimme oder ihres Publikums beraubte.

»Wohingegen«, fuhr Don Sancho fort, »ältere Menschen als Zuhörer gerne unterschätzt werden. Als ich aufwuchs, war die Person, die über alle Geheimnisse bei Hofe Bescheid wusste, eine ältere Tante, die als Gesellschafterin ihr Leben fristete. Wenn die Menschen sie überhaupt wahrnahmen, dann sahen sie meine Tante als alte Jungfer mit Stickarbeiten, die vermutlich froh war, wenn man ihr gelegentlich ein wenig Klatsch erzählte. Und bevor sie es sich versahen, hatten sie ihr Dinge erzählt, die einzeln betrachtet vielleicht harmlos waren, doch einander ergänzend meine Tante in die Lage versetzten, zu wissen, dass die Königin für ihren Sohn die alten spanischen Besitzungen in Italien zurückerobern wollte, ehe der König das erfuhr.«

Mit einem Mal wurde sie sich bewusst, dass Don Sancho bei beiden Mahlzeiten meistens Casanova und ihre Familie hatte reden lassen. Sie fragte sich, was er wohl dabei erfahren hatte, jenseits dessen, was sie hatten erzählen wollen.

»Mitglieder Ihrer Familie zu unterschätzen scheint mir ein Fehler zu sein, den man tunlichst unterlassen sollte«, sagte sie leise. »Aber gerade deswegen frage ich mich, warum Sie ausgerechnet auf meine Wenigkeit Wert legen. Immerhin gibt es zahllose Künstler, die durch ganz Europa ziehen.«

Er musterte sie prüfend. »Sie wollen nun aber keine Komplimente hören?«

»Warum nicht? Das Komplimentemachen aufzugeben wäre ein ernsthafter Verlust für die Menschheit. Wenn die Menschen nicht mehr in der Lage sind, Charmantes zu sagen, dann sieht es in ihrer Gedankenwelt wie in einem verdorrten Garten aus«, versetzte sie leichthin im Plauderton, um noch etwas Zeit zu gewinnen und zu verbergen, wie wichtig ihr seine Antwort wirklich war.

Seine Mundwinkel krümmten sich, und sein kastilischer Akzent trat stärker hervor, als er antwortete. »Sie müssen mehrfach durch die Sonne gehen, um einen Schatten zu werfen, und Sie können von innen heraus lächeln, was äußerst selten ist. So werden Sie gemocht, und die Menschen werden Ihnen vertrauen.«

Das klang sehr schön. Sie war sich nicht sicher, ob sie sich in diesem Porträt wiedererkannte, aber sie hatte ihn zu einem Kompliment herausgefordert, und er hatte die Herausforderung mit Bravour angenommen. Gleichzeitig hörte sie, was er nicht aussprach: Er hielt sie für jemanden, dem sich die Menschen anvertrauten, nur, um von ihr verraten zu werden.

»Sie machen mich verlegen«, erwiderte sie und meinte damit sowohl das, was er sagte, als auch das, was er wegließ, konnte jedoch nicht widerstehen und fügte hinzu: »Ich wünschte nur, die Impresarios aller Bühnen sähen das ähnlich!«

»Oh, das werden sie«, antwortete Don Sancho, »und deren Auftraggeber. Da ein beträchtlicher Teil davon zu meinem Freundeskreis gehört, kann ich mir diese Prophezeiung erlauben. Ihre Liebenswürdigkeit wird Ihnen in jeder Sprache Zuhörer sichern, selbst, wenn Sie Ihre Fähigkeiten als Sänger verlieren sollten.«

War das immer noch ein Kompliment oder eine ernstgemeinte Prophezeiung?

»Mir scheint, Don Sancho, Sie verfügen selbst über eine solche Liebenswürdigkeit, die Ihnen überall Vertrauen und Freundschaft sichert. Ich spüre die Auswirkung gerade jetzt. Aber genau deswegen, und da geben Sie mir gewiss recht, sollte man keine voreiligen Entscheidungen treffen, die Sie in irgendeiner Weise betreffen. Lassen Sie mich über all das nachdenken, was Sie gesagt haben.«

Einen Herzschlag lang herrschte Schweigen zwischen ihnen, dann nickte er. »Gewiss. Rimini wird, wie ich schon sagte, wohl kein Ziel für mich sein, doch mich dünkt, Sie hatten Pesaro erwähnt ...«

In diesem Moment hegte sie keinen Zweifel daran, dass der Spanier mit seiner altmodischen Ausdrucksweise und seiner Höflichkeit jemand war, der nicht ein Wort vergaß, das in seiner Gegenwart gesprochen wurde.

»Das hatte ich.«

»Dann werden wir uns gewiss dort wiedersehen.«

Petronio war weder auf seinem Zimmer, als sie ihn suchte, noch bei Cecilia, die sie verärgert wissen ließ, dass sie heute Nacht, wo sie das Bett für sich alleine hatte, gerne ungestört schlafen wolle, was hieß, dass Marina schon länger bei Casanova war. Mama Lanti schlief ebenfalls schon. Der Wirt wusste nichts über Petronios Verbleib und der Knecht nur, dass er vor kurzem das Gasthaus verlassen hatte.

Unter anderen Umständen hätte Bellino es dabei belassen. Aber morgen würde sie mit Casanova nach Rimini aufbrechen, und damit hätte sie für die nächste Zeit keine Gelegenheit mehr, mit Petronio unter vier Augen zu reden, denn er würde hier bei Mama Lanti und den Mädchen bleiben und erst später nachkommen. Vielleicht gab es keinen Grund für ihre Unruhe, aber sie musste jetzt wissen, was er von ihr dachte. Jetzt, wo ihm klar sein musste, dass sie nicht sein Bruder war.

Sie beschloss, auf ihn zu warten. Offenbar hatte sie mehr Champagner und Wein getrunken, als sie hätte tun sollen, denn sie glitt sehr schnell in einen tiefen Schlaf und merkte erst, dass sie in Kleidern auf Petronios Bett lag statt im Nachthemd in dem ihren, als er sie wachrüttelte.

»Was tust du hier?«, fragte er erbost. Sie blinzelte und brauchte einen Weile, bis sich ihre Augen an das fahle Licht gewöhnten, das vom Gang und durch das Fenster drang. Konnte es denn schon Morgengrauen sein?

»Ich wollte mit dir sprechen«, sagte sie schlaftrunken.

»Ich will aber nicht mit dir sprechen. Bellino«, erwiderte er mit einer vielsagenden Pause zwischen der Feststellung und ihrem Namen. Je besser sie sehen konnte, desto mehr konnte sie erkennen, dass seine Lippen geschwollen waren und sein Hemd aufgerissen. Außerdem stank er nach Alkohol. Nicht nach Don Sanchos teurem Wein, sondern nach Schnaps, wie ihn die Seeleute und Hafenarbeiter tranken, als sie mit Casanova die Schiffe besichtigt hatte. Ging nicht auch ein leichter Fischgeruch von ihm aus? Bestimmt war er am Hafen gewesen. Er kniete auf dem Bett neben ihr und sah sie an.

»Ich dachte – manchmal wenigstens –, manchmal war ich sicher, dass du es schon weißt«, stammelte sie.

»Dass Mama es schafft, noch Gewinn aus Bellino zu schlagen, selbst wenn er tot ist? Tja, das hätte ich wohl wissen müssen.« In ihr Schuldbewusstsein mischte sich Ärger. »Ihr habt alle Gewinn daraus geschlagen, dass es Bellino noch gibt. Du auch. Also …«

Tu nicht so und lass es nicht an Mama aus, wollte sie fortfahren, doch er missverstand sie und stieß sie zur Seite. »Du – nie hab ich –, weißt du eigentlich, wie oft mich Kerle und Weiber gefragt haben, ob ich ihnen nicht meinen lieben Bruder ins Bett legen kann? Mir noch mehr Geld angeboten haben, wenn ich dich überrede, auch dazuzukommen? Immer habe ich nein gesagt! Und jetzt, jetzt …«

»Es tut mir leid!«

»Dir tut es leid«, sagte Petronio und lehnte sich an die Wand, an der sein Bett stand. »Was denn? Dass du dich verplappert hast mit Neapel, das tut dir leid. Sollte es auch. Dir tut's nicht leid, dass mein Bruder tot ist, denn du hast ihn ja gar nicht gekannt, und du bist froh, dass sein Name dir die Möglichkeit gibt, aufzutreten und rumzutirilieren. Dir tut's nicht im Geringsten leid, dass ich mir immer wieder gesagt habe, Petronio, natürlich hat er sich verändert, es ist Jahre her, und ihm fehlt nun mal was da unten, bilde dir nichts ein und pass auf ihn auf, ihm wurde schon böse genug mitgespielt, er ist dein Bruder. Dir tut's nicht leid, dass ich jetzt erst weiß, dass mein Bruder schon lange tot ist und ich nie um ihn getrauert habe. Dir tut nur leid, dass alles jetzt nicht mehr so bequem für dich ist, gib das doch zu!«

Es wäre weniger schlimm für sie gewesen, wenn er sie geohrfeigt hätte, denn dann hätte sie sich wehren und rechtschaffen empört sein können. Aber so musste sie sich eingestehen, dass das, was er sagte, zum größten Teil stimmte. Sie hatte in den Jahren bei der Familie Lanti selten an den ersten Bellino gedacht und sich nie gefragt, ob seine Geschwister nicht ein Recht darauf hatten, zu wissen, dass der Junge tot war, ein Recht, um ihn zu trauern, vor allem Petronio, der die meisten Erinnerungen an ihn hatte. Und sie würde auch jetzt nicht darüber nachdenken, wenn sie nicht schlicht und einfach einen Fehler bei der Unterhaltung gemacht hätte.

»Ich hatte keine Geschwister. Vorher. Sie sind alle Fehlgeburten gewesen oder kurz nach der Geburt gestorben. Aber dann seid ihr meine Familie geworden und …«

»Familie!«, schnaubte er verächtlich. Es schnitt ihr ins Herz.

»Du bist mein Bruder«, sagte sie stockend. »Bitte. Wir teilen kein Blut, aber – du bist mein Bruder. Nimm mir das nicht weg.«

»Weil es darum geht, was schlimm für dich ist, nicht für mich«, gab er scharf zurück.

»Weil ich …« Warum war es nur so schwer, selbst in diesem Zusammenhang, die Worte auszusprechen? Es sang sich doch alles so leicht. Aber wenn sie es nicht sagte, dann würde sie niemals mehr mit Petronio sprechen können, Scherze mit ihm teilen, getröstet werden und trösten, sich die Haare darüber raufen, dass er es nicht ernsthaft genug mit der Tanzerei versuchte, niemals mehr sich gegenseitig Grimassen schneiden, wenn die Menschen um sie wieder einmal närrisch oder pompös waren … Sie würde ihn verlieren.

»Ich liebe dich«, flüsterte sie.

Er erwiderte nichts. Sie rappelte sich auf, kletterte aus dem Bett und ging zur Tür, mit jedem Schritt schneller. Wenn es noch schlimmer war, einen Bruder zu verlieren als einen Liebsten, dann wollte sie das nicht herausfinden.

»Wie ist dein wirklicher Name?«, fragte er mit rauher Stimme, die so gar nicht zu dem übermütigen Petronio passte, als sie die Tür erreichte. Sie biss sich auf die Lippen. All die Jahre hatte sie sich verboten, ihn auszusprechen.

»Bellino ist jetzt mein wirklicher Name. Aber ich – ich war Angiola Calori.«

»Ich sage nicht, dass ich dir verzeihe, Calori«, murmelte er.

»Aber pass auf dich auf, was den Abbate betrifft, und denk an deine eigenen Ratschläge. Mach dir eine schöne Zeit, aber lass dich nicht beraspeln. Und wenn du nicht bald auf der verdammten Bühne in Neapel singst mit deiner Ausbildung, die du im Namen meines Bruders gekriegt hast, dann hol dich der Teufel, hörst du?«

»Laut und deutlich«, gab sie zurück, und die Erleichterung hätte ihr beinahe den Brustkorb gesprengt.

* * *

Der Wirt hatte dafür gesorgt, dass die Postkutsche vor seinem Gasthaus hielt, um Bellino und Casanova mitzunehmen, und half Bellino auch, den Weidenkorb mit ihrer Kleidung aufzuladen. Das Reisespinett würde später von der Familie mitgebracht werden. Es fiel ihr auf, dass Casanova nur eine kleine Truhe mit sich führte. Außerdem trug er genau denselben Rock und dieselben Hosen, mit denen er in Ancona eingetroffen war.

Obwohl es noch früh am Morgen war, stand diesmal die gesamte Familie Lanti bereit, um sie beide zu verabschieden. Cecilia und Marina schienen entweder nicht verstanden zu haben, was die Bemerkung mit Neapel bedeutete, oder sie nahmen es ihr nicht übel. Sie umarmten Bellino, ohne zu zögern, und Casanova ein wenig tränenselig. Mama Lanti hielt den Rosenkranz in der Hand und murmelte Bellino »Dio provvedera« ins Ohr.

Gott wird vorsorgen, dachte Bellino, *das mag sein, aber mein bisheriges Leben lässt mich glauben, dass Gott nur denen hilft, die sich selber helfen.*

Petronio sagte gar nichts, aber er gab ihr einen Klaps auf die Schultern, wie um die Brüderlichkeit zu betonen. Dabei lächelte er nicht; seine Augen blickten ernst, doch nicht mehr feindselig. Don Sancho hatte sich entweder von Casanova genauso verabschiedet wie von ihr, oder er zog es vor, auszuschlafen; in jedem Fall war er nicht zugegen. Die Postkutsche hatte außer ihnen nur noch einen weiteren Gast, eine Magd, die in Sinigaglia eine neue Stellung antreten würde und für einen Sitzplatz im Inneren nicht bezahlen konnte. Daher saß sie neben dem Fahrer auf dem Kutschbock und neckte sich mit ihm.

»Der Glückspilz«, sagte Casanova, während die Kutsche sie aus Ancona hinaustrug, und klang halb scherzhaft, halb ernst. »Manche Männer müssen eben nicht durch die Fastenzeit leiden, weil es hartherzigen Wesen so gefällt.«

»Wenn Sie sich einen unglücklichen Faster nennen würden, dann wäre das eine Beleidigung für meine beiden Schwestern, und ich müsste Sie zum Duell fordern«, gab Bellino aufgeräumt zurück.

»Einen Zweifler, das ist es, was ich mich immer noch nenne«, sagte er. »Bellino, kann es sein, dass es sich bei dem ... Auswuchs ..., den ich bemerkt habe, um ein Naturspiel handelt? Sie müssen sich nicht schämen, wenn das so ist. Als ich noch Arzt werden wollte, da habe ich über solche Phänomene gelesen. Der Ton Ihrer Stimme, Ihre Gesichtszüge, Ihre Augen, der wundervolle Busen, diese magnetische Wirkung, die Sie auf mich haben, all das ist so überaus weiblich, dass ein einziges Malheur der Natur Sie darum nicht weniger zu einer Frau macht.«

Das Rütteln der Kutsche erinnerte sie an die Contessa, was dazu beitrug, ihre Widerspruchslust noch zu steigern.

»Ich stelle fest, dass Ihre Definition von dem, was eine Frau ausmacht, zunehmend verwirrender wird. Also bin ich selbst dann für Sie eine Frau, wenn ich über das gleiche männliche Glied verfüge wie Sie selbst. Aber alles andere an mir ist weiblich, weil Sie sich nur von weiblichen Reizen angezogen fühlen können? Bei dieser Art von Logik scheint es mir ein Segen, dass Sie nicht Arzt geworden sind. Mir schaudert bei der Vorstellung, welche Diagnosen Sie stellen würden – streng danach, was Sie wahrhaben wollen, nicht nach dem, was sich tatsächlich vor Ihren Augen zeigt.«

»Als Abbate ist es doch geradezu mein Beruf, hinter die Dinge zu blicken und von Wahrheiten überzeugt zu sein, die nicht offensichtlich sind«, antwortete Casanova in einem tugendhaften Tonfall, den er nicht durchhalten konnte, denn er übertrieb es so sehr, dass die letzten Worte in seinem und ihrem Lachen erstickten.

»Ich wünschte, Sie würden mich nicht so oft zum Lachen bringen«, sagte Bellino, als sie sich wieder beruhigt hatte. »Das ist eine gefährliche Eigenschaft, denn sie lässt mich immer wieder vergessen, wie wenig Ihnen zu trauen ist.«

»Mir? Der Schuh sitzt da eher an Ihrem bezaubernden Fuß, Bellino. Was genau finden Sie an mir denn nicht vertrauenswürdig?«

»Das ist nicht Ihr Ernst.«

»Gelegentlich bin ich ein sehr ernsthafter Mann. Zugegeben nur gelegentlich, aber gerade jetzt meine ich es ernst.«

Ein paar Schlaglöcher gaben ihr die Zeit, sich eine Formulierung zurechtzulegen, die nicht einen völlig falschen Eindruck von irgendwelcher Eifersucht vermittelte.

»Nun, entweder sind Sie ein Abbate und der Sekretär eines Kardinals, und in diesem Fall bedeuten Ihre Abenteuer mit der Griechin und meinen Schwestern den Bruch Ihrer Gelübde, oder Sie geben sich nur als beides aus und sind ein Laie, und in diesem Fall wären Sie ein Lügner.«

Der Sonnenschein, der durch die Kutschenvorhänge fiel, zeichnete im dämmrigen Licht des Inneren goldene Flecken auf sein dunkles Haar.

»Ein Abbate hat erst die niederen Weihen und hat noch keine lebenslangen Gelübde abgelegt oder sich bereits dem Zölibat verpflichtet. Im Übrigen, als jemand, der Rom besucht hat, kann ich Ihnen versichern, dass selbst die Kardinäle dort, die samt und sonders *alle* Gelübde abgelegt haben, sie ständig brechen.«

»Was die Kardinäle in Rom tun, war nicht die Frage, oder?«, gab sie zurück. »Sondern das, was Sie hier tun. Ich weiß auch, dass ein Abbate noch keine lebenslangen Gelübde geleistet hat, aber genauso wenig erteilen ihm seine niederen Weihen die Aufgabe, mit jedem ins Bett zu gehen.«

»Mit jeder«, verbesserte er sie. »Das ist doch der springende Punkt zwischen uns, nicht wahr? Mit jede*r*, nicht jedem.«

»Sie haben schon wieder von der Frage abgelenkt«, sagte sie, mehr bewundernd als ärgerlich, denn er war wirklich sehr, sehr gut darin, und es hatte eine Weile gedauert, bis sie bemerkt hatte, dass sein Kommentar über die Gelübde eines Abbates weder bestätigte noch leugnete, dass er wirklich einer war.

»Mit anderen Worten, ich soll Ihnen vertrauen, aber Sie wollen mir nicht vertrauen? Das scheint mir doch ein höchst ungleicher Tausch zu sein, Bellino. Sie könnten mir zumindest hier, wo wir unter uns sind, einen Blick statt einen Griff auf jenes Teil gewähren, von dem Sie behaupten, dass es identisch mit dem meinen ist und nicht eine willkürliche Wucherung der Natur.«

Ihr wurde kalt, als er »unter uns« sagte. Er war kein Aristokrat wie die Contessa, die mit eigenen Bediensteten gereist war, doch ihr Vertrauen darauf, dass der Postkutscher auf ihrer Seite stehen und die Kutsche anhalten würde, sollte Casanova sich einfach nehmen, was er haben wollte, war sehr gering. Möglicherweise tat sie dem Mann unrecht, aber ihr Vertrauen darauf, dass Fremde zu Hilfe von Fremden eilten, war in den vergangenen Jahren stets gesunken, nicht gewachsen.

Ein kleiner Junge hatte ihr einmal in einem venezianischen Theater geholfen, protestierte eine Stimme in ihr. Aber das war Jahre her, und er konnte sich noch nicht einmal mehr daran erinnern.

Sie schluckte und warf sich den Mantel unnahbarer Selbstsicherheit um. »Bedenken Sie, dass Sie nicht mein Herr sind, dass ich mich im Vertrauen auf ein Versprechen hier mit Ihnen befinde und dass Sie sich eines schweren Vergehens schuldig machen, wenn Sie mir Gewalt antun.«

»Ich wollte nicht …«, begann er bestürzt.

»Sagen Sie dem Postkutscher, er möge halten. Ich werde aussteigen, und wir gehen getrennte Wege.«

»Bellino, ich schwöre Ihnen, ich würde Ihnen nie Gewalt antun. Oder überhaupt etwas gegen Ihren Willen tun. Das gilt für Sie wie für jede andere Frau.«

»Und für jeden anderen Mann«, setzte sie sofort nach. Er seufzte.

»Und für jeden Mann«, gab er nach. »Es war nur ein Vorschlag. Sie haben mich missverstanden.«

In diesem Moment beschloss sie, ihm tatsächlich etwas anzuvertrauen. Nicht das, was er wissen wollte, aber etwas sehr Persönliches. Wie er damit umging, würde eine Probe sein. Sie senkte ihre Stimme.

»Es gibt Vorschläge und Vorschläge. Mir sind schon Vorschläge gemacht worden, die deutlich auf Erpressung hinausliefen,
und das ist gar nicht so lange her. Vielleicht bin ich deswegen
misstrauisch. Aber ich glaube, es liegt auch daran, dass Sie
durch die Welt gehen, als schulde Ihnen jeder Mensch, dem Sie
begegnen, ein Ja, und als seien Sie taub, was das Wort ›nein‹
betrifft. Darin erinnern Sie mich an andere, ähnliche Vorschläge machende Personen.«
In der Stille, die zwischen ihnen entstand, hörte sie das Ächzen
und Klappern der Wagenräder und die Stimmen des Kutschers
und der Magd, die in Wortfetzen und Murmellauten zu ihnen
drangen.
»Ich bin sehr vertraut mit dem Wort nein«, sagte er schließlich,
und es lag nichts Ironisches oder Spöttisches in seiner Stimme.
»Inwendig, auswendig. Es gab Zeiten, in denen bekam ich
nichts anderes zu hören. Nein, Giacomo, ich habe jetzt keine
Zeit, ich muss auftreten. Nein, du kannst nicht mit mir kommen. Nein, es gibt keine andere Schule, ganz gleich, wie viele
Läuse in den Matratzen und wie viele Kinder noch in dem
Zimmer sind, sei froh, dass dir überhaupt eine Schule bezahlt
wird, und hör auf, dich zu beschweren. Nein, du kannst nicht
Arzt werden, studiere Rechte, das ist billiger. Oder studiere
Theologie, das ist noch billiger, denn die Kirche versorgt dich
ein Leben lang! Oh, ich kenne dieses Wort. Genau deswegen
höre ich es mittlerweile wohl nicht mehr. Wer durch die Welt
geht und sich zu oft ein Nein sagen lässt, geht unter, Bellino,
zumindest, wenn er nicht in einen hohen Stand hineingeboren
wurde. Und ganz gleich, was man leistet, auf ehrliche Weise
lassen die uns nie in ihre Kreise hinein. Ich sage nicht, dass man
ein Ja erzwingen sollte. Niemals. Das Beste wäre ohnehin dieses schwierigste Wort unserer Sprache, nein, nur zu sagen,
wenn es wie ein Ja klingt. Doch wer vermag das schon? Aber
man kann versuchen, die Welt durch Überzeugung dazu zu

bringen, ein Nein in ein Verzeihen Sie oder ein Vielleicht umzuwandeln, und ein Vielleicht in ein Ja. Versuchen Sie das etwa nicht auch des Öfteren?«

Das Gefühl, das sie hatte, wenn sie sang, jedes Mal, wenn sie vor Publikum auftrat, der Entschluss, nicht in Bologna zu bleiben und sich mit dem Liebhaber ihrer Mutter verheiraten zu lassen, sondern ihr Leben selbst in die Hand zu nehmen … aber das war etwas anderes. War es das wirklich?

»Vielleicht«, sagte sie.

Sie spürte sein Lächeln mehr, als dass sie es sah.

»Sehen Sie.«

»So ein Vielleicht habe ich nicht gemeint.«

»Hm, dann habe ich die Antwort nicht von Ihren Lippen, sondern von Ihren Augen abgelesen. So lassen Sie uns unsere Überzeugungsarten einfach anders vergleichen. Sprachen Sie nicht selbst gestern von der italienischsten aller Kunstformen, die wir teilen?«

»Von der Improvisation, ja.«

»Was ist Improvisation anderes als der Einsatz unseres Geistes und unserer Talente gegen die festgefahrenen Gewohnheiten der Menschen, die uns sonst nicht beachten? Was ist sie anderes als Verführung?«

»Sie setzen also selbst Ihre Überzeugungen immer mit Verführung gleich?«, fragte Bellino und wusste nicht, ob sie dem widersprechen oder es bestätigen wollte.

»Bei Überzeugungen, die sich lohnen, ja.«

Sie konnte nicht widerstehen. »Darf ich dann wissen, wie Sie den Papst dazu bekommen haben, Ihnen Dispens zur Fastenzeit zu gewähren, als armer Abbate?«, erkundigte sie sich mit unschuldiger Miene.

Diesmal war er es, der lachte, bis ihm die Tränen kamen. Das Schweigen, das seinem Lachen folgte, war nicht mehr belastend, sondern hatte etwas von einem Tau, das sie beide in den

Händen hielten und in entgegengesetzte Richtungen zogen. Wenn einer von ihnen nachgegeben hätte, wären sie beide zu Boden gestürzt, doch ihre Erwartungen an das Seil und die Anstrengung, stehen zu bleiben, schuf eine neue Verbindung. Die Postkutsche hielt, und ein weiterer Passagier gesellte sich zu ihnen. Nach eigener Auskunft war er ein Student der Rechte. Auf jeden Fall war er mit der Redseligkeit eines Advokaten gesegnet, denn er hörte nicht auf zu sprechen. Als er erfuhr, dass Casanova ein abgebrochenes Jurastudium hinter sich hatte, gab es für ihn überhaupt kein Halten mehr. Aus einer kaum zu übersehenden Absicht kam er auf einen spektakulären Fall zu sprechen, der sich in Dresden und Leipzig ereignet hatte, jedoch Kreise in allen europäischen Ländern zog, wo Kastraten auf der Bühne auftraten, und wollte wissen, ob er ihn kannte. Auf Casanovas Verneinung hin erläuterte er den ganzen Sachverhalt.

»Also, bei uns im Kirchenstaat wäre es bei dieser Sachlage gar nicht erst so weit gekommen. Aber die Lutheraner wissen eben alles besser. Da hat man dem protestantischen Konsistorium für juristische Fragen in Leipzig einen Fall vorgelegt. Angeblich sei ein schwedischer Adliger mit dem Namen Titius im Krieg gegen Dänemark durch einen Kartätschenschuss so verwundet worden, dass man seine ohnehin zerquetschten Hoden entfernen musste. Titius sei es aber dennoch gelungen, die Liebe einer Jungfrau mit dem Namen Lucretia zu gewinnen, obwohl er ihr diese Verwundung und ihre Bedeutung gestanden habe. Lucretia war Halbwaise, die Mutter war einverstanden, aber die Verwandten protestierten, weil eine solche Ehe gleich gegen zwei Ziele der christlichen Eheschließung verstieße, die Fortpflanzung, zu der Titius nicht mehr imstande war, und die Löschung der Lust. Da er diese Lucretia innerhalb der Ehe nicht schenken konnte, brachte man sie doch in ständige Gefahr, die Ehe zu brechen.«

»Kirchenrechtlich durchaus korrekt gefragt«, sagte Casanova. »Was meinen Sie, Bellino?«

»Ich meine, die Kommission hätte die Jungfrau Lucretia befragen sollen«, gab sie zurück, denn es war ihr zu offensichtlich, dass der Student die Geschichte als pure Herausforderung für sie erzählte.

»Eine Jungfrau? Aber bestimmt nicht. Der Anwalt des Titius schwor, dass sein Mandant zum Geschlechtsverkehr nicht gänzlich untüchtig sei und einem Weib Satisfaktion geben könne, wie es in dem Dokument hieß. Die Leipziger Richter ließen sich tatsächlich darauf ein und gestatteten eine Hochzeit, nicht zuletzt, weil ihnen der verletzte Held Titius leidtat, vermute ich.

Wenige Wochen darauf stellte sich aber heraus, was doch von Anfang an hätte klar sein sollen. Natürlich gab es keinen schwedischen Grafen namens Titius mit einer schweren Kriegsverletzung. Der Antragsteller war in Wirklichkeit ein Kapaun, der Kastrat Sorlisi, der doch tatsächlich, statt sich aufs Tirilieren zu beschränken, wofür man ihn nach Dresden geholt hatte, einem Mädchen namens Dorothea den Kopf verdreht hatte. Das änderte natürlich alles.«

Bellino fragte sich, ob sie ruhig bleiben sollte. Dann würde das Gespräch im Nichts versickern, was es verdiente, denn der Student *konnte* ihretwegen doch nur auf Streit aus sein. Aber es war für sie vollkommen unmöglich, sich zurückzuhalten, nicht in Gedanken daran, wie sie eine Dorothea gewesen war und jetzt als ein Sorlisi dem Studenten gegenübersaß.

»Warum?«, fragte sie scharf. »Wenn doch der Fall entschieden war. Sind denn die Lutheraner nicht stolz darauf, sich nicht mehr nach Rom richten zu müssen?«

»Selbst Protestanten«, erwiderte der Student genüsslich, »haben ein Gefühl dafür, was widerwärtig ist. Niemand kann etwas für eine Kriegsverletzung. Doch ein Kastrat ist etwas zutiefst

Unnatürliches, absichtlich so geschaffen. Die Ehe mit einem Kastraten kann nur die weibliche Lust durch perverse Praktiken bedienen, und das ist ebenfalls unnatürlich.«

»Ich finde nichts natürlicher, als der weiblichen Lust zu dienen«, kommentierte Casanova, doch sie hörte dabei auch das Ungesagte.

»Und Kastraten halten Sie ebenfalls für unnatürlich?«

»Sie sind unnatürlich«, sagte Casanova, der diesmal immerhin nicht vorgab, sie misszuverstehen, oder der Antwort durch einen Geistesblitz auswich. »Das ist nicht ihre Schuld, sondern die ihrer Eltern, und die Schuld unsinniger Bestimmungen, weil der Apostel Paulus gesagt haben soll, das Weib schweige in der Kirche, was erst nur zu Knabenchören führte, dann später zu Auftrittsverboten für Frauen auf allen Bühnen innerhalb des Kirchenstaates …«

»Also, diese Bestimmungen waren gut genug für mehrere hundert Jahre, da werden Sie es doch wohl nicht besser wissen wollen«, unterbrach ihn der Student.

»… aber ihr Zustand ist ein unnatürlicher und wurde durch eine gewaltsame Verstümmelung erreicht, denen die Betroffenen freiwillig nie zugestimmt hätten«, schloss Casanova, ohne ihn zu beachten. »Es tut mir leid, Bellino. Doch das lässt sich nicht bestreiten.«

»Schauen Sie sich doch an!«, brach es aus dem Studenten heraus. »Ist es Ihnen nicht peinlich, mit richtigen Männern zu reisen, wenn allein Ihre Stimme verrät, was Sie sind?«

Sie fühlte sich von Casanova im Stich gelassen und wusste doch, dass sie kein Recht dazu besaß. Er hatte klargestellt, dass er nicht wie der Student Kastraten die Schuld an ihrer Existenz gab. Natürlich war die Kastration kein natürlicher Zustand, aber wenn sie dieser Feststellung beipflichtete, dann würde sie sich vorkommen wie ein Hündchen, das sich aus Angst vor Tritten auf dem Boden rollte oder unter einer

258

Bank verkroch. Schlimmer, sie würde sich vorkommen, als ließe sie ihrerseits Appianino Jahre nach seinem Tod noch im Stich.

»Im Augenblick«, gab sie daher verächtlich zurück, »wüsste ich nicht, wo in dieser Kutsche richtige Männer zu finden wären. Mich hat man nämlich gelehrt, dass ein sogenannter richtiger Mann nicht auf diejenigen herabsieht, die er für schwächer hält, und sich selbst für überlegen dünkt ob eines Umstands, den er mit jedem Tier gemeinsam hat, und der sich im Übrigen mit einem Messer leicht ändern lässt.«

Unwillkürlich presste der Student seine Beine zusammen.

»Ihresgleichen sollte man nicht mit normalen Menschen verkehren lassen«, zischte er. »Vor allem, wenn Sie die Stirn haben, Ihre verdorbenen Hände nach unseren Frauen auszustrecken. Meiner armen Verlobten hat so ein Widerling den Kopf verdreht, und ich habe ihn noch nicht einmal zum Duell fordern können, weil er eben kein echter Mann ist!«

»Sie haben genug gesagt«, schnitt ihm Casanova das Wort ab. »Seien Sie still oder verlassen Sie die Kutsche. Ich werde nicht länger dulden, dass Sie meinen Reisegefährten beleidigen.«

»Ihren Reisegefährten?«, wiederholte der Student. »Glauben Sie bloß nicht, dass ich nicht bemerkt hätte, wie Sie ihn ansehen. Sie sind doch auch so einer, den die widernatürliche Lust erfasst hat, geben Sie das ruhig zu!«

Casanova presste die Lippen zusammen. Das musste es sein, vor dem er sich gefürchtet hatte: von der Welt nicht mehr als ein Liebhaber von Frauen betrachtet zu werden, sondern als jemand, der sich lächerlich machte, indem er in einen Eunuchen vernarrt war.

»Der Einzige, der hier ständig von Lust redet, sind Sie«, sagte Bellino. »Was mich an das Sprichwort erinnert, dass nur die viel über etwas reden, die nicht in der Lage sind, das zu tun, über das sie ständig sprechen, und die beneiden, denen es anders geht. Bei Ihren Manieren wundert es mich allerdings nicht, wenn niemand mit Ihnen ins Bett gehen will ...«

»Sie ...«

»Ja«, sagte Casanova abrupt.

»Was?«, fragte der Student verwirrt, mitten aus seiner drohenden Geste herausgerissen, denn er hatte seine geballten Fäuste auf Bellino gerichtet.

»Ja«, sagte Casanova erneut, wobei er nun Bellino ansah. »Ich bin so einer. So einer bin ich.«

Sie hatte Momente erlebt, in denen sie ihn gernhatte, Momente, in denen sie ihn begehrte, Momente, in denen er ihr leidtat, und Momente, in denen sie ihn beneidete. Aber bis zu dieser Minute, als er ihr in die Augen schaute und »ja« sagte, sich um ihretwillen vor einem wildfremden Menschen zu etwas bekannte, das er immer von sich gewiesen hatte, war ihr die wilde Zärtlichkeit fremd gewesen, die sich jetzt in ihr Herz senkte.

Den Studenten ignorierend, beugte sich Bellino vor, verkürzte den Abstand zwischen sich und dem Venezianer zu einem Nichts und küsste ihn so lange und ausgiebig, wie sie nur konnte. Nach dem ersten Augenblick der Überraschung ergriff er ihre Arme und erwiderte ihren Kuss mit einem Hunger, der sie beide den Studenten vergessen ließ. »Aufhören, aufhören!«, brüllte dieser. »Das ist ja widerlich!«

Die Kutsche hielt an. Der Kutscher rief ihnen zu, dass sie nur noch eine halbe Post von Sinigaglia entfernt seien, aber wenn weiter herumgeschrien würde, dann sähe er sich befugt, die schuldige Partei an die Luft zu setzen.

»Ich gehe freiwillig«, sagte der Student. »Keine Minute länger will ich diese verpestete Luft einatmen!«

Sein Kleiderbündel war leicht vom Dach der Kutsche zu lösen, und er machte seine Drohung umgehend wahr, die eher wie ein Versprechen geklungen hatte. Während sich die Kutsche erneut in Bewegung setzte, lehnte sich Casanova auf seinem

Sitz zurück. Sie hätte sich neben ihn niederlassen können, aber sie wollte zuerst wissen, ob der Kuss nur als Demonstration dem widerwärtigen Studenten gegenüber gedacht war. Zudem schwirrte ihr selbst noch der Kopf.

»Sie hätten mich heilen können, wissen Sie«, sagte er, und etwas Brüchiges lag in seiner Stimme. »Von meiner Ungewissheit und meiner Liebesleidenschaft, gleich am ersten Abend, wenn Sie mir gezeigt hätten, unmissverständlich und in Ihrer ganzen Nacktheit, dass Sie ein Mann sind.«

»Sie wären nicht geheilt worden«, antwortete sie und tastete sich selbst Wort für Wort zu dieser Wahrheit. »Nein, Sie wären nicht geheilt worden, einerlei, ob ich Mädchen oder Knabe bin, denn Sie sind in meine Person verliebt, und Ihre Verliebtheit hat mit meinem Geschlecht absolut nichts zu tun.«

»Ja«, sagte er im gleichen Tonfall wie vorhin, doch diesmal ließ sein Blick sie jede Pore ihrer Haut spüren, und sie fror wie im tiefsten Winter. Es gab immer noch eine Stimme in ihrem Kopf, die rief, sie möge vorsichtig sein, doch Bellino wusste alles über Stimmen, auch, wie man sie erstickte. Eine einzige Hand war diesmal nötig, ihre Hand, die Hand, welche vor seinen Augen in ihre Hose fuhr und mit jenem Teil wieder hervorkam, das ihr Schlüssel und Riegel in der Welt der Männer zugleich war. Der fleischfarbene Gummi lag warm auf ihrer Handfläche.

Sie konnte ihn unwillkürlich Atem holen hören.

»Also«, murmelte er, und es war mehr Krächzen als Jubel in seiner Stimme, »das kann ich nicht.«

»Da siehst du, wie es einengt, nur einem Geschlecht anzugehören.«

Ehe sie es sich versah, saß er neben ihr, und eine Hand streichelte ihr Gesicht, während die andere Hand mit der ihren um den Besitz des Teiles rang, das ihn so gequält hatte.

»Eine Kutsche ist fürchterlich unbequem«, sagte er ein wenig atemlos.

»Das weiß ich«, erwiderte sie und küsste ihn erneut.

Bis Sinigaglia zu warten war eine süße Qual, doch gleichzeitig eine Entdeckungsreise für all die Dinge, die man miteinander tun konnte, ohne sofort alles voneinander zu verlangen, wie ein Festmahl kleiner köstlicher Vorspeisen vor dem großen Hauptgericht. Mit Appianino war sie noch zu jung und unerfahren gewesen und danach eher bestrebt, Menschen mit so wenig wie möglich abzuspeisen, statt sich gegenseitig zu verwöhnen.

Es fiel ihnen teuflisch schwer, in Ruhe ihr Gepäck abladen zu lassen und wie vernünftige Menschen mit dem Gastwirt in Sinigaglia zu sprechen, der wissen wollte, ob sie ein oder zwei Zimmer benötigten. Sie bestellten ein Abendessen auf ihr Zimmer, und er war bald damit beschäftigt, ihre Seidenstrümpfe Zoll für Zoll die Beine hinabzurollen, bis der Wirt die Gerichte abgeliefert hatte und das Zimmer endlich ihnen allein gehörte. Schinken und Melonen blieben unangetastet, während sie seinen pochenden Hals mit den abendlichen Bartstoppeln eroberte, die auf ihrer Haut kratzten, und er sich mit Küssen seinen Weg bis zu ihrem Bauch bahnte.

»Dottore«, sagte er, »es war doch die richtige Rolle für dich, nicht für mich. Du heilst mich.«

Aber sie verstand nur die Hälfte von dem, was er sagte, während sie beide herumrollten, bis sie auf ihm zu liegen kam. Als er ihre Weste aufknöpfte, zum dritten Mal heute, ließ sie selbst das Hemd folgen und sog den ganzen Raum mit einem Atemzug ein, denn es war ihr, als könne sie zum ersten Mal seit Jahren wieder frei atmen. Die Jahre in Männerkleidung gaben ihren Fingern blinde Sicherheit, wie sie ihn aus Weste und Hosen holen konnte, aber ihre Augen blieben dabei weit geöffnet. Seine waren es, die sie schloss, indem sie einen aufgegebenen Strumpf als Binde dafür benutzte.

»Mann«, sagte sie und küsste ihn so, wie er sie geküsst hatte, »oder Frau«, und sie ließ einen zweiten Kuss folgen, nach ihrer eigenen Art aus den letzten Tagen in Bologna, ehe sie Bellino geworden war, »was bin ich nun?«

»Ein Geschenk für einen Glückspilz«, war das Letzte, was sie von dem verstand, was er zu ihr sagte, bevor er in sie eindrang und er sie entdecken ließ, dass sie Muskeln hatte, wo sie keine vermutet hatte, und ihn wie mit zarter Faust halten konnte, einmal, zweimal, wieder und wieder.

Am Ende wusste sie selbst nicht mehr, was sie war, doch zum ersten Mal seit langem war es ihr nicht mehr wichtig, während sie nicht müde wurden, einander ihre Liebe zu beweisen.

Melonen wie Schinken erwiesen sich als höchst willkommen, nachdem er vergeblich versucht hatte, das herabgebrannte Feuer im Kamin des Zimmers wieder in Gang zu setzen. Sie waren beide mehr als hungrig.

»Es gibt also etwas, das du nicht kannst«, meinte sie träge und ließ das Salz des Schinkens sich mit dem süßen Geschmack eines Melonenstücks vermischen.

»Da gibt es eine Menge«, gab er zurück und schnappte sich eines der Stücke, die sie sich gerade abgeschnitten hatte. Er ließ es sich von ihr in den Mund stecken, langsam, ganz langsam, und dankte es ihren Fingerspitzen auf ausgesuchte Weise mit seiner Zunge.

»Du hältst mich für reich, aber das bin ich nicht. Wenn ich das Geld in meiner Börse ausgegeben habe, besitze ich nichts mehr. Ich bin auch kein hochgeborener Mann, sondern von niederer oder höchstens gleicher Herkunft wie du. Ich habe keinerlei geldbringende Talente, keine Anstellung und keine Gewissheit, dass ich in einigen Monaten immer noch zu essen haben werde.«

»Du meinst, dass es keinen Abbate und Kardinalssekretär mit geheimer Mission nach Konstantinopel gibt? Darauf wäre ich *nie* gekommen«, gab sie zurück und trank aus seinem Becher, als er sich Wein einschenkte.

»Ich kenne den Kardinal Acquaviva und habe den einen oder anderen Brief für ihn verfasst«, sagte er, tauchte einen Finger in den Wein und streichelte damit ihre Brusthöfe. »Technisch gesehen, macht mich das zu einem, der Briefe verfasst, also zu einem Sekretär. Und ich möchte wirklich Konstantinopel besuchen. Warum auch nicht? Es soll immer noch die schönste Stadt des Ostens sein, und wir Venezianer haben ohnehin halbwegs ein Anrecht darauf. Außerdem bin ich tatsächlich ein Abbate, und meine erste Predigt war ein großer Erfolg. Dabei blieb es dann allerdings auch, denn die zweite war eine einzige Katastrophe, und im Übrigen finde ich es langweilig, von einer Kanzel auf einen Haufen gelangweilter Sonntagskirchgänger herabzusprechen. Deswegen wird aus der kirchlichen Karriere auch nichts, fürchte ich. Meiner Großmutter würde es das Herz brechen, aber sie ist tot, und was ich sonst noch an Verwandten habe, möchte vor allem, dass ich ihnen Geld einbringe, statt ihnen wie mein jüngster Bruder auf der Tasche zu liegen. Ich habe noch nicht einmal klare Zukunftspläne. Alles, was ich letztendlich besitze, sind Jugend, Gesundheit, Mut, die Fähigkeit, Geige und ausgezeichnet mit Karten zu spielen. Und ein bisschen Verstand. Ein paar literarische Versuche habe ich auch verbrochen, aber da musste ich selbst den Drucker bezahlen. Mein größter Reichtum ist der, dass ich mein eigener Herr bin, von niemandem abhänge und kein Missgeschick fürchte. Von meinem Charakter her neige ich sogar zur puren Verschwendung, und ich bereue in meinem Leben nur, was ich nicht getan habe. So bin ich, und anders kann ich mir mein Leben auch nicht vorstellen.«

So war er, und nichts von dem, was er sagte, überraschte sie, außer dem Umstand, dass ihm jederzeit und nicht erst in einem oder zwei Monaten das Geld ausgehen konnte, denn das machte die Unbekümmertheit, mit der er in Ancona Geld verschwendet hatte, zu einer viel größeren schauspielerischen

Leistung, als sie ihm zugetraut hätte. Selbst Petronio wäre nie so unbesonnen und leichtsinnig durch das Leben gegangen.

»Man sagt, Geld mache nicht glücklich«, versuchte sie das Gesagte für sich und ihn zu relativieren.

»Diese Aussage bezieht sich aber immer nur auf das Geld der anderen«, antwortete Giacomo. Sie war nicht weiter schockiert.

Er kam ihr wie einer der Seiltänzer vor, die sie hin und wieder auf den Jahrmärkten beobachtet hatte, halb voller Bewunderung dafür, dass sie es wagten, auf so dünnen Seilen zu balancieren, halb voller Furcht, sie könnten abstürzen.

Sie horchte in sich hinein und stellte fest, dass sie selbst halb zu ihm auf das Seil wollte und halb das Bedürfnis hatte, fortzurennen. Während sie nebeneinanderlagen, war sie dabei, durch ihn eine Nacktheit zu entdecken, die nichts mit dem Mangel an Kleidung zu tun hatte. Und was er ihr erzählt hatte, war so ehrlich, dass es unmöglich war, nicht auf die gleiche Weise zu antworten. So erzählte sie ihm ihre eigene Geschichte, zuerst stockend, dann fließend, und schloss: »Ich habe ein Talent, das Geld einbringt, aber ich habe kein freigiebiges Herz, nicht wie du. Ich habe immer zuerst an mich selbst gedacht, seit ich Bologna und meine Mutter verlassen habe, aber das ist mir erst in den letzten Wochen klargeworden. Außerdem nehme ich es jedem übel, wenn er Macht über mich haben will. Deswegen bin ich froh, dass du nicht wirklich reich bist oder von hohem Stand. Wir können zusammen sein, weil wir etwas füreinander empfinden, und nicht, weil du mir Vorteile bietest oder weil ich deinen Einfluss fürchte.«

Kaum hatte sie das ausgesprochen, da machte sich in ihr die Furcht breit, er könnte ganz anders empfinden als sie. Was, wenn ihm die eine Nacht völlig genug war? Was, wenn er nie mehr gewollt hatte, als mit dem Mädchen zu schlafen, das vorgab, ein Kastrat zu sein, und nun die nächste neue Erfahrung suchte? Die meisten Männer begehrten mit großer Leidenschaft Frauen, die sich ihnen entzogen. Doch sobald sie ihren Körper besessen hatten, verloren sie sofort jegliches Interesse an den Geliebten.

Der Student und sein Gerede über widernatürliche Praktiken fielen ihr ein. Was, wenn sie ihm eine schlechte Geliebte gewesen war?

Es kümmert mich nicht, versuchte sie sich zu sagen. *Es kümmert mich nicht. Dann war auch er nur eine Erfahrung. Mehr habe ich doch auch nicht gewollt.* Aber sie hielt das Schweigen nicht länger aus.

»Giacomo«, platzte sie heraus, »war ich schlecht? Du musst offen sein. Bitte keine schönen Worte.«

Ihre Wangen brannten, und es war ihr unsäglich peinlich, aber sie hatte ihre Gedanken ehrlich ausgesprochen, und das war ihre Art, auf einem Seil über dem Abgrund zu tanzen.

Sie hatte ein Lachen befürchtet, denn es entsprach seinem Typ. Aber er schwieg, und ihr Herz fing an zu klopfen. Er legte seinen Kopf auf ihren Bauch, als brauchte er einige Minuten, um die richtigen Worte zu finden, und als wolle er sie nicht dabei ansehen.

Sie lag unbequem, sein Kopf drückte, aber sie wollte sich auf keinen Fall auch nur einen Zoll bewegen. Anstatt Worte zu hören, spürte sie plötzlich etwas Nasses auf ihrer Haut und dachte zunächst an Schweiß, bis ihr klarwurde, dass es Tränen waren.

»Meine Seele hat nach dem ersten Mal mit einer Frau nie mehr die Frage gestellt, ›war ich gut?‹«, sagte er ganz leise. »Genau in dem Moment, als du mich gefragt hast, lag mir jedoch die gleiche Frage auf der Zunge. Du bist mir nur zuvorgekommen. Bis du kamst, konnte ich mir nicht vorstellen, dass ein Mann mit nur einer Frau glücklich sein kann. Wenn ich dich ansehe, finde ich nichts, womit ich dich vergleichen kann. Gott hat ohne Zweifel seinen besten Tag gehabt, als er dich schuf, denn selbst in der Natur, den Wolkenbildern, den Bergen, Tälern, Wäldern und Gewässern, gibt es nichts Schöneres. Seit du mich erhört hast, will ich in deinen Augen nur noch lesen, dass alles, was ich für uns erträume, auch für dich Leben und Erfüllung ist. Ich war durchaus schon in andere Frauen verliebt. Manch eine hat meine Gefühle in ungeahnte Höhen, ja in Ekstase versetzt. Ich habe auch versucht, jede Frau, die ich liebte, glücklich zu machen, weil mir das Freude bereitet, doch bei dir kann ich, kann mein Körper nur in dem Maße glücklich sein, wie du es bist. Du bist und bleibst mir ein Rätsel, selbst wenn ich das Wichtigste gelöst habe. Ich kann reden mit dir, lachen mit dir, weinen mit dir, liebeln mit dir, und jedes Geschenk, das wir uns geben, kommt tausendfach zurück. Du bist und warst für mich ein grausamer Quälgeist, weil du unser Glück so lange hinausgezögert hast, aber für so eine Nacht würde ich gerne noch zehnmal durch das gleiche Inferno gehen«, flüsterte er, und ob es nun an ihrer Nacktheit lag oder seinen zärtlichen Händen auf ihren Hüften, sie glaubte ihm.

* * *

Sie schliefen am nächsten Morgen bis weit in den Tag hinein. »Wann musst du in Rimini sein?«, fragte er, während sie sich ankleidete.

»Es hat noch ein paar Tage Zeit. Und wann willst du nach Konstantinopel ziehen?«

»Das hat noch mehr als ein paar Tage Zeit.« Er zögerte. »Bellino«, sagte er, »was hieltest du davon, mit mir nach Venedig zu kommen, statt nach Rimini zu reisen?«

Sie würde Venedig liebend gerne besuchen, als Erwachsene und mit ihm an ihrer Seite, aber einer von ihnen beiden wusste, dass man nicht von der Hand in den Mund leben konnte, und er hatte selbst zugegeben, dass dies nicht er war.

»Ich lebe von Bühnenauftritten und Konzerten, Giacomo.
Meine Familie tut das auch, trotz der … der gelegentlichen
Nebeneinkünfte. Wenn ich das Engagement in Rimini nicht
wahrnehme, dann spricht sich das herum, und bald werde ich
nicht mehr engagiert.«

Er lag noch immer ausgezogen auf dem Bett, während sie bereits an ihren Hosen nestelte, doch sein Blick war hellwach.

»Es wäre der Kastrat Bellino, der nicht mehr engagiert wird.
Du könntest auch in Venedig auftreten«, sagte er langsam,
»und nicht als Kastrat. Bei uns gibt es dieses dumme Bühnen-
verbot für Frauen nicht, das weißt du. Dafür gibt es sechs
Opernhäuser, nicht nur eines. Du bräuchtest dich nicht zu
fürchten, entdeckt zu werden. Du könntest die Prima Donna
der Oper sein, nicht der Primo Uomo. Unter deinem eigenen
Namen, nicht unter dem eines toten Jungen.«

Ein Blitzschlag hätte sie nicht mehr treffen können. Obwohl
der Gedanke so nahelag, er hatte nie bei ihr angeklopft. Sie
hörte auf, ihr Hemd zuzuknöpfen, und setzte sich neben ihn.

»Nicht Bellino«, sagte er. Er imitierte die Anpreiser, die vor
den Theatern versuchten, die Menschen von den Straßen hin-
einzulocken. »Der neue, strahlendste Stern am Opernhimmel –
La Calori!«

»Ich könnte dann nie wieder innerhalb des Kirchenstaats auftreten.«

»Wer hat denn Don Sancho damit in den Ohren gelegen, schon
immer nach Neapel zu wollen? Neapel liegt außerhalb des Kirchenstaats, und für die Oper dort gilt das Gleiche wie für die
Theater Venedigs.«

»Kastraten werden doppelt so gut bezahlt wie Spitzentenöre
und erhalten das Vierfache des Lohnes der besten Sopranistinnen. Sie werden auch viel mehr verehrt als Sängerinnen. Außerdem sind ihre Arien viel beliebter als die der Primadonnen«,
protestierte sie, aber der Protest klang in ihren eigenen Ohren

fad, denn ihre Phantasie hatte sich bereits an seinen Worten entzündet. Wie wäre es, ohne nachzudenken, einzutauchen in das klare Wasser eines ihr unbekannten Bergsees. Die Melodien, die sie gelernt hatte, in reinem Zustand erklingen zu lassen, voller Ehrlichkeit und Natürlichkeit, und die Zuhörer mit sich in den Olymp zu nehmen? Ihre Kunst sollte in den Zuhörern Gefühle entfachen, sonst nichts, und warum sollte ihr das nicht als Frau gelingen? Sie stellte sich vor, selbst unter dem Sternenhimmel jenes Theaters zu stehen, wo sie ihm zum ersten Mal begegnet war und sich in die Magie der Bühne verliebt hatte. Sie malte sich aus, wie das Publikum ihr zujubelte und es nicht mehr nötig war, ständig Ausreden zu erfinden und Kastratenempfindsamkeit vorzuschützen, wenn ein Impresario zur Feier einer Premiere das Ensemble danach in eine Schenke einlud. Aber sie wollte auch nicht als Knopfmacherin enden, wie es einer der berühmtesten Primadonnen geschehen war, als sie alt wurde.

»Bisher«, entgegnete Giacomo. »Wer sagt, dass du nicht bessere Bedingungen aushandeln kannst? Deine Stimme ist wirklich außergewöhnlich. Da du den gleichen Umfang wie ein Kastrat hast, verdienst du auch die gleiche Bezahlung.«

»Kastraten werden überall in Europa gesucht, weil es sie nur in Italien gibt, und es gibt weit weniger als singende Frauen«, argumentierte sie, mit sich selbst so gut wie mit ihm. »Sie sind viel, viel seltener, und auch deswegen gibt man mehr für sie aus.«

»Oh, man will auch Sängerinnen und Komödiantinnen«, sagte er, und ein Zug von Bitterkeit legte sich um seine Mundwinkel. »Selbst im fernen Russland, in Sankt Petersburg, oder am königlichen Hof von England. Glaub mir, ich weiß, wovon ich spreche.«

Deine Mutter, dachte sie, sprach es jedoch nicht aus. Entscheidend war, was dieses Beispiel bewies. Wenn Zanetta Casanova

mit ihren begrenzten Gesangsleistungen nach Sankt Petersburg engagiert worden war, dann konnte eine Frau wie sie auf
den Bühnen der Welt mindestens so gefragt sein wie ein belie-
biger Sänger.

»La Calori«, sagte sie langsam.

»La Calori«, bestätigte er. »Calori … Calore«, spann er den
Gedanken weiter und veränderte ihren alten Nachnamen zu
dem Wort für »Wärme.« Er ließ seine Hände über ihre Schultern wandern. »Du würdest das Sprichwort, dass ein Juwel
Feuer hat, ohne Wärme zu verbreiten, Lügen strafen. Weißt
du, Calore ist ein viel besserer Name für dich als Bellino. Oder
Angiola. Nein! Angiola erinnert mich zu sehr an Angela, und
Angela war ein grausames Biest von einer Pfarrersnichte. Allerdings mit zwei sehr liebenswerten Schwestern.«

Sie stieß ihm ihren Ellbogen in die Seite.

»Von meinen Schwestern musst du allerdings zukünftig die Finger lassen, wenn das mit uns von Dauer sein soll. Oder würde es
dir gefallen, wenn ich mich deinen Brüdern an den Hals werfe?«

»Ich habe bei Cecilia und Marina zwar ein vielversprechendes,
obgleich frühzeitiges Talent für die Liebeskunst entdeckt, und
sie wissen durchaus schon, dass sie auf ihrem ›Reichtum‹ –
hm – sitzen, so dass du dich nicht um sie sorgen musst, sollte
dieser Hinweis deiner schwesterlichen Fürsorge entsprochen
haben. Ich nehme aber mit Befriedigung zur Kenntnis, dass du
von ›Dauer‹ sprichst, und kann dir versichern, dass nur noch
einer meiner Brüder in Venedig lebt, und der ist ganz und gar
nicht nach deinem Geschmack.«

»Bist du so sicher, dass du meinen Geschmack kennst?«

Kaum hatte sie das gesagt, da grinste er, und sie erkannte, dass
sie ihm gerade den Anlass zu einem Wortspiel geliefert hatte.

»Hm. Ich glaube, ich muss mich noch einmal selbst überzeugen. Bitte, bitte bring mich erneut um meinen Verstand, das
Erwachen ist so schön!«

»Wenn du jetzt glaubst, ich würde nach deinem Geständnis von gestern wissen wollen, wie meine Vorgängerinnen dich in Ekstase versetzt haben, dann täuschst du dich. Das will ich selbst herausfinden und höre mir das frühestens an, wenn du beginnst, nach anderen Frauen zu sehen«, sagte sie, durchaus in Stimmung für etwas Spott. Sie zog ihn rückwärts zu sich auf das Bett und knabberte an seinen Ohrläppchen, während sie sein ohnehin nur halb zugeknöpftes Hemd wieder öffnete.

»Calore«, wiederholte er später, als sie sich fragte, ob sie heute je aufstehen würden, und entschied, dass sie keinen Wert darauf legte, »einen passenderen Namen gibt es nicht.«

»Calori«, sagte sie und erinnerte sich, dass Petronio sie am Ende ihrer Aussprache so genannt hatte. Das war ein Omen.

»Dann wirst du mit mir nach Venedig gehen, Calori?«

»Wenn ich jemals aus diesem Bett herauskomme«, erwiderte sie lachend. Es war wie das Aufsteigen von Blasen in ihrem Inneren, dieses Lachen, das sich Luft machen musste. Sie hatte das Gefühl, Schaum zu sein, der auf dem Meer mehr schwebte als trieb, und keinerlei Angst, je unterzugehen.

»In welch grausamem Dilemma befinde ich mich doch«, sagte er mit gespieltem Kummer. »Ich glaube, der Herr will mir etwas klarmachen.«

Sie rollte sich ein wenig von ihm weg, damit sie sich auf den Ellbogen aufstützen und ihn betrachten konnte.

»Ich glaube, dass ich nicht die Einzige bin, die Verkleidungen aufgeben sollte«, stellte sie fest. »Warum lässt du dich immer noch Abbate nennen, wenn du doch keine Karriere in der Kirche mehr machen willst?«

»Man bekommt meistens bessere Zimmer in Gasthöfen.«

»Im Ernst, Giacomo.«

»Im Ernst, Calori. Es hat seine Vorteile. Denke nur einmal an die Beichte. Wenn das keine erstrebenswerte Zauberei ist, und noch dazu legal! Jeder Schuft wird durch dich in wenigen Minuten zum Ehrenmann. Solche Wunder kann kein anderer Berufsstand für sich beanspruchen. Und«, er ließ den neckenden Tonfall sein und wurde ernst, »nun ja, bisher habe ich nichts getan, was es mir unmöglich macht, es noch einmal als Abbate zu versuchen und mich von der Kirche ernähren zu lassen, falls mir ein für alle Mal das Geld ausgeht. Das wäre nicht weniger als dein vollständiger Abschied vom Kastratendasein.«

Sie streckte ihre Hand nach ihm aus und fuhr ihm durch das Haar, das so dicht wie das ihre war.

»Ich bin vielleicht nicht die frömmste Christin«, sagte sie leise, »aber ich finde, das solltest du nicht tun. Es ist mir gleich, wie viele Kardinäle Mätressen haben oder mit Knaben oder Kastraten schlafen. Du bist ein besserer Mensch. Du solltest nicht als Heuchler leben.«

»Besser?«, wiederholte er ungläubig. »Du hast mich in Ancona mit deinen Schwestern und der Griechin erlebt und gewusst, dass ich gleichzeitig dir den Hof mache.«

»Aber du warst ehrlich dabei«, sagte sie und konnte endlich all das Widersprüchliche ausdrücken, das ihr schon seit Tagen durch den Kopf ging. »Du hast keiner von ihnen vorgemacht, dass du sie allein und für ewig für dich haben willst. Und mir nicht gesagt, dass du mehr als mit mir ins Bett wolltest. Aber du hast mit keiner so gelacht wie mit mir«, fügte sie mit einem kleinen Lächeln hinzu. »Wenn du vorgibst, Gott zu dienen, dir dafür die Taschen füllen lässt und in Wirklichkeit nichts anderes tust, als wie ein Laie zu leben, das ist im Vergleich dazu Lüge und Heuchelei.«

»Sagt die Kastratin«, antwortete er mit einer Spur von Ärger, der verriet, dass sie ihn getroffen hatte.

»Ja«, gab sie zu. »Das war auch Lüge. Aber wenn ich wieder eine Frau werden soll, dann finde ich, dass du ein normaler Mann sein kannst, kein Abbate. In der Kutsche – da warst du einer, und da wusste ich, dass ich dir vertrauen kann. Da warst du Giacomo, nicht mehr ein Mann in einem Kostüm der Kirche.«

Er beugte sich zu ihr. »Du meinst also, dass wir beide ins Wasser springen und schwimmen lernen sollen?«, fragte er, und der Ärger wich wieder der Heiterkeit, weil er wohl nie lange grollen konnte.

»Ich kann nicht schwimmen«, gab sie zu.

»Als Venezianer bin ich zutiefst entsetzt. Entsetzt, sage ich dir! Gleich morgen geht es zum Meer«, stieß er mit einer Miene hervor, die tragisch wirken sollte. Gleichzeitig kitzelte er sie unbändig.

»Wenn du so predigst, ist es kein Wunder, dass du nur zwei Predigten gehalten hast«, gab sie zurück, soweit es das Kichern zuließ, das er ihr entlockte. Schließlich wurde sie wieder ernst.

»Ich schwimme«, sagte sie, »wenn du es tust.«

Einen Moment des Zögerns spürte sie noch bei ihm, denn sie wussten beide, dass sie nicht nur vom Schwimmen im Wasser sprach.

»Dann lass mich dir gleich ein paar Schwimmbewegungen zeigen«, flüsterte er, und ihre Körper wurden erneut eins.

III

LA CALORI

Der Fluss Misa mündete bei Sinigaglia ins Meer; den Salzgeruch einzuatmen und gleichzeitig über Brücken zu spazieren erinnerte Giacomo an seine Heimatstadt. Er konnte die Augen schließen und sich vorstellen, er spaziere mit Calori durch Venedig, aber dann hätte er darüber das Hier und Jetzt verpasst, und das wäre ein Jammer.

Im Palazzo Malipiero hatte er einmal ein Streitgespräch mit einem selbsternannten Philosophen geführt, der die alte Maxime vertreten hatte, im Leben sei die Summe der Leiden größer als die der Freuden.

»Würden Sie ein Leben haben wollen, in dem es weder das eine noch das andere gäbe?«

»Nun, das gerade nicht, aber …«

»Dann lieben Sie das Leben so, wie es ist. Natürlich gibt es Momente, in denen wir unglücklich sind, aber wir wissen doch, dass es früher oder später besser werden wird, und das hilft uns, Unglück zu ertragen. Ich glaube Horaz, der gesagt hat, er sei immer glücklich, wenn nicht gerade der Katarrh beschwerlich wird. Aber welcher Mensch hat schon beständig den Katarrh?«

»Mein Freund, Sie sind eben noch sehr jung. Sie werden es schon noch lernen.«

Was war das für ein Dummkopf, dachte Giacomo jetzt, erspähte ein Schild, das einen Schneider anzeigte, und drängte Calori in diese Richtung. »Sinigaglia ist ein Zentrum des Seidenhandels, und du wirst mehr als ein Kleid brauchen, wenn du jetzt als Frau auftrittst«, sagte er, und sie lachte. »Erst die Auftritte, dann das Geld, um Seide zu kaufen«, sagte sie.

»Dann sind wir nicht mehr in Sinigaglia. Lass mich dir ein Kleid kaufen. Dazu reicht es bei dem verbliebenen Inhalt meiner Börse noch.«

Er war in der Stimmung, ihr die Welt zu Füßen zu legen, und gerade, weil er wusste, dass er das nicht mehr lange würde tun können, wollte er es jetzt tun. Als er am Vormittag für sie einen abgelegenen Strand gefunden hatte, um sie das Schwimmen zu lehren, war ihm ihre Gänsehaut nicht entgangen. Sie hatte sie bekommen, lange bevor sie in das im März noch recht kühle Meer gelaufen waren, aber darüber hinaus hatte sie durch nichts erkennen lassen, dass sie sich vor dem Neuen fürchtete. Dieses Vertrauen von ihr, die jegliches Misstrauen nur zu gut gelernt hatte, war ihm berauschender als Wein. Anschließend hatten sie wie Kinder im Sand Muscheln gesucht, nur, dass er als Kind dazu nie unbekümmert genug gewesen war, und sie vermutlich auch nicht.

Ganz zufällig hatte er herausgefunden, dass sie in diesen Tagen Geburtstag hatte, und damit war die Angelegenheit mit dem Kleid entschieden. Rote Seide, ein dunkles Rot, das ihre schwarzen Augen wie dunkle Perlen hervorhob, welche an den Säumen des Kleides mit Silber bestickt war. Und weil es noch eine Weile dauern würde, bis ihr lockiges Haar wieder lang genug war, um hochgesteckt zu werden, bestand er darauf, eine

Perücke in genau dem gleichen Silberton für sie zu finden. Damit blieb ihm zwar von den siebenhundert Zechinen, die ihm der Kardinal Acquaviva beim Abschied geschenkt hatte, gerade mal genug, um in der nächsten Stadt noch einen Gasthof zu bezahlen, aber es würde sich schon etwas finden. Und wären es wieder nur einige Partien Pharo mit ein paar unachtsamen Spielern.

Er konnte auch ihr Angebot annehmen und sie beim nächsten Mal bezahlen lassen. Er ließ sich gerne einladen, und das nicht nur von männlichen Gönnern, wie Senator Malipiero einer gewesen war, ehe er Giacomo im Bett mit seiner Lieblingstänzerin entdeckte. In Rom hatte er von einer Marchesa mehr als einmal Geld bekommen. Es machte ihn sehr wohl glücklich, dass Calori über das Talent verfügte, sich in die Herzen der Menschen zu singen, und so nie würde hungern müssen. Trotzdem konnte er nicht leugnen, dass er den Zeitpunkt, an dem er von ihr abhängig sein würde, liebend gern hinauszögern wollte. Es war unmöglich, dabei nicht an seinen Vater zu denken, der auf der Bühne nie so gut wie die Mutter gewesen war und zurückstehen musste, während sie im Zentrum der Aufmerksamkeit stand, auf der Bühne und bei den Festen in den Palazzi der Gönner.

Giacomo hatte nie wie sein Vater werden wollen, und das würde er auch nicht.

Aber das waren Gedanken, die die Zukunft betrafen. Im Hier und Jetzt genoss er es, Caloris lange Beine in Männerhosen an seiner Seite zu sehen, und genoss es, sie beim Schneider in ein Kleid schlüpfen zu lassen, das ihren Busen hervorhob, statt ihn zu verbergen. Eine reiche Adlige hätte ein Kleid eigens für ihre Maße schneidern lassen können, doch es gab genügend Schneider, die darauf spezialisiert waren, Kleider, die man ihnen nach dem Karneval oder aus finanziellen Engpässen überlassen hatte, rasch für neue Besitzerinnen abzuändern. Zudem waren sie meist zu sehr auf jede neue Kundschaft bedacht, als dass sie die Nase gerümpft hätten, wenn zwei Männer in ihr Haus hineinspazierten und einer davon in einem Kleid dann zur Frau wurde.

Es gab genügend Menschen, die sich anders verhielten. Calori in einem Kleid war ein Wesen, um das jeder Giacomo beneiden würde, und er musste zugeben, dass es ihm gefiel. Calori in ihren Männerkleidern rief zwar ebenfalls eifersüchtige Blicke hervor, aber auch spöttische, mitleidige oder angewiderte, wenn er sie näher an sich zog oder gar den Arm um ihre Taille legte. Manchmal dachte er, zum Teufel mit ihnen, doch manchmal verletzte diese Haltung seinen Stolz. Er hatte Herablassung und Mitleid nie gut vertragen.

»Sind dir Kleider nicht angenehmer?«, fragte er sie beläufig, als sie im Hinterraum des Schneiders wieder ihre Männerkleidung anzog.

»Als Hosen? Du würdest nicht fragen, wenn du …« Sie stockte. Dann blitzte Schalk in ihren Augen auf. »Weißt du, es gibt eine Möglichkeit für dich, das herauszufinden. Wenn du es wirklich wissen willst und nicht nur gefragt hast, weil du möchtest, dass ich ein Kleid für dich trage.«

Oh, sie war scharfsinnig, seine Prima Donna von den zwei Geschlechtern, und das ließ jedes Gespräch mit ihr fast so befriedigend sein, wie sie in den Armen zu halten. So herausgefordert, musste er natürlich darauf bestehen, dass er es wirklich wissen wollte.

Sie wies auf das Kleid, welches ihr viel zu groß war und immer noch an einem Bügel hing, und schaute ihn von oben bis unten an, ganz so, wie er sie nur allzu gerne musterte.

»Du bist groß genug dafür«, sagte sie. »Und für dieses Kleid auch nicht zu umfangreich.«

»Das kann nicht dein Ernst sein.«

»Bist du nicht neugierig?«

Er war es, Gott helfe ihm. Seit Bettina Gozzi ihm noch vor seinem dreizehnten Geburtstag den Weg in das Himmelreich eines Mannes aufgezeigt hatte, wenn sie ihn badete, sich ihm zeigte, sich schließlich berühren ließ und sein Glied verwöhnte, hatte er das Glück immer wieder in den Händen, Mündern und zwischen den Beinen von Frauen gefunden. Wenn man schlichtweg alles an Frauen faszinierend fand, von der Art, wie sich ihr Geruch veränderte, wenn während der Liebe Schweißperlen an ihnen herabliefen, bis hin zu dem Umstand, dass ihre Essensweise einem vieles darüber verriet, ob sie die Liebe hastig oder langsam genossen, dann war man auch neugierig darauf, was sie wohl empfanden, wenn die Seide eines Kleides auf ihrer Haut knisterte. Ob es das Kleid war, das dem Gang einer Frau jenes bezaubernde Schwingen verlieh, oder ihre so anders gebauten Hüften, dies galt es auch dabei herauszufinden. Ob eine Frau das Gleiche wie ein Mann bei der Liebe empfand oder ob sie anders fühlte, da sie doch nicht das Problem hatte, ein Glied zu besitzen, das sich erschöpfte und ausruhen musste, hätte er ebenfalls allzu gerne gewusst. Aber das würde ihm leider keine Kostümierung verraten.

So betrachtet, war es nur zu verständlich, dass Calori manchmal durchaus ein Mann hatte sein wollen, geplagt von der gleichen Neugier.

»Wirst du mir helfen?«, fragte er.

»Du hast mir geholfen«, antwortete sie, und er dachte wieder, was für ein Glück es gewesen war, in jenem Gasthof in Ancona abgestiegen und die schlechte Laune eines langweiligen Reisetages an dem armen Wirt ausgelassen zu haben. Wenn ihn Don Sancho nicht gescholten und danach zu einem musikalischen Vortrag geholt hätte, wäre er am nächsten Morgen weitergereist und wäre ihr nie begegnet, diesem erstaunlichen Wesen, das ihm wie die erotischen lateinischen Gedichte vorkam. Oder wie die Sonette von Pietro Aretino, bei denen er als Junge schon gelernt hatte, dass jedes Wort mindestens drei Bedeutungen hatte und Sprache so sinnlich wie Frauenkörper sein konnte, jene Gedichte, die sich, wie die Liebe zu einer Frau, immer neu und anders lasen.

Er hatte für Frauen manches Törichte getan, wie sie für ihn, aber bis jetzt hätte er es keiner Frau gestattet, ihn anders denn als männlichen Verführer zu sehen. Es war eine neue Art, nackt zu sein, und doch voll bekleidet. Ihre Finger zitterten ein wenig, als sie das Korsett hinter seinem Rücken band. Dass auch sie bei diesem Spiel unsicher war, machte ihn sicherer und ließ ihn zu seiner alten Waffe greifen, mit der er das Leben in fast jeder Situation anging: über sich selbst zu lachen.

»Der erstaunliche Casanova«, sagte er, »die neue Stimme, die alle Opernbesucher schwachmacht … Weil sie so falsch singt. Lass mich nun den Kastraten spielen, und ich schwöre dir, dass unser Einkommen gesichert ist. Die Komponisten der ganzen Welt werden zu mir eilen, um mich dafür zu bezahlen, nicht mehr zu singen, nachdem sie einmal gehört haben, wie ich ihre Werke massakriere.«

Er hörte und spürte sie lachen, während sie von hinten den Arm um ihn legte, ihm dabei half, sich den Rock des Kleides überzuziehen.

»Du wärst unwiderstehlich.«

Seide auf der Haut, schmeichelnd und in Bewegung zwischen seinen Beinen, und oh, das Gewicht war größer, als er geglaubt hatte, gut, das zu wissen. Er drehte sich zu ihr herum.

»Primo Uomo?«, fragte er mit hochgezogener Augenbraue.

»Prima Donna«, sagte sie mit leicht belegter Stimme, und wenn er sich nicht täuschte, dann atmete sie ein wenig schneller, veränderte sich ihr Duft unmerklich, wie es bei Frauen geschah, wenn sie in Hitze gerieten. Also fand sie ihn auch in Frauenkleidung aufregend. Ihn oder jeden Mann? War es, weil ihre erste Liebe ein Kastrat gewesen war, den sie ebenfalls in

Frauenkleidung erlebt haben musste, oder war sie vielleicht auch für Frauen empfänglich? Es war ihm gleich. Er liebte sie in Männerkleidung so sehr wie als Frau, und wie es aussah, war sie bereit, ihn herausfinden zu lassen, wie sich eine Frau fühlte, wenn sie von einem Mann geliebt wurde.

Er knickste, was in einem Kleid erheblich mehr Balance verlangte als ein Kratzfuß in Hosen; kein Wunder, dass Frauen anders gingen als Männer.

»Mein Herr«, sagte er, »haben Sie böse Absichten?«

»Meine Absichten sind ganz natürlicher Art«, sagte sie in seinem Tonfall mit einem passablen venezianischen Akzent, und er erinnerte sich dunkel, so etwas in der Art zu ihr oder ihrer Mutter gesagt zu haben, in Ancona. Sie nahm seine Hand und küsste sie, und er weitete seine Augen, wie er es bei ihr beobachtet hatte, wenn sie glaubte, er bemerke es nicht; das kleine, kaum hörbare Einsaugen von Atem, das leichte Straffen des Rückens, wie um der Welt zu beweisen, dass sie kein Strandgut war, sondern selbst ein Pirat. Als sie ein Bein zwischen die seinen stellte, und oh, Röcke waren entschieden hilfreich dabei, so etwas zu verbergen, war er bereits hart, während sie sich auf ein kleines Fußbänkchen stellte, damit sie ihn weit genug überragte, um ihn leicht nach hinten beugen zu können, als sie ihn küsste. Seine Finger kletterten an ihrem Wams entlang, strichen über ihren Hals und verdeckten ihr die Augen, wie sie es einmal bei ihm getan hatte.

»Mann«, sagte er und küsste sie, »oder Frau?«

»Beides«, raunte sie, ohne zu fragen, ob er sie meinte oder sich selbst. »Beides.«

Die Postkutsche wäre beinahe ohne sie losgefahren, weil die Zeit bei dem Schneider wie im Fluge vergangen war, aber es gelang ihnen, den Kutscher zu überreden, so lange zu warten, bis sie ihre Sachen packen konnten und er ihr, die nun wieder in dem roten Kleid steckte, den Arm bot, während sie in die Postkutsche einstieg. Es war keine lange Fahrt bis Pesaro, wo sie nur eine Mahlzeit einnehmen wollten, ehe sie weiterreisten, doch die Gegenwart eines älteren Kaufmanns und seiner Frau, die erst beschwichtigt werden mussten, weil sie hatten warten müssen, machte ihnen ein verbales Liebeln unmöglich. Nachdem ein belangloses Gespräch in Gang gekommen war, überraschte die Kaufmannsgattin sie.

»Sind Sie Jungvermählte? Verzeihen Sie mir, aber mir kommt es so vor, und wenn, dann möchte ich Ihnen gratulieren. Ihre Gemahlin ist wunderschön.«

»Sie ist nicht nur wunderschön, sie ist auch wundervoll, aber leider hat die Dame meines Herzens noch nicht ja gesagt«, meinte Giacomo leichthin, und Calori verschluckte sich beinahe. War das ein Scherz? Mit dem Kaufmannspaar oder mit ihr? Oder konnte es sein, dass es ihm ernst war, nun, so ernst, wie er überhaupt irgendetwas nahm?

»Meine Liebe«, sagte der Kaufmann zu ihr, »wenn Ihre Eltern einverstanden sind, dann sollten Sie den jungen Mann erhören. Wenn man so glücklich ist, wie Sie beide einem vorkommen, dann sollte man schnellstens den Segen der Kirche suchen, ehe man eine Sünde begeht«, schloss er mit einer Mischung aus Wohlwollen und Mahnung. Sie biss sich auf die Unterlippe, um nicht in unangebrachtes Gelächter auszubrechen. Es gab keinen Grund, ihre Mitreisenden zu verärgern, die es im Gegensatz zu dem Studenten gut mit ihnen meinten.

Wenn du deine Männerkleidung trügest, dann benähmen sie sich gewiss ganz anders, flüsterte eine Stimme ihr zu, auf die sie gerade jetzt nicht achten wollte.

»Mein Vater ist tot, und meine Mutter … wäre wohl einverstanden, aber wir kennen uns noch nicht sehr lange, und so weiß ich ihr nicht zu sagen, ob es meinem Gefährten hier auch wirklich ernst ist«, sagte sie stattdessen in ihrer bescheidensten

Manier. »Sie wissen ja, wie die Leute aus Venedig sind mit ihren ständigen Scherzen.«

Das Paar aus Sinigaglia nickte eifrig.

»Junger Mann, mit dem Herzen von Frauen sollte man keine Scherze treiben«, sagte der Kaufmann nun mahnend zu Giacomo. »Ich hoffe also, es ist Ihnen wirklich ernst.«

Giacomo verzog sein Gesicht in bekümmerte Falten. »Sehe ich so aus, als wüsste ich nicht, was sich gehört?«

Das beantwortete die Frage nicht im Geringsten, und nun richteten sich alle Augen auf Calori, in Erwartung einer Erklärung. Innerlich verwünschte sie ihn und hatte gleichzeitig den widersinnigen Impuls, in Tränen ausbrechen zu wollen. Ihre Beziehung war inzwischen viel zu intensiv, als dass sie länger leugnen könnte, in ihn verliebt zu sein und sich zu wünschen, dass er an ihrer Seite bliebe. Aber das war nicht das Gleiche, wie ihn zu heiraten und darauf zu vertrauen, dass er für den Rest seines Lebens ihr Mann sein würde. So schnell, wie er sich in sie verliebt hatte, konnte er sich auch in eine andere verlieben. Würde es dann auch wieder Griechinnen bei ihm geben?

Aber sie war glücklich gewesen in diesen letzten Tagen, wirklich glücklich. Mit ihm konnte sie zusammen sein, ohne vom Gesetz verfolgt zu werden, und er zwang sie trotzdem nicht in eine Form hinein, die ihr nicht passte. Und war es nicht gerade in dieser Woche die richtige Entscheidung gewesen, mutig zu sein und dem Augenblick zu folgen statt nur der Vorsicht und Vernunft?

Die Vernunft gebot jeder Frau, einen möglichst reichen Mann zu heiraten, damit sie versorgt war. Doch reiche Männer achteten auf ihre Würde und ihren Stand und waren bestimmt nicht einverstanden damit, wenn ihre Frauen auf allen wichtigen Bühnen der Welt stehen wollten. Reiche Männer hatten sie bisher auch nicht zum Lachen gebracht oder ihren Körper auf ganz andere Weise zum Singen. Reiche Männer würden die

Familie Lanti sicherlich verabscheuen und ihr verbieten, sie weiter als die Ihre zu betrachten.

Falier war ein reicher Mann gewesen, doch sie hatte lieber ihre Mutter verlassen, als ihn zu heiraten.

»Gerade jetzt, in diesem Augenblick«, sagte Calori in das Rattern der Kutsche hinein, »kann ich mir nicht vorstellen, je einen anderen zu heiraten.«

Das Kaufmannspaar lachte und applaudierte. Doch Giacomos Augenbrauen zogen sich unwillkürlich zusammen, und sie wusste, dass es ihm keineswegs entgangen war, wie auch sie sich um eine Beantwortung der eigentlichen Frage gedrückt hatte, obwohl er sie an sich zog und küsste.

Vielleicht waren sie einfach beide zu gut darin, immer auch das Ungesagte zu hören.

Am Stadtrand von Pesaro erwartete sie, als sie alle ausstiegen, ein Unteroffizier mit zwei Füsilieren, um ihre Pässe zu inspizieren. Das war Calori schon öfter geschehen, und so war sie nicht beunruhigt, als sie das Dokument vorwies, welches sie als Bellino, Sohn von Beppo und Teresa Lanti, auswies. Ihre weibliche Kleidung sorgte für ein paar betretene Blicke, doch jeder wusste, dass Kastraten manchmal Frauenkleidung trugen, und so sagte der Unteroffizier nichts weiter, sondern kräuselte nur die Lippen, nachdem er ihren Pass gelesen hatte.

Sie würde einen neuen brauchen, der auf Angiola Calori lautete, überlegte sie. Dazu musste sie entweder Bologna besuchen und ihre Identität von ihrer Mutter beeiden lassen, oder darauf hoffen, dass Don Sancho, wenn er nach Ostern hierher nach Pesaro kam, bereit war, ihr durch seine Beziehungen auszuhelfen. Oder darauf setzen, dass Giacomo in Venedig Leute kannte, die einflussreich genug waren, um für sie einen neuen Pass ausstellen zu lassen, dachte Calori und war noch damit beschäftigt, sich auszumalen, was ihre Mutter wohl sagen würde und wie es ihrer Mutter seit ihrer Trennung ergangen war, als sie

284

Giacomo neben sich sagen hörte: »Es tut mir leid, ich finde meinen Pass nicht.«

»Vielleicht hast du ihn in deiner Reisetruhe«, sagte Calori, obwohl sie ihm beim Packen geholfen hatte und sich nicht erinnern konnte, ein solches Dokument gesehen zu haben. Das Kleiderspiel beim Schneider in Sinigaglia schoss ihr durch den Kopf, und sie errötete. Am Ende war der Pass bei all der Kleiderwechselei und unter den Umständen, unter denen diese Verwandlungen stattgefunden hatten, zu Boden gefallen und von ihnen nicht mehr bemerkt worden, als sie das Zimmer verließen. Sie hatten, weiß Gott, andere Dinge im Kopf gehabt.

Der Kaufmann und seine Gattin wiesen ihre Papiere vor, während Giacomo sich vom Kutscher die Truhe herunterholen ließ und sie öffnete.

»Scheint in Ordnung zu sein«, meinte der Unteroffizier und flüsterte dem Kaufmann etwas ins Ohr, während er einen bedeutungsvollen Blick auf Calori warf. »Wirklich?«, entfuhr es dem Kaufmann. »Aber …« Seine Miene veränderte sich, er schaute betreten, dann voller Abscheu. »Lass uns gehen«, sagte er zu seiner Gattin.

»Aber sollten wir nicht warten, bis der nette junge Herr …«

»Nein«, erklärte der Kaufmann energisch und zog sie fort, einem Knecht zuwinkend, damit er ihnen mit ihrem Gepäck folgte.

Auch ein gemeinsames Durchwühlen der Truhe und von Caloris Reiseweidenkorb beförderte Giacomos Pass nicht zutage.

»Dann muss ich meinem Vorgesetzten Meldung machen«, verkündete der Unteroffizier und befahl seinen Füsilieren, mit Giacomo und Calori im nächsten Gasthaus zu warten.

»Ich fürchte, der Pass ist in Sinigaglia geblieben«, murmelte Calori, und der Schatten eines Grinsens zog über Giacomos Gesicht. Sie schnitt ihm eine leichte Grimasse.

»Das ist nicht komisch. Was, wenn dich schon wieder jemand für einen Spitzel hält?«

»Die Spitzel unserer Staatsinquisition erhalten wenigstens eine ordentliche Bezahlung«, seufzte Giacomo. »Aber ganz im Ernst, sie werden entscheiden, dass ich harmlos bin, und uns weiterreisen lassen. Sehe ich nicht wie die Harmlosigkeit in Person aus?«, fragte er einen der Füsiliere, halb im Ernst, halb im Spaß. Der Mann grunzte nur und murmelte etwas davon, dass man Sodomiten alle einsperren sollte.

Calori wurde es kalt. Daran hatte sie überhaupt nicht gedacht. Missbilligende Blicke und Beleidigungen waren eine Sache, aber die Vorstellung, sie könne Giacomo dadurch in Gefahr bringen, versetzte ihr einen heftigen Stich. Hoffentlich behielt er recht, und die Angelegenheit klärte sich bald. Noch einmal durchsuchte sie ihren Weidenkorb und seine Reisetruhe. Die einzigen Dokumente, die sie in seinem Gepäck fand, waren ein paar Sonette. Sie konnte nicht anders, als sie durchzulesen, samt der Widmung.

»Wer ist denn die Marchesa G.?«, fragte sie unwillkürlich.

»Die Mätresse des Kardinals Colonna.«

»Und du schreibst ihr Gedichte über …« Sie runzelte die Stirn, eher belustigt als eifersüchtig, »… die Eroberung von Schlesien durch den König von Preußen?«

Giacomo zuckte die Achseln.

»Sie hat den ersten Salon von Rom, und sie schrieb ein Loblied über die Eroberung Schlesiens durch Friedrich II. Ich wollte ihre Aufmerksamkeit erringen, also schrieb ich ein Antwortsonett, in dem sich das Land Schlesien beschwert, wobei das Land natürlich weiblich ist, von einem Liebhaber von Männern erobert worden zu sein, der gar nichts mit ihr anfangen kann.«

Unter anderen Umständen hätte sie das zum Lachen gebracht. Selbst die Unverständnis ausdrückenden Blicke der

Füsiliere konnten nicht verhindern, dass ihr die Mundwinkel zuckten.

»Und hat das die Marchesa beeindruckt?«

»Bin ich noch in Rom? Sie hat bedauerlicherweise keinen Sinn für Humor, obwohl sie den im Zusammenleben mit ihrem Kardinal dringend gebrauchen könnte.«

Der Wirt brachte ihnen etwas Käse und Brot, ließ sich jedoch sofort bezahlen, was Angiola, ohne zu zögern, übernahm. Sie hatten die leichte Mahlzeit noch nicht beendet, als der Unteroffizier zurückkehrte.

»Ihr Pass ist in Ordnung«, sagte er zu Calori, »Sie können weiterreisen. Aber Sie – was haben Sie mit Ihrem Pass gemacht?«

»Ich habe ihn verloren.«

»Einen Pass verliert man nicht, sagt mein Kommandant.«

»Man verliert ihn, denn ich habe ihn verloren. Ich versuche, es philosophisch zu betrachten. Was wir haben, können wir verlieren, aber doch niemals, was wir sind.«

»Machen Sie sich über mich lustig, Herr?«, fragte der Unteroffizier drohend.

»Der *Abbate* Casanova«, warf Calori rasch ein, den Titel betonend, »ist der persönliche Sekretär des Kardinals Acquaviva und mit einer Botschaft von ihm nach Konstantinopel unterwegs.«

»Und da liest er schon auf dem Weg zu den Türken schöne Eunuchen auf, wie?«, fragte der Unteroffizier spöttisch.

Sie hätte nie geglaubt, dass ihr erstes öffentliches Bekenntnis dieser Art in einer solchen Situation geschehen würde.

»Ich bin kein ...«, setzte Calori an, als Giacomo sie unterbrach und ihr einen warnenden Blick zuwarf.

»Leugne nicht, schön zu sein«, sagte er hastig zu ihr. »Der ehrenwerte Offizier hier hat schließlich Augen im Kopf.«

Fast schon zu spät begriff sie, dass sie erst noch herauszufinden hatte, was die Soldaten mit Menschen ohne Pässen taten, ehe sie gestand, dass ihr Papier eine Lüge war. Wenn Giacomo schon in Schwierigkeiten steckte, dann musste sie ihm helfen, und das ging nicht, wenn sie auch festsaß.

»Darf ich fragen, wer Ihr Befehlshaber ist?«, erkundigte sich Giacomo mit einer beneidenswerten Ruhe bei dem Unteroffizier.

»Wir stehen unter dem Befehl des Herrn de Gages.«

Der Name kam ihr bekannt vor, und sie sah auch in Giacomos Augen ein Wiedererkennen aufblitzen.

»Wie es der Zufall will«, sagte Giacomo aufgeräumt, »haben wir erst vor kurzem die Freundschaft mit Don Sancho Pico erneuert, der ebenfalls unter dem Befehl von Monsieur de Gages steht und das Heer des Herzogs von Modena versorgt. Er wird gewiss für mich bürgen.«

Leider zeigte sich der Unteroffizier weiterhin unbeeindruckt.

»Das kann jeder behaupten.«

»Aber würde auch jeder den Namen Don Sanchos kennen?«, fragte Calori. »Immerhin ist er kein berühmter Feldherr, wie euer Befehlshaber.«

»Nein, nur ein Spanier, der wie die anderen in Kastilien hätte bleiben sollen, statt unseren Leuten hier die einträglichen Ämter wegzuschnappen«, versetzte der Unteroffizier ungnädig. »Hören Sie, wenn Sie weiter Theater machen, dann bleiben Sie auch hier. Was Sie betrifft, Signore *Abbate,* die Kerle, die durchs Land ziehen, sich als Priester ausgeben und gutgläubige Menschen ausnehmen, die kann ich bald nicht mehr zählen. Vielleicht arbeiten Sie ja wirklich für einen Kardinal. Das mag sein. Wenn sich das herausstellt, dann werde ich mich entschuldigen. Aber Vorsicht ist besser als Nachsicht. Sie bleiben hier unter Arrest, bis aus Rom unter dem von Ihnen angegebenen Namen ein neuer Pass für Sie eintrifft. Das Unglück, einen Pass schon auf einer so kurzen Reise zu verlieren, stößt nur einem Bruder Leichtfuß zu, und der Kardinal wird daraus bestimmt seine Lehren ziehen, solchen Leuten keine Aufträge mehr anzuvertrauen, das bleibt Ihr Risiko! Wenn ich aber binnen zehn Tagen nichts aus Rom höre, dann betrachte ich Sie als Betrüger und werde Sie entsprechend behandeln. In der Festung Santa Maria haben wir schon ganz andere Kerle arretiert, die uns jetzt als Arbeitskräfte beim Schanzen helfen dürfen.«

»Dann lassen Sie mich jetzt gleich an den Kardinal schreiben«, bat Giacomo, und es wurde ihm bewilligt. Während er Tinte, Feder und Papier aus seinem Koffer holte, fragte Calori verstört: »Soll ich nach Ancona zurückkehren, um Don Sancho um Hilfe zu bitten? Oder nach Sinigaglia, um nach dem Pass zu suchen?«

»Wir wissen nicht, ob Don Sancho noch in Ancona sein wird, und der Pass könnte überall verlorengegangen sein.«

»Wird denn der Kardinal ...«

Giacomo hob die Schultern. »Ich hoffe es«, antwortete er. »Wir sind im Guten auseinandergegangen, und er hat mir sogar einiges Geld zum Abschied geschenkt. Allerdings ...« Er zögerte. »Er ist etwas empfindlich und sieht es gar nicht gerne, wenn man seinen Namen ohne Autorisierung benutzt. Der Grund, warum ich Rom verlassen musste, war die Tochter meines Französischlehrers, die sich bei mir versteckt hatte. Das heißt, bei ihm. Im Palazzo des Kardinals. Er war nicht erbaut davon, dadurch auf einmal von einem aufgebrachten Vater als Mädchenverführer bezeichnet zu werden, wo er doch überhaupt nichts von ihr gewusst hat.«

Calori konnte nicht anders. Sie rollte die Augen. Es war ihr bei seiner Beichte erneut nach Lachen und Weinen zumute.

»Sie wollte doch nicht mit *mir* durchbrennen!«, protestierte Giacomo. »Sie brauchte einfach nur einen Ort, um sich mit ihrem Liebsten zu treffen, kannte mich durch ihren Vater, und sie tat mir leid, also ...«

»Als jemand, der selbst einmal durchgebrannt ist, weiß ich solches Mitleid zu schätzen, aber was machen wir nur, wenn der Kardinal dir keinen neuen Pass schickt?«

»Mir wird schon etwas einfallen.«

Nein, dachte Calori, *mir fällt etwas ein.* Es gab in Pesaro eine einflussreiche Person, die sie kannte, und das war nicht der hiesige Impresario. Sie schluckte.

»Dann sollte ich mich hier wohl nach einem Zimmer umsehen«, sagte sie, ohne ihm zu verraten, was ihr gerade durch den Kopf ging.

»Nein«, sagte Giacomo zu ihrer Überraschung, zog sie näher und flüsterte ihr ins Ohr: »Ich traue diesem Unteroffizier zu, dich noch im Nachhinein ebenfalls zu arretieren, wenn er glaubt, dass du ihm Schwierigkeiten machst, und wer weiß, was geschieht, wenn er herausfindet, dass Bellino dein Künstlername ist!« Etwas lauter fügte er hinzu: »Fahr nach Rimini weiter. Lass sie dort noch einmal in den Genuss von Bellinos Stimme kommen. Ich hole dich dort ab, sobald ich meinen neuen Pass habe, und dann fahren wir nach Venedig weiter, wie wir es geplant hatten, ich verspreche es dir.«

Ihr war ebenfalls ganz und gar nicht wohl bei der Vorstellung, in eine Zelle gesperrt zu werden und Wachposten um sich zu haben, die vielleicht eines Tages entdecken würden, dass sie eine Frau war. Sicher war es am besten, wenn sie so tat, als reise sie ab, die Soldaten damit loswurde und dann die Contessa aufsuchte. Aber das konnte sie ihm im Beisein der Straßenwachen natürlich nicht sagen. Andererseits wollte sie nicht, dass er glaubte, sie wäre am Ende froh, ihn einem unsicheren Schicksal zu überlassen.

»Ich lasse dich nicht im Stich«, versicherte sie nachdrücklich.

»Dann warte auf mich«, sagte er ernst. »Oder traust du mir immer noch nicht und glaubst, dass ich in zehn Tagen nicht mehr zu meinem Wort stehe?«

Welches Wort, dachte Calori. Hatte er denn den Heiratsvor-
schlag am Ende wirklich ernst gemeint? Warum hämmerte
jetzt ihr Herz wie nach ihrem ersten öffentlichen Auftritt? In
jedem Fall waren seine Worte eine neue Herausforderung, und
es sah ihm ähnlich, eine dumme Passkontrolle dafür zu verwenden.

»Dann lass uns das herausfinden«, sagte sie und würgte einen
Kloß die Kehle hinunter, »ob wir einander in zehn Tagen selbst
das Ungesagte immer noch glauben.«

Der Palazzo, in dem die Contessa residierte, befand sich in der
Nähe der herzoglichen Residenz, welche die Sforza in Pesaro
gebaut hatten, und erinnerte Calori mit seinen Arkaden ein
wenig an Bologna. Sie unterdrückte die Erinnerung. Jetzt
durfte sie alles, nur nicht rührselig werden. Sich hinter einigen
Büschen wieder in Männerkleidung zu begeben und danach
samt ihrem Reisekoffer wieder nach Pesaro zu wandern hatte
sie mit Schweiß überzogen, aber sie war nicht erneut kontrol-
liert worden. Es war nicht weiter schwer gewesen, sich danach
zum Palazzo der Contessa durchzufragen. Als sie aber dem
Pförtner gegenüberstand, war sie sich durchaus bewusst, dass
sie eher wie ein Lakai auf der Suche nach einer neuen Arbeits-
stelle wirkte denn wie ein gefeierter Sänger, der geruhte, demnächst in Pesaro zu gastieren. Immerhin schien der Mann
schon einmal ihren Namen gehört zu haben.

»Mir wurde gesagt, dass Sie uns nach den Osterfeiertagen aufsuchen«, meinte er zurückhaltend.

»So ist es auch. Ich bin nur auf der Durchreise nach Rimini und
hielt es für angebracht, der Contessa meine Aufwartung zu machen«, gab Calori so erhaben und unbekümmert wie möglich
zurück. Dem Anschein nach wirkte sie überzeugend, denn der
Pförtner bat sie herein und versprach, auf ihren Koffer zu achten. Er wollte gerade die Klingel betätigen, um einen höher-

rangigen Bediensteten zu rufen, als er ein Mädchen den Innenhof durchqueren sah, das Calori vage bekannt vorkam.

»Maria!«, brüllte der Pförtner.

Das Mädchen drehte den Kopf, und Calori fiel ein, um wen es sich handelte: um die Zofe der Contessa, die ihre Herrin nach Ancona begleitet hatte. Sie schien ein Mädchen aus dem Norden zu sein, mit aschblondem Haar und heller Haut; nicht hässlich, weil die Contessa nie hässliche Menschen in ihrer unmittelbaren Umgebung geduldet hätte, doch auch nicht so hübsch, dass sie mit ihrer Jugend ihre Herrin hätte überstrahlen können. Ein angenehm unauffälliges Gesicht, das errötete, als sie näher kam und Calori erkannte. Calori, die wusste, dass die Zofe an das Ereignis in der Kutsche denken musste, spürte ebenfalls Verlegenheit in sich aufsteigen, doch befahl sie sich, weiterhin souverän zu bleiben. Keine Schwäche zu zeigen, darauf kam es jetzt an. Für das, was sie vorhatte, musste sie souverän und gewinnend auftreten.

»Mein Fräulein«, sagte Calori, wissend, dass niemand sonst Dienstboten so anredete, verbeugte sich und küsste der Zofe Maria die Hand. Deren Gesicht wurde noch röter. Calori wiederholte die Geschichte von der Aufwartung, die sie auf ihrer Durchreise der Contessa machen wollte.

»Ich ... ich weiß nicht, ob jetzt der richtige Zeitpunkt ist«, stammelte das Mädchen. »Nach Ostern wird die Herrin gewiss begeistert sein, doch jetzt ...«

Bis nach Ostern konnte Giacomo nicht im Arrest warten, aber wenn Calori den wahren Grund für ihr Kommen und für die Eile offenbarte, dann würde man sie am Ende überhaupt nicht vorlassen, um ihre Bitte auszusprechen.

»Heute ist mein Geburtstag«, sagte sie, obwohl er gestern gewesen war. »Bitte. Was ist ein Geburtstag, wenn nicht, um sich einen bescheidenen Wunsch zu erfüllen?«

Maria biss sich auf die Lippen. »Folgen Sie mir«, sagte sie schließlich und führte Calori über den Innenhof zu einem

Treppenaufgang voller Stuck, der kleine Ölgemälde und Puttenfiguren umrahmte. Nach zwei Stockwerken mündete die Treppe in eine kleine Galerie. »Warten Sie hier«, sagte Maria, klopfte und betrat den Raum, der hinter einer Tür aus dunklem Nussbaumholz und goldenem Gitterbesatz lag. Es schien eine Ewigkeit zu dauern, bis sie wieder herauskam und Calori bedeutete, der Kastrat möge ihr durch das Vorzimmer zur Contessa folgen.

Der Grund für die Verzögerung schien Calori offensichtlich. Die Contessa, sehr pittoresk auf einer Chaiselongue drapiert, war nicht alleine. Zunächst hielt sie den Mann, der hinter der Chaiselongue stand, für den Conte und war nur überrascht, dass der Mann jünger war, als Calori geglaubt hatte. Deutlich jünger als die Contessa und ein wenig rot im Gesicht, trotz des Puders.

»Mein teurer Freund«, sagte die Contessa huldvoll, »darf ich Ihnen den Kastraten Bellino vorstellen? Bellino, dies ist Gian Gastone, Marchese del Colle.«

Also nicht der Conte, und nun wurde Calori klar, in welche Situation sie hineingeplatzt war. Unwillkürlich fragte sie sich, ob die Contessa je etwas anderes tat; dann erinnerte sie sich, wie sie selbst die letzten Tage und Nächte verbracht hatte.

»Donna Giulia, es tut mir in der Seele gut, Sie so gesund und glücklich vorzufinden«, sagte Calori und brachte ihre Geschichte von der Durchreise und ihrem Geburtstagswunsch zum dritten Mal vor.

»Oh, und Ihr Wunsch war, mich wiederzusehen? Nein, so etwas Reizendes«, gurrte die Contessa. »Ist das nicht charmant, Gian?«

»Äußerst charmant«, bestätigte der Marchese kühl.

»Da muss ich mir natürlich überlegen, wie ich Sie belohne. Etwas eisgekühlten Wein für den Anfang, denke ich. Maria, kümmere dich darum.«

»Ich würde gerne sagen, Ihr Antlitz wiederzusehen sei mir Belohnung genug, und unter allen anderen Umständen wäre dem auch so«, begann Calori, als die Zofe Maria den Raum verlassen hatte, »aber ...«

»Nun, für einen Geburtstag haben Sie mehr als nur Blicke verdient, Sie Engel«, sagte die Contessa, schnipste mit den Fingern, und der Marchese reichte ihr einen Fächer. Als er sich zu ihr vorbeugte, konnte Calori rote Flecken auf seinem Nacken sehen. »Ich würde sogar sagen, etwas Abenteuerliches. Gian Gastone, mein Teurer, hatten Sie je etwas, eh, mit einem Kastraten zu tun?«

»Bisher nicht«, entgegnete der Marchese und klang nun nicht mehr kühl, sondern interessiert. Das hatte Calori gerade noch gefehlt.

»Bei der Ankunft hier in Pesaro«, sagte sie, »ist meinem Mitreisenden, einem gelehrten Abbate, ein kleines Unglück geschehen. Er hat leider seinen Pass verloren, und nun hält man ihn in der Festung fest. Da er auf der Reise sehr zuvorkommend zu mir war, würde ich mich freuen, wenn Sie, teuerste Donna Giulia, sein Los erleichtern könnten.«

Maria kehrte mit Wein zurück, in dem ein paar Eisstückchen schwammen, obwohl es noch lange nicht heiß genug für gekühlte Getränke war, und Calori wurde aufgefordert, sich auf einen der mit weißer Seide bespannten Stühle zu setzen. Sie kam sich in ihrem einfachen Gewand wie ein pöbelhaft leuchtender Farbfleck in einem weiß-goldenen Puppenhaus vor.

»Zuvorkommend, hmm ...«, sagte die Contessa. »Und ich dachte, alle Abbates seien langweilig.«

»Erzählen Sie uns mehr darüber, wie zuvorkommend er denn Ihnen gegenüber so war«, fiel der Marchese ein. »Vielleicht können wir Inspiration daraus schöpfen, gemeinsam, schließlich haben Sie uns *bei unserem Tun* gerade unterbrochen. Wenn Sie uns durch Ihre Erzählung nun einschließen und daran teilhaben lassen, dann ...«

Es war der Moment, bei dem Calori dachte: *Nein. Dieses Mal nicht.* Sie war von Angiola zu Bellino geworden und nun dabei, zu Calori zu werden. Sie hatte sich jedes Mal neu erfunden, einen Teil ihres Wesens behalten, einen Teil abgestreift, einen Teil neu entdeckt. Noch wusste sie nicht, wie anders oder gleich La Calori demnächst dem der Kastratenwelt entfliehenden Bellino sein würde, aber offenbar zog sie als Calori jetzt schon andere Grenzen, was ihre Bereitschaft betraf, sich als Spielzeug von gelangweilten Aristokraten benutzen zu lassen.

»Er war so zuvorkommend«, entgegnete sie, »mich vor dem Unbill der Reise zu beschützen, als ich mich ihm anvertraute und ihm gestand, kein Kastrat zu sein, sondern eine Frau.«

In der plötzlichen Stille hätte man eine Nadel zu Boden fallen hören. Die Contessa schloss ihren halb geöffneten Mund, den Calori bei sich das Fischgesicht nannte, und Calori fühlte einen unangebrachten Anfall von Heiterkeit in sich aufsteigen. Sie biss sich auf die Lippen, um ihn zu ersticken. Der Marchese brachte immerhin ein »Oh« heraus und schaute stirnrunzelnd von ihr zu der Contessa und zurück.

»Eine Frau«, wiederholte die Contessa langsam.

»Eine Frau. Sie können sich gewiss vorstellen, Donna Giulia, was meine Verkleidung als Mann für mich bedeutete.«

Die Contessa warf ihren Fächer zu Boden und raffte sich aus ihrer liegenden Pose zu einer Sitzhaltung auf. »Allerdings«, sagte sie scharf. »Gian Gastone, Sie werden Ihre Kutsche in der nächsten Stunde bestimmt nicht benötigen, also können Sie diese jener … Dame zur Verfügung stellen, um sie zu den Stadttoren bringen zu lassen, damit sie Pesaro mit der nächsten Postkutsche verlassen kann.«

»Also, ich habe nichts gegen Frauen«, wandte der Marchese mit einem plumpen Augenzwinkern ein. »Aber ich«, gab die Contessa eisig zurück. »Ein Kastrat ist etwas Besonderes. Frauen sind alltäglich. Da könnte ich genauso gut mein Schoß-hündchen nehmen.«

In Calori brannte es. Es mochte sein, dass sie sich in ein paar Stunden Vorwürfe machen würde, eine Chance verschenkt zu haben, Giacomo zu helfen. Aber auf ihn wartete nicht die Hin-richtung, und sie hatte gerade entdeckt, dass ihr ihre Selbstach-tung etwas bedeutete.

»Das klingt nach einem sehr guten Einfall, Donna Giulia«, sag-te Calori in ihrem süßesten Tonfall. »Hunde sind schließlich nicht wählerisch und nehmen schlichtweg alles, was man ihnen vorsetzt, ganz gleich, wer noch daran beteiligt ist. Frauen dage-gen sind wählerischer und können sich immer daran erinnern, wie andere Frauen gefleht haben, ja auf die Knie gegangen sind und baten, man möge sie weiter verwöhnen.«

Die Contessa wurde kreideweiß. »Hinaus«, brüllte sie, »be-vor ich Sie hinausprügeln lasse, Sie undankbarer Gossen-auswurf!«

Calori erhob sich, machte absichtlich die Verbeugung eines Mannes und ging. Sie war versucht, zum Abschied eine Arie von Händel anzustimmen, aber das hätte am Ende doch noch ihre Verhaftung bedeutet, wenn die Contessa ihre Beziehun-gen spielen und die Obrigkeit wissen ließ, dass Calori unter falschem Namen reiste.

Als sie den Pförtner erreicht hatte, um ihr Gepäck abzuholen, hörte sie leichte Schritte hinter sich, drehte sich um und sah, dass ihr die Zofe Maria nachgelaufen war.

»Madonna«, rief Maria atemlos, »Madonna«, und Calori wuss-te nicht, ob das Mädchen die Mutter Gottes anrief oder sie damit höflich bat zu warten. »Die Herrin«, sagte Maria verle-gen, »lässt ausrichten, wenn dem Conte jemals irgendwelche Lügengeschichten zu Ohren kämen, dann würde sie sich zu rächen wissen, und ein gewisser Abbate sei dann bestimmt nur der Anfang.«

Es war mehr als seltsam, eine Frau zu finden, die sich nichts dabei dachte, ihren Gatten mit verschiedenen Männern zu betrügen, ob mit anderen Adligen oder Kastraten, aber sich Sorgen darum machte, er könne erfahren, dass sie ihren Körper einer anderen Frau überlassen hatte, ja um deren Zärtlichkeiten gebettet hatte, was im Gegensatz zu dem Verkehr mit Männern überhaupt nicht gegen das Gesetz verstieß. Aber vielleicht hatte der Conte ja andere Regeln aufgestellt.

Maria deutete Caloris wechselndes Mienenspiel richtig und fügte mit gesenkter Stimme hinzu: »Er ist stolz darauf, wenn sie Eroberungen macht, der Conte. Ein jüngerer Mann wie der Marchese, oder ein Kastrat, das hört er gerne, und sie erzählt ihm auch immer davon. Aber eine Frau, das sehen sie beide als gewöhnlich und für zu leicht an, und gar um Zärtlichkeiten zu betteln, das darf es bei der Contessa keinesfalls geben.«

Ihr Tonfall war immer bitterer geworden und klang zu persönlich, als dass er sich nur einem Gefühl wie Missbilligung verdankte. Calori erinnerte sich daran, wie das Mädchen aus dem Kutschenfenster gestarrt hatte, den Rücken der Contessa zugewandt, für die sie genauso gut hätte nicht vorhanden sein können. Wie ... ein Schoßhund, den man nicht mehr brauchte. Calori entschied, dass sie solche Aristokraten immer weniger mochte, und meinte nur: »Dann verstehen sie alle beide wohl nur zu befehlen, und nichts von den Herzen der Menschen.«

Maria blickte über die Schulter, wie um sich zu vergewissern, dass ihr niemand gefolgt war, und entgegnete dann eilig: »Ganz gewiss nicht. Ich – ich wollte Ihnen auch danken. Für das, was Sie da drinnen gesagt haben. Es hat mir gutgetan, auch wenn es mich meine Stellung kosten kann, weil ich dabei war. Und ich wollte Ihnen auch etwas versprechen. Wenn Sie mir den Namen von Ihrem Abbate verraten, dann kann ich wenigstens, solange es mir noch möglich ist, dafür sorgen, dass er gut zu essen bekommt. Gefangene, für deren Unterhalt niemand zahlt, die bekommen nämlich nur den Brei von der Armee, aber man kann ihnen auch Essen zuschicken lassen. Das wird bei den Herren immer so gemacht, die bei einem verbotenen Duell erwischt werden und deswegen ein paar Tage in Haft sind.«

»Danke«, stieß Calori freudig überrascht hervor, ergriff Marias Hände und drückte sie. »Das ist wirklich – aber warten Sie, wie wollen Sie das bezahlen? Ich kann Ihnen Geld dalassen. Giacomo Casanova ist sein Name, ehe ich es vergesse.«

Zum ersten Mal lösten sich die ernsten Gesichtszüge der Zofe in ein spitzbübisches Grinsen auf.

»*Ich* werde es auch nicht bezahlen. Die Contessa bestellt für jeden Empfang, den sie gibt, zu viel Essen, und die Hälfte davon bleibt immer stehen. Wir müssen es zwar an die Jagdmeute des Conte geben und dürfen nichts für uns behalten, aber die Hunde mögen meist nichts davon. Außerdem bemerkt niemand etwas, wenn wir Diener uns daran dennoch freihalten.«

»Wenn dem so ist«, entgegnete Calori und ließ sich von dem Lächeln der Zofe anstecken. Sie war verblüfft, als das Mädchen erneut errötete, bis Maria flüsterte: »Im Gegensatz zu der Contessa kann *ich* keinen Frauen befehlen, aber ich weiß ihre Schönheit zu würdigen, und ich hoffe, eines Tages werde ich Sie als Frau erleben!« Damit beugte sie sich vor, küsste Calori ganz schnell auf die Wange, ließ ihre Hände los, als ob sie sich verbrannt hätte, und lief wieder in das Hauptgebäude zurück.

Auf Stroh in einer Arrestzelle schlief es sich entschieden schlechter als in Caloris Armen, doch das gab Giacomo Zeit zum Nachdenken. Er war nicht ernsthaft beunruhigt, eher verärgert, und entschlossen, sich künftig die Pässe in das Futteral seines Wamses einzunähen. Auch zweifelte er nicht daran, dass sich die Angelegenheit bald aufklären und sein nächster Pass bald kommen würde. Der Kardinal mochte ihn immer noch. Bestimmt. Hätte es sonst Geld zum Abschied gegeben?

Dann allerdings musste er sich eingestehen, dass die Worte des Kardinals eher gelautet hatten: »Um Himmels willen, Casanova, was wird es mich kosten, Sie endgültig loszuwerden, damit Sie mir nicht noch mehr Skandale ins Haus bringen?« Das Ärgerlichste dabei war wirklich gewesen, dass er in diesem einen Fall nichts anderes getan hatte, als einem jungen Paar mit einem Quartier auszuhelfen, und die Tochter seines Französischlehrers noch nicht einmal geküsst hatte. Wennschon, dann hätte er sich eher gewünscht, wegen echter Skandale entlassen worden zu sein. Je länger er die Erinnerung an seine letzten Tage in Rom hin und her schob, desto wahrscheinlicher schien es ihm, dass der Kardinal auf seinen Brief hin so etwas sagen würde wie: »Der dumme Junge, schon wieder, soll er doch selbst sehen, wie er aus der Angelegenheit herauskommt. Ich habe mit ihm nichts mehr zu tun!«

Dass die Soldaten der Feste Santa Maria entweder gar nicht mit ihm sprachen oder Witze über Abbates und schöne Jungen rissen, hob Giacomos Stimmung auch nicht gerade. Er sagte sich, dass dieselben Männer ihn ungeheuer beneiden würden, wenn sie wüssten, dass es sich um eine hinreißende Frau handelte, aber das half wenig, wenn es keine Möglichkeit gab, sich aus ihrer Gesellschaft zu entfernen. Er hatte immer noch seine Beredsamkeit, doch Soldaten schätzten es genauso wenig wie andere Menschen, wenn man sie einen überlegenen Verstand erkennen ließ, der für sie immer nach Arroganz aussah. Am ersten Abend wurde ihm so auch kein Essen gegeben, und in dem abgestandenen Wasser trieb der Dreck.

Er fragte sich, ob Calori schon in Rimini angekommen war. Es war ihm ernst mit den Gründen gewesen, warum er sie nicht in Pesaro wissen wollte, aber jetzt musste er sich eingestehen, dass ein Teil von ihm sich doch wünschte, sie wäre hiergeblieben.

Ein Teil, der sich fragte, ob sie nicht zu schnell eingewilligt hatte. In Gedanken schrieb er ihren Abschied so um, dass sie in Tränen aufgelöst war und von ihm fortgezerrt werden musste. Dann schüttelte er über sich selbst den Kopf. Wem würde es nützen, wenn sie die Art Frau wäre, die irgendwo weinend herumsäße, verzweifelt und nicht in der Lage, ohne ihn einen Schritt zu tun? Ihm gewiss nicht.

Aber vielleicht bereute sie mittlerweile, auf seine Herausforderung, den Kastraten Bellino zurückzulassen und wieder eine Frau zu werden, eingegangen zu sein. Vielleicht wurde ihr allmählich bewusst, dass er wirklich nichts an Geld, Stand oder Sicherheit besaß, das er ihr bieten konnte, und die plötzliche Verhaftung hatte ihr einen Geschmack davon verschafft, wie das Leben an seiner Seite auch sein konnte. Vielleicht hatte sie deswegen so eigenartig und zögerlich auf seinen Heiratsantrag reagiert und war insgeheim froh, eine Entschuldigung zu haben, wieder in ihr altes Leben zurückkehren zu können.

Er hatte es ernst gemeint mit dem, was er gesagt hatte, und nicht nur, was seine Komplimente zu ihrem Aussehen betrafen. Nicht dass er jemals müde wurde, sie anzuschauen; er konnte sich nicht sattsehen an der glatten, pfirsichfarbenen Haut, den langen, biegsamen Beinen, ihren kleinen, festen Brüsten, die wunderbar in seine Hände passten, und ihren Brustwarzen, die nicht rosa, sondern rehbraun waren. Immer, wenn er aufgewacht war, hatte er sie betrachtet und den Anblick auf sich einwirken lassen. Es hatte ihn selig gemacht, sie ruhig schlafend neben sich liegen zu haben. Aber was ihn zu seinem Antrag getrieben hatte, war mehr. Sie konnte sein Leben mitgestalten, nicht nur begleiten, und das hatte es bei ihm vorher nie gegeben. In diesem Moment jedenfalls war er völlig davon überzeugt gewesen, dass er sich nichts mehr wünschte, als sie zu seiner Frau zu machen und mit ihr den Rest seines Lebens zu verbringen. Wie konnte er ihr besser beweisen, dass er nicht mehr die Absicht hatte, notfalls auf die Kirche zurückzugreifen, und dass er sie nicht wieder als Kastraten erleben wollte? Außerdem hatte es ihm bisher meist Glück gebracht, auf sein Herz zu hören, und sein Herz war das ihre.

Gut, er war schon öfter verliebt gewesen. Aber die Vorstellung, eine Frau, in die er verliebt war, unbedingt heiraten zu müssen, hatte er schon sehr früh mit den zauberhaften Schwestern begraben, die ihn zu zweit die Liebe als Kunst entdecken ließen. Nein, die Worte über das Heiraten waren ihm nicht aus mangelnder Übung entschlüpft. Gewiss war es diesmal anders, was er empfand.

Plötzlich erinnerte er sich daran, wie er einmal einen Streit zwischen seiner Mutter und seiner Großmutter belauscht hatte, kurz, bevor man ihn zu Dottore Gozzi auf die Schule geschickt hatte.

Warum gibst du nicht den Kindern einen neuen Vater und heiratest wieder, Zanetta, eh? Dann bräuchtest du nicht durch Europa ziehen. Schau, jetzt sind noch so viele reiche Männer hinter dir her, aber du wirst nicht jünger, und deine Kinder wollen versorgt sein.

Die Ehe ist ein Gefängnis, Mama. Und Kinder sind ein noch schlimmeres. Ich will frei sein.

Manchmal erstickte er fast vor Zorn bei dieser Erinnerung, doch manchmal verstand er sie nur allzu gut, seine Mutter, die er nun viele Jahre nicht mehr gesehen hatte und die so wenig von ihm wusste, dass sie in ihrem letzten Brief vor zwei Jahren an Francesco geschrieben hatte, »der brave Giacomo hat bei der Weihe zum Priester bestimmt eine gute Figur abgegeben«. Sie hätte nie heiraten und Kinder haben dürfen, aber dann hätte es ihn nicht gegeben, und er genoss das Leben zu sehr, um sich wegen dieser Überzeugung aus der Welt zu wünschen. Selbst wenn die Welt derzeit aus Festungshaft bestand, und Grübeleien darüber, ob es nicht vielleicht ein Fehler gewesen war, sich in ein Mädchen zu vernarren, das die Bühne ebenso liebte, wie seine Mutter es tat.

Am nächsten Morgen gab es zu seiner großen Überraschung ein reichhaltiges Frühstück, und Giacomo entschied, dass sich Grübeleien mit leerem Magen nicht lohnten. Das Verhalten der Soldaten ihm gegenüber veränderte sich, als ihr Offizier abgelöst wurde, und der neue Vorgesetzte war ein Franzose, der gemeinsam mit dem Frühstück eintraf und sich freute, mit dem Gefangenen in seiner Muttersprache reden zu können. Er erwähnte, eine der hiesigen Adligen habe durch ihre Dienerschaft Botschaft gesandt, es sei ihr ein Vergnügen, den Abbate Casanova während seines Aufenthalts hier mit Mahlzeiten zu versorgen.

»Warum haben Sie denn nicht gleich erwähnt, dass Sie Donna Giulia kennen?«, fragte der Franzose mit einem vielsagenden Augenzwinkern. Giacomo hatte nicht die geringste Ahnung, wer Donna Giulia sein sollte, aber er hütete sich, das zu verraten. Der Blick des Franzosen war ohnehin eindeutig gewesen.

»Ein Kavalier genießt und schweigt«, wäre zu offensichtlich, also entschied er sich dafür, zu sagen: »Man sollte einer Dame niemals die Möglichkeit nehmen, einen Mann zu überraschen.«

»Es sei denn, sie läuft mit seiner Börse davon«, sagte der Franzose, klopfte ihm auf die Schultern und sagte, auf das Frühstück weisend: »Nougat und Weißbrot, kann es etwas Feineres geben? Hören Sie, was halten Sie davon, wenn Sie Ihren aufmerksamen Gastgeber an diesem Frühstück beteiligen? Wo ich so ehrlich bin, es Ihnen zu übergeben, anstatt es für mich zu behalten.«

Giacomo vermutete, dass die Soldaten ihm das Essen nur deswegen ausgehändigt hatten, weil diese Donna Giulia und ihre Familie einflussreich genug waren, um Ärger zu verursachen. Aber nur ein Narr hätte diese Wahrheit ausgesprochen.

»Wenn Sie mein einziger Gastgeber bleiben, statt mich weiterhin bei den anderen Soldaten schlafen zu lassen, ist es bestimmt genug für zwei; dann gerne«, entgegnete er und ließ den Satz vielsagend ausklingen. Giacomo wusste, dass auch die rangniedrigen Offiziere über eigene Quartiere verfügten, jedoch für ihr Essen selbst zu sorgen hatten. Der Franzose stutzte, dann lachte er und schlug Giacomo noch einmal auf den Rücken.

»Mein Freund, Sie könnten ein Pariser sein. Gut, Ihre Haft wird hiermit in mein Quartier verlegt. Ich hoffe doch«, fügte der Offizier warnend hinzu, »dass Sie die Situation nicht ausnutzen werden. Ein Fluchtversuch, und ich werde Ihnen beweisen, dass es noch Unangenehmeres gibt, als auf Stroh unter den gemeinen Soldaten zu schlafen.«

»Ich bin die Ehrlichkeit selbst, das versichere ich Ihnen. Außerdem würde ich mich dann um ein paar köstliche Tage mit feinster Verpflegung bringen, und wer tut das schon?«

»Wohl wahr, wohl wahr. Wie, sagten Sie noch einmal, haben Sie Ihren Pass verloren?«

Neben einem Bett, das im Zimmer des Offiziers aufgestellt wurde, erhielt Giacomo auch Stühle und einen Tisch. Diese Donna Giulia musste wirklich einflussreich sein. Da er sich sicher war, keine Donna Giulia zu kennen, fragte er sich, ob es vielleicht einer seiner alten Bekannten aus Venedig oder Rom gelungen war, unter neuem Namen einen Adligen aus Pesaro zu beschwatzen, sie zu heiraten. Wenn dem so war, dann würden Erkundigungen am Ende ein Geheimnis ihrer Vergangenheit lüften, und das wäre sowohl undankbar als auch dumm von ihm, also ließ er es sein. Andererseits konnte er sich aber nicht auf sein Glück oder die Gunst eines einzigen Offiziers verlassen. So ging er daran, die Soldaten freundlicher für sich zu stimmen.

»Kameraden, lasst uns die Zeit nutzen, ihr habt doch bestimmt ein Kartenspiel.«

Die Augen des Wachsoldaten, den er das fragte, flackerten argwöhnisch.

»Sind Sie am Ende ein Grieche?«

»Dann fiele es mir wahrhaft schwer, einen neuen Pass zu erhalten. Nein, ich bin Venezianer.«

»Kommen Sie mir nicht wieder mit dummen Sprüchen, Signore Abbate«, knurrte der Soldat. »Ob Sie ein Falschspieler sind, wollte ich wissen.«

»Ganz gewiss nicht«, versicherte Giacomo, der den Ausdruck bisher noch nicht gekannt hatte und stolz darauf war, auch ohne zu betrügen vom Kartenspiel leben zu können, wenn es denn sein musste.

Der einzige andere Zeitvertreib unter Männern, der ein ähnlich allgemein wohliges Gefühl von Gleichheit, meist sogar von Überlegenheit, bei jedem Einzelnen den anderen gegenüber hervorrief, waren Geschichten über Erlebnisse mit Frauen, deren Formen man so trefflich mit den Händen beschreiben konnte. Wie sich herausstellte, hatte er mit den Karten und der Vermutung über Frauengeschichten den richtigen Weg eingeschlagen. Die nächsten Tage bestimmten diese beiden Dinge den Tagesablauf. Während Karten verteilt wurden, drangen sie in Giacomo, doch mehr von der Contessa zu erzählen, welche ihn mit den köstlichen Speisen versorgen ließ.

»Kameraden, das wäre grober Undank und würde außerdem bedeuten, dass ich bald kein Essen mehr bekomme.«

Einige nickten nachdenklich und verständnisvoll, andere blickten enttäuscht drein.

»Also, mein Vetter hat gesagt, er kennt einen Mann, der mal jemandem begegnet ist, der mit Donna Giulia ... na, ihr wisst schon.«

Das klingt ja sehr vertrauenswürdig, dachte Giacomo und passte im Gegensatz zu den Mitspielern sehr genau auf, welche Karten gefallen waren.

»Und der Kerl, also nicht mein Vetter, sondern der andere, der hatte einen Buckel. Die Buckligen sollen ja besonders lange Schwänze haben. Jedenfalls hat er gemeint, Donna Giulia, die macht es nicht mit jedem. Man muss schon etwas Besonderes an sich haben, irgendetwas, das einen zu etwas anderem macht als andere Männer. Wenigstens könntest du uns verraten, was an dir so besonders ist, Venezianer!«

»Wenn ich das täte, dann wäre an mir leider nichts Besonderes mehr«, entgegnete Giacomo mit ausdrucksloser Miene. »Ein geteiltes Geheimnis ist kein Geheimnis mehr, das ist nun einmal so.«

Allmählich kam ihm ein Verdacht, auf was seine guten Mahlzeiten zurückzuführen waren, oder besser gesagt, auf wen. Ein Kastrat war nicht bucklig, aber auf jeden Fall etwas Besonderes, und am Ende hatte Calori weder gelogen noch geprahlt, als sie behauptet hatte, eine Frau in Ekstase versetzt zu haben.

»Wie wäre es mit noch etwas Wein? Meine Kehle erscheint mir trocken.«

Und das war sie in der Tat gerade geworden. Um sich abzulenken und ihr Wohlwollen für sich noch zu verstärken, erzählte er ihnen wieder Geschichten aus Venedig, die er nur vorgab, erlebt zu haben. Von seinen wirklichen Liebschaften zu erzählen kam nicht in Frage. Das wäre Verrat gewesen an Frauen, die ihm immer noch viel bedeuteten. Am liebsten waren den Soldaten ohnehin seine Geschichten von den berühmten Kurtisanen Venedigs, deren Ruf ganz Europa durcheilte, die aber häufig jung starben, an den übermäßigen Anstrengungen ihres Gewerbes, das sie, bei Gott, als einen Adelsbrief betrachteten. Sie konnten nicht genug hören von Spina und Ancilla, den bekanntesten, die angeblich ein so gutes Herz hatten, dass sie sich niemandem versagen konnten. »Niemandem, der zahlen kann«, dachte Giacomo, sprach es jedoch nicht laut aus. Was Soldaten hören wollten, war nicht, dass es sich bei den meist

hochgebildeten Kurtisanen in erster Linie um Geschäftsfrauen
handelte, die so wenig dazu neigten, ihre Waren umsonst zu
verteilen, wie nur irgend ein Geschäftsmann, und das aus dem
gleichen Grund: Kein Kunde war geneigt, Unsummen für etwas zu zahlen, was andere umsonst erhielten. Nein, die Soldaten hingen an ihrer Vorstellung von Huren mit goldenen Herzen, und Giacomo bestärkte sie darin.

Aber auch von den Streichen, die man sich in der Lagunenstadt
so spielte, wenn man Gondeln losband, Hebammen in Häuser
schickte, wo überhaupt kein Kind erwartet wurde, oder Pfarrer
zur Letzten Ölung, wo niemand gestorben war, berichtete er.
Als Höhepunkt musste er dann immer erzählen, wie die Gattin
eines ehemaligen Dogen – welches Dogen, das weigerte er sich
zu verraten, weil er nicht lebensmüde war und nach Venedig
zurückkehren wollte – eine Wette mit der berühmtesten Kurtisane Venedigs abgeschlossen hatte, in der es darum ging, wer
in einer Nacht mehr Männer zufriedenstellen konnte. Zum
Glück war keiner der Soldaten gebildet genug, um Juvenal gelesen zu haben. Die einfachen Soldaten konnten kaum ihre eigenen Namen buchstabieren, und von den Offizieren schien
auch niemand bei lateinischen Satirikern bewandert zu sein.
Daher erkannte auch niemand die Anekdote über die römische
Kaiserin Messalina, die Giacomo sich ausgeborgt und in venezianische Gewänder gekleidet hatte.

Der erfolgreichste Kartenspieler der Runde war ein gewisser
Bepe und stammte seinem Akzent nach aus Neapel. Dafür
schien er unter den anderen Soldaten keine Freunde zu haben.
Sie machten allerlei anzügliche Bemerkungen über seine Fin-
gerfertigkeit, die ihn jedoch nicht im Geringsten aus der Ruhe
brachten, doch verloren sie fast täglich haushoch an ihn. Beleidigen wollte ihn aber auch keiner, denn seine Fähigkeiten mit
dem Messer waren berüchtigt. Giacomo hatte bald herausgefunden, dass Bepe zwar hervorragend spielte, sich jedoch nicht

scheute, dem Glück auf die Sprünge zu helfen, und gelegentlich Karten aus dem Ärmel zauberte. Er hatte sich aber entschlossen, nichts zu sagen, zumindest nicht vor den anderen.

Ehe er sich eines Abends zu Bett begab, zog ihn Bepe zur Seite, der gemerkt hatte, wie Giacomo immer dann beim Spiel passte, wenn er seinem Glück etwas zu stark nachgeholfen hatte.

»Sie und ich sind die klügsten Leute hier«, sagte der Neapolitaner. Casanova gab einen neutralen Laut von sich und verschwieg, dass er diese Eigenschaft bei seinem Gegenüber noch nicht hatte entdecken können. So offensichtlich zu gewinnen, wie es Bepe getan hatte, hielt er keineswegs für klug, aber Männer sollte man nur dann Dummköpfe nennen, wenn man ihnen aus dem Weg gehen konnte, stärker oder mächtiger als sie war.

»Es ist erfrischend, nicht von lauter Idioten umgeben zu sein, so dass ich Ihnen einen Rat gebe: Bilden Sie sich nicht ein, Sie könnten sich auf nur einen von diesen Kerlen wirklich verlassen, wenn es hart auf hart geht.«

»Und ich dachte, Verlässlichkeit, wenn es hart auf hart geht, sei die Berufspflicht jedes Soldaten«, gab Giacomo bewusst erstaunt zurück. »Sie wissen schon, was ich meine. Wenn Ihre Geschichte auffliegt. Und das wird sie«, sagte der Spieler.

Das klang völlig anders als das, was Casanova sich von diesem Gespräch erwartet hatte, und er hörte Bepe misstrauisch zu.

»Hören Sie, Bepe, zweifellos sind Sie als frommer Christ entsetzt über die Zustände in unserer Welt, aber ich kann Ihnen versichern, dass ich nur ein bescheidener Berichterstatter der Wahrheit bin.«

Bepe versetzte ihm einen Rippenstoß. »Wie ich schon sagte. Sie sind nicht dumm. Lassen sich nichts anmerken. So jemanden könnte ich ... könnte man gebrauchen. Vielleicht. Wenn Sie hier heil herauskommen.«

»Und warum sollte ich das nicht?«, fragte Giacomo direkt.

»Weil«, entgegnete Bepe mit gesenkter Stimme, »die Contessa nicht diejenige ist, die diese Mahlzeiten schickt, die aber dennoch aus ihrer Küche stammen. Die Kleine, die sie bringt, ist ihre Zofe, das stimmt schon. Aber sehen Sie, ich spiele auch andernorts, und da ist mir heute Mittag doch der Marchese Gian Gastone begegnet, der mich gefragt hat, ob es wahr sei, dass ein Abbate bei uns festsitze, und wissen wollte, wie der hieß. Wenn es sich um einen Venezianer handle, dann täte derjenige, der diesen Abbate zur Hölle schicke, der durch üble Verleumdungen die Ehre Donna Giulias befleckt habe, ihm und natürlich der Contessa einen immensen Gefallen. Aber so diskret wie möglich, damit die Angelegenheit keine Kreise zieht.«

Giacomo blieb stehen und lehnte sich gegen die Wand.

»Ich habe keinen Ton über …«

»Ja, das ist mir auch schon aufgefallen. Und da Sie nicht so blöd sind, mit etwas, das Sie über Donna Giulia wissen, herumzuprahlen, bedeutet das, dass Donna Giulia einen anderen Grund hat, Sie in die Hölle zu wünschen. Am Ende wissen Sie etwas wirklich Wichtiges, das Sie für sich behalten, und sie will sicherstellen, dass Sie es sich nie anders überlegen. Oder aber es geht gar nicht um Sie, und Donna Giulia will ihr Mütchen an jemand anderem kühlen, mit Ihnen als Instrument. Mehr Möglichkeiten gibt es eigentlich nicht! Ist mir auch völlig egal. Der Marchese hat mir schlicht und einfach nur ein Taschengeld geboten. Ich verdiene im Spiel an guten Tagen mehr. Aber früher oder später wird er an jemanden geraten, der knapper bei Kasse ist, und dann wäre ich an Ihrer Stelle besser weit weg von hier, ganz gleich, ob Ihr Pass bis dahin bei uns eintrifft oder nicht, und ganz gleich, wie viele von den Soldaten Sie bis dahin überzeugt haben, dass Sie ein prima Kumpel sind.«

Log der Mann? Dafür konnte Giacomo keinen Grund erkennen. Ihm wurde übel, je länger er darüber nachdachte. Trotzdem bemühte er sich um ein unbewegtes Gesicht.

»Und darf ich fragen, wie ich mir die Ehre dieser Warnung verdient habe?«

Bepe grinste. »Zinsen für die Zukunft. Außerdem haben Sie nichts gesagt, wenn ich eine Karte mal doppelt hatte. Natürlich sind wir Neapolitaner in allem besser als ihr Venezianer, aber ihr Lagunenleute kommt viel herum, und es kann nie schaden, in einer heiklen Situation einmal einen Verbündeten zu haben, wenn man ihn braucht. Wie ich Ihnen das gerade beweise.«

Mit leicht krächzender Stimme fragte Giacomo: »Ich nehme an, Ihr Beweis dehnt sich nicht darauf hinaus, mir bei der Flucht zu helfen?«

»Tut mir leid«, sagte der andere mit einem Achselzucken, »aber erstens würde das beweisen, dass Sie nicht einfallsreich genug sind, um einen guten Verbündeten abzugeben, und zweitens habe ich hier meine … Geschäfte noch nicht abgeschlossen. Sie sind gewarnt; und das war das letzte Wort, das ich in dieser Garnison mit Ihnen gewechselt habe. Viel Glück!«

* * *

»Ein Mädchen«, sagte Melani fassungslos. »Ein Mädchen!«

»Eine Frau«, gab Calori zurück, denn gerade jetzt fühlte sie sich alles andere als mädchenhaft. Melani war der Erste in Rimini, der von ihr die Wahrheit hörte, denn noch vor jedem anderen war er derjenige, dem sie diese Wahrheit schuldete. Er trat einen Schritt zurück und wankte. Da er bei seinem Gewicht nie leicht aufstehen konnte, wenn er einmal umfiel, ergriff sie besorgt seinen Arm, doch er knurrte sie an, ohne sie abzuschütteln.

»Wie konntest du – wie konnte Appianino …«

»Er hat an meine Stimme geglaubt, und er wollte, dass wir zusammen sein können.«

»Sag lieber, es war ihm gleich, aus unser aller Leben einen Witz zu machen«, ächzte Melani.

»Aber Maestro, das …«

»Ein Stuhl! Hilf mir um Himmels willen, mich zu setzen, und dann lass mich los, du Betrügerin.«

Das traf sie. »Sie haben ebenfalls an meine Stimme geglaubt, Maestro«, sagte sie fest. »Ich kann nicht weniger als gestern, und meine Stimme ist nicht geringer, nur weil ich keinen Schwanz mehr zwischen den Beinen habe«, schloss sie mit einer absichtlichen Grobheit, denn wenn sie in den letzten Jahren eines gelernt hatte, dann, dass Tränen und Bitten um Verständnis bei Melani zu nichts führten.

Mit seiner freien Hand winkte er ab. »Das weiß ich«, entgegnete er düster. »Darum geht es ja auch. Weißt du, warum der Primo Uomo immer mehr gilt als die Prima Donna an Opernhäusern, wo beide auftreten? Warum man uns Kastraten immer mehr bezahlt?«

»Weil Gott den Mann zuerst erschaffen und uns dem Manne untertan gemacht hat«, sagte Calori ausdruckslos. Melani knurrte noch einmal und ließ sich von ihr zu dem breiten Stuhl führen, der eigens für ihn geschreinert worden war. Ächzend sank er darauf nieder.

»Weil die Stimme eines Kastraten eine viel größere Spannweite hat, wenigstens zumeist. Deswegen schreiben die Komponisten auch ihre schönsten und schwierigsten Partien immer für Kastraten, trauen es Kastraten zu, ihre Themen unvergleichlich aufregend zu improvisieren. Wenn bewiesen wird, dass eine Frau da mithalten kann, was glaubst du denn, wie lange es noch dauert, bis die Komponisten zu euch Weibern übergehen, zumal die meisten von ihnen sowieso lieber unter eure Röcke wollen als uns an die Wäsche?«

Daran hatte sie noch überhaupt nicht gedacht. Aber er hatte recht. Mehr als recht! Das wäre ein völliger Umbruch in der

Musik. Unwillkürlich stellte sie sich vor, wie ein Komponist ihr Arien auf den Leib schrieb, so wie Broschi für seinen Bruder, den großen Farinelli, wie Händel für Caffarelli und Senseni. Es wäre ein Traum, kein Alptraum, und ihre Augen mussten, bei dem Gedanken an solche Möglichkeiten, stärker als je zuvor leuchten, denn Melani rümpfte die Nase.

»Weiber!«

»Maestro«, sagte Calori versöhnlich, denn sie wollte nicht im Zwist mit ihm auseinandergehen, »es ist mitnichten so, dass jeder Sopran die gleiche Bandbreite wie eine Kastratenstimme hat. Eher selten, sehr selten. Bass, Bariton, Tenor bleiben bestimmt auch weiterhin eine Männerdomäne.«

»Was kümmern mich die Bässe! Bei denen hat man nie das Messer gewetzt. Schau mich an, Bell... Schau mich doch an, Weib. Wozu, frage ich dich, wozu? Ich behaupte nicht, dass ich ein Adonis geworden wäre, aber so einen Körper hätte ich bestimmt nicht, wenn ich nicht als Junge kastriert worden wäre. Ich hätte einen Körper wie andere auch. Und was habe ich dafür vorzuweisen? Noch nicht einmal eine große Karriere. Ich habe mich nach zwei der großen Kastraten des letzten Jahrhunderts genannt, den Brüdern Atto und Francesco Melani. Sie haben für französische Könige und österreichische Bischofsfürsten gesungen und wurden beide in ganz Europa geliebt. Ich, ich bin aus den italienischen Staaten nie hinausgekommen. Gut, dachte ich, wir schaffen es nicht alle, aber lass mich wenigstens der Lehrer eines großen Kastraten sein. Herr, ist das zu viel verlangt? Und Gott macht sich einen Witz mit mir. Er macht mich zum Lehrer eines Weibs!«

Mit jedem Satz hatte sich seine hohe Stimme gesteigert, war durchdringender geworden, und nun sprach er laut genug, um über drei Straßen hinweg gehört zu werden. Dabei liefen ihm echte Tränen über die Wangen. Er hatte sie selbst genau wie vorher Appianino gelehrt, Erschütterungen zu spielen, und daher wusste sie, dass er jetzt nicht übertrieb, nicht für sie als seinem einzigen Publikum. Dieser Verzweiflungsschrei kam ihm aus dem Herzen. Es tat ihr weh, und sie wünschte sich, sie könnte ihm entweder einen anderen Körper oder eine große Karriere geben. Sie wünschte sich, sie könnte ihn umarmen, und er würde es zulassen.

Gleichzeitig jedoch gab es auch eine kühle, gnadenlose Stimme in ihr, die sagte, dass er vielleicht mehr Erfolg gehabt hätte, wenn er so überzeugend wie gerade jetzt auch auf der Bühne gewesen wäre. Dass andere Kastraten hager blieben und er sich jedes Pfund angegessen haben musste. Dass es Neid war, der aus ihm sprach, darauf, dass sie noch eine Zukunft hatte und dass es das Aufführungsverbot für Frauen war, welches seinen Zustand erst geschaffen hatte, was ebenfalls für sie ein Grund hätte sein können, Kastraten ihren Erfolg zu missgönnen.

»Gott macht Sie zu jemandem, der einer Stimme die Möglichkeit verschafft hat, Ihre Lehrmethoden überall in der Welt zu würdigen«, sagte sie schließlich und versuchte, ihren widerstreitenden Gefühlen Herr zu werden. »Welcher Lehrer kann mehr verlangen?«

»Überall in der Welt, wie? Das sagst du und kommst hier viel später an als erwartet, weil du mit irgendeinem Schönling aus Venedig im Heu gelegen hast!«

»Ich glaube, Heu war nicht dabei«, sagte Calori, weil sie nicht anders konnte. Giacomo hatte in dieser Beziehung auf sie abgefärbt. »Laken, Teppiche und Fußböden und einmal auch ein Tisch, aber Heu ...«

»Das ist nicht komisch!«, stieß Melani hervor, aber seine Tränen waren versiegt, und seine Mundwinkel zuckten. »Wie oft hast du in den letzten Tagen geübt, eh? Hat der feine Herr dich schon gebeten, die Bühne aus Liebe zu ihm aufzugeben? Das wird er nämlich, verlass dich darauf. Das tun sie alle.«

»Er ist kein feiner Herr, und er wird mich ganz bestimmt nicht darum bitten, weil er nämlich derzeit keine Einkünfte hat, im Gegensatz zu mir, solange ich meinen Verpflichtungen nachkomme«, gab Calori zurück, was sie um die Beantwortung der eigentlichen Frage brachte. Denn sie war wirklich nicht sehr oft zum Üben gekommen, ehe sie Giacomo verlassen hatte.

»Ein Schmarotzer!«, stöhnte Melani. »Ein Schmarotzer wird von der Stimme leben, die ich geschmiedet, die ich ausgebildet habe. Die Felsen durchdringt und Vögel vor Neid erblassen lässt. Alles für einen Weiberhelden!«

Sie stieß sofort nach. »Dann glauben Sie also auch, dass ich mit etwas Glück von meiner Stimme gut genug leben kann, um uns beide zu ernähren?«

Melani barg seinen Kopf in den Händen. Als er wieder aufschaute, wirkte er gefasster. »Glück hilft manchmal, Arbeit immer, das weißt du. Damit bringst du auch die Hälfte deiner elenden Familie noch durch, wenn du jemanden hast, der ordentlich für dich verhandelt. Ist dieser Kerl wenigstens gut darin?«

»Er ist sehr beredt, aber ich weiß nicht, ob er sich in diesen Dingen auskennt«, sagte Calori. »Ich hatte eigentlich gehofft, dass Sie mir in dieser Beziehung weiter beistehen würden, Maestro.«

»Ich?«

»Wer könnte es besser und hätte mehr Erfahrung, mehr Geschick dazu?«, fragte sie, und an seinem wechselnden Mienenspiel sah sie, dass die Worte Balsam für seine Seele waren. Dabei hatte er sie selbst das Schmeicheln gelehrt. »Kein Impresario und Direktor könnte Sie überlisten. Sie müssten alle vor Ihnen zu Kreuze kriechen.«

»Wenn du Erfolg hast«, sagte er langsam. »Nur dann.«

»Ich habe Angebote aus Venedig und Neapel so gut wie sicher, und solche aus Wien und Dresden werden folgen«, übertrieb sie und dachte dabei an Don Sanchos Hilfe. »Da wäre es doch wirklich schade, wenn ich mich von Rimini verabschiede, ohne meinen Vertrag hier erfüllt zu haben.«

»Also willst du auch noch, dass ich hier wissentlich für dich lüge. Und in Pesaro, nach Ostern?«

»Was ist schon Pesaro, wenn man Venedig und Neapel haben kann«, entgegnete Calori mit einer wegwerfenden Geste.

»Man hat dich doch nicht als Frau erkannt in Pesaro?«, fragte Melani misstrauisch.

»Gewissermaßen.«

»Herrgott noch mal!«

»Ich glaube auch nicht, dass die Contessa mich je wieder protegieren wird«, fügte sie hinzu, um das klarzustellen. Melanis dünne Augenbrauen zogen sich sofort zusammen.

»Aber aus Ancona hast du geschrieben, dass die Contessa ganz hingerissen von Bellino wäre. Das hat mich überhaupt erst in die Lage versetzt, hier so einen günstigen neuen Kontrakt mit dem Direktor auszuhandeln, da er wusste, dass man dich in Pesaro ebenfalls haben will. Auch ich habe von Donna Giulia gehört; man macht sie sich besser nicht zur Feindin. Jedenfalls nicht, ohne ebenfalls einflussreiche Freunde zu haben, welche die ihren kompensieren.«

»Einflussreiche Freunde gewinnt man immer dann, wenn man berühmt ist«, gab Calori bedeutsam zurück und zerbrach sich nicht zum ersten Mal den Kopf, wie sie Don Sancho erreichen sollte, ohne in den Tagen nach Ostern in Pesaro zu sein.

»Was die Contessa betrifft, so ging es ihr ohnehin nicht um Bellinos *Stimme*. Sie suchte bei mir ganz andere Talente«, gab sie zu.

»Ah.« Melani schwieg eine Weile. »Nun«, fuhr er schließlich fort, »das kommt vor. Dann ist es ja ein Glück, dass du wieder hier in Rimini bist. Ich habe da ein paar Geschichten gehört, die … nun, es ist einfach ein Glück.«

314

Diese Worte bewiesen, dass er nach wie vor ihr Freund war, und beinhalteten ein Versöhnungsangebot, das sie glücklich gemacht hätte, wenn ihre Gedanken nicht gleichzeitig zu Giacomo geflogen wären. Bisher war sie davon ausgegangen, dass die Contessa ihn ignorieren würde oder, wenn sie überhaupt an ihn dachte, zufrieden war, den Mann, für den Calori gebeten hatte, als Gefangenen zu wissen, nicht ahnend, dass ihre eigene Küche ihn versorgte. Nun fragte sie sich, ob Donna Giulia wütend genug war, um mehr zu tun. Gewiss nicht. Calori durfte sich nicht zu viel einbilden; gewiss waren ihr bissiger Satz und die Enthüllung ihrer Weiblichkeit nicht mehr als ein lästiger Fliegenstich für die Contessa, die sich ansonsten alle Wünsche erfüllen konnte, die sie je gehabt hatte oder haben würde.

»Was für Geschichten haben Sie von ihr gehört?«

* * *

Die Familie Lanti war nur einen halben Tag später als Calori in Rimini eingetroffen, und Mama Lanti war weder über die Nachricht, das Ende Bellinos sei gekommen, noch über die Ereignisse von Pesaro sehr glücklich.

»Du gibst ein schönes, sicheres Einkommen auf für ein Glücksspiel«, sagte sie zu Calori.

»Sicher war mein Leben auch bisher keineswegs. Ich musste um jedes Engagement kämpfen, und das wird als Frau nicht anders sein.«

»Aber«, sagte Mama Lanti traurig, »bisher war es so, als sei mein Junge noch am Leben. Jetzt ist er endgültig tot.«

Calori ergriff ihre Hand und wollte sagen, wie leid ihr das tue, aber Marina fiel ihrer Mutter wütend ins Wort.

»Bisher konnten wir uns darauf verlassen, dass du uns nicht im Stich lässt, weil du unser Bruder warst. Doch wenn du nicht unser Bruder bist, dann hast du uns gegenüber keine Verpflichtungen, und Mama hat Angst, dass du uns nun gegen den Abbate eintauschst. Die ganze Fahrt hierher hat sie davon nicht aufhören wollen, seit Petronio sie wegen unseres richtigen Bruders zur Rede gestellt hat.«

»Marina!«, rief ihre Mutter empört.

»Wenn es doch stimmt.«

»Wenn du nicht unser älterer Bruder bist«, sagte Cecilia, »dann brauchen wir auch nicht mehr auf dich zu hören, oder?«

Calori schaute von einer zur anderen. Mama Lanti klammerte sich geradezu an ihre Hand, und ihr Gesicht verbarg nur unzulänglich ein Gefühl, das Angst war. Sie dachte an das, was ihr Mama Lanti über ihre bettelarme Kindheit erzählt hatte. Armut war Mama Lantis lebenslange, große Furcht. Armut bedeutete oft genug Verhungern. Die einzige Versorgung einer Witwe im Alter waren das Erbe ihres Gatten und ihre Kinder. Doch Beppo hatte ihr nichts hinterlassen, falls Cecilia und Marina nicht durch ein Wunder reich heiraten konnten, würde keines ihrer Kinder je so viel verdienen wie Bellino.

»Du hörst auf mich, weil ich die Vernünftigere bin«, sagte Calori abrupt, »und als Älteste nun auch das Familienoberhaupt.«

Mama Lanti stieß einen Seufzer aus. Petronio, der sich bisher der Stimme enthalten hatte, lächelte kaum merklich. Cecilia und Marina sprachen gleichzeitig.

»Bist du nicht!«

»Oh, wirklich!«

»Ja«, sagte Calori fest, »das bin ich. Weil ich den größten Teil des Familieneinkommens verdiene und weil ich euch nicht im Stich lassen werde. Bis sich daran etwas ändert, werdet ihr euch alle nach mir richten, wie man das für das Oberhaupt der Familie zu tun pflegt.«

Mama Lanti öffnete und schloss ihren Mund wieder. Die Furcht in ihrem Gesicht machte Begreifen und einer Art Respekt Platz. Sie verstand, dass dies Caloris Bedingungen waren, und konnte damit leben. Aus ihrem Klammergriff wurde ein Tätscheln von Caloris Hand.

»Dann soll es so sein, mein Täubchen. Dann soll es so sein.«

»Aber …«, begann Marina. Sie schob die Unterlippe vor und verkreuzte die Arme ineinander, doch sie sprach nicht weiter.

»Hat das neue Familienoberhaupt bereits irgendwelche Wünsche oder gar Befehle?«, fragte Petronio mit spöttischer Miene.

»Ich mache mir Sorgen um Giacomo«, sagte Calori offen. »Und ich muss mich mit Don Sancho in Verbindung setzen. Aber wenn ich hier täglich auftrete, kann ich nicht nach Pesaro gehen, ganz abgesehen davon, dass der Grund, warum ich mir Sorgen um Giacomo mache, es auch für keine gute Idee erscheinen lässt, selbst noch einmal in Pesaro aufzukreuzen.«

»Das ist kein Mann, in den man sich verliiiiiiieeeeebt«, sang Cecilia leise, aber deutlich vor sich hin, und Calori musste zugeben, dass sie sich diesen Spott verdient hatte.

»Also?«, hakte Petronio nach.

»Also möchte ich, dass Mama mit einem Teil meines neuen Gehalts nach Pesaro geht, um dort jemanden zu bestechen, damit sie Giacomo gehen lassen, ob er nun einen neuen Pass hat oder nicht: Und du sollst nach Ancona reisen, um zu fragen, welchen Ort Don Sancho dem Wirt dort als nächstes Ziel angegeben hat, falls ihm etwas nachgesandt werden muss, und ihm so einen Brief von mir zuleitest.«

»Ich dachte, dass der Abbate Geld für uns ausgibt, nicht wir für ihn«, sagte Mama Lanti unglücklich.

»Er hat bereits Geld für uns alle ausgegeben. Für jeden von uns.«

»Er hat ja auch immer etwas dafür gekriegt«, sagte Marina, deren Vernarrtheit in Giacomo offenbar sehr schnell nachgelassen hatte, nachdem sie erfahren hatte, dass er kein richtiger

Abbate und vor allem mittellos war. Cecilia schnalzte missbilligend mit der Zunge.

»Sei doch nicht so. Er war wirklich nett. Ich finde auch, dass wir ihm helfen sollten.«

»Aber kann denn Petronio nicht beides machen?«

Calori befahl sich, trotz ihrer stetig wachsenden Sorgen ruhig zu bleiben und nicht einfach zu schreien, als Oberhaupt sei das eben ihr Wunsch, und damit basta. Nach all den Jahren in ihrer neuen Familie kannte sie Mama Lanti. Wenn sie die Gründe verstand, fand sie immer auch einen Weg.

»Wenn Petronio das Pech hat, an jemanden zu geraten, der sich nicht bestechen lässt, dann verhaften sie ihn. Aber einer Frau, und gar einer Frau, die … nicht mehr ganz jung ist, traut kaum jemand solche Pläne zu. Zudem braucht sie nur in Tränen auszubrechen, wenn sie an so jemanden gerät, und ihn bitten, an seine eigene alte Mutter daheim zu denken, und sie hätte das alles nur für ihren Sohn Giacomo getan, er soll doch Verständnis haben. Das wirkt bestimmt. Petronio hat diese Möglichkeit nicht.«

Glücklich schaute Mama Lanti nicht drein, aber ihre Stirn glättete sich, und sie nickte langsam. »Das stimmt.«

»Dann wirst du gehen, Mama?«

Wieder nickte Mama Lanti, seufzte und versprach es. Später begleitete Petronio Calori zum Theater, wie er es in den letzten zwei Jahren immer getan hatte. Sie fühlte sich ungewohnt scheu und war gleichzeitig froh, dass sie die Gelegenheit hatte, allein mit ihm zu sprechen.

»Du hast dir das wirklich gut überlegt«, sagte Petronio, was halb wie eine Feststellung, halb wie eine Frage klang.

»Das mit Ancona und Pesaro. Ja. Ich habe da einen Fehler gemacht und hätte erst gar nicht zu der Contessa gehen sollen. Noch ein Fehler darf nicht sein, und dich will ich dort ganz gewiss nicht in eine ähnliche Gefahr bringen. Soldat wirst du dann schneller, als du ja sagen kannst.«

Er hüstelte. »Das tut gut zu wissen, aber ich hatte eigentlich das Leben als La Calori gemeint … und den Nicht-mehr-Abbate an deiner Seite.«

»Ich will nicht mein ganzes Leben lang mit einer Lüge leben, Petronio. Wenn ich nirgendwo singen könnte, dann würde ich es tun, aber außerhalb des Kirchenstaates …«

»Calori«, unterbrach er sie, »ich werde nicht anfangen zu singen, wie Cecilia es getan hat, doch du weißt genau, was ich meine. Ich gönne dir ja, dass du endlich Spaß im Bett hattest, statt nur hier und da etwas Gegrabsche von den reichen Pinkeln. Aber …« Er zögerte, dann schloss er: »Was, wenn er dir das Herz bricht?«

Hin und wieder kamen ihnen Spaziergänger entgegen, die Bellino erkannten und grüßend den Kopf neigten, was sie erwiderte. Dabei musste sie Petronio nicht anschauen.

»Habe ich denn eines zum Brechen?«

»Jetzt redest du Unsinn«, sagte er.

»Nein, das tue ich nicht. Du hast es selbst gesagt, an dem Abend, als du herausgefunden hast, dass ich nicht Bellino bin. Dass es mir zuerst immer nur um mich selbst geht.«

»Ich war wütend. Und ganz ehrlich, was ist überraschend daran? Wir alle denken immer an uns selbst zuerst. Vielleicht nicht die Heiligen, aber ich bin noch nie einem begegnet. Ich liebe Mama, Gott schütze sie, aber ganz gleich, wie oft sie sagt, dass sie uns alle vor dem Verhungern bewahren will, an ihren eigenen Magen denkt sie auch und manchmal noch vor den unseren. Und als dir das mit Neapel herausgerutscht ist, da war mein erster Gedanke nicht, ›Der arme Bellino, starb einen einsamen unbetrauerten Tod‹, sondern ›Wie konnte sie *mir* nicht die Wahrheit sagen?‹. Ich, ich, ich, und dann erst die anderen. So sind wir alle. Dein Giacomo übrigens erst recht.«

»Aber wenn wir alle so sind, dann kann er mir auch nicht das Herz brechen, oder?«, fragte sie, und Petronio warf beide Hände in die Luft.

»Du bist zu schlagfertig für mich, wenigstens das habt ihr gemeinsam.«

Sie bekam an diesem Abend im Opernhaus von Rimini so viel Einzelapplaus, dass ihr die anderen Darsteller mordlustige Blicke zuwarfen und vergeblich versuchten, während ihres Applauses Gespräche mit dem Publikum anzufangen, nach ihren Zofen und Dienern riefen, um die Aufmerksamkeit von ihr auf sich zu lenken. Es lag nicht nur an ihrer Gesangstechnik. Bisher hatte sie geglaubt, man könne nur jemanden vermissen, den man lange Zeit gekannt hatte, aber wenige Tage der Trennung genügten, um sich nach Giacomo zu sehnen, nach seinen Fingern auf ihrer Haut, nach dem Klang seiner Stimme, nach seinem Gelächter, wie dem Aufblitzen einer Klinge, hell und scharf. Sie sehnte sich danach, mit ihm zu streiten, und sie sehnte sich danach, in seinen Armen zu liegen. Manchmal dachte sie, dass sie immer einen Grund gefunden hätte, Mama Lanti mit dem Geld nach Pesaro zu schicken, auch wenn die Contessa die Liebenswürdigkeit in Person gewesen wäre, nur, um Giacomo schneller wieder bei sich zu haben. War das Liebe? Was es auch immer war, sie legte ihre Gefühle in jeden Ton, und es brachte die Menschen so sehr zum Toben, dass der Direktor ihr an Ort und Stelle einen Vertrag für fünf Jahre anbot und glaubte, sie wolle nur den Preis in die Höhe treiben, als sie eine nichtssagende Antwort gab.

All der Applaus galt Bellino. Würden sie auch für La Calori so toben?

Etwas mürrisch richtete der Direktor ihr aus, dass ein österreichischer Offizier darum gebeten habe, empfangen zu werden. »Und dazu würde ich nicht nein sagen«, fügte er hinzu. »Die Österreicher haben ihr Hauptquartier gerade nach Rimini verlegt. Wenn man eine Armee im Ort hat, sollte man sich mit den Mächtigen immer gutstellen.«

Die Armee in Pesaro war Teil der spanischen Kräfte gewesen, wenn auch nur indirekt, da sie Herrn de Gages, dem Herzog von Modena, unterstellt war. »Ich dachte, wir hätten Frieden und der Kirchenstaat solle neutral sein«, sagte Calori. Der Direktor rümpfte nur die Nase. Während sie sich noch die Worte für eine höfliche Ablehnung zusammensuchte, hielt sie jäh inne. In ihrem Brief hatte sie Don Sancho um neue Pässe für sich und Giacomo gebeten und angedeutet, als Gegenleistung sei sie bereit, über sein Angebot mit ihm zu sprechen. In dieser Welt gab es nichts umsonst. Ganz gleich, was Don Sancho im Sinn gehabt hatte, gewiss war er als Spanier immer interessiert, was die Österreicher planten.

Also ließ sie dem Offizier, den der Direktor ihr als Baron Vais bezeichnete, ausrichten, sie und ihre Schwestern würden ihn am nächsten Tag gerne zum Tee empfangen.

Vais stellte sich als um die vierzig heraus, verdrossen, hier zu sein statt in Wien, und nach der Art zu urteilen, wie er Marina und Cecilia nach der Begrüßung nicht mehr die geringste Aufmerksamkeit schenkte, mehr an männlichen als an weiblichen Formen interessiert. Er machte jedoch keine Anstalten, zudringlich zu werden. Ob das nun an der Gegenwart der beiden Mädchen lag oder an seinen guten Manieren: Calori war dankbar und aufrichtig interessiert, als er ihr von den großen Kastratensängern berichtete, die er in Wien am kaiserlichen Hof gehört hatte. Als er auf Appianino zu sprechen kam, stellte sie fest, dass es sie mehr freute zu wissen, dass dieser unvergessen blieb, als dass es schmerzte, an seinen Tod erinnert zu werden.

Trotzdem vergaß sie nicht, warum sie überhaupt bereit gewesen war, den Baron zu empfangen. »Da nun Frieden herrscht«, sagte sie, »kann es doch sein, dass man Sie bald nach Wien zurückholt.«

Der Baron strich sich über den dunkelblonden Schnurrbart, der nicht sehr gut zu seiner weißen Perücke passte. »Schön wäre das schon, aber der Preuße, der verdammte, wird das nicht zulassen.«

»Sie müssen mich entschuldigen, aber ich weiß wenig von Politik. Welchen Preußen meinen Sie?«, fragte Calori mit geweiteten Augen und stieß unter dem Tisch Cecilia, die hinter ihrer Hand gähnte, mit den Füßen an.

»Den preußischen König Friedrich. Unserer Kaiserin ist es gelungen, sich mit den Briten zu verbünden, und jetzt macht er den Franzosen und den Spaniern Avancen, weil er Angst hat, dass Maria Theresia ihm Schlesien wieder wegnimmt, das er uns gestohlen hat, der protestantische Dieb, der elende Hund. Ich habe selbst in Schlesien gekämpft, ehe ich hierherversetzt wurde, im letzten Krieg, und der Preuße …«

Er verlor sich in langen, ausführlichen Beschreibungen des schlesischen Kriegs, was Calori an Giacomos Sonett erinnerte, in dem sich das weibliche Schlesien darüber beschwerte, einem Männerliebhaber in die Hände gefallen zu sein. Sie musste darum kämpfen, weiter ein ernstes Gesicht zu machen. Gleichzeitig war ihr aber auch nach einem Aufschrei zumute. *Sei gesund und munter und bald hier, Giacomo,* dachte sie. *Bitte. Bitte.*

»Aber wenn es wieder Krieg in Schlesien gibt, dann verstehe ich nicht, warum man einen Helden wie Sie hier postiert«, warf sie ein, als er zwischendurch Luft holte. »Nicht dass ich mich nicht selbstsüchtig darüber freue. Es ist eine Ehre, von einem Mann gehört zu werden, der mit den Größten meiner Art vertraut ist.«

»Die Ehre ist ganz meinerseits«, strahlte er. »Aber ich muss zugeben, dass es gute Gründe gibt, warum wir erfahrene Männer hier haben sollten. Wenn der Preuße es schafft, die Spanier auf seine Seite zu ziehen, dann werden die Neapolitaner folgen, ganz gleich, ob sie sich nun als unabhängiges Königreich ausgeben oder nicht, und sie werden versuchen, uns hier eins auszuwischen.«

Mittlerweile wirkten sowohl Marina als auch Cecilia so, als ob sie kurz vor dem Einschlafen stünden, also trat Calori diesmal mit beiden Füßen nach ihnen, und das empörte Aufschreien links und rechts von ihr klang wie Angstschreie. »Wirklich!«, fügte sie selbst hinzu, weil Bellino als Kastrat nicht ganz so verängstigt wirken sollte. »Krieg hier? Etwa in Rimini selbst? Sollte ich meine Schwestern lieber anderswo in Sicherheit bringen? Ihre Männer, Baron, sind natürlich über jeden Zweifel erhaben, aber diese Spanier ...«

»Keine Sorge«, versicherte er ihr und warf sich in die Brust. »Wir haben erst heute einen Trupp nach Pesaro geschickt, damit uns sofort gemeldet wird, wenn sich dort etwas tut. Ich würde Sie rechtzeitig informieren. Ich kann Ihre Gefühle verstehen; auch ich habe Schwestern daheim.«

»Mein Engagement hier dauert nicht mehr lange, wenn ich mich nicht auf einen neuen Vertrag einlasse. Ich bin noch unschlüssig, was ich tun soll. Gibt es Gegenden, die ich Ihrer Meinung nach auf jeden Fall meiden sollte?«, fragte sie mit gesenkter Stimme und beugte sich vor, um ihm etwas von der heißen Schokolade nachzuschenken, die Marina aus dem Kaffeehaus geholt hatte.

»Nun«, begann Vais, zögerte und hielt seine Tasse in der Hand, ohne etwas zu trinken.

»Ich bitte nur um Ihre Meinung«, sagte Calori unschuldig. »Um meine Schwestern zu schützen.«

Vais drehte die Tasse in seiner Hand, dann gab er sich einen Ruck und trank sie in einem Schluck leer. Anschließend wischte er sich über den Mund.

»An Ihrer Stelle würde ich die alte Via Flaminia und, von Rom aus, die Via Appia auf gar keinen Fall nach Neapel nehmen.«

Manchmal kamen Giacomo die Soldaten in der Feste Santa Maria wie Bienen in einem Bienenkorb vor. Trotz des eintönigen, langweiligen Tagesverlaufs schien eine ständige Ruhelosigkeit um sie zu sein, ein beunruhigtes Summen, das sich mit jedem Tag verstärkte. Umso merkwürdiger erschienen ihm zwei Gestalten, die sich ihm mit betonter Langeweile näherten. Der eine war Sergio, der einzige unter den Soldaten, der genau seine, Giacomos, Größe hatte. Sein Begleiter, den er nicht kannte, war sogar noch eine Handbreit größer und damit sicher der Längste im Lager. Bepe fiel ihm sofort ein, und er wünschte sich, er hätte nicht so lange gewartet, seine Flucht in die Tat umzusetzen.

Als sie ihn ganz nebenbei fragten, ob er sie zu den Latrinen begleiten und auf dem Weg dahin noch eine seiner Geschichten zum Besten geben wolle, wusste er, dass der Vorschlag schlecht abzulehnen war. Er versuchte, sich damit zu beruhigen, dass die beiden am helllichten Tag und bei all den Zeugen, die ständig um die Latrinen schwirrten, nicht gleich einen Mordplan umsetzen konnten.

Während er eine seiner beliebten Märchen über Ancilla, der wohl berühmtesten Kurtisane Venedigs, erzählte, weil er nicht auf ihren Wunsch eingehen wollte, mehr über Donna Giulia zu erzählen, zermarterte er sich den Kopf über das, was sie planten und wie er dem begegnen konnte.

Ganz gleich, er musste sich etwas einfallen lassen. Auf der Latrine sah er keine Möglichkeit zur Flucht und schlug vor, zum Stall zu gehen, wo es wenigstens Pferde gab. Ihm sei gerade noch eine schöne Geschichte aus Venedig eingefallen, die er ihnen auf dem Weg dorthin erzählen würde, versprach er den beiden, ein berühmt-berüchtigter Skandal.

»Ein Onkel meines Vormunds hatte fünfzigsten Geburtstag. Er war Senator, eitel von der Haarspitze bis zur Schuhsohle. Es wurde viel geredet, viel übertrieben. Der Höhepunkt des Festes war aber die Aussage dieses Senators, er habe bestimmt hundert Ehemännern Hörner aufgesetzt, worauf alle staunend, aber etwas betreten zu seiner Frau schauten. Die wirkte keinesfalls beeindruckt und sagte ganz trocken: Da kann ich nicht mithalten, schließlich habe ich nur einen Ehemann, bei dem ich das tun konnte! Prompt hatte sie die Lacher auf ihrer Seite.«

Die zwei brauchten einen Moment, dann brachen sie in schallendes Gelächter aus. In diesem Moment hatte Giacomo endlich eine Idee, wie er sich aus seiner schwierigen Situation befreien konnte. Eines der größten und stärksten Laster der Menschheit war die Gier. Gier nach Essen, Gier nach Körpern, Gier nach Gewalt, alles nutzlos gerade jetzt, aber da gab es auch noch die Gier nach …

Geld. Die Gier nach Geld, dachte Giacomo und bemühte sich sehr, nicht tief einzuatmen, war im Zweifelsfall immer noch am stärksten, aber er brauchte auch Glück. Und ein Zufall musste ihm in die Hände spielen, was eventuell im Stall möglich war. Er hatte schon so oft Dinge erfunden, die geglaubt wurden, so unwahrscheinlich sie auch klangen. Warum nicht hier, nicht jetzt.

»Ihr seht mir so aus, als ließe sich mit euch etwas umsetzen, für das ich bisher noch keine Möglichkeit gesehen habe.«

Der stumpfe Blick der beiden hatte sich nicht geändert, wenn auch etwas Aufmerksamkeit aufzuflackern schien.

»Man sieht gleich, dass ihr kräftiger seid als die anderen Zwerge hier, und ohne Muskelkraft wäre da nichts zu machen.«

»Wie meinen Sie das?«

»Habt ihr euch noch nie gefragt, warum ich niemandem erzählt habe, was ich von der Contessa weiß?«

Ihren Augen war durchaus anzusehen, dass sie sich sehr wohl diese Frage gestellt hatten, aber noch waren sie nicht genügend abgelenkt, um sich auf andere Dinge als auf ihren Auftrag zu konzentrieren.

»Gold, und nicht gerade wenig. Die Dame ist wahrlich mit Schätzen gesegnet. Das würde für jeden von uns dreien reichen, wenn ihr mir helft.«

»Schneiden Sie nicht so auf. Woher wollen Sie wissen, wo die Contessa ihr Gold versteckt hat?«

»In schwachen Stunden spricht eine Frau von so manchem. Und neigt dazu, vergesslich zu sein.«

»Die reichen Leute, die kriegen ihr Geld doch von ihren Bankiers«, meinte der zweite Soldat misstrauisch. »Und sie zahlen ihren Bediensteten nur einmal im Jahr Sold. Das weiß ich, weil mein Bruder bei so einer Familie in Stellung ist. Die haben gar nicht viel Geld in ihren Palästen.«

»Es sei denn«, sagte Giacomo, »sie lassen sich von ihrem Mann honorieren, wenn sie es vor seinen Augen mit anderen Männern treiben, mit Schmuck und hin und wieder mit blankem Gold.«

Das glaubten sie ihm. Das kurze Schweigen war nicht mehr lauernd, sondern verwirrt und erwartungsvoll zugleich. Man konnte förmlich sehen, wie die Gier nach Geld ihr geringes Denkvermögen mehr und mehr in Anspruch nahm.

»Im Ernst?«, fragte der eine nun zögernd, und Giacomo drehte sich zu ihm um, weil er aus den Augenwinkeln gesehen hatte, dass ein Offizier vor dem Stall, den sie zwischenzeitlich erreicht hatten, abgestiegen war, um sich an der Wand zu erleichtern.

Sich ein ungesatteltes Pferd aus den Ställen zu schnappen wäre sinnlos gewesen, weil Giacomo noch nie in seinem Leben ohne Sattel geritten war. Aufzusatteln hätte zu viel Zeit gekostet, und er beherrschte es auch nicht. Ohne einen Sattel wäre er jedoch umgehend vom Pferd gefallen, was immer noch leicht passieren konnte, denn seine Erfahrungen mit Pferden konnte man an einer Hand abzählen. Aber er konnte auch nicht länger zögern, sonst wäre seine Chance zu fliehen vertan. Das Pferd des Offiziers stand noch immer da, und er hoffte, dass dieses Soldatenpferd nicht nur einen bestimmten Reiter gewohnt war. Er wies auf eine Gruppe Männer, die sich ihnen näherten, behauptete, er habe den Herrn de Gages, Herzog von Modena, unter ihnen erkannt, und fragte, ob es möglich sei, sich ihm nähern zu dürfen, um die Angelegenheit mit seinem Pass zu klären. Dafür würde er seinen Wächtern auch gewiss alles über das versteckte Gold der Contessa erzählen, was sich zu wissen lohnte.

Seine Begleiter waren mittlerweile gierig genug, um einzuwilligen, zumal sie scheinbar nichts zu verlieren hatten, schwor Giacomo doch, ihnen auch dann Auskunft zu erteilen, wenn der Herzog von Modena ihn abwies. Also taten sie nichts, während er sich Schritt für Schritt von ihnen entfernte, scheinbar in Richtung der Reitergruppe, in Wirklichkeit auf das Pferd des Offiziers zuhaltend. Zwei Schritte vor dem Pferd kam der Zufall ihm zu Hilfe; jemand rief nach einem der Soldaten, und beide wandten sich um, von Giacomo weg. So schnell er konnte, trat er zu dem Pferd, setzte den Fuß in den Steigbügel, schwang sich hoch und saß im Sattel. Er hatte keine Sporen, doch er presste seine Absätze gegen den Leib des Pferdes und rief »los, los«, was Ansporn genug war, denn das Tier begann zu laufen, dann zu galoppieren, schneller und schneller. Giacomo hielt sich mit allen Kräften am Zügel und am Sattelknauf fest und hatte nicht die geringste Ahnung, wohin das Pferd wollte, was das kleinste seiner Probleme war, denn es kam ihm nur darauf an, so rasch wie möglich aus dem Lager zu kommen. Natürlich bemerkten die Wachen am Lagertor, dass etwas nicht stimmte, und brüllten ihm zu, er solle sofort anhalten, was er nicht hätte tun können, selbst wenn er es gewollt hätte. Der Vorposten, den er passierte, schoss sogar auf ihn, und das brachte das Pferd gänzlich zum Durchbrennen. Es kostete ihn all seine Fähigkeit zur Balance, die er sich je auf Gondeln und Schiffen erworben hatte, um sich nicht abwerfen zu lassen, während er durch und durch geschüttelt wurde und nichts als Wind und das Pfeifen der Kugeln hörte.

Als das Pferd endlich langsamer wurde, nahm Giacomo aus den Augenwinkeln zwei uniformierte Reiter wahr, die sich ihm von schräg hinten näherten. Es wäre auch zu schön gewesen, dachte er resignierend, doch dann fiel ihm auf, dass die Uniformen nicht die der Garnison von Pesaro waren.

»Herr, Sie können doch nicht so einfach in die österreichischen Vorposten hineinreiten«, sagte einer der Soldaten unwirsch in einem stark akzentuierten Italienisch, als sie sein Pferd zum Stehen gebracht hatten.

»Das Pferd ist mir durchgegangen«, erklärte Giacomo und spürte den dringenden Wunsch, gleichzeitig in Gelächter und Tränen auszubrechen.

»So?«, fragte der andere gedehnt. »Und das in der Nähe der Garnison von Pesaro, wie? Darf man fragen, wo Sie denn so eilig hinwollten? Wer sind Sie überhaupt?«

Jetzt lass mich nicht vom Regen in die Traufe kommen, dachte Giacomo. Er hatte nicht die geringste Lust, endlos von den österreichischen Vorposten befragt und festgehalten zu werden, und machte schnell eine geheimnisvolle Miene.

»Das kann ich nur Ihrem Befehlshaber offenbaren«, sagte er, »in Ihrem Hauptquartier – in Rimini.«

Mama Lanti kam sehr schnell wieder aus Pesaro zurück, und nicht alleine, doch es war nicht Giacomo, der sie begleitete. Bei ihr war ein Mädchen, das mit seinen aufgesprungenen Lippen und braunroten Flecken im Gesicht sowie Striemen auf den Armen in jüngster Zeit grün und blau geschlagen worden war, so sehr, dass Calori erst auf den zweiten Blick die Zofe Maria erkannte.

»Sie hat es herausgefunden«, flüsterte Maria, die wegen der blauen Würgemale an ihrem Hals kaum sprechen konnte. Es war nicht nötig, zu fragen, wer mit »sie« gemeint war.

»Kindchen«, fügte Mama Lanti hinzu, »kein Mann ist das wert. Von reichen Adligen nimmt man Geld, aber man kommt ihnen nicht in die Quere, und wenn man sie trotzdem verärgert hat, dann bleibt man weit, weit weg von ihnen. Ich habe dir die Kleine hier mitgebracht, damit du verstehst, warum ich schleunigst kehrtgemacht habe. Man hat sie wie ein Bündel dreckiger Wäsche aus einer Kutsche auf die Straße vor der Garnison geworfen, als ich dort angekommen bin. Mit welchem Hintergedanken, dazu bedarf es bei so viel eingesperrten Männern wahrlich keiner großen Phantasie.«

Es hatte in Caloris Leben noch keinen Moment gegeben, in dem sie einen anderen Menschen wirklich aus tiefster Seele gehasst hatte. Falier war ihr zuwider gewesen, und sie hatte sich von ihrer Mutter verraten gefühlt, doch das Gefühl unterschied sich gründlich von dem, das sie empfand, als sie Marias malträtierte Gestalt anstarrte. Sie hasste die Contessa wegen Maria, die das Pech gehabt hatte, in der Nähe ihrer Herrin zu sein, als diese bestimmt keine Zuhörer wollte, und die später nichts anderes getan hatte, als ein paar Mahlzeiten zu entwenden, die sonst in der Überfülle des Reichtums weggeschüttet worden wären. Sie hasste die Contessa wegen Giacomo, denn nun wuchs ihre Sorge ins Unendliche, und ihr schlug das Herz bis zur Kehle. Der Gedanke, dass sie dieser Frau gestattet hatte, sie zu benutzen, verursachte in ihr eine nie gekannte Übelkeit.

»Jetzt schimpfe nicht«, sagte Mama Lanti beunruhigt, und Calori begriff, dass ihre Miene all ihre Gefühle ausdrückte, auch wenn Mama Lanti diese völlig falsch deutete. »Ich wollte tun, was du gesagt hast, meine Kleine, ich habe es wirklich versucht. Aber wenn man so ein Elend sieht – nun, du kannst doch nicht wollen, dass ich wegsehe, um dann für den Abbate den Kopf hinzuhalten, nicht wahr?«

»Nein«, entgegnete Calori tonlos. »Nein, das kann ich nicht.«

Sie berührte sachte, sehr vorsichtig Marias Arm, die trotzdem zusammenzuckte. »Es tut mir leid«, sagte Calori hilflos.

»Was soll jetzt aus mir werden?«, stieß das Mädchen hervor. »So, wie ich aussehe, finde ich keine Stelle, und ich habe kein Geld, um mich zu ernähren, bis alles verheilt ist.«

Das ist meine Schuld, dachte Calori. *Meine Schuld. Wenn ich nicht zu der Contessa gegangen wäre, dann hätte Giacomo jetzt nichts Ärgeres als Langeweile in Pesaro zu befürchten. Wenn ich meinen Stolz bei der Contessa hinuntergeschluckt hätte, dann wäre Maria jetzt gesund und munter.*

»Du könntest zu den Nonnen gehen und um Armenspeisung bitten«, sagte Mama Lanti zweifelnd, »das tun viele …«

»Du kannst für mich arbeiten«, sagte Calori abrupt. Mama Lanti verschluckte sich beinahe.

»Aber … aber … wer soll das bezahlen?«

»Ich bezahle es. Eine Prima Donna braucht eine Zofe, und Cecilia soll Musikerin werden, nicht Zeit damit verschwenden, mir die Haare hochzudrehen.«

»Mein Täubchen«, sagte Mama Lanti vorsichtig, »meinst du denn, dass deine Gage dafür reicht? Wo du jetzt kein Engagement mehr in Pesaro haben wirst?«

»Ich werde eines in Venedig oder Neapel bekommen«, gab Calori zurück, obwohl sie wusste, dass dies alles andere als sicher war. Melani hatte, mit dem Fünf-Jahres-Vertragsangebot des hiesigen Direktors als Verhandlungsbasis bewaffnet, nach Neapel an seine alten Bekannten geschrieben, doch wenn bereits eine Antwort gekommen war, dann hatte sie noch nichts davon erfahren. Petronio musste bald aus Ancona zurück sein, aber ob er dort erfahren hatte, wo Don Sancho zu erreichen war, und ob dieser ihren Brief bekommen hatte, das wusste der Himmel. Ihre Stimme klang in ihren eigenen Ohren falsch und dünn statt selbstbewusst und siegessicher. Am liebsten wäre sie in Tränen ausgebrochen. Sie stellte sich Giacomo genau in diesem Augenblick vor, wie er von Soldaten oder Knechten der Contessa zusammengeschlagen wurde, und bohrte ihre Fingernägel in die Handflächen, bis sie bluteten.

Mama Lanti schaute immer noch zweifelnd drein. »Nun, wenigstens brauchen wir dein Geld nicht mehr für den Abbate auszugeben«, gestand sie zu.

»Wir werden ihn nicht im Stich lassen!«, brauste Calori auf. »Jetzt erst recht nicht!

»Und wie willst du ihm helfen?«, fragte Mama Lanti, nicht höhnisch, das war das Schlimmste, sondern in dem vernünftigen Tonfall einer Mutter, die ihrem Kind erklärt, warum es nicht in die hübschen Flammen fassen sollte. »Selbst wenn du dich in die nächste Postkutsche nach Pesaro setzt: Wenn die Contessa ihn auch hat verprügeln lassen, oder Schlimmeres, dann ist es geschehen, bis du dort eintriffst, und du bist hier vertragsbrüchig geworden, was bedeutet, dass du überhaupt kein Gehalt bekommst. Dann kannst du keinen von uns ernähren, noch nicht einmal dich selbst.«

»Gehen Sie auf keinen Fall noch einmal nach Pesaro!«, sagte Maria bestürzt, und ihre heisere, misshandelte Stimme klang wie ein rauhes Eisen, dem mit Gewalt Töne abgerungen wurden. »Die Contessa hasst Sie. Niemand hat ihr je gesagt, dass sie schlecht sei, ihr Schoßhündchen zu gut für sie, oder gar vor Dritten, dass sie auf Knien um Zärtlichkeit gebettelt habe – niemand hat das je gewagt. Das verwindet sie nicht.«

Calori stellte sich vor, wie Giacomo irgendwo in Pesaro verblutete, weil es niemanden außer sie kümmerte, ob er lebte oder starb.

»Wenn du noch in Pesaro wärst«, sagte sie zu Maria, »oder du, Mama, dann würdet ihr euch doch auch wünschen, dass ich euch helfe, ganz gleich, wie unvernünftig es ist. Versetzt euch doch mal in seine Lage.«

»In seiner Lage hätte ich meinen Pass nicht verloren«, murmelte Mama Lanti.

»Wenn ich noch in Pesaro wäre, dann wüssten Sie überhaupt nichts von mir, und selbst wenn, dann würden Sie mir nicht helfen, denn schließlich bin ich so gut wie eine Fremde«, entgegnete Maria. »Aber ich weiß schon, was Sie meinen. Deswegen kann ich Ihnen schwören, Madonna, wenn es jemanden gäbe, der mich liebt und den ich liebte, dann wünschte ich ihn tausend Meilen weg von Pesaro, ganz gleich, wie schlecht es mir ginge.«

Das waren genau die falschen Worte. Jetzt war Calori sicher, dass sie nach Pesaro gehen musste. Doch nicht alleine. In Gedanken legte sie sich Worte zurecht, um Baron Vais zu überzeugen, ihr zu helfen, den österreichischen Offizier; zumindest würde er wissen, wie man mit Offizieren der spanischen Garnison verhandelte. Ein Hauch schlechten Gewissens streifte sie, weil sie das, was er ihr erzählt hatte, bereits an Don Sancho weitergegeben hatte, um ihr Einverständnis zu bekunden, doch sie erstickte die Aufwallung. Giacomos Leben stand auf dem Spiel.

Sie war bereits dabei, einen entschuldigenden Brief an den Direktor zu schreiben, als Schritte auf der knarzenden Treppe zu ihrer Wohnung zu hören waren. Vertraute Schritte. Mama Lanti erkannte sie auch und öffnete mit einem breiten Lächeln die Tür.

»Ein Glück, dass du wieder da bist«, sagte sie zu Petronio. »Du musst mit deinem Br... mit deiner Schwester sprechen und ihr klarmachen, dass sie auf keinen Fall ...«

»Warte einen Moment, Mama. Es gibt Neuigkeiten.«

Petronio streifte Maria mit einem kurzen neugierigen Blick, dann trat er zu Calori.

»Rate, wen ich gerade erst in den Straßen dieser Stadt gesehen habe«, erklärte er triumphierend, »nachdem die Postkutsche mich abgesetzt hatte und ich auf dem Weg hierher war.«

»Don Sancho?«, fragte sie hoffnungsvoll. Wenn Don Sancho hier war, dann brauchte sie den Baron Vais nicht. Don Sancho hatte garantiert genügend Einfluss innerhalb der spanischen Armee, um in Pesaro umgehend die Lage zu retten. Das musste so sein. Es musste.

Petronio schüttelte den Kopf, und beinahe wäre sie in Tränen ausgebrochen.

»Wen?«, erkundigte sie sich dann pflichtgemäß und mit erstorbener Hoffnung.

»Ach, niemanden. Nur einen nichtsnutzigen Kerl aus Venedig, der inzwischen noch nicht einmal mehr wie ein Abbate gekleidet ist«, sagte Petronio mit dem breitesten Grinsen der Welt.

Der österreichische Oberbefehlshaber von Rimini hatte Sinn für Humor und Scherze, besonders, wenn diese auf Kosten der spanischen Armee gemacht wurden. Giacomos Geschichte veranlasste ihn, sich vor Vergnügen auf die Schenkel zu schlagen. Was ihm jedoch fehlte, war die Bereitschaft, Venezianer ohne Pass in seinem Territorium zu dulden. Selbst wenn diese anboten, ihm das Lager seiner Gegner und deren Führer näher vorzustellen.

»Ich müsste Sie eigentlich unter Arrest lassen«, sagte er zu Giacomo, der sich schon wieder in einer mehr als misslichen Lage sah, »aber sei's drum. Vielleicht sind Ihre Erfahrungen ja doch noch von Nutzen. Einer meiner Offiziere wird Sie bis vor das Cesenische Tor begleiten. Von dort aus können Sie gehen, wohin Sie wollen. Aber nehmen Sie sich in Acht, dass Sie nicht ohne Pass in unser Gebiet zurückkehren, sonst könnte es Ihnen übel ergehen.«

Wie Giacomo ohne Gepäck und Geld an einen Pass kommen sollte, wusste der Österreicher allerdings auch nicht zu sagen. Der Offizier, der ihn begleitete, ein gewisser Baron Vais, war immerhin so freundlich, auf dem Weg zum Stadttor in einem Kaffeehaus haltzumachen und Giacomo eine Tasse Schokolade zu spendieren, doch bald stellte sich heraus, dass dies nicht ohne Hintergedanken geschehen war.

»In Bologna«, sagte Baron Vais, »dürfte es Ihnen ohne größere Schwierigkeiten gelingen, einen neuen Pass zu bekommen. Danach können Sie hierher zurückkehren oder nach Pesaro gehen und Ihr Gepäck holen – wenn Sie wollen, obwohl Sie nicht vergessen sollten, dass Sie der spanischen Armee nunmehr ein Pferd schulden.«

Giacomo bedankte sich für den nützlichen Hinweis und wartete darauf, dass sich der Pferdefuß zeigte.

»Natürlich«, fuhr Vais fort, »müssen Sie von irgendetwas in Bologna leben, und die Behörden arbeiten auch schneller, wenn man sie finanziell ein wenig unterstützt.«

»Das ist leider überall auf der Welt so«, sagte Giacomo neutral.

»Wie wahr. Deswegen ist der glücklich, der die Gunst der Stunde nutzen und Freunde gewinnen kann.«

Giacomo hatte einen langen Tag hinter sich und war zu eleganten Wortgefechten weniger bereit, als er das unter anderen Umständen gewesen wäre.

»Mein Freund«, fragte er direkt, »was kann ich für Sie tun?«

Baron Vais hüstelte. »Nun ja«, sagte er, »wir leben in unruhigen Zeiten und können leider nicht an zwei Orten zugleich sein. Ich zum Beispiel wäre liebend gerne gerade jetzt in Wien oder in der Armee in Schlesien, aber das geht nicht. Ein anderer Ort, an dem ich gerne wäre, ist Neapel. Das schöne Neapel, das uns so grausam verlorengegangen ist, das nun von sich behauptet, unabhängig zu sein, obwohl es von einem spanischen Fürsten regiert wird. Ein Mann, der gerade bewiesen hat, dass er ohne weiteres der spanischen Armee entkommen kann, der könnte gewiss auch ohne weiteres Neapel besuchen und sich dort ein wenig umsehen. Mit seinem schönen neuen Pass und etwas finanzieller Unterstützung der Armee Ihrer Majestät, der österreichischen Kaiserin Maria Theresia.«

»Lang lebe Österreich«, sagte Casanova auf Deutsch, was zu den ganz wenigen deutschen Worten gehörte, die ihm über-

334

haupt bekannt waren. Solange sie Venedig in Ruhe ließen, hatte er weder Sympathien noch Hassgefühle für oder gegen Spanier oder Österreicher. Allerdings war seine Lust, nach seinen Tagen in der Haft bald wieder auch nur in die Nähe von spanischen Soldaten zu kommen, mehr als gering. Doch um seine Gefühle ging es hier nicht, sondern darum, endlich wieder wie ein Herr statt wie ein rechtloser Bettler durch die Gegend zu ziehen. Dazu brauchte er jede Unterstützung, und noch einmal an den Kardinal zu schreiben in der vagen Hoffnung, von ihm zu hören, erschien ihm sinnlos. Andererseits ließ sich nur ein Tor auf einen Kuhhandel ein, ohne sich vorher über die Bedingungen zu erkundigen.

»Nicht dass ich nicht dankbar wäre«, fuhr er daher fort, »im Gegenteil. Deswegen verwirrt es mich, warum Sie einem Fremden so großzügig vertrauen?«

Baron Vais legte eine Hand auf sein Herz. »Unter Männern gibt man sich sein Ehrenwort und hält es. Außerdem, hm, mir ist, als habe ich von Ihnen gehört. Kann es sein, dass Sie sich vor kurzem in Ancona aufhielten?«

Sofort war Giacomo doppelt auf der Hut. »Alles ist möglich, Baron, alles ist möglich.«

»Dann kann es nämlich sein, dass ich ein paar reizende junge Damen und einen charmanten jungen Herrn kenne, die einen großzügigen Abbate des Öfteren erwähnten, der Ihnen ähneln muss. Da diese jungen Leute nun in Rimini ansässig sind, erscheint es mir nicht zu weit hergeholt, dass ein Mann, der ihnen in Freundschaft verbunden war, sie nach erfolgreich erledigtem Auftrag wiedersehen will und auch wieder regelmäßig in Rimini verkehren möchte. Was aber nur dann möglich ist, wenn er sich vorher Ihrer Majestät Kaiserin Maria Theresia gegenüber dankbar und ehrlich zeigt. Und als sehr, sehr fleißig.«

Mit anderen Worten, dachte Giacomo, *wenn du nur unser Geld nimmst und nicht nach Neapel gehst, um zu spionieren, dann wirst du bestimmt nicht mehr nach Rimini hineingelassen und kannst die Familie Lanti vergessen.* Nun, damit hatte der Baron immerhin seine Karten ehrlich auf den Tisch gelegt. Und zusätzlich wusste er nun auch, dass Calori und ihre Familie heil hier eingetroffen waren. Giacomo fragte sich, wer von ihm geplaudert hatte: Marina und Cecilia, Petronio oder Calori selbst? Eigentlich wollte er wissen, wie der Offizier zu ihrer Bekanntschaft gekommen war. Sein Verstand sagte ihm, dass es vermutlich ganz ähnlich geschehen war wie bei ihm selbst. Wenn Signora Lanti ihre Kinder in Herbergen Anconas ermutigte, sich großzügigen Gästen zu nähern, tat sie es gewiss auch hier. Doch die plötzliche Vorstellung, nicht nur für die Geschwister Lanti, sondern auch für Calori nur einer von vielen gewesen zu sein, während er so weit gegangen war, sich Heiratsphantasien hinzugeben, verletzte ihn sehr und ließ die süße heiße Schokolade in seinem Mund bitter erscheinen.

Sei nicht albern, sagte er streng zu sich selbst. *Sie liebt dich.*

»Niemand, der gegenüber Untertanen der Kaiserin Anlass zu Dank hat, wird so töricht sein, diesen nicht reichlich zu erstatten«, sagte er laut, und Vais strahlte.

»Ich wusste, dass wir uns einig werden.«

Während Vais die Schokolade bezahlte, dachte Giacomo, seine Augen spielten ihm einen Streich, denn der junge Mann, den er auf der Straße vorbeigehen sah, war kein anderer als sein zeitweiliger Diener und Caloris angeblicher Bruder, Petronio. Petronio blieb stehen und öffnete den Mund, doch Giacomo schüttelte hastig den Kopf und wies auf den Offizier, ihm gegenüber. Petronio nickte und trat aus Giacomos Blickfeld. Als Vais ihm mitteilte, er müsse ihn jetzt auftragsgemäß bis vor das Stadttor bringen, war Petronio nicht mehr zu erblicken. Auf ihrem Weg wurden Giacomo und Vais nur eine Straße weiter von einem eiligen Spaziergänger angerempelt, der Giacomo, als er diesen unter tausend Entschuldigungen abklopfte, eine Adresse ins Ohr flüsterte.

Inzwischen hatte es zu regnen begonnen, und so dicht und dunkel, wie die Wolken sich drängten, handelte es sich um keinen kurzen Frühlingsschauer. Giacomo schnitt eine Grimasse.

»Vielleicht könnte ich die Gastfreundschaft Ihrer Majestät noch etwas länger ...«

»Nein, tut mir leid«, sagte Baron Vais bedauernd. »Befehl ist Befehl. Ich habe mich ohnehin schon über Gebühr mit Ihnen aufgehalten.«

Im Regen vor das Cesenische Tor zu laufen und wie ein durchnässter Pudel dort abgeliefert zu werden war alles andere als ein Vergnügen. Vais streckte ihm ein paar Münzen hin »für die Reise nach Bologna« und versprach mehr, falls Giacomo mit Neuigkeiten aus Neapel nach Rimini zurückkehrte.

»Viel Glück, mein Freund«, sagte er und machte kehrt, nicht ohne die Stadtwachen noch einmal auf Giacomo aufmerksam gemacht zu haben.

Giacomo stellte sich bei der Kirche unter, die jenseits des Stadttores für Reisende und arme Sünder gebaut worden war, und fragte sich, ob der Österreicher wirklich annahm, dass er hier auf die Postkutsche warten oder einen Bauern darum bitten würde, ihn bis in das nächste Dorf mitzunehmen. Vielleicht war es auch nur eine Prüfung seines Einfallsreichtums. Wie dem auch sein mochte, er hatte nicht die geringste Absicht, seinen Tag nass in Kutsche, Scheune oder Bauernhof zu beschließen. Es war undenkbar, dass er es bis hierher geschafft hatte und dann Calori nicht sah. Aber es wäre wohl sinnlos, seine Münzen an die Stadtwachen zu verschwenden, nicht, nachdem sie gerade erst von dem Baron ermahnt worden waren.

Musste er sein Gepäck in Pesaro aufgeben? Es waren ein paar Bücher dabei, an denen er hing, und ein paar ausgesprochen gut sitzende Seidenhosen. Allein deswegen nach Pesaro zurückzukehren und dabei zu riskieren, noch einmal bei der Garnison zu landen, diesmal womöglich in einem echten Kerker, kam allerdings auch nicht in Frage. Giacomo musste zugeben, dass es ihn durchaus interessierte, ob die Wachen dafür bestraft worden waren, dass sie ihn hatten entkommen lassen, und ob sie dumm genug waren, den Goldschatz der Contessa ausfindig zu machen. Gewiss nicht. Oder doch? Die menschliche Dummheit sollte man nie unterschätzen.

Auch nicht die Bereitschaft zur Gewalt. Er fröstelte, und es lag nicht nur daran, dass er in feuchter Kleidung mit ein paar Bettlern und weiteren Reisenden zusammengedrängt unter einem Kirchendach stand. Es hätte anders für Giacomo ausgehen können heute Morgen, teuflisch anders, und das wusste er. Aber so wie sein Leben jetzt gerade aussah, hatte er es sich nicht vorgestellt, und so konnte es auch nicht bleiben. Es machte ihm nichts aus, hin und wieder ein paar Unannehmlichkeiten zu erleben. Sobald er sich wieder im Warmen befand, würde er darüber lachen, das wusste er. Es war das Gefühl der Hilflosigkeit, das er hasste, die Vorstellung, anderen Menschen ausgeliefert zu sein. Er wollte immer ein Mann sein, den andere beneideten, nicht ein Stück Wehrlosigkeit, das nicht mehr Möglichkeiten hatte, Schutz zu finden, wie …

… wie eine Frau. Das war es doch, und als er dies dachte, wusste er, dass er die ganze Zeit vor dem Vergleich zurückgescheut war. Eine Frau. Wenn ein Mann sich in Gefahr begab, sollte es in einem Rahmen geschehen, der ihm die Achtung anderer Männer einbrachte, wie Schlachten oder die Härten langer Reisen ins Unbekannte, wie bei Marco aus dem Hause Polo. Er sollte nicht durch zwei bewaffnete Rüpel in Gefahr geraten, die ihm nahelegen konnten, mit ihnen spazieren zu gehen. Ein Mann war es, bei dem Frauen Schutz suchten und der sie ernährte. Der vage Plan, den er und Calori für die Zukunft ge-

338

macht hatten, sah dagegen vor, dass sie ihn ernährte, und in Pesaro hatte er bereits Schutz gebraucht, nicht sie. In welcher Beziehung war er also noch ein Mann?

Er versuchte, an etwas anderes zu denken, starrte auf die Straße von und nach Rimini, die immer mehr von Schlamm und Regen in einen Sumpfpfad verwandelt wurde, und entdeckte eine Karawane von etwa vierzig beladenen Maultieren, die die Straße entlang auf das Stadttor zugetrieben wurden. Die Treiber fluchten, weil die Tiere im Regen einfach unwillig waren, sich zu bewegen. Die Treiber selbst waren durch den Dreck der Straße und zwischen den dichten Regenschlieren kaum voneinander zu unterscheiden.

Das war die Lösung! Er wendete seinen ohnehin reichlich malträtierten Überrock, so dass nur noch das braune Futter zu sehen war. Als er ihn sich wieder überstreifte, senkte er den Kopf und legte dem Maultier, das ihm, als die Herde an der Kirche vorbeizog, am nächsten kam, den Arm auf den Hals. Es war schwieriger, sich dem langsamen Schritt der Tiere anzupassen, als er gedacht hatte, doch er durfte um nichts in der Welt auffallen und schon gar nicht eines der Tiere aus seinem Rhythmus bringen. Ob die anderen Treiber ihn bemerkten oder nicht, war nicht festzustellen, weil er sich verbot, sich umzuschauen. Er musste nur wie einer der ihren wirken.

Schritt, Schritt, Schritt, aber nicht zu schnell, nicht in irgendeiner Weise schnell, auch wenn alles in ihm danach schrie. Der lange Regen hatte dafür gesorgt, dass sein Maultier zum Himmel stank. Er vergrub seine Hände trotzdem in dem Fell des Tieres. Schritt, Schritt, Schritt, dann hatten sie die Stadttore erreicht. Schritt. Ruhe. Schritt. Ruhe, Ruhe, und was war das, was riefen die Wachen?

Weiter. Weiter, nur zu, was riefen sie? Er verbot sich, auszuatmen. Schritt, Schritt, Schritt, bleib im Rhythmus, das ist immer noch zu nahe am Tor, Schritt, Schritt, Schritt, und noch ein

Schritt. Giacomo gestattete es sich erst sehr spät, den Blick zu heben und vorsichtig den Kopf zu wenden. Schritt, Schritt, doch nun waren sie außer Sichtweite der Stadtwachen. Er ließ sofort das Maultier los und entwich in die nächste Seitengasse. Giacomo brauchte nicht lange, um einen Streuner zu finden, der ihn zu der Adresse führte, die man ihm zugeflüstert hatte. Unter anderen Umständen wäre es ihm nie in den Sinn gekommen, nach Maultier stinkend, völlig verdreckt und durchnässt bei einer Frau zu erscheinen, an der ihm so viel lag. Aber erstens wogen verletzter Stolz und Zweifel nicht die Sehnsucht nach Calori auf, und zweitens hätte nur ein Narr eine nasse Landstraße der Chance vorgezogen, in den Armen seiner Geliebten warm zu werden. *Calore,* dachte er. Wärme.

Giacomo erinnerte sie an nichts und niemanden so sehr wie an einen empörten Kater, den jemand in den Fluss geworfen und wieder herausgezogen hatte, aber so, wie er auf der Schwelle ihrer Wohnung stand, war er heil und ganz, ohne die Wundmale der armen Maria, und vor allem am Leben. Es war der schönste Anblick seit langem, und sie warf sich in seine Arme. »Meine Dame, fast scheint es mir, dass wir uns kennen. Nannetta?«, fragte er neckend. »Angela? Teresa? Lucia?«
Doch noch während er scherzte, spürte sie, wie er sie verzweifelt festhielt und Schauder durch seinen Körper glitten. Angenehm konnten seine letzten Tage nicht gewesen sein. Nun, da sie ihn in vorläufiger Sicherheit wusste, wich das nagende Schuldgefühl von ihr, für seine Lage in Pesaro mitverantwortlich zu sein, und die Zukunft war wieder voller Möglichkeiten. Sie fühlte sich federleicht und in der Lage, es mit allem und jedem aufzunehmen. Gleichzeitig musste sie sich zurückhalten, um Giacomo nicht gleich hier und vor aller Augen auf jeden Flecken seiner wundersam verschonten Haut zu küssen. Die Welt war wieder schön. Zwar hatte sie sich gerade so gut wie

verpflichtet, für Don Sancho mehr zu tun, als zu singen, falls er ihr nach Neapel und später zu weiteren Opernbühnen half – und sie tat es, weil sie für Giacomo, ihre Familie und Maria sorgen musste –, aber gerade jetzt fühlte Calori sich allem gewachsen.

»In Ancona hat er besser ausgeschaut«, flüsterte Marina Cecilia zu, eine Bemerkung, die dennoch alle hörten. Eine verlegene kleine Pause entstand, bis Giacomo den Kopf zurückwarf und lachte.

»Das hoffe ich doch! In Ancona trug ich meine beste Abbate-Kleidung und hin und wieder eine teure Perücke. Wenn diese Ausstaffierung sich nicht gelohnt hätte, dann wäre ich von meinem Schneider in Rom und meinem Barbier in Venedig schändlich betrogen worden.«

Erleichtertes Gelächter pflichtete ihm bei, und Calori dachte einmal mehr, dass er eine beneidenswerte Gabe dafür hatte, die Menschen für sich einzunehmen und jegliche Befangenheit zu vertreiben.

»Obwohl ich von nun an mehr Frauenkleider tragen werde«, sagte sie, »kann ich mich bei dir gar nicht gebührend bedanken. Mein Überrock und meine Hosen sind für dich einfach zu klein.«

»Das will ich auf keinen Fall«, sagte er unerwartet heftig, und erneut machte sich Verlegenheit breit. Giacomo fing sich wieder und meinte lächelnd:. »Nein danke. Du bist zu schön in allem, was du trägst, mein Schatz, als dass ich deine Sachen mit meinem Klappergestell verunzieren möchte, selbst wenn das ginge.«

Sie dachte daran, wie sie beide die Rollen getauscht hatten, bis hin zu dem Moment, als er ein Kleid trug, und was für ein erregender und intimer Moment das gewesen war. Vielleicht dachte er auch daran und wollte die Erinnerung nicht vor ihre versammelte Familie zerren. Das hätte sie wissen müssen. Calori biss sich auf die Lippen.

Petronio, der sie beobachtet hatte, bot seine größte Hose und Weste an, was Giacomo dankend annahm. Während die beiden ins Schlafzimmer verschwanden, damit Giacomo sich abtrocknen und umkleiden konnte, warf Mama Lanti Calori einen bedeutungsvollen Blick zu. Calori tat so, als bemerke sie nichts.

»Der Schmelz ist weg von der Blüte«, sagte Mama Lanti.

»Er hat ein paar harte Tage hinter sich, und es war nicht diplomatisch, ihm meine alten Kleider anzubieten.«

»Der Schmelz ist weg«, beharrte Mama Lanti. »Du bist keine geheimnisvolle Eroberung mehr, die er machen muss. Wenn die Männer erst einmal haben, was sie wollen, dann nehmen sie entweder einen Befehlshaberton an, oder sie verschwinden. Deswegen sollte man ja auch immer *vorher* die Geschenke und das Geld einfordern.« An Cecilia und Marina gewandt, fügte sie hinzu: »Vergesst das nur nie.«

»Die Gefahr besteht nicht«, sagte Calori und fand, es sei wieder an der Zeit, ihre neue Autorität als Familienoberhaupt zu nutzen, »wenn man selbst das Geld verdient. Cecilia, ich glaube, du und Marina haben heute noch nicht geübt, weder Instrumente noch Tanz.«

Auf die übliche Quengelei und den Refrain »Muss das sein?« entgegnete sie, ja, es müsse sein, und zwar bei Maestro Melani.

»Du willst, dass wir im Regen zu Maestro Melani gehen?«, fragte Cecilia entgeistert.

»In der Tat«, gab Calori bedeutungsvoll zurück und schaute zu dem Schlafzimmer hinüber, in das Giacomo und Petronio verschwunden waren. »Keine Sorge, ihr müsst nicht alleine gehen.« Sie drückte Mama Lanti ein paar Münzen in die Hand. »Für eine schöne Mahlzeit im Gasthaus vorher oder nachher«, sagte sie eindringlich. Man konnte Mama Lanti und den Mädchen vorwerfen, was man wollte, sie waren keineswegs begriffsstutzig und auch nicht böswillig.

»Wenn es denn sein muss«, sagte Mama Lanti prompt. »Gehen wir, Mädchen. Maria, eine Mahlzeit würde dir auch guttun, du bist viel zu dünn, Kleine.«

Bis Giacomo und Petronio zurückkehrten, waren die vier schon halb auf dem Weg nach draußen. Petronio grinste.

»Wie es der Zufall will, habe ich überhaupt nichts anderes zu tun, und auch keinen Hunger«, sagte er und warf sich auf das Sofa. Calori war versucht, ihm die Zunge herauszustrecken, aber das hätte sich schlecht mit ihrer neuen Würde vertragen. Außerdem hatte er gerade erst für sie die Fahrt nach Ancona und zurück unternommen. Er hatte es also verdient, sie ein wenig mit seiner Anwesenheit zu necken. Er würde es nicht übertreiben, das wusste sie.

Giacomo kannte Petronio allerdings nicht so gut wie sie. Ein Hauch von Gereiztheit lag in seiner Stimme, als er sagte: »Unter anderen Umständen würde ich Ihnen gerne wieder Trinkgeld geben, mein Freund, aber mein Gepäck befindet sich in Pesaro.« Mit einem Schlag verschwand die gute Laune aus Petronios Miene.

»Ich will Ihr Geld auch nicht, *Abbate*«, sagte er kühl.

»Wie konnte ich nur auf so eine Idee kommen?«, erwiderte Giacomo sarkastisch. »Und ich habe den geistlichen Stand hinter mir gelassen, Signore Casanova tut es also.«

»Ich glaube nicht, dass Sie sich von meinen drei Schwestern im Bett mit *Herr* anreden ließen«, begann Petronio, und Calori, die mit wachsender Bestürzung zugehört hatte, schnitt ihm das Wort ab.

»Ihr seid beide offenbar durch eure Reisen um eure Manieren gebracht worden«, sagte sie aufgebracht. »Petronio, du weißt, dass ich dir dankbar bin, aber ich wäre dir noch dankbarer, wenn du uns für die nächsten zwei Stunden alleine ließest.« Er presste die Lippen zusammen. Calori schluckte ihren Stolz hinunter. »Bitte«, fügte sie hinzu.

Petronio stand auf. Seit der Nacht, in der er herausgefunden hatte, wer sie in Wirklichkeit war, hatte sie ihn nicht mehr so streitlustig erlebt. Er schaute zu Giacomo, der in Petronios Hemd und Hosen auf verwirrende Weise gleichzeitig fremd und vertraut wirkte.

»In Ancona waren Sie etwas Besseres als wir, und wir mussten um Sie herumscharwenzeln«, sagte Petronio zu ihm. »Aber jetzt nicht mehr. Jetzt sind Sie genauso groß wie wir, also brauchen Sie gar nicht so zu tun, als ob das anders wäre. In diesem Zimmer ist nun auch keiner mehr, der sich noch nicht verkauft hat. Sie haben Glück, dass meine Schwester die Käuferin ist. Also legen Sie sich ins Zeug!«

Damit ließ er die Tür mit einem deutlichen Knall hinter sich zufallen. Entsetzt starrte Calori ihm hinterher. Was hatte er nur auf einmal?

»Er ist eifersüchtig«, sagte Giacomo, der ganz offensichtlich mit seiner Beherrschung kämpfte. Seine Fäuste waren geballt, und sie entspannten sich nur langsam.

»Ob du es glaubst oder nicht«, entgegnete Calori und versuchte, die Gespanntheit zwischen ihnen mit einem Scherz aufzulösen, wie er es sonst getan hatte, »es gibt Leute, die nicht mit dir ins Bett gehen wollen. Petronio schmachtet dir keineswegs hinterher.«

Diesmal lachte er nicht. Stattdessen rang er immer noch sichtlich mit sich.

»Giacomo«, sagte Calori beunruhigt, »das war ein Scherz. Es tut mir leid, dass Petronio sich so …«

»Petronio ist mir gleich«, unterbrach er sie und zog sie erneut an sich. Darauf hatte sie gewartet, und sie hatte sich nach ihm gesehnt, aber in der fieberhaften Art, in der er sie entkleidete, lag immer noch etwas Wütendes, was vorher nicht da gewesen war. Es war, als müsse er sich etwas beweisen.

Doch konnte sie wissen, was bei ihm üblich war und was nicht?

Gaben ihr ein paar gemeinsame Tage und Nächte auch nur annähernd genug Wissen?

Sie kam nicht dazu, darüber nachzudenken. Ihr Körper entzündete sich an seinem, und sie hatte selbst einigen Groll in sich, nicht auf ihn, aber auf sich selbst, auf die Soldaten zweier Armeen und ihre Passregelungen, und vor allem auf die Contessa, die Menschen nach Belieben bedrohen und verprügeln lassen konnte, ohne je selbst befürchten zu müssen, zur Rechenschaft gezogen zu werden. Es war Calori neu, dass man in der Liebe gleichzeitig auch bestrafen konnte, Menschen, die überhaupt nicht beteiligt waren, aber sie lernte es hier und jetzt, lernte es, während sie Giacomo neu erfuhr, bis jedes Stückchen ihrer Haut zu brennen schien.

Später, während sie einander in den Armen lagen und ihr Atem langsamer wurde, musste er niesen.

»Wie lange warst du draußen im Regen?«, fragte sie besorgt.

»Wenn du morgen eine Erkältung hast und nicht singen kannst«, murmelte er, »weil ich dich angesteckt habe, war das ein langfristiger Plan von mir, damit du mit mir nach Bologna kommst, und kein Zufall. Und ich prahle keineswegs, um als kluger Mann statt als armer Tropf nun dazustehen.«

Allmählich lernte sie, dass sich in seinen Scherzen oft viel Wahrheit versteckte und Scherze in seinen Wahrheiten. Auf jeden Fall war sein Zorn verschwunden.

»Bologna?«, fragte sie leise.

»Angeblich sind dort die Chancen, schnell einen neuen Pass zu bekommen, am höchsten. Und ich möchte nicht noch einmal die Gastfreundschaft spanischer Armeen genießen. Oder österreichischer, was das angeht.«

»Ich habe Angst um dich gehabt«, gab sie zu. »Vielleicht kannst du auch hierbleiben und dich hier um einen Pass bemühen. Ich habe einen österreichischen Offizier kennengelernt ...«

»... Baron Vais, ja, ich weiß.« Mit einer Fingerspitze tippte er ihr auf die Stirn. »Siehst du, ich kann Gedanken lesen.«

Ihre Mundwinkel zuckten. »Petronio hat mir erzählt, dass Baron Vais dich aus der Stadt eskortiert hat.«

»Petronio scheint es darauf angelegt zu haben, mir meine eindrucksvollsten Auftritte zu verderben«, gab Giacomo leichthin zurück, aber sie dachte sofort wieder an den seltsamen Streit von vorhin. »In jedem Fall«, fuhr Giacomo fort, »hat der gute Baron mir klargemacht, dass ich für meine Rückkehr etwas tun muss. Eins muss ich sagen, bei uns in Venedig geht die Staatsinquisition wesentlich diskreter vor, wenn sie Spitzel anheuert.«

Beinahe hätte sie sich verschluckt.

»Vais will, dass du für ihn spionierst?«

»Ich hoffe, deine Frage ist kein Zweifel an meinen Fähigkeiten«, sagte Giacomo trocken, griff sich ihren linken Fuß und kitzelte sie gnadenlos, bis sie vor Lachen zusammenbrach. Nachdem sie sich wieder beruhigt hatte, setzte Calori an, um Giacomo von Don Sanchos Angebot zu erzählen, als er hinzufügte: »Weißt du, es wäre eine Einkunftsmöglichkeit. Um ehrlich zu sein, die Vorstellung, allein von deinen Einkünften zu leben, behagt mir weniger und weniger.«

Sie konnte ihn verstehen. Ermutigte sie Cecilia, Marina und auch Petronio nicht selbst schon seit Jahren, zu lernen, wie man durch Musik und Tanz Geld verdienen konnte, statt sich nur auf ihre Körper und auf Calori als Einkunftsquelle zu verlassen? Doch sie konnte nicht umhin, an Petronios alte Frage zu denken, was sie tun würde, wenn ein Mann, den sie liebte, sie bitten würde, das Singen aufzugeben. Solange Giacomo darauf angewiesen war, dass sie sang, bestand diese Gefahr nicht.

»Ich habe mich immer gefragt«, sagte er auf einmal ohne jeden Hinweis auf Scherz oder Übertreibung, »ob meine Mutter meinen Vater nicht verachtet hat, weil er und die Familie von ihr lebten. Bei der Vorstellung, dass du mich eines Tages deswegen verachtest, dreht sich mir der Magen um, meine Liebste.«

»Das würde ich nie«, beteuerte sie. Wenn sie ihm jetzt erzählte, dass Don Sancho ihr ebenfalls angeboten hatte zu spionieren, würde er sich am Ende erneut übertrumpft fühlen. Also sagte sie stattdessen nur: »Ich bin nicht deine Mutter.«

»Das hoffe ich doch«, entgegnete er wieder in seinem alten scherzenden Tonfall, doch sie musste an die glanzvolle Figur auf der Bühne denken, die einst einen so großen Eindruck auf die kleine Angiola Calori gemacht hatte, und fragte sich, ob sie ihr ähneln würde, wenn sie selbst als Frau auf der Bühne stand, nicht mehr als Mann.

Wenn, dann würde Giacomo ihr das gewiss nie sagen.

Also verschwieg sie ihm Don Sanchos Angebot und ihren Brief. Stattdessen nieste sie und legte ihren Kopf an seine Schulter. »Ich glaube«, sagte sie nachdenklich, »ich habe mir eine Erkältung eingefangen. Kein Direktor kann wollen, dass ich mir meine Stimme ruiniere und damit außerdem das Publikum entsetze. Es dauert bestimmt eine Woche, bis ich wieder gesund bin. Und in Bologna gibt es die besten Ärzte der Welt.«

Giacomo stützte sich auf seinen Ellbogen. »Calori, als Mann, der einmal Medizin studieren wollte, kann ich dir versichern, dass sich Erkältungen nicht so schnell übertragen.«

»Würde ich lügen?«, fragte sie mit Unschuldsmiene.

»Falls ich es noch nicht erwähnt haben sollte«, sagte er, »du bist das anbetungswürdigste Geschöpf der Welt, und ich bin ein Glückspilz.«

Sie war außerdem ein Geschöpf, das selbst einen neuen Pass brauchte und ihre Angelegenheiten mit ihrer leiblichen Mutter ins Reine bringen wollte, aber manchmal bedeutete Liebe offenbar, einen Mann im Glauben zu lassen, er sei der einzige

Grund für das Handeln der Frau. Wenn es ihn glücklich machte und alles ohnehin auf das Gleiche hinauslief, was konnte das schaden?

In einer Woche konnte so viel geschehen.

»Du gehst nicht mit ihm nach Bologna«, sagte Petronio aufgebracht. »Du Lügnerin! Du hast versprochen, dass nicht alles umsonst war und du dich nicht von ihm beschwatzen …«

Sie legte ihm eine Hand auf den Mund; mit der anderen umklammerte sie seine Schulter. Die Mädchen und Mama Lanti waren noch nicht wieder zurückgekehrt, aber Giacomo holte etwas Schlaf nach, und Petronio stand mit ihr in dem Zimmer, das ihnen zur Probe und für Gespräche diente.

»Ich gehe für eine Woche nach Bologna«, sagte Calori leise, »um meine Angelegenheiten zu regeln und weil mir das so gefällt. Es ist meine Entscheidung und nicht deine. Und ich habe mich jeden Tag jede Stunde der letzten Jahre darum bemüht, eine bessere Sängerin zu werden, während du nur tanzt, wenn dir danach ist, also finde ich es wirklich anmaßend von dir, mir nicht zu glauben, dass ich weiterhin singen will!«

Sie erwartete, dass er sie zurückstieß, doch nichts dergleichen geschah. Er befreite sich noch nicht einmal aus ihrem Griff, obwohl sie spürte, dass er unter ihren Fingern heftig atmete. Langsam ließ sie ihn los.

»Ich dachte, du hättest mir verziehen«, sagte Calori. »Wenn du immer noch wütend auf mich bist, weil ich dir nicht schon früher die Wahrheit erzählt habe, dann gib es zu.«

»Für ein kluges Mädchen bist du manchmal strohdumm, Calori«, stieß er hervor, wandte sich von ihr ab und warf sich erneut voller Ärger auf das Sofa.

»Giacomo meint, du wärest eifersüchtig«, sagte Calori zögernd, weil sie es eigentlich immer noch nicht glaubte. Petronio rümpfte die Nase.

»Das sieht ihm ähnlich.«

»Das habe ich ihm auch gesagt«, gab Calori mit einer kleinen Grimasse zurück, und ein Hauch von einem Lächeln huschte über Petronios unglückliches Gesicht, ehe es wieder erstarb.

»Er hat recht.«

»Was?«, fragte sie fassungslos und ließ sich ebenfalls auf die Couch fallen. »Petronio – du hast dir nie –, ich meine, ich weiß, dass du ihn in Ancona am ersten Tag geküsst hast und er dir gesagt hat, er sei nicht interessiert, schließlich war ich dabei, aber ich dachte nicht, dass du ernsthaft …«

Diesmal war er es, der ihr den Mund zuhielt. »Ich bin nicht eifersüchtig, weil ich mit ihm ins Bett will«, sagte Petronio gereizt. »Schön, ich würde ihn nicht aus meinem Bett werfen, wenn er fragen würde, aber darum geht es doch gar nicht. Es geht darum, dass du nun deine ganze freie Zeit mit ihm verbringst, seit er in unser Leben eingedrungen ist, dass du ihm bereits nach einer kurzen Zeit die Wahrheit über dich anvertraut hast und mir erst nach Jahren und dass du – dass du ihn liebst.« Er ließ sie los. »Dass du ihn liebst«, wiederholte er.

Die Stille zwischen ihnen war so dicht und fest wie Spinnweben, und sie wusste, sie musste diese Spinnweben zerreißen. Sie musste einfach sagen, was in ihrem Herzen war.

»Ich liebe dich auch«, sagte sie, sich bewusst, dass sie es ihm schon einmal versichert hatte, während sie es Giacomo noch nicht gesagt hatte, wie sie plötzlich erkannte. »Nur anders. Du bist mein Bruder.«

Petronio seufzte und ergriff ihre Hand. »Das weiß ich«, sagte er ruhiger. »Es ist auch nicht so, dass ich es anders will. Mir ist ein Mangel an Brüsten lieber, wie du weißt, und außerdem warst du über drei Jahre mein Bruder, da fühlt man nicht einfach anders, nur weil du eine vertrackte Lügnerin bist. Du kannst mit allen gutaussehenden Männern der Welt ins Bett gehen, Calori, und mit den Frauen dazu, und es macht mir nichts aus, solange du glücklich dabei bist und mir ein paar Momente übrig lässt. Aber in deinem Herzen, dachte ich, da komme ich zuerst. Weil du das bei mir tust. Und jetzt ist er da.«

Ihre Finger verschränkten sich mit seinen. Er hatte, genau wie Giacomo, schmale Finger und keine sehr großen Hände, anders als Appianino; doch es waren Haken, die sich bei ihr festgesetzt hatten, lange schon, und sie nicht losließen. Wenn Petronio in Pesaro festgesessen hätte, dann hätte sie die Stadt erst gar nicht verlassen, Contessa hin, Engagement her. Vielleicht, weil sie ihn mehr liebte, oder vielleicht, weil sie ihm nicht zutraute, sich selbst zu befreien, sie wusste es nicht. Ganz gleich, was von beidem zutraf, oder beides, sie sprach es nicht aus. Sonst kam er womöglich auf die Idee, auch mit ihr nach Bologna gehen zu wollen.

»Ich glaube nicht«, sagte sie sachte, »dass Liebe ein Kuchen ist, bei dem man Stücke austeilt, bis am Ende nichts mehr da ist, und es jemanden gibt, auf den man eifersüchtig sein müsste, weil er das größte Stück bekommt. Ich glaube, Liebe ist mehr wie ein Fluss. Wenn man Wasser herausholt, kommt mehr davon nach, weil verschiedene Bäche hineinfließen.«

»Es gibt so etwas wie Staudämme, weißt du«, gab Petronio zurück, aber er klang nicht mehr bedrückt und mehr wie ihr Bruder, der mit ihr Neckereien austauschte.

»Mein Vater hat für die Universität von Bologna gearbeitet«, sagte Calori, ohne nachzudenken, »und er hat mir einmal gesagt, dass unsere Herzen Muskeln sind, die sich ausdehnen können. Nur, damit du das weißt.«

Petronios Finger in den ihren hielten inne.

»Das ist das erste Mal, dass du mir etwas von deiner – von deiner anderen Familie erzählst«, sagte er nachdenklich.

»Ich habe mich lange bemüht, sie zu vergessen«, erwiderte sie und spürte einen Kloß in ihrer Kehle. Zum tausendsten Mal fragte sie sich, wie sie ihre Mutter wohl vorfinden würde, glücklich oder im Unglück. Sie überhaupt nicht vorzufinden schloss Calori aus.

»Gehst du auch deswegen nach Bologna?«, fragte er, als könne er ihre Gedanken hören, und sie nickte. Petronio lehnte sich zu ihr und küsste sie auf die Stirn.

»Komm wieder«, sagte er, löste seine Hand aus der ihren, und er machte einen beruhigten Eindruck, obwohl ihn ihre Versicherungen früher nie so schnell überzeugt hatten.

Calori entschied, dass Männer manchmal wirklich unbegreiflich waren und sie am Ende gut beraten war, nicht länger zu versuchen, einer von ihnen zu sein.

* * *

Lucia hatte seit Jahren nicht mehr an ihren ersten Gatten gedacht; nicht mehr an ihre Tochter zu denken war schwieriger, doch es gelang ihr zumeist, was ihr lieb war. Es gab Dinge, die man besser tief in sich begrub, und so war ihr erster Impuls, als sie in den Salon gerufen wurde und eine vertraut aussehende junge Frau vor sich sah, auf der Stelle kehrtzumachen. Aber das stand ihr nicht zu. Also blieb sie stehen und wünschte aus ganzem Herzen, die junge Frau möge statt ihrer gehen. Die junge Frau, die Angiolas lockiges schwarzes Haar hatte und ihre Nase, aber ansonsten die Eleganz und Figur einer Erwachsenen statt der ungelenken, ein wenig unbeholfenen Grazie eines heranwachsenden Mädchens.

»Meine Liebe«, sagte ihr Herr, »schauen Sie, wer uns besuchen kommt. Damit haben wir bei Gott nicht mehr gerechnet, nicht wahr?«

»Nein, gewiss nicht«, sagte Lucia sofort, weil sie wusste, was von ihr erwartet wurde. Falier war so zornig gewesen in den ersten Wochen nach Angiolas Verschwinden. So überaus zornig. Und noch mehr, als sie ihm eine weitere Überraschung gestehen musste. Aber dann hatte er ihr sein Angebot gemacht. Er war großzügig gewesen, und sie durfte nie vergessen, wie viel Glück sie gehabt hatte.

»Mutter«, sagte die junge Frau zögernd, und ihre Stimme war ein wenig tiefer, voller, als die Stimme, an die Lucia sich erinnerte, »wie geht es Ihnen?«

Lucia schaute zu Falier.

»Nur zu«, sagte er.

»Mir geht es gut«, sagte Lucia. »Ich bin sehr glücklich, Professore Falier dienen zu dürfen. Unendlich glücklich.«

Falten bildeten sich auf der Stirn der jungen Frau.

»Dienen?«, wiederholte sie in einem ungläubigen Tonfall, und oh, so hatte ihr Vater gesprochen, wenn er sich ärgerte, weil die Universität schon wieder sein Gehalt nicht erhöhen wollte oder der Erbonkel in Venedig ihn doch nicht in sein Testament eingesetzt hatte.

»Don Silvio«, sagte Lucia, »war so gütig, mich zu seiner Haushälterin zu machen und mir ein Dach über dem Kopf zu geben. Mehr als gütig, bei einer Frau mit meinem beschädigten Ruf.«

Falier schlenderte zu ihr und ließ in alter Vertrautheit seine Finger über ihren Nacken wandern.

»Es war mir eine Freude«, sagte er zu der jungen Frau, die einmal ihre Tochter gewesen war, »und für Signora Falier eine wichtige Hilfe.«

»Für Signora Falier?«

»Sie wiederholen sich wohl gerne, Signorina Calori? Ich habe bald geheiratet, nachdem Sie Bologna verlassen haben. Ein junges Mädchen von untadeligem Ruf, das in seinem zarten Alter die helfende Hand einer erfahrenen Haushälterin gut gebrauchen konnte.« Sehr überheblich fügte er hinzu: »Verzeihen Sie, wenn ich Ihnen meine Gattin nicht vorstelle, aber meine Gattin ist eine Frau von Ehre. Die Gesellschaft einer Person, die so schamlos war, sich einem Kastraten an den Hals zu werfen und mit ihm die Stadt zu verlassen, wäre für sie unerträglich.«

Oh, er war immer noch zornig. Heute Nacht würde es eine *dieser* Nächte werden. Lucia zitterte, halb in Angst, halb in Erwartung davor.

»Dann will ich Sie auch nicht länger mit meiner Gegenwart belästigen«, sagte die junge Fremde mit dem gleichen zornigen Ton. »Mein Besuch gilt meiner Mutter, nicht Ihnen.« Sie kam auf Lucia zu und nahm sie bei der Hand. Sie trug Handschuhe, wie sich das für eine Dame schickte, feine Handschuhe aus dünnem Leder. Lucia starrte auf ihre eigenen Hände, auf die Adern, die immer deutlicher hervortraten, und die braunen Altersflecken auf der Haut. Sonst gab sie so sehr auf sich acht, denn Falier schätzte es gar nicht, wenn sie sich gehenließ, und er war auch so großzügig, ihr Färbemittel für ihre Haare zu bezahlen. Aber ihr Hals und ihre Hände verrieten sie.

»Mama«, sagte ihre ehemalige Tochter drängend, »komm mit mir. Lass uns unter vier Augen reden.«

»Meine Tochter Angiola hat mich Mama genannt«, erwiderte Lucia und hörte ihre Stimme klirren wie gefrorenes Eis im Winter, »aber sie wusste immer, welchen Respekt man seinen Eltern schuldet, wenn man keine Bäuerin ist, und hätte mich nie geduzt.«

Sie konnte die junge Frau zusammenzucken fühlen.

»Sie hätte mich auch nicht verlassen in der Stunde der Not.«

Die junge Frau stand still da. Dann sagte sie: »Ich hatte gute Gründe, und jedes Wort, das bisher in diesem Raum gefallen ist, erinnert mich daran. Aber Mutter – das ist die Vergangenheit. Über die Gegenwart möchte ich mit dir – mit Ihnen sprechen. Und die Zukunft. Nur nicht hier.«

Falier hatte Lucia keineswegs losgelassen, und seine Hände ruhten immer noch auf ihrem Nacken. Sie waren stärker und vertrauter als die schlanken Finger in Leder, die an ihrer Hand zogen.

»Was auch immer Sie Ihrer Mutter zu sagen haben, das können Sie hier und jetzt aussprechen, Signorina Calori. Falls es Geldsorgen sein sollten, dann bin ich als der Arbeitgeber Ihrer Mutter ohnehin der richtige Adressat.«

»Ich verdiene selbst Geld«, sagte Angiola – sagte die junge Frau ernst.

»Das kann ich mir *gut* vorstellen«, entgegnete Falier und lachte. Die junge Frau ignorierte ihn und versuchte erneut, Lucia näher zu sich zu ziehen.

»Mutter«, sagte sie, »Sie brauchen nicht mehr … Sie müssen ihm nicht mehr als Haushälterin dienen. Verstehen Sie, ich habe …«

»Sie wollen doch nicht eine verheiratete Frau von ihrem Gatten und ihrem Sohn fernhalten?«, fragte Falier höhnisch. Die junge Fremde starrte ihn an, ehe ihr Blick wieder zu Lucia zurückflog. Lucia fühlte ein eigenartiges Gemisch aus Scham, Stolz und Erbitterung in sich aufflammen. Es war ihr fremd geworden, und sie wünschte sich, die Fremde würde wieder gehen. Es hatte gedauert, sich mit dieser Wirklichkeit abzufinden, und nun war es die ihre geworden, ihre Welt, in der sie ihren Frieden hatte. Sie wollte nicht daran erinnert werden, dass es je eine andere gegeben hatte, und beinahe hasste sie die Fremde dafür, dass sie es aussprechen musste.

»Don Silvio war so gütig«, murmelte sie. »Es war nicht nur meine Tochter, die meinen Ruf ruiniert hat. Ich – ich habe ein Kind erwartet, nach all den Jahren. Ich bekam nicht nur eine Stellung als Haushälterin in diesem Haus, ich bekam auch einen Gatten.«

»Meinen Kutscher«, sagte Falier. »Er ist dem kleinen Luis ein stolzer Vater. Verstehen Sie jetzt, wie sehr dieses Haus Ihrer Mutter zur Heimat geworden ist, Signorina Calori?«

Es war Lucias Heimat. Sie hatte die Schlüssel, die Magd und die zwei Knechte gehorchten ihr, und die Herrin, nun, das Mädchen war nicht so eigensinnig wie Angiola, und auch nicht eifersüchtig, sondern dankbar, so wie sich Lucia das von Angiola erhofft hatte. Anfangs war es demütigend, so demütigend gewesen, sich die Frau eines Kutschers nennen zu müssen, aber inzwischen schmerzte es nicht mehr, und ihr Mann war auch kein bösartiger Mensch. Ganz wie die Herrin tat er, was ihm gesagt wurde, und wenn er ihren kleinen Jungen auf seinen Schultern trug, dann hatte sie ihn sogar aufrichtig gern. Was Falier betraf, so umschrieb sein Wort den Anfang und das Ende jeder ihrer Tage. Sie fürchtete ihn und betete ihn an, und wenn es je anders gewesen war, so wollte sie das nicht mehr wissen. Wie konnte nur jemand von ihr erwarten, all das aufzugeben?

Angiola konnte es. Angiola war ein grausames, undankbares Kind, das eine grausame, undankbare Frau geworden war und hierherkam, um ihr ihren mühsam errungenen Frieden wieder zu nehmen.

»Mama«, begann Angiola, die unerträgliche Fremde, erneut, und diesmal riss Lucia sich von ihr los und versetzte ihr einen Stoß, ihr und ihrem fremden Leben, das weit weg von Lucia zu einem selbstsüchtigen Glück gereift war.

»Es ist alles gesagt«, versetzte sie mit harter Stimme, und sie spürte förmlich, wie stolz Falier jetzt auf sie war. »Ich will Sie nicht mehr sehen ... Signorina Calori.«

Giacomo hatte bereits auf der Fahrt nach Bologna festgestellt, dass er und Calori entschieden unterschiedliche Vorstellungen davon hatten, wie man sich in harten Zeiten irgendwo einführen sollte. Als sie entdeckt hatte, dass er wie immer im besten Gasthaus der Stadt absteigen wollte, war sie entsetzt gewesen. »Giacomo, wir müssen irgendwo anfangen zu sparen.«

»Nein, das müssen wir nicht. Vertrau mir. Ich werde mir auch gleich nach unserer Ankunft neue Kleider anfertigen lassen. Das spricht sich herum, der Gastwirt geht dann davon aus, dass ich Geld habe, und ich gelte als vermögender Mann, was wiederum bedeutet, dass wir eingeladen werden und ich wichtige Verbindungen knüpfen kann. Ich bin gut im Pharo, um uns etwas Bargeld zu erspielen, falls das Bankierhaus Orsi mir keine Wechsel ausstellt, aber das wird es. Und falls alles schiefgeht, nun …« Er hatte die Achseln gezuckt. »Wir wollen ohnehin nicht lange in Bologna bleiben, nicht wahr?«

»Nein«, hatte sie gesagt und hinzugefügt, dass Sparsamkeit schon eine große Einkunftsquelle sei. Dann gestand sie ihm, dass sie ihn nicht nur aus Liebe begleitet hatte, sondern auch, um ihre Mutter wiederzusehen. Das waren alles andere als gute Neuigkeiten. Die Familie Lanti war amüsant, und in Ancona hatte er sie alle aufrichtig gemocht, aber in Rimini hatte die Wärme auf ihrer und auf seiner Seite nachgelassen. Eigentlich hatte er gehofft, in Caloris Bereitschaft, ihn nach Bologna zu begleiten, ein Omen dafür zu sehen, dass sie bereit war, ihre Familie allmählich hinter sich zu lassen. Jetzt zu hören, dass es noch eine weitere Mutter gab, mit der man rechnen musste, stimmte ihn nicht eben glücklich, doch er hütete sich, das laut auszusprechen. Calori war so eng mit den Lantis verwachsen, dass es sich bei dieser leiblichen Mutter nicht um jemanden zu handeln schien, der ihr nahestand. Wenn er nun protestierte, dann würde er sie nur zu statt weg von ihrer Mutter treiben.

Seine Strategie erwies sich als erfolgreich. Als sie von ihrem Besuch bei ihrer Mutter in das Gasthaus zurückkehrte, das zweitbeste, um ihr einen Gefallen zu tun, war sie in Tränen aufgelöst und bereit, alles Zerbrechliche an die Wände zu werfen. Nichts war ihr mehr wichtig, auch der Schneider nicht, den er bestellt hatte. Sie erzählte ihm schließlich die gesamte Geschichte, und er war gleichzeitig erleichtert und beschämt, doch er tröstete sie, so gut er konnte.

»Du wirst es nicht gerne hören, aber wenn man nichts von seinen Eltern erwartet und nicht mehr ihre Nähe sucht, ist man erheblich glücklicher«, sagte er, und das war nicht geheuchelt. Er hatte lange gebraucht, um diese Lektion zu lernen, doch gelernt hatte er sie. »Sie hat ihre Wahl getroffen, deine Mutter.«

»Weil sie keine andere besaß. Weil ich ihr keine gelassen hatte. Sie ist nicht – sie hat immer jemanden gebraucht, der ihr den Rücken stärkt. Was hätte sie denn tun sollen? Mit einem Säugling ins Armenhaus gehen?«

Er schüttelte den Kopf. »Nein, natürlich nicht. Aber das ändert trotzdem nichts. Außerdem, sei ehrlich, mein Schatz: Wärest du denn lieber mit diesem Professor verheiratet und in ihrer Nähe als eine Sängerin und frei?«

»Nein«, gab sie zu. »Aber ...«

»Aber du möchtest dich noch etwas in der Vorstellung sonnen, du wärest zu diesem Opfer bereit, um dich besser bei dem Gedanken an deine Mutter zu fühlen«, konstatierte er.

»Könnten wir sie nicht entführen?«

»Ganz bestimmt nicht«, entfuhr es ihm, und er rechtfertigte sein Entsetzen schnell durch akzeptable Gründe. »Dann hätten wir die hiesigen Behörden am Hals. Wenn sie rechtmäßig verheiratet ist, hat nur ihr Gatte Rechtsgewalt über sie, und wir wären im Vergleich dazu Vagabunden.«

Sie warf ihm einen Blick zu, dem er entnahm, dass sie sehr wohl wusste, dass er andere Gründe hatte. Im Gegensatz zu ihm sprach sie diese Wahrheit jedoch nicht laut aus. Stattdessen fragte sie: »Giacomo, war der Mann, der vorhin den Gasthof verlassen hat, als ich zurückgekehrt bin, ein Schneider?«

Er hielt es für sinnlos, zu leugnen. »In den letzten zehn Tagen habe ich die Erfahrung gemacht, dass einem eine Uniform so etwas wie einen kleingöttlichen Status in diesem Land verleiht, ähnlich wie der Rock eines Kirchenmanns. Ich kann aber nicht länger den Abbate verkörpern, davon hast du mich überzeugt, aber als einfacher Signore Casanova durch die Gegend zu ziehen geht auch nicht. Wenn ich eine Offiziersuniform trage, dann verlangsamt sich das Ausstellen der Rechnungen und erleichtert sicher auch die nächste Passkontrolle. Die Uniform wird morgen schon fertig sein, und dann …«

»Dann haben wir Schulden«, sagte sie fassungslos. Er glaubte zu wissen, was sie so entsetzte.

»*Ich* habe Schulden«, sagte er ein wenig steif. »Keine Sorge, ich werde dein Geld nicht benutzen. Ich habe dir schon erklärt, dass ich mir …«

»Du hast mir gerade erklärt, wie du im Schuldgefängnis landest, mit oder ohne Pass«, gab sie heftig zurück, und obwohl er sich sagte, dass ihre Sorge und ihre Schuldgefühle um ihre leibliche Mutter in ihre Haltung einflossen, die für Ohnmacht und Zorn ein neues Ziel suchten, gab er allmählich seinem eigenen Zorn nach, der ihn schärfer antworten ließ, als er es für möglich gehalten hatte.

»Ich habe mein Leben bisher ohne die Weisheit eines Mädchens geführt, das noch vor kurzem den Kastraten spielte und dafür jederzeit selbst mit Gefängnis oder Kloster hätte bestraft werden können«, sagte er. »Diese Art von Vorhaltungen erwarte ich eher von einer alten Ehefrau. Nicht von einer Geliebten.«

Kaum waren ihm die Worte entschlüpft, bedauerte er sie, obwohl sie der Wahrheit entsprachen. Aber sie wurde weiß im Gesicht, und das hatte er nicht gewollt.

»Ich wusste, dass du den Heiratsantrag nicht ernst gemeint hast«, sagte sie, was die Art von hinterhältiger weiblicher Logik war, die ihn immer wieder zu Fall brachte, weil sie ein Argument hervorholte, das mit der augenblicklichen Auseinandersetzung nicht das Geringste zu tun hatte, dafür aber umso geeigneter war, ihm Schuldbewusstsein einzuflößen. Nun, zwei konnten dieses Spiel spielen.

»Angesichts der Antwort, die ich bekommen oder vielmehr nicht bekommen habe, wäre mangelnder Ernst auch besser gewesen«, schlug er zurück. »Ich habe Tintenfische mit mehr Wärme und Begeisterung darauf reagieren gesehen, vom Netz eines Fischers gefangen zu werden. Im Grunde warst du erleichtert, als uns die Soldaten dazwischenkamen, gib es zu!«

Sie machte an Ort und Stelle kehrt und stürmte wieder aus dem Gasthaus hinaus. Er kämpfte mit sich, ob er ihr nachlaufen sollte. Aber er sah seinen Vater vor seinem inneren Auge, hörte den Hohn des Unteroffiziers in Pesaro, der ihn interniert hatte, spürte all seine Zweifel zugleich in sich aufsteigen und blieb, wo er war.

Es war an ihr, zu ihm zurückzukehren.

Die beiden höchsten Türme der Stadt grüßten sie, als sie auf die Straße hinauslief. Es war seltsam, in einem Kleid auf diese schnelle, heftige Art spazieren zu gehen, wie sie es jahrelang in Hosen getan hatte, seltsam und behindernd, aber wenn sie im Gasthaus blieb, würde sie ersticken oder etwas sagen, das unverzeihlich war. Warum nur verwendete Giacomo seinen Scharfsinn darauf, sich selbst zu täuschen und seine Gewissensbisse zu unterdrücken? Oder war sie es, die das tat? In ihrem Streit tanzten Recht und Unrecht in ihrem Inneren eine grausame Tarantella. Wenn ihr Spaziergänger und Händler seltsame Blicke zuwarfen, so achtete sie nicht darauf. Sie lief an der Piazza Nettuno vorbei, und die vertraute Neptunstatue mit ihrem Dreizack, der Palast, in dem der Staufer Enzio gefangen gehalten worden war, der Palazzo del Podesta, das Stadtgericht, blitzten vor ihren verschleierten Augen in rotgoldenen, verschwimmenden Umrissen auf.

Wenn sie ein Mann wäre, könnte sie Falier zum Duell fordern und umbringen.

Wenn Giacomo ein Mann wäre, dann würde er Falier ...

Nein, das war unsinnig, unsinnig und grausam, und deswegen war sie aus dem Gasthaus gerannt, weil sie es fast laut ausgesprochen hätte. *Wenn du unbedingt Soldat spielen willst,* hätte sie beinahe gesagt, *dann tue es auf diese Weise.* Das konnte sie nicht wollen, ganz gleich, wie wütend sie gerade auf ihn war. Das war es nicht, was einen Mann ausmachte: die Bereitschaft, einen anderen Mann umzubringen.

Oder doch? War es das, was ihr gefehlt hatte? Nein, denn sie besaß es jetzt, das Verlangen zu töten. Die Contessa und Falier. Was sie Giacomo wirklich übelnahm, war doch, dass er wie immer die Wahrheit ausgesprochen hatte. Sie wäre auch jetzt nicht bereit, für ihre Mutter solche Opfer zu bringen, und würde ihr Dasein um nichts in der Welt mit dem Leben tauschen, das sie mit ihrer Mutter im Haushalt von Falier gehabt hätte. Und es stimmte auch, dass ihr bei seinem Heiratsantrag das einfiel, was ihr an seiner Art zu leben nicht gefiel und hinderte, grenzenlos glücklichen Jubel in ihr auszulösen, wie das auf der Bühne und in Romanen immer geschah.

Der Palazzo Podesta ragte immer noch rotbacken in ihr Sichtfeld, und sie beschloss, dort sofort um die Ausstellung neuer Papiere zu bitten. Es hatte keinen Sinn, noch länger zu warten. Bellino war tot, Zeit, ihn endgültig zu begraben, und die Calori auch offiziell zum Leben zu erwecken.

Sie war bei weitem nicht die einzige Besucherin, doch sie hatte Glück und geriet an einen Beamten, der sich noch an ihren Vater erinnern konnte und, seiner betretenen Miene nach zu urteilen, an das Gerede über ihre Flucht mit Appianino. Falls er etwas über die Stellung ihrer Mutter bei Professor Falier zu bemerken hatte, behielt er es dankenswerterweise für sich.

Als er etwas davon murmelte, sie habe wohl in der Ferne ihr Glück gemacht, nickte sie nur. Erst, als er deutlicher wurde und von dem langen, harten Tag sprach, den er gehabt hatte, verstand sie, dass er für das prompte Ausstellen ihrer Papiere ein Geschenk haben wollte, und zahlte. Wieder fiel ihr Giacomos Leichtsinn ein, und ihre Gefühle und Gedanken bewegten sich erneut im Kreis. Er war doch ein kluger Mann, warum konnte er denn nicht sehen, wie töricht sein Verhalten war? Selbst Petronio, ach was, selbst Marina und Cecilia wussten immerhin, dass man Rechnungen bezahlen musste und nicht ewig einfach in die nächste Stadt übersiedeln konnte, wenn es wieder so weit war und ihnen niemand mehr einen Kredit gab. Wie stellte er sich das vor, wenn sie erst in Neapel sang? Dass sie auch dann eine Erkältung vorschützen würde, um mit ihm zu verreisen und, zum Teufel damit, für die nächsten Jahre dann nicht mehr in den Ort der Schulden zurückkommen zu können. Was wäre, wenn dort die wichtigste Bühne für Sänger auf der ganzen Welt war?

Vielleicht. Vielleicht stellte er sich genau das vor.

Ihr war kalt, ihr war elend, ihr drehte sich der Magen um, wenn sie an ihre Mutter und Falier dachte, und so gab es nur eines, was sie tun konnte. Zum ersten Mal seit Jahren wieder spazierte sie durch die Arkaden, nahm von der Porta Saragozza aus den Weg über den Portico di San Luca und ließ ihre Stimme zu Medeas furiosesten Racheschwüren hoch- und niederklettern, alle sechshundertsechsundsechzig Bogen entlang, bis sie erschöpft, schweißdurchtränkt und, wie sich herausstellte, von einer Schar Studenten und Gassenjungen umgeben am Santuario angekommen war.

»Das, hm, war wundervoll«, sagte einer der älteren Studenten, der wie Giacomo in Ancona den Rock eines Abbate trug. »Zuerst dachte ich, Sie müssten ein neuer Kastratensänger an unserer Oper sein, aber Sie sind …« Er verstummte verlegen.

361

»Eine Frau«, sagte Calori, um dem Herumgerede ein Ende zu machen.

Er errötete, doch offensichtlich konnte er so wenig wie die meisten Studenten einem Wortspiel widerstehen. »Nein«, sagte er, »eine Dame. Die Prima Donna in dieser Stadt ohne Sängerinnen.«

Wie sich herausstellte, musste sie nicht zu Fuß in das Zentrum der Stadt zurückkehren. Eine der Tragesänften, die dem Adel und den reichsten der Kaufleute vorbehalten waren, musste ihr wohl schon eine Zeitlang gefolgt sein, und die Gestalt, die ihr nun entstieg, war ihr vertraut.

»Ich dachte mir doch, dass es Ihre Stimme und keine andere sein kann«, sagte Don Sancho Pico und küsste ihr die Hand.

Wie sich herausstellte, hatte er ihren Brief erhalten, jedoch nicht gewusst, dass sie sich in Bologna aufhielt, und ihr daher nach Rimini zurückgeschrieben. In Bologna habe er »einige Dinge zu regeln«, wie er vage meinte, und war auf dem Weg zurück zu seinem Quartier gewesen, als er ihre Stimme gehört hatte.

»Was eine angenehme Überraschung war, zumal wir Sie hier in Bologna wohl nicht mehr auf der Bühne hören werden«, schloss er mit einem Blick auf ihr Kleid. Sie wusste nicht, ob sie das als Feststellung, Zustimmung oder Enttäuschung verstehen sollte.

»Ich dachte, es sei Ihnen gleich, Don Sancho, ob ich Mann oder Frau bin?«

»Das ist es auch. Aber ich glaube doch, inzwischen Grund zu der Annahme zu haben, dass Sie in Bologna nichts mehr halten wird … wenn Sie die Möglichkeit haben, in Neapel aufzutreten«, schloss er mit einer unergründlichen Miene. Was meinte er mit »Möglichkeit«? Das alte allgemeine Versprechen von Unterstützung dieses Ziels oder etwas Konkreteres?

»Ich bin ohnehin nur ein paar Tage hier, meines Passes wegen, und dann kehre ich nach Rimini zurück«, sagte sie, ohne Giacomo zu erwähnen, denn bevor sie das tat, wollte sie erst wissen, wie er zu den Ereignissen von Pesaro stand. Sie hatte in ihrem Brief erwähnt, dass man Giacomo dort festgehalten hatte und weswegen, doch wenn er mehr wusste, dann hieß es auch, dass er sich mit der Garnison in Verbindung gesetzt haben musste.

»Ah, Passangelegenheiten«, sagte Don Sancho auch prompt mit einer bekümmerten Miene. »Wie ich hörte, hat etwas übergroße Sorgfalt bei der Überprüfung von Papieren unsere Garnison in Pesaro neulich ein Pferd gekostet.«

»Und ich habe gehört, dass die Garnison von Pesaro dafür einen Koffer voller venezianischer und römischer Kleidung und ein paar kostbare Bücher behalten hat«, konterte sie. »Allein die Bücher sind doch gewiss mehr als ein Pferd wert.«

»Nicht mehr in Zeiten des mechanischen Buchdrucks«, sagte Don Sancho milde. »Aber ich freue mich, dass Ihr junger Mann den Weg zu Ihnen gefunden hat.«

»Und ich freue mich, dass Sie ihn nicht seinem Schicksal überlassen hätten und sich in Pesaro erkundigt haben«, gab sie zurück, denn es erleichterte sie in der Tat, vor allem, da sie nicht mehr den Luxus hatte, Don Sancho zu sagen, sie wolle nicht für ihn arbeiten. Anders als Giacomo *konnte* sie rechnen. »Ich fürchte, das Pferd ist bei den Österreichern in Rimini gelandet, so dass sich ein Tausch nun nicht mehr bewerkstelligen lässt.«

Don Sancho bot ihr an, mit ihm die kleine Sänfte zu teilen, und sie nahm dankend an. Er wartete, bis die Träger sie angehoben hatten und sich vorsichtig den Hügel hinunterbewegten, dann sagte er: »Nun, Sie haben mir ja schon etwas Österreichisches als Ersatz angeboten, gewissermaßen. Angesichts der Truppenbewegungen war das keine völlige Überraschung, aber es ist trotzdem gut, eine Bestätigung zu haben.«

Das hatte sie gehofft, doch sie sagte nichts, sondern blieb stumm. Ein paar der Gassenjungen und Studenten liefen ihnen noch hinterher und verlangten nach mehr Gesang, doch bald verklangen auch diese Stimmen.

»Ich habe mich für Sie verwendet«, sagte Don Sancho, »und wie sich herausstellte, war ich nicht der Einzige. Der Herzog von Castropignano ist der wichtigste Gönner des Theaters San Carlo, und als ich Ihren Namen erwähnte, kannte er ihn schon von einem gewissen Melani, der ebenfalls Ihretwegen nach Neapel geschrieben hatte.«

Noch immer sagte sie nichts, aber das lag weniger an Selbstdisziplin und würdevoller Haltung als daran, dass sie, wenn sie den Mund öffnete, bestimmt ein Quietschen oder weitäugige »Und?-Und?«-Fragen von sich gegeben hätte, die Marina und Cecilia im Vergleich noch hätten reif erscheinen lassen. Wenn es ihr nur gelang, stumm zu bleiben, dann würde Don Sancho hoffentlich nie erfahren, dass sie immer noch eine kindische Seite in sich barg, vor allem, wenn sie durch die zweieinhalb Meilen bis zum Santuario in einem Kleid Körper und Stimme erschöpft hatte.

»Er wird nach Rimini kommen, um Sie zu hören, und wenn Sie ihn überzeugen, wovon ich ausgehe, dann, mein Freund von ungewissem Geschlecht, haben Sie ein Engagement in Neapel, vorausgesetzt, Sie können sofort nach Rimini dorthin gehen.« Im Halbdunkel der Sänfte konnte sie nicht sicher sein, aber sein Blick schien ihr prüfender zu werden. »Ich ging davon aus, dass Ihre frühere Verpflichtung in Pesaro kein Hindernis mehr ist.«

»Da hatten Sie völlig recht«, presste sie hervor, und die Erleichterung, den Satz einigermaßen gleichmäßig auszusprechen, war fast so groß wie das ungläubige Staunen, das sie erfüllte. Konnte es wirklich sein? Nicht mehr als Plan oder Verheißung, sondern als Gewissheit, mit einem richtigen Vertrag?

»Und Ihre ... anderen Verpflichtungen?«, fragte Don Sancho.
Da war er, dachte Calori, der Pferdefuß, auf den sie im Grunde
die ganze Zeit gewartet hatte. Es wäre auch zu schön gewesen,
wenn es ihn nicht gegeben hätte.

»Lassen Sie uns nicht länger um den heißen Brei reden, Don
Sancho. Ist mein Engagement in Neapel davon abhängig, dass
ich ohne Giacomo dort eintreffe?«, fragte sie langsam, und jedes Wort tat ihr weh, als sei sie tatsächlich erkältet und ihre
Stimme rauh und hässlich.

Der Spanier räusperte sich. »Nein. Ob Sie die Stelle behalten,
weitere in ganz Europa auf meine Empfehlung hin bekommen,
das ist in erster Linie von Ihrer Stimme abhängig, denn allein,
um mir einen Gefallen zu erweisen, würde weder dieser Herzog noch ein anderer eine Stümperin beschäftigen. Das Publikum in Neapel hat sogar die Angewohnheit, handgreiflich
gegenüber Sängern zu werden, die es enttäuschen, und dabei
geht häufig auch ein Teil der teuren Bühnendekoration mit
drauf. Aber sehen Sie, Bellino ... Signorina Calori ... Sie wissen, Sie würden nicht nur nach Neapel gehen, um zu singen.
Und glauben Sie wirklich, ein Mann wie unser Abbate wäre
gewillt, sich stets im Hintergrund zu halten und kein Aufsehen
zu erregen, während Sie Ihren beiden Tätigkeiten nachgehen?«
Sie hätte sagen können, dass die Österreicher Giacomo für
fähig hielten, die gleiche Tätigkeit auszuüben, aber sie tat es
nicht. Das war etwas, das Don Sancho, ganz gleich, wie freundlich er bisher zu ihnen beiden gewesen war, ganz gewiss nicht
erfahren sollte. Außerdem änderte es nichts an den anderen
Gedanken, die er ihr gerade einflößte wie bittere Medizin in
süßen Wein. »Ehrlich gesagt«, fuhr Don Sancho fort, »bezweifle ich sogar, dass er in der Lage sein wird, sich im Hintergrund
zu halten, wenn Sie nichts anderes tun, als zu singen. Verstehen
Sie mich bitte nicht falsch. Er ist ein amüsanter junger Mann,
sogar mehr als das. Er hat eine seltene Gabe, die Welt so zu

nehmen, wie sie ist, statt sie wegen ihrer Schlechtigkeit zu verdammen oder darauf zu beharren, sie besser zu sehen. Aber er ist auch ein junger Mann, der selbst die Aufmerksamkeit braucht und immer im Mittelpunkt allen Aufsehens stehen muss. Kein Mann für die Schatten. Es ist Ihre Entscheidung. Nehmen Sie ihn ruhig nach Neapel mit. Aber ich prophezeie Ihnen, dass Sie sich dort beide sehr schnell gegenseitig unglücklich machen werden, und dieses Unglück wird Ihnen im Gegensatz zu Ihrer Stimme und den Geheimnissen, die so manche ausplaudern könnten, eher Ungenießbares einbringen, was Sie unglücklich macht. Ihr Abbate ist wie ein Komet, der plötzlich auftaucht, erstrahlt und schnell wieder verschwindet, und wenn Sie versuchen, ihn zu halten, stehen Sie irgendwo mit totem Stein in der Hand da. Aber Sie, mit Ihrer Stimme, Ihrem Talent, Sie könnten ein Fixstern werden.«

»Er ist kein Abbate mehr«, sagte Calori tonlos, während sie an den Streit im Gasthaus dachte und daran, wie er in Rimini mit Petronio aneinandergeraten war. Und doch konnte sie immer noch seinen Körper spüren, wenn sie die Augen schloss, sein Lachen hören. Seine Finger auf ihrer Haut …

Plötzlich sah sie ihre Mutter und Falier vor sich, und ihr wurde übel. *Das ist nicht dasselbe,* sagte sie sich entsetzt. *Das ist ganz und gar nicht dasselbe!*

»Ah«, sagte Don Sancho sachte, und nichts weiter. Nach einer Weile sprach er von Neapel und erwähnte, dass der Herzog weder der spanischen noch der österreichischen Partei angehöre, weswegen bei ihm auch der übrige alte Adel der Apenninenhalbinsel ein und aus gehe, und nicht nur der neapolitanische. Auch die Contessa Giulia aus Pesaro, beispielsweise, werde im Mai dort erwartet.

Wie bei ihrer letzten Unterredung mit ihm in Ancona erkannte sie, dass diesen kleinen, unscheinbaren Mann zu unterschätzen tödlicher Leichtsinn wäre. Nicht, dass er über die Contessa

Bescheid wusste, ließ sie frösteln, sondern dass er sich die Mühe gemacht hatte, hier die richtigen Schlussfolgerungen zu ziehen. Und sie waren richtig. Die Aussicht darauf, erneut mit der Contessa die Klingen zu kreuzen, sich für das zu bedanken, was sie angerichtet hatte, wäre selbst dann ein Grund gewesen, nach Neapel zu gehen, wenn sich dort nicht die berühmteste Oper von ganz Italien befunden hätte.

Es zeigte ihr wiederum, dass Don Sancho als Feind zu haben gefährlicher sein mochte als ein Dutzend Contessas.

Sie fragte sich, was er wohl täte, wenn sie ihm von ihrer Mutter erzählte, und von Falier. Ob er ihr anbieten würde, Falier zugrunde zu richten, wenn sie ihm erst regelmäßig Auskünfte brachte? Aber wollte sie das wirklich? Angenommen, Falier träfe heute der Schlag, dann wäre ihre Mutter immer noch mit dem Kutscher verheiratet und Mutter eines kleinen Kindes, ihres Halbbruders. Wer sollte für den Jungen die Verantwortung übernehmen? Faliers Verwandte bestimmt nicht, selbst wenn sie von dessen Vaterschaft wüssten. Sollte Calori auch ihn noch mitversorgen?

Giacomo hatte recht gehabt, als er ihr an den Kopf geworfen hatte, dass sie nur lamentieren und an der Lage ihrer Mutter nicht wirklich etwas ändern wollte. Nicht, wenn es sie das Leben als Sängerin kostete, das sie sich schon immer ersehnt hatte. Und hatte er nicht auch recht, dass etwas in ihr, wie versteckt auch immer, erleichtert gewesen war, nicht ernsthaft auf seinen Heiratsantrag eingegangen zu sein? Wenn sie ihn wirklich liebte, mehr als alles und jeden anderen, wäre sie dann nicht in Pesaro geblieben? Sein Leichtsinn bezüglich des Geldes war zu dem Zeitpunkt schon nichts Neues mehr für sie; in Ancona hatte er es so schnell ausgegeben, dass sie schon allein deswegen seiner Geschichte misstraut hatte. Warum also jetzt der Zorn wegen der bestellten Uniform? Suchte sie am Ende nach irgendwelchen Entschuldigungen?

Aber auf unserer Reise, da waren wir beide gleich glücklich, sagte sie sich. *Da liebten wir beide und wollten beide nur das Beste füreinander. Warum sollte es nicht wieder so sein?*

»Schreiben Sie mir aus Neapel«, sagte Don Sancho, als die Sänfte vor dem zweitbesten Gasthof von Bologna abgesetzt wurde, und drückte ihr eine schwere Börse in die Hand.

»Und wenn dem Herzog meine Stimme nicht gefällt?«, fragte sie, mehr, um überhaupt etwas zu sagen und ihre Gedanken aus dem Kreis zu lösen, in dem sie sich bewegten. Don Sancho überraschte sie ein weiteres Mal. Statt ihr ein Kompliment über ihre Stimme zu machen, lächelte er und sagte: »Schreiben Sie mir aus Neapel. So oder so.«

Als Calori das Gasthaus in den Arkaden, die zur Universität führten, betrat, trank Giacomo gerade Kaffee, und das nicht alleine. Ein Prälat hatte sich zu ihm gesellt, der ihn unglücklicherweise erkannt haben musste und ihm eine Zeitung unter die Nase hielt.

»Das sind doch Sie, oder?«, sagte der Prälat, der ihm in Rom bei Kardinal Acquaviva ein paar Mal über den Weg gelaufen war. »So eine Schande für den Kardinal!«

Meldung aus Pesaro, hieß es in dem Artikel. *Signore di Casanova, Offizier im Regiment der Königin, ist desertiert, nachdem er im Duell einen Hauptmann getötet hat. Man kenne die Umstände dieses Duells zwar nicht, man weiß nur, dass der genannte Offizier auf dem Pferd des anderen, der tot auf dem Platz blieb, den Weg nach Rimini eingeschlagen hat.*

Giacomo fragte sich, ob er die Meldung den beiden verhinderten Mördern oder jemand anderem zu verdanken hatte, und wusste nicht, ob er lachen oder sich die Haare raufen sollte.

»Obwohl es mich mit Befriedigung erfüllen würde, überall zu Signore *di* Casanova zu werden, kann ich Ihnen versichern, dass ich keine Duelle irgendwelcher Art veranstaltet habe, ob mit oder ohne tödlichen Ausgang«, gab er zurück und überging die Angelegenheit mit dem gestohlenen Pferd. »Ich wüsste auch nicht, dass ich einem königlichen Regiment beigetreten wäre, also kann ich von keinem desertiert sein.«

»Aber Sie haben sich doch hier beim Schneider eine Uniform bestellt«, beharrte der Prälat, »und sich beim Wirt im Gastbuch mit dem Berufsstand Offizier eingetragen. Das war auch Ihre Angabe, als Sie beim Bankier Orsi um einen Wechsel für sechshundert Zechinen ersuchten. Deswegen bin ich überhaupt hier. Orsi ist ein Freund von mir und hat mich gefragt, ob ich einen Venezianer namens Casanova kenne, der den Kardinal Acquaviva als Gewährsmann genannt hat. Ich bin hier in Bologna der apostolische Protonotar.«

Aus den Augenwinkeln hatte Giacomo gesehen, wie Calori das Gasthaus betrat, und inzwischen war sie nahe genug gekommen, um die Worte des Prälaten zu verstehen. Sie schüttelte den Kopf, doch ihre stumme kleine Grimasse signalisierte mehr Erheiterung als Zürnen. Nun, wenige Versuchungen waren so süß wie diejenige, den Satz auszusprechen: »Ich habe es dir ja gleich gesagt.« Sie hätte zwar sein Nicht-Offizier-Sein bestätigen können, andererseits war das eine Herausforderung, ihr an Ort und Stelle zu beweisen, dass sie unrecht hatte, an ihm zu zweifeln. Also stellte er sie nicht dem Prälaten vor und winkte ihr auch nicht, sie möge näher treten. Stattdessen lehnte er sich ein wenig vor. Wenn die Menschen sich einmal etwas in den Kopf gesetzt hatten, nützte es seiner Erfahrung nach nichts, auf etwas anderem zu beharren. Eher musste man in die andere Richtung gehen. Mit etwas Glück würde es sogar letztendlich dazu führen, dass der Prälat hier in Bologna nicht nur seine angebliche Offiziersidentität bestätigte, sondern auch als Garant für seine Zahlungsfähigkeit gesehen wurde.

»Nun wohl, Monsignore, Euer Exzellenz zwingen mich, das zuzugeben, ich bin derselbe.«

»Aber wie sind Sie dann vom Abbate zum Offizier ...«

»Monsignore«, sagte Giacomo seufzend, »meine Seele dürstet danach, mich Ihnen anzuvertrauen, aber die Ehre verpflichtet mich heute zu strengstem Schweigen.«

»Die Ehre?«, fragte der Prälat verwundert. »Wessen ...«

»Ich würde eher sterben, als Verleumdungen gegen den hochwürdigsten Kardinal Acquaviva zuzulassen. Bitten Sie mich nicht, um Individuen zu trauern, die solchen Schmutz verbreiten.«

Die Miene des Prälaten erhellte sich kurz, zeigte jedoch sofort wieder Verwirrung.

»Ah ... aber ... natürlich ... aber ...«

Giacomo legte seinen Finger auf den Mund. »Kein Wort. Kein einziger *Ton* von meinen Lippen, der mehr verrät! Dafür würde ich mich tausendmal von noch so einträglichen Ämtern verabschieden und der Welt zuwenden. Und nun erzählen Sie doch, was gibt es Neues in Bologna?«

Der Prälat runzelte immer noch die Stirn, wechselte jedoch gehorsam das Thema. Bei dem Misstrauen, das in Rom bei den höherrangigen Klerikern untereinander herrschte, konnte Giacomo mit einiger Gewissheit davon ausgehen, dass der Prälat, wenn ihm überhaupt etwas von einem der vielen jungen Abbates um den Kardinal Acquaviva zu Ohren gekommen war und unter welchen Umständen dieser Rom verlassen hatte, nur wissen konnte, dass es irgendetwas mit skandalösem Getuschel zu tun hatte, doch nicht worüber und weshalb. Die banale Wahrheit über die Tochter seines Französischlehrers und deren Galan war ohnehin so uninteressant, dass kein Klatschmaul Roms, das etwas auf sich hielt, sie wiederholt hätte. Durch ominöse Andeutungen, die jedoch nichts Greifbares aussagten, es so aussehen zu lassen, als habe das angebliche Duell in Pesaro etwas mit einem Skandal um den Kardinal zu tun, sorgte dafür, dass der Prälat Mitwisser wurde, wenn er direktere Fragen stellte. Nichts ging doch über ein gutes Gerücht, es wurde immer mehr geglaubt als jede Wahrheit. Ein Gerücht vollständig anzuzweifeln, so etwas tat ein hochrangiger Kleriker nie, schon gar nicht, wenn es um einen Kardinal ging, nicht einem einfachen Abbate gegenüber, der sein Amt hingeworfen und in den weltlichen Stand zurückgekehrt war. Und je öfter Giacomo wiederholte, er würde auf gar keinen Fall mehr zu dem Thema sagen, desto mehr würde der Prälat glauben, es gäbe ungeheuer viel zu berichten.

Wenn das Glück mit Giacomo war, dann würde er in Bologna nun bald als Held gelten, der in Pesaro jemanden getötet hatte, um die Ehre des Kardinals Acquaviva zu wahren. Selbst im ungünstigsten Fall, wenn nämlich jemand nach Pesaro schrieb und erfuhr, dass es überhaupt kein Duell gegeben hatte, konnte ihn niemand einer Lüge bezichtigen.

Der Prälat hastete dann auch bald von dannen, so abgelenkt, oder vielleicht sogar mehr als üblich ein Mann Gottes, dass er Calori keinen Blick schenkte. Ihm, dachte Giacomo im Nachhinein, hätte ich den Kastraten sofort geglaubt.

»Ich denke, ich kann den Schneider morgen deutlich herunterhandeln, wenn er meine neue Uniform liefert, weil er den armen Protonotar um Auskünfte belästigt hat, was meinst du?«, fragte er leichthin, als Calori sich zu ihm setzte. Er wusste, dass sie sich nicht bei ihm entschuldigen würde, und er hatte auch nicht die Absicht, das bei ihr zu tun. Trotzdem hasste er unbehagliches, anklagendes Schweigen mehr als die meisten Dinge und hielt es daher für angebracht, Brücken zu einem normalen Gesprächston zu bauen.

»Oh, ich glaube auch, dass du das kannst«, sagte sie, stockte, holte tief Luft und fuhr fort: »Aber du wirst es alleine tun müssen.«

Als er zum ersten Mal bewusst den vollen, durchdringenden Ton einer Kirchenglocke gehört hatte, aus der Nähe, ohne die

Möglichkeit, den gewaltigen Schwingungen zu entrinnen, da war es ein ähnliches Gefühl gewesen.

»Giacomo«, sagte sie, »wenn ich jetzt gleich noch für ein weiteres Mal als Kastrat nach Rimini zurückkehre, dann kann ich dort für den Herzog von Castropignano singen. Wenn ich ihn überzeuge, dann bekomme ich als Frau einen Vertrag für das Theater von San Carlo in Neapel, und meine Zeit des Versteckens ist vorbei. Nicht irgendwann in der Zukunft, sondern sofort. Du hast mich herausgefordert, mein Leben als Frau zu meistern, auch und gerade auf der Bühne, in einer unserer ersten Nächte, weißt du noch? Du hattest recht.«

Wenn man die Hand auf eine Glocke legte, die gerade geschlagen worden war, dann war es, als ob all das Vibrieren zum Erliegen kam, der Schall geschluckt wurde, nicht von der Luft um die Glocke, sondern von dem eigenen Körper.

»Ist das«, fragte er langsam, »eine Bitte, mit dir nach Neapel zu kommen … Oder eine Bitte, genau das nicht zu tun?«

Ihre Augen, die dunkel, warm und zärtlich wie die Nacht sein konnten, glichen gerade jetzt zwei undurchdringlichen Juwelen.

»Ich weiß es nicht«, erwiderte sie. »Und ich sage das nicht, um dir auszuweichen. Ich sage es, weil du mir das Herz geteilt hast. Manchmal bin ich wütend auf dich und denke, dass es nicht Liebe ist, nicht Liebe sein kann, weil Liebe nicht so schnell kommt und weil ich doch genau wusste, wie du bist. Du warst immer ehrlich und hast nichts vor mir verborgen. Dann wieder denke ich, dass Liebe kommt wie eine gewaltige Flutwelle, ohne Vorwarnung, und alle Einwände hinwegspült und ich nur nach Entschuldigungen suche, wie du gesagt hast, weil ich Angst habe, völlig weggespült zu werden, so sehr, dass nichts von mir übrig bleibt. Meine Mutter – du hast recht, ich würde nicht mein Leben für sie geben, aber sie ist meine Mutter, und doch ist kaum noch etwas von ihr da, von der Mutter, an die ich mich erinnere. Es ist, als sei sie von Falier ausgehöhlt worden bis aufs Mark. Und ich denke mir, ist das, war das Liebe zwischen den beiden? Nein, so kann Liebe nicht sein!«

Sie verbarg ihr Gesicht in den Händen. Als sie wieder aufschaute, war von ihrer Undurchdringlichkeit nichts mehr übrig, und ihre Augen waren offene Wunden.

»Mama Lanti kann das nicht passieren. Sie hat mich nicht zur Welt gebracht, ich kenne sie nur ein paar Jahre, und wenn Appianino ihr nicht Geld gegeben hätte, dann hätte sie mich nie bei sich aufgenommen. Aber sie ist immer sie selbst; nichts und niemand könnte sie je verändern. Du weißt, woran du bist mit ihr, und es ist beides ehrlich, der Hunger nach Geld und die Zuneigung. Manchmal denke ich, es ist ein Segen, so zu sein, weil sie ganz ist, ungeteilt, verstehst du? Aber das kann ich auch nicht sein. Wenn ich so wie sie wäre, dann wäre ich gleich in der ersten Nacht mit dir ins Bett gegangen und wäre dann fröhlich meines Wegs gezogen. Wenn ich so wie meine Mutter wäre, dann würde ich dich jetzt anflehen, mich zu heiraten, und dir schwören, dir ans Ende der Welt zu folgen, wenn du das willst, ganz gleich, ob ich singe oder nicht. Aber ich kann das nicht. Keines von beidem.«

Es gab in Giacomo einen Teil, der wünschte, sie würde ihn anlügen. Er kannte sich selbst gut genug, um zu wissen, dass es seiner Eitelkeit mehr schmeichelte, wenn sie die Liebe zu ihm zum höchsten aller Güter erklärte, und wusste doch auch, dass die Vorstellung, für den Rest seines Lebens die Verantwortung für sie zu tragen, ihm schon seit dem Moment Angst machte, als er sie halb scherzhaft, halb im völligen Ernst gebeten hatte, ihn zu heiraten. Was ihn genauso verstörte wie bezauberte, war, dass er nicht in der Lage war, sie anzulügen. Er hatte sich ständig in irgendwelche Mädchen und Frauen verliebt, seit er zwölf Jahre alt gewesen war, doch die Empfindung, ohne Haut zu leben, eine jener Figuren aus bloßgelegten Sehnen und

373

Adern zu sein, die man an den Universitäten besichtigen konnte, wenn man sich illegalerweise in die medizinischen Vorlesun-
gen schmuggelte, diese Empfindung hatte er nur bei ihr.

»Du hast mir das Herz ebenfalls geteilt«, sagte er rauh.
»Manchmal stelle ich mir vor, mit dir zu leben, und es ist das
Paradies; du in meinen Armen, und eine Welt, die wir für uns
entdecken. Und dann stelle ich mir vor, mit dir zu leben, und
es ist alles, was ich nie wollte – das Leben meines Vaters. Ich
stelle mir vor, wie du auf der Bühne stehst und der nächste
Gönner darauf wartet, dir vorgestellt zu werden, oder wie wir
einen Salon betreten, und es heißt, La Calori und ihr Gatte,
weil sich niemand auch nur die Mühe macht, meinen Namen
herauszufinden.«

Ich bin nicht deine Mutter, hatte sie erst vor kurzem zu ihm
gesagt, und doch wurde ihm jetzt, in diesem Moment erst klar,
dass beides, der Traum und der Alptraum des Lebens mit ihr,
sich seiner Mutter verdankte. Mit Calori die Welt zu erobern,
was war das anderes als der Traum des Kindes Giacomo, der in
Padua vergeblich darauf wartete, von seiner Mutter zu hören,
dass sie ihn auf ihre nächste Reise mitnehmen würde? Der Gatte im Schatten zu sein, nun, er hatte es selbst gesagt: Das war
das Schicksal seines Vaters gewesen. Wenn er überhaupt sein
Vater gewesen war, jener Signore Casanova, der an Ohrentzün-
dung starb, weil man stattdessen seine Zähne behandelte, als
Giacomo acht Jahre alt war, und nicht der Patrizier Grimani,
der Gönner des Theaters San Samuele, ganz, wie jener Herzog,
den sie gerade erwähnt hatte, der Gönner des Theaters San
Carlo war.

Die Vernunft war immer schon die größte Feindin des Herzens
gewesen.

Sie legte ihre Hand auf seine Wange. »Wenn wir geteilt sind«,
murmelte sie, »und unsere Eltern nicht sein wollen, dann,
glaube ich, bleibt uns nur eines: etwas Neues zu finden. Nicht

Ehe. Und nicht Abschied auf immer. Ich wäre keine gute Ehefrau, und du, denke ich, wärst wohl kein guter Gatte. Aber Freunde, Freunde haben nicht das Recht, zu erwarten, dass man ihnen sein Leben widmet, und nicht die Pflicht, nur füreinander da zu sein. Sie haben die Freude, einander immer wieder zu finden, wenn das Schicksal sie wieder zusammenführt. Lass uns Freunde sein.«

Mit einer leichten Kopfdrehung konnte er ihre Handfläche küssen, was ihm eine bessere Antwort als Worte zu sein schien. Dann aber ließ ihn der Impuls, der in seinem tiefsten Inneren saß, jener widersetzliche Teufel, der sich weigerte, je einem anderen das letzte Wort zu überlassen oder der Welt eine Tragödie zu gestatten, wenn es eine Komödie sein konnte, laut sagen: »Freunde hören hin und wieder aufeinander, nicht wahr?« Calori, die sich gerade noch vorgelehnt hatte, um ihn auf den Mund zu küssen, hielt mitten in der Bewegung inne.

»Hin und wieder«, bestätigte sie in einer Mischung aus Neugier, Misstrauen und Zärtlichkeit und hob eine Augenbraue. Sie ahnte, dass er etwas Bestimmtes im Sinn hatte. Deswegen war es am Ende wirklich besser, wenn sie nicht ihr Leben miteinander verbrachten, sondern nur Bruchstücke davon. Wenn sie einander nach kurzer Zeit so gut durchschauten, was würde dann erst nach Jahren geschehen? Aber jetzt würde er sie dennoch überraschen.

»Nimm auf alle Fälle deinen Bruder mit nach Neapel«, sagte er und dachte, dass dieser Herzog, ganz gleich, ob er nur an schönen Stimmen interessiert war oder mehr wollte, es auf jeden Fall verdient hatte, sich mit dem eifersüchtigen Petronio herumzuärgern.

Ob sie seine Beweggründe erriet oder nicht, Calori stutzte, dann vollendete sie ihre Bewegung und küsste ihn lange und intensiv. Erst als sie sich wieder voneinander gelöst hatten, murmelte sie: »Spioniere nicht für die Österreicher. Schon gar

nicht in falschen Uniformen. Du könntest vor einem Exeku-
tionskommando enden.«

Das überraschte ihn nicht weniger, als es sein Einwurf bei ihr
getan hatte. War es einfach nur ihr geteiltes Bedürfnis, immer
das letzte Wort zu behalten?

»Du hast mich noch gar nicht in meiner Uniform gesehen.
Blau und Weiß sind eindeutig meine Farben«, gab er zurück,
um sie noch einmal zum Lachen zu bringen, und wusste
bereits, dass er zu ihr nach Neapel kommen würde.

IV

FINALE

as Wappen derer von Castropignano zeigte drei Türme und eine Mauer, die diese Türme umgab, mit einer einzigen Pforte. Es zierte den Verschlag der Kutsche des Herzogs und war auf die Polster gestickt.

Calori fragte sich, ob die Sänger von San Carlo das Wappen auch auf ihren Kostümen tragen sollten, aber sprach es nicht laut aus. Es war durchaus möglich, dass der Herzog den Scherz als ernsthaften Vorschlag interpretieren würde. Humor schien nicht seine stärkste Seite zu sein. Dafür war er für einen Adligen ausgesprochen gut im Verhandeln von Verträgen; das behauptete jedenfalls Melani, der ihr erzählt hatte, er habe geschlagene vier Stunden mit dem Herzog selbst, nicht einem seiner Lakaien, um ihren Vertrag gerungen, bis es ihm schließlich gelungen war, tausend Unzen – tausendfünfhundert Zechinen, ein Gehalt, das ihr traumhaft erschien – jährlich bei Unterkunft und Verpflegung sowie freier Reise für Calori herauszuschlagen.

Unter dem Begriff »Gönner« hatte Calori sich nie jemanden vorgestellt, der selbst etwas für ein Theater tat, was für ihn Arbeit bedeutete. Die Adligen, denen sie bisher begegnet war und die in größerem oder kleinerem Umfang Gönner spielten, taten nicht mehr, als Konzerten und Opernaufführungen zu lauschen, dabei häufig zu spät zu kommen, wenn ihre Favoriten nicht zu Beginn schon sangen, und Blumen, Süßigkeiten und Schmuck an junge Figurantinnen zu senden. Im Gegenzug erwarteten sie im günstigsten Fall etwas Kokettieren und im ungünstigsten das, was die Contessa von ihr hatte haben wollen. Sehr gelegentlich waren sie sogar musikalisch genug, um Noten lesen zu können und sich eine Lieblingsarie zu wünschen. Doch sich tatsächlich für die Kleinarbeit eines Theaters zu interessieren, geschweige denn, sich daran selbst zu beteiligen, das war etwas Neues.

Als der Herzog nach einer Vorstellung in Rimini zu ihr gekommen war, hatte er ihr keine Komplimente gemacht. Er hatte sie mit seinen blassen Augen gemustert und abrupt verkündet: »Sie können tatsächlich singen. Nun, Don Sancho ist kein Narr, er weiß, dass ich eine Stümperin an meinem Theater nie dulden würde, ganz gleich, was ich ihm schulde. Aber werden Sie mir Ärger machen?«

Zuerst dachte sie, er spiele auf den anderen Grund an, warum Don Sancho sie empfohlen hatte, und bekam eine Gänsehaut. Was machte man in Neapel mit Spionen, egal, ob erfolgreichen oder nicht so glücklichen? Mutmaßlich waren ein paar Tage Festungshaft wie für Giacomo in Pesaro dafür noch zu milde. Einen frivolen Moment lang zog sie in Erwägung, etwas zu erwidern wie »Und ich dachte, es sei das Theater des *Königs,* oder hat Neapel schon wieder den Fürsten gewechselt?«, aber das war nichts als irrsinniges Gedankenspiel. Der Herzog, der in ihrer Gegenwart bisher nicht einmal gelächelt hatte, war gewiss niemand, mit dem man sich unterstehen konnte, Neckereien auszutauschen.

Dann fuhr der Herzog fort: »Ich habe schon einen Primo Uomo, und wenn der erfährt, dass Sie bisher als Kastrat auftraten, wird er befürchten, dass Sie auch seine Rollen übernehmen wollen, und allen Mitgliedern der Truppe die Hölle heißmachen. Wenn Sie auch nur im mindesten derartige Absichten hegen, dann wird er nie damit aufhören. Das ist mir ein zu hoher Preis für eine neue Sängerin. Ihr Vertrag gilt zunächst für ein Jahr, aber wenn es Ihnen nicht gelingt, im Frieden mit den anderen Sängern zu leben, dann schicke ich Sie schon nach einem Monat wieder fort, damit wir uns recht verstehen.«

»Ich verstehe vollkommen, Exzellenz«, antwortete sie so bescheiden wie möglich, doch an seiner frostigen Miene änderte sich nichts. Sie wurde das Gefühl nicht los, dass sie einer Prüfung unterzogen wurde und bisher noch nicht die richtige Antwort gegeben hatte. Doch was war die richtige Antwort, wenn nicht eine Bestätigung guter Absichten?

Er musterte sie immer noch, ein Mann, wie zweimal zwischen alte Seiten eines Buches gepresst und ausgeblichen, den sie so wenig unterschätzen durfte wie Don Sancho, weil von ihm ihre Zukunft abhing. Sie dachte daran, was Melani über die vier Stunden mit ihm erzählt hatte und was es besagte, dass der Herzog nicht einfach alles Geschäftliche seinen Domestiken überließ. Dass er sich überhaupt für ein Theater einsetzte, also ständig den Dramen auf und hinter der Bühne ausgesetzt war, und dies offensichtlich auch noch freiwillig, gab ihr zu denken. Der Herzog, ganz gleich, wie gemessen und farblos er wirkte, musste jegliche Form des Dramas lieben, und ein gewisses Maß an Temperament und Härte, entschied Calori. Wenn sie sich irrte, dann verspielte sie am Ende ihre Chance, aber ihre Zeit mit Giacomo hatte sie gelehrt, manchmal ins kalte Wasser zu springen, selbst auf die Gefahr hin, zu ertrinken.

»Was«, fragte sie also, »wenn ich in einer bestimmten Rolle *besser* bin als Ihr Primo Uomo? Ich verstehe, dass Sie ihn nicht verlieren wollen, doch Sie könnten ihm dann ja die Rolle der Prima Donna geben, damit sich kein Konflikt ergibt.«

Die Basiliskenaugen blinzelten einmal, zweimal. Sie verbat sich, eingeschüchtert zu wirken.

»Sie haben mich gehört und gesehen«, sagte sie und versuchte, souverän und voller Selbstvertrauen zu klingen, und nicht wie eine kleine Sängerin, die verzweifelt einen Vertrag wollte, sondern wie eine Königin der Bühne vor einem Herzog. »Wenn Sie Zweifel hätten, dass ich dergleichen vermag, dann würden Sie mir nie einen Vertrag angeboten haben. Schließlich haben Sie mir gerade versichert, dass Sie Don Sancho nicht genug verpflichtet sind, um seinetwegen Nichtskönner einzustellen.«

Der Herzog blinzelte ein weiteres Mal. Dann entgegnete er: »Ich dachte, Sie wollen von nun an nur noch in weiblichen Rollen auftreten.«

»Ich will als Frau auftreten«, gab sie zurück. »In der Rolle, die das meiste von einer Frau fordert. Ob ich dabei Hosen oder Röcke trage, ist mir gleich.«

»Hm«, sagte er. »Ich glaube, Sie werden mehr als den ersten Monat bei uns überleben.«

Das war, so stellte sich heraus, die Art des Herzogs, zu bestätigen, dass Calori ihren Jahresvertrag hatte. Er überließ es Melani, zu erwähnen, dass er jedoch auf gar keinen Fall einem Mitglied ihrer Familie ebenfalls eine Anstellung am Teatro San Carlo geben wollte. Verlegen fügte Melani hinzu: »Er hat mich nach meiner Meinung gefragt, und da war ich ehrlich. Cecilia hat eine Stimme, die für einen Salon genügt, aber nicht mehr. Als Frau eines Herrn von Stand könnte sie ihre Gäste erfreuen, doch unglücklicherweise wird sie nie in der Lage sein, jemanden von Stand zu heiraten. Marina und Petronio tanzen nicht übel – für ein Straßentheater. Nicht für das Teatro San Carlo. Du weißt, dass ich recht habe.«

Sie wusste, dass sowohl Marina als auch Cecilia ihr vorwerfen würden, sich nicht genügend für sie eingesetzt zu haben. »Erst liegst du uns ständig damit in den Ohren, dass wir mehr üben sollen, damit wir mehr können, als nur die Beine zu spreizen, und dann …«

Das Familienoberhaupt zu sein bedeutete, in solchen Lagen nicht einfach zurückzuzischen und den Finger zu heben und zu sagen: »Wenn ihr mehr auf mich gehört hättet, dann würde euch Melani vielleicht auch anders beurteilen.« Sie überlegte und suchte den Direktor des Theaters von Rimini auf, der es schlecht verbarg, erleichtert zu sein, dass sie sein Angebot mit dem Fünf-Jahres-Vertrag nicht angenommen hatte, weil er ihn in ständigen Konflikt mit dem Gesetz gebracht hätte, jetzt, wo er wusste, dass sie eine Frau war. Wer hätte ihm geglaubt, wenn er dann behauptete, es erst zu spät erfahren zu haben? Als sie ihm nun vorschlug, Cecilia und Marina anzustellen, starrte er sie ungläubig an.

»Aber bei denen weiß doch jeder, dass sie Mädchen sind! Ich bin ein anständiger …«

»Nicht als Sängerinnen«, sagte Calori. »Marina tanzt, wie auch Cecilia, aber die spielt noch verschiedene Instrumente. Das Gesetz innerhalb des Kirchenstaats basiert auf dem Wort des Apostels Paulus, das uns Frauen untersagt, unsere *Stimme* in der Kirche zu erheben. Gegen das Spielen von Instrumenten und das Tanzen ist es nicht gerichtet.«

»Mag sein. Mag sein. Aber ich habe genügend Figurantinnen, die tanzen, und deren Gehalt wird gewöhnlich von Gönnern bezahlt, nicht von mir. Warum sollte ich also ausgerechnet Ihre Schwestern …«

»Weil dann niemand an Kardinal Acquaviva schreiben und ihn aufklären wird, dass Sie das Gebot, keine Weibsperson dürfe singen, bei hoher Strafe, mit Füßen getreten haben«, sagte Calori brutal und war überrascht, dass sie kein schlechtes Gewissen dabei hatte. Aber es war auch nicht so, als ob sie Almosen verlangte oder Geld für nichts. Marina und Cecilia würden sich ihr Geld verdienen.

Mama Lanti war hocherfreut, als sie von dem Gehalt für ihre Töchter hörte, und wollte nur wissen, warum nicht auch Petronio auf diese Weise zu einer festen Anstellung gekommen war.

»Weil Petronio mich nach Neapel begleitet«, entgegnete Calori offen. »Ich kenne keinen Menschen dort, und ich brauche jemanden, auf den ich mich vollkommen verlassen kann.«

»Und das bin nicht ich?«, fragte Mama Lanti leise. Calori faltete ihre Hände in ihrem Schoß und presste die Knie gegeneinander, weil sie Mama Lanti entweder umarmen oder wegstoßen wollte, und nicht wusste, was die Oberhand gewinnen würde.

»Du bist willkommen, wenn du mich begleiten willst«, antwortete sie, »aber ich dachte, du würdest Cecilia und Marina nicht allein lassen wollen. Schließlich sind sie jünger und brauchen noch eine Mutter.«

»Du bist auch noch sehr jung, mein Kleines«, sagte Mama Lanti voller Zuneigung. »Und du wirst immer eine Mutter brauchen. Jeder von uns tut das.« *Ja,* dachte Calori, *und ich verdiene viel Geld.* Vielleicht las Mama Lanti ihr die Gedanken von der Stirn ab, oder das Gefühl für ihre Kinder siegte doch in ihr; die ältere Frau seufzte und fuhr fort: »Aber du hast recht. Die beiden Kleinen brauchen mich mehr. Versprich mir nur, dass ihr uns da unten im Süden nicht vergesst, du und Petronio, und vielleicht hin und wieder ein Sümmchen schickt, wenn etwas übrig …«

»Ganz bestimmt«, sagte Calori und wusste, dass sie nicht log. Mama Lanti war, wie sie war; nach dem, was Calori in Bologna vorgefunden hatte, war dieses Denken an den eigenen Nutzen sogar beruhigend. Wenn morgen eine Flut Rimini überschwemmte, dann würde Mama Lanti übermorgen versuchen, unter den Überlebenden jemanden zu finden, der ihre Töchter hübsch genug fand, um ihnen allen ein Dach über dem Kopf zu geben und die nächsten Mahlzeiten zu bezahlen. Etwas von diesem rigorosen Pragmatismus musste auch auf Calori abgefärbt haben, denn für Marina und Cecilia ein längeres Engagement zu finden war auch davon getrieben gewesen, ihren Haushalt in Neapel und damit auch dessen Ausgaben verkleinern zu wollen.

»Aber wer wird dich in Neapel ordentlich herrichten, wenn du dort unter den feinen Herrschaften bist?«

»Maria«, gab Calori zurück, und da die ehemalige Zofe einer Contessa wirklich genügend Erfahrung hatte, widersprach Mama Lanti nicht. Dann überraschte Calori sich selbst.

»Bologna ist nicht so weit von Rimini entfernt«, sagte sie leise. »Wenn du – wenn du vielleicht in zwei Monaten und dann wieder in einem halben Jahr eine Reise dorthin machst, und dich erkundigst, wie es der Haushälterin von Professore Falier geht, das würde mir viel bedeuten. Du brauchst nicht mehr zu tun als das. Nur hören, ob sie noch bei Gesundheit ist und wie es ihr geht.«

Sie wusste, dass Appianino Mama Lanti seinerzeit ihre Geschichte erzählt hatte, doch sie brachte es nicht über sich, zu sagen: »meine Mutter«. Trotzdem musste Mama Lanti sich denken können, wen Calori meinte, denn sie stellte keine Fragen nach dem Warum der Bitte.

»Ich bin eine alte Frau«, sagte sie, »und sollte allmählich mit dem Reisen aufhören. Aber zweimal im Jahr nach Bologna zu gehen, bei gerade mal zwei Tagen Reisezeit, wird mir noch gelingen. Aber … nach dem Abbate soll ich nicht fragen, wenn ich schon einmal da bin?«

»Er ist kein Abbate mehr«, sagte Calori leise. »Und wird gewiss bald schon in Konstantinopel sein, jetzt, wo er endlich neue Papiere hat, wie er schreibt.«

Keiner der Lantis hatte sie gefragt, warum sie ohne Giacomo aus Bologna zurückgekehrt war, was sie vor allem Marina und

Cecilia hoch anrechnete, denn bei ihnen hatte sie angenommen, dass sie sich etwas Schadenfreude nicht würden verkneifen können. Petronio hatte vor allem erleichtert gewirkt. »Ist eigentlich dieser Herzog so moralisch wie Don Sancho?«, fragte er stattdessen. »Eingedenk der Art, wie du uns in Ancona ermahnt hast, in Gegenwart von Don Sancho stets respektabel zu bleiben. Wenn ich zu einer Reise als Mönch bis nach Neapel verdammt bin, dann will ich das vorher wissen, damit ich meinen Abschied aus Rimini gebührend begehen kann.«

»Ich weiß es selbst nicht«, hatte sie eingestehen müssen und damit auch zugegeben, dass sie nicht die geringste Ahnung hatte, ob der Herzog statt Don Sancho eher der Contessa in seinen Erwartungen an die Dienstbarkeiten einer Sängerin ähnelte. Immerhin war es sein Einfall gewesen, ihr anzubieten, mit ihm nach Neapel zu reisen. Da eine Fahrt in der Postkutsche über eine so lange Strecke mit Sicherheit deutlich unbequemer sein würde, hätte sie selbst dann akzeptiert, wenn es nicht ihr zukünftiger Brotgeber gewesen wäre.

Unerwartet hatte sich Maria zu Wort gemeldet. Ihr Gesicht zeigte immer noch Spuren, aber man musste schon genauer hinsehen, um noch die Male an ihrem Hals zu erkennen. »Der Herzog von Castropignano«, sagte sie, »dem sagt man nach, dass er keine Geliebte hat und keinen Lustknaben, aber meine Her…, aber die Contessa, die schwor darauf, dass er nicht ohne Begierden sein könne. Sie sagte, man könne das an seinen Augen erkennen und sie werde schon noch dahinterkommen, wo seine Schwäche liege. Ganz ehrlich, ich glaube, sie hat nur Angst, dass jemand anders ein Vergnügen entdeckt hat, das ihr noch unbekannt war, denn so etwas hat sie von dem Herzog behauptet.«

»Nun, es *soll* ja Kastraten geben, die wirklich jedes Gefühl da unten verloren haben«, sagte Petronio zu Calori, »und das durch Unfälle oder Kriegsverletzungen, auch wenn ich mich von nun an bei jedem Kastraten fragen werde, ob er nicht eine verkleidete Frau ist. Nebenbei, vielleicht ist der Herzog eine? Wenn er weder Mätressen noch Lustknaben hat, dann gibt es schließlich auch niemanden, der darüber klatschen kann, wie er nackt aussieht. Du hast mich für den Rest meines Lebens diesbezüglich der gesamten bartlosen Menschheit gegenüber misstrauisch gemacht, Calori.«

»Künstliche Bärte gibt es doch in jedem Karneval«, sagte sie abwesend, weil sie gerade überlegte, ob Don Sancho gelogen oder die Wahrheit gesagt hatte, als er ihr andeutete, die Contessa würde des Öfteren und schon im Mai Neapel wieder besuchen. Auf jeden Fall verdiente Maria, vor dieser Möglichkeit gewarnt zu werden, ehe sie Rimini verließ. Maria nahm es überraschend gefasst.

»Ich glaube, sie hat schon vergessen, dass es mich gab«, sagte sie. »Aber Sie nicht, Signorina. Also passen Sie lieber auf.«

»Wenn du lieber in Rimini bleiben willst …«

»Außer Ihnen hat mir hier niemand eine Stelle angeboten«, erklärte Maria nicht eben rührselig, aber vernünftig.

Maria saß neben ihr, während Petronio auf den Kutschbock verbannt worden war, als sie mit dem Herzog und seinen Domestiken die lange Reise nach Neapel antrat. Es war völlig anders, als mit Giacomo zu reisen. Sie machte ein paar Versuche, ein Gespräch zu beginnen, doch er teilte ihr mit, dass er sich lieber der Lektüre widme, und trotz des ständigen Gerüttels und Geschüttels der Landstraße hielt er diesen Entschluss durch. Natürlich stieg er nicht in Gasthäusern ab, sondern in den Palazzi anderer Aristokraten. Dort wurde Calori zunächst mit Maria in einem Zimmer untergebracht, doch bei der ersten Gelegenheit wurde ihr mitgeteilt, sie möge zur Verzierung des Abends für die Gastgeber singen, was dem Herzog genügend Komplimente einbrachte, um ihr bei der nächsten Rast ein eigenes Zimmer zuteilen zu lassen. Doch Versuche, auch nur ihre Hand zu berühren, ganz zu schweigen von Knien, Brüsten oder anderen Körperteilen, machte er nicht.

»Und bei mir auch nicht«, teilte Petronio ihr mit. »Falls du neugierig bist.«

»Vielleicht sind wir einfach nicht nach seinem Geschmack, oder er ist ein anständiger Mensch, der niemanden ausnutzen will«, gab sie zurück.

»Sprich für dich selbst. Anständige Menschen mit viel Macht und Geld sind wie Einhörner. Ich glaube erst an sie, wenn ich sie vor mir sehe, und selbst dann wäre mein erster Gedanke, dass ich besoffen sein muss.«

Am zweiten Reisetag wurde dem Herzog zwischendurch übel, und die Kutsche hielt gerade noch rechtzeitig, um ihm zu gestatten, sich am Straßenrand zu übergeben, was verhinderte, dass von nun an alles im Wageninneren nach Erbrochenem roch. Sein Lakai, der bisher nie gesprochen hatte, auch nicht mit Petronio oder Maria, hielt ihm den Kopf, reinigte ihm hinterher das Gesicht und erklärte finster: »Euer Gnaden hätten das Sorbet nicht essen sollen. Ich wusste, dass man Eurem Vetter nicht trauen kann.«

Das klang zwar genau wie etwas, das Don Sancho interessieren würde, doch Calori hatte trotzdem ihre Zweifel. In jedem Fall war es eine Gelegenheit, die Mauer frösteligen Schweigens zwischen ihr und dem Herzog zu brechen.

»Oder«, warf sie ungefragt ein, »Sie könnten aufhören, im Wagen zu lesen, Exzellenz. Es mag sein, dass Ihre Konstitution völlig anders als die meine ist, aber mir wird jedes Mal schlecht, wenn ich dergleichen über längere Zeit versuche.«

Der Lakai ignorierte sie. Sein Herr dagegen schaute von seinem Würgen auf.

»Wenn ich das glauben soll«, entgegnete er langsam, »wüsste ich gerne, was eine Sängerin wohl zu lesen hätte. Ihresgleichen ist nicht gerade durch Bildung berühmt.«

»Libretti, Partituren und Kritiken«, sagte Calori, ohne mit der Wimper zu zucken. »Und glauben Sie mir, Noten sind in dem Dämmerlicht einer Kutsche noch schlechter auszumachen als Buchstaben.«

»Hm«, machte der Herzog, ließ sich noch einmal über das Kinn wischen, bevor er wieder in den Wagen stieg.

»Es stimmt«, sagte er nach einer Weile, »dass mir oft auf längeren Fahrten unwohl wird, wenn ich lese. Doch nicht minder ist gewiss, dass ich Feinde habe, denen es ein Vergnügen wäre, mich ins Jenseits zu befördern.«

Eine betroffene Aussage wie »Niemals!« oder »Das tut mir aber leid« erschien ihr dumm und heuchlerisch.

»Da ich ohne Euer Exzellenz nie meine Stelle am Theater San Carlo antreten kann, können Sie versichert sein, dass ich nicht zu diesen Menschen gehöre«, entgegnete sie daher lapidar.

»Der Gedanke ist mir auch gekommen«, sagte er sachlich. »Und nicht nur bei Ihnen. Auch deswegen schätze ich den engen Umgang mit Sängern. Sie sind alle von mir abhängig, und es geht ihnen mit mir so viel besser als ohne mich, dass ich in ihrer Gesellschaft immer ruhig speisen und reisen kann.« Eine ganze Weile lang schwieg er, dann meinte er: »Ich muss sagen, die Möglichkeit, dass alles bisher nur Reiseübelkeit war, verstört mich. Es gibt einem doch die Bestätigung, nicht umsonst zu leben, wenn man so sehr gehasst wird, dass einen die Menschen tot sehen wollen.«

Wenn er sich nicht bisher so völlig frei von Humor gezeigt hätte, dann hätte Calori dies als Zynismus oder Scherz aufgefasst. Doch der Herzog starrte mit einer grübelnden Miene vor sich hin.

»Früher«, sagte er, »da wurden von Rom aus die Geschicke aller Völker unserer Welt entschieden. Aber jetzt sind die italienischen Fürstentümer und Königreiche doch nur Nachgedanken für die verdammten Österreicher und Spanier, und die

Franzosen, und wenn sie die Zukunft fürchten, dann schauen sie nach Nordosten zu den Preußen oder nach Nordwesten zu den Engländern. Was heißt es heute schon, zu den ersten Familien eines italienischen Fürstentums zu gehören? Wir verzetteln uns in Bällen und kleinen Intrigen, weil das Rennen um die Weltherrschaft längst von anderen geführt wird. Bald wird man uns nicht mehr von Komödianten wie Ihnen unterscheiden können«, schloss er brütend.

Weil es ihr bisher geholfen hatte, dem Herzog gegenüber Rückgrat zu zeigen, entschloss sich Calori, diesmal wieder zu sagen, was sie dachte.

»Komödianten«, und sie gebrauchte bewusst dieses Wort, ohne auf ihre Gesangskunst zu verweisen, »wie ich müssen für ihren Lebensunterhalt bezahlen.« Einmal mehr dachte sie daran, was Mama Lanti über ihre frühe Kindheit und ihre Mutter, die Hilfsame einer Amme, erzählt hatte, über die Dienstmägde, die siebzig Stunden in der Woche für ihre Herrschaft schufteten und dann noch ihren Körper zur Verfügung stellen mussten. »Komödianten wie ich haben Glück, wenn eines von zehn Kindern überlebt, nicht vier oder fünf. Komödianten wie ich können morgen als Bettler auf der Straße landen, wenn es Euer Exzellenz gefällt. Man wird uns *nie* mit Ihnen verwechseln.«

»Das ist die gottgewollte Ordnung«, sagte er streng. Sie dachte an ein Stück von Goldoni, das »Die Magd als Herrin« hieß und in dem die Heldin den reichen Geizhals dazu brachte, sie, eine einfache Magd, zu heiraten, weil ihm das immer noch lieber war, als seine verhasste Verwandtschaft erben zu lassen. Es war kein altes Stück, nur ein paar Jahre jung, und war doch schon in allen Städten, die sie besucht hatte, gespielt worden. Die Magd war in einen niederen Stand geboren worden und wurde doch reich und mächtig, durch ihre Schlauheit und ihre Fähigkeit, den Alten zu handhaben wie Columbina in der Comedia dell'Arte, daran lag es, dass die Leute heute applaudierten.

Aber Calori spürte, dass sie bei dem Herzog an die Grenze dessen gedrungen war, was er bereit war, sich anzuhören. Ihr lag noch auf der Zunge, von dem Aufruhr in der Bevölkerung von Bologna zu berichten, als ein betrunkener Sohn des Herzogs von Parma ein altes Mütterchen einfach über den Haufen geritten hatte, das verstarb, und der Übeltäter mit der Erklärung, das sei alles nur ein unglückliches Versehen gewesen, davongekommen war. Sie schluckte die Geschichten mit einer gehörigen Portion Bitternis hinunter.

»Ja«, sagte sie und hielt sich vor Augen, dass ein Theaterstück immer noch nicht wie das reale Leben war. Ihre Mutter hatte den umgekehrten Weg von Goldonis Magd eingeschlagen und war von einer Bürgerin zu Faliers Haushälterin und seinem Spielzeug herabgesunken, aber sie war nicht tot. Daran zu denken trieb ihr Trauer statt Trotz in die Augen, und der Herzog schien darob zufrieden zu sein.

Immerhin war das Eis genügend gebrochen, dass er auf sie hörte und keine weiteren Versuche unternahm, zu lesen. Stattdessen fragte er sie nach Komponisten und Opern aus, und sie musste keinen Enthusiasmus heucheln, als er berichtete, dem großen Händel während dessen Zeit in Italien mehrfach begegnet zu sein und ein paar Uraufführungen seiner Opern erlebt zu haben. »Aber wo ist er jetzt, der Maestro, für wen schreibt er seine Opern? Für einen italienischen Fürsten etwa? Nein. Für den Deutschen, der auf dem englischen Thron sitzt. Deutsche und Engländer. Überall!«

Sie verzichtete darauf, zu bemerken, dass Händel ebenfalls ein Deutscher war.

»Aber es ist doch auch so, dass überall in der Welt italienische Sänger zu finden sind«, gab sie stattdessen zurück, »und vor allem solche, die in Neapel ausgebildet wurden und dort zuerst auftraten. Caffarelli, Farinelli, Selimbeni, auf sie alle trifft das zu, und man erzählt sich selbst auf den Straßen, wie die Königshäuser sich um sie reißen. Auf diese Weise tragen Sie dazu bei, die Welt zu formen, Euer Exzellenz – Sie schicken ihr die besten Sänger der Welt.«

»Sänger«, wiederholte er bitter und mit einem immer größeren Maß von Zorn. »Musik! Ich könnte genauso ein Krämer sein, der Kanarienvögel verschickt! Ich rede von vergangener Weltherrschaft, und Sie kommen mir mit Musik!«

Wenn er sie, Maria und Petronio aus der Kutsche warf, würde sie von Glück reden können, wenn eine Ortschaft in der Nähe war und möglichst keine Straßenräuber. Sie zwang sich, ihm weiter geradewegs in die farblosen Augen zu blicken.

»Musik ist *meine* Welt«, sagte sie fest.

Ein stickiges Schweigen setzte ein, in dem sie Maria schneller atmen hörte. Der Lakai machte ein ausdrucksloses Gesicht.

»Das ist ein weiterer Grund, warum ich mich mit Sängern abgebe«, sagte der Herzog schließlich. »Sie haben noch eine Welt, die sich zu erobern lohnt.«

In dieser Nacht waren sie in dem kleinen Landhaus eines der Verwandten des Herzogs zu Gast, der jedoch in Rom weilte, so dass nur der Verwalter und ein paar Diener da waren, um sie willkommen zu heißen. Diesmal wurde Calori in einem Zimmer in der Nähe des Herzogs untergebracht, und sie hatte das unbestimmte Gefühl, dass dies auf das Ende ihrer gerade begonnenen Glückssträhne hinauslief. Petronio, der immer noch mit dem Lakai in die Domestikenzimmer gesteckt wurde, dachte offenbar dasselbe und schenkte ihr eine kleine Grimasse.

»Ich sag's nicht gerne, aber ...«

»Jeder sagt gerne ›Ich habe es dir ja gleich gesagt‹, Petronio.«

»Gut, dann lass mich dich wirklich überraschen. Ich glaube, bei dem würdest du damit durchkommen, die beleidigte Unschuld zu spielen. Er würde das respektieren und dich trotzdem an der Oper singen lassen.«

»Aber das rätst du nur«, sagte sie. »Du kannst es nicht wissen.«

»Keiner von uns kann das, Bruderherz«, sagte er, und die Anrede glitt ihm so natürlich von den Lippen, dass es eine Sekunde dauerte, bis sie beide bemerkten, was er gesagt hatte, und dass es nicht länger stimmte. Sie wusste selbst nicht, was sie tun würde. Aber es war unmöglich, nicht daran zu denken, dass der letzte Mann, und es war erst ihr zweiter überhaupt gewesen, dem sie sich hingegeben hatte, Giacomo gewesen war, und sich zu fragen, ob er jetzt bereits eine andere Frau in den Armen hielt. Gewiss tat er das. Er war jemand, der im Augenblick lebte und sich kein Vergnügen versagte, auch wenn er behauptete, immer dabei verliebt zu sein. Die griechische Sklavin und ihre Schwestern waren mehr als Beweis genug dafür.

Aber vielleicht dachte er auch gerade jetzt an sie, und sie suchte nur nach Entschuldigungen, um sich zu rechtfertigen. Wo war ihr Stolz? Wenn sie jetzt bereit war, für einen Vertrag in Neapel mit dem Herzog ins Bett zu gehen, dann hätte sie in Pesaro noch einmal das Spielzeug für die Contessa abgeben können. Doch was hatte sie zu Appianino gesagt? Alles würde sie tun, alles. Nur hatte es damals nichts so Konkretes wie jetzt gegeben.

Der Herzog behandelte sie beim Abendessen, das die Domestiken seines Vetters für sie anrichteten, immer noch nicht anders. Er ließ sie für sich singen, und es war seltsam, das für einen Mann und einige unfreiwillige Zuhörer in Gestalt von Dienern zu tun, ohne es eine Probe zu nennen, aber es half ihr, ihre Ungewissheit in Töne zu verwandeln. Es war Mandane, die Perserin, die nicht wusste, was sie tun sollte, nicht Angiola Calori. Es war Orfeo, der Sänger, der um Eurydike klagte, nicht die Calori, die immer noch geteilt war und nicht wusste, ob sie ihren besseren Teil in Bologna zurückgelassen hatte. Ihre Sehnsucht galt nicht ihren Lebenden, nicht Giacomo, und nicht ihren Toten, nicht Appianino, sie galt Frauen und Männern, die nie gelebt hatten, und ihre Kadenzen, kühner und gewagter denn je, hoben sie weit, weit fort von der Unvollkommenheit ihrer Gegenwart.

Als der Herzog selbst auf einen Handkuss verzichtete, ehe er sich zurückzog, sagte Calori sich erleichtert, dass sie und Petronio sich beide geirrt haben mussten, und ging beschwingten Schrittes in das Gemach, das ihr zur Verfügung gestellt worden war, bis der Lakai des Herzogs sie einholte.

»Halten Sie sich heute Nacht bereit«, sagte er nur und verschwand wieder, ehe sie eine Antwort geben konnte. Offenbar gingen Aristokraten, die um die verlorenen Zeiten der Weltherrschaft trauerten, davon aus, dass sie gar nicht erst um Einverständnis bitten mussten. Aber war ihr das neu? Nein, das war es nicht.

Das ist die gottgewollte Ordnung, von der die Lehrer, die Priester und vor allem die Betroffenen selbst so gerne redeten.

Als der Lakai kam, um sie zu holen, war sie vollständig angekleidet, nicht in dem Kleid, das sie vorher getragen hatte, und schon gar nicht in ihrem Nachthemd, sondern in ihren Männerkleidern. Ihre Zofe Maria hatte gefragt, ob sie bleiben sollte, doch Calori wollte in nichts der Contessa ähneln und hatte sie in das Dienstbotenquartier geschickt. Der Lakai stutzte, als er Calori angekleidet sah, dann sagte er: »Gut.«

»Gut?«, wiederholte sie.

Der Lakai, ein kleiner, unauffälliger Mann mittleren Alters wie Don Sancho, was sie ohnehin argwöhnisch stimmte, kreuzte die Arme.

»Hören Sie«, sagte er, und staunend begriff sie, dass der Unterton in seiner Stimme der eines Beschützers war, »Sie scheinen nicht dumm zu sein. Er ist ein guter Mann. Er hat Bedürfnisse. Er lebt sie ohnehin selten genug aus.«

»Ich kann mir nicht vorstellen, dass nicht jede Frau davon träumt, auf so umsichtige Weise gewonnen zu werden«, entgegnete sie sardonisch.

»Darum geht es nicht«, sagte der Mann. »Es ist eine Vertrauensfrage. Er kann Ihren Vertrag zerreißen, deswegen vertraut er Ihnen. Andererseits reden Sie ihm auch nicht schön, und das heißt, dass Sie in Frage kommen.«

»Irgendeine *Frage* habe ich bisher noch nicht gehört.«

Der Lakai verzog das Gesicht. »Wenn Sie einen Ton von dem verraten, was ich Ihnen jetzt sage, dann können Sie sich von Ihrer Zunge verabschieden, und das meine ich wörtlich. Das ist der andere Grund, warum er Ihnen vertraut. Sie haben ihn überzeugt, dass die Musik wirklich das ist, für das Sie leben. Wenn Sie Wert darauf legen, Ihre Stimme zu behalten ...«

Das Entsetzen, das sie erfasste, war größer als alles, was sie bisher erlebt hatte, einschließlich der Sorge um Giacomo in Pesaro und der Nachricht, dass Appianino tot war. Es kostete sie alle Kraft, derer sie fähig war, und all die Disziplin, die sie je von Melani gelernt hatte, doch sie zeigte nichts von ihrem Schrecken. Während sie innerlich zitterte, klang ihre Stimme, diese gefährdete Stimme, klar und fest.

»Ich weiß nicht, wie Ihr Herzog seine Bettgefährten liebt, aber eine solche Erpressung bringt ihm bestenfalls ein Stück Holz ein.«

»Sie brauchen gar nicht mit ihm ins Bett zu gehen«, sagte der Lakai in einer Mischung aus Ungeduld und jener Beschützerlaune, die offenbar seinem Herzog galt. »Ich sagte doch, dass es nicht darum geht.«

»Warum hören Sie nicht endlich mit dem Herumgerede auf«, sagte Calori und hielt weiterhin die Furcht, die sie empfand, aus Gesicht und Stimme fern, »und sagen mir, was genau Ihr Herzog von mir will.«

»Dass Sie ihn schlagen«, sagte der Lakai und klang zum ersten Mal leicht verlegen. Jetzt war es Calori, die ihre Arme kreuzte, um zu verbergen, dass er sie gerade völlig überrumpelt hatte.

Sie fühlte sich wie das unwissende Kind, das sie einmal gewesen war, in Bologna, ehe alles begann.

»Dass ich …«

»In seiner Jugend wollte er Mönch werden, hat sich selbst kasteit, aber die Klöster heutzutage … Außerdem war er der Erbe des Titels, also kam es nicht in Frage. Er war sogar verheiratet. Aber es war ein Opfer. Da kam eine Geliebte erst gar nicht in Frage. Dann dachte er, er müsse seine Seele gefährden und es mit Männern versuchen, doch es ist der Akt als solcher, der ihm zuwider ist, in jeder Weise, mit Männern nicht weniger als mit Frauen. Nur eines genießt er. Wenn man ihn bestraft. Ihn schlägt, mit der Hand, dem Rohrstock, dem Gürtel. Es muss jemand sein, von dem es glaubhaft kommt, deswegen hat er Ihnen auch gestattet, mit uns zu reisen. Er wollte Sie aus nächster Nähe studieren.«

Nun war es nicht nur Furcht, die sie unterdrücken musste, sondern auch der plötzliche wilde Wunsch, zu lachen. Ein Blick auf den Lakai genügte, um zu wissen, dass es dem bitterernst dabei war.

»Deswegen ist es gut, dass Sie so gekleidet sind. Je unzugänglicher, desto besser. Sie sind sein Bestrafer. Aber nur heute Nacht. Das muss klar sein. Sie sind nicht seine Geliebte. Er ist nur der Gönner des Theaters. Was Sie heute Nacht tun, werden Sie nie erwähnen, niemandem gegenüber, auch ihm gegenüber nicht, sonst …«

»… lassen Sie mir die Zunge herausreißen, ja, das habe ich verstanden. Darf ich fragen, warum um alles in der Welt der Herzog nicht – nun, es gibt doch genügend Männer, die freiwillig Menschen zusammenschlagen.«

»Weil das in der Regel trunkene Narren sind, die ihre Beherrschung so leicht wie ihre Zungen verlieren«, gab der Lakai geduldig zurück. »Außerdem ist es ihm lieber, wenn eine Frau oder ein Kastrat es tut.«

Auf einmal hatte sie ein ungutes Gefühl, was die Andeutungen des Herzogs hinsichtlich des Primo Uomo von Neapel betraf. Mutmaßlich war der Moment, in dem sie erklärt hatte, die Rollen des Kastraten übernehmen zu können, auch der gewesen, in dem sie sich in den Augen des Herzogs als Bestraferin qualifiziert hatte. Allmählich gewann das Gefühl der Absurdität die Oberhand über ihre Furcht.

»Ich habe in meinem ganzen Leben noch niemanden geschlagen, nicht ernsthaft«, sagte sie, »bis auf ein paar Ohrfeigen unter Geschwistern.«

Der Lakai wurde etwas freundlicher. »Es ist nicht so schwer«, erklärte er. »Wenn sonst niemand zur Hand ist, dem er trauen kann, tue ich es. Aber bei mir fehlt es nach all den Jahren eben an der Glaubwürdigkeit. Denken Sie einfach an jedes Mal, wenn ein reicher Herr Sie wütend gemacht hat, und behalten Sie gleichzeitig im Kopf, dass er Ihre Rechnungen zahlt, damit Sie nicht zu weit gehen. Und Ihre Rechnung bezahlen, das wird er. Er steht zu seinem Wort. Er ist ein guter Mann.«

»Wenn er nicht gerade droht, er lässt jemandem die Zunge abschneiden«, konnte sie nicht umhin zu erwidern.

»Weil von dieser Schwäche nichts an die Öffentlichkeit dringen darf. Haben Sie nie ein Geheimnis gehabt, dessen Sie sich schämten?«

Das brachte sie zum Schweigen.

»Sie sind eine Komödiantin – eine Sängerin. Es ist eine Rolle. Können Sie diese Rolle spielen?«

Es bleibt mir ja wohl nichts anderes übrig, dachte Calori, denn nach all dem, was der Lakai ihr erzählt hatte, würde er sie sonst auf gar keinen Fall ungeschoren gehen lassen. Sie zuckte die Schultern.

»Ich werde improvisieren.«

Das Gemach, in dem man den Herzog untergebracht hatte, roch nach Rosenöl und altem Kerzenwachs. Soweit sich das in dem dämmrigen Licht der Kerzenleuchter erkennen ließ, war der blaue Brokat der Wandteppiche der gleiche, den man für die Polsterung der Stühle und für die Vorhänge des Bettes verwendet hatte. Der Herzog stand am Fenster zum Innenhof, mit dem Rücken zu ihr, als der Lakai sie einließ und leise die Tür hinter ihr schloss. Sie war immer noch zwischen Zorn, Furcht, unangebrachter Erheiterung und einem Quentchen Mitleid hin- und hergerissen. Aber sie war sich auch sehr bewusst, dass die Darstellung, die sie nun geben sollte, so wichtig wie ihre Gesangsdarbietungen für ihn sein würde. Allein das schob die Furcht für den Moment beiseite und machte den Zorn zu dem dominierenden Gefühl in ihr. Sie hätte das Teatro San Carlo allein durch ihr Können verdient. In einer gerechteren Welt wäre es so gekommen.

Abrupt ließ sie den Rohrstock, den der Lakai ihr in die Hand gedrückt hatte, durch die Luft sausen.

»Dreh dich um, du Nichts«, zischte sie. Der Herzog zuckte zusammen, und erst jetzt kam ihr der Gedanke, der Lakai könnte alles erfunden haben. Vielleicht war er ein leidenschaftlicher Anhänger des Primo Uomo von San Carlo; vielleicht ein Verehrer der Prima Donna, die eine mögliche Rivalin schon vor ihrem Erscheinen in Neapel loswerden wollte, indem er sie vor den Augen ihres Gönners unmöglich machte. Warum war sie nicht früher auf diese Möglichkeit gekommen?

Schweißperlen standen auf ihrer Stirn, als der Herzog sich umdrehte. Er sagte nichts und trug, soweit man das im Halbdunkel erkennen konnte, die gleiche ernste Miene wie immer zur Schau. Gewiss hätte er schon längst eine Erklärung gefordert, wenn der Lakai gelogen hatte.

Vielleicht war er aber auch gelangweilt genug, um wissen zu wollen, wie weit sie gehen würde.

Wenn der Lakai gelogen hatte, dann war es jetzt zu spät, um sich noch zu entschuldigen. Sie musste darauf setzen, dass alles der Wahrheit entsprach, und vorwärtsgehen. Ihr fiel ein, was Giacomo darüber erzählt hatte, wie er in der Garnison von Pesaro das Pferd gestohlen hatte, und auf seltsame Weise half ihr das. Vorwärts, und kein Blick zurück.

»Auf die Knie«, sagte sie. Der Herzog trat einen Schritt näher, noch einen, und dann sank er tatsächlich in die Knie. Es gab noch keinen Grund, erleichtert zu sein, nicht, ehe sie die ganze Angelegenheit hinter sich hatte, ohne selbst wie Maria verprügelt und hinausgeworfen zu werden. Bestraft werden wollte er, das hatte der Lakai behauptet. Calori dachte daran, wie der Herzog über die verlorene Größe im Vergleich zur Gegenwart geklagt hatte. Dachte an den Groll über all die Ungerechtigkeiten für Frauen, für kleine Leute in ihrer Welt, der sich nun schon seit langem in ihr staute und staute und staute.

»Was bist du?«, fragte sie. »Ein Nichts.«

Sie brachte es noch nicht über sich, ihn zu schlagen, also ließ sie den Rohrstock stattdessen noch einmal durch die Luft sausen, um ihre Worte zu unterstreichen.

»Wenn deine Vorfahren nicht irgendwann erfolgreich die Raubritter gespielt und genügend Leute umgebracht hätten, um ihre Ländereien zu rauben, dann wärest du heute ein Bettler auf der Straße!«

Er runzelte die Stirn. »In mir ist das Blut des heiligen Ludwig«, begann er, »und …«

Es kostete sie einiges, aber sie beschwor das Bild von Falier und ihrer Mutter vor ihrem inneren Auge herauf, von der Contessa und sich selbst auf den Knien vor dieser Frau wie von dem alten Mütterchen in Bologna, die ein Herzogsohn totgeritten hatte. Das verlieh ihr genügend Abscheu, um die Hemmung, die sie hatte, zu überwinden, und ihm durch einen Schlag ins Gesicht das Wort abzuschneiden, nicht mit dem Stock, sondern mit der Hand, die frei war. Sie konnte einem anderen Menschen nicht mit dem Stock ins Gesicht schlagen, obwohl sie wusste, dass es täglich geschah. Genau auf die Art wurden so viele hohe Herren Bettler mit ihren Spazierstöcken los.

»... Und du bist nichts.« Ihre Handfläche brannte. In seine Miene kam Bewegung. Er reckte ihr das Kinn entgegen, und sie schlug ein weiteres Mal zu. »Du kannst – nichts.« Das erinnerte sie an Melani und ihre Lektionen im Spielen von Klavier und Orgel. »Streck deine Hände aus«, sagte sie, und er gehorchte. Sie ließ den Rohrstock auf seine geöffneten Handflächen sausen, wie es Melani bei ihr getan hatte, die Bewegung nachahmend, was es leichter machte, und er sog aufkeuchend die Luft ein. Mittlerweile fing seine Wange an, sich zu röten, und seine Lippen, die sonst dünn und blass waren wie der Rest von ihm, traten stärker hervor. Ihr Herz hämmerte; sie dachte daran, wie der Lakai ihr gedroht hatte, ihre Zunge herausreißen zu lassen, sie für ihr Leben zu verstümmeln, nur, damit dieser Mann seine seltsamen Spiele spielen konnte.

»Nutzlos«, stieß sie hervor. »Ein nutzloser Blutegel, das bist du, das seid ihr alle. Zieh dir deine Hose aus.«

»Aber das ist nicht – ich ...«

»Du wirst es tun, und du wirst es schnell tun«, sagte sie drohend. Er zögerte noch einen Moment, dann fing er an, an seinem Hosenbund zu nesteln.

»Die Welt beherrschen, dass ich nicht lache«, sagte sie. »Was würdest du wohl mit der Welt tun, wenn du sie erobern könntest? Kannst du ihr irgendetwas geben, das sie besser macht? Kriege führen, das könnt ihr, Leute herumkommandieren, das könnt ihr, uns in Angst vor euch kriechen lassen, das könnt ihr. Aber etwas schaffen, das Menschen glücklich macht – dazu braucht ihr andere!«

Seine Hosen waren heruntergerutscht. Sie befahl ihm, sich vor das Bett zu knien, und obwohl er halb stolperte, halb hüpfte, gehorchte er.

»Den Oberkörper auf das Bett.«

Sein emporgerecktes bloßes Hinterteil hätte in dem wirren Gefühlsmischmasch, der in ihr kochte, fast die Heiterkeit überhandgewinnen lassen, und sie biss sich auf ihre freie Hand, um das zu verhindern. Sie durfte auf keinen Fall lachen. Ihn beschimpfen, schlagen und erniedrigen, ja, aber nicht über ihn lachen. Giacomo war der einzige Mann gewesen, der über sich hatte lachen können, und sie glaubte nicht, dass es noch mehr davon gab.

»Du wirst jeden Schlag laut mitzählen«, sagte sie, weil sie etwas Vertrautes brauchte, und als Lehrer laut im Takt zu zählen war eine Übung, um Schüler bei ihrem Vortrag auf die Probe zu stellen. Wer sowohl im Takt blieb als auch durch das laute Zählen nicht aus der Fassung gebracht wurde, machte sich damit auf das ständige Schwatzen des Opernpublikums gefasst.

Als sie den Rohrstock auf sein nacktes rundes Fleisch niederfahren ließ, stellte sie sich ein Kissen vor, aber nicht lange, denn er ächzte »eins« mit einer Erregung, die mehr nach Ekstase als Schmerz klang. *Halte Rhythmus,* befahl sie sich, es ist eine Übung, *du schlägst den Takt zu einem Vortrag, das ist es, sonst nichts,* und er keuchte, »zwei«, als der Stock erneut niederging. Nach »zehn« ging ein Schauder durch ihn, und sie hörte auf. Sie wusste immer noch nicht, ob ihr mehr nach Weinen oder Lachen zumute war. Ihre Handfläche brannte immer mehr, ihr Arm tat weh, obwohl sie über viel längere Zeiträume Lauten gehalten und gespielt hatte, oder das Reisespinett. Schweiß lief ihr über den Rücken und zwischen ihre Brüste. Sie hoffte, dass es nur an der Wärme und ihrem angsterfüllten Zorn lag.

Er wälzte sich herum, und in seinen Augen lag mehr Leben als auf ihrer ganzen Reise bisher.

»Mehr«, ächzte er, »mehr.«

Sie holte tief Luft. Vielleicht irrte sie sich mit dem, was sie jetzt tat, doch selbst wenn, dann war ihr das gleich. Sie hatte wieder eine Grenze erreicht.

»Nein«, sagte sie in ihrem verächtlichen, einstudierten Herrscherinnentonfall, und wieder glitt ein Schauder durch ihn, der ihn erschütterte. Das war der bestmögliche Zeitpunkt für einen Abgang, entschied Calori. Sie drehte sich auf der Stelle um und zwang sich, gemessen zu gehen, wie eine Siegerin, nicht wie ein Flüchtling. Schritt auf Schritt auf Schritt.

Erst als sie die Tür hinter sich geschlossen hatte, ohne dass er sie zurückrief, gestattete sie sich, wieder auszuatmen.

Am nächsten Morgen forderte er sie nicht auf, mit ihm zu frühstücken, was gleichzeitig eine Erleichterung und eine Sorge war. Stattdessen ließ sie sich Brot mit Kaffee auf ihr Zimmer bringen und teilte beides mit Maria und Petronio, als der aufkreuzte. So, wie er aussah, hatte er ebenfalls eine lebhafte Nacht verbracht.

»Hatte ich recht?«, fragte er, als Maria ihn hereinließ.

»Ich bin nicht die Geliebte des Herzogs«, gab sie zurück, und wenn er, der sie gut genug kannte, um zu wissen, dass sie ihm gerade ausgewichen war, ahnte, dass sich mehr als eine Wahrheit hinter ihren Worten verbarg, ließ er es sich nicht anmerken.

»Dafür bin ich der einnächtige Geliebte des hiesigen Verwalters, und er hat mir einen Korb frischer Kirschen für unsere Reise mitgegeben«, gab er stattdessen mit einem Grinsen zurück. Calori lachte, schlug ihm auf den Arm und sagte, er sei unverbesserlich. Es war nur ein leichter Klaps, und sie tat es, ohne nachzudenken, aber sowie sie es getan hatte, zuckte sie zusammen.

»Für eine fleißige Nacht kann man Ergebnisse vorweisen«, sagte Petronio. »So ist das eben.«

Erst in der Kutsche sah sie den Herzog wieder. Er benahm sich, als habe es die letzte Nacht nicht gegeben, und sie war zum allergrößten Teil darüber erleichtert. Auf der restlichen Reise nach Neapel forderte er sie nicht ein zweites Mal auf, ihn zu bestrafen. Einmal jedoch, kurz, ehe sie Neapel erreichten, sagte er plötzlich: »In meiner Jugend, ehe ich dem großen Händel begegnete, da habe ich selbst hin und wieder versucht zu komponieren.« Das überraschte sie fast so sehr, wie es die Erklärung seines Lakaien in der Nacht getan hatte.

»Aber dann ließ ich es sein. Wenn man göttlichem Talent zuhört und selbst weiß, nie etwas Ebenbürtiges zuwege bringen zu können ... nun ja.«

»Nichts Ebenbürtiges vielleicht«, entgegnete sie vorsichtig, »aber doch das Ihre. Hat nicht jeder von uns seine eigene Weise, sich auszudrücken? Wenn ich je das Glück hätte, Farinelli zu hören, dann könnte ich gewiss nicht wie er singen, aber ich hoffe doch, dass ich danach noch weitersänge, eben auf meine Weise.«

Er rümpfte die Nase. »Sie sind eben noch jung, Signorina. Warten Sie, bis Sie in meinem Alter sind.«

Er war laut eigener Aussage auch noch jung gewesen, als er Händel begegnet war, doch das schluckte sie hinunter. Dies war das erste Gespräch, das sie mit ihm führte, wo er ihr wie ein Mensch vorkam, mit dem sie sich auch hätte unterhalten können, wenn er nicht der Hauptgönner des Theaters San Carlo gewesen wäre.

»Immerhin«, fuhr er fort, »kann ich mir jetzt die Freiheit von Altersschnurren leisten. Ich glaube, ich werde noch einmal versuchen, eine Arie zu komponieren. Wenn zu nichts anderem, dann wird es mir dazu dienen, meine Zeit zu nutzen.« Er warf ihr einen schrägen Blick zu. »Und wenn ich sehr viel Glück habe, wenn der Himmel mir gewogen ist, dann kann ich damit die Welt vielleicht sogar ein wenig verschönern.«

Da wusste sie, dass er ihr in jener Nacht tatsächlich zugehört hatte, statt sich nur an seiner eigenen Erniedrigung zu ergötzen. Sie spürte, wie ihr Röte in die Wangen stieg. Doch sie schlug die Augen nicht nieder.

»Das ist das Beste, was ein Mensch je tun kann, Euer Exzellenz«, sagte sie ruhig, und die Kutsche fuhr weiter.

Neapel war von tiefen Wolken umgeben und in Dunst gekleidet. So war es ihr unmöglich, den Vulkan auszumachen, von dem sie so viel gehört hatte. Das Meer erschien ihr unruhiger als das an der Ostküste, nicht so spiegelglatt wie dort, und die Hügel, auf denen die Stadt gebaut war, mit ihren tief zum Hafen abfallenden Straßen und engen Gassen, die manchmal fast selbst wie Schluchten wirkten, kamen ihr sehr fremd vor. Petronio, Maria und ihr wurde gestattet, im Palazzo des Herzogs zu bleiben, bis sie eine Wohnung fanden. Wie bei vielen Adligen befand sich seine Stadtresidenz gar nicht weit von dem neuen Palazzo Reale und der Oper entfernt, so dass sie sich sofort aufmachte, um sich dem Direktor vorzustellen und um sich, wenn möglich, die Bühne anzuschauen. In dem ganzen Viertel wurde sehr viel neu gebaut – selbst der königliche Palast wurde gerade wieder umgestaltet und war noch nicht ganz fertig. Überall von Handwerkern umgeben, stellte sie sich vor, auf der Bühne nicht nur den Lärm der Zuschauer, sondern auch noch den der Handwerker übertönen und als Belohnung einiges von dem überall vorhandenen roten Staub hinunterschlucken zu müssen. Bei dem allgegenwärtigen Dreck dachte sie unwillkürlich an ein Bad. Der Lakai des Herzogs hatte ihr mitgeteilt, dass es nicht nur im Palazzo, sondern in fast allen Gebäuden der Stadt ständigen Zugang zu frischem Wasser gab, weil Neapel über ein unterirdisches Aquädukt versorgt wurde, das seit der Zeit der alten Römer immer noch Wasser für die gesamte Stadt lieferte, und sie freute sich darauf, diese Möglichkeit später zu nutzen.

Petronio sah ihren Blick und fragte, ob sie zurückgehen wolle, und Calori schüttelte den Kopf. Die Neugier war stärker, und im Übrigen hatte sie bereits, wie es sich gehörte, ein kleines Briefchen durch einen der herzoglichen Bediensteten vorausgeschickt, um ihre Ankunft zu melden.

Die Oper war direkt an den Palast des Königs angegliedert und genau wie dieser ein Bauwerk im neuen französischen Stil, während ihr gegenüber eine der alten Burgen lag, in ihrer grauen Trutzigkeit wie ein Überbleibsel einer vergangenen Zeit. Die Hecken, ebenfalls im französischen Stil zu Tierformen geschnitten, und die Palmen, die sowohl Palast als auch Oper von hinten abschirmten, waren dagegen in ihrem tiefen Grün ganz und gar aus dem Hier und Heute.

Wie sich herausstellte, war der Direktor nicht anwesend, aber sein Stellvertreter, Nicola Logroscino, der gleichzeitig auch der Hauskomponist zu sein schien und auf der Liste der Menschen stand, die Melani angeschrieben hatte, nahm sie in Empfang. Er fragte sie nach ihrer Ausbildung vor Melani, und als sie Appianino als ihren ersten Lehrer erwähnte, klagte er um dessen Tod. Dann überraschte er Calori, als er hinzufügte, Appianino sei noch so weit von dem entfernt gewesen, was er hätte erreichen können.

»Aber er hat vor Kaisern und Königen gesungen!«

»Stimmlich«, sagte Logroscino streng, »stimmlich. Er hat die Menschen zum Seufzen gebracht, gut und schön, aber er hätte sie rasend machen können. Außerdem – Kaiser, Könige, was ist das schon für ein Publikum? Verstehen die vielleicht etwas von Musik? Sie kaufen doch nur Namen. Aber werden die Sänger dadurch besser? Meistens im Gegenteil, denn sie arbeiten nicht mehr an sich. Bah.« Er machte eine wegwerfende Handbewegung. »Und dabei haben wir noch Glück, wenn sie sich aufs Zuhören beschränken. Mir schreibt der arme Salimbeni aus Preußen, dass der König dort es sich in den Kopf gesetzt hat,

Flöte zu spielen und Libretti zu verfassen. Genügt es dem Mann nicht, in Schlesien einzufallen und uns hier in Italien Krieg mit den Österreichern zu verschaffen?«

Das klang nicht danach, als ob eine neu erwachte Kompositionsleidenschaft des Herzogs willkommen sein würde, dachte Calori und hütete sich, das laut auszusprechen. Stattdessen verteidigte sie Appianino.

»Ich kann nur über seine Zeit in Bologna sprechen«, sagte sie, »und da war er wundervoll. Sie haben ihn dort nicht gehört. Wie also können Sie wissen, was er erreicht hat?«

»Solange er es nicht auch in Neapel erreicht hat, so lange zählt es nicht«, gab Logroscino unerbittlich zurück. »Hier ist das strengste und beste Publikum der Welt zu finden, mein Fräulein. Wenn Sie hier untergehen, dann nützt es Ihnen auch nichts, wenn tausend Könige Sie zu sich bestellen. Sie werden immer wissen, dass es nicht Ihrer Stimme und Ihres Könnens wegen geschieht.«

Er beäugte sie. »Der Herzog hat gewöhnlich ein gutes Ohr«, fuhr er fort, »und Melani, der leider keine seines selbstgewählten Namens würdige Stimme besitzt, weiß es auch besser, als Stümper hierher zu empfehlen. Deswegen gehe ich davon aus, dass Sie etwas können. Aber ob Sie genug können, nun, das werden wir bald erleben.«

»Möchten Sie, dass ich Ihnen vorsinge?«, fragte sie. Zu ihrer Überraschung schüttelte er den Kopf.

»Nein. Gut im Einzelvortrag zu singen oder bei Proben, das ist eine Sache. Was ich wissen möchte, ist, ob Sie die Aufmerksamkeit eines Publikums erringen können, wenn unser Primo Uomo gleichzeitig während Ihres Vortrags über die Bühne stolziert und mit den Damen und Herren in den Logen kokettiert, und das lässt sich nur in einer Aufführung herausfinden. Wenn Sie untergehen, nun, dann wird der Herzog Sie ein Jahr lang dafür bezahlen, *nicht* an diesem Theater aufzutreten, und

Sie können für ihn und seine feinen Freunde in den Salons singen. Das schlechteste Leben ist das nicht, und viel, viel besser als Verhungern.«

»Das kommt darauf an, wovon Sie sich ernähren«, hörte sie sich sagen. Halb glaubte sie es, halb wollte sie es glauben, doch auf jeden Fall wusste sie nach seinen Worten, dass er es glaubte. Prompt warf er ihr auch einen verständnisvollen Blick zu.

»Ja«, entgegnete er einfach. »Wer einmal die Liebe der Menge geschmeckt hat, den macht nichts anderes je wieder wirklich satt.«

* * *

Ganz gleich, ob er nur ein paar Monate oder Jahre von Venedig fern gewesen war, etwas an dem Anblick seiner Heimatstadt traf ihn jedes Mal wie das Echo eines Rufes, das man lange vermisst hatte. Zwischen Brücken, Kanälen, den Palazzi mit ihren immer leicht abblätternden Anstrichen und der Mischung aus fieberhaftem Leben und Verfall, die an keinem anderen Ort so zu finden war, war er zu Hause, auf eine Art, wie er nirgendwo sonst so hätte sein können.

Dabei hatte er zunächst kein Dach über dem Kopf. Die alte Wohnung seiner Eltern in der Calle del Paradiso war nach dem Tod seiner Großmutter endgültig aufgegeben worden und barg längst Mieter, die nichts mehr mit der Familie Casanova zu tun hatten. Sein erster Gönner, Senatore Malipiero, nahm ihm immer noch übel, dass er Giacomo seinerzeit mit Teresa ertappt hatte, die Malipiero selbst nicht mehr als ihr Lächeln hatte gewähren wollen, und er hatte ganz gewiss nicht die Absicht, den Pfarrer von San Samuele aufzusuchen. Mit etwas Glück und dem Hinweis auf seine Grimani-Verbindungen gelang es ihm, eine Wohnung am Fondamente zu mieten, wo es im Sommer wegen der steten Brise von der Lagune her ohnehin kühler und angenehmer war. Er konnte nicht umhin, sich vorzustellen, wie seine Rückkehr wohl mit Calori an seiner Seite verlaufen wäre. Bestimmt hätten sie noch am gleichen Abend eine der Opern besucht, und er wäre das erste Mal auf den Umstand stolz gewesen, dass er viele der Theaterleute Venedigs kannte.

Trübsal zu blasen lag nicht in seiner Natur, aber er nahm sich vor, heute Abend nicht die Oper zu besuchen. Stattdessen brach er in Richtung seines Lieblingskaffeehauses auf, das nahe San Giacomo dall'Orio lag. Unterwegs traf er ein paar Freunde seiner Großmutter, die gleichzeitig verwundert und bestürzt waren, ihn statt im Überrock und Kragen eines Abbate in einer Uniform wiederzusehen, die keiner von ihnen schon einmal gesehen hatte. »Wo die gute Marzia doch so stolz auf ihren Enkel war«, lamentierte einer von ihnen. »Sie hat sich so darauf gefreut, dass du für sie eine Messe lesen wirst, Giacomo, wenn du erst deine ewigen Gelübde abgelegt hast. Was, wenn ihre Seele jetzt noch ...«

»Meine Großmutter war eine Heilige, die längst im Himmel angelangt ist«, schnitt Giacomo den Redestrom ab, und gegen diese Demonstration achtungsvollen Enkeltums ließ sich nichts mehr sagen. Es war keine Lüge, denn er hielt seine verstorbene Großmutter tatsächlich für so gut wie eine Heilige, aber er wusste sehr wohl, dass die Aussicht auf einen Enkel, der bestimmt ein Herr Bischof werden würde, sie glücklich gemacht hatte. Nun, solange sie lebte, hatte sie daran glauben können. Jetzt musste er selbst seinen Weg gehen.

Da er in Gedanken in seiner Kindheit steckte, dachte er zuerst, sein Gedächtnis spiele ihm einen Streich, als er eine Frau vor sich gehen sah, die ihm bekannt vorkam, auch wenn er ihr Gesicht nicht sehen konnte. Ihr Gang, die Haltung ihres Kopfes, all das war ihm so vertraut, dass er seine Schritte beschleunigte, um herauszufinden, ob er sich täuschte oder nicht. Sie war alleine unterwegs, was ihn ein wenig verwunderte, denn wenn ihn seine Erinnerung nicht zum Narren hielt, handelte es sich um Bettina, die Schwester seines alten Lehrers, Dottore Gozzi, Bettina, die ihm zuerst das Wunder der Weiblichkeit offenbart hatte. Nur hätte Dottore Gozzi es seiner Schwester nie gestattet, ohne Begleitung durch die Straßen Paduas zu laufen, von denen Venedigs ganz zu schweigen.

»Bettina!«, rief Giacomo, und sie drehte sich um. Er erschrak. Bettina war nur zwei Jahre älter als er, was bedeutete, dass sie immer noch eine junge, blühende Frau hätte sein sollen. Stattdessen hatte sie den verhärmten Gesichtsausdruck, den er aus seiner Zeit in Kalabrien von den Frauen kannte, die bereits Kinder zu Grabe getragen und Ehemänner überlebt hatten. Das Kleid, das sie trug, offenbarte sich jetzt, da er näher trat, als mehrfach geflickt, etwas, das die stolze Signorina Gozzi höchstens in ihren eigenen vier Wänden, aber niemals in der Öffentlichkeit getragen hatte. Unter ihren Augen lagen tiefe Schatten. Als sie den Mund öffnete, sah er, dass von ihren ebenmäßigen Zähnen, die er einmal gerühmt hatte, bereits zwei fehlten.

»Giacomo«, sagte sie, und nur ihre Stimme war unverändert, immer noch die des Mädchens, das ihn geneckt und bezaubert hatte. Er nahm sich zusammen und küsste ihr die Hand.

»Noch immer die Herzensbrecherin«, sagte er und lächelte sie an.

»Noch immer der Lügner«, sagte sie und erwiderte sein Lächeln, doch der Versuch, sich unbefangen und sorglos zu geben, erlosch sofort, als ihre Mundwinkel zu zittern begannen. Sie schaute über ihre Schulter, als befürchte sie, von jemandem beobachtet zu werden.

»Giacomo«, sagte sie, »kannst du nicht so tun, als hättest du mich nicht erkannt? Ich – ich will nicht, dass du mich so siehst.

Bitte, vergiss, dass wir uns begegnet sind, und geh deines Wegs.«

»Dann würde ich es verdienen, dass mich jemand in den nächsten Kanal wirft«, sagte er, rief eine Gondel und sagte dem Gondoliere, er möge sein Boot zunächst einmal einfach aufs Geratewohl steuern. Dann half er Bettina einzusteigen und sprang selbst in die Gondel. Niemand achtete auf sie; Paare in Gondeln waren in Venedig so alltäglich wie überschwemmte Keller und Kanalratten. Wie er gehofft hatte, half das Bettina, ruhiger zu werden und ihm ihre Geschichte zu erzählen. Bald nachdem er Padua verlassen hatte, hatte sie geheiratet, nicht einen Mann von Rang und Würden, wie ihr Bruder immer gehofft hatte, sondern einen Schuster.

»Ich – ich war unvorsichtig, und dann war ich schwanger«, gestand sie mit einem schiefen Lächeln ein. »Es blieb mir keine andere Wahl, als Signora Pigozzo zu werden.«

Ihr Bruder, der sie, so unterschiedlich die Geschwister auch waren, immer geliebt hatte, war bei ihrer Mitgift großzügig gewesen; sie hatte genügt, um dem Schuster Pigozzo zu helfen, sich ein eigenes Geschäft in Venedig einzurichten, wo er sich mehr Kundschaft als in Padua erhoffte. Aber entweder waren die Verlockungen der großen Stadt zu viel für ihn, oder er hatte sein Wesen in Padua verborgen. In jedem Fall war Pigozzo jetzt ein Trinker und Spieler, von der Mitgift war nichts mehr vorhanden, neue Einkünfte gab es auch kaum, da er das Geschäft hatte verkaufen müssen und Glück hatte, hin und wieder unter den vielen Reisenden, die durch Venedig kamen, welche zu finden, die ihre Schuhe rasch ausgebessert zu sehen wünschten. Das Kind war gerade ein Jahr alt geworden und dann gestorben; das nächste war bereits eine Fehlgeburt gewesen. Seither war Bettina nicht mehr schwanger geworden.

»Und ich werde es wohl auch nie mehr werden«, fügte sie hinzu. Ihre Hände hatten sich auf ihren Bauch gelegt. »Es – er hat mich dahin getreten, weißt du, und dann, als das Kleine heraus war, hat der Arzt gesagt, da ist etwas kaputt, da kommt nichts mehr.« Mit einem Mal verstand Giacomo, wie Calori sich gefühlt haben musste, als sie ihre Mutter in Bologna wiederfand. Das Entsetzen, die ohnmächtige Wut, die ihn gepackt hatte, musste er niederringen, damit er weiter mit Bettina sprechen konnte, statt dem dringenden Wunsch nachzugeben, ihren Gemahl zu erwürgen. Jede Frau hätte ihm unter diesen Umständen leidgetan, aber Bettina, die lebensfrohe Bettina, die für ihn das Schönste an seinem Schülerdasein gewesen war, so im Elend vorzufinden, war unerträglich. Er nahm ihre Hände in die seinen und erkannte, dass die Schatten unter ihren Augen weder von Kohle noch von Schlaflosigkeit herrührten. Es waren die bereits abheilenden Überbleibsel von Schlägen.

»Kannst du nicht zu deinem Bruder zurückkehren?«

»Das würde ich gerne«, sagte sie stockend. »Oh, Giacomo, du kannst dir nicht vorstellen, wie sehr ich wünschte, ich hätte Padua nie verlassen und wäre noch heute in meinem alten Zimmer! Aber Pigozzo ist mein Gatte. Was soll mein Bruder da tun? Wenn ich ihn um mehr Geld bäte, würde es Pigozzo doch nur gleich vertrinken. Wenn ich von ihm fortliefe, müsste mein Bruder mich zurückschicken, das ist das Gesetz.«

Alle Gesetze sind von Männern für Männer eingerichtet, hörte er Calori sagen, im Hafen von Ancona, an dem Tag, als sie ihn überzeugt hatte, sich doch in einen Mann vernarrt zu haben. Wenn sie sich wieder begegneten, würde er ihr das Kompliment machen, das Frauen am liebsten hörten, und zugeben, dass sie recht hatte. Hier und jetzt allerdings musste er sich etwas einfallen lassen, um Bettina zu helfen, denn Gesetze, so entschied Giacomo, waren dazu da, umgangen zu werden, wenn sie Menschen im Weg standen.

Der Gedanke an jenen Tag in Ancona hatte ihn auch an das Stückchen Commedia dell'Arte erinnert, Calori als Dottore, er

als Pantalone, und Bettina vor ihm mahnte ihn an seine Kind-
heitsträume, den Wunsch, Arzt zu werden, ehe er erst Recht
und dann Theologie studieren musste. Der Einfall, der Giacomo kam, formte sich fast von selbst.

»Bettina«, sagte er langsam, »wann kommt dein Gatte nach
Hause?«

Der Schuster Pigozzo war sich eigentlich sicher, seinem Weib,
dem Miststück, klargemacht zu haben, dass sie sich keinen Arzt
mehr leisten konnten, ganz gleich, wie sie vor Schmerzen
winselte, die sie seit ihrer Fehlgeburt hatte. Eine Fehlgeburt,
die ganz und allein ihre Schuld gewesen war. Er konnte sich
zwar nicht mehr genau erinnern, was in der Nacht geschehen
war, als es passierte, aber wenn er sie wirklich getreten hatte,
dann hatte sie es herausgefordert, sie mit ihrer aufgesetzten
Sprechweise, als sei sie etwas Besseres als er, und ihren ständigen Beschwerden. In Padua, da hatte es ihr noch gefallen, dass
er ein ordentlicher Mann war, nicht so ein Jünglein wie die
Studenten, die um sie herumscharwenzelten und sich von einem Weib sagen ließen, wo sie ihren Schwanz hinzustecken
hatten. In Padua, da war sie dankbar gewesen, dass er sie überhaupt noch wollte, sie und ihr Bruder, der sonst damit hätte
leben müssen, dass die Schwester nicht nur vom Teufel besessen war, sondern auch noch als Hure galt, mit einem vaterlosen
Balg. Und wie wurde ihm dafür gedankt, dass er sich den Hut
aufgesetzt hatte, in den er bereits geschissen hatte, statt darauf
zu beharren, ein Mann heirate nur eine ehrbare Jungfrau? Mit
Beschwerden, nichts als Beschwerden. Kein Wunder, dass ihm
gelegentlich die Hand ausrutschte, wenn er über den Durst
trank.

Jetzt allerdings beschwerte sie sich zur Abwechslung nicht, obwohl er die Flasche Rum noch in der Hand hielt, die er einem
Briten mit durchgelaufenen Sohlen abgeluchst hatte. Nein, sie

faselte etwas davon, dass ein Freund ihres Bruders, der Dottore Irgendwas von Irgendwo, zu Besuch gekommen sei. Als ob sich ein rechtschaffen müder Handwerker all diese Namen merken könnte.

Der Dottore, der ganz wie die Kerle aussahen, die in den Straßen Ärzte spielten für die Commedia, schwarzer Mantel und eine Brille auf der Nase, der plapperte ebenfalls etwas von alter Freundschaft mit dem Dottore Gozzi. Dann hielt er inne und fragte besorgt, in der geschwollenen Tonart der besseren Leute, die Pigozzo schon von jeher zuwider gewesen waren, wenn sie nicht mit klingender Münze seine Taschen füllten: »Verzeihung, mein Freund, aber ich konnte nicht umhin, zu bemerken, dass Ihr Atem ein wenig unregelmäßig ... Könnte es sein, dass Sie sich nicht wohl fühlen?«

»Wie soll einer das auch, bei weinerlichen Weibern und ungeladenen Gästen«, knurrte Pigozzo.

»Auch Ihre Gesichtsfärbung ... und Ihre Nase ... könnte es sich da um einen Fall von *monstrum horrendum informe ingens* handeln?«

»Was?«

»Verzeihen Sie den Übereifer meines Berufs, aber wir können nun einmal keinen Leidenden vor uns sehen, ohne sofort einzugreifen. Wären Sie so gütig, mir die Zunge herauszustrecken?«

»Ich kann aber nicht zahlen«, sagte Pigozzo misstrauisch. Eines wusste er: Ärzte wollten Geld. Deswegen kam ihm ja auch keiner mehr ins Haus.

»Das ist auch nicht notwendig. Ihr edler Schwager hat mir während des Studiums mehr als einmal ausgeholfen. Die Zunge, bitte. Und strecken Sie den Arm aus, damit ich auch Ihren Puls nehmen kann.«

Nun war Pigozzo doch beunruhigt. Venedig steckte voller Krankheiten. Der letzte Pestausbruch lag noch nicht so lange zurück. Und die verfluchten Ausländer schleppten ständig neue Beschwerden ein. Der Dottore besah sich Pigozzos Zunge, wirkte zusehends bekümmerter und fragte schließlich, als könne er Pigozzos Gedanken lesen: »Ist es möglich, dass Sie gelegentlich die Füße von Ausländern …«

»Der Scheißengländer heute!«, fluchte Pigozzo.

»Engländer sind die schlimmsten«, bestätigte der Dottore und bat Pigozzo auch noch, das Hemd hochzurollen, damit er ihm die Brust abhören konnte. Mittlerweile spürte Pigozzo selbst, wie alles in ihm schwächer und schwächer wurde, da war er sich sicher. »Vor allem die, die von *Pustula Demens* gekennzeichnet sind. Hatte derjenige, mit dem Sie es zu tun hatten, am Ende helle bräunliche Flecken im Gesicht?«

»Bei Gott, ja!«

Und Pigozzo hatte geglaubt, dass es sich dabei um Sommersprossen handelte, wie sie die Leute aus dem Norden gelegentlich besaßen. Jetzt, wenn er darüber nachdachte, waren es doch zu viele gewesen, ganz zu schweigen davon, dass der Engländer seinen Schnaps verdächtig schnell hergegeben hatte.

»Hat er genäselt?«

»Mein Gott«, jammerte Pigozzo, dem schlagartig eine der wenigen Dinge einfiel, die er über Krankheiten wusste, nämlich, dass Schnupfen das erste Symptom der Pest war. »Sagen Sie mir, dass es nicht die Pest ist.«

»Husten Sie ein paarmal für mich.«

»Es ist nicht die Pest!«

»Husten, bitte!«

Er hustete. Damit war es aber immer noch nicht getan. Der Dottore ließ ihn noch einige Kniebeugen machen, er nahm sich jeden Fleck an Pigozzo vor, und am Ende, als Pigozzo bereits überzeugt war, er sänke am nächsten Tag ins Grab, wurde ihm immerhin versichert, er sei nicht pestkrank. Wozu aber hatte der Arzt ausgerechnet den langen Vogelschnabel umgebunden, den die Mediziner doch nur trugen, um sich vor Ansteckung durch die Pest zu schützen? Pigozzo war sich nicht sicher, ob er sich erleichtert fühlen durfte. Außerdem, so stellte sich heraus, hatte er eine Lungenkrankheit mit einem fürchterlich langen lateinischen Namen, die sich nur hoch in den Bergen, bei den guten Brüdern von Subiaco kurieren ließ. Diese, so hörte er, nahmen auch Laienbrüder auf, die so nicht für Aufenthalt oder Behandlung zahlen mussten, auf keinen Fall jedoch Frauen.

»Wen kümmert's?«, ächzte Pigozzo. »Das Weib ist doch nicht krank, ich bin es! Ich will leben!«

Sollte sie doch schauen, wie sie ohne ihn zurechtkam. Das würde sie vielleicht lehren, endlich dankbar für ihr Schicksal zu sein, jetzt, da es zu spät war. Er brach umgehend nach Subiaco auf, nahm mit, was an Geld noch im Haus war, und einen Brief des Dottore an die Brüder in Subiaco, der vor seinen Augen geschrieben und auf dem Tisch gelassen wurde, weil der Dottore nicht mehr mit ihm in Berührung kommen durfte. Seinen eigenen Namen konnte Pigozzo lesen, und der kam auf dem Blatt oft genug vor. Es war eine Tortur, warten zu müssen, bis der Dottore fertig war, während Bettina ein Bündel für Pigozzo packte, denn mit jedem Herzschlag kam es Pigozzo vor, als spürte er all die Übel in seinem Körper mehr. Es war entsetzlich.

»Du bist der beste Arzt, den ich je erlebt habe«, sagte Bettina begeistert zu Giacomo, als er sich seiner Verkleidung entledigte. Es war doch nützlich, in einer Stadt zu leben, in der falsche Bärte und Brillen genauso leicht zu mieten waren wie Doktorkoffer, Masken, Mäntel und Talare. »Aber«, fuhr sie traurig fort, »es wird nur ein paar Wochen helfen, vielleicht zwei Monate, es sei denn, er bleibt in Subiaco, und das wäre wohl zu viel zu hoffen.«

Giacomo grinste. »Es gibt bei den Brüdern wirklich Lungenkranke, aber es spielt keine Rolle, ob er dort bleibt oder nicht. Bis er wieder zurück ist, wenn er überhaupt zurückkehrt, lebst du bei deinem Bruder in Padua, und deine Ehe besteht nicht mehr.«

»Mein Bruder nimmt mich wohl auch ohne meine verlorene Mitgift auf«, entgegnete Bettina zweifelnd, »aber er hat nicht die Macht, meine Ehe auflösen zu lassen. Geht das nicht nur bei Fürstlichkeiten, die Petitionen beim Papst einreichen können?«

»Ich wusste doch, dass mein Theologiestudium irgendwann noch zu etwas nütze ist. Wenn dein Gatte dich verlässt, um in ein Kloster zu gehen, kann man das als Wunsch konstruieren, aus dem weltlichen Stand in den kirchlichen überzutreten. Vor ein paar Jahrhunderten war das noch häufiger der Fall, und die davon betroffenen Ehen wurden tatsächlich für ungültig erklärt. Aber um so eine Erklärung bei der zuständigen Diözese schnell zu erlangen, wäre natürlich ein Kleriker von Einfluss hilfreich. Am besten ein Kirchenfürst.«

Ihr hoffnungsvolles Gesicht fiel wieder ein wenig in sich zusammen.

»Mein Bruder ist kein Kirchenfürst«, sagte sie leise.

»Nein«, sagte Giacomo, »aber zur Familie Grimani gehört neben unserem regierenden Dogen auch ein Kardinal. Und natürlich mein Vormund, der Abbate.«

Der Abbate Grimani hatte sich in den letzten Jahren kaum verändert; er war vielleicht ein wenig grauer geworden und eine Spur hagerer, aber ansonsten war er immer noch die gleiche Gestalt aus Giacomos Kindheit, die den Kopf schüttelte bei seinem Anblick. Immerhin siezte er Giacomo inzwischen und behandelte ihn etwas mehr wie einen Erwachsenen und etwas weniger wie einen vorlauten Jungen, zu dessen Vormund er nun einmal gemacht worden war.

»Was muss ich in der Zeitung lesen?«

»Sehr vieles, wie ich hoffe. Ihr Augenlicht scheint mir noch gut zu sein. Falls nicht, so wäre ich sehr bekümmert und würde Brillen empfehlen, nur von Glasschleifern aus Murano, versteht sich, die …«

»Giacomo«, unterbrach ihn der Abbate streng, »haben Sie wirklich einen Mann im Duell getötet und sind dann von der spanischen Armee desertiert? Bei der Sie überhaupt nichts zu suchen hatten, wo Sie doch nach dem Wunsch Ihrer guten Großmutter in der Kirche zu Amt und Würden kommen sollten?«

Es wäre Giacomo ein Leichtes gewesen, die Zeitungsgeschichte wahrheitsgemäß abzustreiten und richtigzustellen. Aber er hatte nicht die geringste Absicht, das zu tun.

»Wissen Sie, Euer Exzellenz, ich habe mich schon immer gefragt, ob es wirklich der Wunsch meiner Großmutter war oder ob ihr das jemand eingeredet hat. Mein Wunsch war es ganz gewiss nicht. Und meine Mutter kümmert es nicht, was ich mit meinem Leben tue, also bezweifle ich, dass sie es war, die meine Großmutter auf den Gedanken gebracht hat.«

Der Abbate runzelte die Stirn. »Ihre Großmutter wollte Ihnen eine sichere, sorgenfreie Zukunft ermöglichen, und die hätten Sie bekommen, wenn Sie nicht erst den Kardinal in Verlegenheit gebracht hätten und jetzt Duellgeschichten und Soldatentorheiten anzettelten! Hören Sie, Giacomo, es ist noch nicht zu spät. Sie könnten Schlimmeres tun, als Ihrer Großmutter und meinem guten Rat zu folgen. Es wird nicht leicht sein, aber ich werde mich bei Kardinal Acquaviva für Sie verwenden und schwören, dass Sie von nun an in Ihrem Leben eine neue Seite aufschlagen werden.«

Giacomos neue Uniform war weiß, mit einer blauen Weste, goldenen und silbernen Fangschnüren und einer farbgleichen Degenquaste, die zurückglitt, als er seine Beine übereinanderschlug.

»Eine neue Seite habe ich auch im Sinn, Euer Exzellenz. Aber zuerst möchte ich noch ein wenig im Buch der Vergangenheit stöbern. Ich fand es immer ausgesprochen großzügig von Ihnen und ... Ihrer Familie ..., Interesse an einer Komödiantin zu zeigen, der Witwe eines Komödianten, und an ihren Kindern. Wohingegen Sie einem Geschlecht entstammen, das im Goldenen Buch der Stadt zu finden ist und Dogen gestellt hat. Gerade wieder stellt. Verzeihung. Beinahe hätte ich Ihren gerade regierenden Onkel übersehen. Wie kamen wir zu dieser großen Ehre?«

»Weil mein Bruder ein Gönner des Theaters San Samuele ist«, sagte der Abbate ungeduldig, »das wissen Sie doch.«

»Ja, das weiß ich. Deswegen, und weil die Welt schlecht ist, haben meine Geschwister und ich uns so manches Mal gefragt, ob er nicht einem von uns ins Leben verholfen hat.«

Mit Interesse beobachtete er, wie das Gesicht des Abbate sich verfärbte.

»Mein Bruder ist ein Senator von Venedig. Dergleichen wäre eine grobe Verleumdung.«

»Da alle Senatoren von Venedig, die ich bisher kennengelernt habe, sich kostspieligere und jüngere Mätressen leisten können als eine Mutter von fünf Kindern, die selbst ihren Lebensunterhalt verdient, gebe ich Ihnen recht. Beruhigen Sie sich, Exzellenz. Ich glaube nicht länger, dass Ihr Bruder mein Vater oder der einer meiner Brüder oder Schwestern war.«

»Warum dann dieses geschmacklose Thema?«, donnerte der Abbate.

»Jüngere Brüder von Senatoren, die vom Familienschatz nur ein Kirchenamt abbekommen haben, und noch nicht einmal einen Bischofshut, geschweige denn ein Kardinaliat, sondern nur den Titel eines Abbate, diese jüngeren Brüder dagegen dürften in ihrer Mätressenauswahl schon eingeschränkter sein. Und uneheliche Kinder zu versorgen ist für sie erheblich schwerer.«

Der Abbate Grimani, der schon Anstalten gemacht hatte, empört mit der Faust auf den Tisch zu klopfen, hinter dem er saß, sank auf seinen gepolsterten Sessel zurück. Es war seltsam: Bis zu diesem Moment hatte Giacomo nicht wirklich an seine Theorie geglaubt. Er war in Gedanken öfter verschiedene Möglichkeiten durchgegangen, aber Gaetano Casanova, der Mann, der sich in eine Schauspielerin vernarrt und zum Theater fortgelaufen war, obwohl er nie mehr als ein mittelmäßiger Schauspieler sein konnte, war der Mann gewesen, dem seine kindliche Liebe gegolten hatte, auch wenn er sich inzwischen kaum mehr an ihn erinnern konnte. Für den Abbate hatte er nie mehr als Aufsässigkeit übrig gehabt. Auf diese Weise jetzt Gewissheit zu bekommen war ein bitterer Sieg, weil ein Teil von ihm das Gegenteil gehofft hatte.

»Ich habe mich immer bemüht, Ihnen ein gutes Leben zu verschaffen«, sagte der Abbate tonlos.

»Und ich bin dankbar«, gab Giacomo kühl zurück. »Aber meine Kindheit ist doch wohl endgültig vorbei, und das Leben, das ich gewählt habe, kann nicht das Ihre sein. Ich spreche nicht aus Trotz, sondern aus Erfahrung. Ich habe es versucht.«

»Hast du das?«, fragte der Abbate und fiel in das Du und den alten, ungeduldigen Tonfall zurück. »Ich hatte nicht den Eindruck, dass du je etwas anderes versucht hast, als dein Leben zu genießen, mein Junge.«

»›Wer nicht genießt, wird ungenießbar‹, so heißt es doch, und es gibt Schlimmeres, das man mit seinem Leben tun kann.« Heuchelei zum Beispiel, fügte Giacomo schweigend hinzu. Vielleicht las es der Abbate an seinen Augen ab, denn der Priester stürzte sich in das Feuer rechtschaffener Empörung.

»Wie einen Mann im Duell zu töten?«, fragte er scharf. »Ist das ein Leben, wie du es führen willst, Giacomo?«

Wenn tatsächlich ein Duell stattgefunden hätte, dann wäre das, rhetorisch gesehen, ein guter Gegenschlag gewesen. So verpuffte er im Nichts, was der Abbate jedoch nicht wissen konnte. Außerdem bezweifelte Giacomo, dass der Abbate Grimani die Wochen, die er mit einem Kastraten verbracht hatte, der in Wirklichkeit eine Frau war, als etwas Besseres ansehen würde, und genau deswegen würden sie einander nie verstehen.

»Seltsam«, sagte er laut. »Als Jungen hat man uns immer erzählt, meinen Brüdern und mir, dass man einen Mann von Adel daran erkenne, dass er bereit sei, für seine Ehre zu sterben.«

»Du erwartest doch nicht, dass wir einen Adligen bezahlen, der dich adoptiert. Ich verachte jeden, der versucht, sich in den Adel einzukaufen, das solltest du wissen.«

»Mit gutem Grund, aber wie halten Sie es mit denen, die ihn verkaufen?«

»Davon verstehst du nichts«, kam die Antwort, die immer kam, wenn sein Vormund keine logische Erklärung hatte. »Du bist kein Mann von Adel«, sagte der Abbate schneidend, nun wieder vollständig im Besitz seiner alten Überlegenheit. »Du bist der Sohn einer Schauspielerin.«

Und so würde es für immer bleiben, dachte Giacomo, in Venedig, der Königin aller Städte, von einer Schönheit, die selbst ihren Kindern den Atem nahm, jedes Mal, wenn er zu ihr zurückkehrte. Der Sohn einer Komödiantin, und kein Mann von Adel, in einer Welt, in der Komödianten nun einmal Unterhaltung waren, und Bürger, Händler wie Kurtisanen, die Steuern zahlten, aber der Adel regierte. Für immer und ewig.

Er musste von hier fort.

Aber zuerst galt es noch, seiner ersten Liebe seinen Dank zu zeigen, indem er ihr ein neues Leben ermöglichte.

»Der Sohn einer Schauspielerin, der noch eine kirchliche Angelegenheit regeln möchte, ehe er für immer in den Laienstand zurückkehrt, mit der gütigen Hilfe seines Vormunds.«

»Du hast doch keine höheren Weihen empfangen, die ein kirchliches Prozedere nötig machen würden, ehe du Laie wirst«, stellte der Abbate fest.

»Es geht nicht um mich«, entgegnete Giacomo und umriss Bettinas Fall.

»Nun, Gozzi ist ein gottesfürchtiger Christ und guter Priester, dem ich wohlwill. Aber seine Schwester hatte schon immer den Teufel in sich. Hat man nicht sogar einmal einen Exorzisten für sie bemüht? Kein Wunder, dass ihr Gatte Mönch werden will. Warum der gute Name der Familie Grimani allerdings dazu herhalten soll, um einer solchen Frau das Leben zu erleichtern …«

»Sie kann sich noch genauso gut wie ich erinnern«, sagte Giacomo schneidend, »wie Sie und meine Mutter mich damals in der Schule Dottore Gozzis in Padua abgegeben haben. Es muss wohl der Teufel in ihr sein, der sie da neugierig gemacht hat, warum eigentlich ein Grimani eine Schauspielerin dabei begleitet, ihren Sohn in einer anderen Stadt zur Schule zu bringen.«

Deutlicher, hoffte er, brauchte er nicht zu werden, aber er war bereit dazu, sollte es notwendig sein. Wenn ein Verwandter des derzeitigen Dogen um die geschwinde Auflösung der Ehe von Bettina Gozzi bat, konnte dies geschehen, noch ehe Bettina bei ihrem Bruder in Padua eintraf. Sonst zog sich die Angelegenheit noch jahrelang hin, und das durfte nicht sein. Was er gegen seinen Vormund in der Hand hatte, war vielleicht viel, vielleicht auch nur wenig: Es kam darauf an, wie viel es Alvise Grimani wert war, nicht öffentlich als Vater eines Schauspielerbastards zu gelten.

Das stickige Schweigen zwischen ihnen wurde gebrochen, als der Abbate murmelte: »Nun, wie ich schon sagte, Dottore Gozzi ist ein guter Mann. Ich werde ihm den Gefallen tun. Ist das alles?«

Giacomo war erleichtert. Als er sich von Bettina verabschiedet hatte, nachdem er sie auf das Festland gebracht und in die nächste Postkutsche nach Padua gesetzt hatte, hatte er ihr die Auflösung ihrer Ehe noch einmal versprochen, mit aller Überzeugungskraft, derer er fähig war, denn er wusste, dass der Abbate Grimani sein Wort halten würde. Er hatte ihr auch ein kleines Vermögen in die Hand drücken können, als Ersatz für ihre verlorene Mitgift. Fast alles, was er an Barem besaß, denn er hatte sich geschworen, als er sein Glücksspiel begann, ihr den Gewinn voll zu überlassen. Weil auch beim Pharo nur die Bank sicher gewann, um die deshalb unter den Spielern immer heftig gestritten wurde, half ihm ein Einfall. Er hatte seinen Mitspielern gegenüber behauptet, er könne den üblichen Zwist darum, wer die Bank führen sollte, sofort beenden, und auf ihre ungläubige Aufforderung hin, das zu beweisen, verkündet: »Der mit dem Kürzesten nehme jetzt die Bank!« Die Spieler hatten sich verdutzt und verlegen angeblickt, niemand hatte zugegriffen, und Giacomo hatte die Bank für sich gehabt, was Bettina zur Hauptgewinnerin dieses Abends machte.

Ob ihr Leben von nun an wirklich besser werden würde, konnte er damit natürlich nicht garantieren. An dem Kuss, mit dem sie ihm Lebewohl sagte, sehr viel sanfter als die kecken, brennenden Küsse ihrer Jugend, erkannte er, dass sie dies wusste. Mehr als diesen Kuss hatten sie diesmal nicht geteilt; sie war noch zu wund an Herz und Körper, und er war, wenn er ehrlich war, in Gedanken noch zu sehr bei Calori. Das würde sich zweifellos bald ändern, aber angesichts des Leides, in dem er Bettina vorgefunden hatte, war er erst gar nicht in Versuchung gewesen.

»Und von meinen eigenen Zukunftsplänen wollen Sie nichts wissen?«, fragte er den Abbate, um zur Abwechslung nicht an Frauen zu denken und sich nicht fragen zu müssen, ob er Calori je so vom Leben geschüttelt und besiegt vorfinden würde, wie er Bettina gefunden hatte.

»Du hast also welche?«, fragte der Abbate mit trockenem Sarkasmus, der zeigte, dass er wähnte, in ihrem Gespräch wieder die Oberhand zu haben.

»Ich bin ein Mann, der gerne auf Reisen geht und nicht von der Luft leben kann«, antwortete Giacomo ruhig. »Und wie Sie an meiner Uniform sehen können, durchaus bereit, in den Dienst des Vaterlandes zu treten. Haben wir nicht eine Garnison in Korfu?«

Der Abbate blinzelte. »Ja«, sagte er vorsichtig, »aber Giacomo, wenn du aus der spanischen Armee desertiert bist, dann kannst du doch von der venezianischen nicht erwarten …«

»Oh, ich glaube, wenn ein Grimani um einen Posten bittet, kann ich alles erwarten, aber wie das Leben so spielt, verlangt mich gar nicht danach, dem Vaterland langfristig auf der Tasche zu liegen. Wie gesagt, ich reise gerne. Und ich möchte wirklich Konstantinopel kennenlernen. Korfu liegt auf dem Weg. Ein paar Monate Dienst gegen Unterkunft, Sold und Überfahrt nach Konstantinopel, mehr ist nicht nötig.«

»Und dann?«, fragte der Abbate entgeistert. »Konstantinopel? Ist das dein Lebensziel? Giacomo, du willst doch nicht etwa deinem Glauben untreu werden?«

»Sie haben mich ertappt. Ich möchte ein Moslem werden und mich mit einem Harem bei den Türken niederlassen. Nein, Exzellenz, ich bin einfach nur neugierig, und es gibt danach noch sehr viele Orte, die ich sehen möchte, aber Konstantinopel zuallererst. Liegt uns Venezianern das nicht seit Marco Polo im Blut?«

»Und *das* ist dein Lebensplan? Orte kennenlernen? Neugierig sein? Giacomo, ich habe es dir nicht gesagt, weil du ohnehin schon zu eitel bist, aber deine Lehrer an der Universität hielten dich für einen der begabtesten und klügsten Studenten, den sie je hatten. Du kannst doch deine Geistesgaben nicht einfach so verschwenden und in den Tag hineinleben.«

»Doch«, sagte Giacomo, nicht herausfordernd, sondern staunend, weil ihm klarwurde, dass er es so gemeint hatte und dass er es tatsächlich wahr werden lassen konnte. Er hatte immer geglaubt, ein festes Ziel finden zu müssen, weil alle anderen Menschen das taten. Aber er war anders als alle, wollte anders sein.

»Genau das kann ich, und das werde ich«, betonte er nachdrücklich.

Der Abbate barg sein Gesicht in den Händen.

»Konstantinopel«, stöhnte er.

»Neapel zuerst, wenn das besser für Euch ist«, sagte Giacomo mit einer Spur Mitleid. »Bevor ich den Bosporus erkunde, möchte ich noch einen kurzen Besuch im Süden machen.«

»Aber Neapel wird von den Spaniern beherrscht. Nun, so gut wie, jedenfalls. Als Deserteur wirst du umgehend verhaftet werden. Wenn du einen ihrer Offiziere getötet hast, dann erst recht!«

Giacomo machte ein geheimnisvolles Gesicht. »Habe ich je behauptet, desertiert zu sein?«

»Oh, tu, was du willst«, sagte der Abbate abgestoßen. »Renne in dein Unglück. Schön, ich werde dir eine kurze Kommission für Korfu besorgen, aber damit ...«

»...waschen Sie Ihre Hände in Unschuld, was mich betrifft? Nun, das hat biblisches Vorbild, Exzellenz.«

Wie zu Beginn ihres Gespräches nach seiner Heimkehr sah er den Abbate zusammenzucken.

»Ich habe immer nur dein Bestes gewollt, Giacomo. Du könntest dankbarer sein.«

Giacomo erhob sich und zog mit einer schnellen Handbewegung seine Weste gerade.

»Dankbarkeit ist ein edles Gefühl, Exzellenz. Und ich dachte, wir hätten festgestellt, dass meine Herkunft hässliche Flecken hat.«

* * *

Der große Porpora, der Mann, der Caffarelli und Farinelli ausgebildet hatte und der berühmteste Gesangslehrer Europas war, hatte Neapel, wie man ihr erzählte, erst vor einem Monat verlassen, sonst hätte Calori zuallererst bei ihm vorgesprochen, sowohl, um selbst die Ehre seiner Bekanntschaft zu haben, als auch, um um seine Vermittlung zu bitten, denn der derzeitige Primo Uomo am Teatro San Carlo war kein anderer als Caffarelli. Neben Farinelli der unbestritten berühmteste Sänger der Welt.

»Der schlagwütigste ist er allemal«, sagte einer der besser angezogenen Neapolitaner, der mit Bittschriften in der Hand vor Caffarellis Palazzo wartete, zu Calori. Sie war als Mann gekleidet, weil sie so leichter durch die Stadt spazieren konnte, um Neapel kennenzulernen. Petronio hatte sie damit geneckt, Angst vor ihrer ersten offziellen Begegnung mit Caffarelli zu haben, doch damit aufgehört, als er ihren Gesichtsausdruck sah und merkte, dass seine Neckerei Wahrheit in sich barg. Es war einfach etwas anderes, aus der Ferne kühnes Selbstvertrauen zu zeigen, oder hier zu sein und zu wissen, dass sie demnächst nicht mit irgendeinem guten Sänger, sondern einem der größten die Bühne teilen würde, dem Sänger, für dessen Stimme Händel seine Arie *Ombra Mai Fu* geschrieben hatte und den die Londoner zum Gott erhoben hatten. Und er war ein Kollege, der obendrein nicht für seine Umgänglichkeit berühmt war.

»Er hat sich doch tatsächlich in einer Kirche geprügelt«, sagte der Bittsteller zu Calori. »Während eines Nonnengelübdes. Eine der Töchter der großen Familien unserer Stadt leistete ihr ewiges Gelübde, der Vater hatte zu ihrer Ehre Caffarelli bestellt, aber eben auch einen anderen Kastraten, und Cafferelli fängt während des Gottesdienstes tatsächlich eine Prügelei mit ihm an. Unsereins wäre dafür sofort eingesperrt worden und wegen Gotteslästerung vor Gericht gekommen. Aber Caffarelli? Der König wollte, dass er für seinen Bruder in Spanien bei dessen Hochzeit singt, also bekam Caffarelli nur ein paar Tage Hausarrest, und der arme Tropf, den er zusammengeschlagen hat, der ist hier in Neapel nie wieder aufgetreten.«

»Aber wenn er so, hm, unzugänglich ist, warum erhoffen Sie sich dann Erfolg mit einer Bittschrift?«, fragte Calori.

»Weil er gerne den großen Herrn spielt und angibt«, erwiderte dieser offen. »Und große Herren zeigen ihre Größe nun einmal gerne dadurch, dass sie den Patron für uns Kleine spielen. Schauen Sie sich doch die Inschrift an, die er sich über den Eingang seines Palazzo hat meißeln lassen!«

Calori legte den Kopf schief. Über dem Tor standen tatsächlich ein paar lateinische Worte. Nach einigem Grübeln hatte sie sich »Amphion Thebas, Ego Domum« zusammengereimt, was ihr nicht weiterhalf.

»Es heißt, der Grund, warum er sich ein eigenes Haus hat bauen lassen und ein Motto dafür gewählt hat, ist, um zu zeigen, dass es mit der Reiserei für ihn vorbei ist. Er will bei uns in Neapel bleiben.«

»Sprechen Sie Latein?«, fragte Calori.

»Nein, aber ich kann Ihnen schon sagen, was die Inschrift bedeutet, wenn Sie das wissen wollen. ›Amphion hat Theben erbaut, ich dieses Haus.‹ Amphion war ein heidnischer Sänger, das hat mir jedenfalls der Verwalter kürzlich erklärt, der die Mauern von Theben durch seinen Gesang zusammengefügt hat. Wenn sich einer mit alten Heiden vergleicht, dann hat er doch gewiss auch etwas Geld für die Überbleibsel der Römer übrig, meinen Sie nicht? Mein Bruder und ich helfen nämlich bei den Ausgrabungen, und da kann man sich doch etwas hinzuverdienen …«

Gerade jetzt kümmerte es sie nicht, dass der neue König von Neapel Ausgrabungen rund um den Vesuv angeordnet haben sollte. Sie war mehr daran interessiert, herauszufinden, ob Caffarelli imstande war, sie auf offener Bühne zu erwürgen. Wenn er so etwas öfter versuchte und dabei straflos blieb, gab es danach wohl kaum mehr Hinderungsgründe für ihn.

»Wie hält es Caffarelli denn mit Sängerinnen?«

»Er war mit der Tesi in Spanien, weil der König für seinen Bruder auch Duette haben wollte. Solange sie tun, was er will, und nicht versuchen, ihm die Gönner oder das Publikum wegzuschnappen, hat er nichts gegen Frauen.«

»Wie … gütig von ihm.«

Der Bittsteller lachte. »Ein Grund, warum wir ihn in Neapel lieben, ist, dass er nie langweilig wird. Wissen Sie, Porpora hat ihn zwar ausgebildet, aber er weigert sich, Caffarelli zu seinem größten Schüler zu erklären, hat sogar die Stirn gehabt, bei seiner letzten Oper hier in Neapel einem anderen Kastraten die Rolle des Primo Uomo zu geben. Da hat sich Caffarelli spanischen Schnupftabak gekauft und in lauter kleine Papierröllchen gefüllt. Dann mietete er sich für die Uraufführung eine Loge, fing an, den Tabak aus den vielen Röhrchen um sich zu blasen, und der Tabak fiel natürlich auf die Köpfe der Zuschauer im Parterre. Sie reckten die Nasen in die Höhe und fingen an zu niesen und zu schimpfen. Die Damen schrien um ihre Spitzen und Kleider und fingen an, die Sänger zu übertönen, und jeder versuchte, einen Platz zu bekommen, auf den kein Schnupftabak fiel, so dass bis zum Ende des ersten Akts überhaupt keine Zuhörer mehr von der Bühne aus im Parkett zu sehen waren. Nun wissen Sie, warum Porpora Neapel verlassen hat!«

Sie wusste vor allem, warum Logroscino ihren Auftritt zum eigentlichen Prüfstein erklärt hatte. Wie es schien, hatte sie die Wahl, entweder scheu im Hintergrund zu bleiben oder zu riskieren, dass ihre Aufführung von Caffarelli auf die eine oder andere Art zerstört wurde.

»Geht es Ihnen gut? Sie sehen grau im Gesicht aus, junger Freund.«

»Mir geht es hervorragend«, gab Calori grimmig zurück, verabschiedete sich von dem Bittsteller und ließ die Menschentraube vor Caffarellis Palazzo hinter sich. Sie war an diesem Tag alleine, denn Petronio suchte heute eine Wohnung, die nicht zu weit von der Oper entfernt lag, und Maria ließ sich von den Domestiken des Herzogs die Adressen der Schneider, Perückenmacher und Schuster nennen, welche sie brauchten. In diesem Moment war es ihr ganz recht, keine Zuschauer zu haben, denn ihr war bei diesem Gerede übel geworden, und sie übergab sich unweit einer der zahllosen Kirchen Neapels, deren Dächer von Gras bewachsen waren, obwohl sie im Inneren vor Goldbemalungen nur so strotzten.

Stell dich nicht so an, schalt sie sich. *Caffarelli ist ein Mensch, kein Vulkan, und er speit keine Lava, gegen die es kein Entrinnen gibt, sondern höchstens Gift und Galle.*

Aber sie wollte nicht, dass er Gift und Galle wider sie spie. Nicht nur, weil sie hier in Neapel Erfolg haben musste. Nein, sie wollte auch seine Stimme hören, jene so viel und weit gepriesene Stimme, deren Ruhm ebenso groß war wie der von Farinellis Stimme. *Manchmal denke ich, dass man nie seinen Idolen begegnen sollte,* hatte Appianino einmal zu ihr gesagt, aber Appianino selbst war ein Idol *und* ein guter Mann gewesen. Wenn Caffarellis Stimme und seine Gesangstechnik Händel inspiriert hatten, mussten sie wahrhaft herrlich sein, und sie wollte diese Stimme und Gesangstechnik hören und von ihr lernen.

Aber sich im Hintergrund zu halten kam nicht in Frage. Nicht mehr. Nicht auf der Bühne. Die Kirche, die sie erspäht hatte, war eine kleine, dem heiligen Severus geweihte Kapelle, und einem Impuls folgend, ging sie hinein, um eine Kerze zu stiften.

Bitte, dachte sie und wusste selbst nicht genau, um was sie eigentlich bat. Um einen Caffarelli, der entgegen allen Erwartungen großzügig und bereit war, andere neben sich glänzen zu lassen? Darum, dass er plötzlich von der überwältigenden Sehnsucht getrieben wurde, nach England zurückzukehren? Auf jeden Fall war es bei seinem Temperament für ihn bestimmt keine Schwierigkeit, den Herzog zu »bestrafen«, so dass es sie wunderte, warum der Herzog nicht einfach ein paar Nächte gewartet hatte.

Am Ende betete sie für keinen dieser Wünsche. Stattdessen ertappte sie sich dabei, ein Gebet für Giacomo zu sprechen, wo immer er sich befand. Sie hoffte, dass er sich seine Idee mit der Uniform noch einmal überlegt hatte. Wenn die Spanier und Österreicher immer noch in Italien kämpfen wollten und er dann immer noch den Soldaten spielte, konnte es ihm geschehen, von der einen oder anderen Armee aufgegriffen und als Kanonenfutter verwendet zu werden. Warum hatte er sich nur darauf versteift, etwas so Leichtsinniges zu tun?

Dann wieder stellte sie sich vor, was er zu all ihren Handlungen in den letzten Wochen sagen würde, und wusste, dass sie in einem Glashaus saß. Sie hoffte nur, dass dieses Glashaus ihren ersten Auftritt überlebte.

Als sie im Palazzo des Herzogs das ihr zugewiesene Gemach aufsuchte, fand sie dort eine aufgeregte und sehr unglückliche Maria vor. Sie hatte von der Schneiderin gehört, dass die Contessa Giulia aus Pesaro, die eigentlich erst Ende Mai kommen sollte, bereits in Neapel eingetroffen war und zu der abendlichen Soiree des Herzogs erwartet wurde.

Da ihr Don Sancho etwas dergleichen angedeutet hatte, kam das für Calori nicht ganz überraschend, aber eine willkommene Nachricht war es nicht. Sie hätte sich etwas mehr Zeit und vor allem ein gesichertes Leben in Neapel gewünscht, ehe sie erneut auf die Contessa traf. »Der Herzog wünscht, dass Sie heute Abend singen«, sagte Maria noch betreten. »Und ich habe gehört, dass der berühmte Caffarelli auch erwartet wird.«

»Natürlich«, sagte Calori und sank auf das Bett. »Es regnet nie in meinem Leben, es schüttet immer.«

»Ich, ich, Sie werden mich bei dem Empfang nicht brauchen, oder?«, stammelte Maria. »Ich bin wirklich dankbar für die Stelle bei Ihnen, aber – ich will sie nicht wiedersehen. Die Contessa. Bitte.«

Ihre Blessuren waren mittlerweile verheilt, aber die roten Flecken, die auf ihren Wangen brannten, erweckten fast den Eindruck, als seien neue dazugekommen.

»Du hast mir doch selbst gesagt, dass die Contessa bereits vergessen haben wird, dass es dich gibt«, entgegnete Calori, weil sie immer der Meinung gewesen war, dass eine vernünftige Feststellung beruhigender als ein ungenauer Trost wie »alles wird gut« war. Außerdem gab ihr das die Gelegenheit, so zu tun, als hämmere ihr eigenes Herz nicht bis zum Hals, weniger der Contessa als nun Caffarellis wegen. Einen anderen Menschen beruhigen zu müssen lenkte sie von ihren eigenen Sorgen ab.

»Ich will sie aber nicht daran erinnern, wenn das nicht so ist«, sagte Maria mit flatternden Händen. »Und an Sie erinnert sie sich ganz gewiss!«

»Nun, dass sie mir applaudieren wird, ist unwahrscheinlich. Mach dir keine Sorgen, du kannst dich auch hier aufhalten, oder wo immer du möchtest, bis der Empfang vorbei ist.«

»Ich verstehe nicht, wie Sie so ruhig sein können«, sagte Maria, die nun wieder etwas ruhiger zu werden schien.

»Improvisation und Schauspielerei«, gab Calori zurück und barg das Gesicht in den Händen, wie um ein Lachen zu verbergen, obwohl ihr eher nach Schreien zumute war. Wenn Petronio zurückkehrte, musste sie ihn fragen, ob er schon einen der hiesigen Weine gekostet hatte. Sowohl Appianino als auch Melani hatten sie davor gewarnt, zu trinken, da es Sängern die Stimme rauben konnte, aber gewiss gab es einmal eine Entschuldigung dafür, sich einem Rausch zu überlassen? In dem Zustand hätte sie außerdem eine Ausrede, um gar nicht erst zu diesem Empfang erscheinen zu müssen.

Doch sie musste bei sich die gleiche Vernunft anwenden, wie sie das bei Maria getan hatte. Es war mehr als unwahrscheinlich, dass die Contessa ihretwegen in Neapel war. Wenn sie immer noch darauf aus war, sich mit einem Kastraten zu schmücken, dann lag es nahe, in Caffarelli den Grund ihrer Anwesenheit zu vermuten. Niemand würde über die Contessa spotten, weil sie auf eine Frau in Männerkleidern hereingefallen war, was bisher ohnehin nur der Marchese del Colle wusste, wenn sie einen der beiden berühmtesten Kastraten Europas zu ihrem Liebhaber machte. Caloris Anwesenheit würde für Donna Giulia zwar nicht willkommen sein, aber gewiss würde sie ihre gesamte Aufmerksamkeit Caffarelli schenken. Mit etwas Glück würden die beiden sich gegenseitig beschäftigen, obwohl das, was Giacomo ihr von den Geschichten über die Rachsucht der Contessa in Pesaro erzählt hatte, gar von dem Geld, das, wie er von Bepe erfahren hatte, für seine Ermordung geboten worden war, nicht geklungen hatte, als ob die Contessa je eine Gelegenheit zur Bösartigkeit ausließe.

Mit etwas Pech würde die Contessa schlussfolgern, Caffarelli eine kleine Aufmerksamkeit zu verehren, wie das Katzen gelegentlich mit erlegten Mäusen taten, wäre genau die richtige Art und Weise, um sich bei ihm einzuschmeicheln, und was war besser dafür als eine Sängerin, die er nicht billigte?

Sie brauchte keinen Rausch. Sie konnte einfach Krankheit vorschützen und sich heute Abend in diesem Raum verstecken, wie Maria.

Aber erstens würde das ihre Schwierigkeiten nur aufschieben, nicht aufheben, zweitens würde der Herzog zweifellos früher oder später erraten, dass sie sich aus Angst zurückgezogen hatte, und das konnte sie seine Patronage kosten, und drittens konnte es sehr wohl sein, dass auch Caffarelli zu Ohren kommen würde, dass sie ihrer ersten Begegnung mit ihm ausgewichen war.

Calori hatte nie gejagt. Das stand nur dem Adel zu. Aber sie wusste, dass man einen angriffslustigen Wolf kein Blut riechen lassen durfte. Und genau das wollte sie nicht.

»Maria«, sagte sie, »heute Abend muss ich überwältigend aussehen.«

Maria fuhr sich mit der Hand über die Nase und wurde unversehens zu dem unauffälligen Mädchen, das sie in der Kutsche gewesen war.

»Ich habe die Kleider aufgehängt«, sagte sie, »aber noch nicht bügeln können. Das rote ist das einzige nicht verknitterte Kleid, das gleichzeitig elegant ist, Ihre Figur betont und genügend Haut zeigt. Es sei denn, Sie möchten einen Überrock und Hosen tragen?«

Calori schüttelte den Kopf. »Nicht heute. Heute Abend ist es wichtig, dass ich auf keinen Fall einem Kastraten gleiche.«

Caffarelli hatte wie die meisten Kastraten seine Karriere in Frauenrollen begonnen, doch in seinem Fall war er darin so überzeugend gewesen, dass er Rom, den Ort seiner ersten Triumphe, verlassen musste, weil ihm dort niemand eine Heldenrolle mehr glaubte. Für die Römer blieb er eine Frau, weil sie ihn in Frauenrollen so sehr liebten, und Melani, der ihr diese Geschichte erzählt hatte, sagte, deswegen sei Caffarelli schließlich nicht mehr nach Rom zurückgekehrt und habe nie wieder eine Frauenrolle gespielt.

Als Bellino, in Hosen, würde sie nur wie ein jugendliches Imitat eines Meisters erscheinen. Aber La Calori war eine Frau und damit etwas, das Caffarelli nicht mehr wagte zu sein. Es würde auf ihn ankommen, wie er es aufnahm. Als Versprechen, nicht sein Territorium zu betreten, oder als Herausforderung. Auf jeden Fall würde er sie nicht für feige halten, und der Herzog erst recht nicht. Was die Contessa betraf …

»Maria«, sagte Calori, »wenn Donna Giulia nicht beschlossen hat, mich einfach aus ihrem Gedächtnis zu streichen, was glaubst du, wird sie tun, wenn sie mich entdeckt?«

Der Herzog und Don Sancho mit ihren Aussagen zu den Giftmischern in den südlichen Landesteilen hatten ihr wohl mehr zugesetzt, als sie es für möglich gehalten hatte, denn sie fügte hinzu: »Hat sie schon einmal jemanden vergiftet?«

»Nur ihresgleichen«, entgegnete Maria prompt und ohne mit der Wimper zu zucken, »und das sind Sie nicht. Aber sie könnte ein paar ihrer Leute befehlen, Ihnen in einer Ecke aufzulauern, Sie zu verprügeln und zu vergewaltigen, wenn sie immer noch wütend auf Sie ist.«

Calori schaute zu der Zofe hin, hörte die Selbstverständlichkeit, mit der Maria diese Antwort gab, und musste schlucken. »Hat sie das bei dir getan?«, fragte sie leise. »Ich wusste, dass sie dich hat prügeln lassen, aber …«

Maria wandte sich ab, und das war Antwort genug. Immer stärker wünschte Calori, sie und Giacomo wären nie nach Pesaro gekommen. Wenn Maria nicht bereit gewesen wäre, Giacomo mit Mahlzeiten zu versorgen, wäre ihr das nicht zugestoßen. Schlimmer noch, hätte Calori bei der Contessa ihren Mund unter Kontrolle gehabt, wäre es nicht geschehen. Die Contessa war die Hauptschuldige, doch der Rest dieser speziellen Schuld lag auf Caloris Schultern.

Wenn die Geschichten über Caffarelli stimmten, dann nützte er seine Privilegien wie die Contessa ebenfalls schamlos aus, aber wenigstens hatte er sie sich vorher verdient. Und seine üblen Launen trafen nicht nur jüngere Sänger, sondern auch Adlige, wenn ihm danach war. Caffarelli würde damit durchkommen, die Contessa vor versammelter Gesellschaft eine Hure zu nennen, aber der größte Teil der restlichen Menschheit würde das nicht. Auch Calori nicht, jedenfalls jetzt noch nicht. In ferner Zukunft vielleicht, wenn sie eine Stellung hatte, die der Caffarellis vergleichbar war, aber die würde sie nie erringen, wenn sie sich hier erneut mit der Contessa befehden würde. Es würde wieder einen Unschuldigen treffen. Calori stellte sich vor, wie nicht sie, sondern Petronio in einer Gasse auf Schläger traf.

»Soll ich dem Herzog sagen, dass Sie krank sind?«, fragte Maria, nachdem sie Calori das Gesicht gereinigt hatte. »Es stimmt am Ende.«

Calori erhob sich, öffnete die Fenster des Zimmers und atmete die feuchte Luft von Neapel ein.

»Nein«, sagte sie. »Ich glaube, ich habe eine Idee. Weißt du, was man tut, wenn man nicht nur einen, sondern zwei blutgierige Hunde auf den Fersen hat?«

»Verzeihung, aber ich verstehe nichts von der Jagd, Signorina. Die Herrin hätte mich nie auf eine mitgenommen.«

»Ich verstehe auch nichts davon, aber ich hatte in der letzten Zeit Gelegenheit, darüber nachzudenken. Wenn ich der Fuchs wäre, dann würde ich versuchen, die Hunde aufeinanderzuhetzen.«

Maria besaß noch ihr Kleid, in dem sie nach Rimini gekommen war, mit dem Wappen der Contessa darauf. Sie hatte es mehrfach geflickt, aber niemand würde einen zweiten Blick darauf werfen, da man immer nur eine Zofe vor sich sah. Angesichts Marias wohlbegründeter Angst vor der Contessa wäre es unverantwortlich gewesen, ihr selbst diesen Gang zuzumuten. Also zog sich Calori das Kleid an, verbarg ihr Haar unter einer Stoffhaube, wie sie Mädge öfter trugen, und bemühte sich, so geduckt und unauffällig wie möglich zu gehen, als sie zum Palazzo von Caffarelli zurückkehrte. In der Hand hielt sie einen versiegelten Brief. An Siegelwachs und Papier zu kommen war in einem riesigen Haushalt wie dem des Herzogs nicht schwer gewesen, und so wie Maria es ihr beschrieben hatte, war das Siegel der Contessa leicht zu imitieren gewesen. Ein Stern. Was die Schrift der Contessa betraf, nun, Caffarelli hatte sie wahrscheinlich nie zuvor gesehen. In Ancona hatte Bellino selbst ein Briefchen empfangen, nach ihrer Begegnung beim Ball, und sie erinnerte sich dunkel an eine gewöhnliche Zierschrift.

Caffarellis Pförtner wies sie zunächst genauso ab wie das halbe Dutzend Bittsteller, das den Palazzo immer noch belagerte.

»Zu Diensten, Herr, aber ich soll diesen Brief gleich abgeben, und meine Herrin, die Contessa, sagt, wenn der Maestro ihn nicht gleich liest, wird sie bei der nächsten Opernaufführung mit ihm in der Hauptrolle zeigen, was man von ihm lernen kann, und genügend Logen mieten, um den Zuschauerraum mit Schnupftabak leer zu fegen und auch für ausreichend Pfeiftöne von den Rängen zu sorgen.«

Es war doch sehr nützlich, zu wissen, was Sänger am meisten fürchteten.

»Wer würde es wagen ...«, brauste der Pförtner auf.

»Meine Herrin ist die Contessa Giulia aus Pesaro. Sie wischt sich die Schuhe an Männern ab, die ihr nicht die gebührende Achtung erweisen.«

»Mein Herr hat Fürsten um seine Gunst betteln sehen!«

»Das wird ihn sicher trösten, wenn seine nächste Darbietung im Teatro San Carlo im Niesen und in Pfiffen erstickt«, zwitscherte Calori. Der Pförtner warf ihr einen äußerst erbosten Blick zu, doch er nahm den Brief entgegen und stapfte mit ihm davon ins Innere des Palazzo. Sie wollte ihr Glück nicht überreizen und suchte das Weite, zumal ihr Streit mit dem Pförtner Petronio die Möglichkeit gegeben hatte, sich durch das Portal zu schmuggeln, wie sie es verabredet hatten.

Im Brief hatte sie versucht, so genau wie möglich den hochmütigen Ton der Contessa zu imitieren, und Caffarelli mehr befohlen als gebeten, ihr nach dem Empfang am heutigen

Abend zur Verfügung zu stehen. Für einen einfachen Mann aus Bari sei es ein Privileg, ihr in jeder Weise zu Diensten zu sein. Wenn der Pförtner ihm außerdem noch von der Drohung gegen die nächste Aufführung berichtete, dann sollte das genügen, um einen stolzen Kastraten wie Caffarelli zur Weißglut zu bringen.

In der Stunde, bis Petronio wieder im Palazzo des Herzogs auftauchte, hatte Calori viel Zeit, sich auszumalen, was alles schiefgehen konnte, angefangen damit, dass die Contessa schneller gewesen und Caffarelli vorher eine Botschaft gesandt hatte, eine echte. Es endete damit, dass Petronio dabei erwischt wurde, einen der Überröcke von Caffarellis Lakaien zu entwenden. Sie hätte ihn am liebsten gar nicht eingeweiht, aber die Gefahr, von Mitgliedern des Haushalts der Contessa erkannt zu werden, war bei ihr einfach zu groß, ganz gleich, ob sie als Mann oder Frau dort auftauchte; daher war es an Petronio, einen Diener aus dem Haushalt Caffarellis zu verkörpern und seinerseits eine Botschaft zu übergeben.

Maria hatte geschworen, dass die Contessa Caffarelli noch nie begegnet sei, und Calori konnte nur hoffen, dass die Zofe sich nicht irrte. Dagegen war sich Maria sicher, dass der Herzog und die Contessa zwar nicht Freunde, aber sehr wohl alte Bekannte waren, und auch das war für das Gelingen von Caloris Plan sehr wichtig. In dem zweiten gefälschten Brief, der an die Contessa ging, ließ sie Caffarelli prahlen, der Herzog habe ihm erzählt, was für eine allgemein zugängliche Dame sie doch sei, wie bedürftig nach ungewöhnlichen Erfahrungen, und wenn sie sich sehr um ihn bemühe, dann sei er geneigt, sich mit ihr nach dem Empfang den Rest der Nacht zu verkürzen.

»Dieser Ton wird sie wünschen lassen, er sei nicht schon kastriert«, sagte Maria und begann, Caloris Haar für den Abend einzudrehen. »Aber ist es denn dann nicht erst recht besser, wenn Sie heute Abend auf Ihrem Zimmer bleiben? Am Ende lenkt Ihr Anblick die beiden davon ab, sich gegenseitig zu zerfleischen, und dann war Ihr ganzer Plan umsonst.«

»Du vergisst den Herzog, und wie wichtig es ist, keine Angst zu zeigen. Niemandem gegenüber. Der Plan ist dazu da, die Gefahr für mich zu verringern. Aus der Welt schaffen kann er sie nicht. Außerdem ...« Calori schenkte Maria im Spiegel ein kleines Lächeln, das wesentlich tapferer war, als sie sich fühlte. »... habe ich Caffarelli noch nie singen gehört. Wie könnte ich da nicht neugierig sein?«

»Sie werden ihn auch nie hören, wenn alles entdeckt wird und wir alle hinausgeworfen werden und auf der Straße landen«, gab Maria zurück und flocht ein rotes Seidenband in Caloris Haare.

»Maria, wer in einer Welt voller Katzen immer nur die Maus spielt und sich ins nächste Loch verkriecht, wird früher oder später gefressen.«

»Und wenn man versucht, selbst eine Katze zu sein, ohne die Krallen einer Katze zu haben, wird man ebenfalls gefressen«, entgegnete das Mädchen.

»Ich weiß nicht, ob ich die Krallen habe, aber ich bin schon immer gut darin, so zu tun, als ob, und das ist das Nächstbeste.«

Trotzdem waren ihre Knie weich, bis Petronio zurückkehrte und triumphierend erklärte, die Contessa sei bereits mitten in den Vorbereitungen für den Empfang gewesen, habe sich aber dennoch die Zeit genommen, den angeblichen Brief Caffarellis persönlich entgegenzunehmen.

»Du hast ihn ihr selbst übergeben?«, fragte Calori entgeistert. »Aber Petronio, das solltest du nicht! Ihrem Haushofmeister solltest du ihn übergeben. Was, wenn sie ihre Wut gleich an dir ausgelassen hätte?«

»Das hat sie aber nicht. Ich bin hier. Außerdem war sie nicht wütend. Sie ist nur sehr still geworden, und dann hat sie gesagt,

›Gut, ich werde deinem Herrn meine Antwort persönlich geben‹, und hat mich fortgeschickt.«

»Das sieht Donna Giulia aber überhaupt nicht ähnlich«, warf Maria beunruhigt ein. »Sie hätte dir wenigstens ins Gesicht schlagen müssen. So hat sie es bisher immer gehalten, wenn jemand ihr Nachrichten brachte, die sie als unverschämt empfand.«

»Nun«, sagte Petronio zögernd, »sie war … ein wenig abgelenkt. Vielleicht lag es daran.«

»Abgelenkt?«

Petronio zog den gestohlenen Überrock aus und suchte mit uncharakteristischer Sorgfalt nach einem Ort, um ihn aufzuhängen.

»Sie, ähem, ist nicht alleine nach Neapel gereist.«

»Natürlich reist sie nicht alleine«, sagte Calori ungehalten. »Eine Frau wie sie hat immer einen kleinen Hofstaat um sich und wenigstens ein Dutzend Domestiken.«

»Und Mitreisende, die ihr wohl auf dem Weg begegnet sind und froh waren, nicht für den Rest der Strecke bezahlen zu müssen«, sagte Petronio. »Jedenfalls nehme ich an, dass dies sein Grund war, mit ihr zu kommen statt mit der Postkutsche. Ich wollte es dir eigentlich erst so spät wie möglich sagen, aber hol's der Teufel, so hast du jedenfalls Zeit, dich etwas auf ihn vorzubereiten.«

»Petronio, du willst doch nicht etwa sagen …«

»Er ist hier. Der Venezianer. Dein Giacomo Casanova.«

Giacomo war der Contessa schon kurz hinter Bologna auf einer Poststation begegnet, und das nicht zufällig. Er hatte Grund, sich an Dialekt und Wappen von Pesaro zu erinnern, und als ihm beides in Form von zwei Kutschen und einer Schar Diener unter die Augen kam, brauchte er nur ein paar Erkundigungen einzuholen, bis er wusste, dass es sich um ebenjene Contessa handelte, von der unter den Soldaten in Pesaro so oft die Rede gewesen war. Es wäre möglich gewesen, ihr auszuweichen, aber erstens war er neugierig, zweites war die Frau laut ihrer Dienerschaft nach Neapel unterwegs, was alles Mögliche bedeuten konnte, einschließlich von Gefahren für Calori, und drittens, viertens, fünftens und sechstens war er neugierig.

Also richtete er es ein, ihr vor ihrer Weiterfahrt über den Weg zu laufen.

»Ich bin gekränkt«, sagte er, als man ihn zu ihr vorgelassen hatte. »In Pesaro war unsere Beziehung noch so innig, dass Sie einen Preis auf meinen Kopf aussetzten, und hier bin ich noch nicht einmal einen prügelnden Diener wert? Das ist genug, um einen Mann um seine Selbstachtung zu bringen, Gnädigste.«

Sie musterte ihn von oben bis unten. Er trug immer noch seine Phantasieuniform, obwohl er inzwischen dank des Abbate Grimani die reguläre venezianische hätte anlegen können. Aber das wäre eine Verschwendung von guter Seide gewesen, die ihn viel besser zur Geltung brachte, als es die Kleidung eines venezianischen Fähnrichs, mehr hatte der Abbate Grimani nicht ausgeben wollen, je getan hatte.

»Wenn ich versucht hätte, *Sie* umbringen zu lassen, dann wüsste ich das noch«, entgegnete die Contessa mit einem winzigen Lächeln. »Darf ich um Ihren Namen bitten, damit ich weiß, wer mich so bei Ihnen verleumdet hat?«

»Eine ganze Reihe von Soldaten, die vermutlich nichts Besseres zu tun hatten. Aber das Leben im Lager von Pesaro ist nun einmal nicht aufregend. Deswegen habe ich ja gerade beschlossen, mich am Soldatendasein zu versuchen. Es ist so erholsam, und als Zivilist wird man von denen gelegentlich seiner Freiheit beraubt. Giacomo Casanova, aus Venedig, zu Ihren Diensten.«

Die Frau hatte sich wirklich gut im Griff; wenn er nicht sehr genau hingeschaut hätte, wäre ihm das kurze Zusammenziehen ihrer Augenbrauen entgangen, und ihr Auflachen klang echt, nicht gekünstelt.

»Nun, es gibt schlimmere Gründe, um Soldat zu werden. Aber ich kann mir immer noch nicht vorstellen, warum ich Sie habe tot sehen wollen. Wo wir uns doch nie begegnet sind und ich auch noch nie von einem Giacomo Casanova aus Venedig gehört habe.«

Ich werde bestimmt nicht als Erster Caloris Namen erwähnen, dachte Giacomo.

»Ein Umstand, den wir schleunigst beheben müssen.«

»Meine Unkenntnis Ihres Namens betreffend oder meinen nicht existenten Wunsch, Sie tot zu sehen?«

Dumm war sie nicht, diese Contessa, und auf geistreiche Gespräche schien sie sich auch zu verstehen. Aber er wusste sehr wohl noch, was ihm Calori erzählt hatte und was der Spieler Bepe im Lager gesagt hatte.

»Es liegt nur an Ihnen, herauszufinden, was von beiden zutrifft. Wie ich hörte, ist Ihr Ziel Neapel. Nun, dorthin zieht es mich ebenfalls.«

Diesmal konnte sie ihre Emotion nicht verbergen. Ihre Stimme klang deutlich kühler, als sie fragte: »Haben Sie einen bestimmten Grund für diese Reise?«

Er hätte sie gerne dasselbe gefragt, doch ganz gewiss keine wahrheitsgemäße Antwort erhalten. Also meinte er: »Brauche ich einen? Nun, die Neapolitaner haben ein Sprichwort: *Neapel sehen und sterben.* Vielleicht möchte ich Ihnen die Gelegenheit bieten, mich vor einem solch dramatischen Hintergrund und einem wirklichen Könner ins Jenseits befördern zu lassen, falls das immer noch Ihr Wunsch sein sollte.«

Damit, hoffte er, hatte er sich wenigstens ein wenig Sicherheit verschafft, denn jeder, der sich für irgendwelche Schmach rächen wollte, war unberechenbar, und vor allem, wenn das vorgesehene Opfer so überhaupt keine Angst zeigte. Es war natür-

lich möglich, dass er die Contessa völlig falsch einschätzte. Wie
so vieles in seinem Leben war auch dies ein Glücksspiel. Er
liebte Glücksspiele.

»Wenn man ziellos reist, kommt man selten dorthin, wohin
man möchte«, sagte die Contessa sibyllinisch. Er verkniff sich
die Bemerkung, dass sie nun klang wie sein ehemaliger Vormund und seine alten Lehrer, zumal nicht klar war, ob sie einen
schönen Tod oder sich meinte.

»Das kommt wie alles im Leben auf die Gesellschaft an, in der
man sich befindet«, sagte er stattdessen, musterte sie so offen,
wie sie ihn vorher gemustert hatte, und ließ deutlich werden,
dass ihm gefiel, was er sah. Erneut lachte sie. Deutlich wärmer
meinte sie: »Ist das eine Aufforderung? Und ich dachte, Sie
wären vor kurzem noch ein Abbate gewesen.«

Das hatte er ihr nicht erzählt, und es half nicht gerade, ihre
Behauptung, seinen Namen nicht gekannt zu haben, glaubwürdiger zu machen. Doch im Gegensatz zu ihm und Calori
musste jemand wie die Contessa keinen Preis dafür bezahlen,
wenn man sie beim Lügen erwischte, also machte ihr das bestimmt nichts aus.

»Sagen wir, es ist ein Angebot. Bis Neapel sind es noch ein
paar Tage. Wer will sich langweilen, wenn sich das vermeiden
lässt?«

»In der Tat«, sagte sie und bedeutete einem Diener, man möge
das Gepäck des Signore Casanova auf einer ihrer Kutschen
unterbringen.

Die Contessa war, so stellte sich heraus, nicht eben subtil, aber
auch nicht zu unterschätzen. Sie wartete, bis die Kutsche sich
weit von der nächsten Stadt entfernt hatte, ehe sie ihn nach
seinem Geschmack in der Musik fragte. Als er ein paar Opern
nannte, winkte sie ungeduldig ab.

»Das meinte ich nicht.«

»Nun, ich auch nicht, um ehrlich zu sein. Ich beobachte mindestens ebenso sehr die Besucher einer Oper wie das Geschehen auf der Bühne. Menschen hören nie auf, fesselnd zu sein, und im Zuschauerraum befinden sich nun einmal mehr davon.«

»Ich meinte«, sagte sie mit einer Spur von Ungeduld, »bevorzugen Sie Sängerinnen oder Kastraten?«

Das war eine offenkundige Aufforderung, Stellung zu beziehen und sich entweder zu Calori zu bekennen oder sie zu verraten. Giacomo hatte Entweder-oder-Ultimaten noch nie geschätzt, doch er hatte schon zu oft solche Situationen erlebt, und er fühlte sich mit der Kunst des Herumredens einfach wohl.

»Meinen ersten Kastraten habe ich in Rom gehört. Wissen Sie, Contessa, wer in der alten Hauptstadt der Welt sein Glück zu machen berufen ist, der muss ein Chamäleon sein, dessen Haut in allen Farben der ihn umgebenden Luft zu schillern weiß. Und wer von uns wünscht sich nicht, sein Glück zu machen?«

Es entging ihr absolut nicht, dass er einer direkten Antwort ausgewichen war.

»Sie sehen sich also als Chamäleon?«

»Die Luft, die mich gerade jetzt umgibt, ist so weiblich«, gab er zurück, »dass ich nicht anders kann, als mich als Mann zu fühlen.«

Sie fuhr sich mit der Zunge über die Lippen.

»Ist das so?«

»Daran zu zweifeln hieße, an sich selbst zu zweifeln, Contessa, und Sie kommen mir nicht vor wie eine Dame mit Selbstzweifeln.«

»Nun«, sagte sie, mittlerweile mehr schnurrend als bellend wie ein Spitz, »jede Frau hat gern ... handgreifliche Beweise.«

»Jeder Mann, der einer Schönheit wie Ihnen die Unbequemlichkeit einer Kutsche zumutet, wo Sie es verdienen, auf Seide gebettet zu werden, gibt nur handgreifliche Beweise seiner Geschmacklosigkeit«, entgegnete er, ohne zu zögern. Zwei feine Linien zogen sich über ihre Stirn, doch sie entgegnete nichts mehr und verstummte, sei es, weil sie sich an Bellinos Antwort in Ancona erinnerte oder überzeugt war, er habe recht.

Es war nicht so, dass er davor zurückschreckte, mit ihr ins Bett zu gehen; sonst wäre er erst gar nicht zu ihr in die Kutsche gestiegen. Aber er wusste, dass er, wenn er ihr es zu leicht machte, gar nicht erst bis Neapel mitgenommen und im günstigsten Fall irgendwo am Wegrand zurückgelassen würde. Es kam darauf an, sie weder zu verprellen, noch ihr sofort das zu geben, was sie haben wollte. Eine Lage, in der sich sonst eher Frauen befanden, dachte Giacomo, und die Erinnerung an das eine Mal als Frau, mit Calori, bei dem er selbst ein Kleid getragen hatte, jagte ihm einen Schauder über die Haut, einen Schauder aus Lust und Schuldbewusstsein zugleich.

Er stand gerade im Begriff, sie zu betrügen. Nicht, weil er bald mit einer anderen Frau zusammen sein würde. Als sie sich in Bologna verabschiedeten, waren sie sich einig, dass niemand vom anderen körperliche Treue erwartete. Aber dies war nicht irgendeine Frau, sondern Caloris erklärte Feindin, und deswegen ging es nicht um Körper oder Herz, es ging um Verrat. Auch wenn er in erster Linie neugierig war und herausfinden wollte, was die Contessa für Neapel plante, wusste er, dass die Feindschaft zwischen Calori und der Contessa für ihn kein Hinderungsgrund, sondern eher eine Herausforderung war, und darauf war er nicht besonders stolz. Aber es war so. Diese Frau, die ihm jetzt gegenübersaß und sich mit einem Fächer aus Sandelholz heftig zufächelte, hatte auf die eine oder andere Weise die Frau gehabt, die ihn verlassen hatte, und das war der Grund, warum er sie wollte.

»Wissen Sie, warum ich Neapel besuche?«, fragte sie plötzlich. »Aus Langeweile. Pesaro ist ein solches Nest. Langweilig, langweilig, langweilig. Ist das Leben nicht schrecklich, wenn es uns so wenig Zerstreuung bietet?«

Das war vermutlich noch nicht einmal eine Lüge. Er schreckte selbst vor Langeweile zurück, aber in seinem Fall pflegte sie sich höchstens dann einzustellen, wenn er Dinge tun musste, die ihn nicht interessierten. Wenn er das Geld und den Stand der Contessa gehabt hätte, dann hätte sich Langeweile bei ihm nie eingestellt. Er verschwendete einen kurzen Augenblick darauf, sich zu fragen, wie der eheliche Sprössling eines Grimani wohl in Padua empfangen worden wäre, in Rom oder Pesaro, von Venedigs Palazzi ganz zu schweigen, und entschied, dass die Grimani letztendlich zu sehr mit Venedig verwuchert waren. Die Welt mit ihrem Reichtum zu erkunden wäre aber zumindest bequem gewesen.

»Nun, ich habe Gerüchte gehört, dass es wieder Krieg geben soll zwischen den Österreichern und Preußen, und damit auch zwischen Österreichern und Spaniern. In Pesaro haben Sie eine Garnison voller möglicher Helden. Genügt so ein Spektakel nicht zu Ihrer Ablenkung?«, fragte Giacomo sardonisch. Die Contessa rümpfte die Nase.

»Spanische Soldaten sind langweilig«, sagte sie. »Entweder riechen sie nach Weihwasser, oder sie haben aus der Neuen Welt ansteckende Krankheiten mitgebracht. Ist es nicht eigenartig, dass die Spanier ihre Inquisition immer noch viel ernster nehmen, als wir es hier im Kirchenstaat je taten? Und die spanische Uniform gefällt mir auch nicht. Seien wir doch ehrlich, die große Zeit Spaniens ist vorbei, und die Spanier versuchen verzweifelt, das Ende noch etwas aufzuschieben, indem sie sich mit den neuen Mächten wie den Preußen verbünden.« Sie schlug ihren Fächer zusammen.

»Dann wartet allerdings eine harte Prüfung auf Sie«, sagte er.

»Ach wirklich?«

»Neapel steckt voller Spanier«, entgegnete er milde.

»Wollen Sie etwa andeuten, dass dieses Königreich nicht unabhängig ist, nur weil der derzeitige König der Bruder des Königs von Spanien ist? Aber nicht doch«, gab sie zurück.

»Oh, mein Glaube an die neapolitanische Unabhängigkeit ist so fest wie mein Glaube an Einhörner und den Stein der Weisen«, sagte Giacomo. »Trotzdem fürchte ich, dass Ihnen in Neapel die eine oder andere spanische Uniform über den Weg laufen wird und Sie daher von Skylla zur Charybdis reisen.«

»Vielleicht nicht mehr lange«, sagte sie, lächelte und neigte den Kopf. »Aber genug der öden Politik. Was erwarten Sie sich von Neapel?«

Das war eine bessere Frage, als sie wissen konnte. Ein weiteres Wiedersehen, einen weiteren Abschied. Dennoch stand sein Ziel fest. Konstantinopel war zu lange der Erzfeind Venedigs gewesen, und er hatte die Vorstellung, dass es das gefährlichste Reiseziel für Venezianer war, mit der Milch seiner Amme eingesogen. Vielleicht gerade deshalb wollte er die Stadt am Bosporus unbedingt kennenlernen. Die Vorstellung allerdings, dorthin zu reisen, am Ende vielleicht sogar dabei umzukommen und Calori nicht noch einmal in den Armen gehalten zu haben, war nicht zu ertragen.

Von alldem verriet er der Contessa nichts. Stattdessen seufzte er. »Die Oper, Donna Giulia, fürchte ich. Die Oper. Manchmal reist man sehr weit ... für eine schöne Stimme.«

»Ich dachte, Sie beobachten in der Oper vor allem das Publikum?«

»Eben. Das Publikum, das von einer wahrhaft einzigartigen Stimme angelockt wird, ist anders als das, das sich bei einem Alltagstirilieren langweilt.«

»Oh, und Sie glauben also, in Neapel gibt es eine Stimme ... und ein Publikum, das diese Reise wert ist?«, fragte die Contessa lauernd. Ihre Augen hatten sich verengt.

»Ich glaube das nicht, ich weiß es.«

Sehr leise fragte sie: »Tun Sie das wirklich?«

»Sie sind auf dem Weg nach Neapel und werden diese Stimme hören«, antwortete er und fühlte sich wie bei einer Partie Pharo, wenn er sein Blatt aufdeckte. »Welch besseren Beweis für die Qualität des Publikums gibt es?«

Ihre Mundwinkel zuckten, aber diesmal lachte sie nicht.

»Vergessen Sie das nur nicht«, sagte sie, »falls es zu einem unerwarteten Schauspiel kommen sollte, bei dem Sie selbst Darsteller oder auch Publikum sein könnten.« Ihre Stimme wurde immer kühler. »Es sei denn, Sie haben ... Schwierigkeiten mit Ihrer Darstellerpotenz.«

In der Nacht, ehe sie Neapel erreichten, lieferte er ihr seine Darstellung. Es war ein eigenartiges Erlebnis; einerseits war die Contessa überaus erfahren, andererseits erinnerte sie ihn an die kleine Marina Lanti, die sich in seinem Bett vor allem mit Cecilia und mit Bellino hatte messen wollen. Wie ein junges eifersüchtiges Mädchen sagte auch die Contessa herausfordernd: »Gib es zu. Gib es zu. Ich bin besser. Ich bin die Beste.«

Wo es an Liebe fehlt, ist unbedingter Gehorsam im Bett immer das Wesentliche, sagte er sich, was ausschloss, Anmut und Verzückung zu genießen, und so wollte er ihr gegenüber auch nur unbedingte Herrschaft. Darauf richtete sich sein ganzes Interesse, erst recht, als sie hören wollte:

»Und ich bin besser als ein lächerlicher Missgriff der Natur, der sich in Verkleidungen gefällt. Sag es!«

Von nun an ließ er sich jede Lüge, die sie hören wollte, durch ihre absolute Unterwerfung abkaufen. Sie wollte noch viele Lügen in dieser Nacht von ihm hören, und sie war dafür zu Dingen bereit, die jede am Verhungern befindliche Hure verweigert hätte.

* * *

Da es begonnen hatte zu regnen, wurden die Sänften und Kutschen der Gäste so nahe wie möglich an das große Portal im Innenhof des Palazzo herangeführt. Es nutzte nur begrenzt etwas. Regen und der allgegenwärtige neapolitanische Dreck vereinigten sich zu einer so zähen und für die Seidenschuhe der Gäste fatalen Mischung, dass man die schwarzbraunen Fußstapfen überall in der Galerie und auf den Treppen erkannte, bis sie sich endlich irgendwo auf dem Parkettboden der Salons verloren.

»Wenn aus deinem Singen in dieser Stadt nichts wird«, sagte Petronio philosophisch, »können wir uns als Putzleute verdingen.«

»Danke für das Vertrauen«, entgegnete Calori. Sie wollte es leichtherzig klingen lassen, genau, wie er ganz offenkundig gescherzt hatte, um sie aufzuheitern, aber ihre Stimme gehorchte ihr gerade nicht und klang schärfer, als sie wollte. Petronio schaute sie an. Er trug einen seiner beiden guten Überröcke und die neuen gelben Seidenhosen, dazu keine Perücke, anders als die meisten Herren und Lakaien an diesem Abend. Es betonte, wie gut er von Natur her aussah, aber da sie furchtbar nervös war, bildete sie sich ein, dass es genauso wie ihre eigenen Naturhaare unterstrich, dass sie beide nie mehr als Unterhaltung sein konnten, nicht Teil jener Gesellschaft sein würden, die sich heute Abend traf. Nur war das nicht Teil ihrer Inszenierung gewesen. Heute Abend stand auf ihrem Regiezettel: Hier bin ich, und so bin ich. Ich versuche nicht, euch allen nachzueifern. Verachtet mich oder bewundert mich, aber tut es für das, was ich bin.

»Ich *habe* Vertrauen in dich«, sagte Petronio leise. »Das weißt du.«

Sie drückte ihm die Hand, froh, dass er bei ihr war. Sie richtete sich zu ihrer vollen Größe auf und mischte sich unter die Gäste. Eine etablierte Prima Donna hätte es sich wohl leisten können, zu spät zum Empfang des Herzogs zu erscheinen, aber so weit war sie noch nicht. Caffarelli dagegen ließ sich mit seinem Erscheinen Zeit, genauso wie die Contessa. Calori verbot sich, nach Giacomo Ausschau zu halten. Dafür fand sie bald ihren Gönner und Gastgeber, der Hof unter den Neuankömmlingen hielt und unter seinem Arm ein paar Notenblätter trug. Als er sie erblickte, winkte er ihr huldvoll, stellte sie ein paar Besuchern als »unsere neue Sängerin vor« und drückte ihr dann die Notenblätter in die Hand.

»Ich bin tatsächlich inspiriert worden«, sagte er, »zu diesem Lied. Es erscheint mir nur passend, dass Sie vor Ihrem Auftritt im Teatro San Carlo hier gemeinsam mit meinem Kompositionsvermögen debütieren.«

Das war ein Schlag, tief in die Magengrube. Die meisten Lieder musste man einstudieren, ehe man sie öffentlich vortrug. Bei diesem Lied hatte sie keine Ahnung, wie gut oder schlecht sein Kompositionstalent überhaupt war. Wenn er nicht komponieren konnte, dann würden auch die besten Kadenzen das nicht überspielen. Vielleicht bei einem bereits verehrten Sänger, an dessen Können beim Publikum kein Zweifel bestand, aber nicht bei einer den Neapolitanern noch neuen Sängerin, die man für eine misslungene Arie verantwortlich machen würde. Sie blickte ihn an, doch der Herzog hatte wieder seinen Basiliskenblick aufgesetzt.

»Sie werden mir den Gefallen doch tun, oder?«

Sie wusste nicht, ob das eine Herausforderung, eine weitere Prüfung oder eine komplizierte Rache für das war, was sie ihm an den Kopf geworfen hatte, als sie ihn »bestrafte«. Einen Moment lang war sie versucht, ihm die Notenblätter an den Kopf zu werfen und außerhalb Neapels ihr Glück zu versuchen. Dann sah sie aus den Augenwinkeln zwei ihr sehr vertraute Gestalten den Salon betreten, und der Anblick wirkte wie ein Balken, der ihr den Rücken stärkte und ihr Denken befruchtete.

»Gerne«, gab sie zurück. »Ich habe schon immer davon geträumt, mit dem großen Caffarelli ein Duett zu singen, und nie damit gerechnet, dass Sie mir dergleichen schon vor meinem offiziellen Debüt ermöglichen werden! Euer Exzellenz sind zu gütig.«

Damit hatte sie ihn vor den umstehenden Zuhörern verpflichtet, auch Caffarelli aufzufordern, dieses Lied zu singen, mit ihr. Caffarelli würde nicht besser vorbereitet sein als sie, und wenn er aus diesem Lied nicht viel herausholen konnte, dann würde man ihr nicht allein die Schuld dafür geben. An dem Zusammenzucken des Herzogs erkannte sie, dass er begriff, was sie getan hatte und warum.

»Ich dachte eigentlich, dass Sie alleine …«

Sie warf einen Blick auf die Notenblätter, ohne sie wirklich zu sehen; die Geste war nur Schau.

»Ein so schönes Werk verdient nicht nur ein Küken wie mich, sondern eine ausgereifte Nachtigall«, sagte sie liebenswürdig. »Und gewiss würde es Ihrer Exzellenz nie in den Sinn kommen, den großen Caffarelli damit zu brüskieren, mir Ihr neues Meisterstück anzuvertrauen und es gleichzeitig ihm vorzuenthalten.«

»Sie überraschen mich immer wieder«, sagte der Herzog ausdruckslos. Inzwischen hatte der Herzog die beiden Menschen, die Calori erspäht hatte, auch gesehen. Er ging auf sie zu und küsste der Contessa die Hand.

»Donna Giulia, wie schön, Sie wiederzusehen.«

»Ich wünschte, ich könnte bei Ihren Gästen das Gleiche behaupten«, entgegnete die Contessa und schaute am Herzog vorbei zu Calori, »doch natürlich ist es reizend, *Ihnen* wieder zu begegnen, aber leider finde ich Neapel in dieser Saison voller Abfall. Wirklich, man müsste den Einheimischen klarmachen, dass es mit dem Ruhm ihrer Stadt bald vorbei sein wird, wenn sie weiterhin darauf bestehen, alles aufzuheben, was weisere Menschen längst weggeworfen haben.«

Der Herzog wusste bestimmt nicht, was zwischen der Contessa und dem angeblichen Bellino vorgefallen war, aber er begriff sofort, auf wen die Bemerkung zielte. Seine Augenbrauen schossen in die Höhe. Unter anderen Umständen hätte die Stichelei Calori kaltgelassen, denn sie bewies, dass die Contessa noch immer nicht über die Verletzung ihrer Eitelkeit hinweg war. Doch schräg hinter Donna Giulia stand, als sei er der »cavaliere servente«, der akkreditierte Liebhaber der Contessa, Giacomo Casanova, und trug ein Lächeln auf den Lippen. Dass sein Lächeln auch bedeuten konnte, darüber glücklich zu sein, sie wiederzusehen, kam Calori gar nicht in den Sinn. Es war eine Sache, sich abstrakt vorzustellen, dass er inzwischen bei der nächsten Frau oder den nächsten Frauen gelandet war, und eine ganz andere, ihn in den Armen der Contessa wiederzufinden!

»Wenn ich als Neuankömmling eine Meinung äußern darf«, sagte Calori, ohne sich zurückhalten zu können, und kleidete die Klinge in ihren Worten in ein Futteral aus sanfter Höflichkeit, »so scheint mir, dass all der Abfall in Neapel das Ergebnis von Reisenden ist, die nichts Besseres zu tun haben, als das Gerümpel in die Stadt zu bringen, das andere Leute längst losgeworden sind.«

Die Contessa erblasste. Man sah ihr an, sie hätte Calori am liebsten die Frisur und das Gesicht mit den eigenen Händen zerfetzt. Giacomo holte nur scharf Luft. Eine Woge von Zweifel und Bedauern erhob sich nachträglich in Calori, die sie sofort niederschlug. Wenn ihn ihre Worte verletzt und gedemütigt hatten, dann war es nicht mehr, als er verdient hatte, dafür, sich auf die Seite der Contessa geschlagen zu haben. Sie sagte sich, dass ihre Empörung daher rührte, dass sie die Contessa inzwischen als durch und durch bösartig kannte, und keineswegs von Eifersucht. Mit Eifersucht hatte das Gesagte nicht das Geringste zu tun!

Ihre Handflächen fühlten sich feucht an, und Calori glaubte fast, dass sich ihre Nägel hart und tief genug in die Hand gebohrt hatten, um die Haut zu ritzen und zum Bluten zu bringen.

»Donna Giulia«, sagte der Herzog langsam, »darf ich Ihnen Angiola Calori vorstellen? Die neueste Sängerin unseres Ensembles am Teatro San Carlo. Da ich weiß, wie Sie die Oper lieben, freut es mich, Ihnen anzukündigen, dass La Calori heute Abend noch für uns singen wird.«

»Oh, müssen Sie sparen?«, fragte die Contessa. »Wenn Sie weitere Gönner für das Teatro San Carlo brauchen, damit es sich wieder gute Sänger leisten kann, dann brauchen Sie es mir doch nur zu sagen.«

Eine kleine Pause trat ein, während derer man das Geschwätz um sie herum nur zu deutlich hörte. Zum Glück hörten ihnen nicht sehr viele Menschen zu, denn gerade war Caffarelli eingetreten, unübersehbar in einem ganz aus Silberfäden und Perlen bestehenden Überrock. Als zu erkennen war, dass der Herzog nicht vorhatte, der Contessa etwas zu erwidern, sagte Calori: »Ich weiß, dass Sie nicht schätzen, was Sie nicht haben können, Contessa, aber wenn Sie Maestro Caffarelli wirklich zu den nicht so guten Sängern zählen, dann sollten Sie ihm das selbst mitteilen. Hier kommt er.«

Ob es nun der Vergleich ihrer Person mit dem Fuchs und den zu hoch hängenden Trauben oder der Hinweis auf Caffarelli war, die Contessa entgegnete heftig: »Ja, es ist unübersehbar, dass die Luft hier verpestet ist. Wie bedauerlich für Sie, liebster Rocco.«

Im selben Moment hatte Caffarelli sich von seinen Bewunderern freigemacht, um seinen Gastgeber zu begrüßen. Wie es sich gehörte, stellte der Herzog ihn zunächst der höchstrangigen Dame vor. So wie er den Namen der Contessa hörte, rümpfte Caffarelli die Nase. Statt sich über die Hand der Con-

tessa zu beugen, sagte er in seiner Sopranstimme, die ganze Opernhäuser füllen konnte und nun den Raum mit allen Gästen beherrschte: »Sie sind also dieses aufdringliche Luder? Bei Gott, ich hatte gehofft, Sie wären wenigstens etwas jünger.«
Diesmal trat nicht nur in ihrer unmittelbaren Umgebung Stille ein. Die gesamte Gesellschaft starrte teils entgeistert, teils entzückt ihr für seine temperamentvolle Grobheit berüchtigtes Idol an. Die Contessa war kalkweiß im Gesicht geworden.

»Maestro, wollen Sie wieder ein paar Tage Hausarrest riskieren, wie damals, als Sie sich während der Messe prügelten?«, fragte der Herzog milde.

Caffarelli, der in zehn Jahren wahrscheinlich dick sein würde, doch derzeit noch nichts anderes als groß und stattlich war, zuckte die Schultern. »Weswegen? Diese Frau *ist* ein aufdringliches Luder. Ich bin es ja gewohnt, dass man mir hinterherläuft, aber …«

Calori begriff, dass Caffarelli dabei war, alles zu verraten. Giacomo schaute bereits von ihr zu ihm und zurück, und wenn er nicht gerade Phantasieuniformen bestellte, Geld zum Fenster hinauswarf und mit Damen von Adel schlief, war er ein kluger Mann, der sich die Wahrheit sehr wohl zusammenreimen konnte, zumal er Petronio bei ihr erkannt haben musste.

»Maestro«, unterbrach Calori also seinen Redeschwall, denn sie hielt noch die Noten des Herzogs in der Hand, »Seine Exzellenz hat eigens für Sie ein neues Lied komponiert und mir die Ehre erwiesen, vorzuschlagen, ich möge Sie begleiten. Zweifellos wären Sie in der Lage, vom Blatt zu singen, aber als jemand, der noch nicht so erfahren ist, würde ich es begrüßen, vorher noch ein wenig zu üben. Dürfte ich vorschlagen, dass wir es gemeinsam studieren?«

Caffarelli fuhr herum und fixierte sie. »Grundgütiger«, sagte er. »Noch eine, die es nicht abwarten kann. Und wer sind Sie?«

»Die Zukunft«, sagte Giacomo unerwartet. Seine Stimme klang leicht belegt und trug eine Mischung von Zorn, Bewunderung und Herausforderung mit sich. »Und sehr gut darin, abzulegen, was nicht mehr für sie nötig ist. Ich hatte das Vergnügen, Signora Calori als Mann und als Frau singen zu hören, daher überrascht es mich, dass sie irgendwelche Begleitung noch für nötig hält, bei ihren Vorführungen.«

Damit hatte er genau das erreicht, was sie vorerst hatte vermeiden wollen, und sie Caffarelli als mögliche Konkurrenz dargestellt. Ihre Bemerkung über das Gerümpel musste ihn wirklich verletzt haben. Sie versuchte, keine Reue zu empfinden. Warum nur war er mit der Contessa gekommen! Sie wäre sonst überglücklich gewesen, ihn wiederzusehen.

Jetzt war nicht die Zeit, um über Giacomo nachzugrübeln, nicht, wenn alle Ablenkungsmanöver am Ende umsonst gewesen waren und sie immer noch mit Caffarellis Feindschaft rechnen musste, noch ehe sie sich in Neapel etablieren konnte. Casanova schaut sie fragend an und sagte:

»Ist das nicht so?«

Sie kam nicht dazu zu antworten, denn die Contessa fuhr dazwischen. »Keineswegs! Diese Person ist als Sängerin so gewöhnlich wie Schmutz. Kein Mensch von *Geschmack* würde in ihr je etwas anderes sehen. Was ihre gelegentlichen Männerdarstellungen betrifft, nun, so hat man Überzeugenderes auf dem Marktplatz gesehen, in Käfigen. Wer außer einer Närrin von niederer Geburt würde schon das andere Geschlecht imitieren und glauben, dass sie damit überzeugt?«

Ihre Stimme war lauter und lauter geworden, und immer noch herrschte um sie herum Stille, als sie ihre Tirade mit unverkennbar aufgetragenem Triumph beendete. Calori spürte die neugierigen Blicke der Gesellschaft auf ihrer Haut, wie Bienenstiche. Doch es war Caffarelli, der antwortete, ruhig, als ginge es darum, sich ein Glas Wein zu erbitten:

»*Ich* bin von niederer Geburt, und meine Frauenrollen in Rom waren die ersten, die mir Unsterblichkeit verliehen.«

Es war schwer, nicht erleichtert aufzuatmen, doch Calori gelang es.

»Nun, ich komme mehr und mehr zu dem Schluss, dass Kastraten genauso wenig existieren sollten wie unverschämte Weiber aus der Gosse«, gab die Contessa zurück. »Wirklich, Don Rocco, ich bin empört, dass ich mir auf Ihrer Gesellschaft dergleichen bieten lassen muss.«

»Donna Giulia, dem kann man sehr einfach abhelfen«, sagte der Herzog ungerührt, nachdem er die entstandene Stimmung ausschließlich ihr anlastete. »Warum lassen Sie sich nicht von Ihrem jungen Begleiter an die frische Luft bringen? Sie würde Ihnen gewiss guttun.«

Dass ein Mann ihres Standes gegen Emporkömmlinge nicht automatisch ihre Partei ergriff, war der Contessa noch nie geschehen. Statt jedoch noch zorniger zu werden, fiel ihr Gesicht ein, und einen Moment lang konnte man erkennen, wie sie als alte Frau aussehen würde, obwohl sie gewiss die vierzig noch vor sich hatte. Die weiße Schminke, in zehn verschiedenen Schattierungen aufgetragen, wirkte wie die Maske einer Komödiantin. Dann fasste sie sich wieder.

»Nichts lieber als das«, sagte sie verächtlich und suchte den Arm ihres Begleiters.

»Ich erwähne es ungern, aber es regnet«, sagte Giacomo gelassen. »Meine Uniform hier ist zurzeit die einzige, die ich bei mir habe. Da ich mich gerade erst dem Dienst für das venezianische Vaterland verpflichtet habe, möchte ich das bei meiner Ankunft in Korfu in möglichst fleckenfreier Weste und Hose tun. Deshalb sollten wir doch noch das Konzert dieser Künstler abwarten?«

Was die Contessa dabei heraushörte, war nur, dass er sich über sie lustig machte. »Wenn die Österreicher euch allen den Hals abschneiden, wird das noch zu gut für euch sein, Gesindel«, sagte sie, raffte ihre Röcke und rauschte aus dem Salon. Caffarelli zuckte die Achseln.

»Wenn das gerade Ihre Mäzenin war, dann sollten Sie sich anschließen, mein Freund«, sagte er zu Giacomo. »Wer sind Sie überhaupt?«

Erst als sie ihre eigene Stimme hörte, wurde sich Calori bewusst, dass sie laut sprach. »Die Zukunft«, sagte sie und versuchte, all die widersprüchlichen Gefühle, die sie schüttelten, zu ordnen. »Und sehr gut darin, immer neue Begleitung dafür zu finden. Ich hatte das Vergnügen, mit Signore Casanova zu reisen, und ich kann Ihnen versichern, dass es wenige Menschen gibt, mit denen man die Welt besser erleben kann.«

Giacomo erwiderte ihren Blick, und es kam ihr vor, als zögen sie beide wieder an einem Tau, halb in der Absicht, einander zu Fall zu bringen, halb in der Absicht, einander zu stützen.

»Bei all der Zukunft vergessen wir gleich noch die Gegenwart«, sagte Caffarelli etwas ungehalten. »Was ist das für ein Lied, das Sie für mich geschrieben haben, Exzellenz?«

»Hier ist es«, sagte Calori. An Caffarellis argwöhnischer Miene konnte sie erkennen, dass er verstand, was es bedeutete, dass sie diese Noten in der Hand hielt.

»Und Sie wollen mich begleiten?«, fragte der Kastrat langsam. »Das wäre mir eine Ehre.«

»Nun ja. Schauen wir uns das Lied einmal an.« Es war auch für Calori die erste Gelegenheit, die Komposition des Herzogs in Augenschein zu nehmen, und es gelang ihr, sich darauf zu konzentrieren, und nicht darauf, was wohl in Giacomo vorging. Die Gefahr war für sie noch nicht vorüber. Wenn Caffarelli den Abend mit dem Entschluss beendete, bei der nächsten Opernpremiere ihr das Leben zur Hölle zu machen, dann war alles umsonst gewesen. Doch da er gerade für sie Partei ergriffen hatte, glaubte sie das nicht mehr.

Was die Komposition des Herzogs betraf, so konnte sie sich zwar nicht mit denen von Händel oder Hasse messen, aber sie war erleichtert, dass es sich um nichts Schlechtes handelte. Es erinnerte sie an die Werke von Farinellis Bruder, Carlo Broschi, und war sowohl für einen Sopran wie auch für einen Kastraten durchaus zu singen.

»Sie haben recht«, sagte Caffarelli abrupt. »Wir müssen das Lied wenigstens einmal vorher üben. Kommen Sie mit.«

Unter einigem Getuschel verließen sie den Salon, doch Caffarelli blieb bereits auf der Galerie stehen, wo sich inzwischen kaum noch jemand befand, und musterte sie mit zusammengekniffenen Augen.

»Damit wir uns richtig verstehen«, sagte er, »das ist meine Stadt. Meine. Ich habe Blut und Tränen geschwitzt, um hier der größte Sänger Europas zu sein und in meinem eigenen Palazzo zu leben.«

Sie verbiss sich die Frage nach Farinelli.

»Sängerinnen kommen und gehen, aber der Primo Uomo bleibt. Immerhin, wenn Sie den Herzog dazu gekriegt haben, dass er Lieder für Sie schreibt, haben Sie ihn bei den Eiern gehabt und nicht nur nach Geld an ihm geschüttelt, und das heißt, dass Sie nicht ganz dumm sein können. Aber glauben Sie nur nicht, dass er Sie nicht entlassen würde, wenn ich das fordere. Den König selbst hat es nicht gekümmert, wen ich verprügle und wo ich es tue, solange ich auf der Hochzeit seines Bruders gesungen habe. Ich kann mit Ihnen machen, was ich will. Das müssen Sie wissen, und das wissen Sie, da Sie nicht dumm sind. Aber Sie sind trotzdem hier. Hier in Neapel und hier, heute Abend. Was wollen Sie also?«

Es war nicht der Zeitpunkt, um zu lügen. Es war der Zeitpunkt, um ihr Wissen um Sänger, um solche wie Appianino und deren Natur zu nutzen und eine Wahrheit auszusprechen, die ihr die schwierigste aller Türen öffnete und nicht verschloss.

Jetzt kam es darauf an. Ohne es zu wollen, dachte sie daran, wie Giacomo sie mit seinen eigenen Wahrheiten entwaffnet hatte, und sie gab sich einen Ruck.

»Ich möchte Sie singen hören und mit Ihnen singen«, erwiderte Calori.

»Das ist eine Schmeichelei«, sagte er misstrauisch. »Wer schmeichelt, hat schon betrogen oder hofft, es noch tun zu können.«

»Wenn Menschen einander nicht schmeicheln würden, gäbe es keine Einladungen mehr, und wir wären nicht hier. Aber nein«, gab sie zurück. »Sie sagten es selbst. Sie sind der größte Sänger Europas. Und ich lebe für die Musik. Wie kann ich mich da nicht danach sehnen, Sie zu hören? Und wie kann ich mir nicht wünschen, mit Ihnen zu singen? Ich glaube nicht, dass auch nur ein einziger der Menschen auf der Gesellschaft heute Abend das noch versteht, aber Sie, Maestro, Sie verstehen es. Wären Sie ich – würden Sie sich da etwas anderes wünschen?«

Seine Mundwinkel sanken herab, während er sie betrachtete. »Schön«, sagte er. »Schön. Vielleicht sagen Sie die Wahrheit. Aber das macht Sie noch lange nicht würdig, mit mir irgendeine Art von Bühne zu teilen. Woher soll ich wissen, ob Ihre Stimme auch nur einigermaßen annehmbar ist?«

Weil ich sonst nicht hier wäre, du aufgeblasener Narr, dachte Calori erbost, aber sie behielt die Ehrfurcht in ihrer Stimme. Geheuchelt war sie nicht. Caffarelli mochte so eitel wie ein Pfau sein, aber um die Position innezuhaben, die er einnahm, musste er sie verdienen. Und ihm war so wenig etwas geschenkt worden wie ihr.

»Finden wir es heraus«, sagte sie daher so bescheiden wie möglich.

Seine Stimme war anders als die jedes Kastraten, den sie bisher gehört hatte; sie hatte manchmal sogar etwas Hartes, Klirrendes in sich, aber nichts davon klang falsch. Es war, als warf er der Welt sein Herz vor, samt aller finsteren, selbstsüchtigen

Motive, und rief dazu: *Ob es euch gefällt oder nicht, ist mir gleich.* Sein Volumen war so groß, dass sie an einer Stelle fürchtete, seine Stimme müsse brechen, doch nichts dergleichen geschah.

Es würde noch geschehen, wenn Melani recht hatte, der sie zwar immer gefordert, aber auch gewarnt hatte, ihre Stimmbänder nicht zu sehr zu überdehnen. Manche Sänger, sagte er oft, endeten dann heiser und für immer ihrer Lebensbasis beraubt. *Sei vorsichtig.*

Aber wenn dieses Schicksal auf Caffarelli wartete, lag es noch in weiter Ferne. Hier und heute war er genauso eindrucksvoll, wie nur ein Mensch sein konnte, und sie musste all ihre Erfahrung in Duetten mit Appianino geben, um mit ihm Schritt zu halten. Anschließend musterte er sie erneut, und seine üppigen Lippen waren fest aufeinandergepresst. Schließlich stieß er einen Seufzer aus.

»Schön«, sagte er. »Schön. Aber Sie singen nur Harmonie, ich die Leitstimme.«

Der Empfang war noch im vollen Gang, als Calori ihn verließ. Sie war in einer eigenartigen Stimmung. Mit Caffarelli zu singen war ein überwältigendes Erlebnis gewesen und ein glückliches Omen für ihren kommenden Opernauftritt. Sie hatten natürlich weitere Zugaben singen müssen, doch sie hatte darauf geachtet, dass Caffarelli weit mehr davon übernahm. So hatte sie auch seine Art zu singen studieren können und beobachtet, dass er nicht nur in die Haut seiner Rolle schlüpfte und sich als Held fühlte, sondern auch die Zuhörer dazu bringen konnte, jede Sekunde seine Empfindungen zu teilen. Selbst wenn es ihr letzter Auftritt mit ihm gewesen sein sollte, es hatte sich gelohnt. Sie wusste nun, was sie noch brauchte. Unter den Anwesenden war auch Logroscino, und seine freundliche Gratulation war aufrichtig gewesen. Die Mehrzahl der Damen und Herren hatte zwar Caffarelli umschwärmt, aber wenn sie den Salon nicht verlassen hätte, dann wäre auch sie jetzt noch damit beschäftigt, Glückwünsche entgegenzunehmen.

Aber Giacomo hatte sie nicht gehört. Er war nicht geblieben, um sie zu hören. Stattdessen hatte er sich mit den Worten verabschiedet, wenn dies ihre Art sei, Freundschaft zu zeigen, zöge er ihren Hass vor. Das tat weh. »Was hast du erwartet?«, hatte Petronio gefragt. »Der Mann kommt deinetwegen nach Neapel, und du bezeichnest ihn als Gerümpel. Versteh mich bitte nicht falsch, ich denke, es war das Richtige, weil ich nämlich glaube, er ist auch gekommen, um zu erfahren, ob er auf dein Geld zurückgreifen kann, wenn du Erfolg hast. Oder vielleicht ist er so aufrichtig vernarrt, dass er dich überzeugen will, die Bühne aufzugeben. Auf jeden Fall ist es gut, ihm endgültig die Tür zu weisen. Aber wenn du das nicht wolltest, dann hättest du dich milder ausdrücken sollen, Contessa hin oder her. Er hatte mich schließlich erkannt, als ich den Brief bei ihr abgab.«

Wenn Männer sich nicht in Eifersüchteleien ergingen, hielten sie zusammen, wenn man es am wenigsten erwartete, und das war gerade alles andere als tröstend. Die Vorstellung, dass Giacomo sie nun hasste, traf sie tief. Hatten sie einander nicht versprochen, Freunde zu bleiben?

Einen *Freund* hinter der Contessa eintreten zu sehen, hätte sie zwar verwundert, aber sie hätte auf eine Erklärung gewartet, statt sofort das Schlimmste anzunehmen. Diese Möglichkeit hatte sie ihm nicht gewährt. Am Ende hatte sie sich auch nur etwas vorgemacht. Liebende konnten keine Freunde werden, wenn sie nicht mehr ein Paar waren. In das Glück über den gelungenen Auftritt und den Umstand, dass sie erfolgreich vermieden hatte, den Hass Caffarellis zu erregen, mischten sich schnell Schuldbewusstsein, Zorn und Enttäuschung. Er hatte sie nicht gehört. Sie hatte um ihr neues Leben als Frau gesungen, für das er verantwortlich war, doch er hatte sie nicht gehört.

Petronio war noch immer auf der Gesellschaft; als sie ihn zuletzt sah, war er in ein Gespräch mit einem reichen Gast verwickelt gewesen, das man besser nicht unterbrach. Sie hatte ihm nur vom anderen Ende des Raumes aus gewunken, ehe sie gegangen war. Wenn sie erst eine Wohnung hier in Neapel gefunden hatten, würde sie versuchen, Engagements für Petronio als Tänzer auf den Komödienbühnen zu finden, aber sie machte sich nichts vor. Er würde Petronio bleiben und sich immer auch Geld auf dem schnellen Weg verdienen. Aber er war ihr Bruder geblieben und an ihrer Seite, und er sollte sein Leben so leben, wie er es wollte.

Calori war so sehr in Gedanken, dass es ihr erst auffiel, dass die Tür zu ihrem Zimmer nur angelehnt war, als sie diese hinter sich schloss. Keine Kerze oder Öllampe brannte, das fiel ihr als Nächstes auf. Dabei hörte sie ein Kleiderrascheln und Atemzüge. Sie war ganz gewiss nicht allein in diesem Raum.

»Maria?«

»Die kleine Schlampe hat schreien wollen«, sagte eine männliche, ihr unbekannte Stimme. »Aber nicht lange.«

Ihr Herz blieb stehen. Dann machte sie auf dem Absatz kehrt, wollte die Tür öffnen, aber der Mann in ihrem Zimmer war schneller. Mit ein, zwei Schritten war er neben ihr, und eine Hand legte sich auf ihren Mund, während die andere sie um die Taille packte und anhob. Er war stark, sehr stark.

»Ihro Gnaden hat mich geschickt, um dir eine Lektion zu erteilen«, raunte die Stimme in ihr Ohr, während sie vergeblich versuchte, ihn in die Hand zu beißen und nach Hilfe zu rufen. »Ich habe da eine Flasche mit Säure bei mir, die kannst du trinken. Behältst du sie im Mund, zerfrisst sie dir deine Stimme, schluckst du sie, zerstört sie deinen Magen. Du entscheidest.

Ich soll's so lange wie möglich dauern lassen, aber wenn du mir Schwierigkeiten machst, dann kann ich dir auch gleich den Hals umdrehen.«

Blinde Panik erfasste sie. Das hatte sich eine Teufelin ausgedacht, die sie gut kannte. Nun, da sich ihre Augen etwas mehr an das Dunkel im Zimmer gewöhnt hatten, konnte sie auf dem Boden vor dem Bett eine reglose Gestalt ausmachen. *Maria,* dachte Calori, *Maria, er hat Maria getötet. Alles ist wirklich, das ist kein Traum, es geschieht mir, geschieht hier und jetzt!*

Sie hörte auf, gegen ihn anzukämpfen. Wenn sie eine Chance haben wollte, dann nur, wenn er sie losließ, und dazu musste er glauben, dass sie sich aufgab. Sie ließ ihren Körper zusammensacken, und die große, schwere Gestalt trug sie zum Bett hin. Immer noch verschloss er ihr den Mund, und der Arm, der sie umschlungen hielt, verhinderte, dass sie genügend Abstand zwischen ihm und sich gewinnen konnte, um irgendeine Bewegung zu machen.

Ein heftiges Klopfen an der Tür ließ den unbekannten Diener der Contessa innehalten.

»Calori?«, fragte Giacomos Stimme. »Calori, ich weiß, dass du hier bist, ich habe dich eintreten sehen. Wir müssen miteinander reden.«

Der Mann zischte ihr ins Ohr: »Sag ihm, er soll verschwinden. Wenn du Dummheiten machst, es kostet mich keine zwei Herzschläge, um dir das Genick zu brechen.«

»Calori?«

Die Finger lösten sich von ihrem Mund, aber wanderten sofort zu ihrer Kehle. Improvisation, dachte Calori. Jetzt, sofort und um ihr Leben. Eine weitere Chance würde es nicht geben.

»Geh zurück zu deiner Contessa, Giacomo«, sagte sie laut und schnell, »und sag, ihr Diener verrät mir gerade gegen viel Geld alles, was ich wissen …« Ihre Stimme ging in einem Gurgeln unter, weil seine Finger ihre Kehle abschnürten.

»Du Dreckstück!«, fluchte der Mann, schmiss sie aufs Bett und suchte nach einer Waffe, um sich auf Giacomo zu stürzen, der die Tür geöffnet hatte, aber in der Tür stehen geblieben war. Im Licht, das hereinfiel, zeichnete sich sein Schattenriss scharf ab.

»Sie können der Contessa selbst bezeugen, wie ich ihren Auftrag getreulich ausführe«, stieß der Mann hervor, der Giacomo offenbar erkannte.

»Das könnte ich«, stimmte Giacomo zu und klang trotz der Lage sehr ruhig, »aber das werde ich nicht. Stattdessen werde ich ihr sagen, dass ich Sie dabei beobachtet habe, wie Sie mit La Calori hier über die Contessa lachten und damit prahlten, ihr Geld für nichts einzustreichen.«

Er hatte ihren Faden aufgegriffen und spann ihn weiter, wie ein Komödiant bei der Commedia dell'Arte, wie damals, als sie für Don Sancho gespielt hatten, und Hoffnung glomm in ihrem Herzen.

»Wenn sie von der Leiche der Sängerin hört, dann weiß sie ...«

»Und wie wollen Sie das anstellen? Nichts für ungut, mein Freund. Sie befinden sich im Haus der neuen Favoritin des Herzogs. Er dürfte nicht erfreut sein, wenn Sie seine Geliebte umbringen, und zu dieser Tür hinaus kommt niemand. Sie werden Bekanntschaft mit einem Kerker machen, die Contessa wird natürlich leugnen, Sie beauftragt zu haben, aber die Leute des Herzogs kennen genügend Mittel, Sie zum Reden zu bringen. Die Contessa wird für ein paar Tage aus ihren Kreisen verbannt. Sie dagegen können von Glück sprechen, wenn die herzoglichen Jagdhunde von Ihnen noch etwas übrig lassen, was man hinterher begraben kann.«

Calori bewunderte seine Ruhe. Sie verstand nur zu gut, warum er sie zur Geliebten des Herzogs gemacht hatte, aber welches Risiko ging er ein, für sie ein? Er konnte dem Meuchelmörder nicht gewachsen sein, wenn es hart auf hart ging.

Der Meuchler zögerte, riss die Schnur, mit der die Vorhänge zugezogen wurden, ab, wickelte sich die Enden um seine Hände, straffte sie, um sie so einem Gegner um den Hals schlingen und zuziehen zu können, und ging langsam auf die Tür zu.

»Ich kann Sie auch noch erledigen, venezianischer Laffe. Sie kommen nicht weit. Sie erzählen keine Geschichten mehr.«

Was konnte sie tun? Es kostete Calori viel, aber sie blieb so lange still, bis er von ihr weggetreten war und auf Casanova zuging, der immer noch schräg, in der halb geöffneten Tür stand. Dann stieß sie einen einzigen Ton aus, aus dem Zwerchfell, wie man es sie über Jahre gelehrt hatte, stieß mit ihrer ganzen Kraft das hohe, reine C aus, das angeblich Gläser zum Zerspringen brachte, wenn man als Sänger nur gut genug war. Auf die Gläser und Spiegel im Raum achtete jedoch keiner der drei Anwesenden. Aber der Ton kam so überraschend und war schmerzhaft für die Ohren des Schlägers, wie Calori es sich erhofft hatte. Unwillkürlich hob er beide Hände, um sie gegen seine Ohren zu pressen, und stürzte kopflos auf die Tür zu. Casanova wich gerade noch rechtzeitig zur Seite aus, hob etwas, was bisher allen Blicken verborgen gewesen war, und schlug dem fallenden Mann damit auf den Hinterkopf. Der ging zu Boden, schneller noch als der zerbrochene Glasleuchter, mit dem Giacomo zugeschlagen hatte, und blieb regungslos liegen.

»Muranoglas ist auch nicht mehr so stabil, wie es sein sollte«, murmelte er vor sich hin, »oder warst du das, mit deiner Stimme?« Sie blickten sich an. Atem und Herz gingen noch so schnell, dass es eine Weile dauerte, bis sie aufeinander zugingen und sich in die Arme schlossen.

Sie spürte Giacomos Arme um sich und das überwältigende Wunder, am Leben zu sein.

EPILOG

Wenn die Theater Venedigs, in denen Giacomo aufgewachsen war, in der Ausstattung ihrer Zuschauerräume kleinen Schmuckkästchen glichen, dann war das Teatro San Carlo eine aus tausend kleinen Schmuckkästen bestehende Feste. Die Logen, alle durch Kerzen erleuchtet und mit Goldbemalung ausgestattet, schienen kein Ende zu nehmen. Das Deckengemälde zeigte in Azurtönen Apollon und die Musen und war größer als die Fresken der meisten Kathedralen.

Wie bei allen Theatern wurde auf den Gängen und im großen Saal hinter dem Zuschauerraum vor und während der Vorstellung gespielt, doch diesmal hatte Giacomo keine Gelegenheit und keinen Wunsch, die Spieltische zu besuchen. Er saß weder in einer Loge, noch drängte er sich durch das Parkett, um zu versuchen, mit Gewalt noch einen Platz zu ergattern, was manch ein Zuschauer tat, nein, er befand sich im Orchester.

Nachdem der mordlustige Diener der Contessa von den Leuten des Herzogs abtransportiert, für die bedauernswerte Zofe ein Priester geholt worden war, der ihr aber nicht mehr helfen konnte, war Giacomo bei Calori geblieben. In dieser Nacht war ohnehin nicht mehr an Schlaf zu denken, und sowohl wechselseitige Entschuldigungen als auch das Gefühl, haarscharf dem Tod entronnen zu sein, ließen sie einander mit einer Innigkeit wie in ihrer ersten Nacht lieben.

Aber sie wussten beide, dass diese Versöhnung gleichzeitig auch ein neuer Abschied war. Er hatte immer noch nicht vor, an ihrer Seite zu bleiben, und sie wollte weniger denn je darauf verzichten, die Welt durch ihren Gesang zu erobern.

»Die Contessa wird es wieder versuchen«, sagte er zu Calori. »Nicht sofort. Nicht hier. Morde an Leuten, die nicht zum Adel gehören, wird man ihr verzeihen, aber gescheiterte Mordanschläge und Szenen wie gestern beim Empfang sind einfach nur peinlich. Nach diesem Fiasko wird sie so schnell wie möglich abreisen und keinen Gedanken daran verschwenden, was aus ihrem Meuchler wird. Nur auf längere Zeit gesehen bist du nicht sicher.«

»Auch du nicht«, erwiderte sie und hielt ihn noch etwas fester. »Nicht bei dem Leben, das wir uns gewählt haben. Aber ich glaube, es gibt einen Weg, wie wir uns zumindest um die Contessa keine Sorgen mehr machen müssen.«

Sie erzählte ihm von Don Sancho, und er fühlte sich nur ein wenig gekränkt, dass Don Sancho ihn offenbar nicht für geeignet gehalten hatte, sich als Spion ein Zugeld zu verdienen, im Gegensatz zu den Österreichern. »So, wie die Contessa bei dem Empfang gesagt hat, dass die Österreicher uns allen die Kehlen durchschneiden sollen, war das nicht nur ein frommer Wunsch. Ich glaube, sie erwartet, dass Neapel bald wieder an die Habsburger fällt, und es sollte mich nicht wundern, wenn ihre Gastgeber hier dafür bereits planen.«

»Da könntest du recht haben«, gab er zurück und erzählte ihr von seinen eigenen Gesprächen mit der Contessa zu diesem Thema.

»Was glaubst du, wie lange sie noch nach Belieben durch die Gegend reisen wird, wenn ich Don Sancho das schreibe?«, fragte Calori, und es war nichts Weiches in ihrem Gesicht. So mussten die römischen Kaiserinnen ausgesehen haben, wenn sie die Daumen in der Arena senkten.

»Du nimmst es wirklich persönlich, fast umgebracht worden zu sein«, sagte er, denn so konnte er verbergen, wie groß seine eigene Furcht um sie gewesen war. Die Vorstellung, was hätte geschehen können, wenn er nicht seinen Stolz überwunden und sie an diesem Abend noch einmal aufgesucht hätte, drehte ihm noch im Nachhinein den Magen um.

»Maria ist tot«, sagte sie leidenschaftlich. »Ich glaube noch nicht einmal, dass die Contessa das weiß oder einen entsprechenden Befehl dafür gegeben hat. Sie war im Weg, und nun ist sie tot, und es kümmert niemanden in diesem Palast, weil sie nur eine Zofe war. Genauso wenig, wie es je einen kümmerte, wenn die Contessa sie schlug oder ihr anderweitig das Leben zur Hölle machte. Don Sancho, glaube ich, ist ein guter Mann, so gut, wie es ein Mann, der Armeen versorgt und Kriege zu lenken versucht, eben sein kann, aber wenn ich ihm schreibe, dass meine Zofe tot ist, wird er trotzdem nicht mehr tun, als bestenfalls ein bedauerndes Wort zurücksenden. Doch wenn ich ihm schreibe, dass die Contessa im Zentrum einer Verschwörung des alten Adels von Neapel steht, die die Österreicher in die Stadt holen wollen, um die Spanier loszuwerden, dann wird er dafür sorgen, dass sie Pesaro nie wieder verlässt. Da bin ich mir sicher.«

Ihre Erbitterung darüber, dass die Welt voller Ungerechtigkeit steckte, war ihm fremd. Er schätzte es natürlich ebenso wenig, seit seiner Geburt benachteiligt zu werden, aber seine Lösung dieses Problemes war, zu versuchen, die Menschen zu überzeugen, einer der ihren zu sein. Nicht auf der Bühne, wo in dem Moment, in dem die Vorstellung zu Ende war, die Herablassung der restlichen Welt wieder begann, sondern im Leben. Deswegen hatte er sich auch immer gegen die Vorstellung gesträubt, es seiner Mutter gleichzutun und dem Theater anzugehören. Auch deswegen hatte er sich geschworen, nie Gaetano Casanova nachzueifern, dem Mann, in dem er noch immer seinen wahren Vater sah. Und daher war ein Leben an der Seite von Angiola Calori für ihn unmöglich.

Aber nun, da er sie um ein Haar für immer verloren hätte, wollte er wenigstens einmal, ein einziges Mal, die Welt, die sie sich gewählt hatte, die Welt seiner Kindheit, vor der er immer geflüchtet war, mit ihr teilen. Also hatte er den jüngsten Zuschuss des Abbate Grimani genutzt, um Logroscino zu bestechen und sich einen Platz als Geigenspieler im Orchester des Teatro von San Carlo für die Premiere zu kaufen.

»Aber ... können Sie denn überhaupt Geige spielen?«

»Ich kann alles, was ich wirklich können will. Außerdem hat mein Vater es mich gelehrt, wenn Sie die Wahrheit wissen wollen.«

Es war viele Jahre her, und er merkte bei den Proben, wie ungeübt seine Finger waren und warum er wirklich nicht den Wunsch hatte, Musiker zu werden. Aber dennoch war es die Sache wert. Wert, weil er nun unter den anderen Musikern saß und spürte, wie das Lärmen des Publikums leiser wurde, ohne völlig zu ersterben, als ihr Spiel begann; wert, weil auf einmal eine Woge des Schweigens die Menge erfasste. Dort, auf der Bühne, stand prächtig gewandet wie ein Pfau Caffarelli, der sich nur einmal herabgelassen hatte, zu den Proben zu kommen, aber auch nicht versucht hatte, Calori zu schaden. Jetzt schritt er um sie herum, denn er spielte Nero, den römischen Kaiser, der natürlich die erste Arie hatte, auch wenn die Oper den Namen von dessen Mutter trug. Und dort, gleichzeitig fremd und vertraut in ihrem Kleid aus pfirsichfarbener Seide und dem hochgesteckten Haar, länger, als er es von ihr gewohnt war, stand sie: Calori, Bellino, und heute Abend Agrippina, jeder Zoll eine Kaiserin.

Bettina hatte ihm eine erste Ahnung von den Wundern des Eros gegeben. Die Schwestern Nannetta und Martina hatten ihn gelehrt, wie man eine Frau verwöhnte, und er war ihnen ungeheuer dankbar dafür, genau wie Donna Lukrezia und ihrer Schwester Rosanna. Aber was es bedeutete, eine Frau zu lieben, die durch all ihre Verkleidungen hindurch ausschließlich sie selbst war, darauf bestand, so zu sein, nicht, wie ein Mann sie sehen wollte, das hatte er erst durch Angiola Calori erfahren, und er sog ihren Anblick in sich ein wie den Atem zum Leben.

Caffarelli schlug Kadenz nach Kadenz an, doch anders als manche Sänger versuchte Calori erst gar nicht, während seines Vortrags von ihm abzulenken, indem sie mit dem Publikum kokettierte. Stattdessen schaute sie auf ihren Bühnensohn mit der Mischung aus Zuneigung und Gereiztheit, die Giacomo in ihrem Blick sah, wenn sie ihre kleinen Schwestern und Petronio betrachtete, und das Publikum, das gewohnt war, von neuen Sängern sofort umworben zu werden, war ob ihrer Stille und Reglosigkeit verwundert und betrachtete sie neugierig. Falls sie nervös war, so zeigte sie es nicht. Ein solches Gefühl mochte in Angiola Calori schlummern, aber es lag Agrippina fern.

Morgen würde Giacomo Neapel verlassen und sich nach Korfu einschiffen. Von dort sollte ihn sein Weg nach Konstantinopel führen. Für wie lange, wusste er nicht. Er war gespannt darauf, herauszufinden, was das Leben noch für ihn bereithielt. Aber heute Abend, hier und jetzt, hätte er an keinem anderen Ort sein mögen. Caffarelli endete, und da wandte Calori zum ersten Mal den Blick von ihrem Nero ab, ließ ihn über das Publikum schweifen und endete im Orchester. Giacomo hob seine Geige ein wenig höher, und sie lächelte, ein Lächeln, das ihres war, nicht Agrippinas, zart wie ein Kuss. Er lächelte zurück und

wartete auf den Einsatz, den Moment, da der Klang seines Instrumentes sich mit ihrer Stimme vereinigen würde. Logroscino hob den Arm, und Calori, den Arm ausgestreckt und mit
einer geöffneten Hand, die bereit war, die Welt zu ergreifen,
begann zu singen.

NACHWORT

Kein anderer Autor hat für einen Menschen dermaßen unglaubliche Situationen erfunden, wie Giacomo Casanova sie erlebt und aufgeschrieben hat. Kaum ein anderer uns bekannter Lebenslauf umfasst auch nur annähernd so viele Rollen wie der dieses Mannes: Abbate, Arzt, Anwalt, Diplomat, Offizier, Astronom, Alchemist, Schatzsucher, Übersetzer, Philosoph, Spion, Librettist, Gründer der französischen Staatslotterie, Börsenhändler, Autobiograph, Bibliothekar und natürlich Sträfling und erfolgreicher Flüchtling aus den Bleikammern Venedigs. Er ist heute, neben Marco Polo, wohl der bekannteste Venezianer der Welt und einer der wenigen nicht religiösen Figuren, deren bloßer Namen international den meisten Menschen bekannt ist. Dabei wird er von Biographen unermüdlich neu gedeutet; vom konservativen Traditionalisten bis zum mutigen Protofeministen ist ihm allein in Sachbiographien alles nur Erdenkliche nachgesagt worden, und in fiktiven Bearbeitungen schillert er nicht weniger in allen Farben, je nachdem, was den betreffenden Autor an ihm am meisten interessiert.

Wenn schon Casanova umstritten ist, so gilt das für die Charakterisierung der Frauen in seinem Leben umso mehr. Er machte es den Biographen nicht leichter, indem er vielen, die zu der Zeit, als er seine Memoiren verfasste, noch am Leben waren, andere Namen gab. Die Sängerin, die er als Kastraten Bellino kennenlernte, nannte er Teresa Lanti, was dazu führte, dass Biographen lange Zeit darüber stritten, ob es sie überhaupt gegeben oder ob Casanova sie erfunden hatte, da sich keine international erfolgreiche Sopranistin dieses Namens identifizieren ließ. Als Forschern endlich das Originalmanuskript der *Histoire de ma Vie* zugänglich wurde, entdeckten Dr. Arthur Hübscher und seine Frau zweimal die durchgestrichenen Buchstaben »Cal...« und »Ca...«, ehe Casanova stattdessen »Teresa« schreibt, und in einer vollständig gestrichenen Passage über seine letzte Begegnung mit ihr in Prag 1766 endlich den vollen Namen »Angiola Calori«.

Angiola Calori war eine der europaweit erfolgreichsten Sängerinnen des Rokoko, und das über eine ungewöhnlich lange Zeit. Sie war eine Sopranistin mit einem immensen Tonumfang, der man außerdem große Darstellungsfähigkeiten nachsagte. Leider weiß man über ihre Jugend und den Beginn ihrer Karriere überhaupt nichts, bis auf das, was Casanova erzählt. Der erste immer noch erhaltene Bericht über einen Auftritt von ihr stammt aus London, wo sie am 10. Januar 1758 in Cocchis *Zenobia* sang. Als Charles Burney seine »musikalische Reise durch Europa« (so der Titel seines Buches) in den Jahren 1770 bis 1774 unternahm, dreißig Jahre nachdem Giacomo Casanova Angiola Calori am 18. Februar 1744 in Ancona begegnete, hörte er sie in Dresden singen und schrieb: »Die beste Sängerin in diesem ruhigen Pastorale war Sgra. Calori. (...) Ihre Stimme, ihre Triller und ihre Fertigkeit waren gut, ihre Person und Gesichtszüge wohlgemacht.«

Sie kehrte schließlich nach Italien zurück, trat noch bis 1783 auf und starb laut Groves »Dictionary of Music and Musicians« (erstmals 1878 erschienen und bis heute für die Musikwissenschaft das meistgerühmte Nachschlagewerk) 1790, acht Jahre vor Casanova, der 1798 auf Schloss Dux in Böhmen das Zeitliche segnete. Beide verließen eine Welt, die kaum mehr derjenigen glich, in welche sie geboren worden waren. Die Französische Revolution hatte Europa erschüttert und seine starre Standesgesellschaft langfristig verändert. Kastraten auf Opernbühnen waren dabei, gänzlich aus der Mode zu geraten, und die Opern wurden von Mozart und anderen Komponisten nunmehr Tenören und Sopranistinnen auf den Leib geschrieben. Die Adelsrepublik Venedig hatte ein Jahr vor Casanovas Tod unter Napoleon ihr offizielles Ende gefunden und war Österreich angegliedert worden. Casanova, der mehrfach Vermögen erworben und wieder verloren hatte und in Böhmen als Bibliothekar sein Alter fristete, war von dieser neuen Welt alles andere als begeistert. Es mag auch daran liegen, dass er die Welt seiner Jugend und seiner reifen Jahre mit einem so ungeheuer farbenprächtigen Detailreichtum schilderte.

Dabei unterliefen ihm durchaus auch Schnitzer, was bei Jahrzehnten Abstand zu den Ereignissen und ohne eine Möglichkeit, jemanden mit der Nachforschung von Details zu beauftragen, verständlich ist. Zum Beispiel nennt er als den Kastraten, der Bellinos Lehrer und ihre erste Liebe sowie 1744 bereits tot war, Felice Salimbeni, der jedoch erst 1751 starb, volle sieben Jahre nachdem Giacomo und Bellino sich begegneten. Heriot wies als Erster darauf hin, dass es sich wahrscheinlich um eine Verwechslung zweier berühmter Kastraten handelte: Giuseppe Appiani alias Appianino, der im gleichen Jahr und am gleichen Ort wie Salimbeni geboren wurde, starb bereits 1742 und war nachweislich in Bologna.

Die Beliebtheit der großen Kastratensänger und der Status, den sie genossen, lässt sich gut mit den Rockstars unserer Zeit wie Elvis, Mick Jagger, Freddie Mercury oder Michael Jackson vergleichen, bis hin zu dem Groupie-Phänomen, von dem durchaus beide Geschlechter erfasst wurden. Dabei lag der Existenz von Kastraten jedoch ein drei Jahrhunderte lang währender skrupelloser Handel mit Kindern zugrunde, die von ihren oft armen Familien in der Hoffnung verkauft wurden, dass aus ihnen ein Farinelli würde. (Zwar war die Kastration offiziell sowohl durch das Gesetz als auch durch die Kirche in Italien verboten, aber da gerade das kirchliche Verbot von weiblichen Sängern in der Kirche die Kastratenmanie ausgelöst hatte und Kastraten zuallererst in Kirchenchören sangen, handelte es sich dabei um ein Verbot, das niemand zu beachten brauchte.) Das Verhältnis der Rokoko-Zeit zu Kindern und Jugendlichen im Allgemeinen war weniger von Gefühl als von einer ungeheuren Pragmatik geprägt. Wenn sie ihre frühe Kindheit überlebten, was bei der hohen Kindersterblichkeit alles andere als selbstverständlich war, dienten sie vor allem der Altersvorsorge. Mütter wie Signora Lanti, die einen Sohn, den ursprünglichen Bellino, kastrieren ließ und ihre anderen Kinder später spendablen Gästen ins Bett schickte, waren eher die Regel als die Ausnahme. Wenn Giacomo Casanova mit zwölf Jahren erste sexuelle Erfahrungen mit einem älteren Mädchen sammelte und darüber in seinen Memoiren berichtete, schrieb er für ein Publikum, das dabei nicht »Missbrauch« dachte, wie wir das heute (zu Recht) tun würden. Da weder er noch Angiola Calori in die Sicherheit eines reichen oder adligen Heims geboren wurden, hatten sie wenig Zeit, um erwachsen zu werden.

Dabei erfanden sie sich beide ständig neu, was einer der Gründe war, warum mich ihre Geschichte so reizte. Bellino / Angiola Calori, so wenig wir auch über sie wissen, war eine erwiesene

Grenzüberschreiterin: eine Frau, die sich zwischen den Geschlechtern bewegte, die als Sängerin in Europa weit über Jahrzehnte Erfolg hatte in einer Epoche, die den Verlust von Jugend noch weniger verzieh, als unsere Gegenwart es tut. Welche Erlebnisse mochten sie wohl geprägt und zu der gemacht haben, die sie wurde? Casanova gibt uns ein paar Andeutungen, aber nur als Teil seiner eigenen Geschichte – auch er war jung und erst im Begriff, die legendäre Figur zu werden, die man im Allgemeinen mit ihm assoziiert. Also war mir rasch klar, welche Geschichte ich erzählen wollte: Sie haben sie gerade gelesen.

Wie es auch meine beiden Hauptfiguren gerne taten, mische ich Tatsachen (und überlieferte Gespräche), Phantasie und Spekulation. Die meisten Figuren sind historisch, bis auf die Contessa aus Pesaro. Wer wissen möchte, wie eine Sängerin klingt, die für einen Kastraten geschriebene Arien singt, dem sei wärmstens »Sacrificium« empfohlen, Cecilia Bartolis Album, in dem sie die wichtigsten Arien des Barock und Rokoko ganz wunderbar interpretiert und die Geschichte der Kastraten erzählt. La Calori wäre stolz auf diese Nachfolgerin.

BIBLIOGRAPHIE

Blanning, T. C. W: Das Alte Europa 1660–1789, Darmstadt 2006.

Bombosch, Ruth: Casanova à la carte. Eine kulinarische Biographie, Frankfurt / Main 1998.

Burney, Charles: Tagebuch einer musikalischen Reise, Altmünster 2012.

Casanova, Giacomo: Erinnerungen.

Goldoni, Carlo: Meine Helden sind Menschen. Memoiren, Frankfurt / Main 1987.

Hermann, Ingo: Casanova. Der Mann hinter der Maske, Berlin 2010.

Herrmann, Sabine (Hg.): Francesca Buschini an Giacomo Casanova, Berlin 2010.

Kutsch, K. J. (Hg.): Großes Sängerlexikon, München 1997.

Von Marcard, Micaela: Rokoko oder das Experiment am lebendigen Herzen, Reinbek 1994.

Marceau, Félicien: Casanova. Sein Leben, seine Abenteuer, Düsseldorf 1985.

Ortkemper, Hubert: Engel wider Willen. Die Welt der Kastraten, München 1995.

Lorenzo da Ponte: Mein abenteuerliches Leben, Zürich 1993.

Spitzer, Leopold (Hg.): Probleme der Sängerausbildung. Wien 1986.

Unser, Sybille: Der Kastrat und seine Männlichkeit, Hamburg 2009.

TANJA KINKEL

SPIEL DER NACHTIGALL

ROMAN

Er liebt die Freiheit, die Frauen und das geschliffene Wort: Walther von der Vogelweide raubt dem Minnesang die Keuschheit, spottet über Fürsten und klagt selbst Kaiser und Papst mit spitzer Zunge an, obwohl jeder ketzerische Gedanke den Tod bedeuten kann. Immer wieder kreuzt dabei eine ungewöhnliche Frau seine Wege: Die Ärztin Judith ist eigensinnig, willensstark und ganz sicher nicht die Sorte sanftmütiges Mädchen, die Walther sonst in seinem Bett begehrt. Trotzdem verfällt er ihr mit allen Sinnen. Das ungleiche Paar muss gemeinsam gegen alle Regeln seiner Zeit aufbegehren – denn Judith hütet mehr als ein gefährliches Geheimnis …

»Spannend und historisch wunderbar erzählt, mit einem Hauch Romantik, darf der Leser ins Mittelalter abtauchen. Tanja Kinkel schildert ihr Epos farbenprächtig und ebenso profund.«
Fränkische Nachrichten

KNAUR TASCHENBUCH VERLAG

TANJA KINKEL
IM SCHATTEN DER KÖNIGIN

ROMAN

Als am 8. September 1560 die junge Amy Robsart tot am Fuße einer Treppe gefunden wird, ist ganz Europa sicher, den Mörder zu kennen: ihren ehrgeizigen Ehemann Robert, den Favoriten von Elizabeth I., der sich Hoffnungen auf die Hand der Königin macht. Musste Amy deswegen sterben? Und welches Geheimnis hat die Frau, die wie keine andere im Schatten der Königin stand, mit ins Grab genommen?

»Dass sie eine großartige Autorin ist, hat Kinkel längst bewiesen. Doch mit diesem Roman übertrifft sich die 40-Jährige selbst: Sie schreibt mit so lässiger Eleganz, so heiter, einfühlsam und spannend. Ein außergewöhnliches Buch!« *Für Sie*

KNAUR TASCHENBUCH VERLAG

TANJA KINKEL

SÄULEN DER EWIGKEIT

ROMAN

Die junge Engländerin Sarah kommt 1815 als eine der ersten Europäerinnen nach Ägypten – und ahnt nicht, welche Abenteuer an den Ufern des Nils auf sie warten. Während ihr Mann Giovanni Belzoni zum erfolgreichen Jäger verlorener Schätze wird, gibt Sarah sich bald nicht mehr mit der Rolle der braven Ehefrau zufrieden. Fern der Heimat findet sie endlich jene Freiheit, nach der sie sich schon lange sehnt. Doch dabei begegnet Sarah immer wieder Bernardino Drovetti, dem größten Rivalen ihres Mannes, um das kostbare Erbe der Pharaonen ...

»Tanja Kinkels Roman ist ein echter Pageturner (...) Kaum eine andere deutsche Autorin versteht es, historische Fakten so unterhaltsam aufzubereiten.«
Brigitte

KNAUR TASCHENBUCH VERLAG